J.Rangnick Verlag

„Frische Hühnchen" ist der dritte Kriminalroman einer mehrbändigen Reihe mit dem Investigativ-Journalisten Robert Walcher als Hauptfigur.

Frische Hühnchen
„ ... gleich würde er aufwachen und feststellen, dass er nur geträumt hatte, gerade ein Kind zu ersteigern, als wäre er auf einem Sklavenmarkt im alten Rom."
Der Investigativ-Journalist Robert Walcher recherchiert diesmal zu einem besonders abscheulichen Verbrechen: Menschenhandel, sei es mit Kindern, mit Jugendlichen oder mit Erwachsenen.
Bei seinen Nachforschungen entdeckt er ein wucherndes Krebsgeschwür, das sich weltweit staatlichen Kontrollen entzieht – so jedenfalls hat es zunächst den Anschein ...

Frische Hühnchen

Joachim Rangnick

Kriminalroman

J.RangnickVerlag

Erstauflage Dezember 2007

www.rangnick-verlag.de

Umschlaggestaltung: Uli Strohmeier

Der Allgäuer Künstler, Maler, Karikaturist und Grafiker Manfred Küchle, Kempten/Albus, malte das Gemälde für das Titelbild

Satz: J.RangnickVerlag
Druck und Bindung: Ebner & Spiegel, Ulm
Printed in Germany
ISBN 978-3-9809889-2-6

Bibliografische Information der Deutschen Bibliothek:
Die Deutsche Bibliothek verzeichnet diese Publikation in der Deutschen Nationalbibliografie; detaillierte bibliografische Daten sind im Internet über http://dnb.d-nb.de abrufbar.

Welche Zukunft besitzt eine Gesellschaft
die zulässt, dass ihre Kinder wie Vieh
gehandelt und geschändet werden?

Nestwärme

Die Schmerzen erstreckten sich über ihren ganzen Körper. Im Gesicht, auf der Brust, auf dem Rücken und am Gesäß waren sie erträglich. Aber ihr Unterleib brannte so, wie der Pfarrer das Höllenfeuer beschrieben hatte.
Rodica dachte an ihren Unfall mit dem Fahrrad des Bruders vor drei Jahren, als sie barfuß von den Pedalen abgerutscht und mit voller Wucht auf die Querstange geschlagen war. Sie erinnerte sich genau daran, wahrscheinlich auch deshalb, weil sie mehrere Tage geblutet hatte.
Damals war sie elf gewesen. Seitdem blutete sie jeden Monat und sie glaubte, es läge daran, dass die Wunde immer wieder aufplatzte. Sie hatte sich nie getraut, mit ihrer Mutter darüber zu sprechen.
Mit dem Vater sowieso nicht. Der hätte sie vermutlich geschlagen, wie er fast täglich ihre ältere Schwester Ewa schlug, die als Blitzableiter der Familie herhalten musste. Ewa war geistig behindert. An ihr durften sich selbst die beiden jüngeren Brüder austoben, manchmal schlug auch die Mutter zu, wenn Ewa ihr gerade im Weg war oder nur dastand und träumte. Ewa weinte dann still vor sich hin, aber das tat sie sowieso die meiste Zeit.
Der Vater hatte sich nie groß um Rodica gekümmert, das war nichts Ungewöhnliches, aber seit einigen Wochen verhielt sich auch die Mutter seltsam und abweisend ihr gegenüber. Rodica verstand das nicht. Immer wieder grübelte sie, ob sie irgendetwas falsch gemacht hatte, konnte sich aber an nichts erinnern. Angefangen hatte die abweisende Art der Eltern mit dem Tag, an dem das Schuljahr und damit ihre Schulzeit zu Ende war.
Bilbor, das kleine rumänische Dörfchen, bot keine Berufsaussichten und auch in der fünfzehn Kilometer entfernten Kreisstadt Vatra Dornei gab es keine Lehrstellen für arme Dörflerkinder. Die wenigen Ausbildungsplätze schacherten

sich die Mitglieder alter Seilschaften untereinander zu, denn die beiden großen Fabriken, ein Chemiewerk und ein Produktionsbetrieb für Elektromotoren, früher die größten Arbeitgeber der Stadt, verfielen mit dem Ende der Ära Ceaucescu in noch höherem Tempo. Wurde doch einmal eine Hilfskraft gesucht, so meldeten sich auf die Stelle zwei Drittel der Einwohner des ganzen Distrikts.
Blieben nur die Einheirat in eine der wenigen wohlhabenden Familien oder die Auswanderung in den Westen, aber Ersteres gelang armen Schluckern selten und für Letzteres fehlte den meisten das Reisegeld.
Rodica war ein hübsches Mädchen, mit großen strahlenden Augen und pechschwarzem Haar. Für ihre vierzehn Jahre war sie körperlich reifer als andere Mädchen ihres Alters. An einem regnerischen Morgen geschah dann, was Rodica zunächst einmal als ein kleines Wunder ansah.
Ein großes schwarzes Auto hielt vor dem winzigen Häuschen der Nanescus, zwei Männer stiegen aus, gut gekleidet in schwarzen Hosen und schwarzen Lederjacken. Mutter und Vater tranken mit ihnen in der Küche Schnaps, plauderten und lachten von Zeit zu Zeit ein schrilles, aufgesetztes Lachen.
Die Geschwister waren aus dem Haus geschickt worden, nur Rodica nicht, sie sollte im Schlafzimmer warten. Dort saß sie über eine Stunde lang auf dem Bett, das sie mit Ewa teilte, dann kam die Mutter und befahl ihr barsch: *Zieh dein gutes Kleid an und die Schuhe, kämm dein Haar, pack Unterhosen und Hemden ein, aber nur die besseren, und lass deiner Schwester noch was übrig. Du wirst mit Roman Miklos mitgehen. Er ist ein alter Freund von Vater, hat ein Geschäft und Arbeit für dich. Sei brav und ordentlich, dann wird's dir gut gehen*, sagte sie, mehr nicht.
Rodica putzte sich heraus und ging dann brav zum Auto. In ihrer Tragetasche steckten eine Haarbürste, zwei T-Shirts, eine Strickjacke und vier Unterhosen, ihr ganzer Besitz.

Bevor sie einstieg, lief sie hastig noch mal ins Haus zurück, sie hatte ihren kleinen Teddybären vergessen.

Roman Miklos gab sich als ein freundlicher Mann, der andere, der Fahrer, sprach wenig. Sie fuhren den Rest des Tages und in die halbe Nacht hinein, bis sie in Bukarest ankamen. Rodica war noch nie in der Hauptstadt gewesen und kannte sie nur aus Schulbüchern. Und gelegentlich, wenn sie bei Nachbarn fernsehen durfte, hatte sie auch etwas über diese große Stadt gesehen.
Herr Miklos besaß eine riesige Wohnung mit vielen Zimmern und einem Salon. Im Badezimmer, das allein schon größer war als das größte Zimmer der Nanescus zu Hause, gab es eine Badewanne, eine Dusche, zwei Waschbecken, eine Toilette und ein niedriges Becken, wie sie es noch nicht gesehen hatte. Aus ihm sprudelte das Wasser wie bei einem Springbrunnen in die Höhe, wenn man an den Hähnen drehte.
Rodica durfte duschen, obwohl es schon mitten in der Nacht war, und wurde dann von Miklos in ein Zimmer geführt, in dem sie schlafen sollte. Mit einer kleinen Kamera machte er von Rodica ein Foto, was sie aufregend fand. *Für die Eltern,* meinte Miklos, bevor er ihr eine gute Nacht wünschte und aus dem Zimmer ging.
Das Bett war weich und das Bettzeug duftete nach Blumen. So schliefen Prinzessinnen, hatte sich Rodica immer vorgestellt. Ihre Träume von dem guten Leben, das nun für sie begonnen hatte, dauerten noch den nächsten Tag und eine weitere halbe Nacht. Dann wurde sie jäh aus dem Schlaf gerissen.
Herr Miklos forderte sie auf, freundlich wie immer, sich anzuziehen und mit den beiden Männern zu gehen, die im Flur warteten. Die Männer wirkten ungeduldig und stanken nach Kneipe und parfümiertem Haaröl. Herr Miklos sagte nur: *Geh mit ihnen und mach keinen Ärger.*

Den Rest jener Nacht fuhren sie in einem klapprigen alten Wagen durch die Dunkelheit. Erst in den frühen Morgenstunden hielten sie irgendwo auf dem flachen Land vor einem halb zerfallenen Gehöft. Während der gesamten Fahrt hatten die beiden kein Wort mit Rodica gesprochen, außer einem *halt's Maul* auf ihre Frage, wohin sie denn fahren würden. Rodica war müde, durstig und verängstigt. Mit einer Handbewegung deutete ihr der Fahrer an auszusteigen. *Wenn du musst, dann mach's im Stall, drinnen ist das Klo verstopft,* sagte er und zeigte zur offen stehenden Stalltür.

Rodica nickte und rannte in die Scheune, schon seit Stunden musste sie zur Toilette, hatte sich aber nicht getraut, die Männer um einen Halt zu bitten.

Der eine von ihnen war schon im Wohngebäude verschwunden, die Haustür stand jedenfalls offen, der andere wartete auf sie und winkte ihr herzukommen. Rodica folgte ihm ins Haus. Hinter der Eingangstür blieb er stehen, ließ sie an sich vorbeigehen, legte ihr dann eine Hand auf die Schulter und dirigierte sie den langen dunklen Flur entlang ganz bis ans Ende und dort durch eine Tür in einen kleinen Raum.

Viel sehen konnte Rodica nicht, Licht kam nur durch einen schmalen Spalt in den geschlossenen Fensterläden. Außer einer Matratze auf dem Holzboden mit einem Haufen Decken und Kissen drauf war das Zimmer leer. Es stank penetrant nach Erbrochenem.

Schlaf, befahl der Mann und stieß sie grob ins Zimmer.

Rodica stolperte hinein und hörte, wie der Türschlüssel im Schloss herumgedreht wurde.

Der Lichtstreifen am Fenster zog sie an und sie tastete sich der Wand entlang darauf zu. Aber das Fenster und die Läden zu öffnen, gelang ihr nicht. Dort wo der Griff hätte sein sollen, war nur ein fingerdickes Loch im Holz.

Ein wenig frische Luft kam aber durch eines der Gevierte

herein, in dem nur noch eine halbe Glasscheibe hing.
Rodica sog die frische Luft ein und stierte durch den Spalt, bis ihre Augen in dem grellen Licht schmerzten. Blind tappte sie zur Matratze, legte sich darauf und rollte sich zusammen wie ein Igel. Leise kamen ihre Tränen.
Sie verstand das alles nicht, wünschte sich, bei der Mutter zu sein, selbst der Vater wäre ihr lieb gewesen. Irgendwann schlief sie darüber ein.
Als sie Stunden später jemand an der Schulter rüttelte, schreckte sie auf und wusste erst nicht, wo sie war.
Ein Mann stand über sie gebeugt, er war keiner von den beiden im Auto. Der Mann beugte sich zu ihr herunter und strich ihr mit der Hand durch die Haare.
Schönes Täubchen, schönes Täubchen, flüsterte er. Sein Atem roch nach Schnaps und Zigaretten.
Rodica kannte das von ihrem Vater und den anderen Männern aus dem Dorf, sie rochen alle so, wenn man ihnen zu nahe kam, das war für sie noch nichts Beunruhigendes. Aber dann schob der Mann seine Hand zwischen ihre Beine. Rodica erstarrte vor Angst, verstand nicht.
Ihre Erfahrungen beschränkten sich auf ein paar flüchtige Küsse, die ihr der Nachbarsjunge auf die Lippen gepresst hatte, und kichernde Streicheleien mit ihren Freundinnen. In ihrer kindlichen Unschuld ahnte sie nicht, was dieser Mann von ihr wollte.
Er küsste sein „Täubchen", zerrte ihr die Kleider vom zitternden Körper und versuchte sie zu streicheln. Aber Rodica schrie, weinte, wehrte sich, hysterisch vor Angst und Scham. Da schlug er zu, auf den Kopf und mit der flachen Hand, um der Ware keinen sichtbaren Schaden zuzufügen. Wieder und wieder schlug er und flüsterte dabei, dass nur ein braves Täubchen ein schönes Täubchen sei. Nicht nur an diesem Tag kam er, sondern ebenso am nächsten und den Tag darauf. So lange, bis das Täubchen ihn küsste und dabei lächelte. Da brachte er Schokolade

und süße Cola und eine neue Jeans und ein T-Shirt und neue Schuhe. Rodica hatte begriffen, aber ihre Kinderseele versteckte sich wie ein kleiner Vogel in das schützende Nest ihrer Erinnerungen.

Jeswita Drugajew

Bei St. Margrethen, kurz vor dem Grenzübergang nach Österreich, rief Walcher die Großeltern Armbruster an, bei denen sich seine Tochter Irmi aufhielt. Statt der geplanten einen Stunde hatte sich das Gespräch in Zürich auf über drei Stunden ausgedehnt. Deshalb würde er erst gegen einundzwanzig Uhr bei den Armbrusters eintreffen. Die Großmutter versprach es Irmi auszurichten und Walcher hoffte, dass sie dies auch tatsächlich tat. In der letzten Zeit begann die gute Oma Armbruster ein wenig vergesslich zu werden.

Das Gespräch in Zürich war durch die Vermittlung seines Freundes Johannes zustande gekommen, mit dem er gelegentlich zusammenarbeitete und der über Walchers neue Recherche informiert war.

Jeswita Drugajew hatte mitten in Zürich auf dem Limmat Quai einen Verkehrspolizisten um Hilfe angefleht.

Dass der Polizist bruchstückhaft verstand, was sie sagte – er lernte seit zwei Jahren Russisch an der Volkshochschule –, war eine glückliche Fügung. Er nahm sie mit auf die Wache und meldete den Vorfall der Fremdenpolizei.

Die Polizistin samt einer Dolmetscherin, die kurz darauf eintrafen und Drugajew befragten, brachten die Russin in das Frauenstift, ein ehemaliges Zisterzienserkloster, in dem der Psychosoziale Dienst ein Übergangswohnheim unterhielt.

Für die Behandlung von Asylsuchenden und Migranten

entsprach das nicht dem offiziell vorgeschriebenen Weg der Züricher Verwaltungsbürokratie, sondern war mehr der Sympathie und dem Verständnis beider Beamtinnen für Jeswita Drugajew zuzuschreiben, nachdem diese ihnen die letzten Stationen ihres Lebens geschildert hatte.
Eine Mitarbeiterin des Psychosozialen Dienstes wiederum war eine Bekannte von Johannes' Freundin Marianne.
So gelangte die Information zu Walcher und auf demselben Weg retour wurde ihm das Gespräch mit der Russin ermöglicht.
Jeswita Drugajew und die Dolmetscherin, die auch für den Psychosozialen Dienst arbeitete, trafen sich mit Walcher am Zollikerberg, in dem winzigen Besprechungszimmer eines Wohnheims, an dem als Einziges der Blick auf den Züricher See der Erwähnung Wert war.
Auf einem wackeligen, altersschwachen Tisch standen drei verschrammte Tassen und eine verbeulte Thermoskanne mit Tee. Drei Waffeln lagen abgezählt auf einem Unterteller. Zucker gab es nicht und deshalb wohl auch keine Löffel.
Der Tee erinnerte Walcher an seine Mandeloperation, den unangenehmsten Krankenhausaufenthalt während seiner Kindheit. Vermutlich sollten mit dem dünnen Früchtetee und der ärmlichen Zimmerausstattung Asylsuchende abgeschreckt werden. Aber Jeswita Drugajew passte in das Zimmer.
Verbraucht wie der Stuhl, auf dem sie saß, bekleidet mit Fundstücken aus der Kleidersammlung. Nur die edlen Schuhe standen in krassem Kontrast zu den billigen, ausgewaschenen Cordjeans und der violetten, mit Rüschen besetzten Bluse.
Jeswita Drugajew sprach leise und ruhig, als sie nach der Begrüßung fragte: *Also, was wollen Sie hören*?
Walcher lächelte sie an: *Alles, was Sie mir erzählen wollen ... von Ihrer Heimat, Ihren Eltern, Ihren Geschwistern, Schule,*

mich interessiert alles, bis hin zu den Menschen, von denen Sie verschleppt wurden, von deren Organisation, alles, was Sie darüber wissen.

Jeswita Drugajew nickte mehrmals. Sie wirkte auf Walcher klar und geradeheraus, wie eine Person, die wusste, was sie wollte. Wenn er die geschwollene Augenbraue, den gelblich-blauen Bluterguss auf dem Wangenknochen, die aufgeplatzte und schlecht verheilte Lippe der jungen Frau ignorierte, würde er sie als hübsch bezeichnen.

Einen Tag vor meinem Geburtstag. Sechzehn Jahre war ich, da wurde ich von der Arbeitsvermittlung abgeholt, bei der ich mich gemeldet hatte. Ich wollte nach England, später nach Amerika. Das lief alles illegal, weil ich dort niemals eine Aufenthaltsgenehmigung bekommen hätte.

Meine Eltern wussten Bescheid. Sie waren sehr traurig, aber verstanden, dass ich in den Westen wollte. Wir lebten außerhalb von Kolomna, das ist ein kleines Drecksnest nahe bei Moskau, zu fünft in drei Zimmern. Wir konnten uns zwar ernähren, mehr aber nicht.

Ich träumte von schicken Kleidern, Schuhen und der großen Welt. Ja, und auf dem Weg dorthin geschah es dann.

Schon in der ersten Nacht.

Sie hielten mir einen Lappen auf den Mund und an mehr kann ich mich nicht erinnern. Erst als ich wieder aufgewacht bin.

Das war furchtbar.

Ich habe geglaubt, ich bin verrückt geworden oder so, aber es war alles Wirklichkeit. Gefesselt auf einem Bett und alle Kleider ausgezogen ... Ich habe mich so geschämt ...

Sie haben mich berührt ... Immer wieder.

„Turnstunde" haben sie es genannt und dabei laute Musik gespielt und gesoffen.

Zu dritt waren sie.

Die Dolmetscherin war bleich geworden, flüsterte: *Entschuldigung* und lief aus dem Zimmer.

Jeswita lächelte Walcher an, es war ein seltsames Lächeln. Mit einem harten, holprigen Akzent sagte sie in Deutsch: *Ist schwer sich vorstellen, auch schwer erinnern.*
Die Dolmetscherin kam zurück und entschuldigte sich nochmals. *Mein Magen, ich höre so etwas ja nicht zum ersten Mal, aber jedes Mal aufs Neue wird mir davon elend,* erklärte sie. *Wir können weitermachen.*

Jeswita erzählte, wie sie nach Minsk in die Domskaja 122 und dann nach Berlin, Schleizer Straße 7a in Hohenschönhausen, nach Hamburg-Fuhlsbüttel in den Deichweg 12 und von dort weiter nach Frankfurt in die Heinrich-Steiger-Straße 16, draußen in Niederrad ganz in der Nähe des Golfplatzes, verschleppt worden war, weitergereicht von einem Händlerring an den nächsten.
Nein, nicht Puff, fügte sie zwischendurch wieder auf Deutsch ein, bevor sie auf Russisch fortfuhr. *Alles immer privat. Solange man gut aussieht und frisch ist, wird man zu Herren aus besseren Kreisen gebracht. Die zahlen gut. Aber von dem Geld bekommst du keinen Cent.*
Nach einem halben Jahr siehst du aus wie ein Stück Scheiße und dann erst geben sie dich in einen Puff, aber der ist ebenfalls privat. Dazwischen nehmen sie dich selbst, wie es ihnen gerade in den Sinn kommt. Manche prügeln nur, die wollen nichts sonst von dir.
Dann jagen sie dich in Wohnheime von Asylanten, da bist du dann noch einmal eine Stufe tiefer gelandet, bist schlimmer dran als ein Affe im Zoo.
Vor zwei Tagen sollte ich mit einem Transport in die Türkei gebracht werden, aber an der Grenze ging was schief. Der Fahrer hat sich verfahren und war plötzlich in der Schweiz, weil er nicht kontrolliert wurde. Dann hat er es aber gemerkt, und sie haben sich nicht mehr getraut zurückzufahren, nach Österreich. Wir waren vier Frauen.
Da haben sie dann telefoniert und viele Stunden später kamen

Kerle mit Autos und jeder nahm sich eine Frau und fuhr davon. Meiner war ein Albaner, brachte mich hierher und drohte mir, dass er mich aufschneiden, nein, aufschlitzen würde, wenn ich auch nur eine falsche Bewegung mache. Ich hatte mir aber vorgenommen, jetzt oder nie. In der Türkei hast du überhaupt keine Chance mehr zu flüchten, dachte ich mir.
Als er mich aus dem Auto zerrte, folgte ich noch, tat dann aber so, als würde ich ohnmächtig werden. Da kamen gleich viele Menschen, um zu helfen. Er bekam es wohl mit der Angst zu tun und verschwand. Sein Auto hat das deutsche Kennzeichen F-PK 2004. Am Telefon hat er sich mit Rodusch gemeldet, er wollte sich mit einem aus Zürich in der Schöntal-Straße treffen.
Jeswita sprang auf, fischte aus ihrer Jackentasche eine einzelne Zigarette und zündete sie an. Tief inhalierte sie den Rauch und stieß ihn aus, während sie weiter sprach.
Ich habe es so satt. Wie ein Tier behandelt zu werden, das man einsperren darf und zwingt, in eine Zimmerecke zu machen. Einen Tag lang habe ich es mir verkniffen, dann konnte ich nicht länger einhalten und habe dabei geweint vor Wut und Hass auf diese Schweine, die einen quälen und dann auch noch demütigen. Drei Mädchen waren wir, ganze drei Tage in einem Zimmer eingesperrt ohne Toilette, ohne Essen und Trinken. Eine Bestrafung wäre es, sagten sie. Bestraft dafür, weil sich eine von uns aus dem Fenster gestürzt hatte. Das war in Hamburg.
Jeswita Drugajew besaß ein außerordentliches Erinnerungsvermögen. Sie erinnerte sich genauestens an alles, was um sie herum geschehen war, nannte die Namen der Männer und Frauen, mit denen sie in den vergangenen zwei Jahren Kontakt gehabt hatte, die Orts- und Straßennamen, in denen sie gewohnt hatte.
Wohnen, dachte Walcher und spürte, wie der Stein in seinem Magen immer größer wurde.
Drei Stunden lang erzählte Jeswita Drugajew, dann war sie mit ihren Kräften am Ende. Sie verstummte, ihr Blick

ging in die Ferne, und sie begann leise zu weinen.
Die Dolmetscherin streichelte Jeswitas Hand und weinte auch.
Walcher war plötzlich klar, dass ihm diese Recherche weit tiefer unter die Haut gehen würde, als er befürchtet hatte. Als Mann schämte er sich für das, was Männer dieser Frau angetan hatten, als Journalist forderte er von sich Sachlichkeit und Distanz, auch zwang er sich, gewissermaßen als Selbstschutz, zu Gefühllosigkeit. Aber das hatte bei ihm bisher noch nie funktioniert und so fühlte er sich wie gelähmt und hilflos.
Die Geräusche des normalen Lebens, die durch das offene Fenster hereinwehten, klangen unwirklich und irgendwie gedämpft. Auch die Zeit schien in diesem ärmlichen Zimmer einfach stehen geblieben zu sein.
Noch immer streichelte die Dolmetscherin Jeswitas Hand und sprach leise zu ihr. Es klang wie ein Gesang und manchmal lächelte Jeswita und nickte.
Walcher steckte sein Aufnahmegerät ein, zog aus seiner Hemdtasche eine Visitenkarte, kontrollierte, ob er die Rückseite nicht beschrieben hatte, und legte sie vor Jeswita auf den Tisch. Dann bedankte er sich und versprach, alles zu tun, damit wenigstens der eine oder andere dieser Menschenschänder aus dem Verkehr gezogen würde.
Dabei kam er sich vor wie ein Politiker, der seine Worthülsen unters Volk streut, auch am Schluss fiel ihm nur eine Floskel ein: *Vielen Dank für Ihr Vertrauen.*
Fehlte nur noch, dass er ihr einen Geldschein auf den Tisch legte. Er nahm die Visitenkarte zurück und schrieb Johannes' Namen und Telefonnummer auf die Rückseite.
Ich kenne mich mit den Schweizer Gesetzen nicht aus, aber vielleicht können meine Schweizer Freunde weiterhelfen, wenn es Probleme geben sollte.
Bereits an der Tür stehend drehte er sich um, ging den Schritt zurück und drückte Drugajews Schulter.

Eine dürre Geste, so ein Griff an die Schulter, warf er sich vor, als er auf der Heimfahrt noch einmal über sein Verhalten nachdachte. Aber sie konnte bereits ausreichen, um Distanz zu verlieren.

An diesem Abend war Walcher wortkarg wie selten, was Irmi zu der Frage veranlasste, ob er nur müde sei oder ob er etwas besonders Deprimierendes erlebt hätte.

Irmi besaß feine Sensoren für Stimmungen, das hatte Walcher schon häufig feststellen können, seit er Irmi vor einem Jahr bei sich aufgenommen hatte.

Nach dem tödlichen Verkehrsunfall ihrer Eltern, Irmi war damals zehn Jahre alt, war sie von ihrer Patin, Lisa Armbruster, adoptiert worden und Walcher hatte damals die Adoptionspapiere als Lisas Lebenspartner mit unterschrieben. Drei Jahre später kam auch Lisa bei einem Verkehrsunfall um, jedenfalls wurde das als offizielle Todesursache angegeben, obwohl sie in Wirklichkeit ermordet worden war.

Mit dem Einverständnis des Jugendamtes, der leiblichen Großeltern Brettschneider und Lisas Eltern, den Armbrusters, übernahm Walcher die Rolle eines Pflegevaters.

Bisher hatte er seine Entscheidung nicht in Frage gestellt und Irmi wohl auch nicht.

Nicht zuletzt Irmis offener und direkter Art wegen, die sie vermutlich als Reaktion auf ihre Schicksalsschläge und die kontinuierlich stattfindende Aufarbeitung mit einer Therapeutin entwickelt hatte, kamen die beiden sehr gut miteinander aus.

Walcher erzählte ihr deshalb ausführlich von dem Interview und auch, dass er mit Recherchen über diese Form der Sklaverei begonnen hatte.

Verstehe, sagte Irmi nur. Beide schwiegen eine Weile. Dann nahm Irmi ein Heft vom Tisch und schlug es auf. Sie zog die Stirn kraus. *Vielleicht kann dich meine Vier minus in Mathe etwas aufmuntern.*

Einkaufsliste

Walcher saß in der Küche, vor sich die alte Schiefertafel, auf der während der Woche die Einkaufsliste für den Großeinkauf am Samstag anwuchs.
Er las *Schnürsengeln, Esigurge, Joekurt,* stutzte und überlegte, ob Irmi ihn damit nur foppen wollte oder er sich um ihr Deutsch kümmern sollte.
Am unteren Rand der Tafel hatte sie die Silhouette eines Hundes gezeichnet, wahrscheinlich weil das Hundefutter für Rolli, ihren Labrador, knapp wurde.
Vor drei Monaten hatte Irmi, unterstützt von ihrem Quartett der Omas und Opas, den Welpen heimgebracht und damit die Bewohner des Hofes auf vier Lebewesen erhöht. Walcher, Irmi, Rolli und der stinkende Kater, den Walcher treffend Bärendreck getauft hatte.
Während Rolli sich in kurzer Zeit zu einem stubenreinen und halbwegs folgsamen Familienmitglied entwickelt hatte, blieb der Kater bei seiner, für Katzen ungewöhnlichen Neigung, sich in möglichst frisch ausgebrachter Gülle zu wälzen.
Nur der Hund bewunderte den Kater wegen seines grässlichen Gestanks, schnupperte und leckte den Stinker mit unsäglicher Inbrunst ab, wenn der, von einer Jauchetour zurück, durch das Haus strich, auf der Suche nach einem ruhigen Schlafplatz.
Meist nutzte Bärendreck die Wehrlosigkeit von Walcher oder Irmi aus, wenn sie schliefen. Dann schlich er sich ins Bett und kuschelte sich genussvoll in das warme, weiche Bettzeug. Die Flüche am Morgen oder auch schon mal einen unsanften Tritt nahm er billigend in Kauf, was er durch seine Wiederholungstaten eindringlich demonstrierte. Für Walcher und Irmi bedeutete es jedes Mal zusätzliche Wascharbeit, denn das Bettzeug stank nach einer Okkupation Bärendrecks unerträglich.

Eigentlich hatte Walcher nur ein paar Stichpunkte notieren wollen, aber die Tafel war voll und auf der Rückseite stand ein Sinnspruch des ehemaligen Besitzers, mit spitzem Griffel in feinster Sütterlin geschrieben: *Hausierer und Vorarlberger werden vom Hof gejagt.*

Die Schiefertafel hatte Walcher auf dem Dachboden gefunden und die beschriebene Seite mit einer Lackschicht geschützt. Irmis Einkaufsliste wollte er auch nicht löschen, also hängte er die Tafel zurück an ihren Platz an der Wand neben der Küchentür und stieg die Treppe hinauf in sein Arbeitszimmer, um sich einen Filzstift und ein paar Blätter zu holen.

Er bemühte sich leise zu sein, es war inzwischen kurz nach 23 Uhr und Irmi schlief schon. Walcher vergewisserte sich, des lauernden Katers wegen, dass ihre Zimmertür geschlossen war.

Rolli begrüßte ihn mit freudigem Schwanzwedeln, als Walcher wieder herunterkam. Dem Hund war das obere Stockwerk verboten, was er erstaunlich schnell kapiert hatte, so dass er immer brav unten an der Treppe wartete. *Braver Hund,* lobte ihn Walcher und holte sich aus dem von ihm so genannten Giftschrank im Wohnzimmer die Karaffe mit Sherry und ein Glas und setzte sich dann an den Küchentisch.

Nach dem ersten Schluck sah er traurig Glas und Karaffe an, es würde einer der letzten Schlucke sein. Das Sherryfass im Gewölbekeller unter der Küche gab allerhöchstens noch eine letzte Füllung her. Mit einem Seufzer nahm er noch einen Schluck und zückte dann den Filzstift.

Leere Blätter hatten für ihn etwas faszinierend Aufforderndes und er begann geradezu lustvoll zum wiederholten Mal seine Strategie zur Beschaffung von Informationen zu überarbeiten. Das tat er häufig in der ersten Phase einer Recherche.

Haben Sie Interesse und Zeit, über Menschenhandel mit dem

Schwerpunkt auf Kindesmissbrauch zu recherchieren und ein Dossier darüber zu schreiben? Das hatte vor nunmehr gut drei Monaten in der E-Mail von Rolf Inning gestanden, dem Ressortleiter „Gesellschaft" des Magazins *Weltchrist*, mit dem Walcher bereits seit mehreren Jahren zusammenarbeitete. Und weil er Interesse hatte, vereinbarten sie ein Arbeitsgespräch in Frankfurt, auch wenn der Verlag seinen Sitz in Hamburg hatte.
Inning begründete dies mit Sparmaßnahmen sowie der Tatsache, dass Günther Auenheim anwesend sein würde. *„GAU", wie wir ihn intern nennen,* erklärte Inning vertraulich am Telefon, *ist der Enkelsohn des Verlagsgründers und mischt sich gelegentlich in unser Tagesgeschäft ein, vermutlich um zu demonstrieren, dass er nicht bloß ein paar Aktien geerbt hat. Sie werden ihn kennen lernen. Er wohnt in Frankfurt am Main und daher der Treffpunkt, kostengünstig, gewissermaßen auf halbem Weg zwischen Bodensee und Nordsee.*
Walcher fuhr zu dem Treffen nach Frankfurt und nahm danach den Auftrag für die Reportage an, auch wenn er Günther Auenheim grässlich fand.
Auenheim war gekleidet wie ein Verleger alter Schule, dunkler Nadelstreifenanzug mit Weste, Krawatte und Einstecktuch. Wer seine Brille stets griffbereit an einer goldenen Kette um den Hals baumeln hat, der trägt vermutlich auch Sockenhalter, hatte Walcher gedacht.
Die locker nach hinten gebürsteten geölten Haare waren etwas zu lang, aber gepflegt. Der akkurate Kinnbart, der einer Ziege Ehre gemacht hätte, reichte fast bis hinab zum Krawattenknoten.
Auenheim hatte sich in epischer Breite über die Verantwortung eines Verlegers ausgelassen, der Gesellschaft kulturell und moralisch auf die Sprünge zu helfen, und Walcher einen Schnellhefter mit Kopien von Statistiken, Berichten, Artikeln, Kontaktadressen und eigenen Notizen übergeben, die er selbst bereits zum Thema Menschen-

handel und der Pädophilie im Besonderen zusammengetragen hatte.
Ich hätte gern selbst darüber geschrieben, hatte er erklärt, *aber meine Zeit reicht dafür einfach nicht aus. Bitte halten Sie mich regelmäßig über den Fortgang Ihrer Recherche auf dem Laufenden.*
Dann hatte er sich verabschiedet: *Sie entschuldigen, aber Termine, Termine,* und war ebenso hektisch wieder davongeeilt, wie er zuvor mit einer halben Stunde Verspätung zu ihrem vereinbarten Treffen in die Lobby des Intercity-Hotels hereingehetzt war.
Inning, der mit Walcher bereits vor Auenheims Eintreffen alle wesentlichen Aspekte besprochen und ihm ein ausführliches schriftliches Briefing ausgehändigt hatte, sah Auenheim bloß achselzuckend nach.
Seit diesem Treffen war Walcher höchst motiviert an die Arbeit gegangen, denn das Thema Menschenhandel stand auch in seinem eigenen Themenspeicher.
Zunächst meldete er in Rom eine E-Mail-Adresse an, die er von Weiler aus verwalten konnte. Ein raffiniertes Sicherheitsprogramm, das er von seinem Freund Hinteregger erhalten hatte, schützte ihn vor Zugriffen, sollte jemand herauszufinden versuchen, wer sich hinter dieser Adresse verbarg.
Dann nahm er zu zwei Händleradressen Kontakt auf, denn wie sollte er sonst die Leute und ihre Organisationen kennen lernen, wenn nicht über Handelsbeziehungen.
Mit einem Händlerring in Frankreich und einem Vermittler in Norditalien, beides Adressen aus den Unterlagen Auenheims, stand er seit nunmehr vier Wochen in Kontakt. Er gab sich ihnen gegenüber ebenfalls als Händler aus. Bei beiden stand er unter Zugzwang, sie würden demnächst Ware gegen Geld gewechselt sehen wollen, zu lange schon hielt Walcher sie mit immer neuen Ansprüchen an die Kinder, die er vermeintlich kaufen wollte, hin.

Er fragte wiederholt an, erhielt Mails mit Fotos der „Ware“ und antwortete bisher immer mit: *Nicht gut genug.*
Diese Tour konnte er nicht länger fahren. Ihm war klar, dass er sich den Händlern zeigen und nun endlich Ware ordern musste, um ihr Vertrauen zu gewinnen.

SOWID

Perverses Schwein, keifte die Stimme als Antwort auf Walchers Ankündigung, dass er beabsichtige ein Kind zu kaufen, dann brach die Telefonverbindung ab. Walcher war kurz vor der Lautstärke zurückgeschreckt, aber das hinderte ihn nicht, auf die Wahlwiederholungstaste zu drücken. Beharrlichkeit hielt er immer schon für eine der wichtigsten Eigenschaften eines Journalisten und außerdem musste er sich eingestehen, nicht den intelligentesten Gesprächseinstieg gewählt zu haben.
Hier SOWID, Sie sprechen mit Frau Weinert, was kann ich für Sie tun?, meldete sich erneut die Stimme, allerdings nun in einem normalen Tonfall. Offensichtlich hatte sich Frau Weinert sehr rasch wieder beruhigt.
Diesmal brüllte Walcher seinerseits in den Hörer: *Hören Sie mich doch bitte erst einmal an, bevor Sie mein Trommelfell zerfetzen. Ich bin Journalist und recherchiere über Menschenhandel.*
Das hätten S' ja gleich sagen können, klang es nun höflicher aus dem Hörer und: *Entschuldigen S' bitte meine Reaktion, aber es melden sich bei uns tatsächlich des öfteren Männer, die anfragen, ob wir ihnen nicht eine Frau beschaffen könnten. Wir – ausgerechnet! Einen Moment bitte. Ich verbind' Sie mit Frau Dr. Hein, sie ist die Leiterin unserer Münchner Niederlassung. Adieu, und nehmen Sie 's nicht persönlich.*
Es knackte in der Leitung, eine von diesen grässlichen

Warteschleifen-Melodien ertönte, dann eine Stimme, die so unglaublich erotisch nach Cognac, Zigaretten und Nachtleben klang, dass Walcher einen Moment lang abgelenkt war. Für eine Organisation, die sich dem Schutz von Frauen verschrieben hatte, für seinen Geschmack eine etwas gewagte Stimme.
Hallo, hören Sie? Holte ihn die rauchige Stimme in die Wirklichkeit zurück und Walcher erklärte sein Vorhaben. Frau Dr. Heins Antwort war kurz und präzise.
Das hört sich gut an, da können wir mitmachen. Kommen Sie doch am besten einfach bei uns vorbei, dann gehen wir alle notwendigen Fragen durch. Würde es Ihnen gleich morgen passen, so um elf Uhr?
Walcher sagte zu und bekam noch von Frau Dr. Hein die besonders tückischen Einbahnstraßen erklärt, um problemlos das Büro der SOWID, in einem Innenhof in der Adalbertstraße in München, zu finden.

Rodica II

Sie sah sich Ewa gegenüber, ihrer geistig behinderten Schwester, die sie traurig aus einem Auge anblickte, denn das andere war unter dunkel verfärbter, geschwollener Haut verborgen. Der Vater wurde immer gewalttätiger.
Komm mit mir, rief Rodica, *auch wenn es hier nicht viel besser ist, vielleicht ist das Leben ja so*. Rodica streckte der Schwester die Hand entgegen und spürte den Druck warmer Finger. Aber der Druck wurde fester und fester und begann zu schmerzen und die Hand zerrte Rodica mit sich, heraus aus ihrem Traum in die Wirklichkeit.
Auf, du Schlampe, brüllte eine rohe Stimme, die unmöglich ihrer Schwester gehörte. *Los, los, wir machen eine kleine Ausfahrt, zieh dein neues Zeug an, los, los.*
Verschlafen zog sich Rodica bei Kerzenlicht ihre neuen Sachen an. Eine große Auswahl an Kleidern besaß sie ohnehin nicht. Die Tragetasche mit dem wenigen, das sie besaß, hatten sie ihr abgenommen, bis auf den Teddy, der steckte in ihrer Hosentasche.
Kurz nur, auf dem Weg zum Auto, konnte sie die klare Nachtluft einatmen und in den Himmel hinaufsehen.
Er war schwarzblau und übersät mit funkelnden Sternen und sah genau so aus, wie das Gewölbe in der kleinen Seitenkapelle ihrer Dorfkirche bemalt war. Den Herrgott konnte sie aber nirgends entdecken. Der schlief wahrscheinlich, denn sonst hätte er dies alles nicht zugelassen, dachte Rodica.
Dann wurde sie zusammen mit zwei anderen Mädchen auf die Rückbank eines Autos gestoßen, und die Fahrt begann.
Rodica kannte die Mädchen nicht, hatte aber seit Tagen wieder und wieder ihre Schreie und ihr Weinen gehört. Sie nannten einander ihre Namen und fragten sich flüsternd, woher sie kamen und ob sie wüssten, warum sie

so schlimm geschlagen wurden und was die Männer noch alles von ihnen wollten. Valeska und Doru gingen noch in die Grundschule, also waren sie noch jünger als sie selbst, dachte Rodica. Was war das, was ihnen hier zustieß? War so die Welt der Erwachsenen oder waren diese Männer jene bösen Räuber aus den Märchen, an die ausgerechnet sie geraten waren?
Die Mädchen schluchzten und weinten still, trotz der Wärme und Nähe, die sie einander gaben. Irgendwann schliefen sie ein, aber es war kein guter Schlaf. Oft schreckten sie auf, aus wirren Träumen und von Angst getrieben.

München

Frau Dr. Hein entsprach nicht annähernd der Vorstellung, die er sich der Stimme wegen von ihr gemacht hatte, konstatierte Walcher für sich. Am ehesten hätte man sie als distinguiert bezeichnen können.
Freundlich und sachlich erklärte sie mit ihrer rauchigen angenehmen Stimme, welche Ziele der überparteiliche, überkonfessionelle und international tätige Verein verfolgte. Neben der jeweils aktuellen Hilfe für Frauen in Notsituationen konzentrierten sie sich verstärkt auf die Prävention, damit Frauen nicht länger Opfer von Menschenhändlern würden.
SOWID, „Solidarity with Women in Distress", erklärte sie, existiert *seit dreißig Jahren. Ich bin seit zehn Jahren aktiv dabei und habe zunehmend den Eindruck, dass sich die Situation der Frauen weltweit nicht verbessert, sondern, im Gegenteil, ständig verschlechtert. Und ich spreche nicht nur von jenen Ländern, in denen sich die Rolle der Frau seit dem Mittelalter so gut wie nicht verändert hat.*

Ich mache keinen großen Unterschied, ob ein Mann eine Frau gegen zwei Ziegen eintauscht oder mit einem guten Einkommen lockt. Oder ob die Eltern ihrer Tochter zwei Ziegen mitgeben, damit sie einen Mann bekommt. Letztlich stellt sich die Frage, warum die Frau immer noch als Objekt gehandelt wird. Weil sie während der Kinderaufzucht versorgt sein muss oder warum? Also dazu braucht sie sicher keinen Mann!

Dr. Hein brach ab und fragte Walcher, ob er einen Kaffee oder sonst irgendetwas zu trinken haben wolle, und holte ihm das Wasser, für das er sich entschied.

Gut, ich will das jetzt nicht weiter vertiefen, Sie sind sicher nicht gekommen, um von mir einen Vortrag über das Selbstverständnis der Frau zu hören. Bleiben wir bei unserem Vereinsthema: Missbrauch. Über 50 000 offen zugängliche Seiten im Internet finden Sie allein in Deutschland unter den Stichwörtern „Frauen und Sex" oder „Sextourismus" oder „Heiratsvermittlung exotischer Frauen". Unser ach so zivilisiertes Deutschland unterscheidet sich in der Behandlung der Frau als käufliches Objekt nicht wesentlich von Indien, zum Beispiel.

Dr. Hein schüttelte den Kopf und holte tief Luft. Sie stand auf und zog einen Ordner aus dem Regal hinter sich.

Hier habe ich die Zahlen für die Region München und nur von Januar bis Juli diesen Jahres. Über 200 Frauen, die durch diese Tür hier gegangen sind, weil sie in der einen oder anderen Weise Opfer von Männern waren. Nun rechnen Sie diese Zahl doch allein mal auf Deutschland hoch.

Aber das sind nur die nackten Zahlen. Hier, sie klappte den Ordner auf, hielt ihn Walcher hin und blätterte, *hier sehen Sie, dass hinter diesen Zahlen Menschen, Individuen aus Fleisch und Blut stecken, Frauen und Mädchen hauptsächlich und hie und da ein Junge.*

Die Aufnahmen ähnelten denen von Unfallopfern oder hätten aus einer gerichtsmedizinischen Sammlung über Folterfolgen stammen können. Platzwunden, Hämatome, Schnitte und Stiche, Brandwunden, die den Körpern mit

glimmenden Zigaretten und erhitzten Metallgegenständen beigebracht worden waren. Entzündungen, eiternde Geschwüre als Folgen langer Fesselung, ja sogar Buchstaben als Brandmale fehlten in der Sammlung nicht.
Hören Sie auf, bitte, bat Walcher, *geben Sie mir Kopien mit und räumen Sie mir das Recht ein, die Bilder zu veröffentlichen.*
Dr. Hein nickte und setzte sich wieder. *Wissen Sie, der Wandel im Denken muss viel, viel früher einsetzen. Schon bei der Erziehung der Jungen. Viele Mütter behandeln ihre Söhne wie Kopien ihrer Väter oder Ehemänner im Kleinformat. Und die Väter halten sich tunlichst aus der Erziehung heraus, wohl weil sie befürchten, dass ihnen eine Einmischung als Rivalität gegenüber dem eigenen Sohn ausgelegt würde. So wachsen die Jungs in dem Bewusstsein auf, die Nummer Eins, Prinzen, die Krone der Schöpfung zu sein. Später dann scheren sie alles über einen Kamm und prahlen mit allem gleich, ob sie sich nun eine Frau nehmen oder ein großes Auto zulegen, ihre Trinkfestigkeit unter Beweis stellen oder Krieg spielen.*
Natürlich ist daran nicht nur die Erziehung der Mütter Schuld, aber ich glaube wirklich, dass sie einen großen Anteil an dieser Entwicklung haben, solange sie den Mann als das besondere Vaterwesen sehen. Und darauf zu hoffen, dass die Männer selbst etwas dagegen tun, also das haben wir ja nun wirklich erfolglos einige Jahrhunderte getan ... da wäre mir dann doch eine gravierende Lösung des Problems lieber, nämlich gut die Hälfte der Männer zu kastrieren. Das hätte dann auch gleich noch den Nebeneffekt, wirkungsvoll der Übervölkerung unserer Erde entgegen zu wirken ... aber gut, lassen Sie uns über Ihr Vorhaben sprechen, schloss Dr. Hein und lächelte Walcher auffordernd an.

Walcher brauchte erst einmal einige Sekunden, um von der Anklage Dr. Heins zu dem Grund seines Besuches umzuschalten. *Es gibt auch Männer,* gab er, etwas dünn lächelnd, Dr. Hein zurück, *die sexuellen Missbrauch in jeder*

Form ablehnen und zwar nicht nur aus Angst vor drohender Kastration ...
Sie sind Journalist, unterbrach ihn Dr. Hein und es klang nicht nur wie eine Feststellung.
Mir geht es nur um eine reißerische Story, wollten Sie das damit sagen? Walcher ging nicht auf ihr Achselzucken ein. *Natürlich geht es mir um die Story, natürlich verdiene ich Geld damit, aber gleichzeitig will ich etwas bewegen. Glauben Sie mir, ich habe diesen Beruf gewählt, weil ich ein politischer Mensch sein will. Aber hören Sie mich erst mal an.*
Weil Dr. Hein schwieg und nur nickte, erzählte Walcher, was er vorhatte.
Dr. Hein hörte Walcher zwar zu, ohne ihn zu unterbrechen, schüttelte aber einige Male den Kopf und sah ihn äußerst skeptisch an.
Sie können das Risiko einschätzen, denke ich, also spare ich mir meinen Kommentar. Ich ... wir werden Sie aus zwei Gründen unterstützen. Zum einen, weil ich hoffe, dass Sie es schaffen, bis in die inneren Strukturen einer dieser Banden vorzudringen, und zum anderen, weil unsere Organisation es sich zur Aufgabe gemacht hat, den Opfern zu helfen.
Wenn Sie uns also Nachricht geben, dass Sie ein Kind oder eine Jugendliche oder eine erwachsene Frau gekauft haben – wie furchtbar das klingt –, dann tun wir alles, was wir in solchen Fällen sonst auch tun. Dr. Hein streckte wie eine Predigerin beide Arme in die Höhe. *Wir übernehmen die betreffende Person, bringen sie kurzzeitig in einem unserer Häuser unter, wo sie psychologisch und medizinisch betreut wird.*
Handelt es sich um ein Kind, so finden wir heraus, ob es zu seiner Familie zurückkehren kann. Wenn nicht, suchen wir auf der verdammten weiten Welt irgendwo eine Pflegefamilie oder eine Institution, die das Kind aufnimmt. Wir sorgen für die Ausbildung und kümmern uns später auch um einen Arbeitsplatz – der einzige Weg, um diese bedauernswerten Geschöpfe aus dem Teufelskreis herauszunehmnen.

Natürlich geschieht das alles in Zusammenarbeit mit allen zuständigen Behörden. Ausländerbehörde, Sozialamt, Jugendamt, Fürsorge, Arbeitsamt, Gesundheitsamt. Sie glauben ja nicht, mit wie vielen Behördenmenschen wir oft zusammenarbeiten müssen. Aber ich will mich nicht beklagen, denn seit immer mehr bekannte Persönlichkeiten SOWID-Mitglieder werden, ziehen auch immer mehr Beamte mit, erläuterte Dr. Hein mit einem entwaffnenden Lächeln.
Bei den Frauen der mächtigen Männer dieser Erde gehört es inzwischen zum guten Ton, dass sie Mitglied in unserem Verein sind. Das meine ich übrigens nicht zynisch, denn ich bin geradezu dankbar über derartige Image- und Kapitalverstärkung, schaffen sie doch endlich eine sichere Basis für unsere Arbeit.
Nach einer Pause fügte Dr. Hein noch hinzu: *Ich rate Ihnen auch dringend, im Vorfeld bereits die jeweiligen Behörden einzuschalten, als Rückversicherung für Sie selbst gewissermaßen, aber das ist Ihnen sowieso klar.* Mit Blick und Mimik drückte sie allerdings das Gegenteil aus, womit sie Walcher aber Unrecht tat, denn der hatte als nächstes vor, mit Kommissar Brunner über seine geplanten Aktionen zu sprechen. Außerdem saß er ja mit der SOWID-Leiterin bereits zusammen.
Dann benötige ich von Ihnen noch eine schriftliche Zusicherung, über diesen speziellen Fall unserer Kooperation absolutes Stillschweigen zu bewahren und unseren Verein in keiner Ihrer Publikationen zu erwähnen.
Wenn auch nur einer dieser Zuhälter oder Menschenhändler erfährt, dass wir aktiv Frauen oder Kinder freikaufen, dass sie also nicht nur aus ihrer Not heraus Zuflucht bei uns suchen, dann werden die uns einfach über den Haufen knallen.
Vor allem die Gangster aus den GUS-Staaten gehen mit besonderer Brutalität vor. Das sind Barbaren und sie wissen, dass sie nur schwer zu fassen sind. Die haben außerdem voreinander größeren Respekt als vor der Polizei dort oder hierzulande.

Irmi

Später Nachmittag war es geworden, als Walcher von der Landstraße in den Feldweg abbog, der zu seinem Hof führte. Die Verkehrslage in und um München hatte ausgereicht, um in Walcher aus Vorfreude auf sein Zuhause ein echtes Glücksgefühl aufkommen zu lassen.
Der Hof war sein privates Paradies, das versteckt auf dem langgestreckten Bergrücken über Weiler lag. Erst wer sich traute, von der Landstraße aus den holprigen Feldweg am Hang hinauf zu fahren, konnte ihn entdecken.
Es kam aber nur höchst selten vor, dass sich ein Fremder hier herauf verirrte. Außerdem saßen die meisten Wagen schon nach wenigen Metern auf dem hohen Mittelstreifen fest. Pferdewagen, Traktoren und Auswaschungen nach Regengüssen hatten den Weg in vielen Jahrhunderten so geformt.
Auf dem Bergrücken angekommen, bot sich dem Betrachter ein faszinierender Ausblick auf die grünen, runden Wiesenhügel des Allgäus mit seinen Waldeinsprengseln und den wehrhaften Felsspitzen und Graten der Alpen im Hintergrund. Gründe genug, für diesen Ausblick Eintritt zu verlangen.
Wegen eben dieser phantastischen Lage hatte Walcher das alte, total heruntergekommene Bauernhaus gekauft – zugegeben, nicht zuletzt auch wegen des Kellergewölbes mit den fast burgdicken Mauern, wie man sie sonst nur in hochherrschaftlichen Häusern und Schlössern antraf.
Walcher konnte jederzeit das Gefühl von Geborgenheit wieder wachrufen, das er empfunden hatte, als er zum ersten Mal in dem Keller gestanden war.
Hat sich doch gelohnt, die Schinderei, dachte er, als er sich dem Hof näherte. Das Ergebnis, das da vor ihm lag, konnte sich sehen lassen. Nicht protzig, sondern schlicht und solide präsentierte sich der Hof, sein Hof.

Vor dem Haus stand der alte Opel Olympia von den Armbrusters. Walcher war kaum ausgestiegen, als Rolli um die Hausecke jagte, ihn stürmisch begrüßte und ebenso stürmisch zur Terrasse begleitete, auf der Irmi und die Großeltern saßen.

Oma Armbruster las in einem Geo-Magazin, während ihr Mann mit Irmi über deren Matheaufgaben brütete.

Bärendreck lag der Länge nach ausgestreckt im Gras und genoss auf Katzenart Sonnenstrahlen und Nähe zu seiner Familie. Walcher setzte sich zu ihnen und hatte wie immer das Gefühl, hier wirklich zu Hause zu sein.

Als Irmi ihre Hausaufgaben erledigt und Walcher noch von seiner Fahrt nach München erzählt hatte, brachen die Armbrusters auf. Dabei ließ es sich der alte Armbruster natürlich wieder mal nicht nehmen, über den *saumiserablen* Feldweg zu schimpfen, der längst einmal ordentlich aufgefüllt gehörte. Aber es hörte ihm keiner so richtig zu, auch Walcher nicht.

Praktisch, einen mathematisch begabten Großvater zu haben, meinte Irmi, während sie den beiden nachwinkte.

Dann fehlt nur noch ein Opa, der dein Deutsch aufmöbelt, meinte Walcher.

Irmi wusste sofort, was er damit sagen wollte. *Schnürsengel, Esigurge und so, die Einkaufsliste, aber das war doch ein Gag,* grinste sie und freute sich, dass er darauf hereingefallen war.

Hab' ich mir beinahe gedacht, lächelte Walcher, *dann fällt Nachhilfe Deutsch aus, dafür könnten wir aber mit Rolli ein bisschen arbeiten. Wie wär's mit einem Spaziergang?,* schlug er vor.

Mäßig begeistert stimmte Irmi zu. Walcher hatte ein Buch über Hundetraining besorgt, nach dem sie bei Rollis Erziehung vorgingen. Kurz darauf schallten *Sitz! Platz! Steh! Komm, braver Hund!* in den Allgäuer Abend. Erst nach einer Stöckchenwurfrunde um den Hof herum trat Ruhe ein.

Sie saßen dann noch auf der Bank neben der Haustür und sahen der Sonne zu, wie sie hinter dem Scherenschnitt der Alpengrate versank. Irmi stoppte die Zeit und erklärte dabei, dass nicht die Sonne unterging, sondern sich die Erde abdrehte. Das hätte ihr Opa Brettschneider erzählt.
Als Irmi auf ihrer Uhr die Zeit ablesen wollte, sprang sie hektisch auf, sie hatte sich unbedingt eine Soap im Fernsehen ansehen wollen, die nun schon seit zehn Minuten lief.
Ich kann sonst in der Schule nicht mitreden, beugte sie eventuellen Argumenten Walchers vor und stürmte ins Wohnzimmer. Sekunden später hörte Walcher, durch das offene Fenster hinter sich, das grausame Gestammel eines verliebten Assistenzarztes, der die Rolle eines Bayern in Hamburg spielen musste, seinen sächsischen Dialekt aber nicht verleugnen konnte.
Walcher flüchtete erst in die Küche und dann mit einem Glas Rotwein an den PC in seinem Arbeitszimmer.
Im Mailordner hatten sich 45 E-Mails angesammelt, die meisten davon überaus lästige Spam-Mails, die sich immer raffinierter tarnten, sogar schon als Mahnungen der Steuerbehörden. Walcher löschte sie mit einem stillen Fluch auf die Technik und die Unverfrorenheit der Spam Versender.
Susanna wollte wissen, ob es ihm gut ginge, und forderte ihn auf, sich wieder einmal zu melden. Prompt beschlich Walcher ein schlechtes Gewissen.
Seit Susanna ihn auf dem Hof besucht hatte, schob er eine Entscheidung über ihre Beziehung hinaus und beantwortete ihre Mails und Anrufe zurückhaltend und vage.
Er mochte Susanna sehr, aber irgendwie passte sie nicht in seine Welt. Oder besser gesagt, noch nicht. Aber das musste er ihr bald erklären, sonst lief er Gefahr, sie zu verlieren. Er beantwortete deshalb Susannas Mail und fragte, ob er sie in Frankfurt besuchen könne.

Auch Johannes hatte ihm geschrieben und wollte wissen, was die Besprechung in München ergeben habe. *Ruf mich an, Johannes,* hieß es am Schluss seiner Mail.
Mit Johannes verband Walcher seit ihres gemeinsamen Studiums der *Journalistik und Kommunikationswissenschaften* in Hamburg eine unaufgeregte, aber stabile Freundschaft. Mal hörten sie monatelang nichts voneinander, mal unterstützten sie sich bei ihren Recherchen, mal arbeiteten sie gemeinsam an einem Projekt und telefonierten dann fast täglich miteinander. Walcher nahm sich vor, Johannes später am Abend anzurufen.
Die wichtigste Mail aber öffnete er als letzte.
Der Menschenhändler aus Frankreich lud ihn zu einer Weinprobe ins Burgund ein.
Jetzt konnte es ernst werden. Walcher prostete dem Bildschirm zu: *Monsieur le Comte, je viens!*

Kommissar Brunner

Wenn ein Journalist mich aus freien Stücken besuchen kommt, dann ist er entweder scharf auf ein geistiges Getränk, was noch das einfachste Problem wäre, oder er hat einen Anschlag auf mich vor.
Unaufgefordert schenkte Kommissar Brunner aus seiner Bar, die ein auf antik gemachter riesiger Globus verbarg – für das Büro eines Kriminalbeamten ein recht ungewöhnliches Möbelstück – zwei Williams in Schnapsgläser und reichte Walcher eines davon.
Es war der gleiche ausgezeichnete Williams, den Walcher schon bei der ersten Begegnung mit Brunner hatte kosten dürfen. Vier Monate war das her.
Damals hatte ihn der Kommissar in sein Büro mitgenommen, nachdem er in einem Haus in Lindau drei Leichen

entdeckt und dies der Polizei gemeldet hatte.
Die beiden hatten sich im Laufe der Ermittlungen zu dem Fall kennen und schätzen gelernt. Von einer Freundschaft zu sprechen, wäre allerdings zu hoch gegriffen, aber sie waren einander auf Anhieb sympathisch gewesen. Auch war Brunner, offensichtlich ausgestattet mit dem Instinkt eines Polizisten, immer zur rechten Zeit am rechten Ort gewesen, um Walcher zur Seite zu stehen, wenn „so richtig die Post abging", wie Brunner es formulierte.
Oder hat der Herr Walcher mir etwa wieder einmal ein paar Leichen zu bieten?, fragte Brunner, nachdem er genussvoll einen Schluck Williams getrunken hatte.
Keine Leichen, aber ich brauche trotzdem Ihre Hilfe, ich will nämlich ein Kind kaufen, erwiderte Walcher im selben trockenen Ton und stellte sein leeres Glas auf Brunners Schreibtischplatte.
Kopfschüttelnd setzte sich Brunner auf die lederne Eckcouchgarnitur, ebenfalls ein Möbelstück, das in einem deutschen Beamtenzimmer überraschte, nicht nur weil es gut die Hälfte des Büros ausfüllte. *Ich bin weder bei der Sitte, noch bin ich daran interessiert, ein Kinderschutzprogramm aufzulegen oder etwas in der Art,* fuhr er fort. *An was für einer Scheiße sind Sie denn da wieder dran? Pädophilie? Grässlich, Sie lassen wohl nichts aus. Noch einen?*
Nein danke, lehnte Walcher ab, es war erst vier Uhr nachmittags, viel zu früh für ein Gelage, außerdem brauchte er einen besonders klaren Kopf, um Brunner zu überzeugen.
Walcher setzte sich zu ihm auf die Couch und schilderte, an welchem Thema er arbeitete. Er berichtete von seinem Gespräch mit SOWID und zeigte ganz beiläufig einige der Fotos, die ihm Frau Dr. Hein mitgegeben hatte.
Auch seinen Auftrag, über das Thema eine umfangreiche Reportage zu schreiben, erwähnte er, und dass er bereits mit zwei Händlern in Verbindung stand und die Möglichkeit hätte, sich in einen Händlerring einzuschleichen.

Aber dazu müsste er sich eben als ein Kunde mit ernsthaften Absichten ausweisen.
Oh Mann, Sie wollen Maulwurf spielen, den Helden mimen als Undercoveragent, Sie wollen sich wieder mal in die Arbeit der Kripo einmischen. Ja, haben Sie von Ihrem Ding da in Irland denn nicht genug, verdammt noch mal! In Deutschland gibt es massenhaft Sonderkommissionen der LKAs und des BKA, was wollen Sie da auch noch mitmischen, eine Bürgerinitiative gründen oder was? Warum gehen Sie nicht zu einer der unzähligen Beratungsstellen für Opfer von Menschenhändlern, da kriegen Sie doch Ihre Story ohne großen Aufwand zusammen.
Brunner redete sich in Rage und schimpfte vor sich hin, als wäre er allein in seinem Büro. *Wahnsinn, dieser Mann ist in höchstem Maße suizidal, er gehört in die Klapse oder am besten gleich ins Loch, wegen Störung des öffentlichen Friedens.* Dann sprang Brunner von der Couch hoch und baute sich vor Walcher drohend auf.
Tag für Tag werden Hunderte von Typen wie Sie auf dieser Welt von ebendiesen Gangstern abgeknallt und das weiß der Herr Walcher und trotzdem entwickelt er den Ehrgeiz, auch zu diesen Bedauernswerten gehören zu wollen. Warum bloß bin ich nicht bei der Landpolizei geblieben? Brunner holte tief Luft, fuchtelte noch ein wenig in der Luft herum und fuhr in normal sachlichem Ton fort, so als hätte er nicht gerade laut und fast brüllend eine Standpauke gehalten. *Lassen Sie uns die Details durchsprechen. Wo soll die Aktion denn starten?*
Frankreich, strahlte Walcher den Kommissar an und bat nun doch um einen kleinen Williams, nachdem sich Brunner gewissermaßen als Verbündeter erklärt hatte.
So eine Sache gehört zwar nicht in mein Ressort, aber da Sie ohnehin bald erschossen werden, kann die Mordkommission auch gleich Ihren Fall in die Hand nehmen, sprach's und stieß auf Walchers Wohl an.

Über drei Stunden saßen die beiden zusammen. Brunner war für einen kleinstädtischen Kommissar erstaunlich gut über das Thema Menschenhandel informiert. Als Walcher dies erwähnte, auch um Brunner etwas zu schmeicheln, wurde der Kommissar plötzlich sehr weich und sehr persönlich. *Ja, wissen Sie, meine Frau brachte eine Tochter mit in unsere Ehe. Ich hab' das Mädchen adoptiert und auch in meinem Herzen als mein Kind angenommen. Sie war sechzehn, als sie an einem ganz gewöhnlichen Montag nicht mehr nach Hause kam. So wie bei den Fällen, die ich ständig bearbeite.*
Später stellte sich heraus, dass sie an eine Sekte geraten war. Damals aber hab' ich selbst erfahren, wie es sich anfühlt, wenn die eigene Tochter von einem Tag auf den anderen spurlos verschwindet.
Nun, Sophie lebt heute in Amerika, hat Mann und zwei Kinder und führt ein ganz normales Leben. Sie tauchte ein halbes Jahr nach jenem Montag wieder auf, als ob nichts gewesen wäre.
Sie hatten sie auf die Straße geschickt zum Betteln. Von ihrem Guru gab's Streicheleinheiten oder Prügel, je nachdem, was sie täglich zusammengebettelt hatte.
Brunner stellte sein leeres Glas in die Weltkugelbar zurück und sah Walcher in die Augen. *Ich war damals sogar in der Kirche und hab' gebetet, dass sie heil zurückkommt.*
Ich weiß also, von was ich spreche! Aber was das Vorgehen in unserem Fall angeht – sehr zu Walchers Freude sprach er bereits im Plural –, *so müssen wir die Kollegen in Frankreich erst einmal außen vor lassen. In dem Geschäft existieren die unglaublichsten Verbindungen.*
Geben Sie mir rechtzeitig eine Info, bevor Sie einkaufen fahren, ich bereite vor, was wir besprochen haben, und aktiviere meine Kontakte beim BKA. Nur eine Bedingung habe ich.
Brunner legte eine bedeutungsvolle Pause ein und sah sein Gegenüber fast herausfordernd an.
Walcher machte eine auffordernde Geste, als wollte er sagen: nur zu, heraus damit.

Wenn Sie in dieser Sache irgendetwas unternehmen, ohne mich vorher zu informieren, dann war's das, dann bin ich draußen, haben Sie verstanden, d r a u ß e n.
Dann nehme ich erst wieder die Ermittlungen auf, wenn ein Herr Walcher nicht mehr auftaucht. Ist das klar, mein Herr?
Walcher nickte, lächelte und rief: *Aber selbstverständlich, Herr Kriminalhauptkommissar.*

Hinteregger

Nach dem Treffen mit dem Kommissar schrieb Walcher eine Mail an Hinteregger. Als Leiter der Sicherheitsabteilung der *Saveliving Company,* eines gewaltigen, global agierenden Mischkonzerns, besaß Hinteregger erstaunliche Verbindungen zu weltweit führenden Persönlichkeiten und, was nicht weniger interessant war, er verfügte über modernste technische Hilfsmittel, mit denen er die meisten Datenbanken dieser Welt anzapfen konnte.
Das hörte sich futuristisch an, aber entsprach den Tatsachen, denn zur Company gehörten die führenden Unternehmen der digitalen Kommunikationstechnologie, bei denen die meisten Geheimdienste ihre Hard- und Software einkauften.
Über diesen, für Walcher äußerst nützlichen Umstand hinaus hatten sich die beiden angefreundet, als Walcher in den Prozess des Generationswechsels der Saveliving Company verwickelt worden war.
Lieber Freund, schrieb er, *du solltest ein wachsames Auge auf mich haben, meine jetzige Recherche konzentriert sich auf ein besonders schmutziges Geschäft, nämlich Menschenhandel und zwar insbesondere den des Handels mit Kindern zu Zwecken des sexuellen Missbrauchs.*
Wann treffen wir uns? Irmi fragt nach dir, Bärendreck liebt

dich und unser neues Familienmitglied „Rolli", ein Labrador, würde dich auch gerne begrüßen. Von mir als Lockmittel will ich ja gar nicht reden, aber vielleicht von einem herausragenden Burgunder, den ich bei einer Exkursion einzukaufen gedenke. Also? Ich freue mich auf dich und deine Antwort.

Eine knappe halbe Stunde später kam bereits die Antwort.

Hi, Freund Walcher, sitze auch gerade am PC und frage mich, was du da wieder ausheckst. Werde immer nervös, wenn du dich über einen längeren Zeitraum nicht meldest.

Dass du dich dem Thema Menschenhandel zuwendest, war leider irgendwann einmal zu erwarten, so weit kenne ich dich ja inzwischen. Du solltest allerdings noch vorsichtiger sein als bei deinen bisherigen Recherchen, soweit ich sie kenne.

Bei Kindesmissbrauch wird auf allen Ebenen, vor allem in den höchsten Kreisen, allzugern weggeschaut. In den USA gibt es derzeit geradezu eine Pädophilenwelle. Dito Europa, Portugal zum Beispiel. Schau ins Internet. Unglaublich. Oder die Belgier damals, die im Fall mehrerer verschwundener Kinder fast ein Jahr lang gebraucht haben, um überhaupt Ermittlungen in Gang zu bringen. Dabei ist das nur die Spitze des Eisbergs, die Fälle eben, die an die Öffentlichkeit dringen. Möglich macht das alles ein bestens organisiertes System.

Also, halte mich unbedingt immer auf dem Laufenden, mit wem und wo du was vorhast. Ist das klar??!! Ach ja, noch etwas. Wenn du Mails verschickst, vermeide Begriffe wie Menschenhandel, Pädophilie, Kinderhandel etc., du läufst sonst Gefahr, ins Fadenkreuz der internationalen Fahndung zu geraten.

Unsere Computerexperten haben gerade ein Programm entwickelt, das aus den täglich über Milliarden von Mails zielsicher diejenigen herausfischt, in denen bestimmte Schlüsselbegriffe vorkommen. Und zwar, das ist das Besondere an diesem Programm, erkennt es nicht nur die Begriffe selbst, sondern „liest" auch den Kontext. Schreibe in Zukunft deine Mails an mich als Re-Mail in eine alte Mail von mir. Die ist durch ein spezielles Programm geschützt. Wir wollen uns ja schließlich nicht selber

in die Karten sehen lassen. Dies hierzu. Mitte August werde ich zwei Wochen in Italien sein. Da sind Schulferien! Die hast du natürlich bestimmt wieder vergessen. Also biete Irmi endlich mal etwas und kommt mich besuchen. Habe ein nettes Häuschen gemietet, ganz nah am Wasser.
Ich umarme dich, E.H.
Ein gutes Gefühl, Hinteregger im Rücken zu wissen, dachte Walcher und kündigte seinem Freund an, ihm alle wichtigen Details sofort zu schicken, sobald er mehr über die Leute im Burgund erfahren hatte.
Die Einladung nach Italien nahm er schon einmal herzlich an, auch wenn er erst noch mit Irmi darüber sprechen wollte. Vermutlich würde sie begeistert sein, denn außer dass sie gemeinsam Ferien machen wollten, hatten sie noch nichts besprochen. Und Walcher gab zu, dass er sich wirklich noch keine großen Gedanken gemacht hatte.

Die Spedition

Nikolas Bromadin, wie üblich der Letzte, schaltete das Licht im gesamten Bürotrakt aus, ging hinaus und schloss die Tür hinter sich ab.
Der Hof mit den sechs Laderampen und die Lagerhalle blieben auch die Nacht über von grellem Scheinwerferlicht erhellt. Zwei Sattelschlepper wurden gerade entladen, ein weiterer würde im Laufe der Nacht eintreffen.
Nikolas war stolz auf das Speditionsunternehmen, das er zusammen mit Jirji, seinem Bruder, und Onkel Edwin seit fünf Jahren betrieb und immer weiter ausgebaut hatte. Von Deutschland aus transportierten sie Güter aller Art in abgelegene Orte der GUS-Staaten, die anzufahren für die großen Spediteure unrentabel war, und hatten mit dieser Spezialisierung bisher gute Geschäfte gemacht. Auf den

Fahrten zurück nach Deutschland übernahmen sie als Subunternehmer Aufträge anderer Speditionen oder Fracht von Kleinunternehmen, die sich Kontakte zum Westen aufgebaut hatten. Nikolas wäre stolz und zufrieden gewesen, hätte es da nicht die Geldgier des Bruders und des Onkels gegeben.

So bescheiden und sparsam, wie er selbst lebte, so verschwenderisch gingen Jirji und Onkel Edwin mit dem Geld um. Sie verprassten es und gaben ständig mehr aus, als sie sich als Geschäftsführer an Gehälter selbst ausbezahlten. Die beiden steuerten die Zentrale in Gorki und führten sich auf wie Großfürsten, während Nikolas in Berlin den weitaus größeren Arbeitsanteil erledigte, gemeinsam mit seiner Freundin.

Im Gegensatz zu der Villa in Gorki, hausten Nikolas und seine Freundin in einem heruntergekommenen Plattenbau im Stadtteil Schwanebeck.

Jirjis und Onkel Edwins verschwenderischer Umgang mit Geld hätte ihn kalt gelassen, wenn die beiden nicht auch noch vor einem halben Jahr mit diesem lukrativen Zusatzgeschäft begonnen hätten. Nikolas war es nicht geheuer dabei. Die immer größer werdende Zahl an Sondertransporten bereitete ihm, dem soliden Kaufmann, mehr und mehr Kopfzerbrechen. Zum einen fürchtete er die Behörden, zum anderen widersprachen diese Sondertransporte seiner Auffassung von Rechtschaffenheit.

Allerdings häuften gerade diese Privattransporte auf seinem Sparkonto atemberaubend schnell Geld an, so viel, wie er sonst nie hätte ansparen können. So hielten seine Moralanwandlungen in etwa solange vor wie Eiswürfel in einem Gin-Tonic. Außerdem war er bisher noch nie mit dem Transportgut in Berührung gekommen. Nur einmal hatte er einen Blick in eine der verborgenen Transportkabinen geworfen, ungefähr so flüchtig, wie man auf einer Bäderausstellung einen Blick in eine Duschkabine wirft.

Trotzdem hatte ihn das Bild einige Tage lang verfolgt. Der Kabinenraum war achtzig Zentimeter tief gewesen und so breit wie der Auflieger. Die Trennwand zu dem Laderaum hatte wie eine ganz normale Wand aus Aluminium ausgesehen. Eingestiegen wurde von unten her durch eine raffiniert getarnte Bodenluke, weil manchmal die Zöllner große Spiegel unter die Trucks schoben, um nach Verstecken zu suchen. Im Inneren hatte eine beängstigende Enge geherrscht. Fünf Kojen übereinander, aus Holzlatten gezimmert, jeweils sechzig Zentimeter hoch. Den Reisenden blieb nichts anderes übrig, als sofort in die Kojen zu kriechen, denn neben der Einstiegsluke war nur noch Platz für ein chemisches Klosett.
Nikolas schauderte es bei der Vorstellung, in diesem Verschlag stunden-, ja tagelang über Straßen gerüttelt zu werden. In den sargähnlichen Kojen brannte zwar immer Licht, auch war eine Lüftung installiert, aber eine Fahrt darin musste eine Tortur ohnegleichen sein. Wer noch dazu auch nur ansatzweise unter Klaustrophobie litt, durchlebte da drinnen vermutlich Höllenqualen.
Von den Lagerarbeitern wusste keiner, dass es in zwei der Trucks diese Verstecke gab. Nur die Fahrer waren eingeweiht und profitierten natürlich in Form barer Münze.
Nikolas wusste wenig über die Transporte. Er redete sich ein, dass diese Leute freiwillig in den Westen wollten. Über das Syndikat wusste er nichts, außer, dass es viele kriminelle Organisationen in der Heimat gab, denen man ständig Gelder bezahlen musste, für alle möglichen Schutzversprechen. Nikolas ahnte auch nicht, dass die Immobiliengesellschaft, an die er jeden Monat die Miete für das Speditionsgebäude überwies, zu jenem Syndikat gehörte, von dessen schmutzigem Geld sein Bankkonto derart rasant anwuchs.

Rodica III

Sie waren bis Sonnenaufgang gefahren, ohne eine Rast zu machen. Noch schläfrig, die Muskeln verspannt, wurden sie aus dem Auto getrieben. Wiesenstücke, mit Steinen eingefasst, und ein paar Bäume sahen sie, aber es war kein Garten und auch kein Park. Das erste Mal in ihrem Leben standen die Mädchen auf einem Parkplatz an einer Autobahn.

Die beiden Männer führten sie zu einem Häuschen, in dem es zwei Toiletten und ein Waschbecken gab. Es stank entsetzlich darin, Fliegen in Geschwaderstärke surrten durch die Luft, aus dem Hahn kam nur tropfenweise Wasser. Doch sie mussten so dringend, dass sie einfach auf die Haufen von Kot machten, die bereits den Boden bedeckten. Dann wurden die Mädchen von den Männern wieder zum Wagen getrieben. Dort bekamen sie eine Flasche mit süßem Sprudel, die sie, durstig wie sie waren, sofort leer tranken. Aber mehr davon gab es nicht, obwohl Rodica dem Älteren der beiden mit flehenden Augen die leere Flasche hinstreckte. *Später,* knurrte er nur.

Eine Stunde später hielt ein schwerer Sattelschlepper neben ihnen und ließ pfeifend den Überdruck aus den Kompressoren entweichen.

Sie beobachteten, wie zwei etwa gleichaltrige Mädchen unter dem Wagen hervorgekrochen kamen und, genau wie zuvor sie selber, zu dem Toilettenhaus geführt wurden.

Brrr, machte Doru angewidert und hielt sich die Nase zu, die beiden anderen zogen Grimassen und kicherten.

Der Fahrer des Sattelschleppers gab jeder einen großen Becher mit Wasser, das zwar eigenartig schmeckte, aber gegen den schrecklichen Durst etwas half. Dann sollten sie unter die Ladefläche kriechen und durch eine Luke hineinklettern.

Valeska als Erste in der Reihe weigerte sich. Sie riss entsetzt

die Augen auf, kreischte und wehrte sich mit Händen und Füßen und ließ sich auch nicht mit Gewalt in die Luke hineinbugsieren. Die Männer zerrten sie wieder unter der Ladefläche hervor und schlugen ihr mehrere Male ins Gesicht. Dann bekam sie nochmal einen Becher von dem widerlich schmeckenden Wasser.
Währenddessen stiegen die zwei Mädchen, die schon mit dem Lastwagen gekommen waren, wieder zurück durch die Luke in das Innere des Auflegers und nach ihnen auch Rodica und Doru.
Valeska war schlagartig ruhig geworden und wehrte sich nicht mehr. Die Männer zerrten sie erneut unter den Aufleger. Einer kletterte hinein und zog Valeska hoch, während der andere Mann sie von unten nachdrückte.
In der Kabine war es so eng, dass dem Mann, der Valeska hineinzog, kaum Platz blieb sich zu bewegen. Aber es gelang ihm, die zierliche Valeska in die unterste, noch freie Koje zu schieben, mit den Füßen voran.
Die schwache Glühbirne an der Decke über dem Einstieg reichte nicht aus, um den engen Raum zu erleuchten. Es stank nach Urin und Erbrochenem.
Aus den dunklen Kojen starrten die aufgerissenen Augen der Kinder. Valeska wimmerte. Jedem der Mädchen wurde eine Flasche Wasser neben den Kopf gelegt.
Wenn ihr klopft oder schreit oder sonst was anstellt, dann prügle ich euch die Seele aus dem Leib, brüllte der Mann, bevor er durch die Luke abtauchte, sie von außen zuklappte und verschloss. Kurz danach übertönten der Motor und das Singen der Reifen Valeskas Wimmern.
Die gleichförmigen Vibrationen und die Fahrgeräusche wirkten zusammen mit dem Schlafmittel, das ihnen die Männer in den Bechern verabreicht hatten. Auch das Wasser in den Flaschen enthielt ein starkes Schlafmittel und sorgte dafür, dass die Mädchen sofort wieder in tiefen Schlaf versanken, wenn sie aufwachten und davon tranken.

Versteigerung

Von Zürich aus über Genf und Mâcon führte laut Johannes der landschaftlich attraktivste, wenn auch nicht der kürzeste Weg ins Burgund.
Die Suche nach dem Schloss gestaltete sich dann etwas problematisch, da die Straßenlinien auf der flüchtigen Skizze, die Walcher erhalten und ausgedruckt hatte, mit der realen Straßenkarte nicht überein stimmten. Irgendwo westlich der Dörfer Fuissé und Loché fanden sie schließlich das Schloss und Weingut des Comte de Loupin.
Walchers Kenntnisse über den Süden Burgunds beschränkten sich auf eine geführte Wein-Exkursion vor etlichen Jahren, die auf den Beaujolais konzentriert war und in Villefranche endete. Er hatte diese Exkursion aus seinem Gedächtnis gestrichen, weil sich die zehn Teilnehmer als derart besserwisserische Spezialisten herausgestellt hatten, die sich den ganzen Tag ununterbrochen mit Weinwissen zu übertrumpfen versuchten, das sie sich nächtens angelesen hatten, wie sich am Ende der Fahrt herausgestellt hatte.
Er kannte sich also nicht aus im Burgund und auch seine Recherchen im Internet über den Comte de Loupin hatten, außer dem Hinweis dass es sich um ein Weingut handelte, keine neuen Erkenntnisse gebracht. Auch Brunner hatte nichts herausfinden können, selbst Hinteregger, dem er das Ziel seiner „Einkaufstour“ wie versprochen gemailt hatte, machte nur ein paar historische Daten über die Geschichte des Schlosses ausfindig, ein *Comte de Loupin* aber wurde darin nicht erwähnt.
Wie eine mittelalterliche Festung lag das Schloss auf einer Hügelkuppe, eingerahmt von Weinbergen, die sich bis zu den felsigen Ausläufern der Cevennen erstreckten.
Einem Mäander gleich schlängelte sich die Auffahrt, von Schatten spendenden Bäumen gesäumt, den Hügel hinauf.

Walcher und Johannes passierten das offen stehende Tor in der Schutzmauer und stellten den Wagen im Vorhof ab, der bereits mit zwölf Edelkarossen so gut wie vollgeparkt war. Walcher hatte gut daran getan, sich einen Mercedes der S-Klasse zu leihen, und dass Johannes am Steuer wie sein persönlicher Chauffeur wirkte, konnte in Anbetracht dieser hochkarätigen Autoflotte auch nicht schaden.
Notiere bitte die Kennzeichen und die Wagentypen oder was dir sonst auffällt, aber lass dich dabei nicht erwischen. So schön das Schloss auch ist, ich möchte nicht im Verlies vermodern.
Meinst wohl, mir würd's noch nicht langen, mit nur einer Niere herumzulaufen?, spielte Johannes auf seine Entführung vor einigen Monaten an.
Er war irrtümlich für Walcher gehalten worden und in die Fänge von Organhändlern geraten. Johannes überstand zwar diese lebensbedrohliche Situation, aber man hatte ihn als Organspender missbraucht und eine Niere herausoperiert. Seither stichelte er bei jeder Gelegenheit mit seinem schrecklichen Erlebnis, wohl wissend, dass er damit Walchers schwache Stelle traf.
Die späte Sonne schien auf das herrschaftliche Anwesen, als würden Scheinwerfer bei Filmaufnahmen eine romantische Szene ausleuchten.
Der Blick auf die Weinberge, die durch die quer hineinscheinenden Sonnenstrahlen besonders scharfe Schatten warfen, wäre zu einem anderen Anlass Grund genug für eine ausgiebige Weinprobe gewesen, aber Walcher und Johannes wurden in ihrer Betrachtung gestört. Sie drehten sich zu der Stimme, die fragte: *Wen bitte darf ich dem Comte melden?*
Walcher hatte damit gerechnet, in diesem Ambiente einen unterwürfigen Domestiken anzutreffen, gekleidet in einer barocken Uniform, stattdessen stand ihnen ein junger Mann gegenüber, gepflegt und in einem dunklen Anzug, dem die sündhaft teure Designerhand anzusehen war.

Walcher erwiderte das Lächeln des Mannes und nannte seinen Decknamen, *Wolfgang Hoffmann.* Auch einen Ausweis auf diesen Namen, von Brunner verordnet und beschafft, trug er im Jackett. Die italienische Mailadresse rundete seine Recherche-Identität ab, sie lautete mit *wolfhoffmann@.it* ebenfalls auf diesen Namen.
Als hätte er in ihm einen alten Freund wiedererkannt, strahlte daraufhin der junge Mann Walcher an und stellte sich als Maurice Delwar und rechte Hand des Comte vor. Abgesehen von einem leichten Elsässer Akzent sprach er fabelhaft Deutsch.
Kommen Sie, ich darf Sie in den Saal führen, in dem die Verkostung stattfindet. Um Ihren Fahrer wird sich gleich Bertram kümmern, er ist die gute Seele unseres Hauses.
Zu Johannes sagte er freundlich, aber entschieden distanzierter: *Wir haben einen Ruheraum, dort können Sie sich von der Fahrt erholen, Bertram wird Sie hinführen*. Dann deutete er Walcher gegenüber eine leichte Verbeugung an, drehte sich um und ging voraus.
Walcher und Johannes, der die Verbeugung nachäffte, folgten ihm durch ein wehrhaftes Tor in einen weiteren, allerdings kleineren Vorhof.
Hatten in der burgähnlichen Anlage früher die Menschen Zuflucht gefunden, beherbergte sie heute kostbare Weine, jedenfalls was die Preise betraf. Walcher registrierte sie mit einem kurzen Blick, als er an dem weiß gedeckten Schautisch vorbeiging, auf dem Flaschen und Geschenkkartons, Gläser und Keramikwaren präsentiert wurden, alle fein säuberlich mit Preisschildchen versehen. Was diese Mauern darüber hinaus noch anzubieten hatten, bald würden sie es wissen.
Der zweite Vorhof glich nämlich eher einem Museum. Entlang der Mauern standen Gerätschaften für Weinbau und Keltertechnik aus früheren Zeiten. Erst nach dem nächsten Tor standen sie im eigentlichen Innenhof.

Das rechteckige, schmucklose Herrenhaus mit seinen drei Stockwerken – es als Schloss zu bezeichnen, nur weil an einer Giebelseite ein massiv wirkender Rundturm stand, wäre übertrieben gewesen – war direkt an die südliche Mauer gebaut, ebenso wie die kleinen Häuser, die rundherum an der Burgmauer klebten. Sie reichten allerdings nur bis zu dem noch erhaltenen Wehrgang, während Turm und Herrenhaus über die Burgmauer hinaus ragten.
Das gesamte Parterre war fensterlos, erst die beiden Stockwerke darüber hatten Fenster. Wenn ein feindlicher Angreifer früher bis hierher vorgedrungen war, so stand er zwar vor dem Kernstück der Burg, aber um dort hinein zu kommen, musste er noch die Eingangstür in dem Rundturm überwinden. Voller Bewunderung betrachtete Walcher die Tür und die fast einen halben Meter dicken Eichenbohlen, die zusätzlich noch mit dicken Eisenplatten beschlagen waren. Ein idealer Ort für dunkle Geschäfte, dachte Walcher.
Ein junger Mann in blauem Arbeitsmantel kam über den Hof auf sie zu. Es war der besagte Bertram, dem Johannes folgen durfte. Dies organisierte Maurice Delwar mit nur einer lässigen Handbewegung und führte dabei Walcher durch das Portal.
Durch das Treppenhaus im Turm und durch eine weitere wehrhafte Tür, standen sie unvermittelt in dem beeindruckenden Festsaal.
Fünfzehn auf dreißig Meter schätzte Walcher die Fläche. Der Fußboden aus Stein, die Wände weiß getüncht, aus schweren Holzbalken die Decke. Auf der Talseite gaben hohe Rundbogenfenster den Blick hinaus ins Land frei. Zwischen den Fenstern hingen die typischen Gemälde mit den lebensgroßen Abbildungen stolzer Männer, vermutlich den Vorfahren der Grafenfamilie. Mitten im Saal stand ein langer und wuchtiger Holztisch, außer ein paar Stühlen an den Wänden das einzige Mobiliar im Raum.

Eine entlang der Tischkante ausgerichtete Flaschenreihe und die vielen Gläser hätten jeden zufälligen Besucher vermuten lassen, dass hier gleich eine Weinverkostung stattfinden würde.
Die Kerzen in den drei mehrarmigen Leuchtern brannten, obwohl die Sonne den Saal noch hell erleuchtete. Auf dem Tisch standen drei mit Folie abgedeckte Essensplatten, die allerdings ein mehr als kärgliches Buffet abgaben
Nun gut, relativierte Walcher seine Kritik, die Gäste heute waren ja wohl auch nicht gekommen, um ausgiebig zu speisen. Er zählte 22 Männer, sie standen grüppchenweise zusammen. Einer löste sich aus einer Dreiergruppe und ging auf Walcher zu. Er war klein, vielleicht eins fünfzig, dick und hatte ein Gesicht, das ihn eher nach einem Gourmand aussehen ließ als nach einem Gourmet.
Er strahlte Walcher mit einem herzlichen Lächeln an, umarmte ihn und hieß ihn auf Französisch willkommen. Walchers Französisch war miserabel, deshalb beschränkte er sich auf Floskeln und bat den Comte und dessen Majordomus Maurice, wenn es wichtig würde, um Übersetzung des Gesagten.
Im Schlepptau des Grafen wurde Walcher der Reihe nach den übrigen Gästen vorgestellt, ganz so, als befänden sie sich in einem Freundeskreis, dessen höchstes Interesse es wäre, sich bei einem Gläschen Wein kennen zu lernen.
Walcher war angestrengt bemüht, sich möglichst alle Namen und die dazugehörenden Gesichter einzuprägen. Er wunderte sich über die Unbekümmertheit, mit der ihm alle Gäste vorgestellt wurden. Was machte diese Leute so sicher, dass sie sich nicht untereinander anzeigten oder ein Maulwurf darunter war, wie er?
Mit Gästen aus Frankreich und Monsieur Hoffmann aus Italien sind wir ja beinahe ein internationaler Verein, begrüßte der Comte nochmals die Runde, erklärte die Regeln und wünschte allen einen erfolgreichen Abend.

Maurice zog die schweren Vorhänge vor die Fenster und änderte dadurch abrupt die Atmosphäre im Saal.
Der Kerzenschein verlieh dem Raum etwas Festliches und auch Mystisches, denn die Welt an den Grenzen des Lichts löste sich in der Dunkelheit auf.
Wein wurde gereicht, jemand entfernte die Folie von den Essensplatten und der Comte eröffnete die Verkostung. Es spielte leise eine klassische Musik, etwas Ernstes in Moll, und es hätte ein entspannter Abend werden können, aber Walcher konzentrierte sich auf die Gesichter und wiederholte die Namen dazu, während er ihnen freundlich lächelnd zuprostete.
Die meisten der Männer kannten einander, so schien es. In ihren teuren Anzügen sahen sie aus wie Banker oder Broker. Sie konsumierten in kurzer Zeit viel Wein und der Geräuschpegel stieg an. Plötzlich öffneten sich die beiden Türflügel an der Stirnseite des Raums, worauf die Herren verstummten und sich eilends erwartungsvoll zur Tür hinwandten.
Da tänzelten sie herein wie Models und als wäre der Steinboden ein Laufsteg. Es waren junge Mädchen, Kinder noch, vielleicht zwölf Jahre alt. Geschminkt und mit den raffinierten Frisuren sahen sie niedlich aus, aber die Szene wirkte grotesk. Unter den bunten Seidentüchern, die man ihnen um Schultern oder Hüfte geschwungen hatte, waren sie nackt.
Sie lächelten mit großen Augen und einige kicherten, als wären sie beschwipst, drehten sich fortwährend im Kreis herum, hüpften und gingen im Trippelschritt, so als führten sie ein einstudiertes Ballett auf.
Näher, immer näher kamen sie den Männern und tanzten um diese herum. Damit erschien das ganze Schauspiel noch irrealer, weil die Kinder nun zwischen den großen Männern noch winziger und zerbrechlicher wirkten, wie Feenwesen, die zwischen Riesen umherhuschten.

Die Kinder umschmeichelten die Männer und wurden von ihnen mit Blicken und Gesten bereits hier, noch in diesem Raum, missbraucht.
Walcher unterdrückte das Gefühl von Wut und Scham und fragte sich, ob er die Rolle zu Ende spielen konnte, die er sich vorgenommen hatte. Einiges hatte er sich vorgestellt, aber nicht eine derartige Situation. Einen Handel, einen Verkauf, ja, irgendwie sachlich und distanziert, aber nicht eine derart hautnahe Schmiere. Hier sah er sich mit einer Aufführung konfrontiert, die einer Orgie gleichkam, denn die Männer glotzten nicht nur die Kinder mit geilen Blicken an, sie streichelten sie bereits.
Auf Barzahlung war hingewiesen worden, er verfügte über zwanzigtausend Euro, nummerierte und markierte Geldscheine, mit denen ihn Brunner versorgt hatte.
Aber das Geld würde niemals ausreichen, um alle Kinder vor diesen Schweinen zu bewahren. Walchers Gedanken kreisten unsortiert. Sollte er die Polizei rufen und dieser gespenstischen Perversion einfach ein Ende setzen?
Er müsste Maurice nur um ein Telefonbuch bitten, vielleicht hing ja irgendwo im Schloss eine Notfalltafel mit den Feuerwehr- und Polizeinummern. Obwohl, in Frankreich herrschte nicht die deutsche Berufsgenossenschaft, Maurice kannte aber vermutlich die Polizeinummer auswendig, er brauchte ihn also nur zu fragen ...
Jetzt stiegen die Kinder der Reihe nach über einen Stuhl auf den Tisch. Dort stellten, setzten, legten, knieten und räkelten sie sich zwischen den Weinflaschen, Kerzenleuchtern und den Platten mit belegten Häppchen in Posen. Walcher musste sich zwingen, nicht einfach davon zu laufen. Er zwickte sich in den Oberschenkel und spürte den Schmerz. Also bildete er sich die Situation nicht ein, er stand tatsächlich in einem halbdunklen Saal mit irgendwelchen fremden Männern an einem Tisch, auf dem halbnackte Kinder tanzten.

In welch eine Welt war er eingedrungen, ein Sklavenmarkt im siebten Jahr des einundzwanzigsten Jahrhunderts! Aber er durfte sich nichts anmerken lassen, musste den interessierten Händler mimen, sonst lief er Gefahr entlarvt zu werden.
Dann begann die Versteigerung. Die Zahlen, die der Graf in rascher Folge ausrief, klangen, als würden Rinder auf einer Ranch versteigert werden. Die Mädchen trugen kleine Täfelchen mit Nummern an den Fußgelenken.
Walcher beobachtete konzentriert die Männer, wenn schon, dann wollte er das Geld sinnvoll einsetzen.
Die ersten drei Mädchen gingen für je 10 000 Euro weg. Ihre neuen Herren hoben sie vom Tisch und platzierten sie hinter sich. Die folgenden Gebote lagen niedriger. Walcher hatte in den ersten Runden versucht, den Preis in die Höhe zu treiben, damit sich die Bieter verausgabten, um am Ende ihm den Vortritt zu lassen. Er täuschte sich, das Interesse ließ kaum nach.
Walcher ersteigerte für zusammen 19 000 Euro die Mädchen Sieben und Neun. Er war froh darüber, dass Maurice nahe bei den Mädchen auf der anderen Tischseite stand und es ihm abnahm, die beiden Kinder vom Tisch zu heben und zu ihm zu bringen. Wie fasste man ein fremdes halbnacktes Kind an, wenn man es von einem Tisch hob? Wo überhaupt hob man nackte Kinder von Tischen?
Dankend nickte er Maurice zu, als der die Kinder bei ihm abstellte wie bei einer Mannschaftsaufstellung.
Kurz danach war der Spuk vorbei. Die Kinder wurden hinausgeführt und Maurice ging von einem Herrn zum nächsten, um abzukassieren und im Gegenzug die Pässe der Mädchen auszuhändigen. Walcher kam an die Reihe, bezahlte und erhielt zwei Pässe.
Ach, was ich Sie noch fragen möchte, lächelte Maurice ihn an. *Sie waren zum ersten Mal dabei, sind Sie zufrieden? Ihren ausführlichen Briefings nach schätze ich Sie nämlich als einen*

besonders anspruchsvollen Kunden ein.
Walcher war auf diese Frage vorbereitet. *Nicht ich selbst, guter Freund, sondern meine Kunden. Es geht nun mal nichts über die persönliche Inaugenscheinnahme der Ware. Aber ich glaube, dass ich mit meiner Auswahl zwei sehr guten Kunden eine ganz besondere Freude bereiten kann.*
Das freut mich zu hören, strahlte Maurice und stellte eine weitere Frage, die Walcher ebenfalls erwartet hatte. *Sagen Sie, Herr Hoffmann, haben Sie Ihren Wohnsitz in Italien, wie Ihre Mailadresse nahelegt oder in Deutschland, wo Sie ja laut Ausweis ansässig sind? Entschuldigen Sie meine Nachfrage, aber wir sind nun mal sehr vorsichtig.* Er grinste breit und händigte Walcher seinen Pass wieder aus, den er ihm unbemerkt aus der Tasche gezogen hatte.
Menschenhändler und auch noch ein Taschendieb, dachte Walcher, ließ sich aber nichts anmerken, sondern sandte ein Dankesgebet an Brunner, der ihm den echt gefälschten Pass ausgehändigt hatte. *Da wie dort, mein Freund, wie Sie ja selbst sehr treffend bemerkten, kann man in unserem Geschäft gar nicht vorsichtig genug sein. Offen gesagt ist es heute das erste Mal, dass ich persönlich in Erscheinung trete. Und das auch nur deshalb, weil ich Sie kennen lernen wollte. Bisher habe ich andere Quellen genutzt.*
Kein Eklat, kein Misstrauen, kein Verlies. Johannes und Walcher waren erleichtert, dass Maurice und der Comte sie arglos und herzlich verabschiedeten und sie ungehindert das Schloss verlassen konnten.
Die beiden Mädchen auf dem Rücksitz, stürzten sich auf die Getränke und Süßigkeiten, die Johannes besorgt hatte. Walcher hatte sich von Frau Dr. Hein Fragebögen in verschiedenen Sprachen zuschicken lassen, um dem Mädchen – er war in seinen Überlegungen immer nur davon ausgegangen, ein Kind zu kaufen – verständlich machen zu können, was nun weiter mit ihm geschehen würde.

Auf den Zetteln stand als erstes die Frage nach Vor- und Nachname. *Lavra,* rief das Mädchen mit den schwarzen Haaren, das die Größte von allen gewesen war. Es hielt einen Zettel in der Hand und zeigte auf die oberste Zeile und dann auf sich. *Lavra, Lavra,* wiederholte es.
Walcher beugte sich nach hinten und schaute auf die Schrift. *Russisch,* sagte er zu Johannes, *kannst du ein paar Brocken Russisch? Außer Na sdarowje, meine ich.* Walcher drehte sich wieder zu den Mädchen. Mit großen Augen sah ihn Lavra an. Vorsicht und Angst waren darin zu lesen. Das andere Mädchen suchte noch in den Zetteln.
Aischa, sagte es schließlich so leise, dass es über dem Fahrgeräusch fast nicht zu verstehen war, weshalb Walcher nachfragte. *Aischa?*
Das Mädchen nickte und hielt Walcher einen der Zettel hin, Pakistan, stand dort. Die Mädchen lasen aufmerksam die Fragen auf den Zetteln und kreuzten an, wo etwas anzukreuzen war, und schrieben ihren Namen, den Namen der Eltern, den der Geschwister, ihren Wohnort und die Straße sowie ihr Alter auf. Vor allem aber war auf den Zetteln zu lesen, dass sie in sicherer Obhut wären und für ihre weitere Zukunft gesorgt würde.
Walcher hatte nicht daran gedacht, dass sie weder mit den kyrillischen noch mit den arabischen Schriftzeichen würden etwas anfangen können. Aber im Moment reichte es aus, die Namen zu wissen und den Kindern das Gefühl von Sicherheit zu geben.
Etwa eine Stunde später näherten sie sich nach Mulhouse der deutschen Grenze. Die Rückfahrroute auch wieder durch die Schweiz zu nehmen, war mit den beiden Mädchen und ihren vermutlich gefälschten Ausweisen viel zu riskant. Deshalb hatten sie die Route über Freiburg geplant. Kurz bevor sie die Grenze nach Deutschland überquerten, tauschten sie das römische wieder gegen ein deutsches Kennzeichen aus, das auch Brunner besorgt hatte.

Der Comte und seine Handlanger sollten nicht über das Nummernschild den Autovermieter und damit auch Walchers Wohnort ausfindig machen können.
Am Grenzübergang erhöhte sich nur kurz der Pulsschlag, denn freie Fahrt für europäische Bürger bedeutete in diesem Fall auch, dass es keinen Zöllner gab, der vielleicht hätte wissen wollen, ob sie etwas zu verzollen hatten.
Die Mädchen schliefen eng aneinander gedrückt und hielten sich selbst im Schlaf noch an den Händen. Walcher hatte einen Notizblock auf den Knien, den er mit einer Leselampe beleuchtete. *Sam, Samuel Reimann,* begann er mit der Teilnehmerliste der Versteigerung.
Noch hatte er die Namen und weitere Details in Erinnerung. *Dichte schwarze Haare, Mittelscheitel, ziemlich starke, dunkle Hornbrille, circa einsachtzig groß. Auffallend der große Brillant im linken Ohr. Blasse Haut, dicklich. Geziert in Sprechweise und Gestik. Lebt in Paris.*
Dephillip, Vorname nicht gefallen, kahl geschorener Schädel, modische rahmenlose Brille, grauer Schnauzbart, den er aber schwarz färbt, stechender Blick, runde Narbe auf dem rechten Handrücken. Wohnort ebenfalls Paris.
Egmont Duvalle, Monti genannt. Welliges blondes Naturhaar, gepflegt, zusätzlich onduliert. Klein, vielleicht einssechzig. Schmales Gesicht, Hakennase. Eitel, hat den Tick, sich ständig mit der Hand über die Haare zu streichen, reckt oft den Kopf himmelwärts. Spricht übertrieben akzentuiert, schnelle flinke Gestik. Dramaturg von Beruf, wie er sagte. Sehr geil, bekam deutlich sichtbar eine Erektion, als die Mädchen hereinkamen. Stammt aus der Nähe von Dijon … So ging es weiter, bis Walcher von allen eine Art Steckbrief notiert hatte, auch vom Comte und dessen Adlatus Maurice.
Morgen werde ich sie zeichnen, vor allem, um mich an die Typen selber erinnern zu können. Vielleicht werden ja auch Fahndungsfotos für die Polizei daraus, meinte Walcher auf Johannes' Frage, was mit den Steckbriefen geschehen sollte.

Dann wird das hier also unsere Menschenhändler-, Pädophilen- und Sklavenhalterkartei, bemerkte Johannes.
Unsere?, fragte Walcher und lächelte, *willst du damit sagen, dass wir mal wieder zusammenarbeiten? Das würde mich wirklich sehr freuen.*
Tun wir doch bereits, oder wer, glaubst du, saß in der Personalkammer im Schloss?, lautete Johannes' knapper Kommentar. Kurz darauf bog er auf einen Rastplatz ab, damit die Kinder auf die Toilette gehen konnten, auch wollte er am Steuer abgewechselt werden.
Walcher und Johannes wunderten sich, dass die beiden Kinder sich weigerten, den Wagen zu verlassen, und das, obwohl sie einiges getrunken hatten. Johannes versuchte es mit *Pipi, Pisi,* und setzte sich in die Hocke, um ihnen zu demonstrieren, was sie in dem Toilettenhäuschen machen könnten. Aber es half nichts und als Walcher seine Hand durch die offene Hintertür streckte, um durch diese Geste Lavra zum Aussteigen zu bewegen, zuckte sie zurück und sah ihn angstvoll an. Da ließen sie es bleiben und fuhren weiter.
In Gedanken versunken schwiegen sie, bis Johannes von seinen Erlebnissen im Schloss zu erzählen begann. Er hatte Bertram, der wohl die Rolle des Schlossfaktotums innehatte, in ein Gespräch verwickeln können und ihm entlockt, dass beinahe regelmäßig jeden Monat eine Versteigerung stattfände.
Moment mal, unterbrach ihn Walcher, *wenn sie pro Monat zehn bis zwölf Kinder verkaufen, dann sind das über hundert Kinder im Jahr, allein in Frankreich, und sie sind vermutlich nicht der einzige Händlerring. Das muss doch irgend jemandem auffallen! Und dann die Eltern, deren Kinder entführt wurden, das müsste doch einen riesigen Aufschrei geben. Oder hat man denen die Kinder abgekauft? Ich versteh' das nicht. Außerdem müssen die Kinder ja auch irgendwo leben.*
Würdest du mitbekommen, wenn sich auf einem der Höfe in

deiner Nachbarschaft Pädophile an Kindern vergehen?, sinnierte Johannes.
Vermutlich nicht, nickte Walcher, *wenn überhaupt würde ich mich höchstens über die häufigen Besucher wundern, aber genau hinschauen? Ich glaub' nicht, jedenfalls bisher.*
Würd' ich vermutlich auch nicht machen, nickte Johannes, *aber in der Stadt geht das noch mehr unter. Wenn die Kinder nicht gerade jede Nacht wie am Spieß schreien, kümmert sich doch kein Mensch darum, was im Nachbarhaus geschieht. Hört man ja beinah jeden Tag, dass irgendwo wieder mal 'ne Mumie entdeckt wurde, und das nur, weil der Briefkasten überquoll. Oder die Fälle, wo sich einer ein Kind als Sexsklavin kidnappt. Wie lange hatte der Österreicher ein Mädchen im Keller versteckt? Aber lass mich vom Schloss erzählen*, bat Johannes und machte eine kleine Pause, in der er sich zu den Kindern umsah, die wieder fest eingeschlafen waren, eng aneinander gekuschelt.
Also, die Käufer und Zwischenhändler stammen aus verschiedenen Regionen Frankreichs, erklärte mir Bertram Bollinger, wie er übrigens mit vollem Namen heißt. Dass du eingeladen wurdest, ist wohl eher ein Zufall oder die reine Geldgier, die Märkte in Europa seien nämlich genau aufgeteilt.
Manchmal brächten Kuriere Sonderlieferungen an frischen Hühnchen, wie er sich ausdrückte, aber die seien bestellt und blieben nur für eine Nacht, maximal zwei Tage. Manchmal würden Mädchen auch zurückgegeben, die blieben bis zur nächsten Versteigerung im Haus und dürften bei der Arbeit helfen. Dürften, hat er gesagt, die jungen Dinger dürften ihm bei der Arbeit helfen. Johannes trommelte aufs Lenkrad und gab unvermittelt Gas, nahm es aber sofort wieder zurück.
Dann war da noch so ein Typ, Maskenbildner, dem hab' ich ordentlich eine gezündet.
Was hast du?, fragte Walcher entsetzt.
Du musst dir vorstellen, da erzählt dir so ein pädophiler Arsch, dass er die Kinder schminken und herrichten darf und sie sich

dabei auf seinen Schoß setzen müssen und solch einen … einen Scheiß. Er entwirft auch die Kostüme und passt sie an. Und dann badet er die „Dämchen", wie er sich ausdrückte, auch noch. Eines der Kinder schminkt und frisiert er bewusst hässlich, in der Hoffnung, dass es nicht verkauft wird, das bleibt dann bis zur nächsten Versteigerung im Schloss. Bis dahin hat er dann das Kind für sich, Arbeitslohn sei das. Verdammt nochmal. Der Arsch hat das mit einem derartigen Selbstverständnis geschildert, da ist mir einfach der Gaul durchgegangen.
Hab' so getan, als ob er mich gestoßen und dabei mein Glas ausgeschüttet hat, und hab' ihm dann eins ordentlich auf die Nase gegeben. Meine Hand tut mir jetzt noch weh. Mich stößt niemand an, hab' ich gebrüllt, damit die nicht auf die Idee kamen, ich hätte so etwas wie Gefühle der Kinder wegen.
Unüberhörbar klang Stolz aus Johannes' Stimme.
Überflüssig und durchaus gefährlich, meinte Walcher, *aber ich kann dich gut verstehen. Ich habe mich bei diesem perversen Sklavenmarkt so beschissen wie noch nie gefühlt und war mal kurz davor, das Ganze hinzuschmeißen. Seit ich im Kongo die Geschichte über Kindersoldaten gemacht habe, dachte ich immer, mich kann nichts mehr erschüttern ...*
Ich arbeite erst seit zwei Monaten an der Recherche, fuhr Walcher nach einer Pause fort, *aber die Fakten, auf die ich allein schon in dieser kurzen Zeit gestoßen bin, gehen mir verdammt an die Nieren. Ziehen wir einmal Thailand als Beispiel heran. Allein im vergangenen Jahr haben etwa sechs Millionen Touristen, davon etwa achtzig Prozent Männer, Thailand besucht. Was bitte suchen diese fast fünf Millionen männliche Singles in Thailand? Die Schönheit der Landschaft, das Vergnügen am berüchtigten Smog in Bangkok? Drogen, um den Nervenkitzel der drohenden Todesstrafe zu erleben? Selbstfindungskurse an einsamen Stränden? Kochkurse? Oder ist es etwa nicht so, dass wer weiß wie viele von ihnen in eins der größten Freudenhäuser dieser Welt jetten, um sich dort an kleinen Mädchen und Jungs zu vergehen?*

Und das, obwohl es dort wie hier Gesetze gibt, die den sexuellen Missbrauch von Kindern unter Strafe stellen, ereiferte sich Johannes. *Aber es wird nicht ernsthaft etwas unternommen. Die Devisen der Touristen sind den meist korrupten Politikern natürlich wichtiger als der Schutz von Kindern.*
Aber noch mal zurück zu Bertram. Er wollte wissen, warum wir den weiten Weg auf uns nehmen und auch das Risiko beim Passieren der Grenze, es gäbe doch auch in Deutschland jede Menge Händler. Erst wollte er nicht herausrücken mit einer Adresse, aber dann habe ich wie zufällig einen Fünfziger aus der Tasche gezaubert und zack, rückte er mit einer Internet-Adresse heraus. Hoffentlich bringe ich sie noch zusammen, www.world-marriage oder nein, www.worldwideheiratenfrauen.com, ja, das ist sie glaube ich.
Ist notiert, stellte Walcher fest und meinte, dass es höchste Zeit für die versprochenen Anrufe sei. Zuerst wählte er die private Telefonnummer von Frau Dr. Hein, sie hatten vereinbart, dass er sie anrufen würde, egal wie spät es auch sein mochte. Dr. Hein war sofort am Telefon.
Ich habe zwei Mädchen bei mir und bin mit ihnen bereits in Deutschland.
Wieso zwei?, hakte sie sofort nach.
Walcher antwortete mit der bitteren Bemerkung: *Es gab sie zum Schnäppchenpreis.*
Aha, kam es aus dem Handy, *und wenn sie genügend Geld dabei gehabt hätten, wie viele säßen dann jetzt in Ihrem Wagen?*
Zwölf.
Wie viel mussten Sie für die beiden bezahlen?
Walcher nannte den Betrag und fügte noch hinzu, *den Höchstpreis, den sie für die Jungfrauen unter den frischen Hühnchen nehmen.*
Frau Dr. Hein flüsterte nur: *O mein Gott, ist das widerlich. Wenn es Ihnen recht ist, kommen wir morgen gegen die Mittagszeit, um die beiden bei Ihnen abzuholen.*
Gut, dann also bis morgen, verabschiedete sich Walcher.

Sein nächster Anruf galt Kommissar Brunner, der sich ebenfalls sofort meldete. Auch ihn informierte er.
Brunner raunzte allerdings ins Telefon: *Scheiße, warum haben Sie nicht alle gekauft?*

Zuflucht

Lange nach Mitternacht hielten sie endlich vor Walchers Hof. Trotz der vorgeschrittenen Stunde öffnete Marianne sofort die Tür. Johannes' Freundin hatte darauf bestanden, auf die Rückkehr der beiden hier zu warten, und war von Zürich aus hergefahren, nachdem Walcher dort Johannes abgeholt hatte. Natürlich war auch Irmi noch auf und sah neugierig auf die schlafende Lavra und Aischa.
Was machen wir mit ihnen?, fragte Johannes, nachdem er Marianne und Irmi begrüßt hatte.
Walcher wollte gerade vorschlagen, sie einfach ins Haus zu tragen, als Aischa plötzlich hochschreckte und derart gellend schrie, dass auch Lavra aus dem Schlaf gerissen wurde.
Irmi öffnete die hintere Wagentüre, legte den Finger an die Lippen und winkte den Mädchen, ihr zu folgen.
Die beiden blickten zunächst skeptisch, aber Aischa hörte auf zu schreien und stieg aus. Lavra schloss sich an, schlaftrunken und schicksalsergeben, allerdings nicht, ohne sich die letzten Süßigkeiten zu greifen.
Irmi fand es klasse, nicht nur einen, sondern unerwartet zwei Gäste zu haben. Sie führte die beiden hoch in ihr Zimmer, natürlich erst, nachdem Rolli die Neuankömmlinge ausgiebig begrüßt hatte, was ganz erheblich dazu beitrug, das Misstrauen der beiden Mädchen abzubauen. Irmi zeigte Lavra und Aischa Bad und Toilette, gab ihnen Schlafanzüge, Zahnbürsten und bot ihnen zu trinken an.

Als Marianne und die beiden Männer kurze Zeit später nach ihnen schauten, sahen sie die drei auf Irmis Bett sitzen und in einem Fotoalbum blättern.
Leise gingen die Erwachsenen wieder nach unten in die Küche, sie wurden erst einmal nicht gebraucht, und stießen mit einer Flasche „Chateau du Comte“, die Johannes bei Bertram gegen Aufpreis erstanden hatte, auf ihre unversehrte Heimkehr an.
Man sollte dem Grafen empfehlen, meinte Johannes nach dem ersten Schluck des zwar durchgeschüttelten, aber recht ordentlichen Tropfens, *dass er besser dran täte, sich auf das Geschäft seiner Väter zu besinnen.*
Wer sagt denn, dass es in dieser Familie nicht immer schon vor Ganoven wimmelte, gab Marianne ihrem Mann in spe zu bedenken. Johannes und Marianne wollten nämlich im Oktober heiraten, mit einem katholischen Gottesdienst in einer idyllischen Bergkirche auf dem Pilatus.
Marianne, der die Erleichterung über Johannes' gesunde Rückkehr anzumerken war, wollte genau wissen, was sich auf dem Schloss abgespielt hatte. Deshalb dauerte es noch, bis die Drei endlich in ihre Betten kamen.

Walcher wachte am nächsten Morgen erst auf, als Rolli über sein Bett sprang. Er stürmte Bärendreck nach, der wiederum von den drei Mädchen gejagt wurde.
Das Haus war erfüllt von Gelächter und Rollis Gebell. Dass sich der Hund sogar die Treppe in den ersten Stock hinauftraute, schrieb Walcher dem Ausnahmezustand zu, in dem sich auch Rolli befand. So viel Trubel hatte es noch nie im Haus gegeben.
Auch das Wetter spielte mit und Marianne deckte auf der Terrasse einen üppigen Frühstückstisch, wie zu einem besonderen Festtag.
Als sich Walcher nach der Schule erkundigte, antworteten Irmi und Marianne fast im Chor, dass sie mit der Lehrerin

abgesprochen hätten, dass Irmi besonderer familiärer Umstände wegen heute nicht am Unterricht teilnehmen könne.
Was für besondere familiäre Umstände?, fragte Walcher verdutzt und wurde von Irmi aufgeklärt.
Johannes und Marianne feiern heute ihre Verlobung.
Aha, meinte Walcher, *weiß das auch Johannes? Das hätte er mir doch bestimmt erzählt.*
Nein, erwiderte Marianne mit einem Lächeln, *aber gleich wird er es erfahren, und ihr seid unsere Verlobungszeugen und du,* deutete sie auf Walcher, *bist später dann auch unser Trauzeuge. So haben Irmi und ich es gestern Nachmittag beschlossen.*
Ja dann, Walcher winkte Aischa und Lavra zu und setzte sich an den Tisch. Es war ein heiteres Frühstücksidyll, wie in Werbefilmen Großfamilien dargestellt werden.
Rolli bekam zum ersten Mal in seinem Leben unter dem Tisch Wurststückchen zugesteckt und Walcher ahnte, dass er Wochen brauchen würde, ihm das Betteln wieder abzugewöhnen. Aber er mochte Aischa und Lavra den Spaß nicht verbieten.
Noch mit vollen Mündern sausten die drei Mädchen vom Tisch, in und um das Haus herum, durch den Garten und über die Wiesen, so als hätten sie auf diesen Auslauf lange warten müssen.
Mit einem Glas Champagner stieß Walcher mit Marianne und Johannes auf die Verlobung an, von der Johannes eben erfahren hatte. Eigentlich hätte es ein erinnerungswerter Vormittag werden können, aber die rechte Feierstimmung wollte sich nicht einstellen. Im Gegenteil, häufig sahen sie heimlich auf ihre Uhren und ihre Mienen wurden von Stunde zu Stunde nachdenklicher. Bald würde Frau Dr. Hein kommen, um die Mädchen abzuholen, und bei diesem Gedanken fühlten sie sich ein bisschen wie Verräter.

Wieso hängen hier alle so traurig herum, ertönte plötzlich von der Küchentür her Brunners Stimme. *Geben Sie mir doch bitte auch ein Gläschen von dem Perlwasser und lassen sie mich auf Ihren Erfolg anstoßen,* deutete er erst auf die Flasche Champagner und dann auf die vorbeihastenden Kinder. *Sind sie das?*
Nachdem er ein Glas bekommen und es beinahe in einem Zug geleert hatte, strahlte er der Reihe nach jeden einzelnen an, machte eine kleine Verbeugung und sagte, auf Walcher und Johannes deutend: *Herzlichen Glückwunsch und damit das mal gesagt ist, ich bin heilfroh, dass Sie wieder zurück sind und alles glatt gelaufen ist. Ich glaube, der Innenminister höchst persönlich hätte mich als Kartenverkäufer in die Breitachklamm versetzt, wenn diesen Möchtegernundercoverkamikazes irgendetwas geschehen wäre.*
Weiter kam er nicht, es klingelte an der Haustür. Frau Dr. Hein und eine Begleiterin vom Jugendamt München, die sich mit *Huber* vorstellte, standen vor der Tür. Walcher führte sie auf die Terrasse und machte die Runde miteinander bekannt.
Während sie sich alle per Handschlag begrüßten, fegte Bärendreck wie ein Gejagter über die Terrasse, gefolgt von Rolli, Aischa, Irmi und Lavra, in exakt dieser Reihenfolge. Kurz darauf tauchten sie erneut auf, diesmal allerdings mit Bärendreck als dem Verfolger.
Frau Dr. Hein deutete mit dem Finger auf die Szene und schaute fragend, worauf Walcher wortlos nickte und die beiden Frauen einlud, sich am Frühstückstisch zu bedienen.
Nach dem kurzen Bericht von Walcher und Johannes über ihre „Einkaufstour“ trat ein beklemmendes Schweigen ein, nur unterbrochen durch das gelegentliche Auftauchen der herumtollenden Mädchen.
Wenn es doch nur immer so wäre, meldete sich Frau Dr. Hein schließlich zu Wort und schaute Walcher an. *Ich habe meine*

Mitarbeiterin schon heute morgen gebeten, sich um Übergangsplätze zu kümmern, bei Kindern ist das immer etwas schwieriger als bei den Älteren. Aber ich denke wir haben da eins ...
Ohne mich, meldete sich Frau Huber unvermittelt zu Wort. Nur diese beiden Worte sagte sie.
Nach einer Pause erkundigte sich Frau Dr. Hein bei ihr, was sie damit meine.
Ich bringe es einfach nicht übers Herz, erklärte Frau Huber und deutete in die Richtung, aus der herzerfrischendes Lachen zu ihnen drang, *die Mädchen mitzunehmen. Sie in München in ein Heim zu stecken, wo sie sich wieder wie Strandgut fühlen werden, wieder verstoßen und verloren. Wie sie sich fühlen müssen. Tagsüber mag es gehen, aber die Nächte ... In dem Alter, mit den Erlebnissen, o mein Gott. Das ist so furchtbar, sage ich Ihnen. Ich weiß, wovon ich spreche!*
Wieder herrschte Schweigen am Tisch.
Diesmal unterbrach Walcher es mit einer etwas hilflosen Geste. *Und was schlagen Sie vor?*
Es war eine rein hypothetische Frage, denn er vermutete, was er von dieser Frau Huber zu hören bekommen würde, und lag damit richtig.
Könnten wir ... Sie ... den Kindern nicht einige sonnige Tage schenken. Sie haben da doch auch was davon, für Ihren Artikel ... und so. Die Kleinen machen so einen gelösten Eindruck, das ist selten der Fall. Meistens sind sie traumatisiert und total verstört. Also, wenn ich hier irgendwo mein Zelt aufschlage und wenigstens eine Woche Zeit habe, mich um die Kinder zu kümmern, dann würde ihnen das viel bringen. In der Zeit könnten wir dann auch geeignete Plätze suchen oder sogar ihre Eltern gefunden haben. Als Gegenleistung würde ich den Haushalt versorgen und sonst überhaupt nicht stören.
Nein! Walchers entschiedenes Nein klang hart und herzlos. Johannes und Marianne starrten ihn verständnislos an, Frau Dr. Hein blickte angestrengt auf ihre Füße und Brunner griff nach der Champagnerflasche.

Frau Huber seufzte und suchte in ihren Unterlagen, die in der aufgeschlagenen Mappe vor ihr auf dem Tisch lagen.
Nein, wiederholte Walcher, *Sie werden aus meinem herrlichen Garten kein Zeltlager machen! Also, ein freies Zimmer wird sich im Haus schon noch finden, denke ich, und eine Haushälterin suche ich schon lange.*
Brunner drückte als Erster seine Erleichterung aus und fragte nach einer Flasche, in der auch etwas drin sei.
Der Reihe nach erschien auf den Gesichtern ein Lächeln und ein Aufatmen ging durch die Runde.
Als Frau Dr. Hein, durch Frau Huber als Dolmetscherin, die beiden Mädchen informierte, dass sie vorerst dableiben dürften, klatschte Aischa in die Hände, während Lavra nur stumm weinte.
Frau Huber nahm Lavra am Arm und sprach mit ruhiger Stimme auf Russisch mit ihr. Auch mit Aischa unterhielt sie sich ein wenig, wenn auch nur holprig, wie sie entschuldigend erklärte, sie habe erst vier Monate Pakistani in der Volkshochschule hinter sich und: *Es ist ein reiner Zufall, dass ich ausgerechnet Aischas Sprache lerne, nämlich Urdu. In Pakistan werden so um die 60 Sprachen gesprochen. In Russisch bin ich schon etwas weiter, das lerne ich seit zwei Jahren,* erklärte sie lächelnd.
Nach einem Blick auf die Uhr entschuldigte sich Kommissar Brunner und fragte Walcher und Johannes nach weiteren Einzelheiten ihrer Tour. Walcher versprach, ihm seinen Steckbrief durchzufaxen und was ihm sonst noch einfallen würde per Telefon durchzugeben. Dann gab er ihm den Rest des Falschgeldes und die gefälschten Ausweise samt Nummernschild zurück.
Als Johannes dem Kommissar die Internet-Adresse nannte, www.worldwideheiratenfrauen.com, hatte es Brunner plötzlich sehr eilig und verabschiedete sich.
Frau Huber und Dr. Hein sprachen mit den Mädchen, machten Notizen, füllten Formulare aus und telefonierten.

Walcher musste einen Atlas bringen, aber nur Lavra konnte die Stadt nennen und zeigen, in der sie aufgewachsen war. Aischa hatte noch nie eine Landkarte zu Gesicht bekommen, sie kannte nicht einmal den Namen der Ortschaft, in der sie lebte. Ihre Familie aufzuspüren würde vermutlich extrem schwierig werden, zumal es in Pakistan keine Niederlassung der SOWID gab. In Lavras Fall hingegen würden die Leute vom neu eröffneten Büro in Moskau versuchen, den Kontakt mit deren Familie herzustellen.

Es war spät am Nachmittag, als Frau Dr. Hein und Frau Huber nach München aufbrachen. Frau Huber mit dem Versprechen, spätestens am folgenden Abend in ihrer Funktion als Sozialarbeiterin und zeitweilige Haushaltsgehilfin wieder zu erscheinen.

Nach ihnen machten sich auch Marianne und Johannes auf den Weg nach Zürich, sodass sich Walcher plötzlich allein gelassen fühlte, in seiner neuen Funktion als Heimvater, wie er Irmi gegenüber im Scherz meinte.

Die konterte allerdings und meinte, dass schließlich sie die Hauptlast zu tragen hätte.

Während die Mädchen weiter die Umgebung und das Haus erkundeten, räumte Walcher endlich den Frühstückstisch ab, füllte die Spülmaschine und setzte sich dann an den Computer.

Informieren Sie mich doch bitte über den Stand Ihrer Recherchen, am besten an meine obige Mailadresse. Habe ich Ihnen mit meinen Unterlagen weiterhelfen können? Herzlichen Gruß, Günther Auenheim.

Walcher las die Mail und wählte auch schon Rolf Innings Telefonnummer, den er aber nicht erreichte. Stattdessen schrieb er ihm eine Mail.

Hallo Herr Inning, bitte klären Sie mich auf, ob es Bestandteil unserer Vereinbarung war, dass ich Zwischenberichte abzugeben habe. Herr Auenheim bittet nämlich um einen solchen.

Meiner Ansicht nach vereinbarten wir nur einen vorläufigen Termin sowie ein vorläufiges Budget, wobei vor allem letzteres darüber entscheiden soll, ob mein, bis zu unserem vereinbarten Kostenlimit erstelltes Material ausreicht, um ein umfangreiches Dossier auszuarbeiten. Außerdem wäre es mir sehr lieb, nur einen Ansprechpartner in der Sache zu haben, nämlich Sie!
Ich freue mich auf Ihren Anruf bzw. Ihre Antwortmail.
Mit herzlichem Gruß, R. Walcher.
Die folgende Stunde nutzte Walcher, um Portraits von den Teilnehmern der Versteigerung zu zeichnen. Er war wirklich kein großer Zeichner, aber die Skizzen ließen die besonderen Merkmale erkennen und gaben den Namen Form, auch wenn es vermutlich ebenso falsche Namen waren, wie sein Hoffmann. Zusammen mit der Namensliste faxte er die Skizzen an den Kommissar.
Als er danach wieder in den Mailordner sah, hatte Inning bereits geantwortet.
Lieber Herr Walcher, ich kann Sie gut verstehen, schrieb er, *aber tun Sie Herrn Auenheim bitte den Gefallen – und damit auch mir. Die Zeiten sind nicht so rosig, als dass ich es mir erlauben könnte, einen der Mitinhaber zu brüskieren, auch wenn es, in diesem Fall für Sie, ein Mehr an Arbeit bedeutet.*
Im vergangenen Jahr wurde ein Drittel der Redaktionsmitarbeiter entlassen, ich hatte das Glück, zu den zwei Dritteln zu gehören. Glauben Sie mir, die schwierigen Zeiten mitzuerleben, hat mich sehr verändert, im Übrigen finde ich es durchaus in Ordnung, dass Herr Auenheim bestimmte Themen besonders interessiert verfolgt, wenigstens heckt er in dieser Zeit nicht Pläne für weitere Einsparungen aus. Auf Ihr Verständnis hoffend, mit einem herzlichen Gruß, Rolf Inning.
Na gut, dachte Walcher und schrieb eine kurze Info über das Geschehen in Burgund und setzte sowohl Auenheim als auch Inning auf den Verteiler.
Postwendend kam eine Antwort von Günther Auenheim. *Hervorragend,* schrieb er, *es war mutig von Ihnen, sich in die*

Höhle des Löwen zu wagen. Vielen Dank für Ihre freundliche Information. Günther Auenheim.
„Na bitte, kostet einen doch gar nicht so viel, jemandem entgegenzukommen, und der Dank ist groß", hörte Walcher förmlich seinen Vater im Kopf sagen, der sich überraschend wieder einmal meldete, denn auch von Inning erhielt er Antwort, allerdings stand in der Mail nur: *Herzlichen Dank, Rolf Inning.*

Familientraining

Als wollten sie mit aller Macht ihre Unbeschwertheit zurückgewinnen und als wäre Irmi die Garantin dafür, klebten Lavra und Aischa an ihr wie die Kletten.
Erst veranstalteten sie zusammen eine Modenschau mit allem, was Irmis Schrank hergab, dann fegten sie als Waldschrate verkleidet ums Haus, um gleich darauf friedlich zusammen Musik zu hören, leider in der Lautstärke ihrer Altersgruppe.
Sie verständigten sich mit Gesten und Mimik und wenn sie mal gar nicht weiterkamen, versuchten sie es mit Zeichnungen auf Papier oder im Sand, wenn sie gerade auf dem Hof standen.
Irmi behandelte die beiden mit großer Freundlichkeit und geradezu außergewöhnlicher Geduld, eine reife Leistung, fand Walcher und vermutlich ein ideales Heilmittel gegen die Erlebnisse der Kinder.
Auch er wollte seinen Teil zu einer positiven Erfahrung der Mädchen beitragen und forschte das Internet nach der pakistanischen und russischen Küche durch.
Aber die in einen Topf zu bringen, schien nicht möglich. Also brutzelte er eine Eigenkreation aus Reis mit Bananen, Rosinen und Äpfeln, gewürzt mit Curry.

Als Nachtisch gab's Birnenschnitze in Naturjoghurt und zu trinken kochte er einen Früchtetee, den er anschließend mit Apfelsaft mixte.
Bei Aischa und Lavra fand sein Menü reißenden Absatz, während Irmi wissen wollte, wann denn das Hauptgericht käme.
Nach dem Essen halfen die Mädchen das Geschirr abtragen und die Küche aufräumen, ohne dass er sie darum bitten musste, zu seiner Verblüffung brauchte auch Irmi keine extra Aufforderung. Offensichtlich wollte sie sich den beiden gegenüber keine Blöße geben.
Am Abend setzten die Mädchen das Badezimmer unter Wasser und ihr Kichern war bis in die Küche hinunter zu hören, wo Walcher bei einem Glas Rotwein den ersten Herbergstag ausklingen ließ.
Die ungezwungenen Kinderstimmen im Hintergrund machten ihn sicher, die richtige Entscheidung getroffen zu haben, und mit Frau Huber zur Seite würde er die nächste Zeit auch überstehen.
Walcher war dann richtig gerührt, als die Mädchen noch herunterkamen und ihm in ihren Muttersprachen eine gute Nacht wünschten, Irmi natürlich im breitesten Dialekt ihrer Heimat.
Kichernd verschwanden sie wieder nach oben und Rolli war anzusehen, dass er sie liebend gern begleitet hätte.

Der Boss

Ilija Dargilew war der Boss. Er besaß eine natürliche Autorität und genoss bei seinen Mitarbeitern und Geschäftspartnern ebenso wie bei seinen hartnäckigsten Feinden größten Respekt – ein Alphawolf.
Ilijawitsch bezeichnete die Menschen grundsätzlich als Dummköpfe, die er in zwei Gruppen aufteilte. Diejenigen, die für oder gegen ihn waren. Seiner schlichten Philosophie kam entgegen, dass er die Macht und die Skrupellosigkeit besaß, sie entsprechend durchzusetzen.
Wer für ihn war, profitierte von der Verbindung zu ihm. Wer gegen ihn war, tat gut daran, ihn zu meiden.
Störte jemand seine Geschäfte oder kränkte ihn in seiner Ehre, der büßte dafür mit dem Leben, meist durch einen Unfall. Eine derartige Konsequenz sprach sich herum, jedenfalls unter seinesgleichen.
Davon abgesehen führte Ilija seine Unternehmen mit der Professionalität eines Absolventen der Betriebswirtschaft in Harvard. Gebürtiger Russe, hatte er als Gaststudent zwei Jahre in Boston Internationales Recht und Betriebswirtschaft studiert, seine Studien aber nicht abgeschlossen. Nicht etwa, weil sie ihn überfordert hätten, sondern weil er von der Einwanderungsbehörde aufgefordert worden war, die Bostoner Universität sowie die Vereinigten Staaten unverzüglich zu verlassen. Ilija hatte nämlich einen schwunghaften Handel mit den verschiedensten Drogen betrieben, schließlich musste er sein Studium ja irgendwie finanzieren.
Da er ohnehin der Auffassung war, längst genug gelernt zu haben, beschloss er, dieser Aufforderung Folge zu leisten. Die Rückkehr nach Russland geriet dann jedoch zu einer hektischen Flucht, nachdem er auf seiner wilden Abschiedsparty einen Kontrahenten im Kampf um die Gunst einer Kommilitonin lebensgefährlich verletzt hatte.

Dass die Amerikaner seine Auslieferung forderten, führte zu einem länger anhaltenden diplomatischen Notenaustausch zwischen Russland und den USA, der allerdings ohne Ergebnis irgendwann zu den Akten gelegt wurde.

Ilijas Konzern oder besser gesagt Syndikat war als international tätige Immobiliengesellschaft gemeldet, mit Tochtergesellschaften in immerhin 14 Ländern.
Die Geschäfte, die mit diesen Immobilienfirmen getätigt wurden, warfen für die Gesellschafter, die durchweg der jeweils führenden politischen Schicht angehörten, seit vielen Jahren enorm hohe Gewinne ab, was wiedrum zu einer hohen Stabilität der Gesellschaft führte.
Neben dieser legalen Gesellschaft betrieb Ilija jedoch ein Schattenreich, mit dem er sein eigentliches Geld verdiente. Produktbereiche, wie er es fachmännisch im Wirtschaftsjargon bezeichnete, spannten den Bogen aller illegalen Gewerbe von Glücksspiel über Prostitution, Schutzgelderpressung, Menschen-, Drogen-, bis hin zum Waffenhandel und womit immer sich sonst Geld machen ließ, seien es Autos, Öl, Gas, Gold, Edelsteine, Ikonen, Pelze oder Antiquitäten.
Die Leistungsbreite seines Firmenimperiums hätte dem Beteiligungs-Portfolio einer modernen Bank alle Ehre gemacht. Dank seines Händchens für alle möglichen wirtschaftlichen Transaktionen wuchs sein Unternehmen rasch zu einem der führenden Syndikate Russlands.
Erstaunlicherweise gab sich Ilijawitsch damit zufrieden und bekämpfte seine Mitkonkurrenten nicht, sondern betrachtete sie als „belebend fürs Geschäft“ und nannte sie „meine lieben Mitbewerber“.
Meine Mitbewerber helfen mir Märkte zu erschließen und halten mir die Behörden vom Leib, die sonst meine Monopolstellung angreifen müssten. Warum also sollte ich sie bekämpfen, lautete seine Devise.

Ilijas einzige und wirklich große Leidenschaft war allerdings nicht sein Geschäft, sondern seine Frau, eine überaus intelligente, bildschöne und faszinierende Person, die er mindestens alle vier Wochen am liebsten ermordet, auf den Mond geschossen oder in der Tiefsee versenkt hätte, um sie dann doch lieber als seine angebetete Göttin auf den Thron seiner Liebe zu heben.
Reja-Mira berief sich stolz auf ihre bojarische Familiengeschichte und ihre Zugehörigkeit zum alten russischen Hochadel.
Seit dem Zarenerlass von 1818 allerdings, der damals alle Adeligen aufforderte ihre Abstammung per Geburtsurkunde oder mit anderen schriftlichen Urkunden zu belegen – was die wenigsten konnten –, war in der Familie der Irrsinn ausgebrochen und setzte sich in unterschiedlichster Ausprägung bis in die Gegenwart hinein fort.
Dass die derzeitigen Mitglieder der Familie, die noch heute auf ihrem Stammsitz lebten, bekannt waren wie bunte Hunde, hatten sie wohl diesem Umstand zu verdanken. Den Stammsitz wiederum hatte Reja-Miras Großvater auf verschlungenen Wegen vom russischen Staat zurückgekauft, nachdem er in der Oktober-Revolution enteignet worden war. Der Großvater hatte das Familienschloss in eine Psychiatrie umgewandelt und psychisch Kranke als einen skurrilen Hofstaat um sich versammelt. Mit ihnen als Hilfskräften bewirtschaftete er die zum Schloss gehörende Landwirtschaft, alles mit dem Segen der Kommunisten und unter der Leitung eines echten Psychiatrieprofessors, seines Schwagers.
Ob sich Reja-Mira nur dem Ruf ihrer Familie verpflichtet fühlte oder tatsächlich psychisch krank war, interessierte niemanden. Und wer würde sich darüber schon ohne Not äußern, gab es da doch ihren Mann, Ilija, den Boss.
Wie von der Kraft des Mondes gesteuert, verhielt sich Reja-Mira mit schöner Regelmäßigkeit nur eine Woche im

Monat so, wie Ilija sie unwiderstehlich süchtig machend fand: zärtlich, herzlich, liebesbedürftig, gesprächig, offen, verständig, ihm dann ewige Treue und Liebe schwörend. In den übrigen drei Wochen litt Ilija unter ihren unkontrollierbaren Wutausbrüchen, die schon ein unbedachtes Räuspern von ihm auslösen konnten.
Darauf folgten Depressionen, die Ilija die Lebenskraft raubten, als litte er selbst an dieser Krankheit. Dazwischen herrschte eine Art explosiver Waffenruhe, die nur durch Wahrung von Distanz halbwegs gewahrt blieb. Kaum hatte er sich aber in seinen separaten Wohntrakt geflüchtet, litt er unter Verlassensängsten, soff Tage und Nächte durch und hasste dafür sich, seine Frau und jeden, der ihm über den Weg lief.
Rappelte er sich endlich aus diesem Tal der Schmerzen wieder auf, liebte er seine Reja-Mira oder hätte sie wieder am liebsten in der Tiefsee versenkt oder auf den Mond geschossen und dieses Drama wiederholte sich, wie der Mond zu- und abnahm.
Seit einem Jahr hatte er sich angewöhnt, bei den ersten Anzeichen der periodischen *Verrücktzeit,* wie er Reja-Miras Phase der Unberechenbarkeit nannte, auf Geschäftsreise zu gehen. Das wiederum führte dazu, dass die Erträge stiegen, denn die Anwesenheit des Bosses stachelte die Verantwortlichen der Tochtergesellschaften und Niederlassungen im In- und Ausland zu Höchstleistungen an.
Sein Grundsatz, *Mieteinnahmen sind gut, Mietausgaben schlecht,* veranlasste ihn, eine Vielzahl an Immobilien zusammenzukaufen. Allein die deutsche Tochterfirma besaß einen über die ganze Republik verstreuten Millionen schweren Besitz an Wohnhäusern, Bürobauten, Hotels, Restaurants und Gewerbeobjekten, wie eben auch das Firmengebäude samt Lagerhalle der Spedition in Berlin-Schwanebeck.
Die Mieteinnahmen aus diesen diversen Immobilien fanden

Eintrag in den Geschäftsbüchern der deutschen Tochter, nirgends hingegen wurde verbucht, dass der in Gorki aktive Bruder von Nikolas Bromadin vom gleichen Syndikat Zahlungen für seine Menschentransporte erhielt. Das wussten nur Ilija sowie die Verantwortlichen seiner verschiedenen dubiosen Sub-Unternehmen. Überhaupt unterteilte er sein Imperium in viele kleine Einheiten, die nur das Nötigste voneinander wussten.
Einen wirklichen Vertrauten hatte Ilija in Mischa gehabt, seinem Freund seit Kindertagen, aber der war vor zwei Jahren tödlich verunglückt. Mischa, zehn Jahre lang seine rechte Hand, hatte ihm seinerzeit eindringlich davon abgeraten, *diese total durchgeknallte Adeligenhure* zu heiraten. Das hielt selbst eine so alte Freundschaft nicht aus.
Ilija würde es zwar niemals zugeben, aber das war eine seiner schmerzhaftesten Fehlentscheidungen gewesen. Nicht die Heirat mit Reja-Mira, sondern der inszenierte Unfall, bei dem Mischa ums Leben kam.
Mischa war ein Arbeitstier gewesen und außerdem ihm bedingungslos ergeben, ja er hatte Ilija regelrecht vergöttert und wäre für ihn durchs Feuer gegangen.

Rückreise

Die Stimmung der fünfzehn Mädchen im Bus war gedrückt. Drei Wochen lang waren die Zehn- bis Vierzehnjährigen verwöhnt worden, hatten ständig etwas geboten bekommen. Im Meer schwimmen, Segelkurse, Burgen bauen, Wattwanderungen, ein Tagesausflug nach Helgoland, Grillabende am Strand und vieles mehr hatten auf dem Programm gestanden für die Mädchen, die an den Folgen der Tschernobyl-Katastrophe litten.
Die viele Bewegung an der frischen Meeresluft, die gute Ernährung und die unermüdliche und liebevolle Betreuung durch die Mitglieder des Vereins „Kinderhilfe Tschernobyl Wangerooge e.V." hatte den Mädchen gut getan.
Eingeladen hatte sie der Hilfsverein, der auch für die Kosten des gesamten Erholungspakets aufgekommen war, jetzt ging es wieder zurück, zurück in die Nähe von Minsk, dorthin, wo sie ein monotoner Alltag in einem heruntergekommenen Waisenheim erwartete.
Sie waren doppelt gestraft, hatten nicht nur ihre Eltern verloren, sondern litten zudem als Opfer der Atomkatastrophe meist an Immunschwächeerkrankungen, Schilddrüsenkrebs oder Leukämie.
Der Abschied von den Mitgliedern des Vereins, von den Ärzten und Helfern des Erholungsheims war herzlich und traurig zugleich. Während ihres Aufenthalts hatten die Kinder Zuneigung und Herzlichkeit erfahren, für sie bisher selten erlebte Wesenszüge von Erwachsenen.
Ein allerletzter Ausflug war noch geplant, sie würden in Wilhelmshaven zu einer Hafenrundfahrt Halt machen.
Deshalb fuhr der Bus auf dem Friesendamm zum Hafen.
Dort empfingen zwei junge Männer in schicken blauen Kapitänsjacken die Mädchen und führten sie zu einer Motoryacht an einem der Kais für Rundfahrtboote.

Der Busfahrer und sein Beifahrer waren im Bus geblieben. Bei der Abfahrt in Harlesiel hatte niemand gefragt, warum es andere Busfahrer als auf der Herfahrt vor drei Wochen waren. Auch kam es den Mädchen nicht sonderbar vor, dass ihr Boot, auf dem sie sich befanden, so anders aussah als die anderen am Anleger mit ihren vielen Sitzplätzen an Deck und den Glasdächern. Auch die Enge an Bord, als alle fünfzehn Mädchen eingestiegen waren, störte sie nicht. Wer im Waisenhaus aufgewachsen ist, stellt keine großen Ansprüche.
Sie wunderten sich auch nicht über die seltsame Route, die das Boot nahm. Es fuhr aus dem Hafenbecken durch den Ems-Jade-Kanal direkt in den Jadebusen, dann in die Helgoländer Bucht und vorbei an den Ostfriesischen Inseln hinaus in die Nordsee.
Auch im Waisenhaus bei Minsk wunderte sich niemand über die Nachricht aus der Kreisverwaltung, der das Haus unterstellt war, dass die Wangerooger Ferienkinder künftig in einer Anlage bei Novogrudok untergebracht würden und deshalb die Sachen der Kinder zu verpacken und bereitzustellen seien.
Auch den Fahrer des Lastwagens, der zwei Tage später die Sachen abholte, fragte niemand nach seinem Auftrag oder nach offiziellen Papieren. Warum auch? Was die Mädchen an persönlichen Gegenständen, Kleidern und Spielsachen besaßen, passte in zwei handliche Kisten und war so gut wie wertlos.
Die Einzigen, die sich über den Verbleib der Mädchen Gedanken machten und sich wunderten, warum sie keine der versprochenen Postkarten von ihren kleinen Feriengästen erhielten, waren die Aktiven des Vereins „Kinderhilfe Tschernobyl Wangerooge e.V.“.

Sie wolle nur *Doro* genannt werden, bat sie Walcher, Irmi und die Kinder zur Begrüßung, als sie, wie angekündigt, nachmittags am nächsten Tag auf den Hof gerattert kam. Alle halfen mit, ihre Sachen aus dem VW-Kombi – einem nicht mehr taufrischen Modell, mit rostfarbener Tarnbemalung – ins Haus zu tragen.
Die Mädchen hatten sie begrüßt und umarmt, als würden sie einander schon länger kennen. Auch Bärendreck und Rolli kamen anmarschiert und holten sich ihre Streicheleinheiten ab. Bei Bärendreck stutzte Doro kurz und meinte: *Dir könnte ein Bad nicht schaden.* Nachdem Irmi sie aber über Bärendrecks spezielle Vorliebe für frisch ausgebrachte Jauche aufgeklärt hatte, kam der Kater um ein Bad herum, jedenfalls fürs Erste.
Walcher führte sie die Treppe hoch ins Gastzimmer. *Es ist das schönste Zimmer im ganzen Haus,* erklärte er und ging voraus. Mit der kleinen Sitzecke, der Pantry-Küche und dem eigenen Badezimmer war es in der Tat das schönste Zimmer von allen. Die Zimmerdecke hatte er entfernen lassen, so dass der Raum bis unters Dach reichte. Unter diesem befand sich die Schlafecke mit Bücherregalen und Lesesessel. Bis auf den alten Bauernschrank hatte Walcher das Zimmer ausschließlich mit modernen Stahlmöbeln und Einbauschränken ausgestattet, was das Ensemble größer wirken ließ, als es wirklich war.
Manchmal, wenn er Lust hatte ungestört zu lesen und Musik zu hören, zog er sich hier oben auf die gemütliche Galerie zurück.
Ich hatte schon befürchtet, dass Sie mich im Hühnerhaus einquartieren, meinte Doro mit einem Lachen, *dann kann ich meinen Schlafsack ja getrost im Auto lassen, mein Zelt hab ich sowieso nicht mitgebracht. Das ist hier ja wie in einem Sternehotel.*

Doro war um die vierzig und kämpfte, wie sie einmal lächelnd erklärte, seit zwanzig Jahren mit ihren Pfunden. Besonders hübsch an ihrem rundlichen Gesicht, bei dessen Anblick Walcher jedes Mal an Lebkuchen denken musste, waren ihre großen Augen. Sie strahlten Herzlichkeit und Wärme aus, wie er sie bei seiner Mutter in Erinnerung hatte.
Auf jeden Fall war Doro keine Freundin des Müßiggangs. Kaum waren ihre Sachen verstaut, zog sie Lexika, Notizblock und Stifte aus einer Tasche und klemmte sie sich unter den Arm. So marschierte sie zusammen mit den Mädchen wieder nach unten.
Walcher setzte sich auf die Terrasse und hörte zu, wie sie sich mit den Mädchen auf Urdu, auf Russisch und auf Deutsch unterhielt. Wenn das so weiterging, dachte er, würden sie bald alle auf Urdu, Russisch und Deutsch radebrechen.
Das Abendessen stellten diesmal die Mädchen zusammen. Es war ein wildes Gemisch aus süßem Reis, Fisch und Schinkenwurst. Dabei übersetzten sie alles, was sie in die Hand nahmen, das Messer, die Butter, das Glas, oder den Fisch. Nach dem Essen waren die Mädchen entlassen. Walcher wunderte sich, das sich Irmi nicht gegen Doros resoluten Führungsstil wehrte, kam aber im Moment nicht dazu, darüber nachzudenken, denn Doro informierte ihn, was SOWID und das Jugendamt bereits alles in die Wege geleitet hatten.
Lavras Daten waren nach Moskau unterwegs und wegen Aischa hätten Frau Dr. Hein und sie die Deutsche Botschaft in Pakistan kontaktiert. Auch das Internationale Rote Kreuz hätten sie eingeschaltet, das noch immer als eine der bestfunktionierenden Organisationen bei Suchmeldungen galt. Die deutschen Behörden waren ebenfalls verständigt und hatten bereits eine vorläufige Aufenthaltsgenehmigung für die beiden Mädchen ausgestellt.

Die Ausweise der Mädchen seien zwar Originalpapiere, aber mit falschen Namen und falschen Daten ausgestellt. Da sich darin aktuelle Fotos befänden, sei anzunehmen, dass Behörden in den Herkunftsländern ihre Finger im Spiel hätten, zumal es in Pakistan Ausweispapiere für Kinder nur auf Antrag gab.
Walcher hörte Doro zwar zu, aber er hörte auch, wie im ersten Stock die Mädchen kicherten, und dachte spontan an die anderen Kinder der Versteigerung im Chateau. Vermutlich würden diese nicht so ungezwungen lachen können.
Irgendwann werden wir auch ihnen helfen können, glauben Sie mir, unterbrach Doro seine Gedanken.
Walcher war verblüfft. *Wie kommen Sie darauf?*, wollte er wissen.
Ach, Sie schauten gerade danach aus, als würden Sie an die Kinder denken.
Walcher nickte, *stimmt, ich hab' an sie gedacht und dass wir alles daransetzen müssen, damit diese unglaubliche Sauerei ein Ende hat.*
Auch Doro nickte, *ich habe das Gefühl, als würde die Polizei so langsam aufwachen und erkennen, dass wir mittlerweile ein riesiges Problem haben. In den vergangenen Jahren hat sich völlig ungestört ein richtiger Markt für Sexsklaven etabliert. Deswegen ist es so wichtig, dass möglichst viele Leute wie Sie das Thema aufgreifen und die Menschen wach rütteln. Und es ist ja nicht nur der Handel mit Mädchen und Frauen, sondern hier, direkt vor uns, werden immer noch mehr Kinder missbraucht, als wir uns vorstellen können.*
Walcher fiel ein, dass Doro am Vortag im Zusammenhang mit den Erlebnissen der Kinder gesagt hatte: „Ich weiß, wovon ich spreche." *Jetzt versuche ich mich als Hellseher, auch wenn es sehr indiskret ist,* meinte er. *Sind Sie als Kind missbraucht worden?*
Doro sah ihn groß an und nickte dann zögernd. Es war

nur ein kleines Nicken, dafür stand in ihrem Gesicht aber plötzlich eine tiefe Trauer. *Ach, wissen Sie,* begann Doro und Walcher war gespannt, was er nun erfahren würde, *vielleicht ein andermal, mir fällt gerade ein,* lenkte Doro vom Thema ab, *dass ich vorhin zwei Männer neben der Scheune habe stehen sehen.*

Walcher blieb äußerlich ruhig, stand aber sofort auf, ging zur Terrassentür und machte sie zu, ebenso schloss er das Küchenfenster. Dann eilte er zur Haustür, die offen stand, und drückte sie ins Schloss. Ein leises Klacken war zu hören als er den kleinen Hebel neben der Tür umlegte, so ähnlich wie sich die automatische Türverriegelung in einem Auto anhört.

Doro war ihm gefolgt und beobachtete interessiert, wie er schließlich auch noch die Metalltür zur ehemaligen Scheune kontrollierte, im Wohnzimmer, in der Toilette und im unteren Badezimmer nachschaute, ob dort ein Fenster offen stand, und zwei gekippte Fenster schloss.

So, lächelte er sie an, *jetzt haben wir erst einmal unsere Ruhe.*

Dann rief er Brunner an, der sofort am Telefon war, als ob er das Handy bereits in der Hand gehalten hätte.

Walcher erzählte ihm von den zwei Männern, die sich hinter seiner Scheune versteckten, und wollte wissen, was er machen sollte. Die Polizei in Weiler verständigen oder was?

Nichts, tönte Brunners Stimme lautstark aus dem Handy. *Doch, bringen Sie ihnen was zu trinken, es sind meine Leute, die sich bei Ihnen ein bisschen die Beine vertreten. Auch morgen und übermorgen übrigens wieder. Sie kommen die Polizei richtig teuer und ich kann mich bald nach einem neuen Job umsehen, aber ich will kein Risiko eingehen.*

Walcher grinste und erklärte Doro den Grund seiner Heiterkeit. *Wo wir gerade dabei sind,* war Walcher in seinem Element, weil es die Situation wieder mal erlaubte, die Sicherheitssysteme im Haus vorzuführen. *Nicht, dass ich ein überängstlicher Mensch wäre, aber hier im Parterre ist das Haus so gesichert, dass man glatt eine Bank installieren könnte. Die Haustür ist mit Stahlstiften verstärkt, eine Technik, wie sie sonst bei Tresoren angewendet wird. Mit dem kleinen Hebel neben der Tür habe ich sie aktiviert. Die Fenster bestehen aus dicken Stahlrahmen mit Sicherheitsglas, das sogar Schüssen aus einem Maschinengewehr standhalten würde. Die Mauern sind doppelwandig und innen mit Stahlbeton ausgegossen. Und in der Küche – einen Moment, das zeige ich Ihnen auch – lassen Sie mit diesem Schalter ein Stahlrollo herunter, das ebenfalls ziemlich viel aushält ...*

Walcher sah Doros Blick und vermutete, dass sie auf eine Erklärung wartete, warum er das Haus mit einer derartig aufwändigen Sicherheitstechnik ausgestattet hatte.

Zunächst aber drückte er ihr ein Glas Sherry in die Hand, prostete ihr zu und meinte: *Kompliment, wie Sie die Ruhe bewahrt haben!*

Doro schüttelte den Kopf: *Wieso denn das? Ich wusste ja schließlich, dass der Kommissar Ihren Hof bewachen lassen wollte.*

Da verschluckte sich Walcher beinahe. *Ach ja? Trotzdem, sollte Ihnen da draußen noch mal irgendwas verdächtig vorkommen, verriegeln Sie erst Türen und Fenster und rufen dann die Polizei. Hier dringt, wie gesagt, keiner so schnell ein, jedenfalls nicht in der Zeit, bis die Polizei hier ist.*

Die Sicherheitsmaßnahmen ergaben sich bei der Renovierung des Hauses, lieferte er seine Erklärung nach. *Die Türen und Fenster waren ein Sonderangebot der Baufirma, bei der diese Sachen herumlagen, weil der Bauherr, der sie bestellt hatte, Pleite machte. Also bekam ich dieses Sicherheitspaket sogar günstiger als ganz normale Materialien. Und inzwischen war ich schon einige Male sehr froh über meine Festung, denn manchmal bringt es mein Beruf mit sich, dass sich hier zwielichtige Gestalten herumtreiben. So, ich soll den Jungs draußen was zu trinken bringen, hat mir Brunner aufgetragen.*

Dorothea Huber hatte wieder ihr Strahlen aufgesetzt und stieß mit Walcher an. *Danke für die Instruktionen, ist in jedem Fall sehr beruhigend ... auch dass Sie kein Neurotiker sind, wie ich kurz befürchtete.*

Walcher lächelte, vermutlich dachte sich das jeder, dem er die Sicherheitssysteme des Hauses erklärte. Da spielte es keine große Rolle, dass es sich um Zufälle gehandelt hatte, wie das preisgünstige Sonderangebot, oder dass irrtümlich besonders fester Beton für die Mauerzwischenräume geliefert worden war. Jeder nickte interessiert bis verständnisvoll bei seinen Erklärungen, dachte sich aber wahrscheinlich dabei, dass Walcher wohl etwas seltsam wäre, zumindest unter einem extremen Sicherheitsbedürfnis litt, gelinde ausgedrückt. Johannes hatte ihm nach derselben Präsentation auf seine erfrischend offene Art empfohlen: *„Würd' ich niemandem was davon erzählen, denkt jeder, du hättest nicht alle Tassen im Schrank. Ist so wie bei einem Ufo. Glaubt dir auch niemand, also erzählst du besser nicht davon, sondern gehst in die nächste Kneipe und ziehst dir ordentlich einen rein."*

Er seufzte und ging hinaus auf den Hof, um die Polizisten zu suchen.

Die standen hinter dem Geräteschuppen, einem strategisch günstigen Platz für die Beobachtung des Allgäus, nicht aber zur Überwachung des Hofgeländes. Aber Walcher fragte sie nicht nach dem Warum, sondern bot den beiden Polizisten, die als Jäger verkleidet eher zum Schmunzeln als zur Kritik animierten, Getränke und eine Pause im Haus an.

Die Pause lehnten sie höflich ab – vermutlich nahmen sie an, dass er mit dem Kommissar befreundet sei – freuten sich aber über eine Flasche Mineralwasser, die hätten sie nämlich vergessen.

Es war kein gutes Gefühl, bewacht zu werden, überlegte Walcher später, als er im Bett lag und nahm sich vor, mit Brunner darüber zu sprechen, ob das nötig wäre.
Er schlief nicht gut in dieser Nacht und wachte entsprechend müde und gerädert auf. Die Idee zu joggen verwarf er, seine Bewacher könnten ihn fälschlicherweise für einen Ganoven halten und angesichts ihrer Bewaffnung schien es ihm im Hause sicherer.
Walcher schleppte sich ins Badezimmer und duschte ausgiebig. Danach fühlte er sich etwas besser und er freute sich auf eine Tasse schwarzen Tee mit Milch.
In der Küche staunte er – es war erst 6.30 Uhr – über den bereits gedeckten Tisch. Auf einem Zettel, der auf dem Tisch lag, stand: *Bin laufen, fangt schon mal an.*
Walcher bediente sich an dem als Büffet arrangierten Frühstück, holte sich den „Allgäuer Boten" und die „Süddeutsche" und setzte sich auf die Terrasse.
Bevor er eine Zeitung aufschlug, saß er still und sah auf die Wiesenhügel und Berge vor sich und empfand dabei ein besonderes Glücksgefühl, das diese wunderbare Landschaft in ihm erzeugte.
Sein täglicher Ritualblick auf das Allgäu schützte ihn davor, wie er fand, die vermeintlichen Wichtigkeiten des Tages, ja vielleicht auch sich selbst, zu ernst zu nehmen.
Erst danach, mit einem Schluck Tee im Magen, schlug er das ultimative Nachrichtenblatt der Region auf, den *Allgäuer Boten.*
Dass er so früh am Morgen seine Zeitungen erhielt, war einem ausgeklügelten Stafettensystem zu verdanken.
Rudi Zängerle, der Fahrer des Milchwagens, wohnte neben dem Zeitschriftenladen in Weiler und nahm sich dort, wenn er seine Tour begann, von den bereits angelieferten Packen Walchers Zeitungen weg, natürlich in Absprache mit dem Ladenbesitzer. Zu Rudis Tour gehörte auch die Abholung der Milch des benachbarten Adlerhofes, wo er

die Zeitungen deponierte. Dafür bekam Rudi Zängerle jeden Monat eine Flasche Enzian.
Entweder holte sich Walcher die Zeitungen beim Nachbarn selbst ab oder einer der Söhne von Markus Adler brachte sie ihm mit dem Traktor vor die Haustür. Dann war es kurz nach sechs Uhr am Morgen, man hätte die Uhr danach stellen können. Auch Markus erhielt jeden Monat ein „Spritgeld“ in Form einer Flasche Schnaps, er und seine beiden Söhne bevorzugten allerdings einen schlichten Obstler.
Walcher überflog die Schlagzeilen des Tages. Er bezeichnete Zeitungen als die täglichen Zustandsberichte kulturethischer Entwicklungsstände eines Landes, im Kleinen wie global im Großen. Dabei blieben Naturkatastrophen außen vor, auch wenn inzwischen belegbar war, dass der Mensch meist als Ursache verantwortlich zeichnete.
Nein, Walcher beschränkte sich auf die kulturethische Entwicklung und die, so schien es, verlief in beängstigendem Tempo rückwärts.
Weltweiter Terror und Gegenterror drängten den Vergleich mit dem Mittelalter auf, wobei es da noch vergleichsweise human zugegangen war. Was sagten denn die täglichen Zahlen der Opfer von rechtschaffenen Soldaten oder heimtückischen Attentätern über den Geisteszustand der Menschen aus? Doch nur, dass sie sich nach wie vor auf dem Level keulenschwingender Neandertaler bewegten. Gut, die Form der Keule hatte sich inzwischen ganz erheblich verändert.
Und die Fortbewegung auch, deshalb wurden die Benzinpreise, pünktlich zur Ferienzeit, wieder einmal angehoben. Eine Polizeidienststelle war in einen Porno-Skandal verwickelt und in Spanien wurde einigen hochgestellten Persönlichkeiten aus Politik, Wirtschaft und Bürgertum der Prozess wegen fortgesetzten sexuellen Missbrauchs behinderter Kinder gemacht. In Afghanistan brauchten

die Deutschen inzwischen ihre gesamte Soldatenpower, um ihre Flugzeuge zu schützen, weshalb der Wehrminister folgerichtig die Bewaffnung der Maschinen verlangte, zum Selbstschutz ihrer friedlichen Mission, versteht sich. In Stuttgart stellte der baden-württembergische Ministerpräsident das Ergebnis einer Studie vor, die er aus seiner Privatkasse bezahlt hatte und die zweifelsfrei bewies, dass der frühere Ministerpräsident Filbinger in Wirklichkeit einer der Mitbegründer von Pax Christi war, zusammen mit Walter Ulbrich übrigens!

Weiter kam Walcher nicht. Das Rudel hungriger Mädchen, das samt Hund und Katze in die Küche einfiel, schützte ihn vor weiteren Horrormeldungen.

Hey, nicht schlecht, meinte Irmi, *gibt's das jetzt jeden Tag?*

Beinahe zeitgleich kam Doro in einem giftiggelben Trainingsanzug von ihrem Morgenlauf zurück und lief wortlos an ihnen vorbei Richtung Badezimmer.

Walcher dachte, dass es das Beste wäre, sich an seinen PC zurückzuziehen, brühte sich einen großen Topf Tee auf und ging dann nach oben, das heißt, er kam bis in den Hausflur, dann knallte es gewaltig vom Hof her.

Obwohl er heftig zusammenzuckte, der Schuss klang nach einer Schrotladung, schaffte er es, den Teetopf auf der Treppe abzustellen, ohne den Tee zu vergießen.

Mit einem Satz war er zurück in der Küche und rief die Kinder, sofort ins Haus zu kommen. Hinter ihnen schloss er die Terrassentür und rannte dann ins Wohnzimmer, da er von den Fenstern dort den besten Blick auf den Hof raum hatte.

Auch Doro kam zu ihnen gehastet, im Bademantel und mit nassem Haar. *Das hörte sich wie ein Kanonenschuss an, Sicherheitsprogramm?,* fragte sie und es klang nicht so gelassen wie am Vortag.

Walcher schüttelte den Kopf und ging zur Haustür, um sie den beiden Polizisten zu öffnen, die er vom Fenster

aus gesehen hatte, wie sie über den Hof gerannt kamen. *Entschuldigung,* rief einer zur Begrüßung. *Kein Grund zur Sorge, es hat sich nur ein Schuss gelöst. Wir wussten nicht mal, dass die Flinte geladen war. Also, alles klar und nochmals Entschuldigung, wir wollten Sie nicht erschrecken.* Die beiden wandten sich zum Gehen, drehten dann aber nochmal um. *Ach ja, wäre nett von Ihnen, wenn Sie das nicht an die große Glocke ... ähm ... dem Kommissar erzählten.*
Walcher versprach es und grinste Doro an: *Schade, Entwarnung, nix ist mit Sicherheitsprogramm. Auf geht's Kinder, das Frühstück geht weiter.*
Sprach's, nahm seinen Tee und verzog sich an seinen PC. Er hatte sich vorgenommen, nicht ins Büro nach Ravensburg zu fahren, sondern im Haus zu bleiben, bis Doro sich einigermaßen akklimatisiert hatte. Wer weiß, was die Polizisten noch anstellten, dachte er.
Von Hinteregger war eine Antwort auf seine Mail gekommen. Walcher hatte ihm die Internetadresse geschickt, die Johannes aus dem Burgund mitgebracht hatte.
Hinteregger schrieb, dass seine Spezialisten die Internetseite analysiert und problemlos die Identität der Urheber ermittelt hätten. Es handelte sich um eine Agentur namens „Mauersteine", die Websites erstellte. Die Anschrift und Telefonnummer des Berliner Büros, Mail- und Internetadresse führte er ebenfalls auf.
Perfekt, dieser Hinteregger, dachte Walcher, kopierte die Info und sandte eine Mail an Kommissar Brunner mit dem Hinweis, dass die genannte Adresse vielleicht ein weiterer Ansatz sei.
Walcher war bisher noch nicht dazu gekommen, sich die Seite im Internet genauer anzuschauen, und rief sie deshalb jetzt auf: www.worldwideheiratenfrauen.com.
Auf den ersten Blick erschien die Website normal und seriös. Touristische Highlights dieser Welt wurden als Reiseziele für die Hochzeit mit dem speziellen Flair und

in ganz besonderem Ambiente angepriesen. Massenweise auf heiratswillige Paare spezialisierte Hotels boten für das „schönste Ereignis" im Leben einen sagenhaften Rund-um-Service an. Auf dieser Website konnte man direkt einen Flug buchen, selbst Trauungen durch den Kapitän auf einem Luxusliner, wurden geboten.
Das alles hatte aber nichts mit Menschenhandel zu tun oder doch? Sonst hätte dieser Bertram doch nicht so eine Internetseite zu nennen brauchen.
Also klickte er sich systematisch durch sämtliche Angebote der Webseite. Unter der Rubrik „Für Mutige und Kurzentschlossene" wurden Fotos und Beschreibungen heiratswilliger Frauen präsentiert. Nun gut, strafbar war daran aber auch nichts, dachte Walcher und klickte kreuz und quer auf Texte und Bilder.
Das war's, auf dem Foto einer Frau öffnete sich ein weiteres Fenster mit der Ankündigung einer speziellen Galerie. Die allerdings war nur registrierten Nutzern zugänglich. Walcher überlegte nur kurz, den Versuch zu wagen und sich als Nutzer registrieren zu lassen. Er verwarf den Gedanken. Für Profis wäre es ein Kinderspiel, die Spur bis zu ihm zurückzuverfolgen und seine Adresse ausfindig zu machen, auch wenn er falsche Daten angeben würde. Sollte doch Brunner nachrecherchieren, der verfügte personell wie technisch über den nötigen Apparat.

Später am Vormittag bekam Walcher die seltene Chance, ungewöhnliche Fotos zu schießen, als Bärendrecks Stunde der Wahrheit schlug. Doro und die Kinder steckten ihn nämlich in ein Schaumbad und schrubbten ihn ordentlich durch. Bärendreck war wirklich ein außergewöhnlicher Kater, denn er ließ das ganze Procedere ohne Gegenwehr über sich ergehen, zeigte allerdings unmittelbar danach, was er davon hielt.
Kaum abgetrocknet, suchte er sich die staubigste Stelle

auf dem Hof, wälzte sich ausgiebig darin und stolzierte gemütlich davon, vermutlich auf der Suche nach einer Wiese, auf der frische Gülle ausgebracht worden war.
Auch Rolli wollte unbedingt in die Wanne und spielte den Kinderclown. Am Ende waren alle durchnässt und hatten Lachtränen in den Augen.
Nachmittags fuhr Walcher mit den Kindern zum Friedhof. Irmi wollte ihren neuen Freundinnen die Gräber ihrer Eltern und ihrer Patentante Lisa zeigen. Sie hatte irgendwo gelesen, dass in Asien durch die gemeinsame Ehrung der Toten eine Freundschaft besonderes Gewicht erhielt. Außerdem jährte sich bald der Todestag Lisas und Irmi wollte deshalb nach dem Grab sehen, obwohl sie und die Großeltern regelmäßig die Gräber pflegten.
Doro entschied sich, mit Rolli und Bärendreck auf dem Hof zu bleiben. Sie würde auf Friedhöfen immer furchtbar traurig, meinte sie, und außerdem konnte man den Polizisten ja nicht zumuten, ein leeres Haus zu bewachen.

Rodica IV

Sie schreckte hoch, schlug mit dem Kopf gegen den Boden der Koje über sich und sank wieder zurück. Die Augen fest zusammengekniffen vermied sie es, sich zu vergewissern, wo sie sich befand.
Wie auf einem Pferdewagen ruckelte sie hin und her.
Die Luft war beinahe zu heiß zum Atmen und stank nach Erbrochenem. Von oben tropfte etwas auf ihre Hand herab. Vorsichtig öffnete sie erst ein Auge, dann auch das andere, aber es gab überhaupt nichts zu sehen. Schwarz, sonst nichts. Kein noch so winziger Lichtstrahl, nur schwarz. Der Lastwagen, die Männer, die Luke, erinnerte sie sich.

Eine Weile lang dämmerte sie weiter vor sich hin, dachte an ihre Brüder, die Mutter, an die Schwester und an den Vater, an ihr Dorf. Die Gedanken daran ließen in ihr ein wenig die Sonne erstrahlen. Irgendwann würde sie wieder dort sein und im Garten Unkraut jäten und das Geschirr abwaschen, über die staubige Dorfstraße rennen oder im Regen durch Schlamm waten, bis der Matsch zwischen den Zehen hervorquoll. Sie lächelte im Schlaf, der sie aus der grausamen Wirklichkeit erlöste.
Aber dann wurde sie wachgerüttelt und zurückgeholt in diese Welt. Männerhände zerrten sie aus ihrer Koje und ließen sie die Luke hinab, wo sie von anderen Händen gegriffen wurde, als wäre sie ein Paket.
Nur der schwache Lichtschein, der aus der Luke drang, erhellte die Nacht ein wenig. Eine Stimme rief etwas, aber Rodica verstand die Sprache nicht. Die Stimme rief noch einmal etwas, dann packte sie eine Hand am Arm und zerrte sie unter dem Lastwagen hervor.
Wieder hörte sie etwas und wieder verstand sie nicht, verstand nicht, dass sie gemeint war. Neben dem Lkw stand ein Lieferwagen. Dorthin zerrte sie die Hand und stieß sie grob auf die Sitzbank. Kurz darauf folgte Valeska. Rodica erkannte sie an dem leisen Wimmern.
Wenigstens war nun die Luft frisch und angenehm kühl. Eine nach der anderen wurden auch die übrigen Mädchen in den Wagen gestoßen, dann schlug die Tür zu und weiter ging die Fahrt durch die Nacht.

Walcher hatte Johannes angerufen und sich nach Jeswita Drugajew erkundigt. Eine Stunde später rief nicht Johannes, sondern Marianne zurück, denn sie war es, die den Kontakt zu Drugajews Sozialarbeiterin hielt.
Drugajew befindet sich nicht mehr in dem Heim, erklärte sie, *ich hab' das auch erst gerade von meiner Freundin erfahren. Zwei Tage nach eurem Gespräch war Jeswita verschwunden, samt der neuen Tasche und den paar Klamotten, die sie sich zugelegt hatte.* Marianne klang deprimiert. *Es sieht aber so aus, als wäre sie nicht freiwillig gegangen,* sprach sie nach kurzem Zögern weiter.
Obwohl es warm war, spürte Walcher, wie sich auf seinem Rücken ein Kältegefühl ausbreitete und sein Puls schneller schlug. Er sah die junge Russin vor sich, wie sie aus ihrem Leben erzählt hatte und wie sehr sie nur eines von ihrer Zukunft erhoffte, nämlich frei zu sein.
Gibt es dafür irgendwelche Hinweise?, flüsterte er in den Hörer und wiederholte seine Frage, weil Marianne ihn nicht verstanden hatte.
Ich fürchte ja, man hat auf ihrem Kopfkissen Blutspuren gefunden, die definitiv nicht von ihr stammen. Der medizinische Dienst hatte sie nämlich am Vortag untersucht und ihr auch Blut abgenommen. Das Blut auf dem Kissen könnte also von ihrem Entführer stammen, denn es sah in ihrem Zimmer so aus, als ob ein Kampf stattgefunden hätte ... vielleicht hat Jeswita ihren Entführer verletzt, aber das sind Vermutungen. Es gibt keine Zeugen und außerdem ist es kein Problem, in das Gebäude hinein und wieder hinaus zu kommen, ohne dass jemand davon Notiz nimmt. Das ist alles so schrecklich, stöhnte Marianne. *Ich ruf' dich an, wenn ich etwas Neues erfahre. Wenn ich mir vorstelle, dass die da einfach hineingegangen sind ...*
Und ich überlege, unterbrach sie Walcher, *woher sie wussten, wo Jeswita untergebracht war?*

Darüber haben wir auch schon spekuliert, aber das ist relativ einfach zu erklären. Es stand dick und fett in der Zeitung.
So wie Marianne betonte, klang es wie ein Vorwurf gegen alle Journalisten. Aber Walcher hörte nur noch halb zu, er dachte an seine Visitenkarte, auf die er auch Johannes' Nummer schrieb, bevor er sie Jeswita überreicht hatte. Vermutlich hatten die Entführer Jeswita und deren spärlichen Besitz längst durchsucht und waren auch auf die Visitenkarte gestoßen. Ein beunruhigendes Gefühl.
Walcher erzählte Marianne davon und bat sie, Johannes zu informieren, oder hätte er besser von einer Warnung sprechen sollen?
Verrückt, flüsterte Marianne, *wenn ich mir vorstelle, dass diese Typen, die sogar in Wohnheime eindringen und Frauen entführen, Johannes' Nummer, Namen und die Adresse kennen!*
Ohne sich zu verabschieden, legte Marianne einfach auf. Walcher konnte sie zwar gut verstehen, aber er stufte die Möglichkeit, dass die Entführer Jeswitas etwas von ihm wollten, als eher gering ein. Gut, sie besaßen seinen Namen, Anschrift und Telefonnummer und sie wussten, dass sich ein Journalist mit Jeswita unterhalten hatte, aber was sollte das schon groß bedeuten? Vermutlich würden sie Jeswita ausquetschen, was sie diesem Journalisten ausgeplaudert hätte, und das war's dann.
Er sah sich da nicht in der Gefahrenzone, auch wenn er die kriminelle Energie dieser Verbrecher grundsätzlich nicht unterschätzte. Viel wichtiger für Walcher war die Frage, was mit Jeswita geschehen war. Nur eine lächerlich kurze Zeit hatte sie sich in dem Glauben gewähnt, dem Grauen entkommen zu sein und Pläne für die Zukunft schmieden zu können. Walcher empfand großes Mitgefühl für sie und war voller Trauer und Wut.
Für Jeswita Drugajew war die Hoffnung auf ein Leben ohne Qualen und Demütigungen wieder mal erloschen, wie nun schon so oft.

In den Tagen in Zürich hatte sie sich frei und leicht gefühlt wie eine Feder und sich treiben lassen, wohin es sie gerade trieb. Sie hatte ihre Freiheit berauschend wie eine Droge empfunden.
Zürich, die Menschen, die Geschäfte, Cafés, Kirchen, Parks und Museen, sie war nicht müde davon geworden, nicht satt und hatte alles in sich aufgesogen, was sie sah, roch und hörte, und diese Tage in Freiheit entgegen genommen wie ein Geschenk des Himmels. Was für ein unbeschreibliches Gefühl.
So jedenfalls hatte sie es tagsüber empfunden. Aber in den Nächten, in der Dunkelheit hatten sie die Träume eingeholt und mit ihnen die Angst und das Grauen.
Und dann war mitten in der Nacht ihr schlimmster Albtraum brutale Wirklichkeit geworden.
Zwar hatte sie es geschafft, dem Lederjackentyp in die Hand zu beißen, aber der Elektroschocker hatte ihren Widerstand gelähmt.
Sie waren zu zweit gewesen und hatten ihr befohlen, sich anzuziehen und ihre Sachen in die Tasche zu packen. Dann hatte dieser Typ sie auf den Mund geschlagen und sie an den Haaren aus dem Zimmer gezerrt.

Am nächsten Abend, kurz nach der Ankunft in Berlin, vergewaltigte sie der erste von sechs weiteren Kunden. Jeswita Drugajew beschloss in jener Nacht, diesem Leben zu entfliehen, wie auch immer.

Küstenpatrouille

Ernst Kruger, Commander eines Küstenwachschiffs der Vereinigten Staaten von Amerika, stand zusammen mit dem Ersten Offizier und dem Navigator auf der Brücke und blickte verträumt in den wolkenlosen Himmel. Nach einer stürmischen Woche hatte sich das Meer beruhigt und funkelte in der Sonne, als wären Diamanten in ein riesiges blaues Tuch eingewoben.

Kruger traten Tränen in die Augen, nicht weil die Sonne ihn blendete, sondern weil er an seine Tochter dachte.

Seit einer Woche lebte sie in New York, um dort Architektur zu studieren. Damit hatte sie nicht nur für das Studium, sondern vermutlich für alle Zeiten das Elternhaus verlassen.

Der gemeinsamen Aufgabe beraubt, waren zwischen ihm und seiner Frau prompt alte Wunden aufgebrochen, mit dem Ergebnis, dass sich Kruger und seine Frau Eveline im Ausnahmezustand befanden. Hilflos drehten sie sich im Kreis ihrer Beziehung, deren Verfallsdatum längst überschritten war.

Geradezu froh war er daher, als ihn der Navigator aus seinen trüben Gedanken riss. Auf dem Radarschirm war ein Objekt aufgetaucht. Mit dem Fernglas suchte Kruger den Horizont ab und entdeckte das Boot. Er kannte den Typ Motoryacht, die sich mit hohem Tempo der Dreimeilenzone näherte.

Eine „Mulder Flybridge 88“, eine imposante Yacht, die zwar hochseetüchtig war, deren Tankvolumen aber nicht ausreichte, um den Atlantik zu überqueren. Also nahm er an, die Yacht käme die Küste entlang von Süden herauf oder von Kanada herunter.

Seine Erfahrung sagte ihm, dass da in jedem Fall nichts Gutes auf ihn zukam. Deshalb befahl er seiner 25 Mann starken Crew die Alarmstufe eins und versetzte sie damit

in höchste Kampfbereitschaft. Auch die Kollegen von der Hubschrauberstaffel der Küstenwache wurden alarmiert und teilten kurz darauf über Funk mit, eine ihrer Maschinen gestartet zu haben.
Die Jagd konnte beginnen.
Noch hatte die Yacht das Küstengebiet der USA nicht erreicht, als sie bereits über Funk zum sofortigen Stoppen aufgefordert wurde. Als Antwort erhöhte die Yacht ihr Tempo und wendete in einem riskanten Manöver zurück aufs offene Meer hinaus.
Die Küstenwächter drehten ebenfalls die Maschinen auf und wiederholten ihre Aufforderung an die Yacht, die Maschinen zu stoppen.
Als keine Reaktion erfolgte, ließ der Commander einen Schuss vor den Bug des flüchtenden Schiffs abfeuern. Die Commander der Küstenwache hatten Order, in derartigen Situationen Konsequenz zu demonstrieren. Die Erfahrung lehrte nämlich, dass flüchtende Boote meist schon in der Nacht darauf erneut versuchten, illegal in amerikanische Hoheitsgewässer einzudringen. Darum wurde bei einer Verfolgung die Dreimeilenzone auch äußerst großzügig ausgelegt.
Nach einem weiteren Schuss der Küstenwächter versuchte der flüchtende Bootsführer erneut die Richtung zu ändern. Als dann aber der Schatten des Hubschraubers über die Yacht glitt, begleitet von dem ohrenbetäubenden Gemisch aus Turbinen und Rotor gab er auf und stoppte die Maschinen.
Dem Schiff der Küstenwache hätte er vielleicht noch entkommen können, immerhin verfügte die Flybridge über zwei Caterpillar zwölf Zylinder Dieselaggregate mit über 3000 PS Leistung, aber einem Seahawk-Hubschrauber und vor allem dessen Batterie bissiger Hellfire-Raketen am Rumpf wäre er machtlos ausgeliefert gewesen.
Commander Kruger und seine Mannschaft staunten nicht

schlecht, als sie nach der Festnahme von drei Männern weitere 15 junge Mädchen zählten.
Bleich und übernächtigt ließen sich die Mädchen völlig apathisch von den Matrosen auf das Patrouillenboot holen. Sie mussten ein furchtbares Martyrium hinter sich haben. Zusammengepfercht auf engstem Raum im Salon der Yacht hatten sie vermutlich Todesängste ausgestanden und die meisten waren wohl seekrank geworden, denn es stank überall bestialisch nach Erbrochenem.
Hinzu kam ein penetranter Dieselgestank. Die luxuriös ausgestattete Yacht glich nämlich einem schwimmenden Tanklager. Auf dem Sonnendeck, in den unteren Kabinen, Stauräumen, Gängen, überall waren Kanister gelagert und festgezurrt.
Gesteuert von einem Leutnant und mit zwei Matrosen besetzt folgte die Yacht kurze Zeit später in gemächlichem Tempo dem Patrouillenboot. Die Marines hatten von Kruger Order erhalten, sich Zeit zu lassen und die Yacht gründlich zu durchsuchen.
Als sie drei Stunden später ebenfalls auf dem Stützpunkt anlegten, hatten sie eine Menge interessanter Waren gefunden. Zwei Kisten mit Kaviar gehörten dabei noch zum eher gewöhnlichen Frachtgut.
Dass in den acht abschraubbaren Griffen des Ruderrads Diamanten versteckt waren, war da schon etwas ungewöhnlicher. Eine Entdeckung, auf die der Leutnant allerdings besonders stolz war, auch wenn er nur aus Langeweile an den Griffen gedreht hatte.
Dass sie in der Kombüse, versteckt in einem offenen Zentnersack mit Mehl, auf kiloweise abgepacktes reines Kokain gestoßen waren, war der Schnüfflernase eines der Matrosen zu verdanken, der die Gelegenheit genutzt und sich eine ordentliche Linie gegeben hatte, inklusive einer großzügigen Reserve. Die hatte er in den herumliegenden Plastikbeutel des Moskauer Superkaufhauses GUM gefüllt

und in seiner Unterhose deponiert, was seine breitbeinigen Schritte erklärte, mit denen er am Stützpunkt von Bord geschlendert war.

Auch der dritte Mann an Bord war erfolgreich gewesen. Er hatte ein kleines Arsenal von Pistolen aus der neuesten russischen Produktion gefunden, samt Munition.

Commander Kruger war ein intelligenter und erfahrener Mann. Noch auf der Fahrt zum Stützpunkt ließ er sich von der Mulder-Werft die Leistungsdaten der Flybridge durchgeben und errechnete die maximale Distanz, die mit dem vollen Tank und den Reservekanistern hätte zurückgelegt werden können.

Bei einem Tempo von durchschnittlich zehn Knoten ergab seine Rechnung ungefähr 3900 Seemeilen. Da die Mädchen offenbar aus Russland stammten, sie sprachen jedenfalls russisch, war davon auszugehen, dass sie über den Atlantik nach Amerika gebracht werden sollten.

Und das auf einer derart kleinen Yacht, Kruger schüttelte den Kopf, dachte an seine eigene Tochter und geriet über die drei Kerle so in Rage, dass er sie am liebsten über Bord geworfen hätte. Sie zu verhören hatte ohnehin keinen Sinn, da sie sich in Schweigen hüllten und so taten, als würden sie kein Wort Englisch verstehen.

Kruger kombinierte weiter und fütterte den Computer mit den wenigen Kursdaten, die er von der Yacht besaß, seit sie vom Radar erfasst worden war. Es war nicht der erste Fall dieser Art, weshalb sie ein recht zuverlässiges Programm in ihrem Bordcomputer hatten, das die Route der Yacht berechnete und mögliche Zielorte an der Küste nannte, optional, versteht sich.

Als die Delaware Bay und unterhalb davon der Küstenstreifen bei Rehoboth Beach als denkbarer Anlegeplatz feststanden, schickte Kruger die Meldung an den Stützpunkt und gleichzeitig an das FBI und den Zoll.

In einer konzertierten Aktion wurde daraufhin die Küste

nach auffälligen Booten, Bussen und Kleintransportern abgesucht — ein beinahe sinnloses Unterfangen in einem Gebiet, das täglich von hunderttausenden Touristen besucht wurde und sich ein Fischerei- und Yachthafen an den nächsten reihte. Kruger kannte sich in der Gegend dort recht gut aus. Auf dem Marinestützpunkt der Navy an der Delaware Mündung hatte er seine Grundausbildung erhalten.
Er tippte auf den Küstenstreifen Rehoboth Beach, unterhalb der Bucht, denn in die Delaware Bay zu fahren, so war er überzeugt, würden die Russen nicht wagen.
Wie allgemein bekannt war, wurden alle einfahrenden Schiffe und Boote überwacht und registriert. Auch hätte der mitgeführte Kraftstoff vermutlich ohnehin nur bis in den vorderen Teil der Bay gereicht, warum also ein derart hohes Risiko eingehen?

Abschied

Eine Party natürlich, hatte Irmi wie aus der Pistole geschossen auf Walchers Frage geantwortet, was sie denn nun in zwei Tagen, am Abend vor der Abreise von Doro, Lavra und Aischa, vorhätten. *Wir lassen eine Party steigen, ich lade noch ein, zwei Freunde ein, die Großeltern wollen kommen und du darfst selbstverständlich auch gern jemand einladen.*
Doro, Aischa und Lavra waren begeistert, auch Rolli schien dem Vorschlag zuzustimmen, er ließ jedenfalls ein kurzes *Wuff* hören.
Am nächsten Tag ging es rund auf dem Hof. Die Mädchen hängten Girlanden und Lampions auf und beratschlagten, was es zu essen geben sollte. Walchers Rolle beschränkte sich auf Einkaufsfahrten, zwischen denen er

sich in sein ruhiges Arbeitszimmer zurückzog. Doro und die Mädchen werkelten lautstark in der Küche, bis das ganze Haus nach Kuchen und sonst was roch. Walcher in seinem Arbeitszimmer oben kam sich vor, als wohne er über einem Restaurant.

Am Vorabend testeten die Kinder sogar die Wirkung der Kerzen und Fackeln, die sie vor der Terrasse in den Boden gesteckt hatten. Als sie dann schließlich in Irmis Zimmer verschwanden, setzten sich Walcher und Doro auf ein Glas Wein zusammen.

Die Tage hier sind wie im Flug vergangen, lächelte Doro, *ich habe mich bei Ihnen sehr wohl gefühlt. Dafür möchte ich mich bedanken. Die Mädchen haben es bestimmt genauso empfunden, und sie haben vielleicht die Erfahrung gemacht, dass sie sich niemals aufgeben dürfen, weil es immer auch Menschen gibt, die einem weiterhelfen. Zuerst ging ich davon aus, Sie nehmen sie nur deshalb auf, weil Sie beruflich davon profitieren, für eine gute Story eben, aber den Gedanken habe ich jetzt nicht mehr.*

Walcher nickte, meinte aber: *Ich bin kein Samariter, ich bin Journalist, aber wenn es denn so kommt, wie es gekommen ist, dann löffle ich die Suppe für gewöhnlich auch aus, die ich mir eingebrockt habe.*

Mit einer Handbewegung, als wolle sie Walchers Worte wegwischen, fuhr Dorothea Huber fort: *Millionen von Kindern ergeht es Jahr für Jahr so, sie werden sexuell missbraucht, gequält, ja auch vor Entführungen und ihrem Verkauf wird nicht zurückgeschreckt, als wären sie Handelsgüter.*

Ich gehörte als Kind selbst zu denen, die missbraucht wurden. Von meinem eigenen Vater.

Es fing an, bevor ich in die Schule kam. Da hatte er es schon so oft getan, dass ich mich nicht mehr an die Zahl erinnern konnte. Und es ging immer so weiter. Meine Eltern waren tiefgläubig. Als ich es wagte, meiner Mutter von Vaters Spielen, wie er es nannte, zu erzählen, kam ich erst gar nicht dazu. Da war ich in

der dritten Klasse. Sie schlug mich windelweich und nannte mich eine Hure, eine Geißel Jehovas.
Auch im Freundeskreis gab es niemanden, dem ich mich hätte anvertrauen können. Alle gehörten der gleichen Glaubensgemeinschaft an und galten als rechtschaffene Bürger. Selbst die Lehrer in der Schule waren mit meinen Eltern befreundet.
Und als ich einmal meinem Onkel, zu dem ich großes Vertrauen hatte und den ich sehr mochte, erzählte, was Vater mir antat, nahm er mich auf den Schoß und verlangte von mir, dass ich ihm zeigte, was genau mein Vater mit mir machte.
Doro nippte an ihrem Glas, bevor sie weiter sprach.
Mit elf lief ich das erste Mal von zu Hause weg, zwei Monate später ein zweites Mal. An meinem zwölften Geburtstag schluckte ich drei Röhrchen voll von den Schlaftabletten, die meine Mutter in ihrem Nachtschränkchen aufbewahrte.
Ich hatte Glück, denn ich wachte im Krankenhaus auf und eine Ärztin fragte und fragte und ließ nicht locker, bis ich mit dem Grund für meinen Selbstmordversuch herausrückte.
Die Ärztin war eine Kämpferin. Sie ließ meinen Vater kommen und drohte ihn anzuzeigen, wenn er nicht zustimmte, dass ich bei ihr bleiben durfte.
Die folgenden, wunderbaren Jahre verbrachte ich bei ihr. Sie nahm mich auf, behandelte mich wie eine leibliche Tochter und verschaffte mir einen Platz bei einer Therapeutin, die sich schon damals mit den Folgen von Traumen beschäftigte.
Meine Eltern habe ich nie wieder gesehen. Kurze Zeit nach dem Gespräch mit der Ärztin zogen sie aus der Stadt fort.
Noch heute verfolgt mich in meinen Träumen manchmal mein Vater und wenn ich Kernseife rieche – damit wusch er mich vorher immer –, gerate ich in Panik, die ich nur mühsam kontrollieren kann. Oder wenn ich mit einem Mann schlafe oder im Gedränge von Menschen berührt werde, dann werde ich angetriggert. Das heißt, ich erleide eine Art Erinnerungsschock an das traumatische Geschehen damals.
Ich habe viele Jahre gebraucht zu lernen damit umzugehen, aber

es wird mich auch weiterhin mein ganzes Leben lang begleiten. Unser Gehirn ist so strukturiert, dem sind wir ausgeliefert.
Walcher fühlte sich wie versteinert. Doro holte tief Luft.
So, jetzt kennen Sie meine Geschichte. Vielleicht können Sie sie für Ihre Reportage verwenden, mein Einverständnis haben Sie. Es wird Zeit, dass wir die Umwelt aufrütteln. Und jetzt gehe ich schlafen. Morgen ist Großkampftag, gute Nacht.
Danke, für Ihr Vertrauen, Walcher war aufgestanden und reichte ihr förmlich die Hand, *jetzt begreife ich, warum Sie sich so sehr für die Kinder einsetzen.*
Doro lächelte müde: *Leider muss man wohl manche Dinge selbst erfahren haben, um Leid begreifen zu können. Gute Nacht,* wiederholte sie und ging in ihr Zimmer.
Walcher blieb noch eine Weile auf der Terrasse sitzen und dachte an die Zahlen der Statistik. Tausende missbrauchte Kinder Jahr für Jahr. Anonyme Zahlen, bestenfalls nahegehend als Zustandsbericht einer Gesellschaft. Aber wenn sie plötzlich Namen erhielten und Gesichter, dann begann es weh zu tun.
Ihm gingen Bilder von der Versteigerung der Mädchen in Burgund durch den Kopf und die gierig geilen Fratzen der Männer. Und er sah wieder in die Gesichter der Mädchen und fühlte sich plötzlich müde und zerschlagen.

Rodica V

Nach der endlos langen Fahrt lag Rodica auf einem schmuddeligen Bett in einem kahlen Zimmer und litt unter grauenvollen, alptraumartigen Wahngedanken. Zwischen Wachsein und kurzen Momenten, in denen sie in Schlaf sank, schüttelte sie in Wellen heftiges Fieber. Obwohl sie entsetzlich durstig war, schaffte sie es nicht, aufzustehen und zum Waschbecken zu gehen.

Eine Stunde lang lag sie so da, als plötzlich die Tür aufgestoßen wurde und ein fetter, öliger Mann hereinstürmte. Rodica hatte ihre Lektion gelernt und ließ über sich ergehen, was der Mann mit ihr machte. Sogar zu lächeln versuchte sie dabei.

Erst als er besondere Zärtlichkeiten forderte, begann ihr Magen zu rebellieren und sie fing an zu würgen.

Ekel und eine Kost, die seit Tagen aus Süßigkeiten, Alkohol und Schlafmitteln bestand, hatten ihren Körper zu einem zittrig-nervösen kleinen Bündel gemacht.

Rodica rannte hinaus auf den Flur und suchte nach dem Badezimmer, wo sie sich in heftigen Krämpfen erbrach. Der Schweiß stand ihr auf der Stirn, als ihr Magen schließlich nichts mehr zum Herauswürgen hergab.

Erschöpft kniete sie vor der Kloschüssel und ließ sich langsam nach hinten an die Fliesenwand der Badewanne sinken. Dort lehnte sie mit geschlossen Augen und hätte weinen mögen, aber es kamen auch keine Tränen mehr.

Ihre Gedanken drehten sich wie ein Karussell in der Dunkelheit. So saß sie mehrere Minuten lang, bis sie hörte, dass hinter ihr Wasser in die Badewanne tröpfelte. Mühsam richtete sie sich etwas auf und sah über den Rand. Rodica schrie nicht, sondern starrte nur entsetzt auf Valeska, die da in einer roten Lake schwamm, mit einem friedlichen Lächeln im Gesicht.

Rodica stupste Valeska an der Schulter, nahm ihren Arm und zog ihn hoch, um ihn zurück ins rot verfärbte Wasser platschen zu lassen. Dann hielt sie Valeska die Nase zu und als immer noch nichts geschah, war Rodica klar, dass Valeska nicht bloß schlief oder sie zum Narren hielt, sondern tot war. Richtig tot, so wie damals vor drei Jahren die Großmutter, mit der sie die gleichen Versuche angestellt hatte.

Ihre Gedanken an damals unterbrach abrupt ein schmerzhafter Schlag auf den Kopf. *Lass dir ja nich' einfallen, die*

gleiche Scheiße zu machen, du kleine Fotze, brüllte der Fette, zerrte Rodica an den Haaren hoch und schlug sie mit der flachen Hand auf Po, Rücken, Bauch, überall da, wo er Rodica, die sich wand und wegduckte, gerade traf.
Brutal zurück ins Zimmer geschleppt und aufs Matratzenlager gestoßen, lag Rodica da, geschüttelt von Krämpfen.
Irgendwann musste sie der Schlaf von ihrem Schmerz erlöst haben, denn sie wachte tief in der Nacht aus einem furchtbaren Albtraum auf.
Sie verstand nicht, warum Valeska tot in der roten Lake gelegen hatte. Sie wusste nicht, was mit jemandem geschah, der sich die Pulsadern aufschnitt. Zu Hause in ihrem Dorf erhängten oder erschossen sich Selbstmörder.
Sie hatte noch nie gehört, dass sich jemand in einem Waschzuber umgebracht hätte, der Aufwand wäre doch viel zu groß, dachte sie, man müsste ja erst mühsam die Wanne mit Wasser füllen.
Rodica stand gequält auf, alles an ihr schmerzte. Langsam schleppte sie sich zum Fenster, sah hinaus und hinunter in den engen Hofplatz. Er lag tief unter ihr.
Wenn sie aus dem Fenster springen würde, überlegte sie, ob sie danach auch so ein friedliches Lächeln im Gesicht haben würde wie Valeska? Aber dann dachte sie an die Mutter und an die Geschwister, selbst an den Vater. Und sie dachte an den Sternenhimmel in der kleinen Kirche zu Hause und an den Pfarrer.
Da tappte sie wieder zurück zu ihrem Matratzenlager und wickelte sich in die Decken ein.

Großkampftag

Vom frühen Nachmittag an füllte sich allmählich das Haus. Irmi hatte nicht nur zwei Freunde eingeladen, es sah eher nach ihrer ganzen Klasse aus.
Grüppchenweise stand man cool auf dem Hof zusammen, unterhielt sich oder lauschte dem Stakkato eines Rappers, das durch die offenen Fenster aus der Wohnzimmerdisco hämmerte. Ein paar Hundefans gaben sich mit Rolli ab und hetzten ihn mit Stöckchen durch die Gegend. Einige standen am Brunnen und tranken Radler, dem einzigen Getränk mit Alkohol, dem Walcher zugestimmt hatte.
Lavra und Aischa waren der unbestrittene Mittelpunkt. Sie wurden mit kleinen Geschenken geradezu überhäuft und weil es sich dabei hauptsächlich um Schminksachen handelte, waren ihre Gesichter bald durch Lidschatten, Lipgloss, Wimperntusche und Rouge zu Kosmetik-Vamps gestylt.
Als die Großeltern Armbruster und Brettschneider kamen, meinte Armbruster nur: *Endlich ist hier mal was geboten.*
Er steuerte jedoch sofort die Terrasse an, denn dort schien es noch verhältnismäßig ruhig.
Walcher setzte sich zu ihnen, denn dazu war er vom Festkomitee eingeteilt worden. Doros Aufgabe hingegen war es, solange der Vorrat reichte, die Lücken im Buffet aufzufüllen.
Es wurde ein gelungener Nachmittag. Aischa, Lavra, Irmi und ihre Gäste hatten sichtlich und hörbar Spaß. Selbst Kater Bärendreck fand seine Fangemeinde, die ihm das Fell kraulte, wenngleich kichernd und mit zugehaltenen Nasen.
Gegen acht am Abend fuhren die Letzten auf ihren Fahrrädern davon – die Großeltern hatten sich schon früher verabschiedet –, und Walcher, Irmi, Lavra, Aischa und Doro saßen ermattet auf der Terrasse.

Aischa und Lavra strahlten – auf dem Schoß hielten sie Sporttaschen, die ihnen die Großeltern als Abschiedsgeschenk überreicht hatten, voll mit Sachen, an denen Mädchen Spaß haben, besorgt von Doro und Irmi im Auftrag der Großeltern.
Das Buffet war bis auf den letzten Krümel abgeräumt worden, deshalb gab es für Kommissar Brunner, der überraschend auftauchte, nur noch Flüssiges. Sicher lag es nicht nur am Besuch des Kommissars, dass sich plötzlich eine wehmütige Stimmung ausbreitete, vor allem bei den Kindern. Das eingetretene Schweigen erklärte Doro: *Wir brechen ja morgen in aller Herrgottsfrühe auf.*
Als wäre diese Feststellung auch gleichzeitig das Signal für die Mädchen gewesen, standen alle auf, verabschiedeten sich und gingen nach oben.
Auch Doro schien in Gedanken schon beim nächsten Tag zu sein. Sie entschuldigte sich nach dem kurzen Austausch von Nettigkeiten mit dem Kommissar und ging ebenfalls ins Haus. Nun saßen nur noch Walcher und Brunner auf der Terrasse.
Die Luft war mild und duftete nach Allgäuer Sommer. Aus der beginnenden Dunkelheit waren die ersten Nachtfalter aufgetaucht, umschwirrten die Kerzen auf dem Tisch und erzeugten diffuse Schatten an der Hauswand.
Walcher kannte Brunner schon so gut, dass er glaubte, die Anspannung des Kommissars zu spüren, auch wenn der sich bemühte, sie unter einer ruhigen Maske zu verbergen. Sicher war Brunner nicht nur zur Verabschiedung der beiden Mädchen herausgefahren.
Ich beneide Sie um die Ruhe hier oben, begann Brunner und wechselte dann sofort zu seinen eigentlichen Themen.
Er hatte Verbindung zur französischen Dienststelle im Burgund aufgenommen und sich mit dem Leiter des Kommissariats für Sittlichkeitsvergehen getroffen.
Schwere Vorwürfe hatte er sich vom Kollegen anhören

müssen, erzählte er und zog dabei eine Trauermine, als würde er sein Vorgehen wirklich bedauern. Aus allen Wolken gefallen sei der französische Kollege, Kommissar Neumann, als er von dem Menschenhandel in seinem Zuständigkeitsbezirk gehört habe. Brunner hatte dann mit ihm vereinbart, dass sie sich gegenseitig über jeden weiteren Schritt in der Sache informieren würden.
Außerdem hatten sie sich darin abgestimmt, dass vorerst Walcher weiterhin die Verbindung zum Comte halten sollte. Brunner hatte sich auch die Genehmigung von LKA und BKA geholt und war für diesen speziellen Fall als Koordinator in der Abstimmung zwischen Frankreich und Deutschland bestimmt worden.
Seit dem Treffen der beiden wurde das Chateau nun rund um die Uhr observiert, ebenso der Comte und auch seine Angestellten.
Am besten schicken Sie dem Comte eine neue Anfrage, schlug Brunner vor, *damit wir etwas Tempo in die Angelegenheit bringen.*
Walcher nickte. *Was ist mit den Käufern? Ohne die Zusicherung, dass Ihr französischer Kollege den Laden hochgehen lässt und zwar mit den Käufern, muss ich mir so eine Versteigerung nicht noch einmal antun. Was inzwischen bekannt ist, müsste doch genügen, um den Laden nicht nur zu überwachen, sondern ihn zu durchleuchten und die Drahtzieher aus dem Verkehr zu ziehen, oder?*
Selbstverständlich, verehrter Freund, knurrte Brunner und hielt Walcher sein leeres Glas hin, *das hat man davon, wenn man einen Journalisten unterstützt.*
Die Uhr zeigte zwei Stunden nach Mitternacht, als sich Brunner verabschiedete und Walcher hundemüde endlich ins Bett gehen konnte.
Umso schwerer fiel ihm gerade mal vier Stunden später das Aufstehen. Doros Weckruf trieb ihn und auch die Kinder aus den Betten.

Der Frühstückstisch war schon gedeckt und das meiste Gepäck bereits im Auto verstaut.
So sehr sich auch alle bemühten, die Stimmung aufzulockern, es wurde ein Frühstück mit bekümmerten Mienen und ein tränenreicher Abschied.
Als Dorothea Huber mit Lavra und Aischa vom Hof fuhr, rannte Rolli verzweifelt bellend hinter dem Wagen her. Da konnte Irmi ihre Tränen nicht mehr zurückhalten und auch Walcher musste schlucken.
Hätten wir sie hier behalten sollen?, flüsterte Irmi, schien aber keine Antwort erwartet zu haben, sondern drehte sich um und ging ins Haus.

Eine Entscheidung

In voller Lautstärke wuchtete Beethovens Neunte aus den Lautsprechern. Walcher saß mit einem Glas Sherry, dem letzten Tropfen, den das Fass im Keller hergegeben hatte, im dunklen Wohnzimmer und dachte an den kommenden Tag.
Er würde nach Frankfurt fahren und sich mit Susanna treffen. Walcher quälte sich nun schon seit mehreren Wochen mit der Frage herum, wie er sich ihr gegenüber verhalten sollte. Sie war eine wunderbare Frau, aber solange er eine Art Lisa-Ersatz in ihr sah, sollte er wohl nicht mit ihr zusammenleben.
Susanna Reif kannte er seit seiner Recherche über Organhandel, eine üble Story, in die Susanna aber nur am Rande verwickelt gewesen war. Sie hatten sich danach einige Male getroffen, auch bei ihm auf dem Hof, natürlich auch deshalb, damit Irmi und Susanna sich kennen lernten. Die beiden waren gut miteinander klargekommen und Walcher hatte Susanna stolz seinen Hof gezeigt.

Den außergewöhnlichen Gewölbekeller, den alten Stall, die Milchkammer, den Heuboden – alles, auch den traumhaften Blick auf die Allgäuer Hügel und Berge.
Er hatte sie mit Bärendreck und Rolli bekannt gemacht, war mit ihr durch die Umgebung gewandert. Nichts hatte er ausgelassen, weder die Sicherheitsanlage des Hauses, noch den so genannten Giftschrank im Wohnzimmer, und auf dem alten Traktor war er auch mit ihr gefahren, rund um den Hof herum – so, als wollte er seiner Frau in spe ihr neues Zuhause schmackhaft machen.
Kurzzeitig hatte Walcher das Gefühl erlebt, wieder eine Frau gefunden zu haben, mit der er sich ein Zusammenleben vorstellen konnte. Aus seinem Taumel erwachte er erst, nachdem sie miteinander geschlafen hatten.
Es war eine wundervolle Nacht gewesen, in der sie sich zärtlich verführt und einige Gründe entdeckt hatten, hoffnungsfroh in die Zukunft zu schauen.
Doch als er aufgewacht war, hatte er eine gräßliche Traurigkeit gefühlt. Die Frau neben ihm war nicht Lisa ...
Verstehe mich bitte ... Gib mir noch etwas Zeit ... Ich glaube, es kann zwischen uns eine große Liebe wachsen ... Ich finde dich großartig ...
Vieles hätte er ihr sagen wollen, vor allem aber hätte er von Lisa erzählen müssen. Aber da war diese Blockade – und so hatten sie die zwei Tage bis zu ihrer Abreise in einer seltsam abwartenden Stimmung verbracht.
Seine Anläufe, mit ihr über Lisa und seine Trauer zu reden, blieben halbherzig und erschöpften sich in vagen Andeutungen über zurückliegende Erlebnisse, selbst als ihn Susanna nach dem Grund für seine plötzliche Traurigkeit fragte.
Anstatt den Ball aufzugreifen, hatte er ihn passieren lassen und irgendwas von einer Frau gefaselt, die ihn nicht losließe, worüber er aber noch nicht sprechen könnte.
Noch im Nachhinein wurde es ihm ganz flau im Magen.

Dieses gräßliche Gefühl musste er endlich aus der Welt schaffen und Susanna um Verständnis und Geduld bitten. Er wollte Susanna nicht verlieren, da passte so vieles zusammen.
Ein leichtes Stupsen an der Schulter ließ ihn aus seinen Gedanken aufschrecken. Beethovens Neunte lief noch.
He, he, he, ich schreibe morgen eine Mathearbeit, brüllte Irmi ihm ins Ohr. Walcher stellte die Musik leiser und entschuldigte sich.
Im Licht der Stehlampe, die Irmi angeknipst hatte, sah sie Walcher prüfend an. Irmi hatte ein feines Gespür für seine Stimmungslagen. Wenn sie ihn so antraf, steckte er bisher meist im Loch der Lisa-Erinnerung. *Solltest du morgen um Susannas Hand anhalten wollen – meinen Segen hast du,* meinte sie und traf mit ihrem Versuch einmal mehr ins Schwarze.
Um Susannas Hand werde ich zwar nicht anhalten, aber du hast Recht, mir geht das Treffen mit ihr im Kopf herum, gab Walcher zu. *Ich werde Susanna morgen sagen,* Walcher spürte instinktiv Irmis Anspannung, *dass ich noch etwas Zeit brauche.*
Irmi nickte. *Du wärst besser auch zu Margarethe gegangen. Was sie mir beigebracht hat, kann auch für einen Erwachsenen nicht verkehrt sein.*
Walcher sah sie verdutzt an. Margarethe Krug war Kinderpsychologin und Irmis Therapeutin. Irmi sprach jetzt aus, was auch Margarethe damals schon zu ihm gesagt hatte. Irmi hatte drei, vier Monate gebraucht, bis sie über Lisas dramatischen Tod überhaupt erst zu sprechen begann, er dagegen quälte sich heute noch damit herum.
Lass nicht zu, dass sich Lisas Tod so tief in ihre Erinnerung eingräbt, dass er nie mehr an die Oberfläche gelangt, sprich offen mit ihr darüber, hatte Margarethe ihm geraten und dann noch auf den Weg mitgegeben: *Das Gleiche gilt übrigens auch für dich.*

Frankfurt

Susanna bewohnte ein Zimmer im Haus ihrer Freundin in Frankfurt-Maintal. Den Stadtplan auf dem Schoß, weil Walcher sich weigerte, für zwei oder drei Suchfahrten im Jahr ein GPS anzuschaffen, suchte er den Weg nach Maintal und war beeindruckt, als er vor der gesuchten Hausnummer stand.

Mächtige Douglaskiefern standen in dem weitläufigen Garten – fast schon ein Park zu nennen –, geschützt von einem hohen schmiedeeisernen Zaun. Durch die ausladenden Äste hindurch leuchtete ein klinkerroter Jugendstilbau, der eindrucksvoll den Wohlstand des Erbauers verriet. Das Tor stand zwar offen, trotzdem drückte Walcher auf den Rufknopf der modernen Klingelanlage in der Torsäule.

Da hörte er Susanna auch schon rufen und sah sie durch den Garten kommen. Ein Strahlen im Gesicht, umarmte sie ihn. *Schön, dass du da bist ... du Journalist, du.*

Dann löste sie sich von ihm, nahm seine Hand und führte ihn um das Haus herum zur Rückseite und dort drei Stufen hoch auf eine große Terrasse. Dort standen weiße Gartenmöbel im Stil englischer Landgutbesitzer und ein Rollwagen, gedeckt mit einem Imbiss.

Vielleicht magst du eine Kleinigkeit, lud Susanna ihn ein und deutete auf den Wagen. *Zu trinken gibt's auch, was das Herz begehrt, sogar einen extratrockenen Sherry habe ich besorgt.*

Walcher fühlte sich heiß und kalt gleichzeitig, eher etwas mehr heiß. Susanna sah fantastisch aus, eine schöne und elegante Erscheinung, und er hatte nichts weiter im Gepäck als den Vorschlag, ihre Beziehung vorerst auf Eis zu legen. *Herrlich, einen Sherry nach der Fahrt, sehr gerne,* nahm er ihre Einladung auf ein Gläschen an.

Sie überbrückten die ersten Minuten mit Smalltalk, redeten über Irmi und wie es ihr ginge, über Bärendreck und Rolli und über Susannas bevorstehenden Umzug nach Basel, wo sie in Kürze ihre Stelle als Flötistin im klassischen Ensemble am Opernhaus antreten würde. Dass sie deshalb in Basel gerade eine kleine Wohnung angemietet hätte, dass der Sherry hervorragend schmeckte und dass die Villa in Maintal um 1900 von einem vermögenden Banker gebaut worden wäre.

Dann unterbrach Susanna ihren Bericht und sah Walcher mit einem schwer zu deutenden Blick an. *Na komm, mein Allgäuer, deck die wahren Gründe deines Besuchs auf. Nein, halt, lass mich sagen, was mich mein Instinkt und mein Gefühl vermuten lassen. Du bist hier, um mir Lebewohl zu sagen. Richtig?*

Walcher trank erst einmal einen Schluck von dem Sherry, sein Gaumen schien ihm plötzlich sehr trocken.

Es jährt sich bald der Todestag jener Frau, die ich eigentlich heiraten wollte, begann er vorsichtig und sah Susanna an. *Anders als die Presse berichtete, ist sie nicht mit dem Auto verunglückt, sondern wurde umgebracht ... weil mich ihre Entführer zwingen wollten, eine CD mit wertvollen Informationen herauszugeben, die mir anvertraut worden waren. Eine Geschichte, die ich dir gern ein andermal erzähle.*

Walcher machte eine Pause und suchte nach einer Überleitung zu seinem eigentlich Thema. *Ein andermal – womit ich dir sagen möchte, dass ich sehr auf ein anderes Mal, auf eine gemeinsame Zeit für uns beide hoffe. Aber es stimmt, ich bin hier, um dich um ... um Aufschub, um Zeit zu bitten. Ich hoffe, du verstehst mich und dir liegt etwas an mir. Ich hätte es dir gleich am Morgen nach unserer ersten gemeinsamen Nacht sagen sollen und auch, dass ich dich sehr mag und schätze und glaube, dass wir gut zusammenpassen... aber die Bilder in meinem Kopf von Lisa sind immer noch zu übermächtig.*

Susanna stand auf, beugte sich über ihn, nahm seinen Kopf in ihre Hände und küsste ihn. *Ich denke,* sagte sie in einer Pause, *wir sollten uns die Zeit geben.*

Krugers Vermutung

Commander Krugers Vermutung über die Stelle, an der die Russen hatten an Land gehen wollen, erwies sich als richtig. Drei Hubschrauber waren aufgestiegen, um den Küstenabschnitt bei Rehoboth Beach abzusuchen.
Sie sollten nach Bussen, Lieferwagen, Campingwagen und sonstigen Fahrzeugen Ausschau halten, die an ungewöhnlichen Stellen standen. In einem Gebiet, das von unzähligen Urlaubern besucht wurde, eine fast unmögliche Aufgabe, denn auf und an den Küstenstraßen wimmelte es von derartigen Fahrzeugen. Doch schließlich kam den Männern der Küstenwache ein Zufall zu Hilfe.
Funksprüche auf Russisch wurden empfangen, die sich in kurzen, regelmäßigen Abständen wiederholten. Einer der Küstenwächter verstand genug Russisch, um die Funksprüche zu übersetzen, es handelte sich um die Position eines Treffpunkts vor der Küste.
Die Hubschrauber überflogen das genannte Gebiet und entdeckten eine Motoryacht, die an der durchgegebenen Position ankerte, außer Sichtweite von Rehoboth Beach. Es dauerte nicht lange und die Motoryacht, ein Charterboot, lichtete Anker, allerdings übernahmen das bereits Matrosen der amerikanischen Küstenwache.
Die Männer, die das Boot gechartert hatten, wurden dafür auf einem Patrouillenboot in den Hafen gebracht und der Polizei übergeben.
Die Polizei jedoch hatte keine Handhabe gegen sie und musste sie nach vierundzwanzig Stunden wieder laufen lassen. Schließlich war es in den USA nicht strafbar, eine Yacht zu chartern, vor der Küste zu ankern und die Position an Freunde zu funken, auch nicht, wenn das in russisch geschah. Außerdem sprach der derzeitige Hauptfeind Amerikas eine andere Sprache.

Sonntagsausflug

Auf Umwegen waren sie mit ihrem klapprigen Golf über Zubringer und Autobahnteilstücke in den Berliner Norden gefahren, um bei den Kindern den Eindruck zu erwecken dass es ein weiter Weg bis zu ihrem Ausflugsziel wäre. Dort angekommen, rannten die Kinder mit den Beuteln voll getrocknetem Brot gleich zum Wasser, um Enten, Schwäne und die fetten Karpfen anzulocken.
Die Mutter packte das vorbereitete Picknick aus und verwandelte die abgewetzte Bastdecke zu einem geradezu festlichen Mittagstisch.
Ihr Mann, Ludwig Borsig streckte sich neben der Decke im Gras aus und sah ihr tatenlos zu. Trotz seiner nun schon fünf Jahre andauernden Arbeitslosigkeit hatte sich an der Rollenaufteilung in der Familie nichts geändert. Nein, das stimmte nicht ganz, denn mittlerweile war Elsa Borsig nicht nur für den Haushalt zuständig, sondern hielt mit ihrem Lohn als Putzfrau, Schneiderin, Kellnerin und was sich ihr sonst bot, die vierköpfige Familie über Wasser. Das wurmte sie gewaltig, aber sie hatte sich vorgenommen, an diesem herrlichen sonnigen Sonntag, vor allem den Kindern zuliebe, den Dauerstreit mit ihrem Mann darüber auszusetzen.
Sie waren schon oft an den Karower Teichen im Norden von Berlin gewesen. Ein herrliches Fleckchen Erde. Für die Kinder bedeutete es eine Abwechslung von dem tristen Alltag in der Plattenbausiedlung und es war vor allem ein Vergnügen, das sie nichts kostete. Ganz im Gegensatz zu dem Ausflug in den Freizeitpark vor drei Wochen, bei dem sie ein Vermögen gelassen hatten.
Ludwig Borsig war nach der zur Hälfte geleerten Flasche Rotwein eingeschlafen, seine Frau blätterte in Klatschblättern, die sie aus dem Papiercontainer gefischt hatte, es herrschten Ruhe und Frieden. Jedenfalls so lange, bis ein

schrilles Kreischen die beiden aufschreckte und zum Ufer hetzen ließ, mit dem Schreckensbild im Kopf, gleich eines ihrer Kinder halb tot aus dem Wasser ziehen zu müssen. Doch nicht das war es, was die Kinder hatte entsetzt aufschreien lassen, sondern die aufgeblähte, nackte Leiche, die wie eine Schaufensterpuppe in dem leicht bewegten Wasser zwischen den Schilfhalmen schaukelte. Steif und mit offenen Augen, die in den Himmel stierten. Das hier sehr dicht wachsende Schilf hatte sie vermutlich vor der Gier größerer Vögel geschützt.
Schrecklich war es anzusehen, wie die Arme der Toten in unregelmäßigen Abständen zuckten, so als wollten sie die Balance halten. Schnittwunden an den Innenseiten der Unterarme erklärten später das Phänomen, das die Leiche zum Schaukeln brachten, als wäre noch Leben in ihrem Körper. Fische waren es, die an die Arme stießen, angelockt von den offenen Wunden.
Elsa Borsig drückte die Gesichter ihrer Kinder an sich und schloss selbst die Augen. Der Anblick war zu gräßlich und würde sie in den kommenden Nächten verfolgen, da war sie sich ganz sicher. Die Tote war noch ein Kind, ein Mädchen, etwa im selben Alter wie ihre Tochter.
Die Tränen kamen von selbst. Elsa Borsig dachte an die Mutter des toten Mädchens.
Die Borsigs besaßen kein Handy, deshalb rannte Ludwig los mit den Worten: *Mach die Kleenen in det Auto, ick hol de Polente, eena wird hier ja wohl een Handy ham,* und deutete auf eine Gruppe von Wanderern etwa 500 Meter weit von ihnen entfernt.

Grillen

Die Toskana lässt grüßen, dachte Walcher und lauschte dem Konzert unzähliger Grillen und Heuschrecken, die in ihrem Liebestaumel das Allgäu in eine südliche Landschaft verzauberten.
Vielleicht brachten ihm die Nachkommen jener Grillen ein Ständchen, die Irmi vergangenes Frühjahr im Gartencenter vor dem sicheren Tod als Schlangen- und Echsenfutter bewahrt und hier auf dem Hof ausgesetzt hatte. Immerhin hatte es sich um die Insassen von fünfzehn Pappschachteln gehandelt, also etwa hundertfünfzig Grillen, die Irmi in die Freiheit entlassen hatte.
Walcher hatte Irmi bewundert, mit welchem Starrsinn und welcher Opferbereitschaft sie ihre Rettungstat durchgesetzt hatte, denn ohne zu zögern hatte sie auf ihr Taschengeld für drei Monate verzichtet.
Walcher schloss die Augen, er fühlte sich gut, aber etwas müde. Erst kurz vor Beginn der Dunkelheit aus Frankfurt angekommen, hatte er Rolli von den Großeltern geholt, dort Irmi getroffen, die aber bei einer Freundin übernachten wollte und deshalb nicht mitkam.
Nun saß er im Gras, angelehnt am Apfelbaum vor der Terrasse, mit einem Glas Wein in der Hand. Drei kritische Situationen auf dem Schlachtfeld Autobahn unversehrt überlebt zu haben, schien ihm Grund genug, auf das Wohl seines Schutzengels einen Schluck zu trinken.
Es roch nach frischem Heu und er dachte an Susanna und wie schön es wäre, sie jetzt an der Seite zu haben. Ihr die Sterne über dem Allgäu zu zeigen, jeden einzelnen, und dabei den Grillen zuzuhören.
Selig lächelnd nahm er diesen Gedanken mit in den Halbschlaf, gegen den er sich nicht wehrte. Eine halbe Stunde nur, solange die Wärme des Tages noch wirkte, gestand er sich zu. Das gewaltige Konzert der Heuschrecken und

Grillen begleitete ihn in seinen Kurzschlaf, anfangs als gleichmäßiger Tonteppich, aus dem nur vereinzelte Spitzen herausklangen. Dann aber mehrten sich die schrillen Töne, wurden lauter und verwandelten sich deutlich in menschliche Schreie. In Schreie, die nach Angst und Schmerz klangen.

Und dann bekamen diese Schreie Formen, verwandelten sich in Kinder, die zwischen hohen Heuhaufen auf der Wiese hinter dem Garten herumrannten, mit aufgerissenen Augen und Mündern, in wilder Panik.

Walcher wollte hinüber laufen, um nachzusehen, was die Kinder derart in Aufruhr versetzte, aber er konnte es nicht. Zwischen ihm und den Kindern bewegte sich ein gewaltiger grüner Strom von riesigen Heuschrecken, groß wie Ratten. Näherte er sich dieser Ekel erregenden Masse, so wandten sich ihm einige der gepanzerten Monster zu und drohten aggressiv mit ihren gewaltigen Fresswerkzeugen.

Rolli war plötzlich an seiner Seite und stürzte sich mutig mit wütendem Bellen in den Strom, aber er versank darin schon nach zwei Sprüngen.

Walcher pfiff und brüllte, suchte nach einer Waffe ...

und war unendlich erleichtert, dass ihn das Klingeln des Handys aus seinem Albtraum erlöste.

Kommissar Brunner raunzte ihn hörbar missgelaunt an: *Na endlich,* und kam sofort zum Thema. *Wir haben die Website www.worldwideheiratenfrauen.com durchleuchtet.*

Höchst ominös, sage ich Ihnen. Um das Prinzip zu kapieren, muss man im Internet aufgewachsen sein.

Diese worldwideheiraten-Betreiber fielen jedenfalls aus allen Wolken und ahnten überhaupt nicht, dass man sich von einzelnen Fotos auf ihrer Homepage aus in ein neues Portal einloggen kann. Da hat ihnen einer ein Kuckucksei ins Nest gelegt, so könnte man sagen. Wirklich raffiniert.

Und nicht nur auf deren Website, auch bei mehreren anderen

Anbietern auf dem Sektor Heiratsmarkt sowie auf Porno-Seiten haben unsere Spezialisten solche versteckten Links entdeckt. Absolut gekonnt und tückisch.
Walcher stand auf und tappte noch etwas benommen zur Terrassentür. Bevor er in die Küche trat, drehte er sich aber um und sah auf die nachtdunkle Wiese.
Auch wenn er nicht wirklich erwartet hatte, irgendetwas zu sehen, so war er doch froh darüber, dass es nur ein Traum gewesen war und dass auch Rolli neben ihm stand und wie immer erwartungsvoll zu ihm hoch sah.
Außerdem ließ ihm Brunner gar nicht die Möglichkeit, über den Traum nachzudenken, denn er dozierte ohne Pause.
Mit dem Handy am Ohr, füllte Walcher das Glas voll, ging damit zurück auf die Terrasse und setzte sich.
Er hatte das untrügliche Gefühl, dass Brunner für seinen Bericht länger brauchen würde.
Wer einen solchen Link anklickt und weiterverfolgt, hörte er den Kommissar während er trank, *dessen Anmeldung geht per E-Mail nach Bangkok und von da aus weiter auf die Cayman Inseln, von wo er dann eine Antwort aus irgendeinem der vielen Internetcafés mit der Aufforderung erhält, einen Bürgen zu nennen. Keinen Bankbürgen versteht sich,* schob Brunner ein, *sondern einen Fürsprecher, jemanden, der bereits Kontakt mit dieser Organisation hatte und als vertrauenswürdig eingestuft wird. Nur dann erhält man per E-Mail eine Liste zur Auswahl, um ein Treffen mit der angebotenen Ware, Frauen, Mädchen, Jungs, je nachdem, zu vereinbaren. Hören Sie mir überhaupt noch zu?*
Walcher bestätigte, worauf Brunner eine Pause machte, die so lange dauerte, wie man für einen Schluck Williams benötigte, bevor er weiter sprach.
Also, da kämen wir nur dann weiter, wenn Sie den Comte oder auch diesen Maurice Delwar als Bürgen nennen könnten. Sie sind momentan vermutlich der Einzige, der akzeptiert würde.

Im Gegensatz zu Ihnen würde ich oder einer unserer Beamten einer Überprüfung garantiert nicht standhalten.
Walcher war inzwischen wach und konnte sich nicht zurückhalten festzustellen: *Also da wäre ich mir nicht so sicher. Wenn ich an die Pressemeldungen der letzten Zeit denke, nach denen sich ganze Polizeidienststellen im Internet Pornos reingezogen haben sollen, dann sollte man vielleicht erst mal die eigenen Kontakte nutzen, meinen Sie nicht?* Schon beim letzten Wort bedauerte Walcher seinen Zynismus.
Die Pause, die entstand, ließ vermuten, dass er Brunner schwer getroffen hatte. Umso verblüffender war Brunners Reaktion. *Ich hätte wetten sollen,* stöhnte er, *dass ich Derartiges von Ihnen zu hören bekomme. Als zweite Wette hätte ich darauf gesetzt, dass Sie mich fragen, warum wir für solch einfache Ermittlungen ganze zehn Tage benötigt haben. Geben Sie zu, dass Sie das gedacht haben,* forderte Brunner, *kommen Sie, seien sie wenigstens einmal in Ihrem Leben ehrlich.*
Der Kommissar hörte sich an, als wolle er endlich los werden, was sich bei ihm aufgestaut hatte.
Solche Leute wie Sie, giftete er, *sehen doch immer nur, was sie sehen wollen. Dass wir hier auch noch andere und zwar dringende Fälle haben, das interessiert Sie nicht. Sie wollen nur schnellstens Ihre Story durchziehen und ...*
Als hätte er einen Sicherheitsschalter umgelegt, brach Brunner mitten im Satz ab, atmete hörbar ein und aus und klang plötzlich sehr sachlich, als er weiter sprach.
Lassen Sie sich die Idee bitte durch den Kopf gehen. Sie haben sich doch sowieso schon ziemlich weit vorgewagt, es würde doch nur logisch erscheinen, wenn Sie diesen weiteren Schritt auch tun.
Walcher hatte sich schon vor Tagen überlegt, auch zu deutschen Adressen Kontakt aufzunehmen, sich aber dagegen entschieden. Seine Argumente gegen einen solchen Schritt kamen nicht unbedingt aus der sachlichen Ecke, vielmehr stand dahinter die Befürchtung dadurch eine

Lawine loszutreten, die er nicht mehr bewältigen konnte. Bestimmt würde ihn der Comte geradezu gönnerhaft den deutschen Kollegen empfehlen, das war sicher nicht das Problem. Die Frage war, was geschah, wenn er weitere Kontakte knüpfte? Unternahm er dann neue Einkaufstouren, besuchte er Bordelle oder ließ er sich Kinder zur Auswahl liefern? War es seine Aufgabe, Polizeiarbeit zu übernehmen?
Unwillkürlich schüttelte Walcher den Kopf. Brunner gab er als Antwort: *Ich habe mir das auch schon überlegt, denke aber, dass der Fuß, den wir beim Comte bereits in der Tür haben, ausreichen sollte. Meinen Sie nicht auch?*
Sie machen doch sowieso, was Sie wollen, warum also wollen Sie meine Meinung wissen? Brunner klang eindeutig sauer, weshalb Walcher es für angebracht hielt, das Telefonat mit versöhnlichen Tönen zu beenden. *Vielleicht haben Sie Recht Herr Kommissar, ich werde über Ihren Vorschlag nachdenken und rufe Sie an.*
Walcher saß noch so lange auf der Terrasse, bis es kühl wurde und er sich eine Jacke hätte holen müssen.
Eine Zeit lang dachte er über seinen Traum nach, kam aber auf keine halbwegs sinnvolle Erklärung, außer der, dass sich in seinen Träumen oft die verrücktesten Bilder zu einem Film aneinanderreihten, so als würde sein Unterbewusstsein wahllos in eine Bilderkiste greifen.
Aber nicht der Traum irritierte ihn, sondern dass diese Recherche begann in seine tiefer liegenden Schichten vorzudringen.

Sektionsraum B3

Dr. Helmbroich betrachtete die Leiche, die vor ihm auf dem Seziertisch lag. Seit zwölf Jahren arbeitete er in der Rechtsmedizin der Charité in Berlin und galt bei seinen Kollegen, seinen Studenten und der Berliner Staatsanwaltschaft als Koryphäe schlechthin. Nicht ohne Grund nannte man ihn achtungsvoll „Kommissar Skalpell".
Durch seine Erfahrung, seinen Spürsinn und dank seiner herausragenden gerichtsmedizinischen Kenntnisse hatte er bereits etliche spektakuläre Fälle aufgedeckt.
Dr. Helmbroich hatte sich sehr früh für das Sachgebiet der Forensik entschieden. Er sah sich als Wissenschaftler und Forscher, erst in zweiter Linie empfand er sich als Mediziner, der quasi beiläufig auch einmal einen Kriminalfall aufdeckte.
Normalerweise hatte Dr. Helmbroich seine Emotionen gut im Griff, aber bei einer Kinderleiche schützte ihn auch seine Routine nicht vor der Erinnerung an seinen Sohn. Der war mitten in Berlin, auf dem Weg zur Schule, von einem alkoholisierten Raser mit dem Auto getötet worden.
Er wäre heute etwa gleich alt wie das Mädchen, dachte Dr. Helmbroich und versuchte seine trüben Gedanken zu verscheuchen, aber das fiel ihm schwer angesichts der Grausamkeiten, die diesem Mädchen angetan worden waren. Nicht zum ersten Mal überfielen ihn Zweifel an dem humanen Entwicklungspotenzial der Spezies Mensch.
Mit einem kurzen Kopfnicken zu seinem Assistenten klemmte er die Röntgenbilder an den Leuchtkasten, der an der gekachelten Wand hing.
Sektion.- Nr.: CH/6029/04, Unbekannte Tote, weiblich, Alter zirka 12 Jahre, Präzisierung nach Abschluss der Obduktion. Frische Fraktur des Mittelfingers der linken Hand, eine zirka drei

Jahre zurückliegende Teilfraktur der rechten Elle, Deformation beider großen Zehen, vermutlich wegen zu kleinem Schuhwerk in der Wachstumsphase. Skelett ansonsten ohne Auffälligkeiten. Fremdkörper im oberen Scheidenbereich, offenbar eine Münze, diktierte er ins Mikro, das am Kragen seines Arztkittels klemmte. Dr. Helmbroich verfasste seine Obduktionsbefunde im Fachjargon und gleichzeitig in einem Deutsch, das Kripobeamte, Staatsanwälte und Richter verstanden. Es ersparte ihm so manch überflüssige Nachfrage.

Mit einem tiefen Atemzug drehte er sich vom Leuchtkasten hin zum Seziertisch.

Optischer Zustand: Schrumpfung der Oberhaut lässt auf Lagerung im Wasser schließen. Hämatome an linker Stirnseite, an Schultern, Oberarmen, Rücken, Gesäß, Oberschenkeln. Ausgeprägte Würgemale im Halsbereich. Bisswunde an linker Brustwarze. Dr. Helmbroich schüttelte mehrmals den Kopf, sein Mundschutz blähte sich heftig. *Unverheilte Brandnarbe,* diktierte er weiter, *an der Innenseite des linken Oberschenkels, etwa einen halben Zentimeter im Durchmesser. Schnittverletzung an Fingerkuppe des Zeigefingers der linken Hand, diverse Schnitte längs und quer an beiden Innenseiten der Unterarme. Die grobe Beschädigung des Hautgewebes und die Tiefe der Schnitte lassen ein stumpfes Messer mit Wellenschliff als Werkzeug annehmen. Haut und Muskelgewebe weisen in diesen Bereichen für Fische und Krebse typische Fraßspuren auf. Die Verletzungen werden sämtlich durch Fotos dokumentiert.*

Nach der optischen Untersuchung und dem Fotografieren der äußeren Verletzungen folgte nach dem gerichtlich vorgeschriebenen Ablauf die eigentliche Obduktion, angefangen beim Kopf, über Brust und Bauch zum unteren Bauchraum.

Kopfbereich: keine Verletzungen feststellbar, von einer Autopsie des Gehirns wird abgesehen. Brustbereich: keine organischen Schäden feststellbar, kein Wassereintritt in die Lunge. Bauch-,

Magenbereich: keine organischen Schäden feststellbar.
Letzte Nahrungsaufnahme ca. 15 Minuten vor Eintritt des Todes. Der Mageninhalt wird analysiert und dem Sektionsbericht angehängt.
Unterer Bauchbereich: extreme Reizung mit Dehnungsrissen im Bereich der Scheide sowie des Anus/Rektum. Folgerung: Das ca. 12 Jahre alte Mädchen wurde unter extremen Schmerzen fortgesetzt mit vaginalem/analem Verkehr traktiert, wobei die festgestellten Drogen die Schmerzen nur teilweise unterdrückt haben dürften. Bei der entnommenen Münze handelt es sich um eine in Spanien geprägte 50-Cent-Münze.
Todesursache: Blutverlust. Tod nicht durch Ersticken, da keine Wassereinlagerung in der Lunge. Die Schnittverletzung an der Fingerkuppe des linken Zeigefingers dürfte im Zusammenhang stehen mit dem gescheiterten Versuch, die Pulsader am rechten Handgelenk aufzuschneiden. Das Mädchen war Rechtshänderin, darauf deuten die Schnitte am linken Handgelenk hin, die viel präziser geführt sind. Eintritt des Todes: vor 10 Tagen, der Wasserlagerung wegen eventuell 12 Tagen. Präzisierung erfolgt nach den üblichen Testverfahren.
Die DNA-Analyse der Spermien, entnommen aus Scheide und Rektum, ist veranlasst.
Gezeichnet: Gutachter Dr. Helmbroich, Assistenzarzt Hermann Köhler.
Köhler, haben wir hier irgendwo einen Cognac? Das schreiben Sie bitte nicht ins Protokoll, danke.

Anhang, Sektion.- Nr.: CH/6029/04,
Analyse Mageninhalt. Grundsätzlich deutet der Mageninhalt auf katastrophal ungesunde Ernährung hin.
Extrem hoher Anteil an gesättigten Fettsäuren wie Stearin- und Palmitinsäure, eine hohe Zuckerkonzentration, Alkohol sowie die auffallend hohe Konzentration an Alkaloiden lassen auf eine Kost mit viel Frittierfetten und Kartoffelstärke, Zucker und Alkohol bzw. Drogen schließen. Die Blutanalyse ergab die

Blutgruppe A und weist übliche Durchschnittswerte auf. Auffällig ist, wie auch in den Nahrungsresten des Mageninhalts festgestellt, der hohe Anteil an Alkaloiden. Morphin, Terpenen, Codein, Narkotin, Papaverin, Thebain, Halazuchrome, Acetate, Alkohol (0,8 % Blutalkoholkonzentration zum Zeitpunkt des Todeseintritts) – das aus mehreren Stoffen zusammengesetzte opiatähnlich wirkende Mittel lässt eine Einnahme in flüssiger Form vermuten.
Es handelt sich offenbar um eine selbst hergestellte Mischung aus Cannabis, Kentranthus, Papaver somniferum Linnaeus (Schlafmohn) und vermutlich Valeriana-Arten (Baldrianfamilie), die in Alkohol aufgelöst wurden.
Diese Mischung erzeugt psychisch wie physisch eine lediglich sedierende Wirkung, keine echte Betäubung.
Gezeichnet: Assistenzarzt Hermann Köhler

Störung

Sehr geehrter Herr Walcher, kommenden Donnerstag habe ich ganz in Ihrer Nähe zu tun. Ich würde mich freuen, wenn wir die Gelegenheit nutzen und uns zu einem Austausch über den Stand der Dinge treffen könnten. Wäre Ihnen 15 Uhr recht? Ich komme gerne zu Ihnen.
Mit freundlichen Grüßen Günther Auenheim.
Aufdringlicher Auftraggeber, murmelte Walcher halblaut vor sich hin und beantwortete die Mail. *Sehr geehrter Herr Auenheim, Donnerstag und Freitag, 16. und 17., bin ich bereits verplant. Sorry, vielleicht klappt es ja ein andermal. Wünsche Ihnen einen erfolgreichen und angenehmen Aufenthalt im wunderschönen Allgäu. Herzlich R. Walcher*
Keine zehn Minuten später konnte Walcher seine Hoffnung, Auenheim damit vom Hals zu haben, begraben. *Würde Ihnen ein Treffen am Mittwoch besser passen?,* mailte

Auenheim umgehend zurück, *ich kann ohne Probleme einen meiner anderen Termine verschieben.*
Mit freundlichen Grüßen Günther Auenheim.
Walcher stöhnte. Wie sollte er dem Verleger klarmachen, ohne ihn zu kränken, dass er keinen Sinn darin sah, sich über halbfertige Recherchen zu unterhalten. Außerdem war sein Ansprechpartner Rolf Inning, knurrte Walcher innerlich, beantwortete die Mail allerdings höflich, jedenfalls seiner Meinung nach.
Sehr geehrter Herr Auenheim, leider werde ich bis zum Mittwoch kommender Woche mit meinen Recherchen gegenüber meinem letzten Bericht an Sie nicht nennenswert vorankommen. In jedem Fall sinnvoll ist weiterhin unser für den kommenden Monat vereinbartes Treffen. Bis dahin werde ich meine Recherchen um die Ergebnisse der Kripo ergänzen können, so dass wir fundierte Unterlagen zur Verfügung haben, um über die Fortführung meiner Recherche zu beraten. Sollten Sie befürchten, dass unser vereinbarter Kostenrahmen überschritten wird, so darf ich Ihnen versichern, dass dies nicht der Fall sein wird. Selbstverständlich gerne können wir uns am Mittwoch, den 15., hier bei mir zu einem privaten Austausch treffen. Mit freundlichen Grüßen R. Walcher. Eine Kopie des Schreibens schickte er an Rolf Inning.
Walcher hatte die Nase voll und Auenheims Hartnäckigkeit stimmte ihn übellaunig. Damit sich seine Laune nicht noch weiter verschlechterte, schaltete er den PC aus und schwor sich, ihn frühestens am nächsten Tag wieder in Gang zu setzen.

Kawasaki

Weil der Wagen zur fälligen Inspektion in der Werkstatt stand, fuhr Walcher seit langem wieder einmal mit seiner Kawasaki.
Easyrider-Syndrom nannte er in Gedanken das Gefühl grenzenloser Freiheit, das sich in ihm aufbaute, sobald er auf dem Feuerstuhl saß. Vermutlich waren es ja nur der Lärm, die vibrierende Kraft und die Geschwindigkeit, die ihn daran faszinierten.
Schon als Jugendlicher war er mit einem unangemeldeten Motorrad, natürlich ohne Führerschein und Versicherung, über die Felder gebrettert. Das handgemalte Nummernschild war dann auch prompt einer Polizeistreife aufgefallen. Damals hatte er seinen ersten Kick erlebt, als er über Wiesen und Felder seinen Verfolgern einfach davongeprescht war.
Dass sie ihn einige Tage später doch erwischt hatten, war seiner Bequemlichkeit zuzuschreiben. Anstatt das Benzin mit dem Fahrrad im Kanister zu holen, war er dreist mit dem Motorrad zur Tankstelle gefahren und hatte deshalb zum ersten Mal den Arm des Gesetzes spüren müssen. Der Jugendrichter hatte ihn zu zwanzig Stunden Arbeitseinsatz verdonnert – damals war die Welt ja irgendwie noch in Ordnung –, in denen er Dienstfahrzeuge der Polizei waschen und blank wienern musste.
Vor dem Haus in der Herrenstraße in Ravensburg, in dem sich die Bürogemeinschaft Walcher und Kollegen eingerichtet hatte, waren die Parkmöglichkeiten wegen der Anliegerplätze eingeschränkt und die paar restlichen waren besetzt, auch die Abstellplätze für Motorräder, die es in der Straße gab. Walcher sah sich um, er war noch nie mit dem Motorrad ins Büro gefahren und hatte sich deshalb auch noch nie mit dem Problem beschäftigen müssen, wo man ein Motorrad abstellen konnte.

Die zur Straßenseite versetzte Front des Nachbarhauses bot eine schmale Nische. Ein guter Stellplatz, dachte er und schob die Maschine auf den Bürgersteig und so dicht an die Hauswand, wie es irgend ging. Passt, dachte er und nahm seinen Helm ab. Fast hätte er ihn vor Schreck fallen lassen, weil ihn von hinten schrill eine Stimme mit sächsischem Akzent ankeifte.
Se wern doch nisch etwa uff dem Bürschersteisch Ihr Ding da abstellen wolln?!
Blonde kurze gewellte Haare, kantige Gesichtszüge, deutlicher Frauenbart, böser Blick. Sie trug eine weiße Bluse, einen blauen Blazer, blauen Rock, blaue Schuhe mit breiten mittelhohen Absätzen, um die Schultern eine schwarze Umhängetasche und in der Hand hielt sie die berüchtigte Druckmaschine für Strafzettel. Auf den Schultern fehlten nur noch goldene Epauletten und an der Brust der Sheriffstern oder wenigstens das Sportabzeichen erster Klasse der ehemaligen so genannten Deutschen Demokratischen Republik.
Typ Feldwebel, dachte Walcher, noch eher belustigt.
Aber dieser Feldwebel hörte gar nicht mehr auf zu keifen und zu zetern, was er sich erlauben würde und dass sie ihm, wenn er nicht sofort dieses stinkende Ding da entfernen würde, einen Strafzettel verpassen müsste.
Walcher wandte ein, dass er nur kurz ins eigene Büro müsste, gleich im Haus nebenan.
Er hatte noch nicht zu Ende gesprochen, als er zu hören bekam: *Det sa'schen se alle.* Dann forderte sie ihn erneut mit dieser unangenehm schrillen, lauten Stimme auf, dass er gefälligst endlich mit seiner Maschine verschwinden solle, sie hätte schließlich noch anderes zu tun, als sich mit ihm zu befassen.
Sagen Sie, versuchte Walcher seinen wachsenden Frust durch einen leichten Gegenangriff in Grenzen zu halten, *können Sie auch in einem normalen Ton mit mir reden? Ich*

bin volljährig und auf dem Kasernenhof sind wir hier auch nicht.

Nuh werden Se mal nisch och noch bambig, keifte die Feldwebelin und baute sich, die Hände in die Hüften gestemmt, vor Walcher auf.

Unglaublich, dachte Walcher, diese Frau gehörte in die Fremdenlegion aber nicht in das Ordnungsamt der oberschwäbischen Metropole. Still protestierend, schüttelte er den Kopf und schob mit seiner Maschine davon.

Dass einige der stehengebliebenen Neugierigen ihn dabei mit unverhohlener Schadenfreude angrinsten, trug nicht zur Linderung seiner gekränkten Bürgerseele bei.

Fing gut an der Tag. Walchers gute Laune hatte sich in einen dumpfen Groll gegen Ordnungshüter und die gesamte Verwaltung gewandelt.

Er stellte die Kawasaki der Länge nach auf einen soeben frei gewordenen Parkplatz und opferte einen Euro für die Parkuhr.

Dafür schnauzte ihn nun ein älterer Herr in breitem Schwäbisch an. *Missetse fir den Schtinker do oin ganza Pargblatz versaua?*

Walcher ging nicht auf den Vorwurf des Alten ein, der in einer anderen Situation durchaus von ihm selbst hätte stammen können. Mit dem Helm in der Hand verschwand er im Haus, wobei er die Feldwebelin, die geduldig den Vollzug ihrer Anordnung beobachtet hatte, mit einem überheblichen Lächeln bedachte, das allerdings nicht seinem Innenleben entsprach. Kaum war die Haustür hinter ihm ins Schloss gefallen, stürmte er die Treppen ins vierte Stockwerk hinauf, um seinen inneren Überdruck abzubauen.

Die als Bürogemeinschaft genutzte Dachwohnung hatte er gemeinsam mit Johannes, Ernst Böhmer und Kurt Markowiez gemietet, alle drei ebenfalls Journalisten. Die Bürogemeinschaft war aus der Idee heraus entstanden, mit

Hilfe einer Sekretärin für alle möglichen Auftraggeber ständig erreichbar zu sein und zudem die Mehrfachverwertung alter Artikel zu organisieren. Auch sollten alle anfallenden Arbeiten gebündelt werden, von Reisebuchungen bis hin zu Kostenabrechnungen.
Bisher war es ihnen aber nicht gelungen, eine Kraft zu finden, die das nötige Know-how besaß. Zudem waren die Einkünfte bei allen Vieren gesunken, die Einsparmaßnahmen der Zeitungsverlage trafen besonders die selbständigen Journalisten.
Die Tür zur Dachwohnung, sie bestand aus einem Flur, einer kleinen Küche, Toilette, drei Arbeitsräumen und einer Abstellkammer mit einer Liege darin, war nicht abgeschlossen. Deshalb rief Walcher, als er den Flur betrat: *Hallo, wer arbeitet heute?*
Die Luft im Flur war verbraucht und roch muffig.
Vermutlich war doch keiner von den anderen da, dachte Walcher, sonst hätte jemand gelüftet.
Seine Frage blieb denn auch unbeantwortet. Und dass die Eingangstür unverschlossen war, kam nicht zum ersten Mal vor.
Mit dem Vorsatz, reihum in allen Räumen die Fenster zu öffnen, ging er zuerst in sein eigenes Büro. Zum Öffnen des Fensters kam er aber nicht, sondern blieb erschrocken im Türrahmen stehen.
In seinem Kopf begann es zu knistern.
Mit gestrecktem Arm drückte er langsam die Tür auf, bis die Klinke an die Wand stieß.
Vor ihm breitete sich Chaos aus.
Die wenigen Bücher, Ordner, Hefter, Papiere, Büromaterialien, die er seit seinem Einzug in Regal, Schrank und Schreibtisch deponiert hatte, lagen in einem wilden Durcheinander auf Boden und Schreibtisch verteilt.
Walcher sah zwar in das Büro, aber seine Sinne konzentrierten sich eher auf das, was hinter ihm sein könnte.

In Zeitlupe drehte er sich um und vermied dabei, die Position seiner Füße zu verändern, denn die Dielenbretter würden sonst laut knarren, das wusste er.
Hinter Walcher war aber nichts, er stand immer noch allein im Flur. Alle Türen, die von ihm abgingen, waren geschlossen.
War er allein oder waren diejenigen, die sein Büro durchsucht hatten, noch in der Wohnung?
Walcher atmete flach, überlegte und beschloss, kein Risiko einzugehen. Zuviel war in der letzten Zeit passiert.
Immer noch in derselben, leicht verdrehten Stellung zog er sein Handy aus der Hosentasche und drückte KB, den Code für Brunners Nummer.
Der meldete sich auch sofort, hörte Walchers geflüsterten Kurzbericht und gab das Kommando: *Raus aus der Wohnung und zwar ein bisschen plötzlich, runter auf die Straße und auf die Kollegen warten und vor allem die Verbindung halten! Klar?*
Walcher flüsterte ein *Klar* und entspannte sich, erstarkt durch die Tatsache, dass er den Kommissar am Ohr hatte. Als Brunner nach einer kurzen Pause fragte: *Sind Sie noch dran?*, und ohne auf eine Antwort zu warten den beruhigenden Hinweis gab, dass die Kollegen auf dem Weg wären, hatte Walcher bereits die Klinke zum nächsten Büro in der Hand und drückte leise und vorsichtig die Tür auf. Einfach hinunter auf die Straße zu laufen und auf Brunners Kollegen zu warten, wäre ihm dann doch leicht überzogen vorgekommen. Außerdem war er viel zu neugierig.

Das Büro, das sich Böhmer und Markowiez teilten, sah ebenfalls aus wie eine Müllkippe, nur dass hier sogar die beiden Regale umgestürzt auf dem Boden lagen und die Übeltäter darüber auch noch den Pflanzenkübel samt Benjaminus Ficus ausgeleert hatten, was Walcher ein leichtes, wenngleich der Situation unangebrachtes Lächeln

entlockte. Aralie, Philodendron, Benjaminus Ficus – er hatte sich noch nie mit diesen dekorativen Zimmerpflanzen anfreunden können.
Wo sind sie?, hörte er leise Brunners Stimme im Ohr.
Der Kommissar flüsterte, was Walcher bisher noch nicht erlebt hatte.
Bin auf dem Weg, flüsterte Walcher zurück und kam sich plötzlich ziemlich albern vor. Trotzdem hielt er das Handy auch weiterhin ans Ohr gedrückt, als er die Tür zum dritten Büro öffnete, in dem die beiden Arbeitsplätze für die Sekretärin und für Johannes geplant waren.
Hier sah es nicht so wild aus, denn Johannes hatte es bisher lediglich geschafft, fünf leere, neue Ordner und acht geleerte Pizzakartone ins Regal zu stellen, säuberlich aufrecht nebeneinander, als handle es sich um die Schutzhüllen einer wertvollen bibliophilen Ausgabe über die *Cucina Italiana*.
Die Pappschachteln der Pizzeria lagen zerfetzt auf dem Boden und Walcher konnte die Wut und Entrüstung der Einbrecher geradezu nachfühlen.
Einbrecher? Eher sah es nach einer systematischen Durchsuchung der Büroräume aus, denn Einbrecher pflegen wertvolle Gegenstände mitzunehmen. Und die einzigen wertvollen Gegenstände, die neuen PCs und Flachbildschirme, standen noch in den Zimmern.
Die Spannung in Walcher nahm ab. Es war eher unwahrscheinlich, dass sich der oder die Übeltäter noch in der Wohnung befanden. Einem tiefen Atemzug der Erleichterung folgte die Erkenntnis, dass die Luft im Flur nicht nur muffig roch, sondern nach einer Mischung aus Mottenkugeln und Lavendel, aber das konnte auch aus seiner Lederjacke ausdünsten, die im alten Kleiderschrank im ehemaligen Stall gehangen hatte. Walcher schnüffelte noch einige Male und fand seine erste Geruchsbestimmung bestätigt, denn in der Küche roch es ebenfalls nach

Mottenlavendel, allerdings hing der Geruch in der Luft, nicht in seiner Jacke.
Auch in der Küche waren die begrenzten Möglichkeiten etwas zu verstecken, im Unterschrank der kombinierten Spüle und Kochplatte zum Beispiel – einer so genannten Junggesellenkombination –, durchsucht worden.
Erfolglos, denn nur Putzlappen und ein Eimer konnten entdeckt werden. Die eigentliche Sauerei stammte aus den beiden großen Umzugskartons, in denen seit dem Einzug sämtliche Papierabfälle gesammelt worden waren, die nun ausgekippt als durchwühlter Haufen auf dem Küchenboden lagen.
Walcher nahm sich vor, der Reihe nach Johannes, Böhmer und Markowiez anzurufen und sie nach deren laufenden Recherchen zu fragen, vielleicht konnten sie eine Erklärung für die Durchsuchung liefern.
Der Vollständigkeit halber wollte Walcher noch in die Toilette und in die Abstellkammer sehen, aber dazu kam er erst einmal nicht, denn wie eine Sturmeinheit polterten zwei Männer durch die noch offen stehende Eingangstür in den Flur.
Der kurze Adrenalinstoß, der Walcher durchzuckt hatte, baute sich rasch wieder ab. Die beiden sahen nicht aus wie Killer, sondern wie ordentliche Kriminalbeamte, die ihre Ausweise hochhielten und sich kurzatmig als die Kollegen Brunners vorstellten, allerdings aus Baden-Württemberg.
Nachdem sie sich kurz umgesehen hatten, riefen sie die Kollegen der Spurensicherung, obwohl sie die Vermutung äußerten, dass es wahrscheinlich keine zu finden gäbe, Spuren nämlich. Bis dahin sollte Walcher einen Kaffee trinken gehen, denn hier stünde er nur im Weg.
In diesem Moment dachte Walcher an Brunner, aber ein Blick auf sein Handy zeigte, dass der Kommissar die Verbindung abgebrochen hatte.

Walcher rief ihn deshalb erneut an, entschuldigte sich für den Abbruch und dankte ihm herzlich für die wohltuend beruhigende Unterstützung, was Brunner nur mit dem Begriff der „Telefonseelsorge“ bedachte.
Die Empfehlung der beiden Beamten, nämlich die Wohnung zu verlassen, nahm Walcher an und übergab ihnen den Wohnungsschlüssel. Dann machte er sich auf den Heimweg, denn Johannes und die anderen konnte er ebensogut von zu Hause aus anrufen.
Ein beschissener Tag, wahrhaftig ein beschissener Tag, fluchte er, als er sich den Helm aufsetzte und im Begriff war, auf die Kawasaki zu steigen.
Von einem Klebstreifen gehalten und sanft im Wind flatternd, winkte ihm ein blaues Strafticket zu. Wegen Überschreitung der Parkzeit. Er würde in den nächsten Tagen eine schriftliche Verwarnung/Anhörung erhalten und so weiter...
Walcher fluchte in ohnmächtiger Wut und hatte sofort wieder diese schrille Frauenstimme mit dem sächsischen Akzent im Ohr.
Auf der Fahrt auf Nebenstraßen und Feldwegen zurück ins Allgäu, drehte Walcher nicht nur ordentlich das Gas auf, er drehte auch den Gedanken im Kopf, ob hinter der Durchsuchung der Menschenhändlerring stecken könnte. Immerhin hatte er Jeswita Drugajew seine Visitenkarte gegeben, vielleicht gab es da Zusammenhänge.
Er sollte etwas vorsichtiger sein, nahm er sich vor und nahm bei diesem Vorsatz auch das Gas zurück.

Rodica VI

Die Tage und Nächte wechselten einander ab, ohne sich groß voneinander zu unterscheiden.
Rodica hatte jedes Gefühl für Zeit verloren. Ihre Aufpasser verabreichten ihr täglich bitter schmeckendes Wasser und passten auf, dass sie es auch trank. Danach wurde sie immer schläfrig und ihre Traurigkeit und Angst wichen einer gelösten Gleichgültigkeit. Auch ließen dann die Schmerzen im Unterleib etwas nach.
Trotzdem graute es ihr vor den Abenden und Nächten. Vier, fünf Männer kamen jede Nacht zu ihr, manchmal waren es sogar ein paar mehr.
Wenn sie nach Schnaps rochen, waren sie besonders grob. Dafür blieben sie dann aber nicht lange, weil sie schon bald aufstöhnten und abspritzten. Was Abspritzen war, hatte ihr eines der älteren Mädchen erklärt. Deswegen musste sie von Zeit zu Zeit eine Tablette schlucken, damit sie nicht schwanger würde, weil Huren, die ein Baby bekämen, nur Ärger machen würden.
Wenn die Männer nach Alkohol stanken, dann waren sie aber auch großzügig und drückten ihr manchmal einen Geldschein zwischen die Schenkel. Sie hatte schon einige Scheine zusammen und versteckte sie unter dem Bezug der Matratze. Aber der Fette entdeckte das Geld, schlug sie und brüllte: *Beklaust uns, du kleines Miststück.*
Rodica weinte nicht, sie lächelte bloß teilnahmslos, wie sie auch lächelte, wenn die Männer über sie herfielen.
Wenn es besonders schlimm war, versuchte sie an zu Hause zu denken, an ihre Schwester, an die Brüder, die Mutter, den Vater und sogar an den Pfarrer.
Aber das tat ihr auch nicht immer gut. Besonders, wenn sie dabei an den Pfarrer dachte. Irgendwie schämte sie sich für das, was die Männer mit ihr machten, und der Pfarrer war ja ein heiliger Mann, den man bei solchen

furchtbaren Schweinereien schlecht um Hilfe anrufen konnte.
Aus der Wohnung mit den kahlen Zimmern hatte man sie fortgeschafft und in eine andere gebracht. In der neuen Bleibe standen in den Zimmern richtige Betten und es gab eine Küche, in der eine von den älteren Frauen etwas zu essen für alle kochte. Wie in einer Familie saßen dann die älteren Frauen und die jungen Mädchen gemeinsam am Tisch zusammen.
Nur mit einer der Frauen konnte sich Rodica verständigen, die anderen Sprachen kannte sie nicht.
Auch die ersten deutschen Worte hatte Rodica gelernt: *Danke, bitte, Fotze, Schwanz, geil, Titten, Arsch, Kohle, Schnaps, Blasen, Hunger, Durst, Hure, Abspritzen.*
Seit ihrer Abfahrt aus dem Dorf war sie eingesperrt gewesen. Kein Sonnenstrahl bräunte ihre Haut, sie war weiß wie die Wand, nur um die Augen herum hatten sich dunkle Schatten gebildet. Manchmal waren ihre Backen rot, aber nur, weil die Männer oder der Fette sie geschlagen hatten. Wer dafür zahlte, durfte sie nicht nur vergewaltigten, er durfte sie auch schlagen.
Als Rodica sich eines Nachmittags auf den kleinen Balkon an der Küche setzte und mit geschlossenen Augen die Wärme der Sonne genoss, zerrte sie der Fette in die Wohnung und prügelte wie von Sinnen auf sie ein. Aber er achtete darauf, sie nur mit der flachen Hand auf den Kopf zu schlagen, denn unter den Haaren würde niemand die blauen und roten Flecken sehen.
Die Ältere erklärte Rodica später, dass es verboten wäre, den Balkon zu benutzen oder die Wohnungstür aufzumachen.
Bedeutet das, fragte Rodica, *dass ich nie wieder hinausgehen darf?*
Die Ältere zuckte mit den Schultern.

Walcher war immer schon ein Nachtarbeiter gewesen, der selten vor vierundzwanzig Uhr schlafen ging. Aber egal, wie spät es wurde, seine letzte Aktion war meist der Blick in den Mailordner, so wie andere den Stand des Barometers prüften, einen Blick in den Nachthimmel warfen oder den Wecker stellten.

Oft ließ er es dann aber nicht dabei bewenden, sondern beantwortete die eingegangenen Mails und wenn er schon mal dabei war, folgte meist noch ein Abstecher ins Internet, weil ihm irgendeine Frage eingefallen war, die er tagsüber hatte klären wollen.

Auch an diesem Abend überflog Walcher die eingegangenen Mails. Die Nummer eins war eine Werbung für ein neues Bildbearbeitungsprogramm, die nächsten drei Mails stammten von diesen unsäglich aufdringlichen Internetwerbern, die die Rolle der Hausierer übernommen hatten und von Vitaminpillen, Lebensversicherungen bis hin zu Potenzmitteln alles Mögliche anboten.

Walcher löschte diese Mails und sandte den Absendern stille Flüche. Die Nummer fünf brachte sein Nebennierenmark dazu, Adrenalin auszustoßen.

Sie stammte aus Frankreich.

Sehr geehrter, lieber Freund Wolfgang Hoffmann, stand dort und schon die Anrede ließ Walcher frösteln. Es folgte die Einladung zu einer *exquisiten Weinprobe,* bei der *erlesene Spitzengewächse* zur Verkostung kommen würden. *Auf das Herzlichste* luden ein, *Maurice Delwar* im Auftrag *des Comte de Loupin.* Datum der Veranstaltung, die Uhrzeit sowie die Bitte um eine Rückmeldung, ob mit seinem Kommen zu rechnen wäre, folgten.

Walcher leitete die Mail ohne Kommentar an Johannes, Hinteregger und Brunner weiter.

Mail sechs und sieben löschte Walcher ebenfalls, obwohl

er in ihnen dringend aufgefordert wurde, endlich seinen Gewinn abzuholen. Unglaublich, dass es scheinbar immer noch Menschen gab, die auf einen derartigen Schwachsinn hereinfielen. Und dass es immer noch welche geben musste, bewies die Tatsache, dass derartige Angebote überhaupt noch versandt wurden. Höchste Zeit, dass ein Programm entwickelt wurde, das wirkungsvoll die guten von den schlechten Mails trennen konnte.

Brunner stand als Absender Nummer acht, nur *Brunner,* sonst kein Stichwort oder Betreff. Im Gegensatz zu seinem Sprachstil lasen sich Brunners Nachrichten immer wie behördliche Androhungen. Walcher vermutete, dass es Teil der Beamtenausbildung war, besonders wichtig, geschwollen und für den normalen Sterblichen unverständlich zu formulieren.

Sehr geehrter Herr Walcher, stand da. *Hiermit teilen wir Ihnen mit, was die Untersuchungen der Kollegen in Ravensburg, den Einbruch in Ihre Büroräume betreffend, ergeben haben.*

Neben diversen Fingerabdrücken, die noch mit Ihren und denen Ihrer Kollegen und möglichen Besuchern abgeglichen werden müssen – wozu wir Sie auffordern bei der Ravensburger Dienststelle vorstellig zu werden; Ansprechperson dort ist Kriminalobermeister Pfründer –, konnten aufgrund hoher Staubkonzentration im Fußbodenbereich diverse Abdrücke von Schuhsohlen sichergestellt werden. Wir fordern Sie hiermit auf, die als Anlage im PDF-Format übersandten Sohlenbilder mit denen der Benutzer der Bürogemeinschaft zu vergleichen.

Binnen zehn Tagen ab Empfang dieser Aufforderung sollte der Ravensburger Dienststelle das Vergleichsergebnis mitgeteilt werden, ungeachtet eines eventuellen positiven oder negativen Ergebnisses. Darüber hinaus wurden keine weiteren verwertbaren Spuren festgestellt. Auch eine Befragung der Nachbarn ergab keine weiteren Hinweise, zumal Sie uns leider nicht den genauen Zeitpunkt des Einbruchs nennen konnten.

Diese Informationen vorab, selbstverständlich wird Ihnen noch ein ausführlicher Bericht von offizieller Seite aus Ravensburg übersandt werden. Mit freundlichen Grüßen, Kriminalhauptkommissar Dieter Brunner.

Walcher schickte die PDF-Anlage zusammen mit einer kurzen Mail an Johannes und an seine Kollegen Böhmer und Markowiez. Dann druckte er die Anlage aus und sah sich die Abdrücke an, von denen nur einer ein auffälliges Profil zeigte. Allerdings war es nicht das Profil, sondern die schadhafte Stelle am Absatz, die dem Abdruck ein unverwechselbares Merkmal gab.

Obwohl es inzwischen kurz nach eins geworden war, ging Walcher in den Flur hinunter an den Schuhschrank. Seine Auswahl war überschaubar. Für gehobene Anlässe besaß er drei Paar edle Marken, von denen er eines bisher überhaupt nur einmal getragen hatte, weil die Dinger schmerzhaft unbequem waren. Ansonsten standen da noch Haferlschuhe, luftig geflochtene Sommerschuhe, die Laufschuhe und seine normalen Treter, auf sportlich getrimmte Straßenschuhe, die aber ebenso gut als Sportschuhe durchgehen konnten.

Weder Geiz noch mangelnder Stil, sondern Bequemlichkeit bewog Walcher, täglich dieselben Schuhe zu tragen, bis sie derart unansehnlich waren, dass sie nicht mal mehr als Spende im Sammelcontainer taugten, sondern in der Mülltonne landeten.

Weil er sie erst vor einem Monat gekauft hatte, wiesen sie noch das unverbrauchte Profil auf, das eindeutig mit einem der Ausdrucke übereinstimmte. Die Sohlen der anderen Schuhe brauchte er sich erst gar nicht anzusehen, keines davon hatte er je im Büro getragen. Da er nun schon mal im Flur war, ließ er noch Rolli vor die Tür, der diese unverhoffte Möglichkeit zur Erleichterung dankbar annahm.

Wieder in seinem Arbeitszimmer setzte er sich nochmal vor den Bildschirm. Johannes, ebenfalls ein Nachtarbeiter,

hatte in seinem typischen Telegrammstil bereits geantwortet. *Spitzengewächse, kannst mit mir rechnen! Schuhsohlenvergleich negativ, meine nicht dabei. Gruß Johannes.*
Walcher nickte, als wollte er damit bestätigen dass er nichts anderes erwartet hatte.
Er schloss den Mail-Ordner und öffnete Googles Suchmaschine. Zwar hatte er sich schon einmal die Homepage des Comte angeschaut, aber es nochmals über eine Suchmaschine zu probieren, konnte ja nicht schaden, dachte er. Allerdings gelangte er auch über Google nur zu der ihm bereits bekannten Website mit dem Gemälde des Anwesens, der Anschrift samt Telefon sowie dem Hinweis, dass es dort Wein zu kaufen gäbe.
Durch das Fenster wehte angenehm kühle Nachtluft ins Zimmer. Draußen herrschte Nachtruhe, nur unterbrochen von vereinzelten Kuhglocken. Leise klangen Abdullah Ibrahims Tonfolgen aus dem Lautsprecher, Walcher hatte *African Magic* aufgelegt. Er liebte dieses Stück und wusste, dass es noch gut eine halbe Stunde dauern würde, bis die CD zu Ende war. Zeit, noch ein wenig im Net zu suchen, dachte er und gab als Suchbegriff *Pädophilie* ein.
Die erste Seite, die er öffnete, zeigte eine Statistik des BKA. In jedem der vergangenen vier Jahre waren allein in Deutschland etwa 13 000 Fälle von sexuellem Kindesmissbrauch angezeigt worden, wobei Experten von einer wesentlich höheren Dunkelziffer ausgingen, da bestenfalls zehn Prozent der Fälle der Staatsanwaltschaft angezeigt wurden. Für die Verschleppung oder Handel mit Kindern, gab es in der Statistik keine Angaben, der Begriff existierte nicht.
Walcher dachte an die Versteigerung, dachte an Aischa und Lavra und all die anderen Kinder und nahm sich vor, beim BKA anzufragen, ob es offiziell keine derartigen Fälle gab. Heile Welt? Er schüttelte unbewusst den Kopf und öffnete die Website einer Arbeitsgemeinschaft, die

Gerichtsurteile über Kindesmissbrauch gesammelt hatte, die sich durch besondere Milde auszeichneten.
Da gab es tatsächlich zur Bewährung ausgesetzte Strafen für wiederholten Kindesmissbrauch und das, obwohl die Paragraphen 176 a und 176 b unmissverständlich eine Freiheitsstrafe bei Kindesmissbrauch vorschrieben. Warum also erhielten selbst Wiederholungstäter nur geringfügige Gefängnisstrafen, die dann teils auch noch zur Bewährung ausgesetzt wurden?
Wurde von der Justiz ein gesellschaftlich brisantes Thema bewusst klein gehalten nach dem Prinzip, dass nicht bestraft wird, was nicht geschehen darf?
Egal in welchem Land auf unserem Globus ein Fall von Kinderschändung bekannt wurde, die juristischen und politischen Konsequenzen liefen nach demselben fatalen Strickmuster der Verantwortlichen ab. Der werbewirksam präsentierten Entrüstung sämtlicher Entscheidungsträger folgte der populistische Ruf nach schärferen Gesetzen und härteren Strafen. Das war's dann, jedenfalls bis zum nächsten Fall. Walcher schüttelte häufig unbewusst den Kopf, so Unglaubliches las er. Da warb ungestraft eine „Arbeitsgemeinschaft Humane Sexualität" für die freie Sexualität von Erwachsenen mit Kindern und daneben gab es seitenweise halbpornographische Darstellungen von Kindern und Jugendlichen. Zunehmendes Entsetzen baute sich in Walcher auf, bis es ihm zuviel wurde und er den Computer ausschaltete. Auch *African Magic* war längst abgelaufen.
Walchers Entsetzen begleitete ihn noch beim Einschlafen. Alte, längst vergessene Geschichten tauchten auf.
Seine Reportagen in Kriegsgebieten, große Kinderaugen. Flüchtlingslager im Sudan, nahe Al Junaynah an der Grenze zum Tschad. Kinderaugen, teilnahmslos nach innen gerichtet in eine andere Welt. Sie hatten nicht nur das Hungergespenst gesehen, sondern auch wie ihre Mütter

vergewaltigt wurden. Kinderaugen, sie mussten mit ansehen, wie die Väter verstümmelt wurden, bevor man sie mit Knüppeln erschlug.
Kinderaugen, in denen sich Kerzenlichter spiegelten, nicht draußen in der garstigen Welt der Anderen, hier bei uns im Schloss in Burgund, überall, hier direkt vor der Haustür.
Große Kinderaugen, in denen die stumme Anklage stand: Warum lasst ihr all das zu?

Frachtbriefe

Normalerweise konnte Nikolas Bromadin so leicht nichts aus der Ruhe bringen, aber nach dem Telefonat eben mit seinem Bruder Jirji musste er sich erst einmal ein Glas Wodka einschenken.
Seine Freundin, die ihm gegenüber am Schreibtisch saß, musterte ihn fragend und wedelte immer noch mit dem Frachtbrief. *Und, was machen wir damit?*
Ab damit, knurrte Nikolas, *vielleicht kannst du ja was für die Retoure auftreiben.* Aber Lämmchen, wie er seine Freundin Clarissa nannte, war ziemlich geladen.
Wollen wir Geld verdienen oder Geld kaputt machen? Wegen einer einzigen, lächerlichen Palette den großen Truck durch halb Europa karren ... eilig, eilig, bei deinem Bruder ist immer alles eilig ... weil er keinen Plan hat. Und dein Onkel blickt's erst recht nicht.
Sei friedlich und mach die Papiere fertig, ich hab' heute schon genug Ärger. Boris fährt, und zwar in der nächsten halben Stunde. Nikolas trank das Glas leer und knallte es auf den Schreibtisch, dass Clarissa zwar kurz zusammenzuckte, aber sie konnte ein verdammt zähes Lämmchen sein.
Sag mir nur, warum, damit ich's versteh. Außerdem hat Boris

noch drei Stunden Ruhezeit, vorher darf er nicht ans Steuer.
In der Palette ist leicht verderbliche Ware, sagt Jirji, die muss spätestens morgen Vormittag in Dijon sein. Josef soll mitfahren, dann klappt das mit den Ruhezeiten, Nikolas zwang sich, ruhig zu bleiben und sachlich zu klingen.
Waaas, auch noch zu zweit, Josef ist für den Kleinen eingeteilt, der muss nach Bremen, Clarissas Stimme hatte eine gefährlich hohe Tonlage erreicht.
Nikolas schüttelte den Kopf. Er hasste Auseinandersetzungen mit Clarissa, weil die sich oft tagelang hinzogen, bis er schließlich völlig entnervt klein beigab. Vor allem verweigerte Clarissa ihm dann jedwede Annäherung, schlief auf der Liege in der Küche und sprach mit ihm nur noch, wenn geschäftliche Dinge geregelt werden mussten. Aber in diesem Fall war die Anweisung seines Bruders eindeutig. *Wenn ich von verderblicher Ware spreche, dann weißt du, was das bedeutet,* hatte er vorhin ins Telefon gebrüllt. Nur konnte Nikolas seinem Lämmchen schlecht von dem Versteck im Truck erzählen, davon wussten nur er, Boris und Josef.
Also versuchte er seiner Stimme Autorität zu geben und knurrte sie regelrecht an. *Hör auf mit dem Gekeife, es wird so gemacht, wie ich es sage, und damit basta, verstanden?*
Clarissa holte tief Luft und setzte zum Sturmangriff an, überlegte es sich dann aber und griff zum Telefonhörer.
Nikolas schenkte sich einen zweiten Wodka ein, kippte ihn in einem Zug hinunter und ging hinaus, um Boris und Josef Bescheid zu sagen.

Instruktionen

Walcher holte Johannes in Zürich ab. Marianne verabschiedete die beiden ohne viel Aufhebens mit den einfachen Worten: *Passt bitte auf euch auf.* Beide nickten, froh darüber, dass sie kein weiteres Wort verlor.

Wieder musste Walcher an Johannes' entnommene Niere denken und ihm schien, dass auch Johannes ein ähnlicher Gedanke durch den Kopf gegangen war. Der hatte nämlich, vermutlich unbewusst, kurz die Hand an die linke Bauchseite gedrückt.

Beide hätten es verstanden, wenn sich Marianne gegen eine Beteiligung ihres Freundes an einem neuerlichen Ausflug in ein Abenteuer mit höchst ungewissem Ausgang gesträubt hätte.

Während sie Richtung Genfer See fuhren, wiederholte Walcher die Instruktionen, die er sich von Kommissar Brunner mindestens drei Mal hintereinander hatte anhören müssen.

Damit ihre Tarnung nicht aufflog war zu erwarten, dass sie von der französischen Polizei genauso behandelt würden wie die übrigen Menschenhändler. *„Da könnte es unter Umständen ziemlich ruppig zugehen, die Kollegen in Frankreich sind nämlich nicht so zimperlich wie hierzulande“*, hatte Brunner erklärt und dabei ein Grinsen versucht, das aber bei genauerem Hinsehen eher einer gequälten Grimmasse ähnelte. Er schien nach wie vor die größten Bedenken gegen die *„Laienaktion“* zu haben, wie er noch mal ausdrücklich bekräftigte, auch wenn er Walcher zu der zweiten Fahrt ermutigt hatte.

Brunner würde mit dem Einsatzleiter ständig in Verbindung stehen, sagte er, zu seiner Erleichterung wäre der Kollege Elsässer und des Deutschen mächtig, da Brunner außer den paar üblichen Kalauern kein Französisch sprach. Die Männer des auf derartige Einsätze spezialisierten

Sonderkommandos würden zwischen ihnen und den Kriminellen keinen Unterschied machen. Die wären nicht informiert, dass sich unter den Menschenhändlern, Zuhältern und Kinderschändern zwei deutsche Journalisten befänden, die sich als Undercoveragenten versuchten, wiederholte sich Brunner. Zur Sicherheit hatte Brunner das mit seinem Kollegen so vereinbart, denn auch bei der französischen Polizei musste mit internen Informanten gerechnet werden. Brunner klärte Walcher außerdem darüber auf, dass sie weder Minikameras noch Funksender tragen dürften. Die modernen Detektoren könnten solche Geräte auf große Entfernungen orten. Allerdings stattete er sie mit Armbanduhren aus, die mit „schlafenden" Peilsendern ausgerüstet waren. Sobald diese aktiviert würden, erginge per GPS eine Suchmeldung an die Polizei, für den Fall, dass Walcher oder Johannes verloren gingen, wie er süffisant meinte.
Brunner hatte zudem die Kollegen in Zürich gebeten, in regelmäßigen Abständen Johannes' Wohnung zu inspizieren und für Mariannes Schutz zu sorgen, so wie der Hof Walchers überwacht wurde. Irmi übernachtete bei den Großeltern Armbruster, wie immer, wenn Walcher auf Recherchetour war.
„Seit Sie freundlicherweise Ihre Visitenkarte dieser Jeswita Drugajew ausgehändigt haben, hatte Brunner gestöhnt, *müssen wir ja wohl mit allem rechnen."* Dann hatte Brunner ihm ein Bündel Geldscheine in die Hand gedrückt. *„Es sind diesmal 50 000 Euro, markiertes und nummeriertes Falschgeld versteht sich, aber absolut nicht zu unterscheiden von echtem Geld"*, bemerkte er.
Der Zugriff der französischen Polizei sei erst nach Ende der Versteigerung geplant. Die Besitzer sollten die Pässe der ersteigerten Kinder bereits in Händen halten und möglichst schon in ihren Wagen sitzen. Nur so wäre ihnen der Handel nachzuweisen. Ansonsten würden sie den unge-

heuerlichen Vorgang womöglich als eine Weinprobe mit Tanzeinlage hinstellen und wären juristisch nicht zu belangen.
Mehr fiel Walcher im Moment nicht mehr ein und Johannes hatte keine Fragen. Beide schwiegen einige Minuten, bis Walcher seinem Freund anbot, ihn am Steuer abzulösen.
Was soll das, fahr' ich dir zu unsicher? Wir sind gerade mal 'ne halbe Stunde unterwegs und du willst mich ablösen, fuhr ihn Johannes gereizt an.
So hab' ich es doch nicht gemeint, verteidigte sich Walcher. *Ich war derart auf die Erinnerung von Brunners Instruktionen konzentriert, dass es mir vorkam, als wären wir schon eine Ewigkeit unterwegs.*
Ist schon okay, lenkte Johannes ein, *war gerade in Gedanken bei unserem ersten Besuch. Hab mir überlegt, dass ich diesem Maskenbildner eigentlich in die Eier treten sollte, bevor ihn sich die Polizei schnappt.*
Walcher runzelte unwillkürlich die Augenbrauen. *Das solltest du schön bleiben lassen, vergiss nicht, du hast nur noch eine Niere!*
Kurz stieg Johannes' Blutdruck gefährlich an, aber dann schaffte er irgendwie die Kurve und begann zu lachen. Ja er steigerte sich geradezu in einen hysterischen Lachanfall, bis er Gefahr lief, vor lauter Tränen nicht mehr die Straße sehen zu können.
Na dann, prustete er, *sollte ich für den Rest meiner Tage nicht mehr die Wohnung verlassen.*
Auch wenn Walcher den Witz seines Freundes nicht so toll fand, war er froh, dass damit das Stimmungstief aufgelöst war. Ärger würden sie noch früh genug bekommen, fürchtete er, da sollten sie wenigstens die Anfahrt genießen können.
Es war nämlich ein idealer Reisetag. Die Sonne strahlte von einem wolkenlos blauen Himmel auf die Schweizer Postkartenidylle und der Verkehr hielt sich für einen

Werktag im Rahmen. Bern lag längst hinter ihnen und vor sich sahen sie bereits den Genfer See.
Weil sie zeitig aufgebrochen waren, einigten sie sich auf eine Rast bei Rolle, einem bezaubernden Nest auf halbem Weg zwischen Lausanne und Genf.
Walcher war dort einmal gewesen und hatte das Schloss als besonders eindrucksvoll in Erinnerung, auch wegen des phantastischen Blicks auf den See und auf eine kleine vorgelagerte Insel. Sie verzichteten dann aber doch erstmal auf eine Rast, weil es vor der Ausfahrt Rolle einen längeren Stau gab. Johannes deutete auf die Uhr. *Lass uns lieber bis Bourg oder Mâcon fahren, dann sehen wir, wie viel Zeit uns noch bleibt. Oder brauchst du dringend eine Pause?*
Nein, aber sag' wenn ich fahren soll. Walcher hatte sein Angebot, das Steuer zu übernehmen, auch diesmal ohne Hintergedanken gemeint, aber Johannes reagierte wieder ziemlich sauer.
Jetzt fängst du schon wieder damit an. Ja glaubst du, ich bin ... bin so etwas wie ein Invalide, Kriegsheimkehrer, Frührentner ... nur weil sie mir eine Niere rausgeschnitten haben. Hör auf, verdammt noch mal, mich als einen Krüppel zu behandeln! Ich wollte... weiter kam Walcher nicht.
Nein, ich bin noch nicht fertig, mein Freund. Hör auf mich zu bemuttern und dich für mich oder meine fehlende Niere verantwortlich zu fühlen, hörst du! Das geht mir tierisch auf den Sack. Ich begleite dich als Freund, aber gleichzeitig auch als Journalist. Das ist hier Arbeit! Verstanden!
Walcher deutete auf die Autobahn. Der Stau löste sich auf. *Hast ja Recht, ich fühle mich wirklich irgendwie verantwortlich. Aber das mit dem Krüppel ist Quatsch, so weit gehe ich nicht mal in Gedanken, das musst du mir abnehmen.*
Okay, kam es versöhnlich von Johannes, *bin heute auch irgendwie ... reizbar.*
Mmm, brummte Walcher, *vielleicht sind wir zu angespannt heute, sollten uns über die Verkehrslage unterhalten oder so.*

Im Auto ist es immer etwas schwierig, Reizthemen zu besprechen, die fehlende Fluchtmöglichkeit ...
Johannes stimmte zu. *Hast vermutlich Recht. Wollte mit dir noch darüber reden, wie wir es eigentlich machen, wenn ich auch etwas zum Thema schreiben will – aber das verschieben wir wohl besser auf ein andermal, vielleicht haben wir ja bald Zeit ...*
Du meinst, wenn wir bald im Kerker sitzen, ergänzte Walcher und diesmal mussten beide herzlich lachen.
Dann schwiegen sie eine Zeit lang, bis Walcher seinem Freund vorschlug, diesen und künftige, gemeinsam bearbeitete Aufträge auch gemeinsam zu publizieren und ebenso auch die Honorare brüderlich zu teilen.
Johannes schüttelte den Kopf und meinte dazu nur: *Halbehalbe wäre ungerecht. Zwei Drittel für den, der an den Auftrag gekommen ist, wäre okay.*
Dann lass uns das so machen, nickte Walcher und war froh, dass Johannes mit dem Thema begonnen hatte. Es wurde höchste Zeit, dass sie Form und Ertrag bei gemeinsam durchgeführten Aufträgen einigermaßen festlegten.
Sie sprachen noch einige Details an und beschlossen, die wesentlichen Punkte in einer Art Kooperationsvereinbarung zusammenzufassen, ohne dabei ein überbordendes Vertragswerk entstehen zu lassen. Allein die Erlebnisse ihrer letzten gemeinsamen Recherche über Organhandel waren Grund genug, an das Schlimmste zu denken und das Copyright für den Überlebenden zu klären.
Nach der schweizerisch-französischen Grenze wurden beide immer einsilbiger. Sie waren einfach durchgewunken worden, ohne ihre falschen Pässe vorzeigen zu müssen.
Walcher ließ stumm die Landschaft an sich vorbeiziehen, Johannes konzentrierte sich auf die Straße. Der zunehmende Verkehr nahm ihn voll in Anspruch. Sie kamen nur langsam voran. Darum fiel die Rast in Mâcon, dem Städtchen an der Grenze nach Burgund, nur kurz aus.

In einer kleinen Bar mit Blick auf die Saône bestellte sich jeder nur einen Espresso. Walcher gab Johannes den Pass, der ihn als Max Weidner auswies. Brunner hatte darauf bestanden, dass dieses Mal auch Johannes einen falschen Pass dabei hatte.
Johannes bewunderte den Pass, der so aussah, als wäre er lange Jahre in Gebrauch, ebenso hatte der Fälscher gekonnt das Passbild altern lassen, das Johannes als Datensatz an Brunner gemailt hatte.
Dem Barkellner war die Mühe anzusehen, mit der er seine Neugier über das Geschäft verbarg, das offensichtlich vor ihm an der Theke ablief. Als Walcher auch noch die Armbanduhr Johannes hinschob und deren Funktionsweise erklären wollte, verschwand der Kellner kurz hinter der Theke und tauchte mit einer Kiste voller Handys auf, die er mit einem gewinnenden Lächeln seinen beiden Gästen präsentierte.
Walcher schüttelte nur den Kopf, fauchte ein kurzes *non* und schob die Kiste dem Kellner zurück, der sie mit einem Achselzucken wieder nahm und unter der Theke verschwinden ließ.
Also, nahm Walcher wieder den Faden auf und deutete auf die Uhr, die Johannes inzwischen über sein Handgelenk gestreift hatte. Es handelte sich um ein altmodisches Modell mit Zifferblättern und Zeiger. *Wenn du den Drehknopf herausziehst, aktivierst du den Peilsender und wirst über Satellit geortet, wo immer du dich herumtreibst. Nur tief in der Erde nicht. Gebäudekeller stellten noch kein Problem dar, die hätten eine „morbide Struktur", wie Brunner meinte. Problematisch würde es, wenn sie uns in ein Bergwerk verschleppen, da ginge dann nichts mehr.*
Na, das baut doch wieder so richtig auf, grinste Johannes, *hoffen wir, dass uns die Polizei ins Loch steckt und nicht die Ganoven. Gibt's überhaupt Bergwerke in der Gegend? Dachte, die hätten dort nur Weinkeller.*

Walcher wusste es auch nicht. Er hatte sich umgedreht, sah durch das Fenster hinaus und bewunderte die Bögen der alten Steinbrücke von Mâcon, einem faszinierenden Bauwerk, wie er beiläufig wahrnahm. Mit den Gedanken aber war er längst über Mâcon hinaus und hätte nicht mehr gewusst, in wie vielen Bögen die Brücke den Fluss überspannte, wenn ihn kurze Zeit später jemand danach gefragt hätte.
Die Fahrt ging weiter, der Weinprobe entgegen oder, wie Johannes es ausdrückte: *Hin zur Schweineburg.*
Wie vereinbart, rief Walcher kurz vor ihrem Ziel Brunner von dem Handy aus an, das der ihm mitgegeben hatte. Die eigenen Handys lagen in Johannes' Wohnung, ebenso ihre Brieftaschen, um von vornherein auszuschließen, dass sie in die Hände der Menschenhändler gerieten.
„Spezialisten können Handys knacken und kommen an alle Kontakte, die Sie in letzter Zeit mit dem Gerät hatten. Wie bei einem Schneeballsystem wird da Ihr ganzes Umfeld zur Zielscheibe", hatte Brunner Walcher unnötigerweise aufgeklärt.
Jetzt war er sofort am Apparat und voll bei der Sache.
Er stehe in ständiger Verbindung mit seinen französischen Kollegen, erklärte er. Das Objekt sei hermetisch abgeriegelt, nur hinein komme man und die ersten seien auch bereits gegen Mittag eingetroffen. Alles laufe nach Plan. *In drei Stunden sitzt die ganze Bande im Knast, Sie beide auch,* rief er ins Telefon und lachte über seinen Scherz, bis Walcher sich knapp verabschiedete.
Hat wirklich einen etwas gewöhnungsbedürftigen Humor, unser Monsieur le Commissaire, meinte Walcher und erzählte, was Brunner gesagt hatte.
Johannes ging nicht darauf ein, sondern fragte: *Haben wir auch wirklich an alles gedacht?*
Walcher atmete tief durch und zählte auf: *Wir fahren denselben Wagen wie neulich, dasselbe Nummernschild, wir haben*

die gefälschten Pässe dabei sowie das markierte Geld, sonst nichts. Keine Visitenkarte, keine Bankkarte, keine Schlüssel, nichts.
Walcher hatte auch sein „mobiles Büro", wie er seine immer vor Papieren überquellende Hemdtasche nannte, geleert.
Oder haben wir noch irgendetwas vergessen, mein lieber Freund Max?
Nein, mein allerliebster Wolfgang, gab Johannes prompt zurück, *nicht dass ich wüsste.*
Brunner wäre fast explodiert, als Walcher nach ihrem ersten Besuch in Burgund beiläufig erwähnt hatte, dass sie ihre Brieftaschen natürlich versteckt hätten, im Auto, unter den Fußmatten.
„Selbstmord ist das, reiner Selbstmord", hatte Brunner getobt. *„Sie haben es mit Profis zu tun, die knacken Autos in Sekundenschnelle auf und genauso schnell machen die Sie beide kalt, wenn sie herausfinden, dass Sie nicht ganz sauber sind"*
Dann hatte er sich bühnenreif die Haare gerauft, die Augen zur Zimmerdecke gerichtet und gerufen: *„O Herr, warum strafst du mich mit solchen Dilettanten?"*
Punkt um Punkt hatte er aufgezählt, was sie bei sich führen dürften und was nicht. Sogar den Autoschlüssel des Mietwagens hätten sie gefälligst auf einen Schlüsselring zu drehen, der mit italienischen Schlüsseln bestückt war.
Außerdem hatte er ihnen eine italienische Zulassung und Versicherungskarte besorgt. Brunner ließ sich sogar von Kollegen in Rom Originalbelege von Restaurants, einer Tankstelle und von einem Einkaufszentrum schicken, die nun im Handschuhfach lagen. Sogar eine Ausgabe der *La Repubblica* aus der vorherigen Woche lag dekorativ auf der Rückbank.
Sollten der Comte und sein Hofstaat misstrauisch werden und das Auto der beiden durchsuchen, würden sie nichts Verdächtiges finden. In seinem Perfektionismus hatte er

Walcher sogar eine Handvoll italienischer Euromünzen in die Hand gedrückt und gemeint: *„Einen schönen Tag in Burgund, aber bitte alles nur gegen Quittung ausgeben und ein paar kleine Münzen legen Sie unter die Fußmatten. Menschenhändler putzen ihre Autos so gut wie nie, dazu leben sie nicht lang genug."*

So gesehen, waren sie für den bevorstehenden Besuch wesentlich besser gerüstet als beim ersten Mal. Trotzdem erhöhte sich bei beiden der Pulsschlag, als sie die Serpentinen zum Schloss hinauffuhren.
Die herrliche Landschaft rundherum, die Weinreben, das strahlende Wetter, all das nahmen sie diesmal nicht wahr.
Puuh, ich bin aufgeregter als bei meinem ersten Rendezvous mit einer Frau, gestand Johannes.
Walcher nickte zustimmend, zog aus dem Umschlag im Handschuhfach das Bündel Geldscheine heraus und steckte es, auf die Hälfte zusammengelegt, in das Jackett, das ordentlich auf dem Rücksitz lag. Trotz der großen Scheine war es ein dickes Bündel und beulte sein neues Jackett über der Innentasche ganz schön aus.
Das Jackett hatte er sich extra für diesen Auftritt gekauft. Feinstes Tuch, sündhaft teuer, wie es sich für einen erfolgreichen Ganoven geziemte, und die Schuhe, die besten die er besaß, waren frisch geputzt.
Der Parkplatz vor dem Schloss war bereits voll besetzt. *Zwei neue Kennzeichen mit Pariser Nummern,* stellte Johannes fest. *Hab' mir gestern Abend die Kennzeichen vom letzten Besuch noch mal eingeprägt. Kann hier ja schlecht mit meinen Notizen herumlaufen und sie abhaken.*
Walcher nickte und stieg langsam aus dem Wagen.
Als er dann in gebückter Haltung gerade sein Jackett, das neben der *La Repubblica* lag, vom Rücksitz nehmen wollte, kam Maurice Delwar mit einem herzlichen Lächeln und ausgebreiteten Armen herbeigeeilt und hieß Walcher

willkommen, als wären sie langjährige Freunde. Für Johannes hatte er bloß ein kurzes Nicken übrig.
Bestens, und so pünktlich, Kompliment. Hatten Sie eine gute Fahrt?, säuselte er. *Der Comte wird sich besonders über Ihre Anwesenheit freuen. Bitte, kommen Sie, kommen Sie, wir fangen sofort an, damit der Wein nicht warm wird.* Dabei zwinkerte er mit dem rechten Auge, setzte ein noch freundlicheres Lächeln auf und ging nach einer eleganten Drehung voraus.
Walcher hatte beobachtet, dass Delwar unter der Maske seines herzlichen Empfangs ihn, Johannes und das Auto im Schnellverfahren wie ein Scanner abtastete.
Den Bruchteil einer Sekunde, schien es, war dessen Blick auf der La Repubblica haften geblieben und Walcher meinte Anerkennung in seinen Augen zu lesen, als er Walchers Jackett registrierte. Delwar trug wieder den Anzug eines Edelschneiders, der rechten Hand des Comte angemessen.
Für die Herren Chauffeure sind wieder kleine Erfrischungen vorbereitet, Sie kennen den Weg ja schon, schickte er Johannes mit einer lässig-herablassenden Handbewegung zum Hintereingang des Schlosses, während er seinen linken Arm vertraulich auf Walchers Schulter legte.
Sie werden begeistert sein von unseren hervorragenden Jahrgängen, flüsterte er und schob dabei Walcher in Richtung Haupteingang. *Es ist keine Übertreibung, aber Sie nehmen an einem außerordentlichen Ereignis ...* weiter kam Delwar nicht, weil Walchers Handy klingelte.
Entschuldigung, meinte Walcher, zog das Handy aus der Tasche und verschaffte sich Distanz, indem er stehen blieb, während Delwar noch zwei Schritte weiterging. Erst dann blieb auch er stehen und sah lächelnd zu, wie Walcher die Anzeige las, eine unbestimmte Geste machte, die bedeuten sollte dass dies Gespräch wichtig sei, und das Handy ans Ohr drückte.

Es war Brunner. *Pronto – ah, carissimi amici – no – mi dispiace – che tu non stia meglio – no – può darsi che valga la pena, prova – no – se è possible, vorrei un appuntamento per domani – si – ciao – si ciao.*
Brunner kapierte sofort, warum Walcher ihm italienische Brocken ins Ohr rief, die er nicht verstand, und sagte nur: *Verstehe, viel Glück, bei uns läuft alles nach Plan.*
Delwar hatte interessiert zugehört, meinte: *Ihr Italienisch ist ja wirklich perfekt, jetzt sollten wir aber,* und deutete auf das Schloss.
Walcher nickte und hoffte, dass Delwar nicht auf die Idee kam, sich nun mit ihm Italienisch zu unterhalten. Aber der war vorgegangen und hielt die Tür auf.
Der festlich geschmückte Saal lag im Halbdunkel, die Vorhänge waren bereits zugezogen, die Kerzen brannten, klassische Gitarrenmusik untermalte das Gemurmel der Herren, die in kleinen Grüppchen zusammenstanden.
Wie auf ein Kommando brachen die Gespräche ab und alle sahen zu Walcher und Delwar.
Der Comte eilte Walcher strahlend entgegen. *Wolfgange, schön, dass Sie sind hier,* begrüßte er ihn in passablem Deutsch. Vermutlich hatte der Comte vergessen, dass er Walcher beim letzten Besuch erzählt hatte, kein Deutsch zu sprechen.
Auch Walcher erwiderte, dass er sich freue, wieder hier zu sein. Lässig winkte er Reimann, Dephillip, Duvalle und den anderen zu, gut, dass er sich vor der Fahrt nochmals seine Aufzeichnungen eingeprägt hatte.
Der Comte stellte Walcher zwei Neue vor. Die Messieurs Ernst Rübsamen und Patrik Moet machten einen ähnlich seriösen Eindruck wie Schauspieler, die in Werbespots von Versicherungen oder Banken auftraten.
Walcher setzte sein bestes Sonntagslächeln auf und gab ihnen die Hand. Unterdessen bot Delwar Wasser, Rotwein und Weißwein zur Auswahl an.

Walcher nahm sich ein Glas Weißwein und nippte daran. Alles schien wirklich nur noch auf ihn gewartet zu haben, denn nun wurde die Musik im Hintergrund lauter.
Ravels Bolero erklang und durch die mächtige Flügeltür kamen im Takt dazu sieben Kinder, sechs Mädchen und ein Junge, hereingeschwebt. Sie hielten sich Masken von Abbildern griechischer Götter vors Gesicht und waren nach den Darstellungen auf antiken Tonvasen gekleidet, sofern man die Stofffetzen, die sie am Leib hatten, überhaupt Kleider nennen konnte.
Walcher schämte sich, dass er sich einen Moment lang vom Zauber ihres Auftritts hatte fesseln lassen. Kurz nur, dann sah er wieder die grausame Realität vor sich.
Verängstigte Kinder. Herausgerissen aus ihren Familien, aus ihrer Kindheit, aus ihrer Unschuld.
Auf so unglaublich brutale Weise der Chance beraubt, in ein selbstbestimmtes Leben hineinzuwachsen und alles nur, um krankhafte Sexphantasien perverser Männer zu befriedigen.
Wie bei der ersten Versteigerung musste Walcher alle Kraft aufbringen, seine gefährlich aufkeimende Wut zu unterdrücken. Sein Magen krampfte sicht zusammen und er wünschte sich, an einem anderen Ort zu sein.
Das Procedere glich dem beim letzten Mal.
Die Kinder bewegten sich um die Männer herum, stiegen auf den Tisch, posierten, wurden prüfend angefasst, wie auf einem Viehmarkt – Walcher wunderte es beinahe schon, dass keiner der Männer die Zähne der Kinder kontrollierte –, und dann begann die Versteigerung.
Diesmal trieb hauptsächlich Monsieur Rübsamen die Preise in schwindelnde Höhen. Bei einem der Mädchen, die durch besonders feine Gesichtszüge auffiel, überboten sich einige, als wären sie im Rausch. Mit rot angelaufenen Gesichtern, soweit das bei dem Kerzenlicht erkennbar war, taten sich Dephillip und Duvalle bei dieser Bietrunde

besonders hervor. Bei 25 000 Euro stiegen sie jedoch aus und überließen Neuling Rübsamen den Triumph, dem die Runde dafür stürmischen Applaus spendete.
Vielleicht war dieser Rübsamen ja nur eingeladen, um die Preise in die Höhe zu treiben, dachte Walcher.
Er selbst steigerte verhalten und bekam nur den Zuschlag für ein Mädchen, obwohl er ausreichend Geld für weitere Kinder dabei hatte. Aber diesmal genügte es den Schein zu wahren.
Auch wenn die Polizei laut Plan erst zuschlagen würde, nachdem die Männer mit den Kindern in ihren Wagen saßen, wartete Walcher insgeheim auf das Dröhnen schwerer Stiefelschritte, auf laute Kommandos, hoffte, dass die Türen aufgestemmt würden und Polizisten den Saal stürmten.
Aber es passierte nichts dergleichen.
Die Kinder wurden hinausgeführt, die Vorhänge aufgezogen und im Licht des späten Nachmittags wurde Geld für Menschen bezahlt, so als hätte man wirklich erlesene Gewächse ersteigert.
Auch Walcher bezahlte und erhielt dafür den Ausweis des Mädchens. Dann führte Delwar die Kinder, nun in normaler Bekleidung, ihren neuen Besitzern zu.
Es folgte eine herzliche Verabschiedung, wobei der Comte und Delwar jedem Gast einen Weinkarton in die Hand drückten. Auch Walcher bekam einen Karton überreicht, von Maurice Delwar.
Ich hätte Ihnen die mandeläugige Schönheit gegönnt, das nächste Mal sollten wir uns vorher unterhalten, deutete er an, dass es bei diesen Versteigerungen vermutlich nicht mit rechten Dingen zuging.
Genießen Sie Ihr jus primae noctis, grinste Delwar anzüglich. Allein dafür hätte Walcher ihm am liebsten den Schädel eingeschlagen, tatsächlich aber bedankte er sich mit einer freundlichen Grimasse.

Ursprünglich hatte er sich vorgenommen, an dieser Stelle Delwar oder den Comte nach einer Einkaufsquelle in Deutschland zu fragen, aber er konnte diese grinsenden Fratzen einfach nicht mehr ertragen.
Johannes stand schon am Wagen und öffnete die hintere Tür, um das Mädchen einsteigen zu lassen. Auch den Weinkarton, den er Walcher abnahm, legte er auf die Rückbank.
Obwohl Johannes ein Lächeln versuchte, war seinem bleichen Gesicht die Anspannung anzusehen, dennoch öffnete er auch Walcher rollengerecht die Beifahrertür und ließ den Chef einsteigen.
Als erster der Wagen fuhren sie vom Parkplatz, im Schritttempo nur, denn jeden Moment erwarteten sie den Zugriff der Polizei. Aber nichts geschah.
Walcher und Johannes waren irritiert. Was war passiert, warum griff die Polizei nicht zu? Während Johannes lautstark fluchte, versuchte Walcher Brunner anzurufen, hörte aber nur das Besetztzeichen.
Das Mädchen kauerte verstört auf der Rückbank, aber keiner der beiden hatte jetzt den Kopf frei, sich um sie zu kümmern. Walcher drehte sich nur kurz um und nickte ihr aufmunternd mit einem freundlichen Lächeln zu.
Nach der letzten Kurve am Fuße des Weinbergs, kurz bevor die Zufahrt in die Landstraße einmündete, deutete sich etwas an.
Mitten auf der Straße standen ein Kleintransporter und ein Traktor, dessen einachsiger Anhänger umgekippt auf der Seite lag, samt einigen alten Weinkisten. Ein Polizist lenkte den Verkehr auf einen Feldweg um, der bereits nach wenigen Metern in ein dichtes Laubwäldchen führte. Sein Kollege stand mit zwei Männern bei dem Polizeiwagen am Straßenrand und hatte eine aufgeklappte Schreibmappe in der Hand, vermutlich protokollierte er den Unfallhergang. Alles sah sehr real und normal aus.

Johannes folgte der Anweisung des Polizisten und steuerte den Wagen in niedrigem Tempo auf den holprigen Feldweg.
Also, wenn jetzt nichts passiert, dann haben die das gründlich verpennt, meinte Walcher.
Der Weg machte eine enge Kurve nach links, kaum dass sie in dem Wäldchen waren. Von der Straße und dem Unfall hinter ihnen war nichts mehr zu sehen, Bäume und Büsche bildeten eine dichte Wand. Im Schritttempo, mehr erlaubten die tiefen Schlaglöcher nicht, fuhren sie unter dem Dach der Baumkronen, wie in einem grünen Tunnel. Nach 20 Metern ging es scharf nach rechts.
Also wenn das eine normale Umleitung ist, dann fresse ich einen Besen, überlegte Johannes laut, und er sollte Recht bekommen. Im selben Augenblick raste vor ihnen, rechts aus dem Gebüsch kommend, ein Kombi auf den Weg und stoppte. In der offenen Schiebetür knieten zwei Polizisten, ihre Maschinenpistolen im Anschlag. Gleichzeitig wurden links und rechts, die Türen ihres Wagens aufgerissen und Johannes konnte gerade noch bremsen und in den Leerlauf schalten, bevor er von mehreren Händen brutal an Haaren, Jacke und Arm gepackt und aus dem Wagen gezerrt wurde.
Walcher erging es ebenso, allerdings musste seines Kurzhaarschnitts wegen der Hals und ein Ohr herhalten. Wie in der frühen Schulzeit, nur dass es diesmal wesentlich schmerzhafter war. Deshalb löste er bereitwillig und in Rekordzeit den Sicherheitsgurt und folgte den ziehenden Händen der Polizisten. Sie drückten ihn an die Wagenseite und fesselten seine Handgelenke mit einem dünnen Kunststoffriemen, was nicht weniger schmerzte als der Griff an seinem Ohr. Dann zerrten ihn die Polizisten durch die Büsche auf eine kleine Lichtung, die sich dahinter öffnete. Dort stieß man ihn und Johannes auf das weiche Moos des Waldbodens.

Um sie herum wimmelte es von schwarz uniformierten Gestalten. Unter einem Tarnnetz verborgen standen zwei Busse und ein Sanitätswagen. Ein Kamerateam filmte den Einsatz.
Grob, diese Burschen, maulte Johannes. Ein Polizist stellte einen seiner Füße mit dem schweren Stiefel auf Johannes Kopf, drückte ihm sogar noch eine Pistole an die Stirn und zischte giftig: *Silence!* Auch Walchers Sicht verschwand unter einem Polizistenstiefel.
Ein Gefühl von schrecklicher Hilflosigkeit, Ohnmacht, ja sogar Angst machte sich in ihnen breit. Bilder der Willkür fielen ihnen ein. Was, wenn einer der Polizisten durchdrehte? Eine Pistole an der Stirn war nun mal kein Spiel und in den Augen der Polizisten waren sie nichts weiter als Abschaum, Menschenhändler, Vergewaltiger.
Dann hörten sie – sehen konnten sie es nicht –, dass der Kombi wieder zurück in die Deckung der Büsche und Bäume fuhr, während ihr eigener Wagen mit aufheulendem Motor davonbrauste.
Nach einem Moment der Stille näherte sich der nächste Wagen vom Schloss und wieder wurde mit dem Kombi der Weg versperrt. Kurz darauf schleppten Polizisten den gefesselten Monsieur Moet her und ließen ihn wie einen Kartoffelsack neben Johannes und Walcher zu Boden plumpsen. Auch ihm wurde seine Situation durch einen Stiefel unmissverständlich klar gemacht. Zimperlich waren die Leute jedenfalls nicht. Routiniert und lautlos holten sich die Polizisten ihre Früchte aus den Autos, so als wären sie bei einer Ernte, bis die gesamte Herrenrunde gefesselt am Boden lag. Die meisten schienen derart geschockt zu sein, dass sie die Prozedur ohne Gegenwehr über sich ergehen ließen. Einzig Monsieur Rübsamen keifte mitten in der Aktion einmal kurz mit schriller Stimme seinen Protest heraus, bis ihm ein Klebstreifen die Lust daran nahm. Dann kehrte Ruhe ein.

Die Gefangenen bekamen schwarze Säcke über die Köpfe gestülpt und wurden einer nach dem anderen höchst unsanft in den bereitstehenden Bus verfrachtet, als gälte es, ein Zeitlimit einzuhalten. Im Bus schlossen sich um ihre gefesselten Hände zusätzlich Handschellen, die an den Rückenlehnen der Vordersitze befestigt waren.
Bevor sich die Türen schlossen und der Bus abfuhr, hörten sie das Geknatter von Maschinenpistolen, kurz darauf eine laute Explosion. Das Getöse kam vom Berg oberhalb von ihnen, vom Schloss.

Während die Gefangenen etwa eine halbe Stunde lang über kurvige Straßen durch das Burgund gekarrt wurden, knallten in Brunners Lindauer Büro die Sektkorken.
Seine komplette Abteilung saß vor einem Großbildschirm, den Brunner eigens hatte aufstellen lassen, und verfolgte die Festnahmen, auch die von Johannes und Walcher, und den Angriff auf das Schloss.
Dank eines besonderen Services der französischen Kollegen und der eingerichteten Livestream-Übertragung per SDSL konnten sie zeitgleich verfolgen, was die Kameras aufnahmen.
Die Erstürmung des herrschaftlichen Anwesens war absolut als spektakulär zu bezeichnen. Links und rechts des großen Tors strömten plötzlich Polizisten aus dem Weinberg und drangen im Blitztempo in den ersten und zweiten Schlosshof.
Gespenstisch sah das aus, wie eine Invasion aus einer fremden Welt. Schwarze Kampfanzüge, schwarze Helme mit schwarzen Visieren, alles war schwarz an ihnen, Angst einflößend schwarz.
Die Truppe machte den Anschein, als hätte sie den Angriff bis ins kleinste Detail trainiert. Im Schlosshof bildeten sich aus dem scheinbaren Gewühl schwarzer Figuren einzelne Gruppen aus drei, vier Mann heraus, die nacheinander in

den Eingängen verschwanden. Zehn Männer standen Rücken an Rücken in der Mitte des Hofes, die Maschinenpistolen auf das Haupthaus oder auf die verschiedenen Nebengebäude gerichtet. Kein lautes Kommando, kein klapperndes Metall oder dergleichen, nichts. Eine bisher absolut lautlose Inszenierung, der sogar das Getrampel schwerer Stiefel fehlte, denn die Männer trugen schwarze Turnschuhe.

Immer mehr Polizisten rückten nach, die sich rundherum in den Nischen, Ecken und an der Mauer postierten.

Die ersten tauchten bereits oben auf den Wehrgängen auf und machten Zeichen nach unten.

Danach erstarrte die Szenerie im Schlosshof einige Minuten lang in höchster Spannung. Bewegung in die dunklen Gestalten brachte erst wieder ein einzelner Schuss aus einem der oberen Stockwerke des Hauptgebäudes, dem zwei Salven aus Maschinenpistolen folgten. In die darauffolgende, lähmende Stille hinein fetzte der Druck einer gewaltigen Explosion splitterndes Glas samt dem Holzrahmen eines der Fenster im zweiten Stock auf den Hof.

Einige der Polizisten im Innenhof richteten ihre Waffen auf den zweiten Stock, die anderen behielten weiterhin die übrigen Gebäude im Blick.

Die Kameras lieferten leider keine Bilder vom Geschehen innerhalb des Hauptgebäudes, nur was draußen geschah, wurde übertragen. Später war jedoch zu erfahren, was sich innen abgespielt hatte.

Maurice Delwar hatte wohl gemeint, den Helden spielen zu müssen. In seinem Privatzimmer hatte er, nachdem der letzte Kunde aufgebrochen war, seinen feinen Anzug ausgezogen und sich geduscht. Er hatte sich gerade abgetrocknet, als auf dem Gang vor dem Zimmer eilige Schritte mehrerer Menschen zu hören waren.

Schon einmal waren sie nach einer Versteigerung überfallen worden. Einer der Kunden war mit seiner Helfer-

bande zurückgekommen und hatte es auf die Einnahmen abgesehen, die an jenem Tag besonders hoch gewesen waren.
Delwar war damals wehrlos auf den Dachboden geflüchtet, weil seine Pistole im Büro im Parterre gelegen hatte. Erst als die Gangster abgezogen waren, hatte er sich wieder heruntergetraut. Der Comte hatte den Überfall ebenso unbeschadet überlebt, im Weinkeller, in den er sich mit seinen Mitarbeitern verbarikadiert hatte. Das Geld war allerdings verschwunden gewesen, ein herber Verlust.
Seitdem befanden sich in strategisch wichtigen Räumen des Schlosses versteckte Depots mit verschiedenen Waffen und Munition, ja sogar Handgranaten waren eingelagert.

Delwar war also bewaffnet gewesen, als die Tür zu seinem Zimmer, zeitgleich mit allen anderen Türen im Schloss, aufgestoßen worden war. Und Delwar hatte ohne zu zögern sofort nach seiner Pistole gegriffen und auf den schwarzen Angreifer geschossen.
Der Polizist hatte eine kugelsichere Weste getragen, Maurice Delwar dagegen nur ein Handtuch und war von zwei Salven aus der Maschinenpistole in die Zimmerecke neben der eingebauten Duschkabine gefegt worden.
Delwar war aber nicht sofort tot, sondern hatte noch eine Handgranate abgezogen. Es war ihm aber nicht mehr gelungen, sie zu dem schwarzen Mann hinzuwerfen.
Die Übertragung endete, als der Comte, Bertram, der Stylist und zwei Mitarbeiter der Weinkellerei auf den Schlosshof geführt wurden. Brunner fragte seine Leute: *Was meint ihr, sollten wir für unseren nächsten Einsatz auch ein Kamerateam anfordern?*

Nach der Busfahrt dauerte es noch über eine Stunde, bis Walcher endlich der schwarze Sack vom Kopf gezogen und die schmerzende Handfessel abgenommen wurden. Er saß noch immer auf dem Stuhl, auf den man ihn nach der Fahrt platziert hatte. Den Sack über den Kopf gestülpt, war er sich entsetzlich hilflos vorgekommen. Ihm war dazu nur ein Begriff eingefallen: *Folter!*

Jetzt sah er, dass der Stuhl in einer winzigen Zelle stand und darin das einzige Möbelstück war. Die Zelle maß eine Fläche von höchstens zwei auf drei Meter, dafür war sie aber sicher über vier Meter hoch. Boden, Wände, Tür, Decke, alles war mit grüner Ölfarbe gestrichen, wie früher Bahnhofstoiletten. Allein dieser Einheitsfarbton würde selbst härteste Typen in kürzester Zeit an Depression erkranken lassen, vermutete Walcher.

Das Fenster befand sich in unerreichbarer Höhe knapp unterhalb der Decke und der Rahmen sowie das Gitter davor waren ebenfalls grün gestrichen. Nur der Holzstuhl war nicht grün, sondern weiß. Beleuchtet wurde die Zelle von einer nackten Glühbirne. Die Luft war stickig, stank nach Haushaltsreiniger und Großküche.

Draußen war es längst Nacht geworden. Der Polizist, der ihn von der Handfessel erlöst und den Sack vom Kopf gezogen hatte, war wortlos aus der Zelle gegangen.

Da saß Walcher also und massierte seine schmerzenden Handgelenke. Tiefe Rillen hatte die dünne Fessel in die Haut eingegraben und die Blutzirkulation behindert.

Ein Metallriegel klackte, und in der Tür öffnete sich ein Guckloch, fünf auf fünf Zentimeter groß, in dessen Zentrum sich ein Auge bewegte.

Das Auge blinzelte, verschwand und das Guckloch schloss sich wieder. Dann klackten nacheinander zwei weitere Metallriegel, jedoch dumpfer im Klang als der am Spion.

Ein Schlüssel drehte sich in der Tür, dann ging die Tür auf und zwei Polizisten standen vor Walcher. *Hoffmann?*, bellte der eine und als Walcher nickte, winkte er ihn zu sich. Walcher musste die Hände nach vorn strecken und bekam eine Schließe aus Metall umgelegt. Im Gegensatz zu dem Kunststoffband geradezu eine Wohltat, aber für Walcher ebenfalls eine Premiere, denn es war das erste Mal in seinem Leben, dass ihm Handfesseln angelegt wurden. Obwohl er sich nicht als Gefangener fühlte und das Ende dieser Fesselung absehbar war, irritierte ihn das Gefühl, plötzlich entmündigt und wehrlos ausgeliefert zu sein. Wie ein Verbrecher behandelt zu werden.
Von der Zelle aus führten ihn die Polizisten einen Gang entlang, an dem sich auf beiden Seiten Tür an Tür reihte. Walcher fiel die Ruhe auf, die in diesem Gefängnis herrschte, oder war es etwa gar kein Gefängnis, zumal am Ende des Gangs eine völlig normale Holztür offen stand. Durch die Tür und weiter ging es einen Stock tiefer und dort in einen Raum, der Walcher an eine Metzgerei oder eine Pathologie erinnerte, er war sich nicht sicher, welches Bild er wählen sollte. Alles weiß gekachelt, mit einem abgesenkten und vergitterten Abfluss in der Mitte. An der linken Wand, gleich neben der Tür, hing ein verkalktes Waschbecken mit einem altmodischen Wasserhahn, eingerahmt von einer kugelförmigen Seifenflasche, einem abgeknickten Handtuchhalter und einem blinden Spiegel darüber. In der Mitte des Raums, über dem Abfluss, stand ein einfacher, weiß gestrichener Küchentisch, an dessen Längsseiten standen verschrammte weiße Hocker.
Ein Mann saß lässig auf der Tischkante. Er stand auf und zeigte auf den Hocker an der Türseite, während einer der Polizisten Walcher die Handschellen abnahm.
Nachdem die Polizisten den Raum verlassen hatten, kam der Mann mit ausgestrecktem Arm auf ihn zu. *Sie sind also Wolfgang Hoffmann alias Robert Walcher.*

Wenn Sie das wissen, lächelte Walcher ihn an, *dann müssen Sie Kommissar Neumann sein.*
Richtig, erwiderte der, *ich bin Frider Neumann, sozusagen das französische Pendant zu Kommissar Brunner.*
Kompliment, soweit ich das selbst erlebt habe, lief Ihr Einsatz sehr professionell ab, schmeichelte Walcher dem Kommissar, schließlich konnte man ja nie wissen.
Danke. Ja, ich bin auch sehr zufrieden. Wir haben lediglich einen Ausfall. Ein gewisser Maurice Delwar. Er hat wohl zu viele Kriminalfilme geschaut und kannte auch meine Anordnung nicht, bei einer Bedrohung erst zu schießen und danach Fragen zu stellen.
Ist er...?
Ja, er ist tot, bestätigte Kommissar Neumann, zog sein Hemd etwas aus der Hose und putzte damit seine Hornbrille. *Kommissar Brunner hat mich darüber informiert, dass Sie Journalist sind, und zwar einer, der sich besonders heiße Kartoffeln aus dem Feuer sucht.* Neumann hatte die Brille wieder aufgesetzt und lächelte Walcher an.
Er war mittelgroß und wog ein paar Pfund zuviel. Seine dichten schwarzen Haare trug er kurz und mit exaktem Scheitel, sein Oberlippenbart war adrett gestutzt.
Das rundliche Gesicht strahlte Genussfreude und Gemütlichkeit aus, nur passte dazu nicht recht der stechende Blick seiner dunklen Augen. Vielleicht waren an diesem Eindruck aber auch nur die Brillengläser schuld, dick wie Glasbausteine. Neumann trug die gleiche Uniform wie die Männer des Einsatzkommandos, schwarzes Militärhemd, dazu eine ebenfalls schwarze Hose mit einer Menge Taschen, Gurten und Schnallen.
Meine Kollegen sind gerade unterwegs und holen Ihren Freund, er wird gleich hier sein. Sie können dann wieder nach Deutschland zurückfahren.
Wo sind wir hier, in einem Gefängnis?, wollte Walcher wissen.
Diese Anlage gehörte früher der Fremdenlegion, heute wird sie

nur mehr selten genutzt und wenn, dann für Einsätze wie den heutigen. Wir befinden uns hier in der Nähe von Digoin. Falls Sie sich für einen Bootsurlaub auf Wasserwegen interessieren: hier laufen drei Kanäle zusammen.
Walcher nickte und wollte schon sein Interesse für einen Urlaub auf einem Kanalboot heucheln, vielleicht war der Kommissaar ja ein Freizeitkapitän, da ging die Tür auf und ersparte ihm die Antwort. Johannes wurde in den Raum geführt. Auch ihm nahmen die Polizisten die Handschellen ab und gingen dann.
Johannes lächelte zwar, aber es war mehr eine aufgesetzte Grimasse.
Meine Herren, der Kommissar gab sich förmlich, *ich sage Ihnen im Namen meines Landes herzlichen Dank. Noch wissen wir nicht, welche Fische wir mit Ihrer Hilfe an Land gezogen haben, aber das wird sich in den nächsten Stunden und Tagen herausstellen. Die Tatsache allein, dass wir sechs Mädchen und einen Jungen zu ihren Eltern zurückbringen können und vor einem grausamen Schicksal bewahrt haben, werte ich als einen großen Erfolg. Ich habe selbst eine zwölfjährige Tochter und wenn ich daran denke, dass diese Veranstaltungen regelmäßig stattgefunden haben...* Neumann spielte seine Emotionen nicht vor, sondern war ehrlich betroffen. *Und wissen Sie, ich schäme mich. Ich schäme mich, dass diese Ungeheuerlichkeit hier vor unserer Haustür geschehen konnte. Es ist ... unfassbar. Hier in unserem Burgund ... wurden Kinder verkauft, wie ... wie Ware, wie Tiere. Das ist ... ich habe dafür keine Worte.*
Und dass dabei zivilisierte Menschen mitmachen, Erwachsene Männer, Väter ...
Neumann brach mitten im Satz ab, drehte sich um, nahm die Brille ab und schien sie zu putzen. Dann schnäuzte er sich laut. Es dauerte eine Weile, bis er sich wieder gefasst hatte und sich Johannes und Walcher zuwandte.
Entschuldigen Sie bitte. Aber ich zweifle manchmal an unserer Welt, Derartiges übersteigt mein Fassungsvermögen. Mir sagt

man nach, schüttelte Neumann den Kopf und musste noch einmal die Nase putzen, *ich sei ein Eisblock.* Neumann versuchte ein Lächeln und öffnete seine Hände zu einer bittenden Geste: *Seien Sie so gut und zerstören Sie nicht meinen Ruf.*

Walcher nickte und Johannes, der zurückhaltende Johannes, machte einen Schritt auf Neumann zu und umarmte ihn, als sei es das Normalste auf dieser Welt, einen fremden Kommissar zu umarmen. Neumann schien auch sichtlich überrascht, ließ aber Johannes' vertrauliche Geste ohne Gegenwehr zu.

Danach ging ein Ruck durch ihn: *Schluss mit Sentimentalitäten. Es gibt viel zu tun und Sie,* er wandte sich Walcher zu, *möchten sicher rasch nach Hause.*

Es hat mich wirklich gefreut, Sie beide kennen zu lernen, und ich würde mir wünschen, dass wir uns wiedersehen. Meine Männer werden Sie jetzt wieder behandeln, als gehörten Sie zu diesen ... Verbrechern. Sie werden Ihnen wieder einen Sack überstülpen, Ihnen Handfesseln anlegen und Sie dann abtransportieren – nur für den Fall, dass wir hier undichte Stellen haben. Sie werden zu Ihrem Wagen gebracht, der ganz in der Nähe in einer Garage steht.

Ausweise, Handy, Geld, ich bekomme einen Haufen Ärger mit Brunner, wenn ich ihm nicht alles ordnungsgemäß wieder aushändige, bat Walcher.

Neuman nickte: *Auch das habe ich bereits mit dem Kollegen Brunner besprochen, darum brauchen Sie sich nicht zu kümmern. Ihre so genannten Pässe liegen im Handschuhfach Ihres Wagens, so dass Sie problemlos wieder die Grenzen passieren können. Ach ja, bevor wir uns verabschieden, Sie sind ja Journalisten.* Neumann nahm noch einmal seine Brille ab und putzte gründlich die Gläser, wieder mit dem Hemdzipfel, holte tief Luft und presste die Lippen zusammen. Es war nur schwer zu verstehen, was er sagte, so leise sprach er. *In dem Weinkeller des Schlosses haben wir eine Entdeckung*

machen müssen, die ... die zeigt, mit welchen skrupellosen Barbaren wir es hier zu tun haben. Er schüttelte den Kopf. *Ich dachte immer, Derartiges geschieht nur im Krieg.*
Einem meiner Männer fiel ein seltsamer Geruch auf. Er ... er folgte ihm bis zur offenen Putzluke bei einem der großen, alten Holzfässer ..., noch einmal brach Neumann ab.
Walcher und Johannes ahnten, was kommen würde, und sie fühlten sich mit einem Mal furchtbar elend.
Im Fass lagen unter einer dicken Schwefelschicht, fuhr Neumann fort, *drei Kinderleichen. Drei kleine Menschlein, die vermutlich nicht an irgendeiner Krankheit gestorben sind.*
Ich ... ich hatte noch niemals einen solchen Fall zu bearbeiten ... ich hatte auch noch niemals den Wunsch, dass es die Todesstrafe noch gäbe. Zu wissen, dass der Comte und seine Helfer für den Rest ihres Lebens weggesperrt werden, gibt mir nur eine schwache Genugtuung.

Ilija 2

Das Syndikat des Ilija Dargilew, also nicht die offiziellen Immobiliengesellschaften, sondern die illegal betriebenen Geschäfte seines Schattenreichs, befahl über ein Heer von festen Mitarbeitern und kurzzeitigen Helfern, verteilt über die meisten Staaten der ehemaligen Sowjetunion und Europas.
Anders als die Konkurrenz bezahlte Ilija seine Leute in US-Dollars, was vor allem die Empfänger in den östlichen Ländern als eine besondere Zuwendung schätzten. Diesem Umstand verdankte er ein dichtes Netz von wohlmeinenden Freunden in Partei, Regierung und Verwaltung, was sich wiederum bei besonders fragwürdigen Geschäften als äußerst hilfreich erwies. Allein seine Großzügigkeit erklärte jedoch nicht diese Bevorzugung seiner Person,

denn auch andere Syndikate zeigten sich spendabel.
Der Grund für Ilijas Beliebtheit lag vor allem in seiner Freundschaft mit dem Präsidenten des zweitmächtigsten Staates der Erde.
Schule, Militär, Studium, Ausbildung, Partei, nie verloren sie sich aus den Augen, im Gegenteil, die Auflösung der UdSSR festigte ihre Freundschaft, und Ilija entwickelte sich zur grauen Eminenz, zu dem Mann im Hintergrund.
Er war es, der seinem Freund auf den Präsidentensessel verhalf, Gegner bestach oder aus dem Weg räumen ließ, Umstürze und die Rebellion des Militärs inszenierte, die Unruhen in Tadschikistan und Usbekistan schürte und diverse Geschäfte einfädelte, bei denen es um Milliarden ging, nicht Rubel, sondern Dollars.
Bei allen wichtigen Entscheidungen gehörte Ilija nicht nur zum engsten Beraterkreis des Präsidenten, er galt als der Intimus schlechthin. Selbst ihre Frauen verstanden sich blendend, weshalb sie ihre wenigen freien Tage oftmals gemeinsam entweder auf der Datscha des Präsidenten oder auf dem sehr viel komfortableren Landsitz des *„Mafioscha"*, wie ihn der Präsident manchmal liebevoll nannte, verbrachten.
Offiziell wusste der Präsident natürlich nur von den Immobiliengeschäften seines Freundes, die mit erstaunlicher Gesetzeskonformität abgewickelt wurden, jedenfalls für russische Verhältnisse.
Obwohl sich die beiden niemals darüber ausgesprochen hatten, ging Ilija ganz selbstverständlich davon aus, dass angesichts der Informationsstruktur des russischen Staatsapparates sein Freund über all seine illegalen Geschäfte informiert war, jedenfalls über die meisten.
Sie wussten, was sie aneinander hatten, und dieser unschätzbaren Rückversicherung zuliebe verzichtete Ilija auf eine politische Kariere, obwohl er ohne Zweifel das Format dafür besaß, und der Präsident verzichtete im Gegen-

zug stillschweigend darauf, die Geschäfte seines Freundes zur Kenntnis zu nehmen.
Auf der Krim, an der Küste zwischen Sevastopol und Jalta, hatte Ilija in aller Heimlichkeit ein Anwesen gekauft, das einer der ersten Stahlmilliardäre Russlands um die Jahrhundertwende gebaut hatte.
Das riesige, etwa 100 Hektar große Grundstück war zwar total verwildert, aber es lag direkt am Ufer des Schwarzen Meers, der Riviera des ehemaligen Zarenreiches, und erfreute sich neuerdings, als Anlagezone der unermesslich reich gewordenen russischen Fettschicht, einer wachsender Beliebtheit.
Versteckt hinter der Baumwildnis, in der die unterschiedlichsten Arten des Mittelmeerraumes zu finden waren, die sich dank ausgebliebener Eingriffe menschlichen Gestaltungswahns zu prächtigen Baumriesen entwickelt hatten, stand die opulente Zwanzigzimmervilla, der Alterssitz des Ilija Dargilew. Ein unbekannter Architekt hatte sie jenem Palais nachempfunden, das Fürst Czartoryski um 1784 in Natolin, einem Stadtteil im Süden von Warschau, hatte bauen lassen.
Die zur Seeseite ausgerichtete Terrasse des prächtigen klassizistischen Schlösschens grenzte an die Mauer, die den anschließenden Hafen befestigte. In ihm konnten problemlos Yachten von 20 Metern Länge ein- und ausfahren, damals und heute ein unverzichtbares Zeichen für die unbegrenzte Mobilität des Besitzers, auch zu Wasser.
Dass sich Ilija nicht die Sommerresidenz des Zaren Nikolaus II., den Liwadija-Palast, zulegte, zu jenem Zeitpunkt ebenfalls im Angebot des Maklers, lag nicht etwa an Ilijas Bescheidenheit, sondern an der Tatsache, dass in Jalta noch immer zuviel Militär, und zwar nicht nur ukrainisches, stationiert war.
Ilija Dargilew wäre mit seinem Leben zufrieden gewesen, hätte sich nicht die stürmische Jugend an ihm versucht.

In allen Bereichen seines Imperiums störten vehement nachdrängende, von jungen Leuten geführte Syndikate seine Geschäfte, und zwar mit äußerster Brutalität.
So etwas wie Respekt vor ihm, vor Ilija Dargilew, schien diese nachgewachsene Generation nicht zu besitzen.

Die Kinder von Tschernobyl

Haftanstalten, psychiatrische Kliniken, Kinderheime oder Erziehungslager und dergleichen werden in Russland nicht wahrgenommen, so als wären sie in einer anderen Welt angesiedelt, eine Art Gulag.
Vermutlich war es in der Vergangenheit und ist es heute immer noch einfach zu gefährlich, sich für derartige, staatliche Institutionen zu interessieren. Zwar hat sich der KGB einen neuen Namen gegeben und als föderaler Dienst für Sicherheit FSB sogar „Bürgertelefone" eingerichtet, aber die Angst vor diesem Staat im Staate sitzt tief. Anders wäre nicht erklärbar, warum sich kein Mensch dafür interessierte, dass 15 Mädchen einfach verschwunden waren.
Niemand in dem Heim, in dem sie gelebt hatten, wollte wissen, wie es ihnen auf Wangerooge ergangen war oder ob sie sich in dem neuen Heim eingelebt hätten. Nicht einmal die Frage, warum die frei gewordenen Betten noch nicht neu besetzt worden waren, schien die Heimleitung zu interessieren.
Dutzende Briefe, an die Ferienkinder adressiert, die von den Mitgliedern des Wangerooger Hilfsvereins eintrafen, wurden lediglich gebündelt und an die neue Heimadresse weiter geschickt. Dort freute sich der Hausmeister über die Post, öffnete sie, steckte die Geldscheine ein und warf Briefe, Fotos und Umschläge in den immer hungrigen

Ofen seiner Hausmeisterwohnung, denn das war in dem heruntergekommenen Gebäude die einzige Möglichkeit, zu einer warmen Mahlzeit zu kommen.
Konstantin Porlugin, der Hausmeister, hütete seit der Schließung des Heims vor gut zehn Jahren das Areal, zusammen mit seinem Hund Petja. Dass hie und da Post eintraf, hütete er ebenfalls, nämlich als sein Geheimnis. Manchmal war ja ein Scheinchen in den Briefen und wovon hätte er sonst leben sollen? Seine Rente stand nur auf dem Papier. Dass in letzter Zeit sogar aus dem Westen Post kam, sah Konstantin als einen gerechten Ausgleich für die Ungerechtigkeit dieser Welt an.
Wäre nicht Heinrich Wotschereit, einer der Initiatoren des Wangerooger Hilfsvereins, während einer Geschäftsreise in New York im Hotelzimmer vor dem Fernseher gesessen, vielleicht hätten die Mädchen in Amerika eine neue Heimat gefunden und die Geschichte ihrer Entführung wäre untergegangen in dem täglichen Müllberg der Horrormeldungen.
So aber starrte Wotschereit gebannt auf die Mattscheibe und dabei wäre ihm beinahe sein Glas mit dem dreifachen Whiskey-Sour aus der Hand gerutscht, den er sich als Schlummertrunk aufs Zimmer hatte bringen lassen.
Lächelten ihm doch tatsächlich die Tschernobyler Ferienkinder aus dem Fernseher entgegen, eben jene Mädchen, die er vor drei Wochen selber noch auf Wangerooge betreut hatte.
Sie wurden präsentiert, wie sie in einem großen Gemeinschaftszimmer in irgendeiner Klinik lagen und von Ärzten untersucht und von Polizeipsychologen befragt wurden. Die Yacht wurde gezeigt, die Diamanten, die in den ausgehöhlten Griffen des Steuerrads versteckt waren, das Kokain, die Waffen, selbst der Kaviar wurde als wertvolles Schmuggelgut deklariert. Schließlich konnte man die Ersatzkanister und die drei Entführer bewundern, die das

Boot über den Atlantik gesteuert hatten. Es klang in der Reportage fast nach einer Heldentat.
Wotschereit stürzte den Whiskey hinunter und rief bei der New Yorker Polizei an. Kurze Zeit später traf er sich in der Hotellobby mit zwei Polizisten, die sich ihm als FBI-Agenten vorstellten. Ihnen berichtete er aufgeregt von der Ferienaktion auf Wangerooge, und dass die Kinder von einem russischen Busunternehmen gebracht und auch wieder abgeholt worden seien. Und dass auf der Rückfahrt eine Hafenrundfahrt in Wilhelmshaven geplant gewesen sei, allerdings ohne Begleitung eines der Vereinsmitglieder.
Viel mehr wusste Wotschereit nicht zu berichten, aber die beiden Polizisten schienen zufrieden. Sie bedankten sich höflich für die Informationen und vor allem, dass er sich überhaupt gemeldet hatte, denn dies taten Ausländer eher selten.
Nachdem sie seine Heimatadresse notiert hatten, unterhielten sie sich noch eine Weile lang mit Wotschereit bei einem Drink über die Situation hinter den Kulissen, denn die Russen unterstellten den USA, amerikanische Gangster hätten die Kinder entführt.
Diese verdammten Kommunisten, als ob amerikanische Menschenhändler solche anämischen Kids entführen würden, meinte einer der beiden sarkastisch. *Die Pädophilen hierzulande lassen sich mit gesunden braunhäutigen Kindern aus dem Süden versorgen.*
Auf den fragenden Blick von Wotschereit erklärte er, dass sie zu einer Spezialeinheit gehörten, die den „illegalen Menschenhandel“ innerhalb Amerikas bekämpften.
Wotschereit überlegte, ob es wohl einen „legalen Menschenhandel“ gäbe, unterließ es aber, danach zu fragen. Überhaupt machten die beiden Beamten auf ihn den Eindruck, als hätten sie ihm mehr aus Höflichkeit als aus Interesse zugehört. Sie hätten erfolgreiche Börsenbroker

sein können, jedenfalls trugen sie sichtlich teure Anzüge und machten einen sehr gepflegten Eindruck.
Vor allem fielen Wotschereit bei beiden die manikürten Hände auf und der intensive Duft, den sie verbreiteten. Wotschereit vermutete, dass man ihm zur Beruhigung Diplomatenpolizisten geschickt hatte.
Als wären sie nicht bei der Vernehmung eines Zeugen, sondern auf einer Art privater Pressekonferenz, plauderten sie über die erstaunlich schnelle Reaktion der Russischen Botschaft, die bereits offiziell einen Auslieferungsantrag für die Kidnapper gestellt habe und die Kinder umgehend in die Heimat zurückführen wolle.
Die wollen die Geschichte klein halten, davon waren beide Beamten überzeugt. *Wahrscheinlich handelt der halbe Kreml mit irgendwas, Gas, Waffen, warum nicht auch mit Kindern?*

Erfolg in France

Brunner war dran. Walcher schob sein Handy am Ohr hin und her, weil die Verbindung schlecht war – meinte er. Aber dann wurde ihm klar, dass es nicht an der Telekom lag, sondern dass ihn die Stimme Brunners irritierte.
Entschuldigen Sie, aber ich muss es loswerden, flüsterte Brunner gequält und gleichzeitig erregt.
Walcher schlug spontan vor: *Soll ich zu Ihnen kommen?*
Nein ... oder doch, ja, bitte. Kommen Sie her, ich bin im Büro.
Bevor Walcher noch etwas sagen konnte, hatte Brunner die Verbindung abgebrochen. Walcher rief Irmi an, die bei irgendeiner ihrer Freundinnen steckte, und vereinbarte mit ihr, während er sich die Schuhe anzog, dass er sie bei den Armbrusters abholen würde, irgendwann am späten Nachmittag. Dann pfiff er Rolli ins Haus und raste vom Hof, als gälte es Leben zu retten.

Eine halbe Stunde später saß Walcher, vermutlich um die Strafe für zwei fotografisch bekundete Geschwindigkeitsübertretungen ärmer, dem Kommissar in dessen Büro auf der Eckcouch gegenüber. Brunner war blass und sprang wieder hoch, kaum dass er sich gesetzt hatte, um wie ein Tiger in einem zu engen Käfig auf und ab zu laufen.
Walcher hatte schon während der Fahrt überlegt, was Brunner in eine flüsternde Depression getrieben haben könnte. Da er Brunners Frau nicht kannte, tippte er auf ein berufliches Problem, und dabei konnte es sich nur um etwas handeln, was mit ihm, mit Walcher zu tun hatte, denn sonst hätte Brunner ihn nicht angerufen.
Brunner beendete seine beredt-schweigende Wanderung, setzte sich wieder und begann ohne Einleitung. *In Frankreich gibt es ein Gesetz zum Schutz religiöser Minderheiten. Und stellen Sie sich vor, da taucht doch tatsächlich ein Rechtsanwalt auf und bekommt zwei der vermutlich übelsten Typen, die bei der Razzia geschnappt wurden, aus der U-Haft frei. Bruderschaft der heiligen Jungfrau, Gralshüter, als lebten wir im 14. Jahrhundert! Diese Dreckschweine wollten Kinder kaufen und ihre Sexphantasien ausleben und schaffen es tatsächlich, einen Staatsanwalt oder Richter zu finden, der ihnen zugesteht, irgendeiner religiösen Minderheit anzugehören, die diese Kinder freikaufen wollte. Verstehen Sie, freikaufen. Kinderschützer also.* Brunner faltete seine Hände, als wollte er einen übergeordneten Vorgesetzten um Hilfe anflehen.
Walcher stand auf, ging an Brunners Bar und schenkte ein Glas mit einem klaren Schnaps ein. Ohne hinzusehen, nahm Brunner das Glas und leerte es in einem Zug.
Das bedeutet, dass zwei der ..., weiter kam Walcher nicht.
Dass zwei dieser abartigen Schweine die Kinder kaufen und sie auf ihren schwarzen Messen wie Hühnchen tranchieren ..., Brunner brüllte derart laut, dass Barbara Müller die Bürotür aufstieß und hereinstürmte, vermutlich um ihren Chef aus höchster Bedrängnis zu retten.

So rührend ihre Besorgnis auch sein mochte, ihr Auftreten verursachte das Gegenteil, denn sowohl Brunner als auch Walcher verfielen in eine Art Schreckensstarre.
Frau Müller steckte in schwarzer Lackfolie, als wäre sie darin eingeschweißt. Ihre Füße endeten in postgelben, gefährlich hochhackigen Stöckelschuhen von mindestens zwanzig Zentimetern Bodenfreiheit. Um den Hals hingen mehrere silberne Fahrradketten, die ihren vehementen Auftritt schwungvoll unterstrichen hatten.
Die pinkfarbene Sonnenbrille mit grün getönten Gläsern deckte fast ihr ganzes Gesicht ab, vermutlich, um nicht von der Krönung ihrer Selbstinszenierung abzulenken, der Haarkreation.
Von Glittergel unterstützt, waren die Haare straff nach hinten gelegt, als trage sie einen Fahrradhelm, dessen Abbruchkannte allerdings nicht aerodynamisch geformt war, sondern der Abbildung von Frauen ähnelte, wie sie früher auf den blauen Schildern für Wanderwege dargestellt wurden.
Es sprach für die rasche Auffassungsgabe Frau Müllers, dass sie die Harmlosigkeit der Lautstärke sofort erkannte und wortlos das Büro wieder verließ. Brunner sah ihr abwesend nach und machte ein Gesicht, als hätte er auf Silberpapier gebissen. Wortlos hielt er Walcher sein leeres Glas hin. *Asmodis Elitetruppen ...*
Walcher war irritiert. Meinte Brunner seine Sekretärin oder setzte er nahtlos seinen Wutausbruch fort.
Pansophistische Logen ... scheißen in Weihwasserbecken ... saufen Cocktails aus Rotwein, Sperma und Blut und fühlen sich als Obermeister des gehörnten Antigottes ... beten ihn an und quälen als Opfergabe unschuldige Kinder. Zum Kotzen ist das, sag' ich Ihnen.
Ich gehörte mal einer SOKO an, die sich hauptsächlich um Satanisten kümmerte. Da vergeht einem der Glaube an den denkenden Menschen.

So viel Schwachsinn auf einem Haufen ist schwer zu ertragen, aber man könnte damit leben, wenn dahinter nicht eine unglaublich menschenverachtende Brutalität stünde.
Brunner stieß seine Erinnerung heraus, als wollte er sich davon befreien. *Und dazu die Justiz. Obwohl in den Häusern der beiden in Frankreich jede Menge Videos und Fotos, ja sogar die Ausweise von sechs Kindern gefunden wurden, lässt man sie einfach laufen. O ja, natürlich gegen Kaution, versteht sich. Aber was bedeuten denen schon hunderttausend Euro?*
Sind nach der Freilassung dann auch sofort abgetaucht. Auf irgendeine Hazienda in Südamerika, ins schöne Spanien oder sonst wohin. Gut, früher oder später finden wir die Brüder wieder, aber jetzt können sie ihren Zirkel warnen und Spuren beseitigen. Verdammte Scheiße, verdammte.
Walcher hatte Brunner noch nie so in Rage erlebt.
Entschuldigen Sie, aber in meinem SOKO-Jahr damals habe ich einfach zuviel gesehen. Aber es kommt noch schlimmer!
Brunner sprang wieder auf, machte zwei Schritte, blieb stehen und starrte vor sich auf den Boden. Immer wieder schüttelte er den Kopf: *Unglaublich, unglaublich.*
Dann hob er den Kopf und sah Walcher mit einem gequälten Blick an. *Noch zwei weitere Männer wurden auf freien Fuß gesetzt. Einer Botschafter und der andere Konsul, beide aus Südamerika. Es genügte, dass ihre Anwälte auf deren Immunität verwiesen. Sie wurden offiziell am selben Tag von ihren Regierungen zurückbeordert und dürften damit der französischen Gerichtsbarkeit erst einmal entzogen sein.*
Und was ist mit den Übrigen aus der Herrenrunde?, fragte Walcher, der die Erregung des Kommissars nun mehr als verstand. *Sind die auch freigelassen worden?*
Nein, die meisten sitzen noch hinter Gittern, aber Ihre Frage ist leider berechtigt. Vermutlich ist es nur eine Frage der Zeit, wann auch sie freikommen. Wieder schüttelte Brunner den Kopf. *Einer von ihnen, ein gewisser Monsieur Manbert, ein hohes Tier im Wirtschaftsministerium, befand sich angeblich*

nur zu einem Informationsbesuch auf dem Weingut und sei zufällig, quasi aus Versehen, in die Polizeirazzia hineingeraten. Dummerweise gehörte er auch noch ausgerechnet zu denen, die an dem Tag kein Kind ersteigert hatten. Seine Anwälte haben inzwischen fast die gesamte Regierung in Aufruhr versetzt, der Innenminister höchst persönlich hat meinen französischen Kollegen zur Sau machen wollen.
Können Sie mir die Adressen der Herren geben?, unterbrach Walcher den Kommissar. Brunner überlegte kurz, dann nickte er. *Offiziell nicht, aber ich mache Ihnen Kopien von den Protokollen. Aber warten Sie, es geht noch weiter.*

Als Brunner nach einer Schweigeminute immer noch nicht weitersprach, fragte Walcher, was es denn noch an Hiobsbotschaften geben könnte.
Na, drei weitere Herren, die ebenfalls anwesend waren.
Wieder legte Brunner eine längere Pause ein und sprach erst weiter, als Walcher ihn erneut dazu aufforderte.
Der eine von ihnen, Monsieur Aberde, ist ein Kirchenmann, der schon einmal wegen sexuellen Missbrauchs von Kindern in den Schlagzeilen stand. Die Eltern der Kinder zogen damals aber ihre Anzeigen zurück. Er gibt sich als Ermittler im Namen seiner Kirche aus, um dem gottlosen Treiben ein Ende zu machen. Sozusagen eine Art selbsternannter, kircheninterner Teufelsaustreiber oder Sektenbeauftragter. Das bestätigte jedenfalls seine ihm übergeordnete Dienststelle. In seiner Wohnung fanden die Kollegen Kostenabrechnungen und Kopien von insgesamt 23 Ausweisen von Kindern. Monsignore Aberde gibt aber nicht preis, was aus den Kindern geworden ist, und beruft sich auf seine Schweigepflicht, um vor allem die Kinder zu schützen. Sie wären allesamt in rechtschaffenen, christlichen Familien untergekommen. Bedingung bei der Vermittlung sei gewesen, dass der Weg zu den einzelnen Familien nicht zurückzuverfolgen wäre. Deshalb seien bis auf die Kopien von den Ausweisen und die Abrechnungen darüber alle Unterlagen vernichtet worden.

Woher die Gelder für die hohen Kaufpreise stammten, konnte er ebenfalls nicht belegen, nur erklären, wie er zu Protokoll gab. Es habe sich um Spenden verantwortungsbewusster Christenmenschen gehandelt, die jedoch unbedingt unerkannt bleiben müssten, anderenfalls würde ihre spendable Großzügigkeit den Finanzbehörden Anlass zu Untersuchungen geben.
Es kommt mir vor, als wollte man ein Salzkorn aus dem Wassereimer fischen, bevor es sich aufgelöst hat.
Wieder verstummte Brunner.
Und die letzten Herren, die nun noch übrig bleiben?, fragte Walcher etwas ungeduldig. *Lassen Sie sich doch nicht jedes Wort abbetteln.*
Das tut mir wirklich in der Seele weh, es rührt nämlich ... ja, an meine Berufsehre. Brunner sprach nun sehr zögernd, so als würde er jedes Wort auf Druckreife überprüfen wollen, bevor er es laut aussprach. *Auch bei uns gibt es Kollegen mit kriminellen Energien, das ist mir klar. Aber in den vergangenen Jahren häufen sich Bestechlichkeiten und Gaunereien bis hin zu Beteiligungen am organisierten Verbrechen. Da dealen altgediente Kollegen mit beschlagnahmten Drogen, stehen als Informanten auf den Gehaltslisten mafioser Geschäftemacher und erpressen Verbrecher, statt sie der Justiz zuzuführen.*
Brunner war anzusehen, dass er keine Fensterrede hielt, sondern zutiefst erschüttert war.
Bei den zwei letzten Männern aus der Herrenrunde handelt es sich um Polizisten. Kommissar Neumann teilte mir vorhin das Ergebnis der Hausdurchsuchungen bei ihnen mit. Danach gilt als erwiesen, dass die beiden schon seit Jahren diesem Gewerbe nachgehen und einen festen Kundenkreis in der besten Pariser Gesellschaft beliefern. Besonders makaber dabei ist, dass es sich in beiden Fällen um Hauptkommissare handelt, die ausgerechnet bei der Sitte arbeiten.
Walcher holte tief Luft. Dem geknickten Brunner zuliebe gab er sich positiv. *Wenigstens haben wir den Comte. Er ist schließlich der wichtigste Türöffner in das Netz ...*

Brunner nickte, aber der Ausdruck in seinen Augen und seine Miene veranlassten Walcher nachzuhaken. *Oder ist der etwa auch frei gekommen? Quasi als adelige Persona non grata.*
Kommissar Brunner sah zu Boden und schüttelte unmerklich den Kopf. *Nein, entlassen nicht, ... jedenfalls nicht direkt.*
Sondern?, insistierte Walcher.
Brunner deutete vage nach oben an die Zimmerdecke.
Hat er sich umgebracht?, fragte Walcher.
Nein, er wurde erschossen. Wieder schüttelte Brunner bedrückt den Kopf. *Nicht dass ich über die Tatsache als solche in Tränen ausbrechen könnte,* meinte er. *Aber dass er in einer Einzelzelle in dem Hochsicherheitstrakt eines Gefängnisses kaltblütig erschossen wurde, ohne dass ein Aufseher auch nur irgendetwas davon mitbekam, das ist die verfluchte Scheiße. Und da macht es keinen Unterschied, ob das in Deutschland oder Frankreich geschah.*

Hilferuf

Lieber Freund, schrieb Walcher am selben Abend an Hinteregger, *ich nahm mir zwar vor, dich nicht schon wieder um Hilfe zu bitten, sondern die Ermittlungen in der Sache Menschenhändler im Burgund der Polizei zu überlassen, aber die jüngste Entwicklung bereitet mir große Sorge.*
Vor einer Stunde informierte mich Kommissar Brunner, dass die meisten der Händler und Kunden wie Phantomfiguren im Nebel verschwinden. Damit rückt unser Ziel, diese Verbrecher zumindest wegen Menschenhandels zu überführen, in weite Ferne. Ihnen darüber hinaus Kindesmissbrauch nachzuweisen, wird vermutlich ohnehin schwierig sein.
Die beigefügte Liste von Namen mitsamt Adressen erhielt ich

von meinem Kommissar, selbstverständlich absolut inoffiziell. Von besonderem Interesse dürften der Kirchenmann Monsieur Aberde, der hochrangige Beamte aus dem Wirtschaftsministerium, Monsieur Manbert, der Konsul und der Diplomat aus Chile sowie vor allem die beiden Hauptkommissare aus Paris sein. Grundsätzlich ist für mich alles interessant, was du über diese Leute herausfinden kannst.
Der Comte und sein Adlatus Maurice Delwar könnten, auch wenn sie bereits der Gerechtigkeit durch eine höhere Instanz zum Opfer fielen, durch ihre Namen Türen öffnen und Zugang zu der Organisation schaffen.
Ich denke da insbesondere an die Möglichkeiten, über die du verfügst, um auch länger zurückliegende Telefonate zurückzuverfolgen und so bis dato unbekannte Kontakte aufzuspüren.
Da müsste es eine ganze Reihe von Handytelefonaten, E-Mails, Festnetzgesprächen und vielleicht sogar Telefaxe geben. Alle Nummern die ich kenne, habe ich deshalb ebenfalls als Liste angehängt.
Glaube mir, ich handle inzwischen längst nicht mehr nur als Journalist, der eine interessante Reportage im Auge hat.
Diese Recherche foltert mich geradezu. Dank' dir herzlich für deine Hilfe, in Freundschaft R. W.
Ach ja, Chile. Die beiden Diplomaten, die zurück in ihr Heimatland geflüchtet sind, wurden ganz offiziell von ihrer Regierung zurückbeordert. In Chile gab es doch die Colonia Dignidad des Paul Schäfers?

Innere Uhr

Während des Sommers verfluchte Walcher jene Politiker, denen Europa die Sommerzeit zu verdanken hatte.
Seine innere Uhr weigerte sich beharrlich, eine Stunde früher aufzuwachen. Gäbe es eine Partei, die diese zwar konsumfördernde, aber letztlich schwachsinnige Entscheidung rückgängig machte, er würde sie sofort wählen.
Auch Irmi protestierte, allerdings meist am Abend und gegen Walcher, der sie am *hellichten Tag,* wie sie fand, ins Bett schicken wollte.
Es war ein lauer Sommerabend, der geradezu einlud, vor dem Haus zu sitzen, um die Dämmerung und den Anbruch der Nacht auf sich wirken zu lassen. Wer sich die Ruhe für den Wechsel vom Tag in die Nacht nahm, der konnte die besondere Stimmung erleben, die sich über das Land ausbreitete.
Die Sonne war längst untergegangen und mit ihr die Hektik des Tages. *In der Ruhe liegt die Kraft,* heißt ein Spruch, der die Wesensart der Allgäuer im Kern trifft.
Für Walcher war es mehr als nur ein Spruch, es war eine Weisheit, die er gerne öfter auf sein eigenes Leben übertragen hätte.
Der ständige Tempowechsel seiner Recherchen, von denen er meist mehrere gleichzeitig betrieb, forderte Kraft. Hinzu kam eine kaum zu steuernde Eigendynamik, mit der sich Recherchen plötzlich verselbständigten, wie die Kettenreaktion einer Kernspaltung. So schien auch seine Recherche zum Thema Menschenhandel eine Dynamik zu entwickeln, die nach einem fremden Drehbuch ablief.
Walcher hatte sich mit Notizblock und Stift auf die Terrasse gelegt, um Bilanz zu ziehen. Anstelle des üblichen Sherrys stand neben der Liege ein großes Glas mit Eistee, den Irmi am Nachmittag aus einer Kräutermischung gebrüht, mit Holundersirup versetzt und kühl gestellt hatte.

Die Mischung schmeckte so delikat, wie er sich vorstellte, dass Bärendrecks Badewasser schmecken müsste, aber Walcher zwang sich Irmi zuliebe, genüsslich kleine Schlucke zu trinken. Außerdem trank er ohnehin zuviel Sherry.
Er begann mit den Namen aller Personen, mit denen er seit Beginn seiner Recherchen über Menschenhandel zu tun gehabt hatte, und war erstaunt über die beachtlich lange Liste. Als letzten Namen schrieb er den Comte de Loupin auf das Blatt. Über ihn oder Delwar hatte er gehofft, den Zugang zu einer Händlerorganisation zu erhalten.
Nun waren beide tot, und ob über zurückliegende Telefonate von ihnen, Schriftverkehr oder was auch immer neue Kontakte zu ihrer Organisation aufgebaut werden konnten, war erst einmal fraglich.
Vielleicht tat sich ja etwas über deren Helfer, wie Betram oder der pädophile Maskenbildner René Schneider, aber die saßen in Untersuchungshaft und konnten nicht so einfach befragt werden, jedenfalls nicht von einem Journalisten.
Blieb die Hoffnung auf seinen Freund Hinteregger, der mit seinem Informationsapparat hoffentlich etwas über die Namen der beteiligten Personen herausfand.
Wer mochte den Comte erschossen haben? Reichte der Arm der Organisation sogar bis in den Hochsicherheitstrakt eines Gefängnisses oder standen eher staatliche Interessen dahinter. Möglich war alles, wenn sich schon der Innenminister so stark für einen seiner Beamten machte.
Wo saß die Schaltstelle der Organisation? Wer beschaffte die Kinder, schleuste sie über Grenzen, besorgte die Ausweise und wer waren die Zwischenhändler, an welche Zirkel verkauften sie die Kinder, wo wurden all die Kinder versteckt? Was hatte er inzwischen erreicht?
Ein paar Leute sichtbar gemacht, ein paar Kinder gerettet.

Das war zwar in Ordnung, aber er wollte mehr.
Solange die Nachfrage nach Frischfleisch, nach frischen Hühnchen, wie er den Comte hatte sagen hören, bestand, so lange würden sich auch skrupellose Verbrecher finden, die den Markt versorgten. Denn kaum war der eine Ring ausgehoben, übernahm der nächste nahtlos das Gewerbe. Die Käufer, Kunden, alles Ehrenmänner, sie waren es, die dafür sorgten, dass ein solches System am Leben erhalten blieb. Sie gehörten aus dem Verkehr gezogen, angeklagt und bestraft.
Das Marktgesetz von Angebot und Nachfrage, das galt es zu durchbrechen. Einen Sumpf konnte man nicht mit frommen Gebeten trocken legen. Die Täter gehörten angeklagt und verurteilt, ohne Rücksicht darauf, ob sie einer Kirche angehörten oder der politischen oder kulturellen Führungsschicht einer Gesellschaft und sich deshalb vor Strafverfolgung geschützt fühlten. Ihnen mussten die Masken der Rechtschaffenheit und Sauberkeit heruntergerissen werden.

Welchen Schritt sollte er als nächsten tun, überlegte Walcher. Oder sollte er abbrechen, genügend Stoff für ein brauchbares Dossier hatte er zusammen, mehr als genug. Und richtig abgeschlossen würde diese Recherche ohnehin niemals sein. Außerdem befürchtete er bei diesem Thema seinen emotionalen Sicherheitsabstand zu verlieren, ohne den er journalistische Arbeit für nicht möglich hielt. Von der Sinnfrage seines Tuns, die sich ihm während jeder Recherche wenigstens einmal stellte, ganz abgesehen.
Aber wie konnte er in der Gegenwart leben, ohne an eine Zukunft zu glauben, ohne davon überzeugt zu sein, dass er mit seiner Arbeit etwas bewegen könnte in den Köpfen? Nein, nach dem, was er im Schloss des Comte erlebt hatte, würde er erst aufhören können, wenn Täter präsentiert, Strukturen aufgedeckt waren und das Volk aufgerüttelt

und empört die politischen Führer zum Handeln zwang. Manchmal musste man sich einen leichten Hang zum Größenwahn einfach zugestehen, schmunzelte Walcher über sich selbst.

Vermutlich lag es an Irmis Kräutertee, dass Walcher irgendwann über seinen Gedanken eingedöst war. Er sah Monsieur Mambert leibhaftig inmitten einer Gruppe von Richtern stehen und sich in seiner aufgeblasenen Art gebärden. Plötzlich stieß Mambert einen schrillen Schrei aus und deutete auf ihn, Walcher. Die Männer in ihren roten Roben drehten sich zu ihm um und begannen, wie in Zeitlupe, im Gleichschritt auf ihn zuzugehen. Wenige Meter vor ihm stoppten sie und streckten alle gleichzeitig die Arme in die Höhe. In ihren Händen hielten sie lange, im Kerzenlicht funkelnde Dolche. Da erkannte Walcher in den Richtern die Teilnehmer der Versteigerungen auf dem Schloss des Comte.
Eigentlich sollte er sich zurückziehen, dachte Walcher, aber er fühlte sich wie gelähmt. Johannes tauchte hinter den Richtern auf, schwang eine riesige Schweizer Fahne durch die Luft, warf sie hoch in den Raum und immer höher und höher stieg die flatternde Fahne nahtlos in den Abendhimmel. Fasziniert bewunderte Walcher den Kontrast der Fahne vor dem tiefblauen Hintergrund, bis der helle Fleck diffus wurde und verschwand.
Die Richter mit ihren Dolchen, er hatte sie völlig vergessen und wandte den Blick zurück. Sie standen unmittelbar vor ihm, mit aufgerissenen Augen und Mäulern, aus denen der Geifer tropfte, ja, er roch ihren scheußlich stinkenden Atem und spürte den Speichel – schreckte zurück und sah direkt vor seinem Gesicht eine riesengroße Zunge in ein riesengroßes Maul zurückfahren und darüber die erwartungsfrohen Hundeaugen seines Retters, Monsieur Rolli.

Einen großen Bahnhof bekamen sie, die entführten Tschernobyler Waisenkinder. Im russischen Fernsehen lief tagelang kaum etwas anderes als Berichte über sie. Die Präsidentengattin war, begleitet von einem Ärzteteam und einer ganzen Abteilung Krankenschwestern, mit der Maschine des Präsidenten in die Staaten geflogen, um die Kinder höchstpersönlich heimzuholen.
In aktuellen Sonderberichten wurde ausführlich über das kürzlich erbaute Waisenhaus bei Moskau berichtet, in dem die Kinder in Zukunft leben würden. Eindrucksvoll demonstrierte die freie Presse, welche Macht sie besaß, denn die ganze Russische Nation fieberte der Rückkehr der verlorenen Kinder entgegen.
Das Waisenhaus wurden gezeigt, in das sich ein scheinbar nicht endender Geschenkestrom ergoss, der aus allen Landesteilen eintraf: Plüschtiere, Blumen, Kleidung, Sportgeräte, Lebensmittel, ja sogar mehrere Flaschen Wodka waren darunter. Die Bevölkerung nahm derart großen Anteil am Schicksal der Kinder, dass nach einer Woche die Leitung des Waisenhauses dringend bat, von weiteren Geschenken abzusehen, das Haus sei voll.
Interviews mit Moskauer Bürgern unterstrichen die Freude über die Rückkehr „ihrer" Kinder.
Doch man gab sich nicht nur dem überbordenden Gefühl kollektiver Kinderliebe hin, auch Staatsanwaltschaft und Polizei präsentierten sich in bestem Licht.
Täglich berichteten die Sender über die Verhaftung von Menschenhändlern und die Aushebung von ganzen Banden solcher krimineller Elemente. Es hieß, dass die längst laufenden Ermittlungen der Grund für die schnellen Erfolge der jüngsten Zeit gewesen wären.
Der russische Präsident sagte dem Menschenhandel den Krieg an, mit aller Härte werde man dagegen vorgehen.

In einer für ihn ungewöhnlich emotionalen Ansprache, die auf allen Kanälen in voller Länge ausgestrahlt wurde, forderte er die Bürger Russlands zu erhöhter Wachsamkeit auf und kündigte härtere Gesetze an.
Die Jagd auf diese Verbrecher sei eröffnet, erklärte er, vermutete allerdings die wahren Schuldigen in den entarteten Teilen dekadenter westlicher Gesellschaften. Aus dem Westen wäre noch nie etwas Vernünftiges gekommen, zählte er auf, Napoleon, Hitler und jetzt auch noch Kinderschänder. Es sei an der Zeit, sich alter russischer Tugenden zu besinnen. Kinder, Söhne und Töchter Russlands seien die Zukunft des Landes und stünden deshalb unter seinem persönlichen Schutz. Nicht ruhen wolle er, bis sich jedes vermisste Kind wieder in den Armen seiner Mutter befinden würde. Mit einem Land, dem es nicht gelänge die eigenen Kinder zu schützen, so schloss er seine zweistündige Rede, wäre etwas nicht in Ordnung.

Die auf Menschenhandel spezialisierten Banden in Russland schränkten vorübergehend ihre Aktivitäten ein und verschoben die für die nächste Zeit geplanten Transporte, das war alles.
Der Staat ließ seine Muskeln spielen. Mobile Einsatzkommandos kontrollierten auf allen Transitstraßen, worüber ausführlich das Fernsehen berichtete. Nicht thematisiert wurde natürlich, dass die Polizei so gut wie keine Erfolge vorweisen konnte.
Der russische Bär schüttelte sich mal kurz, schreckte die Flöhe in seinem Fell auf – um dann gemütlich weiterzuschlafen.

Zwei hübsche Gesichter lächelten ihn an. Beide Frauen hatten sinnlich rot geschminkte Lippen und verheißungsvoll strahlende Augen. Sie trugen hochgesteckte Haare, was gut zu ihrer Kleidung passte.
Walcher ließen sie an Frauen in Monumentalschinken wie „Ben Hur" oder „Kampf um Rom" denken.
Die zauberhaften Geschöpfe hielten ihn an den Armen fest, die eine seinen linken, die andere seinen rechten Arm. Sie schienen kräftig zu sein, für Walcher fühlte es sich an, als würde das Blut in seinen Händen stocken, so als würden sie gleich absterben. Er lag mit dem Bauch auf einer Schräge, so schien es ihm. Er lächelte und wollte die Damen fragen, was das für ein Spiel wäre, das sie da mit ihm spielten, ob sie Vestalinnen wären und er das Opferlamm. Aber er brachte keinen Ton heraus, weil in seinem Mund ein Knäuel aus Leder oder so etwas steckte.
Die jungen Frauen lächelten immer noch. Auch Walcher lächelte, aber das Lächeln gefror ihm schlagartig, denn auf seinem Rücken breitete sich eine Schmerzwelle aus, wie er sie noch nicht erlebt hatte. Sein letzter Gedanke war: Also doch Dienerinnen der Vesta, die das ewige Feuer hüteten und ihn auspeitschten, weil er es hatte erlöschen lassen.
Walcher presste die Augenlider zusammen und als er sie wieder öffnete, hatten sich die beiden Vestalinnen in Krankenschwestern verwandelt. Eine dritte Person, die irgendwo stand, wo er sie nicht sehen konnte, erklärte, dass sie seinen Verband wechseln würde. Und das könnte etwas weh tun, fügte sie hinzu.
Zwischen den Schwestern tauchte ein Mann auf, der zwar nicht ins alte Rom gehörte, aber Walcher war froh, Brunner wiedererkannt zu haben.
Brunner kommentierte Walchers Rückkehr aus tiefer

Ohnmacht mit einem Blick auf die Uhr und einem herzlosen: *Wurde auch Zeit!* Dann erzählte er ausführlich, während die Brandwunden auf Walchers Rücken versorgt wurden, was auf dem Grillfest geschah, nachdem Walcher zu Boden gegangen war.

SOWID verfügte nicht über die finanziellen Möglichkeiten, die vielen Helfern zu bezahlen, deshalb veranstaltete die Münchner Vereinsfiliale mehrmals im Jahr kleine Partys, zu denen auch Sympathisanten und Förderer eingeladen wurden.
Dieses Mal hatte Frau Dr. Hein zu einem Grillfest in den Hinterhof der Büroadresse von SOWID geladen.
Eine Großstadtidylle, die, mit zwei riesigen Kastanien, einem Rasenstück und dem Efeu umrankten Drahtpavillon darauf, selbst in einer Stadt wie München so etwas wie Lebensqualität vorgaukeln konnte. Die Mietshäuser aus dem vorletzten Jahrhundert, die den Hof wie ein Bollwerk umrahmten, wurden von Menschen bewohnt, die selbst häufig den Innenhof für Feste nutzten.
Frau Dr. Hein hatte nur einen kleinen Kreis ausgewählt, darunter Kommissar Brunner, dessen Kollegen Neumann aus Frankreich, Walcher, Johannes, den Leiter des Sozialamtes der Stadt München, Dorothea Huber, deren Kollege Bernd Zettel – also den Kreis der Burgund-Aktion und dazu noch einige Förderer des Vereins.

Walcher hatte Frau Dr. Hein gerade ein Stück Fleisch vom Grill holen wollen, als ein Schlägertrupp in dem Hof auftauchte. Typen, die wie Neo-Nazis aussahen.
Ein Überfall auf Bestellung, so schien es, es sei denn, die Jungs hatten sich aus irgendeinem Grund zufällig hierher verirrt. Sie schwangen bedrohlich Baseballschläger und Stahlruten, einer klirrte mit einer Eisenkette.
Wahrscheinlich war ihnen nicht gesagt worden, dass

mehrere Polizisten anwesend waren, sogar einer aus Frankreich. Die reagierten nämlich wie ein eingespieltes Team nach der Devise: Fragen stellen wir später.
Immerhin handelte sich um 15 Schlägertypen im Alter von 16 bis 30 Jahren. Ihnen standen sechs Männer und acht Frauen gegenüber. Bevor sich die Schläger aber so richtig ihrer Situation bewusst wurden, waren sie von den Polizisten in dem Gartenpavillon zusammengetrieben worden, als wären sie harmlose Schafe.
Ein Sieg des entschiedenen Auftretens der Polizisten und natürlich der Ausrüstungen, denn gegen Pistolen taugen Baseballschläger nun mal nicht. Keine zehn Minuten später rasten Einsatzwagen der Münchner Polizei in den Hof, die Brunner via Handy bereits verständigt hatte, als der dritte dämlich grinsende Glatzkopf aufgetaucht war. Aber all das hatte Walcher nicht mitbekommen.
Einer von den Schlägern hatte sich, das Durcheinander ausnutzend, hinter den Gästen an den Polizisten vorbei geschlichen und war plötzlich neben Frau Dr. Hein aufgetaucht, drohend seine Eisenkette schwingend.
Walcher hatte sich schützend vor sie gestellt, die Grillzange wie eine Waffe auf den Glatzkopf gerichtet.
Der schien davon allerdings wenig beeindruckt gewesen zu sein, hatte mit seinem linken Arm die Eisenkette über seinen Kopf kreisen lassen und dabei mit rechts einen Schlagstock aus dem Hemd gezogen.
Während sich alle Augen auf das Gros der Angreifer gerichtet hatten, waren sich Walcher und der glatzköpfige Schläger einen Moment lang wie zwei Gladiatoren gegenüber gestanden, wobei Walchers Bewaffnung nicht so ganz den Regeln entsprochen hätte.
Das war auch der Grund für den Hilfeschrei Frau Dr. Heins gewesen, die sich einen Kampf Grillzange gegen Schlagstock und Eisenkette nicht hatte ausmalen wollen. Ausgerechnet dieser Schrei hatte Walcher dazu verführt,

den typischen Fehler eines zivilisierten Menschen zu machen, dessen lebenserhaltende Urinstinkte sich auf die Auswahl der kürzesten Schlange vor Supermarktkassen reduziert hatten. Er hatte sich nämlich kurz zu Frau Dr. Hein umgedreht, um nach ihr zu sehen und um sie aus der Gefahrenzone zu schieben.
Dieser Lidschlag an Zeit hatte seinem Gegenüber, der für Galanterien dieser Art keinerlei Verständnis zeigte, genügt und Walcher den Schlagstock mit voller Wucht auf den Hinterkopf geknallt. Das war auch der Moment gewesen, in dem Walchers Erinnerung endete, und das war vermutlich gut so, denn er war nicht nur wie ein gefällter Baum zu Boden gegangen, es war noch schlimmer gekommen.
Konzentriert auf den Hieb mit dem Schlagstock, hatte der Glatzkopf kurz die Kontrolle über seine Eisenkette verloren, die sich im elektrischen Grill verhakt und vom Gartentisch gefegt hatte, mitsamt den darauf liegenden Würsten und Fleischstücken. Walcher hatte nicht gespürte, wie sich der glühend heiße Rost in die Haut seines Rückens brannte. Kurz nur, dann hatte Frau Dr. Hein reaktionsschnell das Stromkabel gefasst und das daran hängende Brenneisen von Walchers Rücken gerissen.
Frau Dr. Hein war es dann auch gewesen, die sofort die sinnvollste Versorgungsmaßnahme eingeleitet hatte, ungeachtet des Schlägers, der immer noch drohend neben Walcher stand. Sie hatte langsam den Eimer mit Wasser, der für das schmutzige Geschirr bereit stand, auf Walchers Rücken ausgeschüttet und dabei nach mehr kaltem Wasser gerufen.
Tags darauf wurde Walcher wieder aus der Klinik entlassen und im Rettungswagen nach Hause gefahren.
Er brachte die gesamte Fahrt auf dem Bauch liegend zu. Dabei dachte er mehrmals an Brunners Worte, als der sich im Krankenzimmer von ihm verabschiedet hatte:

„Drehen Sie niemals einem Gegner den Rücken zu, solange der sich noch bewegen kann!"
Jetzt würde Walcher auch in den nächsten Tagen der Welt seinen Rücken zudrehen müssen, jedenfalls im Liegen.

USA, Marinebasis Delawar Bay

Zwei Wochen, nachdem die Motoryacht der Russen von der Küstenwache gekapert worden war und seither mit anderen aufgebrachten Schiffen in der Marinebasis lag, meldete sich ein Rechtsanwalt beim Hafenmeister und forderte die Herausgabe der Yacht.
Der Anwalt legte einen richterlichen Beschluss mit der Anordnung vor, dass die Yacht dem Eigner zu übergeben wäre und, da sich der Anwalt zweifelsfrei als im Auftrag des Eigners handlungsberechtigt ausweisen konnte, gab Hafenmeister Colonel E. Warner die Yacht heraus.
Begleitet von drei Männern, von denen einer ein international gültiges Hochseepatent vorzeigen konnte, verließ der Anwalt kurz danach mit der Yacht das Hafenbecken der Marinebasis.
Wenig später steuerte die Yacht einen der nahe gelegenen kleinen Küstenhäfen an, wo der Anwalt von Bord ging.
Die Yacht wurde mit Proviant beladen und aufgetankt, auch alle Reservekanister wurden gefüllt. Fünf Stunden später verließ die Mulder Flybridge 88 die Küstengewässer der USA.
Erst am folgenden Tag wurde der richterliche Beschluss, den der Anwalt präsentiert hatte, als eine raffinierte Fälschung erkannt, aber da war es längst zu spät.
Colonel E. Warner informierte die Kapitäne sämtlicher Küstenpatrouillenboote, er ging aber davon aus, dass die Gauner längst internationale Gewässer erreicht hatten.

Als Commander Kruger von der Sache erfuhr, fühlte er sich persönlich angegriffen und beleidigt. Sein Groll saß tief, aber da gab es einige Möglichkeiten, seine Ehre und vor allen Dingen die Ehre der US-Navy, wieder herzustellen.

Über Funk verständigte er General Luis Vanderbuilt von dem unverschämten Husarenstück der Russen.

Als Dreisternegeneral saß Vanderbuilt ganz oben in der Marinehierarchie, galt als Eisenfresser und war mit Kruger seit der gemeinsamen Grundausbildung und dem Besuch der Militärakademie befreundet. Vanderbuilt meinte am Ende ihrer Unterredung: *Okay, fax mir die Beschreibung des Kahns zu und auch die Route, die sie vermutlich nehmen werden. Dann vergiss, dass wir darüber gesprochen haben. Wann heben wir mal wieder einen?*

Nachdem Vanderbuilt von Kruger das Fax erhalten hatte, fragte er beim Vice Chief of Naval Operations nach, welche Kräfte sich im nördlichen Atlantik zirka im Bereich des 15./30. Längengrads und 45./60. Breitengrads befänden. Außer einem U-Boot der Los-Angeles-Klasse, das sich auf einer Testfahrt befand, stellte sich dieses Gebiet als frei von Schiffen der US-Marine heraus, die Krisengebiete dieser Welt hatten sich in andere Regionen verlagert.

Vanderbuilt kannte den Commander des U-Boots und übermittelte ihm eine chiffrierte Mitteilung, die nicht nur Krugers Informationen enthielt, sondern auch alle Fakten über die Verschleppung der Kinder und über die frechdreiste Abholung der Yacht aus einem Hafen der Navy. Vanderbuilt verwendete in seiner Mitteilung sieben Mal den Begriff Ehre und schloss mit der Frage: *Habt ihr schon mal getestet, ob auch sehr kleine, wendige Boote eure Zigarren rauchen? Benötige keine Antwort. Viel Glück.*

Entsprechend erhielt Vanderbuilt denn auch keine Antwort auf seine „Mitteilung", wohl aber landete auf seinem Schreibtisch einige Tage später die Kopie einer Schadensmeldung eines U-Boots der Los-Angeles-Klasse. An die oberste Materialverwaltung, der jeder Verschleiß, jeder Schuss Munition mitgeteilt werden musste, wurde darin der Verlust eines Torpedos gemeldet, das bei einer Systemübung hatte abgeschossen werden müssen. Die Rücknahme aus dem Torpedorohr hätte wegen technischer Mängel der Flutklappen ein zu hohes Risiko bedeutet.

Wendige Ziele

Die drei Russen waren seit Tagen in Hochstimmung, auch wenn sie die Mulder Flybridge 88 durch ziemlich raue See Richtung Europa zu manövrieren hatten.
Durch den Ärmelkanal, dann um Dänemark herum in die Ostsee, an das Ende des Finnischen Meerbusens und nach Leningrad in den Hafen, so lautete ihr Auftrag.
Alle drei waren ehemals Offiziere bei der Marine gewesen und deshalb in ihrem Element, trotz der schweren See. Während einer die Yacht steuerte, soffen die beiden anderen den amerikanischen Whiskey, den sie kistenweise gebunkert hatten. Nach kurzem Schlaf übernahm der Nächste das Steuer, so ging es routiniert und trinkfest reihum.
Der Auftrag machte ihnen richtig Spaß. Nicht nur, weil eine satte Erfolgsprämie winkte, sondern auch, weil sie die Amis ordentlich verarscht hatten.
Dass die einst mächtige Marine der UdSSR zu einem Haufen Altschrott verkommen war, die USA dagegen ungebremst mit modernsten Schiffen die Weltmeere pflügten, nagte immer noch am Selbstbewusstsein der drei ehemaligen Marineoffiziere. Deshalb hatten sie es geradezu als Ehre und vaterländische Pflicht betrachtet, das Angebot ihres damaligen Vorgesetzten anzunehmen.

Da spielte es auch keine große Rolle, dass die Yacht, die sie entführen sollten, nicht einmal von einer russischen Werft stammte. Auch dass der Vorgesetzte ebenfalls seit Jahren nicht mehr im Dienst der Marine stand und zu dem Treffen nur aus Jux seine Admiralsmütze aufgesetzt hatte, gab ihnen keinen Anlass Fragen zu stellen, war doch die halbe Marine vorzeitig in den Ruhestand geschickt worden.
Und woher der arbeitslose Admiral die versprochenen Erfolgsprämien beschaffte – wen interessierte das schon.
Antal Borodow, ehemals Funkoffizier auf dem Flugzeugträger *ADMIRAL GORSCHKOW* und mit 45 Jahren der Jüngste der drei, steuerte gerade die Yacht.
Seine beiden Kollegen lagen hinter ihm in den weichen Polstern, soffen und sangen traurige Lieder. Längst hatten sie das Stadium erreicht, in dem der Alkohol die russische Seele verflüssigte und über die Tränenkanäle ausschied.

Obwohl in Antals Schädel ein fürchterlicher Kater tobte, steuerte er die Yacht aufmerksam und routiniert durch die Wellen. In den vergangenen Jahren hatte er Angeltouristen durch die Ostsee geschippert und Ausflugsboote gesteuert, er kannte sich mit Schiffen aus.
Jagte die Yacht über Wellenkämme, drosselte er kurz die Leistung, um die Motoren nicht zu überdrehen, wenn die beiden Schrauben ohne Widerstand sekundenlang aus dem Wasser ragten.
Antal dachte an den Rechtsanwalt, der sie behandelt hatte wie den letzten Dreck. Kein überflüssiges Wort hatte er mit ihnen gewechselt, nachdem er die Yacht frei bekommen hatte, und war bei dem ersten Stopp grußlos von Bord gegangen. Ein Amerikaner eben, was wollte man von so einem schon erwarten.
Das Meer hatte sich in den vergangenen beiden Tagen mehr und mehr beruhigt, der Sturm war abgeflaut, die Sicht klar. Die Motoren liefen störungsfrei. Das konnten

sie, diese Amerikaner, Motoren bauen. Russische Motoren hätten längst den Geist aufgegeben. Länger als ein, zwei Stunden unter Volllast zu fahren, würde sich kein Kapitän eines russischen Schiffes trauen, und sie jagten nun schon seit Tagen mit Spitzengeschwindigkeit durch die Wellen.

Sie lagen gut in der Zeit. Antal freute sich auf seine Wachablösung, denn er bekam langsam wieder eine verdammt trockene Kehle und nahm schon mal einen kleinen Schluck aus der Flasche, die in seiner Jackentasche steckte. Der Morgen dämmerte, bald würde die Sonne vor ihm im Osten aus dem Meer steigen, ein gewaltiges Schauspiel, das er sich nicht entgehen lassen wollte. An den Tagen zuvor hatten sie keine Sonne zu Gesicht bekommen.
Antal Borodow bemerkte nicht die weiße Linie platzender Blasen, die sich backbords in rasender Geschwindigkeit der Yacht näherte. Er war darin vertieft, das Flaschenetikett zu übersetzen. Verdammt guter Stoff, nickte er anerkennend, nicht wie der Fusel, den es zu Hause gab und der einem Rachen und Kehle verätzte. Ein kleiner Schluck noch ...
Antal Borodow kam nicht mehr zu dem einen Schluck. Zwar spürte er noch die Flaschenöffnung an seinen Lippen und einen Wimpernschlag lang nahm er auch ein grelles Licht wahr, aber mehr nicht. Die Sprengkraft des Torpedos, ausgelegt für die Zerstörung weitaus größerer Schiffe, zerfetzte die Yacht und alles, was sich auf ihr befand, in winzige Einzelteile.
Ein Beweis, dass große Torpedos auch kleine Ziele treffen konnten.

Ilija 3

Ilija Dargilew war mit Sensoren ausgestattet, die auch feinste Veränderungen bei Menschen seines Umfelds registrierten. So waren Terminverschiebungen von Treffen mit dem Präsidenten nicht ungewöhnlich, sondern eher die Regel. Ungewöhnlich hingegen war, dass der Präsident seit Wochen angeblich nicht die Zeit fand, einmal selbst zum Telefon zu greifen, um mit Ilija zu sprechen.
Bisher hatte er das zwei-, dreimal jede Woche getan, manchmal auch noch öfter, und ihn um seine Meinung zu den unterschiedlichsten Problemen gebeten.
Die Funkstille verunsicherte den Boss und machte ihn hochgradig nervös. Um Klarheit zu bekommen, rief er mehrfach den Präsidenten an. Der war aber nie selbst am Apparat, obwohl er Anrufe auf der speziellen Privatnummer, die nur einer Handvoll der engsten Vertrauten bekannt war, bisher immer persönlich angenommen hatte. Stattdessen war seit zwei Wochen nur sein Privatsekretär am Apparat gewesen, und der hatte, stets sehr freundlich und verbindlich versprochen, dem Präsidenten von Ilijas Anruf zu berichten. Aber es tat sich nichts.
Also schickte Ilija seine Frau vor, damit sie mit ihrer Freundin, der Gattin des Präsidenten, Kontakt aufnähme. Reja-Mira war nach einigen ebenfalls vergeblichen Versuchen außer sich: *Was glaubt diese bürgerliche Schlampe, mit wem sie es zu tun hat, ich bin eine Bojarin,* tobte sie.
Wovon Ilija Dargilew nichts wusste, in diesem Fall schien sein fein gesponnenes Informationsnetz versagt zu haben, war die Eröffnung des Büros einer internationalen Frauenorganisation in Moskau. Das wirklich Interessante daran war auch nicht die Eröffnung des Büros, sondern, dass die First Lady höchstpersönlich die Schirmherrschaft für diese Organisation übernommen hatte, die sich „Solidarity with Women in Distress", kurz SOWID nannte.

Ilija nahm an, dass ihn sein Freund, wenn er denn überhaupt jemals einer gewesen war, nach demselben Strickmuster demontieren wollte, wie er es schon in anderen bekannten Fällen, etwa bei dem Chef des Ölkonzerns Yukos, getan hatte. Ilija selbst hatte dem Präsidenten damals die Vorgehensweise empfohlen, wie der Chef des erfolgreichen Energieversorgers in einem halbwegs rechtsstaatlichen Rahmen zu entmachten wäre.
Der Präsident hatte in dem charismatischen Yukos-Boss einen gefährlichen Konkurrenten um Macht und Führung Russlands gesehen. Ilija Dargilew konnte nicht ahnen, dass sein Freund zwar keine Bedrohung in ihm sah, ihn aber dennoch fallen lassen musste.
Kriminelle Geschäfte mit Drogen, Waffen, Gas oder Öl, Schutzgelderpressung und noch einiges mehr, damit hätte der Präsident leben können, die gehörten in seinem Land zur Normalität. Aber der Präsident und seine Frau waren fromme Christen, zumindest stellten sie sich so ihrem Wählervolk dar. Darum war ihnen die Information, dass ihr Freund Frauen und sogar Kinder verschleppen ließ, um sie an Bordelle und Pädophile zu verkaufen, ein wirklicher Schock. Dem Präsidenten blieb deshalb nichts anderes übrig, als zu reagieren, immerhin hatte er dieses Geschäft gründlich erlernt.
Als nur wenige Tage später Dargilews Immobilienbüro in Moskau in der vornehmen Majakowskaja-Straße von der Steuerfahndung gestürmt und sämtliche Unterlagen, Computer und sogar die Telefonanlage beschlagnahmt wurden, schrillten bei Dargilew alle Alarmglocken.
Genau dieses Procedere hatte Ilija damals dem Präsidenten als „gesetzeskonforme Vorgehensweise" empfohlen. Ilija fasste es als Abschiedsgruß auf und zugleich als ein ernst zu nehmendes Warnsignal. Zwar kannte er nicht den Grund für den Liebesentzug des Präsidenten, aber was spielte das schon für eine Rolle? Vermutlich wusste Ilija

einfach zuviel über die Machenschaften des Präsidenten und das allein hätte schon vollauf genügt. Im Vergleich mit dem Yukos-Chef war er eine unscheinbare Figur, weder der russischen noch der internationalen Öffentlichkeit bekannt, und das wusste Ilija natürlich. Bei ihm brauchte der Präsident keine Rücksicht auf internationale Reaktionen zu nehmen.

Ilijas Plan, sich erst einmal nach Deutschland, genauer nach Berlin, Hamburg oder Frankfurt abzusetzen, an einen der Standorte seiner deutschen Immobiliengesellschaft, musste er, kaum gefasst, sofort wieder fallen lassen.

Nach Telefonaten mit den Leitern seiner Niederlassungen bestätigte sich ihm, was er immer schon gewusst hatte, nämlich dass der russische Präsident ein sehr gründlicher Präsident war, jedenfalls bei derartigen Dingen.

Auch in Deutschland wurden seine Büros von der Steuerfahndung durchsucht. Zwar traten die deutschen Beamten etwas höflicher auf als ihre Moskauer Kollegen, sie gingen aber nicht weniger gründlich vor. Und wie ein Flächenbrand ging es weiter, eine Hiobsbotschaft nach der anderen. Frankreich, England, Italien, Schweiz, Österreich ... seine einträglichsten Niederlassungen, durchsucht, die Unterlagen beschlagnahmt, die Räume versiegelt.

Im Endeffekt bedeutete dies, dass sein Unternehmen stillgelegt war. Dargilew wusste aus Erfahrung sehr genau, über welche Zeiträume sich die solche Untersuchungen hinziehen konnten. Er ordnete deshalb seinen Angestellten an, erst einmal Urlaub zu machen.

Auch aus Amerika kamen keine positiven Nachrichten, aber das wunderte ihn nicht. Er hasste die Amerikaner, sie hatten ihn als unerwünschte Person hinausgeworfen. Dass ihm das Gleiche nun in seinem geliebten Russland bevorstand, hatte er noch nicht erkannt oder wollte diesen Gedanken einfach nicht wahrhaben.

Noch gab sich Ilija Dargilew nicht geschlagen. Noch ver-

fügte er über finanzielle Reserven in Milliardenhöhe und noch war er der Boss eines gigantischen Syndikats, das in allen Ländern der ehemaligen Sowjetunion eine stabile Basis und die Unterstützung beinahe aller Regierungsoberhäupter besaß.
Wenn er, Ilija Dargilew, es wollte, stürzten diese eitlen Dummköpfe dorthin zurück, woher sie kamen – ins Nichts.

Warnung

Dass der Heilungsprozess von Walchers Brandwunden bereits nach wenigen Tagen erstaunlich weit gediehen war, schrieb er der Kräutertinktur zu, die er zwei Mal täglich auftrug.
'S isch vom Kräuterweible aus Balderschwang, hatte Frau Zehner ihm bedeutungsvoll zugeflüstert, was soviel hieß, dass die Tinktur ein unerlaubtes Medikament und nur unter der Ladentheke – quasi privat an privat – abgeben wurde, gegen den Preis einer freiwilligen Spende, versteht sich.
Jedes Mal, wenn Walcher in den vergangenen Monaten in Frau Zehners Kolonialwarenhandlung etwas einkaufte, hatte ihn die stetig fortschreitende Verwandlung ihres Ladens betroffen gemacht. Im Zentrum der kleinen Ortschaft Weiler gelegen, versorgte die „Handlung", wie in großen Buchstaben über der Ladentür stand, die Bewohner des Ortes mit allem, was man zum Leben brauchte. Früher jedenfalls, denn inzwischen konnten sie unter den üblichen Märkten auswählen, die sich längst auch im Allgäu ausgebreitet hatten.
Auch Walcher musste eingestehen, dass der Besuch bei Frau Zehner mehr einem Museumsbesuch, einer Reise in

die Vergangenheit gleichkam. Noch immer lagen Waren in den Regalen der im Original erhaltenen Ladeneinrichtung oder hingen wie Anno dazumal in Jahrmarktsbuden an Schnüren von der Decke, und auch auf dem Fußboden stapelten sich noch einige Kisten. Aber das war nichts gegen die Überfülle, die noch vor einem Jahr geherrscht hatte, und in der Mitte des Ladens waren einige der bis unter die Decke reichenden Regale ganz verschwunden.
Stattdessen stand dort ein moderner Tisch mit fünf Stühlen.
Auch auf der Verkaufstheke, gleichberechtigt neben der „Adler", der alten Ladenkasse, war die Neuzeit in Form eines italienischen Kaffeeautomaten eingezogen.
Mit jedem Artikel, den Frau Zehner verkaufte, aber nicht mehr nachbestellte, verwandelte sich die Handlung mehr und mehr in einen Café-Treff. Meist saßen Frauen desselben Jahrgangs, nämlich dem von Frau Zehner, um den Tisch, tranken Kaffee und tauschten sich über die Härten des Lebens aus, vor allem über die Grobheiten ihrer Ehemänner.

Um die Tinktur ohne fremde Hilfe auf dem Rücken auftragen zu können, hatte Walcher das Ende eines Kleiderbügels mit einer Mullbinde umwickelt. Mit diesem gebogenen Tupfer konnte er sich selbst verarzten und war damit gerade beschäftigt, als sein Handy klingelte.
In verrenkter Haltung über die Schulter hinter sich im Spiegel den Tupfer in der linken Hand auf die Brandwunden zu lenken, dabei gleichzeitig mit der rechten das Handy aus der Hosentasche zu ziehen, um es ans Ohr zu führen, überforderte Walcher. Irritiert durch die Konzentration auf die spiegelbildlich gegenläufige Bewegung der linken Hand war die rechte versucht, als sei sie ein unabhängiges Wesen, das Handy dem linken Ohr zuzuführen und versperrte dadurch die Sicht auf den Spiegel. Walcher brach deshalb die Behandlung ab und konzentrierte sich

aufs Telefon, zu spät allerdings, der Anrufer hatte bereits die Verbindung beendet. Mit einem Seufzer steckte er das Handy ein und ließ den Kopf kreisen, um die verspannten Halsmuskeln zu lockern. Über die Schulter nach hinten in den Spiegel zu sehen und dabei mit einem Kleiderbügel bestimmte Stellen auf dem Rücken zu berühren, sollte zu einer Yogaübung erhoben werden, dachte Walcher und ließ etwas von der Tinktur auf den Mull tropfen, um seine Selbstbehandlung fortzuführen. Bevor er sich jedoch in Position vor dem Spiegel gebracht hatte, klingelte erneut das Handy.

Dieses Mal bekam er es rechtzeitig ans Ohr.

Wir ficken Tochter!, hörte er, nachdem er sich gemeldet hatte, und vermutete, nicht den ganzen Satz mitbekommen zu haben.

Sie wollen meine Tochter sprechen?, fragte er deshalb, aber der Anrufer ging nicht darauf ein, sondern wiederholte in demselben gebrochenen Russisch-Deutsch: *Wir ficken Tochter!*

Da wurde Walcher klar, dass er sehr wohl richtig verstanden hatte und auch niemand Irmi sprechen wollte. Ihm wurde plötzlich kotzübel und die Knie gaben nach. Er setzte sich auf den Rand der Badewanne.

Entführung!

Irmi, sie haben Irmi entführt. In seinem Kopf liefen grässliche Filme ab. Angst packte ihn wie eine Riesenfaust und presste seine Brust zusammen.

Er hatte es schon so oft im Traum durchlebt. Ungezählte Mal. Und immer wieder diese hilflose, furchtbare Angst, dass dieser Albtraum ihn in der Realität einholen würde. Erst Lisa und jetzt Irmi.

Auch damals war er angerufen worden und nur ein paar Stunden danach war Lisa tot gewesen.

O mein Gott, flüsterte Walcher.

Noch keine drei Nächte war es her, dass ihn genau der

gleiche Albtraum aus dem Schlaf gerissen hatte.
Brunner anrufen, Hinteregger, die Großeltern besser nicht, sie würden sich zu Tode sorgen. Reagieren, wach auf, Walcher, du musst reagieren, wach auf, verdammt noch mal, brüllte seine innere Stimme. *Hallo, ich verstehe Sie nur schlecht, Sie möchten meine Tochter sprechen?*, wiederholte er seine Frage noch einmal.
Tochter, kam es undeutlich zurück, *Tochter, wir ficken Tochter!*
Ich kann Sie nicht verstehen, können Sie mich denn hören? Können Sie es vielleicht auf Englisch wiederholen? Hallo, verstehen Sie mich?
Tochter, wir ficken Tochter! Nur diese vier Wörter drangen aus dem Handy, leise und schleppend und mit einem Ausrufezeichen gesprochen. Dann brach die Verbindung ab.
Scheiße, stöhnte Walcher und brüllte dann seine Angst aus dem Leib: *Verdammte Schweine.* Ihm war danach, etwas zu zertrümmern, kaputt zu schlagen.
Was ist los? Warum brüllst du so?
Walcher wirbelte herum. Irmi stand in der Tür und hielt mit beiden Händen einen riesigen Strauß Margeriten.
Sie musterte ihn irritiert. *Du warst so laut, was ist denn passiert?*
Walcher drückte sie mitsamt dem Blumenstrauß fest an sich. Verrückt, dachte er, wie schnell einem die Angst den Boden unter den Füßen wegziehen konnte.
Rolli, eben noch verunsichert über den lauten Schrei Walchers, bellte nun eifersüchtig, als wollte er auch umarmt werden.
He, die Blumen, protestierte Irmi und wehrte sich gegen seine Umarmung. *Erst brüllst du wie ein Stier, dann zerdrückst du meine Margeriten!*
Steuernachzahlung, fiel Walcher ein und gab sie frei.
Hä, machte Irmi misstrauisch, zuckte dann aber mit den

Schultern und ging, um für ihren Strauß eine Vase zu suchen.
Walcher war froh über seinen Einfall, der einigermaßen plausibel wenigstens seinen Schrei erklärte, allerdings nicht, dass er die entführt geglaubte Tochter vor Freude umarmt hatte. Da musste er sich noch etwas ausdenken. So, wie er Irmi kannte, würde sie noch mal nachfragen und wissen wollen, was wirklich geschehen war. Aber er schob dies Problem erst einmal zur Seite und wählte Brunners Nummer.
Der stellte nach Walchers Bericht nur fest, dass Derartiges früher oder später zu erwarten gewesen wäre, und fuhr im Verhörstil fort: *Sind Ihnen Hintergrund- oder Nebengeräusche aufgefallen? Hörte sich die Stimme nach einem jungen oder eher einem älteren Mann an? Sprach er irgendeinen Dialekt? Wann genau war der Anruf? Mein Gott, lassen Sie sich doch nicht jedes Wort aus der Nase ziehen, Sie Ersatzdetektiv,* klang Brunner ungehalten.
Warum sind Sie denn so unfreundlich?, monierte deshalb Walcher, der mehr aufbauenden Zuspruch erwartet hatte.
Weil ... ich um Sie besorgt bin. Kam es zögernd von Brunner und es klang ehrlich. *Sollte Ihnen noch etwas zu der Sache einfallen, rufen Sie mich an. Ich will feststellen lassen, ob der Anruf bei der Telefongesellschaft vermerkt wurde. Sie sind bei der Telekom?*
Walcher bejahte und wollte wissen, ob Brunner ihm einen Tipp hätte, wie er sich Irmi gegenüber verhalten sollte.
Denken Sie sich irgendwas aus, Sie sind doch der Journalist. Würde sie aber nicht ängstigen, bestenfalls sensibilisieren, den Blick fürs Ungewöhnliche schärfen und dergleichen. Und jetzt kümmere ich mich um den Anruf.
Damit brach Brunner ohne Gruß ab. Walcher sah sich im Spiegel an, wich aber bald dem eigenen, bohrenden Blick aus, legte sich ein frisches Handtuch zum Schutz seines Rückens über die Schultern und ging auf die Terrasse.

Prüfend sah er zum Obstgarten und zum Wald. Verdammt, er durfte sich nicht verunsichern lassen, denn genau das wollte der Anrufer vermutlich erreichen. Psychoterror! Irgendwie hätte Walcher bei Russen eher den Griff zur Kalaschnikow erwartet, wenn es denn überhaupt ein Russe war. Vermutlich kam als nächster Schritt die Aufforderung, sich nicht noch einmal Jeswita zu nähern, denn für ihn war klar, dass der Terror aus dieser Ecke kam.
Warum erst so spät nach dem Interview in Zürich, dafür gab es sicher eine Menge von Erklärungen, aber dass die Visitenkarte, die er Jeswita gegeben hatte, die Brücke zu ihm darstellte, davon war er überzeugt. Vielleicht gelang es Brunner und der Telekom, die Herkunft des Anrufs herauszufinden, dachte Walcher und schalt sich einen Dummkopf, denn Hinteregger war ihm eingefallen.
Hinteregger mit seinen unglaublichen technischen Möglichkeiten. Wer, wenn nicht er, konnte den Weg eines Anrufs zurückverfolgen.
Mit einem guten Gefühl wollte Walcher in sein Arbeitszimmer an den PC, aber dazu musste er in der Küche an Irmi vorbei, die zwar keine Vase, aber dafür einen kleinen Zinkeimer im Hühnerstall gefunden hatte und darin ihre Margeriten arrangierte. Die schlichte Schönheit des üppigen Straußes und daneben der zweifelnde Blick Irmis brachten in Walcher etwas zum Klingen. *Ich wollte dich vorhin nicht beunruhigen, deshalb habe ich das mit der Steuernachzahlung erfunden. Aber ich befürchte, dass mich einige Leute zum Schweigen erpressen wollen. Bitte sei deshalb ab sofort sehr aufmerksam und vorsichtig. Wenn irgendetwas nicht ganz normal erscheint, ruf mich sofort an, egal wo du bist. Und wenn ...*
Die Menschenhändler?, unterbrach ihn Irmi.
Vermutlich, nickte Walcher und überlegte, was er hatte sagen wollen, ließ es dann aber, Irmi aufzufordern sich auf keinen Fall von Unbekannten mitnehmen zu lassen,

auch wenn diese vorgaben im Auftrag eines Freundes, des Vaters oder Großvaters oder sonst eines Bekannten zu handeln.
Mach dir keine Sorgen, schüttelte Irmi den Kopf, *werd' aufpassen und immer mein Handy dabei haben und mich melden, wenn mir was nicht sauber vorkommt, versprochen. Und wenn ich allein unterwegs bin, nehme ich diesen klugen und wilden Beschützer mit,* streichelte sie Rolli, der mit einem kurzen *Wuff* bestätigte, alles verstanden zu haben.
Mit einem befreiten Lächeln stieg Walcher in sein Büro hinauf und setzte sich an den PC. Auf seine Mail-Anfrage erhielt er knapp eine halbe Stunde später die Antwort, obwohl in Amerika bereits der Feierabend begonnen haben musste. Allerdings schrieb ihm nicht Hinteregger selbst, sondern einer seiner Mitarbeiter.
Der Anruf, der heute gegen zehn Uhr fünf bei Ihnen einging, erfolgte von einem Münztelefon in der Charité, Klinik für Unfall- und Wiederherstellungschirurgie, Campus Virchow Klinikum am Augustenberger Platz in Berlin. Herr Hinteregger lässt Sie herzlich grüßen, er ist zur Zeit außer Haus und beauftragte mich, Ihnen behilflich zu sein, falls Sie sich melden würden. Herzlichen Gruß, Hannes Zwo.
Hannes Zwo erinnerte sich Walcher, war einer von Hintereggers Leuten, der damals bei dem Angriff auf das Bauernhaus dabei war, in dem seine Freundin Lisa entführt und ermordet worden war.
Walcher schüttelte den Kopf, als wollte er den Geistern der Erinnerung keinen Eintritt in die Gegenwart erlauben. Die Gefahr, dass sich völlig verschiedene Dinge zu mischen begannen, war einfach zu groß. Ein Anruf bei Brunner würde ihm helfen, nicht die Realität zu verlassen. Außerdem konnte er den Kommissar auch ein bisschen mit seinem Wissen anspornen, oder meinte er eher „ärgern"? Brunner war wie immer sofort am Apparat, eine Wesensart, die Walcher, und das wurde ihm in diesem Moment

bewusst, außerordentlich schätzte. *Der Anruf kam von einem Münztelefon aus dem Virchow-Klinikum für Unfall- und Wiederherstellungschirurgie, am Augustenberger Platz in Berlin, das zur Charité gehört, aus einem Krankenhaus also,* las er, leicht verändert, von der E-Mail ab.

Dass die Charité kein Schauspielhaus ist, weiß ich, knurrte Brunner, *dass Sie das einzig gebildete Wesen Süddeutschlands sind, weiß ich inzwischen auch, aber dass Sie zaubern können, wusste ich bisher noch nicht. Aber Sie verraten mir jetzt sicher gleich, woher Sie so rasch die Information über den Anruf haben. Ihre Telefongesellschaft hat den Anruf nämlich nicht registriert, wurde mir vor zehn Minuten mitgeteilt.*

Bei Gelegenheit stelle ich Ihnen den Herrn gern vor, versuchte Walcher die Kurve zu bekommen und verfluchte sich dafür, dass er sich nicht vorher eine vernünftige Antwort ausgedacht hatte. Hinteregger und Brunner, ein globales Großunternehmen mit eigenem Geheimdienst und daneben ein Kriminalbeamter aus der Provinz, das war nur schwer vermittelbar.

Na, ich höre!, brüllte Brunner aus dem Handy, und es klang deutlich gereizt.

Er arbeitet beim Amerikanischen Geheimdienst in der Abhörzentrale bei Pullach, quasi als Controller, und offensichtlich war es für ihn kein Problem, die Herkunft des Telefonats festzustellen, Walcher fühlte es geradezu, dass er sich immer weiter ins Abseits redete.

Pullach, Amerikaner, Brunner schnaubte in den Apparat wie ein Kampfstier. *Was tischen Sie mir da für einen gottverdammten Schwachsinn auf? Die Einzigen, die im großen Stil abhören können, sind die NSA, und die sitzen nicht in Pullach, sondern in Mietraching bei Bad Aibling und das ist, nach dem englischen Menwith Hill, der größte Horchposten der NSA außerhalb Amerikas. Verdammt noch mal, Walcher, Sie glauben ja nicht, wie ich es hasse, wenn Leute wie Sie einen Polizisten vom Land mit einem Landjäger verwechseln.*

Dann hörte es sich an, als ob Brunner das Handy an die Wand geworfen hätte.
Nachdem Irmi an diesem Abend schlafen gegangen war, schaltete Walcher das Sicherheitssystem der Türen und Fenster ein, aktivierte den Bewegungsmelder im Hof und setzte sich dann mit einem Glas Rosso Conero und Schreibpapier an den Küchentisch.
Rolli legte sich zu seinen Füßen und schnaufte zufrieden, denn meist saß Walcher in seinem Zimmer im ersten Stock und der war für den Hund wieder verbotene Zone.
Wer war dieser Anrufer, wie war er an seine Telefonnummer gekommen, und galt die unverhohlene Warnung seinen Recherchen im Burgund oder ging sie auf das Gespräch in Zürich zurück?, wiederholte Walcher die zentralen Fragen, die er sich seit dem Telefonat mehrmals gestellt hatte.
Wie schon kürzlich auf der Terrasse, schrieb er alle Personen auf, die wussten, über welches Thema er derzeit recherchierte. Niemanden ließ er aus, selbst die Gästeliste von SOWIDs Sommerfest fehlte nicht. Deshalb standen viel zu viele Namen auf dem Blatt, er musste reduzieren, nach Gefühl und Wahrscheinlichkeit.
Maurice Delwar zum Beispiel und der Comte, unwahrscheinlich, dass sie vor ihrem Tod seine richtige Telefonnummer herausgefunden und weitergegeben hatten. Von der Wahrscheinlichkeit, dass sie Walcher dann nicht mehr zu der zweiten Versteigerung ins Burgund eingeladen oder gleich liquidiert hätten, konnte er ausgehen, also strich er die beiden Namen durch. Auch die Kunden der Versteigerungen und die Helfer auf dem Schloss strich er auf seiner Liste durch.
Als nächsten Schritt machte er um jene Namen einen Kringel, von deren Integrität er einfach ausgehen musste, da er sonst niemandem mehr hätte trauen können. Dazu gehörten Brunner und seine Polizistenkollegen, Johannes,

Marianne, die Büro-Kollegen, Rolf Inning, Günther Auenheim und die SOWID-Mitarbeiter. Am Ende blieben nur Namen von der Gästeliste des Sommerfestes übrig, die er nicht kannte, und Jeswita Drugajew.

So weit war er schon einmal, dachte Walcher, viel weiter hatte ihn diese Übung nicht gebracht. Und selbst bei der Russin konnte er nicht einmal sicher sein, ob sie, bewusst oder unbewusst, die Informationsquelle war. Denn das traf auf jeden Namen, der auf der Liste stand zu. Jeder konnte durch Unachtsamkeit oder Zufall als Informant in Frage kommen oder auch bewusst ausspioniert worden sein.

Allein die Arbeitskontakte von Frau Dr. Hein oder Doro beim Jugendamt in München würden vermutlich eine Vielzahl von neuen Namen und Verbindungen aufzeigen. Walcher kaute auf dem Stift und lehnte sich dabei zurück. Einen Aspekt konnte er als gesichert annehmen, nämlich, dass er einem dieser Verbrecher zu nahe gekommen war. Ergo musste er ihn erneut provozieren, die Frage war durch was und wo.

Der Anruf kam aus Berlin. Walcher sah keine Verbindung zu Berlin, aber das besagte nichts. Walcher holte tief Luft, es fiel ihm schwer, sich zu konzentrieren, denn bei seinen letzten Überlegungen tauchte immer wieder ein Name auf: Irmi. Woher wusste der Anrufer, dass er eine Tochter hatte oder war das nur ein Bluff?

Noch einmal ging Walcher die Namensliste durch und machte Haken hinter die Namen, die von Irmi wussten. Nach diesem System hätte er seine Favoritin, Jeswita Drugajew, wieder streichen müssen. Andererseits stellte es generell für niemanden ein Problem dar, seine familiären Verhältnisse herauszufinden. Walcher stellte fest, dass sich seine Gedanken im Kreis zu drehen begannen, zu sehr belastete ihn der Anruf. Er beschloss zu versuchen, Irmi erst einmal bei ihren Großeltern unterzubringen.

Dort wäre sie in jedem Fall sicherer aufgehoben als auf dem Hof. Nächste Woche begannen ohnehin die Ferien und da hatten sie sich vorgenommen, einfach in Richtung Süden zu fahren und zu bleiben, wo es ihnen gefiel.
Irmi war begeistert von ihrer Idee gewesen und hatte sich auch nicht durch seinen Hinweis davon abbringen lassen, dass Hauptreisezeit sei und Hotels, Pensionen und Gasthäuser vermutlich ausgebucht seien und sie die meiste Zeit damit verbringen müssten, ein freies Hotelzimmer für die Nacht zu finden. Da wäre es sinnvoller, Hinteregger in dessen Ferienhaus zu besuchen. Er würde mit Irmi nocheinmal darüber reden müssen, nahm er sich vor.
Als sich warme Feuchtigkeit auf seinem linken Schenkel ausbreitete, bemerkte Walcher endlich Rolli, der dort seine Schnauze aufgelegt hatte und ihn anstarrte.
Der Hund sabberte auf seine Hose, als wollte er damit seine übervolle Blase entlasten, auch der leidende Blick seiner braunen Augen war deutlich, weshalb Walcher aufstand und die Terrassentür öffnete. Wie ein Blitz jagte Rolli in den Garten und auch Walcher ging hinaus, allerdings nicht gar so hektisch.
Wolkenfrei war der Nachthimmel und erleuchtet von unzähligen Sternen. Nach ein paar Schritten hinaus aus dem Lichtraum der Küchenlampe, nahm die Leuchtkraft der Himmelskörper deutlich zu. Und dann die vielen unterschiedlichen Düfte. Lange hatte es gedauert, bis seine Stadtnase hier auf dem Land wieder lernte, was Düfte alles erzählen können. Frisch geschnittenes Gras zum Beispiel, dessen unverwechselbarer Duft vom Hang am Wald herüberzog oder von zwei Feldern daneben, wo es schon beinahe getrocknet war und eingefahren werden konnte.
Dazwischen mischte sich kalter Brandgeruch der alten Scheune, die vor drei Tagen in Flammen aufgegangen war, mehr als fünf Kilometer weit entfernt. Auch die Kühe, die den ganzen Sommer über auf der Wiese des Nachbarn

standen, konnte Walcher riechen. Manchmal, wenn er sich den Kopf frei machen wollte, ging er auf die Wiese, schloss die Augen und versuchte zu enträtseln, was ihm die Düfte in der Luft alles erzählten. Meist lehnte er sich dabei an den Holzpfahl, den er als Landeplatz für Greifvögel in den Boden gepflanzt hatte. Angelehnt konnte er sich besser auf seine Nase konzentrieren und fühlte sich auch sicherer als frei stehend. Denn manches Mal war ihm schwindlig geworden, vor lauter Konzentration auf die Gerüche und dem automatisch ablaufenden Abgleich mit gespeicherten Erinnerungen im Kopf. Geschmack und Geruch, ein unglaubliches Ordnungssystem für erlebte Eindrücke.

Der Holzpfahl zum Beispiel. Als er dort das erste Mal gestanden war, hatte er nicht nur die tagsüber gespeicherte Sonnenwärme wahrgenommen, sondern auch die feinen Duftspuren, mit denen der Pfahl von seinem Leben als junger Tannenbaum erzählte.

Die Haare der Mutter hatten solch einen Duft gehabt, nach Tannennadeln. Flüchtig huschte ihr Bild vorbei.

Niemals hatte er je von ihr wieder etwas gehört, seit sie eines Tages den Vater, ihn und seinen Bruder verlassen hatte. Die Jüngste, die Schwester, hatte sie mitgenommen. Was mochte aus ihnen geworden sein? Ob die Mutter noch lebte? Sie wäre dann weit über achtzig Jahre alt.

Walcher hatte schon als Junge alles Mögliche versucht, den Weg der Mutter zu verfolgen, aber sie blieb verschwunden, so als hätte es sie niemals gegeben.

Auch wenn seine Spurensuche damals erfolglos geblieben war, was die Mutter und Schwester betraf, so hatte sie in jedem Fall seine Leidenschaft an der Jagd geweckt.

Seither hatte er sich mehr und mehr zu einem Jäger entwickelt, meist den dunklen Seiten der Menschen auf der Spur, und er täuschte sich dabei auch nicht mit ausschließlich ethischen Beweggründen als dem Antriebsgrund seines Tuns, sondern gab zu, dass ihm die Jagd einen hohen Lustfaktor bescherte. Allerdings verfolgten ihn furchtbare Ereignisse, wie die Ermordung seiner Freundin Lisa oder Johannes' unfreiwillige Organspende, mit der Frage, inwieweit er seiner Lust an der Jagd frönen durfte, wenn er dabei Menschen gefährdete. Und nun auch noch Irmi.

Lange war Walcher draußen auf der Wiese gestanden, bis er sich einen Ruck gab, nach Rolli pfiff und zurück ins Haus ging. Nicht, dass damit seine Bedenken draußen vor der Tür zurück blieben, aber er musste sie erst einmal zur Seite schieben, musste weiter machen. Längst hatte er schmerzhaft die Lektion lernen müssen, dass es sich nicht lohnte, wegen einer halben Sache bedroht zu werden. Schon deshalb würde er sich nicht einschüchtern lassen, jedenfalls nicht, bevor er seine Recherche für abgeschlossen befand.

Vor dem Weg hinauf in sein Zimmer musste er Rolli wieder einmal klar machen, dass der obere Stock für ihn immer noch verbotene Zone war, auch wenn den Kindern zuliebe diese Vorschrift kurzzeitig ausgesetzt worden war.

Während der PC hochfuhr, schlich sich Walcher zur Treppe, um zu kontrollieren, ob Rolli nicht doch versuchte ihm nachzukommen, aber der saß noch unten vor der ersten Stufe, allerdings mit beleidigt gesenktem Kopf. Walcher ging zurück und setzte sich an den PC. Als erstes schickte er Johannes eine Mail, in der er nach Neuigkeiten über Jeswita Drugajew fragte. Dann las er die eingegangenen Mails.

Mit verhaltenem Groll löschte er die wachsende Anzahl von Werbemails und fluchte, als er beinahe das Kaufangebot des italienischen Menschenhändlers löschte, zu dem er parallel zum Comte Kontakt aufgenommen hatte.

Im Gegensatz zum Franzosen bot der Italiener jeweils immer nur ein Kind an. Dieses Mal war der Mail ein Foto angehängt, auf dem ein Mädchen mit traurigen großen Augen Walcher in einer Art ansah, als würde sie für ein Hilfswerk werben.
Das Mädchen mochte so um die zwölf Jahre alt sein und würde sich vermutlich zu einer außerordentlich schönen Frau entwickeln, wenn sie die Chance dazu erhielt.
Spontan leitete Walcher die Mail an Brunner weiter, mit der Frage: *Wie wär's, machen wir mit? Vielleicht kommen wir über Italien in die deutsche Szene? Herzlich Walcher.*
Dann setzte er noch die Fragen dazu, die er ohne den Polizeiapparat unmöglich recherchieren konnte.
P. S. lieber Herr Kommissar, haben Sie eine Erklärung dafür, warum der Anrufer von der Charité aus angerufen hat? Arbeitet er dort? Hat er dort einen Patienten besucht oder jemanden, der dort arbeitet? Wohnt er in der Nähe der Charité? Hat er nur von der Klinik aus angerufen, weil die Telefonzellen im Umkreis defekt sind oder weil es lauter Kartentelefone sind und er befürchtet, dass man ein Telefonat auf seiner Telefonkarte nachweisen kann? Hat er nur eine falsche Fährte legen wollen? Könnte es sein, dass Jeswita Drugajew von Zürich aus nach Berlin verschleppt wurde, dort also auch meine Visitenkarte gelandet ist? Was meinen Sie dazu? R. W.

Nachdem er auch diese Mail abgeschickt hatte, lehnte er sich zurück und entschied, für heute Schluss zu machen. Inzwischen fühlte er sich müde, es war kurz nach Mitternacht. Die Lichter brannten noch unten in der Küche und den Hund sollte er auch noch kurz rauslassen, dachte Walcher und schaltete den PC aus.
Beinahe wäre er über Rolli gestolpert, der sich angeschlichen hatte und nun hinter seinem Stuhl lag. Walcher war sich unschlüssig, ob er den Hund schimpfen oder sich über dessen Hartnäckigkeit freuen sollte. Warum ihm

überhaupt den ersten Stock verbieten, immerhin lagen nachts seine Familienmitglieder dort oben, während er unten allein schlafen sollte.

Einfuhrvergehen

Das Gezwitscher der Vögel lockte Walcher aus dem Bett, vermutlich trieb sich Bärendreck herum, was die Amseln immer zu besonders schrillen Alarmtönen provozierte. Walcher zog seine Laufsachen an und verließ leise das Haus. Er wollte Irmi nicht wecken, denn ihr Tag begann erst in einer halben Stunde.
Ging er sonst durch die Gartentür der Küche hinaus, wählte er heute die Haustür. Auch ließ er sie nicht offen stehen, wie sonst die Türen meist offen blieben, sondern zog sie hinter sich zu und kontrollierte, ob das Schnappschloss auch eingerastet war. Nach dem Anruf gestern hielt er das für eine angebrachte Vorsichtsmaßnahme.
Rolli jagte von einem Markierungspunkt zum anderen, um seine Marken, die in der Nacht von allem möglichen Getier angezweifelt worden waren, zu erneuern.
Der Hund hatte keinen Blick für das zauberhafte Bild, das sich dem Frühaufsteher bot. Die Spitzen der hohen Berge wurden schon von der Sonne angestrahlt, darunter lag der größte Teil des Allgäus unter einer Nebelbank, nur die Hügelkuppen ragten heraus wie grüne Inseln aus einem weißen Meer, das sich jedoch von Osten her rosa färbte. Walcher wollte sich von diesem Bild nicht lösen und entschied sich, nicht durch den Wald zu laufen, sondern die Wiesenwege rund um den Hof zu nehmen.
Rolli, schon voraus am Waldrand, stutzte nur kurz und war Sekunden später bei Walcher und an ihm vorbei die Wiese hinunter im Nebel verschwunden. Dort, einige

Meter unterhalb des Bergrückens, wo die Nebelzone begann, standen nämlich die Kühe das Nachbarn, die Rolli unbedingt begrüßen musste. Walcher war kurz versucht, die Kamera zu holen, denn von zwei, drei Kühen ragten nur die Köpfe aus der Nebelschicht, wie gehörnte Fabelwesen aus einer anderen Welt. Aber sie flüchteten den Hang hinunter und tauchten in der Nebelsuppe ab, als sich ihnen der Hund näherte.
Walcher genoss das Panorama, auf den Weg brauchte er nicht sonderlich zu achten, den kannte er. Nach etwa einem halben Kilometer hatte er den automatischen Rhythmus von Bewegung und Atmung erreicht, jenen Zustand, der seinen Gedanken ebenfalls freien Lauf ließ. Er liebte und genoss diese Phasen, die er als seine kreativsten Momente des Tages empfand.
In diesen Minuten hatte er die besten Einfälle, strukturierte seinen Tag, erinnerte sich an vergessene Dinge, die er hatte erledigen wollen, und fühlte sich eins mit dieser Welt – normalerweise.
An diesem Morgen drängten sich immer wieder die ungeklärten Fragen des vergangenen Tages und Bilder von Lisa und Irmi in sein Bewusstsein und verhinderten den freien assoziativen Gedankenfluss. Walcher lief deshalb nur die kleine Runde und stand schon nach einer halben Stunde unter der Dusche.
Irmi brüllte ihm durch die Tür zu, dass sie zum Bus musste, ihr Handy dabei und das Gespräch von gestern noch im Kopf hätte, am Nachmittag bei ihrer Freundin Annina wäre und mit dem Bus um sechs zurückkäme.
Walcher brüllte zurück, wo sie zu Mittag essen würde, und hörte noch ein *„Oma"*, bevor die Haustür in den Rahmen knallte.
Als Walcher mit seiner Morgentoilette fertig war, hörte er Rolli auf der Terrasse in einem geradezu entrüsteten Ton bellen und ließ ihn ins Haus. Der Hund hatte vermutlich

Irmi zur Bushaltestelle begleitet und war dann vor ungewohnt geschlossenen Türen gestanden.
Nach dem Frühstück saß Walcher mit der Zeitung auf der Terrasse und hörte den Postboten auf den Hof rattern. Edwin Huber jagte im Sommer bei schönem Wetter mit seiner privaten Geländemaschine durch die Gegend und hatte Walcher wiederholt zu einem kleinen Ritt in die Kiesgrube eingeladen, seit er die Kawasaki in der Garage entdeckt hatte. Walcher hatte abgelehnt, nicht nur weil Huber vermutlich in der Lage war, das halbe Allgäu auf dem Hinterrad zu durchqueren, sondern weil Walcher nicht annähernd dessen Risikobereitschaft besaß.
Er hatte durch Zufall beobachten können, wie Huber in der genannten Kiesgrube trainierte und dabei Steilstücke hinauf und hinunter jagte, die Walcher bereits als senkrecht bezeichnete.
Hatte Walcher davor durchaus mit dem Gedanken gespielt, sich einem Vergleich mit Hubers Fahrkünsten zu stellen, selbst bei einer haushoch drohenden Niederlage, so war nach dieser beeindruckenden Demonstration die Sache für ihn erledigt. Derartige Steilstücke bewältigte ein normaler Mensch nicht ohne Seilsicherung, geschweige denn mit einem Motorrad.
Mit laufendem Motor, ohne vom Krad abzusteigen, hatte Huber die Post in den Schlitz der Haustür gesteckt und war in derselben Geschwindigkeit und Phonstärke vom Hof gedonnert, wie er gekommen war.
Nicht, dass Walcher darauf bewusst gewartet hätte, bevor er aufstand, um die Post zu holen, aber Huber hätte vermutlich, wie jedes Mal wenn er mit der Maschine unterwegs war, seine Einladung *„zu einem kleinen Ritt durch die Kiesgrube“* wiederholt und das zu hören, darauf hatte Walcher manchmal einfach keine Lust, vor allem nicht an diesem Morgen.
An diesem Morgen öffnete Walcher gedankenlos sogar

den obersten Brief des Stapels, ohne wie sonst vorher auf den Absender zu sehen.
Auch wenn ihm seine Demonstration bürgerlichen Ungehorsams als Unreife ausgelegt werden konnte, verhielt sich Walcher gegenüber Behördenpost starrsinnig und ließ sie einige Tage liegen, bevor er sie öffnete.
Nicht so an diesem Morgen, weshalb er den Brief der Staatsanwaltschaft Kempten bereits überflog, ehe er feststellte, dass es Behördenpost war, und was für eine.
Im ersten Moment glaubte er an einen Scherz, aber dann wurde ihm klar, dass der Absender unter Humor sicher etwas anderes verstand.
Ein Staatsanwalt mit dem treffenden Namen *Dünnebrot* hatte unter dem Aktenzeichen 1 Ks 212 Js 225339/07 ein Ermittlungsverfahren gegen ihn eingeleitet.
Die mit Paragraphen bestückte Aufzählung der Ermittlungspunkte beschränkten sich zwar auf Verdachtsmomente, wie Verdacht auf Entführung zweier Minderjähriger, Verdacht auf Verletzung der Einreisebestimmungen für Personen aus Staaten mit Visapflicht, Verdacht auf vorsätzlich unterlassene Meldepflicht bei der zuständigen Zuzugsmeldebehörde ..., aber die Eröffnung eines Ermittlungsverfahrens kündigte in jedem Fall eine Menge Ärger an.
Walcher schüttelte einige Male ungläubig den Kopf. Das Schreiben las sich, als wäre es von einer TV-Redaktion verfasst, die in den nächsten Minuten mit einem Kamerateam auf dem Hof stehen würde, um ihn zu interviewen. Vor allem der Schluss hatte es in sich. Da klärte der Staatsanwalt auf, ... *dass am Ende eines Ermittlungsverfahrens stets die Entscheidung stehen muss, ob nun eine öffentliche Klage zu erheben sei oder das Verfahren – unter Umständen mit Auflagen – eingestellt wird. Unter Anbetracht der Beteiligung staatlicher Behörden, wie dem Kriminalkommissariat Lindau und dem Jugendamt München, sehen wir von weiteren Ermitt-*

lungen der oben aufgeführten Verdachtsmomente ab, jedoch unter Ausschluss des Verdachts der Überschreitung des § 230, Grenzen der Selbsthilfe ...
Ja, was sollte denn diese Idiotie, dachte Walcher entrüstet und wählte spontan Brunners Nummer, obwohl der um diese Zeit seinen Arbeitstag vermutlich noch nicht begonnen hatte. Brunner meldete sich aber sofort, allerdings verrieten die Hintergrundgeräusche, dass er im Auto saß. Er hörte sich Walchers Anklage gegen Dünnbrettbohrer im Staatsdienst und deren Schaumschlägerei an und meinte schließlich ruhig: *Was wollen Sie, Sie werden nicht angeklagt. Und sachlich betrachtet haben Sie nun mal gleich gegen einen ganzen Haufen von Gesetzen verstoßen, noch dazu aus Gründen, über die man durchaus geteilter Meinung sein kann.*
Walcher musste sich zügeln, um Brunner keine giftigen Bemerkungen an den Kopf zu werfen, nur den Hinweis auf Krähen, die sich gegenseitig keine Augen auspickten, den konnte er sich nicht verkneifen.
He, he, brummte Brunner, der sich Walchers Frust über seinen Kommentar nur zu gut vorstellen konnte, *kommen Sie wieder runter, überall gibt es Korinthenkacker, aber es gibt immer auch welche von der anderen Sorte, nehmen Sie zum Beispiel mich.*
Jetzt musste Walcher zwar schmunzeln, aber sein Groll blieb. Er konnte sich über derart überflüssige Papierschlachten geradezu maßlos aufregen, vor allem, wenn er dahinter beamtenstaatliche Disziplinierungsmaßnahmen vermutete und als solche stufte er diesen Schrieb des Herrn Staatsanwalts ein.
Haben Sie meine E-Mail von gestern Abend schon gelesen? Walcher war klar, dass Brunner seine Mail noch gar nicht gelesen haben konnte, aber nachdem der Kommissar nicht auf seine Hetzrede eingegangen war, wollte er vom wahren Grund seines Anrufs ablenken. Immerhin war

Brunner ebenfalls Beamter und seine Empfindlichkeit gegen verbale Angriffe auf diese Bevölkerungsgruppe schien, jedenfalls an diesem Morgen, besonders hoch zu sein, auch wenn er sich meist ebenfalls abfällig gegenüber dem Gros der Staatsdiener äußerte. Vielleicht steckten Brunner und der Staatsanwalt sogar unter einer Decke, um den allzu nervigen Journalisten zu zügeln?
Nein, ich bin auf dem Weg ins Büro und bisher guter Laune. Gibt's was Wichtiges?
Bevor Brunner nicht auch in die traurigen Augen des Kindes gesehen hatte, wollte Walcher nicht über die Mail sprechen. Er verfluchte seine Spontaneität und meinte: *Wichtig schon, trotzdem hätte ich Sie nicht angerufen, wenn ich vorher auf die Uhr gesehen hätte, sorry. Rufen Sie mich doch bitte an, wenn Sie meine Mail gelesen haben.*
Brunner grummelte irgendetwas von Frühaufstehern, versprach, die Mail sofort als Erstes nach Eintreffen in seinem Büro anzusehen und brach die Verbindung mitten in seinem: *Ansonsten wünsche ich Ihnen ...* , einfach ab.
Walcher zuckte mit den Schultern und setzte Wasser für eine zweite Tasse Schwarztee auf. Bis das Wasser heiß war, ging er in den Garten, um sich einige Blätter Minze zu holen. Rolli begleitete ihn, schnupperte interessiert an den Minzstengeln und sah Walcher zweifelnd an. Gern hätte Walcher die Frage verstanden, die in dem Blick des Hundes lag.
Der Morgennebel hatte sich beinahe aufgelöst. Nur noch in den Schattenhängen krallten sich vereinzelt Schleierfetzen in den Baumwipfeln fest, als ob sie sich dort vor den Sonnenstrahlen schützen könnten. Die Vermählung von Tag und Nacht hatte wieder einmal nicht geklappt, der Brautschleier war vor der Zeit zerschlissen.
Die Minze duftete berauschend. Schwarztee mit Minze und viel Zucker, in Marokko hatte er sich das angewöhnt. Vorsichtig trug Walcher die große Tasse, die gut einen

halben Liter fasste, die Treppen hinauf und setzte sich an den PC. Während der Computer hochfuhr, blätterte er in seinem Kalender. Die Schulferien begannen am 30. Juli, die ersten beiden Wochen hatte er Irmi versprochen, also konnte er erst ab Mitte August einen Termin mit dem italienischen Händler vereinbaren. So lange würde der aber mit dem aktuellen Angebot nicht warten. Menschenhändler ließen sich vermutlich nicht darauf ein, die Ware einige Wochen zurückzulegen. Deshalb schrieb Walcher eine Mail, in der er sich für das Angebot bedankte, aber erst wieder ab dem 15. August Bedarf signalisierte, bis dahin hätte er Urlaub. Er änderte den *Urlaub* in *Geschäftsreise* um, weil er sich nicht vorstellen konnte, dass Menschenhändler Urlaub machten.

Auch an Johannes schrieb er eine Mail, in der er noch mal nach Neuigkeiten über Jeswita fragte und von dem Anruf aus Berlin berichtete. Er forderte ihn auf, vorsichtig zu sein, denn wenn seine Vermutung stimmte, besaß der Anrufer auch Johannes' Telefonnummer und damit auch dessen Adresse.

Danach arbeitete Walcher an seinen Notizen weiter, die er irgendwann zu dem Artikel für Günther Auenheims Blatt zusammensetzen würde.

Als ob es Gedankenübertragung gäbe, rief Brunner an und warnte ihn vor Italien. Er solle aufhören, Polizist zu spielen und außerdem müsste er doch inzwischen genügend Stoff für einen Artikel zusammenhaben.

Bevor Walcher irgendetwas erwidern konnte, brach der Kommissar das Gespräch ab. Walcher ließ es bleiben, ihn gleich zurückzurufen. Wenn der Termin feststand, hatte das immer noch Zeit, denn irgendwann in der zweiten Augusthälfte würde er den Menschenhändler in Italien aufsuchen, das stand für ihn fest, mit oder ohne Unterstützung des Herrn Kommissars. Allerdings wollte er Johannes dabei haben, weshalb er ihm die zweite Mail an

diesem Vormittag schrieb, in der er nach dessen Terminplanung im August fragte. Kommentarlos hängte er das Angebot aus Italien an die Mail.
Zehn Minuten später kam die Antwort von Johannes: *Quando comincia lo spettacolo?*
Ebenso prompt schrieb ihm Walcher zurück: *Mach mir ein, zwei Terminvorschläge, die werde ich dem Italienier anbieten.*
Dabei musste er an Brunner denken. Hatte der Kommissar Recht mit seinen Vorwürfen? Wollte er Polizist spielen und ging es ihm nur um den Artikel? Walcher schüttelte den Kopf. Auch wenn der Händler in Italien vermutlich zu einer anderen Organisation gehörte, er stand auf der Liste von Auenheim. Außerdem waren viele Fragen noch nicht beantwortet und selbst wenn der bisherige Stoff für einen guten Artikel ausreichen würde, Walcher brauchte für sich die Antworten auf eine Reihe von Fragen.
Wo saßen die Köpfe der Organisationen, welche offiziellen Stellen waren involviert? Wie wurden die Kinder beschafft? Wurden sie eingekauft, entführt, mit falschen Versprechungen geködert? Wie erfolgte der Transport? Und dann noch eine ganz wesentliche Frage: Wohin verschwanden die Kinder?
Von Johannes kam die Antwort, dass er ab dem zwanzigsten August jederzeit könne und sich freihalten würde. Deshalb legte Walcher den Termin auf den zwanzigsten und einundzwanzigsten fest. *„Mail Italien"*, trug er sich am zehnten August in den Kalender ein.
Da würde er dem italienischen Händler Bedarf melden und den Termin für das Treffen vorschlagen. Walcher blätterte den Kalender wieder auf das aktuelle Datum zurück und stieß dabei auf den von Irmi dick angekreuzten Sonntag.
Bei dem Gedanken an die kommende, erste Gedenkmesse für Lisa, tauchten die alten Bilder wieder auf. Aber sie hatten begonnen, an Schärfe zu verlieren.

Walcher erinnerte sich an seine Trauer, seinen Schmerz und an seine Wut. Erinnerte sich an die schwarzen Löcher, in die er nach Lisas Tod getaumelt war. Monate dauerte es, bis die Häufigkeit der Traumfilme abnahm, in denen dieselben Szenen immer und immer wieder abliefen.
Die Zeit hatte gewirkt, wie ein unterbewusstes Selbstschutzprogramm.

Requiem

Seit Walcher im Allgäu lebte, hatte ihn die tiefe Gläubigkeit der Leute sehr berührt. Auch die Armbrusters, Lisas Eltern, bezeichneten sich nicht nur als gläubige Menschen, sondern lebten nach den Regeln ihrer Religion und dazu gehörte die Einhaltung alter Riten und Bräuche.
Das „Jahresgedächtnis", die Gedenkmesse, mit der die Erinnerung an den Toten zum Ende eines Trauerjahres wach gehalten wurde, war solch ein tief verwurzelter und wichtiger Ritus.
Deshalb wurde die Messe lange vor dem festgelegten Termin mit dem Pfarrer durchgesprochen und geplant. Schließlich musste der Chor der Pfarrei auch proben können, was während der Messe gesungen werden sollte.
Dann war der Sonntag gekommen.
Walcher und Irmi saßen in der ersten Bank, neben ihnen die Großeltern, daneben Lisas Schwestern mit ihren Männern und ihren Kindern. Danach folgten die nahen und weitläufigen Verwandten und Freunde.
Alle Bänke waren dicht besetzt und auch im Mittelgang und in den Seitengängen standen die Menschen eng gedrängt. Die Familie Armbruster gehörte zu den alt eingesessenen, war geachtet und galt etwas in der Gegend von Weiler.

Schon beim Einzugsgesang mussten Walcher und Irmi mit den Tränen kämpfen, aber damit waren sie nicht allein. Irmi suchte seine Hand und ließ sie die ganze Messe über nicht mehr los.

Der Pfarrer zelebrierte die Messe nach der vorgeschriebenen Liturgie, hatte jedoch den Armbrusters zugesagt, die kürzeste erlaubte Form zu wählen. Frau Armbruster plagten nämlich seit Tagen ernsthafte Kreislaufprobleme.

Das Gedenken an Lisa Armbruster verband der Pfarrer mit Erinnerungen und Trost für das Hier und Jetzt und mit der Hoffnung auf ein zukünftiges Leben in einer anderen, friedfertigen Welt.

Walcher gelang es kaum, der Predigt zu folgen, er war mit seinen Gedanken wieder in jener Nacht und der Zeit davor, als Lisa noch am Leben war. An ihre letzten gemeinsamen Tage in Spanien dachte er, in denen sie behutsam Pläne für die Zukunft geschmiedet hatten.

In seine Fürbitten schloss der Pfarrer die Eltern, die Verwandten und vor allem Irmi und Walcher mit ein.

Nach den Gebeten sang auf der Empore der Chor Mozarts Requiem „Hebe deine Augen auf ...“. Das war dann der Moment, in dem die Menschen in der Kirche von einer Art kollektiven Berührtheit ergriffen schienen und ihren Gefühlen freien Lauf ließen.

Lisas Mutter, die in Walcher immer den Mann sah, mit dem Lisa ihre besten Jahre vergeudet hatte, anstatt eine Familie zu gründen, streckte ihren Arm hinüber und legte ihre Hand auf Irmis und Walchers Hände, als wollte sie mit ihm Frieden machen.

Mit dem Schlusssegen und der Ankündigung des nächsten Gottesdienstes entließ der Pfarrer die Gemeinde. Für die meisten gehörte der Gang zu Lisas Grab zum Abschluss des Jahresgedenkens. Später stand man noch vor der Kirche beisammen. Man begrüßte einander, spendete Trost und Anteilnahme und tauschte auch Neuigkeiten aus.

Walcher behandelten sie wie ein Mitglied der Familie und so empfand er sich auch. Lisas Vater umarmte ihn und sagte leise zu ihm: *Du kommst noch mit zu uns, gell, mein Sohn.*

Walcher nickte gerührt. *Mein Sohn!* Wann hatte er das zum letzten Mal gehört? Eigentlich wäre er gern allein mit sich und seinen Gedanken gewesen, aber vor allem Irmi zuliebe wollte er diesen Tag zu einem Tag der Familie machen.

Unter den Kirchgängern war auch Carmen Mandola, mit der Lisa gemeinsam den kleinen Souvenirladen in Lindau betrieben hatte. Als Walcher sie begrüßte, wirkte Carmen nervös und unsicher. Walcher glaubte den Grund dafür zu kennen und gab ihr zu verstehen, dass er nicht vorhatte, Lisas Anteil an dem Souvenirladen einzufordern. Der stand Irmi zwar zu, hätte aber das wirtschaftliche Aus für Carmen bedeutet.

Du glaubst gar nicht, welche Last du mir damit nimmst, strahlte Carmen. *Ich lege zwar seit einem Jahr etwas auf die Seite, aber viel kommt nicht zusammen. Ich komm' gerade so über die Runden.*

Wenn Irmi mal in den Ferien bei dir jobben kann und dafür ein paar Euro mehr verdient, schlug Walcher vor, *dann ist das in Ordnung so.*

Das ist verdammt fair von euch, dafür habt ihr einiges gut bei mir. Carmen war anzusehen, dass für sie ein großes Problem gelöst war. Sie suchte Irmi, und Walcher sah, wie sich die beiden umarmten und aufgeregt miteinander sprachen.

Allmählich verkleinerte sich die Gemeinde, und auch die Armbruster-Familie machte sich auf den Weg zu ihrem Hof. Dort war für die Verwandten und einige enge Freunde ein Essen vorbereitet, zu dem selbstverständlich auch der Pfarrer eingeladen war.

Es war ein friedlicher Sonntag. Sie aßen und tranken, plauderten miteinander und tauschten gelegentlich die eine oder andere Geschichte über Lisa aus.
Mal gab es etwas zu lachen, verschämt nur, mal flossen ein paar Tränen. Aber alle schienen sich in der Familiengemeinschaft gut aufgehoben.
Ab und zu ließ sich Irmi kurz bei ihm blicken, die meiste Zeit amüsierte sie sich aber mit ihren Cousinen und Cousins. Auch Walcher freute sich, den Kontakt zu Lisas Schwestern und deren Männern und Kindern neu aufleben zu lassen und als sie am späten Nachmittag aufbrachen, gingen sie nicht auseinander, ohne mit jedem Einzelnen noch ein persönliches Wort zu wechseln.
Für Walcher war diese Art von Zusammenleben einer Großfamilie immer wieder eine verblüffende Erfahrung. Auch dass Lisas Vater ihn seit dem Kirchgang ganz selbstverständlich mit *Sohn* ansprach. *Komm' mein Sohn, jetzt trinken wir einen Schnaps,* oder: *komm' Sohn, jetzt rauchen wir eine Zigarre.*
Als Irmi und Walcher auf ihrem Hof ankamen, erwartete sie eine besondere Überraschung. Da saß tatsächlich Hinteregger im schwarzen Anzug auf der Bank vor dem Haus, einen kleinen Strauß weißer Oleanderblüten in der Hand. *Bin gerade erst angekommen,* erklärte er. *Nix war's mit Kirche, bin von einem Stau in den nächsten geraten, dazu war ein Tunnel gesperrt und es gab eine Verzögerung wegen eines Unfalls. Dabei bin ich schon um vier Uhr in der Früh' in Italien losgefahren. Es tut mir Leid, dass ich nicht dabei sein konnte.*
Die Drei umarmten sich, lange und schweigend. Als sich Walcher daraus löste, zur Tür wandte, sie aufschloss und Hinteregger ins Haus bat, winkte der traurig ab. *Ich hab' eben bei den Armbrusters angerufen und ich bin nur deswegen noch da, weil sie mir sagten, ihr wärt auf dem Weg hierher. Sonst wäre ich schon wieder auf dem Rückweg. Muss nach Zürich, weil mein Herr und Meister von meinem Ausflug zu euch*

erfahren hat und mich dringend sprechen will. Apropos Ausflug, ich freu' mich auf euch. Wann kommt ihr? Das Haus in Italien, das Meer, das Wetter – alles herrlich. Ich bin noch vierzehn Tage unten, also kommt doch gleich morgen. Jetzt muss ich aber los, entschuldigt bitte.

Concerto

Walcher schlug Irmi vor, am Dienstag nach Italien aufzubrechen. Ein Tag zum Packen sollte genügen.
Irmi schüttelte aber entschieden den Kopf. *Nein, das geht nicht. Eigentlich wollten wir dich damit überraschen, aber okay, jetzt muss ich eben schon vorher damit rausrücken.*
Wer ist wir und auf welche Überraschung muss ich mich einstellen?, wollte Walcher wissen, musste sich aber gedulden, da Irmi wortlos nach oben in ihr Zimmer verschwand. Mit einem Briefumschlag in der Hand tauchte sie wieder auf und wedelte damit übermütig vor seiner Nase herum, weshalb Rolli irritiert bellte, vermutlich nahm er einen Streit zwischen den beiden an. Bevor sie Rolli beruhigte, zog sie einen Zettel aus dem Umschlag und reichte ihn Walcher.
Ihr seid in einer komfortablen Dreizimmerwohnung untergebracht, mitten im Zentrum von Basel, am Rümelinsplatz 3. Nicht weit davon entfernt liegt die Martinskirche, in der das Basler Kammerorchester auftritt – mit mir! Bitte kommt, ich würde mich riesig freuen, es ist mein erster Auftritt! Susanna.
Walcher stellte fest, dass sich sein Puls etwas erhöhte.
Inzwischen hatte sich Rolli beruhigt, und Irmi reichte Walcher einen Programmprospekt, in dem zwei Eintrittskarten lagen.
Das Kammerorchester „Basel Barock" wurde darauf angekündigt, spielte Suiten aus der Oper Henrico Leone von

Agostino Steffani, das Concerto in D von Antonio Vivaldi und je ein Concerto von Locatelli, Veracini und Bach. Nur mit Mühe war auf der viel zu kleinen Abbildung des Ensembles eine rothaarige Frau zu entdecken, Susanna.
Aber das Konzert findet erst am Mittwoch statt, wir wollten doch ..., setzte Walcher an, wurde aber unterbrochen.
Schon, aber ich brauch' sowieso noch was zum Anziehen. Wir könnten also morgen shoppen gehen und zum Friseur muss ich auch noch, stellte Irmis fest. *Am Mittwochvormittag packen wir dann und fahren nachmittags nach Basel. Abends ins Konzert und am nächsten Tag fahr' ich mit dem Zug nach Zürich und steig' mit Marianne und Johannes auf den Pilatus. Am Freitag holst du mich in Zürich ab und wir fahren nach Italien weiter, zu deinem Freund. Alles easy, oder?*
Walcher staunte nicht schlecht. *Das hört sich nach einer Verschwörung an,* knurrte er.
Ist es auch, lachte Irmi, *nein, im Ernst, Susanna hat angerufen, als du nicht da warst, und hat uns eingeladen. Also hab' ich Johannes und Marianne davon erzählt, die wiederum haben mich zu der Wanderung eingeladen. Damit du mich mal vom Hals hast, haben sie gemeint.*
Ach ja, meinte Walcher nur.
Ich hab' alles organisiert. Die Opas wechseln sich ab und schauen hier nach dem Rechten. Rolli bleibt bei Omi und Opi Armbruster.
Ach so, brummte Walcher.
Susanna konnte ich auch überzeugen, dass es euch gut täte, wenn ihr Zeit für euch allein hättet.
So, so, nickte Walcher, *raffinierte Bande, Kompliment!*
Abends, als Irmi sich längst in ihr Zimmer verabschiedet hatte, ging Walcher ins Wohnzimmer, legte die CD ein, die ihm die Armbrusters am Nachmittag zugesteckt hatten, und tauchte nochmals in Mozarts Requiem ein und in die Erinnerungen an Lisa.

Adam

Adam Karowitz war ein großer kräftiger Mann.
Von vier Uhr morgens bis mittags kurvte er auf dem Gabelstapler durch die Hallen des Gemüsemarkts. Dann wärmte er sich ein Dosengericht auf, schlang es hinunter und legte sich bis zum Abend schlafen.
Adam teilte sich mit dem Hausmeister und dem Nachtwächter die Dreizimmerwohnung, die zu den Markthallen gehörte und genauso heruntergekommen und versifft war wie der Markt selbst, einst der Stolz einer Berliner Agrarkolchose.
Einmal in der Woche kam eine Putzfrau, die ausschließlich damit beschäftigt war, die Küche der drei Männer wieder sauber zu bekommen. Meist meldeten sich die Putzfrauen schon nach dem zweiten Mal ab und es konnte dauern, bis eine neue gefunden war.
Abends spazierte Adam dann um das weitläufige Areal der Markthallen herum zu seiner Stammkneipe *Les Halles*. Dort kippte er drei, vier Bier und ebenso viele Schnäpse hinunter, aß dazwischen einige Bouletten und ging, wenn er satt und voll war, zurück nach Hause.
Mit den Frauen hatte Adam nie Glück gehabt. Im entscheidenden Moment fehlte es ihm an den richtigen Worten, darum war er allein geblieben und nur in seiner Phantasie, wenn er zu wenig getrunken hatte, was selten genug vorkam, besaß er eine Frau, manchmal auch Kinder, eine richtig komplette Familie eben.
In seinem realen Leben jedoch onanierte er beinahe jeden Abend, während er in seinem Zimmer obszöne Videos anschaute. Danach trank er noch etwas Fusel, den er hie und da von den Gemüsehändlern geschenkt bekam, und schlief dann, spätestens gegen zehn Uhr, ein.
So gesehen führte Adam ein geregeltes Leben.
Ebenfalls regelmäßig, immer donnerstags, fuhr Adam mit

der Straßenbahn in den Stadtteil Eichenhof, ging dort in die Eichenstraße 24, stieg in den vierten Stock hinauf, wartete kurz, tappte leise wieder ein Stockwerk zurück, klingelte zaghaft an der mittleren der drei Türen und wurde eingelassen.

Dort war vor etwa einem halben Jahr ein illegales Bordell eröffnet worden, mit günstigen Preisen und hübschen jungen Frauen. Die Adresse reichten sich Interessierte unter dem Siegel der Verschwiegenheit weiter, wie bei einem Geheimbund. Allerdings verbarg sich dahinter eher die Befürchtung, dass bei wachsender Bekanntheit der Puff dichtgemacht würde.

Adam Karowitz machte sich keine Gedanken über erzwungene Prostitution, Gewalt, Vergewaltigung und Missbrauch. Für nur fünfzig Euro es einer jungen Frau mal so richtig zu besorgen, fand er völlig in Ordnung, auch dass er dabei mit seinen großen Händen das Gesäß dieses jungen Dings grün und blau schlug. Schließlich waren es ja Hurenweiber.

Ja, er war durchaus der Meinung, dass sie dabei besondere Lust empfänden, warum sonst stöhnten sie wie die geilen Weiber in den Videos? Außerdem bekam er jedes Mal zur Begrüßung ein halbes Wasserglas voll Wodka und wenn er zehn Minuten später bei dem Zuhälter an der kleinen Bar im Flur für die Hure bezahlte – was nur bei Stammkunden akzeptiert wurde, neue Kunden hatten im Voraus zu bezahlen –, noch mal ein halbes Glas voll.

All inclusive, gewissermaßen.

Auf dem Heimweg, im *Les Halles,* trank Adam dann noch ein paar Bier mit Korn, fühlte sich als ein ganzer Mann und malte sich in Gedanken bereits den nächsten Donnerstag aus. Da würde er es einem der Hurenweiber wieder so richtig besorgen. Und seinen Kumpels in der Markthalle würde er vorschwärmen, was für ein tolles Weib er wieder mal geritten hatte.

Mit den Hurenweibern selbst hatte Adam Karowitz noch nie ein Wort gewechselt. Was gäbe es auch mit ihnen zu reden, ihn interessierte nur das Loch, in das er seinen Schwanz stecken konnte.

Stammtisch

Die Vorbereitungen für die Fahrt nach Basel, Zürich und zu Hinteregger ans Mittelmeer waren erledigt.
Irmi hatte sich statt des angekündigten Kleids eine Jeans und, ebenfalls in Schwarz, eine Jacke dazu ausgesucht. Nach dem Kleiderkauf kam der Friseur an die Reihe, und das Ergebnis musste der Freundin vorgeführt werden, bei der sie dann auch gleich übernachten wollte.
Walcher beschloss deshalb, sich wieder einmal am Weiler Stammtisch zu zeigen. Das machte er immer dann, wenn er Neuigkeiten aus und um Weiler herum erfahren wollte.

„Wenn Se wissa wellat, was sich im Allgäu tuat, miasset Se sich an dr Stammtisch setza und de Einheimische aufs Maul luaga", hatte ihm Frau Zehner schon vor Jahren empfohlen und auch gleich die oberste Verhaltensregel für den ersten Besuch geliefert. Die besagte, dass man sich unaufgefordert und ohne zu fragen einfach dazu setzten musste, denn auf eine Einladung würde man bis an das sein Ende seiner Tage warten.
Walcher hatte sich an den Rat von Frau Zehner gehalten und war seit jenem Tag am Stammtisch im *Hirsch* – einer der ältesten Wirtschaften von Weiler – ein akzeptierter, zumindest gern geduldeter Gast.
Die Gaststube war urgemütlich, mit viel dunklem Holz verkleidet, dem man noch die solide Handarbeit vergangener Zeiten ansah. Hier trafen sich die alteingesessenen

Weiler in dem Bewusstsein, dass schon ihre Väter und die Väter davor, auf denselben Stühlen sitzend, ihren Durst gelöscht hatten. Außer dem großen Stammtisch gab es nur noch drei kleinere Tische, und die waren meist unbesetzt. Fremde verirrten sich selten in die kleine Wirtschaft. Die Wirtsleute waren längst im Rentenalter, aber deshalb hörte man schließlich nicht auf zu arbeiten. *„So lang 's goht"*, sagten sie.
Das Angebot an Speisen war ebenso überschaubar wie die Auswahl an Getränken. Zu essen gab es einfache Brotzeiten und zu trinken Export-Bier, Pils und Hefeweizen, dunkel und hell, eine Sorte Rot- und Weißwein, Brände aus der Umgebung, also Williams, Obstler, Enzian, und für Kinder Cola, Spezi oder Limo.
Grüß euch Gott, begrüßte Walcher die drei, die heute am Stammtisch saßen, setzte sich dazu und bestellte ein Pils. Mehr zu sagen, hätten sie ihm als Schwatzhaftigkeit angekreidet.
Es dauerte eine Weile, bis sie ihn ebenfalls begrüßten.
So, bisch au wieder amol do? Wie hosch'es? Wie goht's dr?, meldeten sie sich der Reihe nach, was im Allgäu bereits einer ausführlichen Begrüßungsansprache gleichkam.
Walcher beantwortete die Fragen nach einer langen Pause quasi im Bündel und genauso geschwätzig wie die drei altgedienten Stammgäste: *'S goht so.*
Dann kam sein Pils und ermöglichte das gegenseitige Zuprosten, den Höhepunkt des Eingangsrituals.
Danach setzten sie zögernd die durch sein Kommen unterbrochene Unterhaltung fort. Aktuell beschäftigte sie der Bußgeldbescheid eines Landwirts aus Simmerberg, dem sie im Tank seines Autos subventionierten Landwirtschaftsdiesel nachgewiesen hatten.
Als „sie" wurde im Allgäu alles bezeichnet, was zur Obrigkeit gehörte oder ansonsten unbeliebt war.
Danach kamen „sie" dran, in diesem Fall die Hundehalter,

die ihre Köter auf die Wiesen scheißen ließen, dass man Gras und Heu nicht mehr verfüttern, oder nur noch als Einstreu nehmen könne. Es folgten Milchpreis, Steuern, Wetter, Politiker, dass es eine neue EU-Vorschrift gäbe, die den Landwirten bei Arbeiten im Stall vorschreibe, eine Atemmaske zu tragen und beim Melken einen Mundschutz. Der Diskussion, ob nun der Mundschutz unter der Atemmaske oder darüber zu tragen sei, weil ja meist im Stall gemolken wurde, folgten einige Beispiele ähnlich sinniger Vorschriften der EU-Beamten.
Walcher genoss die oft witzigen bis zynischen Beiträge und kam sich manchmal vor, als säße er mitten unter Kabarettisten, die für den nächsten Auftritt probten.
Es tat gut, über dieses und jenes, den Lauf der Welt im Allgemeinen und speziell über die Spezies Politikus zu palavern und dabei ganz nebenbei den Bierabsatz heimischer Brauereien zu fördern.
Irgendwann zwischendrin meinte der Vormooser Josef, dass sich jemand bei ihm nach ihm, dem Herrn Journalisten, erkundigt hätte und wo er denn wohnen würde. Walcher war, auch wenn er inzwischen beim dritten Pils angelangt war, sofort hellwach und fragte nach, wobei er es vermied, eine besondere Neugier an den Tag zu legen.
Und, was wollt' er von mir?
Des hot er it gsait.
Wie hat er denn ausgesehen?
Ha, jong, mit so era Lederjacka.
Wie hat er gesprochen?
Ha, wia d'Russa.
Wann war das?
Ha, so vor zwoi Wocha.
Der war vermutlich von der Zeitung, versuchte Walcher den Wert von Vormoosers Information klein zu halten, denn die Einzelgespräche der Stammtischrunde waren von einem Moment zum anderen abgebrochen, stattdessen

hörten alle sehr aufmerksam zu. Walcher musste sich beherrschen nicht zu schmunzeln, ihm war nämlich eingefallen, was Frau Zehner ihm noch für den Stammtisch mitgegeben hatte: *Am Stammtisch fragt und erzählt man nur, was man verbreitet haben will.*
Da er nichts zu verbreiten hatte, steuerte Walcher das Thema auf die Touristenplage, von der man zwar ganz gut lebte, dafür aber mit der Preisgabe der Privatsphäre bezahlen musste.
Ebenso schlagartig, wie noch eben gespannte Aufmerksamkeit geherrscht hatte, begann nun eine vielstimmige Diskussion. Offensichtlich hatte er ein Thema angesprochen, dem einiger Sprengstoff innewohnte.
Wie Windböen wechselten Reden und Gegenreden und von der oft zitierten Allgäuer Bedächtigkeit war wenig zu erkennen, es klang eher wie der Tumult vor dem Sturm auf das Rathaus. Eine gute Gelegenheit, sich mit einem *Pfüa Gott,* zu verabschieden, was im Lärm unterging und nur von den beiden Tischnachbarn wahrgenommen und erwidert wurde.
Die Nacht war sternenklar und nach dem Aufenthalt in der verqualmten Gaststube – die Wirtsleut, selbst Raucher, warnten am Eingang ihrer Gastronomie alle Nichtraucher vor der *„Rauchwirtschaft"* – tat die frische Luft besonders gut.
Walcher trank selten Bier, er vertrug es nicht.
Etwas unsicher auf den Beinen spazierte er langsam zum Parkplatz vor der Kirche und fuhr ebenso langsam zu seinem Hof, in der Hoffnung, nicht der Polizei zu begegnen. Aber er kam ohne unfreiwilligen Zwischenstopp zu Hause an. Einer von den Stammtischbrüdern hatte eben noch gemeint, dass die gefährlichste Zeit auf den Straßen des Allgäus zwischen elf und zwölf Uhr abends wäre, weil dann die meisten Kneipengänger auf dem Nachhauseweg wären.

Bevor er ins Bett ging, ließ er Rolli hinaus und notierte sich, was der Vormooser erzählt hatte. Lederjacke, Russe und das Datum. Die Beschreibung war zu dürftig, um damit bei den Hotels im Umkreis nachzufragen.
Mit zurückliegenden Recherchen hing das Auftauchen des Mannes seiner Einschätzung nach nicht zusammen, in den Fällen wussten alle, die es hatten herausfinden wollen, wo er wohnte. Also konnte es sich nur um jemanden handeln, der aus dem Dunstkreis der Menschenhändler stammte, dazu passte auch der Anruf, diese telefonische Drohung.
Es konnte nichts schaden, wenn er Brunner informierte, dass er die nächsten vierzehn Tage Urlaub machte.

Basel Nachtkonzert

Es hatte doch etwas länger gedauert, bis der Wagen bepackt, Rolli bei den Großeltern abgeliefert und samt ihnen verabschiedet war, trotzdem kamen sie rechtzeitig in Basel an, fanden die Tiefgarage am Rümelinsplatz und Susannas Wohnung. Der Schlüssel wäre bei der Nachbarin hinterlegt, stand auf dem Zettel an der Tür, und dass die letzte Probe stattfände. Man würde sich nach dem Konzert vor der Kirche treffen.
Susannas Wohnung, drei Zimmer, Küche, Bad, Toilette, Flur, Hinterhofbalkon, Etagenheizung im Bad, war anzusehen, dass der Einzug noch nicht lange zurückliegen konnte, alles sah neu aus und überflüssige Dekostücke hatten sich noch nicht angesammelt.
Irmi war aufgeregt wie ein Wurf Welpen, es war ihr erstes Konzert in einer großen Stadt. Auch Walcher war aufgeregt, es war sein erstes Konzert, bei dem eine Frau im Orchester saß, nach der er sich sehnte.

Die Abendgarderoben der Besucherinnen in der Martinskirche fand Irmi ernüchternd unaufgeregt. *Und ich hätte mir um ein Haar ein Kleid gekauft,* flüsterte sie Walcher zu. Was sie allerdings höchst interessant fand, waren die vielen Fellstolen, die, um schlanke Frauenhälse geschmiegt, vermutlich vor der überraschend kühlen Kirchenluft schützen sollten. Alles schien vertreten und solange die Besucherinnen auf der Suche nach ihren Plätzen auf und ab flanierten, dokumentierte Irmi ihr zoologisches Wissen. *Marder, Rotfuchs, Biber, Ziesel, guck mal, ein Hermelin, und da drüben, die Dame mit den breiten Schultern trägt einen Blaufuchs, oje, der Rothaarigen dort, hat es nur zu einem Hamster gelangt. Wow, ein Nerz!*
So überrascht Walcher über Irmis Wissen war, so froh war er auch, als „Basel Barock" zu spielen begann, denn der Kreis um die beiden Besucher aus dem Allgäu begann Irmi mit missbilligenden Blicken zu mustern, zumal in unmittelbarer Nachbarschaft ein Mauswiesel im Winterfell und ein Luchsimitat von Irmi erspäht und frei nach Morgenstern, ebenso laut wie witzig, bedichtet wurde. *Das letzte war's aus Zwiesel, ein süßes kleines Wiesel. Drum hing in Zürich am Limat, dem Weib am Hals ein Imitat.*
Sie saßen rechts im vorderen Kirchenschiff und dort fand Walcher die Akustik nicht überwältigend. Allerdings konzentrierte er sich ohnehin mehr auf die Flötistin, die einige Soli zu spielen hatte. Susanna sah bezaubernd aus und er konnte nicht verhindern, dass seine Gedanken auf Wanderschaft gingen. Irmi flüsterte irgendwann, dass sie sich entschlossen hatte, Geige zu lernen.
Ohne die Qualität von „Basel Barock" und das Musikerlebnis in Frage stellen zu wollen, waren beide froh, als das Ende gekommen war.
Zwei Stunden auf der harten Holzbank mit einer Zierleiste im Rücken, deren einzige Funktion die Vermeidung von Bequemlichkeit schien, und dann auch noch die geradezu

winterlichen Temperaturen waren genug. Auch Susanna war durchgefroren und zerrte sie nach kurzer Begrüßung zum Italiener gleich in der Nähe, wo sie reserviert hatte. Dort war es warm und so lebten sie nach wenigen Minuten auf. Das Konzert, der Umzug, die bevorstehende Fahrt nach Italien, die Woche mit den Kindern, Schule, Rolli, Bärendreck ... jeder wusste viel zu erzählen und neben Susannas erstem Auftritt gab es noch andere Gründe zum Anstoßen.

Als Walcher einmal Susannas Hand nahm, eigentlich wollte er ihr zur ihrem ersten Konzert gratulieren, kommentierte Irmi die Geste: *Dopamin, Testosteron, Noradrenalin, ihr beide zeigt deutliche Verhaltensweisen einer wachsenden Verliebtheit.*

Die erstaunt fragenden Blicke von Susanna und Walcher beantwortete sie mit einem kurzen: *Förderkurs Bio.*

Sie hatte Recht, die junge Verhaltensforscherin. Unübersehbar strahlten sich die beiden an, und als der Kellner die Sperrstunde signalisierte, schien es ihnen, als wäre keine halbe Stunde vergangen, seit sie das Lokal betreten hatten.

Irmi in der Mitte, schlenderten sie auf Umwegen zu Susannas Wohnung, kreuz und quer durch das nächtliche Zentrum Basels, in dem es an diesem Mittwoch allerdings nicht belebter war als an einem Freitag in Weiler.

Susanna hatte ihr Arbeitszimmer für Irmi hergerichtet, Walcher sollte bei ihr im Schlafzimmer schlafen. *Nur so kann ich herausfinden, ob du immer noch schnarchst,* flüsterte sie ihm zu, und es klang eher wie ein Versprechen.

Der nächste Morgen begann chaotisch; sie hatten verschlafen und hetzten mit Irmi zum Bahnhof und zum Zug 8.22 nach Zürich, wo Johannes und Marianne sie um 9.26 abholen würden, so hatte es Irmi jedenfalls mit ihnen vereinbart.

Als Irmi in den Zug gestiegen war, kamen Walcher plötzlich seltsame Gedanken über Verantwortung und dergleichen in den Sinn. Durfte er das Kind so einfach allein nach Zürich fahren lassen?
Susanna spürte wohl, was in ihm vorging, und meinte, dass sie zwölf Jahre alt gewesen sei, als sie ihren Vater in Amerika besuchen durfte, mit Zugfahrt und Flug. Und auf dem Flughafen sei nicht der Vater, sondern ein riesengroßer schwarzer Taxifahrer mit einem Schild gestanden „Susanna aus Germany" .
Walcher nickte, mehr war dazu nicht zu sagen. Trotzdem rief er Johannes an, nachdem der Zug abgefahren war. Susanna lächelte milde, weshalb sich Walcher zu einer Erklärung gedrängt sah. *Ich weiß, das sieht vielleicht ein bisschen blöd aus, aber sie ist das erste Mal allein unterwegs und außerdem stecke ich gerade in einer grässlichen Recherche über Menschenhandel und das fördert nicht gerade den lockeren Umgang in solchen Situationen.*
Erzähl mir davon, bat Susanna, *nein, erzähl mir doch lieber nichts.*
Walcher umarmte Sie. *Wir haben zwei ganze Tage und zwei Nächte, was machen wir?*
Wir lassen uns einfach treiben, schlug Susanna vor und biss ihn zärtlich in die Unterlippe.

Lovis Letchkov

Lovis Letchkov hatte etwas aus sich gemacht. Bereits während der Schulzeit hatten Feind und Freund ihm dies vorausgesagt. Streng genommen hätte man auch damals schon ausschließlich von Feinden sprechen können, denn Freundschaft kannte Lovis nicht, und er schien die Erfahrung freundschaftlicher Beziehungen auch gar nicht erst machen zu wollen.

Zu anderen Zeiten wäre Lovis vielleicht ein Henker oder ein Waffenknecht geworden. Im Hier und Jetzt hatte er es offiziell zum „Pensionswirt" gebracht.

Im östlichen Teil von Berlin betrieb er eine Pension, die so heruntergekommen und verdreckt war, dass der Wirtschaftskontrolldienst sie aus seuchenhygienischen Gründen bereits wiederholt geschlossen hatte.

Lovis vermietete die Zimmer allerdings nicht an übliche Gäste, sondern hatte die Pension pauschal an das Syndikat verpachtet.

Einmal im Monat, das war anfänglich Bestandteil der Vereinbarung, war ihm für einen Tag eine Frau bereit gestellt worden, über die er nach eigenem Belieben hatte verfügen dürfen. Wenn sich Lovis dann erst einmal selbst an ihr ausgetobt hatte, vermietete er sie, quasi im Zehnminutentakt.

Das hatte selten eine der Frauen ohne bleibende psychische und physische Schäden ausgehalten, weshalb das Syndikat die Naturalregelung gestrichen hatte. Dagegen wehrte sich Lovis nicht groß, denn seine Haupteinkünfte stammten aus „Sonderaufträgen", mit denen er ebenfalls vom Syndikat beauftragt wurde.

Lovis war ein käuflicher Killer und zwar ein absolut verlässlicher Profikiller. Seine Erfüllungsquote lag immerhin bei satten hundert Prozent, obwohl sein IQ bestenfalls gegen zwanzig Prozent tendierte.

Seine Gefühlswelt als dumpf und roh zu bezeichnen, war durchaus ein Kompliment, billigte es ihm doch überhaupt Gefühle zu. Lovis besaß den Sozialisierungsgrad einer Rasierklinge oder einer Metallkugel, denn die war sein Markenzeichen.

Lovis erschoss, erstach, erwürgte oder vergiftete seine Opfer nicht, nein, er schlug ihnen mit einer golfballgroßen Stahlkugel, die an einem Hartgummigriff hing, den Schädel ein. Manchmal beschränkte sich sein Auftrag auch nur darauf, eine Kniescheibe zu zertrümmern oder die Fingerknochen zu zersplittern, als Warnung und je nachdem, wie wertvoll das Opfer für das Syndikat noch war.

Bei leichten Fällen, ausgebliebenen Schutzgeldzahlungen zum Beispiel, genügte es meist bereits, wenn Lovis dem säumigen Zahler nur einen Besuch abstattete. Die meisten Menschen erstarrten vor Schreck, schon wenn er ihnen nur gegenübertrat – er sah aus wie eine der übelsten Horrorkreationen aus Hollywood.

Diagonal über sein Gesicht, vom Kinn über Mund, Nase, rechtes Auge und Stirn, verlief eine wulstig klaffende, rotfleischige Narbe, deren Ränder mit eitrigen Geschwüren besetzt waren. Folge eines Machetenhiebes und der über Wochen unversorgt gebliebenen Wunde.

Damals hatte Lovis den Kassierer eines illegalen Wettbüros aufspüren sollen, der vor dem Syndikat über die halbe Welt in den Malaiischen Dschungel geflüchtet war. Lovis hatte ihm das noch vorhandene Geld abnehmen, ihm dann beide Kniescheiben zertrümmern, die Knochen der Diebeshand brechen und erst danach dieser Ratte den Schädel einschlagen sollen.

Wie erwartet, hatte Lovis die Wünsche seines Auftraggebers erledigt, dabei jedoch übersehen, dass sich der Kassierer den Schutz einer Rebellengruppe eingekauft hatte. Lovis war mit dem Leben davongekommen, allerdings mit dem hohen Preis jener entstellenden Narbe.

Wie der Hustenanfall eines an Pseudokrupp erkrankten Patienten, so in etwa bellten die Schüsse aus der handlichen Maschinenpistole, nur viel schneller und lauter. Der Fahrer und der Mann neben ihm auf dem Beifahrersitz hatten nicht mehr die Zeit zu begreifen was geschah, dafür hätten sie etwas länger leben müssen.
Das freundlich lächelnde Gesicht des jungen Mannes, der an die Scheibe klopfte, hatte bei ihnen keinerlei Misstrauen ausgelöst, weshalb der Fahrer ohne Argwohn die Scheibe gesenkt hatte. Als die Scheibe ihren tiefsten Punkt erreicht hatte, waren auch die beiden Männer hinuntergefahren, zur Hölle vermutlich. Die Reste der Frontscheibe und des Fensters auf der Beifahrerseite, Armaturen, der ganze Innenraum waren rot und mit allem bespritzt, was aus Lebewesen spritzen kann, wenn sie aus nächster Nähe von Kugelsalven zerfetzt werden.
Zerfetzt und durchlöchert waren auch die Scheiben und Bleche des daneben stehenden Wagens. Selbst an den folgenden zwei Fahrzeugen gab es noch Einschüsse.
Die fünf Mädchen, die sich im abgetrennten hinteren Teil des Kombis befanden, hatten davon nichts mitbekommen und wunderten sich deshalb auch nicht weiter, als die Seitentür aufgeschoben wurde und zwei jugendlich wirkende Typen sie herauswinkten. Sie stiegen aus, folgten apathisch den beiden zu einem schwarzen Chrysler Van und stiegen dort wieder ein.
Vier Stunden dauerte es, bis die Polizei von den Besitzern der drei demolierten Autos gerufen wurde, solange hatte nämlich noch deren Schichtdienst in der Restaurantküche des Rasthofes gedauert.
„Bandenkrieg auf Rastplatz“, titelten anderntags die Tageszeitungen. Der Kombi war als gestohlen gemeldet, die Nummernschilder ebenfalls und bei den Getöteten fand

die Kripo zunächst keinerlei Hinweise auf deren Identität, nur, dass sie mit russischen Pistolen bewaffnet gewesen waren. Die Kleidung der beiden Männer stammte aus Billigläden, ihre Handys waren gestohlen, ebenso die Tankkarte, auf der mit Filzstift der PIN-Code geschrieben stand. Das Alter der Toten schätzten die Experten der Kripo auf 35 bis 40 Jahre. Die Tankkarte gehörte zur Autoflotte einer Bäckereikette und war noch nicht einmal vermisst worden. Erst die Pathologen fanden untrügliche Hinweise auf eine mögliche Herkunft der Männer. Die für Zahnplomben und Kronen verwendeten Materialien entsprachen dem Standard in den Ländern der ehemaligen UdSSR.

Lovis Letchkov, der Pensionswirt, wartete in jener Nacht vergeblich auf die angekündigten Gäste und wollte ihr Ausbleiben der Zentrale in Moskau melden. Aber unter der gewählten Nummer bekam Lovis nur gesagt, dass dieser Anschluss nicht mehr existiere. Lovis war ratlos, denn der Fahrer des Transports hatte sich, wie üblich, kurz nach Passieren des Grenzübergangs von Polen nach Deutschland gemeldet und hätte deshalb längst in Berlin sein müssen.

Einen Suchtrupp auf die Strecke zu schicken, machte keinen Sinn, dafür war inzwischen zu viel Zeit vergangen. Für Aufklärung sorgte dann das regionale Frühstücksfernsehen, darin wurden in den Nachrichten der Kombi mit den blutverschmierten Sitzen gezeigt und die zerschossenen Wagen daneben.

Die Rede war von zwei getöteten Opfern, nicht aber von den fünf Mädchen, die Lovis als „Gäste" avisiert waren. Ein weiteres Mal versuchte Lovis jene Moskauer Nummer zu erreichen, aber es folgte wieder nur dieselbe Meldung. Nun befolgte Lovis die Anweisung, dass bei derartigen Fällen jeder seine unmittelbaren Kontaktleute zu informieren habe. Vielleicht konnte er von ihnen erfahren, was los war. Aber unter keiner der Nummern meldete sich jemand. Da packte Lovis seine Reisetasche, schnallte sich den prall gefüllten Geldgürtel um den Bauch und machte sich auf den Weg.

Es schien die Zeit gekommen, sich nach einem anderen Job umzusehen.

Lovis besaß ein untrüglich sicheres Gespür für Gefahr, aber auch Killern wie ihm konnte es passieren, dass sich ihre Sensoren abnutzten. So kehrte Lovis noch einmal in die Pension zurück.

Der in der Küche im Handfeuerlöscher versteckte Beutel mit Diamanten war ihm eingefallen. Sie gehörten zwar nicht ihm, sondern dem Syndikat, aber das Syndikat gab es ja offenkundig nicht mehr, davon war Lovis überzeugt. Niemand hätte es sonst gewagt, einen Transport des Syndikats zu überfallen.

Als Lovis die Pension verlassen wollte, standen im Empfang drei Männer. Sie sahen aus wie Klone. Alle hatten ein rundliches, freundlich lächelndes Gesicht, kurz geschorene blonde Haare, trugen schwarze Sonnenbrillen, schwarze Rollkragenpullis, schwarze Lederjacken, schwarze Stoffhosen und schwarze, hochglänzende Schuhe mit auffallend dicker Sohle.

Bis auf seinen Totschläger in der rechten Jackentasche war Lovis unbewaffnet und so eine Metallkugel eignete sich nicht zur Abwehr gegen Pistolenkugeln.

Lovis versuchte ein Lächeln, was bei seinem Narbengesicht eher nach einem Fluch aussah, bewegte nervös-fahrig die Hände und fasste sich an die Brust, dort wo das Herz saß. Mit der Geste „Hand aufs Herz" wollte er seine Aufgeschlossenheit für neue Kooperationen ausdrücken, aber bevor er dazu ein Wort sagen konnte, durchschlug eine Kugel die Hand, das Herz darunter und auch das Glas der Vitrine hinter ihm ging noch in die Brüche.

Das Projektil aus der Pistole des zweiten Mannes stanzte

ein Loch in Lovis' Stirn, dort wo seine Narbe begann. Der dritte Schütze wartete bis Lovis auf dem Boden lag und jagte ihm erst dann eine Kugel in die Schläfe.
Die neuen Pächter hatten Einzug gehalten.

Katerstimmung

Susanna musste zum Bus, ihr Ensemble gab am Abend ein Konzert in Dijon, Walcher musste nach Zürich, Irmi abholen.
Ihr Abschied gestaltete sich deshalb höchst unromantisch, im Halteverbot direkt neben dem Bus, in dem bereits das Ensemble vollzählig saß und auf Susanna wartete. Eine flüchtige Umarmung, ebenso der Kuss. Vielleicht war das ja eine gute Möglichkeit, auch Trennungsgefühle flüchtig zu halten.
Die machten sich in Walcher erst breit, als er mit Schweizer Tempo auf der Autobahn fuhr. Eindeutig, er war in Susanna verliebt.
Schon in den vergangenen beiden Tagen hatte er alle Anzeichen dafür bei sich diagnostiziert. Und nun überkam ihn bei der Vorstellung, auf Susannas Nähe die nächsten 14 Tage verzichten zu müssen, auch noch das Gefühl von Traurigkeit!
Walcher war überzeugt, dass dies keine flüchtige Episode bleiben würde. Sie passten zueinander, das glaubte er an einer Fülle von Beispielen belegen zu können. Da war nicht nur die körperliche Anziehung. Es kam das Gefühl von Übereinstimmung in den wesentlichen Sinnfragen des Lebens hinzu, Kultur, Gesellschaft, Wirtschaft, Politik, Ernährung ... sie hatten kein Thema ausgelassen und dabei eine geradezu beängstigende Harmonie festgestellt.

Der zunehmende Verkehr vor Zürich weckte Walcher aus einer Mischung von Erinnerungsstücken der zurückliegenden Tage und Visionen für die Zukunft und holte ihn in die Realität zurück.
Irmi saß reisebereit mit der gepackten Tasche in Johannes' Wohnung, bevor es aber nach Italien ging, übergab ihm Johannes noch einen Stapel Kopien.
Hier, von wegen saubere Schweiz. Unicef vermutet, gestützt auf die Zahlen von Justiz und Gesundheitsämtern, plus der Dunkelziffer, dass jedes fünfte Mädchen und jeder zehnte Junge missbraucht werden. Das sind in unserer kleinen Schweiz bei zirka einer Million Kinder bis sechzehn Jahren an die 150 000 Kinder pro Jahr!
Nimm's mit und lies es in Ruhe, wenn wir nämlich jetzt ins Detail gehen, kommt ihr heute nicht mehr nach Italien. Hier ist alles gesammelt, Anklagen, Verurteilungen, Präventionen und so weiter. Hab' alles gesammelt, was ich finden konnte.
Walcher nickte und nahm den schweren Papierstapel: *Und ich dachte schon, ich müsste mir was zum Lesen kaufen!*
Auf der Treppe nach unten gab Johannes weiter, was er über Jeswita Drugajews Entführung herausgebracht hatte.
Es gibt keinerlei Lebenszeichen von ihr, die Kripo Zürich hat die Ermittlungen eingestellt, zuckte er mit den Achseln.
Sie verließen gerade das Haus, als eine Züricher Politesse Walchers Kennzeichen in ihren Strafzettelcomputer eintippen wollte. Der Wagen stand mit zwei Rädern auf dem Bürgersteig und das ohne Parkzettel. Zwei Delikte gleichzeitig waren zuviel. Da half es auch nichts, dass Walcher argumentierte, dass er nur die Tochter abgeholt hätte und, weil auf der Durchreise, keine Franken für den Parkautomaten zur Hand gehabt hätte. Das Ticket war bereits ausgedruckt.
Walcher beschloss, sich deswegen seine gute Laune nicht verderben zu lassen, und übergab das Ticket Johannes zum Abschied.

Zehn Minuten später lag Zürich hinter und die ersten gemeinsamen Ferien lagen vor ihnen.
Irmi erzählte von der Bergtour mit Marianne und Johannes und von Mariannes Cousin, der auch mit dabei war. Ein grässlicher Typ allerdings, der sie nur ständig blöd angemacht und auf der Tour ununterbrochen gejammert habe. *Und wie war's bei dir?*, wollte Irmi wissen.
Hmm, überlegte Walcher, was man in solchen Fällen als eine vernünftige Antwort geben könnte. *Also wir haben uns blendend unterhalten und ... wenn du nichts dagegen hast, hoffe ich, dass Susanna uns bald mal öfter besuchen kommt.*
Irmi gab sofort ihr Okay. *Die Armbrusters haben auch gemeint, es würde höchste Zeit, dass du wieder unter d'Leut kommst. Wir waren schon kurz davor, eine Suchanzeige im „Allgäuer" aufzugeben.*
Bei der Vorstellung, dass die Armbrusters und Irmi sich zusammentaten, um ihn zu verkuppeln, konnte sich Walcher ein Schmunzeln nicht verkneifen.

Rodica VII

Die Frauen und Mädchen schliefen erschöpft nach der grauenvollen Nacht, in der eine halbe Busladung englischer Fußballfans die Wohnung besetzt und gesoffen und gekotzt hatte und dazwischen über sie hergefallen war, wie Krieger im Siegesrausch wehrlose Frauen der Besiegten vergewaltigten.
Die Nachbarn hatten sich über den Lärm beschwert, es war im Treppenhaus und auf der Straße zu tumultartigen Szenen gekommen. Zweimal waren Streifenwagen vorbeigekommen, aber die Polizisten hatten nur auf der Straße die Ausweise von besonders renitenten Typen kontrolliert und waren dann wieder davon gefahren. Das Fußballspiel

war ja schon längst vorbei und was danach kam, war dann eher schon Privatsache.
Irgendwann gegen Sonnenaufgang waren die Engländer abgezogen, weil es nichts mehr zu trinken gab, und hatten zwei ihrer total besoffenen Kumpels zum nächsten Taxistand mitgeschleppt.
Den malträtierten Frauen und Mädchen war jedoch nur eine kurze Erholung vergönnt. Grob wurden sie aus tiefem Schlaf wachgerüttelt und aufgefordert, schnellstens ihre Sachen zu packen.
Keine zehn Minuten später saßen sie zusammengepfercht in einem Lieferwagen, unterwegs durch die erwachende Stadt, zu einer anderen Wohnung.
Rodica erlebte damit bereits den vierten Umzug binnen eines Monats, was sie allerdings nicht besonders berührte, wichtig war nur, dass sie ihren kleinen Freund, den Teddy nicht vergaß. Ansonsten hoffte sie bei jedem Wechsel nur, dass endlich mal auch der Fette ausgetauscht würde, aber bisher war ihr Wunsch nicht erfüllt worden.
Rodicas Peiniger wechselten einer den anderen ab, nur der Fette blieb und er kam beinahe täglich zu ihr, wenn es keine Kundschaft gab. Manchmal wuchs ihr kleiner Teddy zu einem riesigen Monster, stürzte sich auf den Fetten und zerfleischte das Schwein, aber das geschah leider nur in ihren Träumen.
Die neue Wohnung glich den vorherigen. Sie lag im dritten Stock eines heruntergekommenen Hauses in einem ebenso heruntergekommenen Viertel im Osten der Stadt.
Im Treppenhaus stank es nach einer Mischung aus altem Frittenfett, kaltem Rauch, billigem Rasierwasser, Schweiß und Kanalisation.
Obwohl in der Wohnung seit dem letzten Krieg nichts mehr renoviert worden war, strahlte sie allein schon wegen ihrer großzügigen Raumaufteilung, den Parkettböden und üppigen Stuckdecken und den wundervoll

gearbeiteten Türen eine gewisse morbide Gediegenheit aus. Das war dann aber auch schon alles Positive.
Das Badezimmer und die Toilette schienen zwar geputzt, es stank in jedem Fall bestialisch nach Salmiak und Reiniger, dafür sah es aber aus, als ob gerade ein Bautrupp mit der Renovierung begonnen hätte. Die Hälfte der Jugendstilfliesen lagen in einer Ecke, offensichtlich versuchte jeder Besucher, die noch an den Wänden haftenden abzulösen. Das Waschbecken war halb herausgerissen und wurde nur durch zwei Bierkisten gestützt. Auch der Heizkörper stand ohne Rohrverbindung an die Wand gelehnt.
Empfindliche Nasen rochen auch die Kanalisation, aber die Luft war derart mit Salmiak gesättigt, dass jeder mit tränenden Augen herauskam.
Die Küche sah gleichermaßen schäbig aus und in den Zimmern standen je ein billiges Bett, ein klappriger Schrank, ein Stuhl, mehr nicht.
Rodica nahm es kaum wahr, sie wollte nur schlafen, schlafen, schlafen.

Italien I

Nach dem Bernardino öffnete sich der Himmel und Italien begrüßte sie mit einem strahlenden Blau.
Irmi hatte festgestellt, dass dies die erste längere gemeinsame Autofahrt war. Ständig bewunderte sie die Landschaften, Orte, Burgen und Höfe, an denen sie vorbeifuhren. Sie war voller Neugier und löcherte Walcher mit den verrücktesten Fragen, die er oft mit dem Hinweis unbeantwortet lassen musste: *Aufschreiben und zu Hause nachschauen, ich weiß das auch nicht.*
Bei der ersten Rast riefen sie die Großeltern an und wollten wissen, ob mit Hund und Hof alles in Ordnung sei.

Es war alles in Ordnung und Rolli bellte auch einen Gruß ins Telefon. Warum sie Rolli eigentlich nicht mitgenommen hätten, fragte Irmi und Walcher erklärte ihr, dass in Italien ein Maulkorb, Tollwutimpfung, Versicherung und ein Gesundheitszeugnis notwendig wären.
Zwar frage die Polizei nur im Ernstfall danach, wenn man aber dann nicht all das vorweisen könne, würden die Hunde erbarmungslos in Quarantänestationen eingesperrt. Und das könne man keinem Hund antun.
Auch seien lange Autofahrten für Hunde eine Tortour und bis sie sich dann am Zielort an die neue Umgebung gewöhnt hätten, gehe es schon wieder zurück.
Außerdem wäre Rolli nicht angemeldet, gestand Walcher, weil er die Hundesteuer für eines jener Steuergesetze hielt, das längst abgeschafft gehörte, schließlich gab es ja auch keine Katzensteuer.
Als Walcher die italienische Polizei als Hundefänger hinstellte, flatterten seine Gedanken kurz zu Brunner. Der hatte sich nur mit Mühe überzeugen lassen, dass es sich bei der Italienfahrt um Ferien handelte und nicht um ein Treffen mit Menschenhändlern. Immerhin bedankte er sich, dass Walcher sich bei ihm abmeldete.

Hinteregger hatte von vier Stunden Fahrtzeit gesprochen, die sie für die Strecke benötigen würden, tatsächlich waren es dann aber doch sechs Stunden, bis sie von der Autobahn kurz hinter Genua nach Sestri Levante abbogen.
Sie hatten einige Pausen einlegen müssen, denn die kurvige Strecke durch den nördlichen Apennin bekam Irmi nicht besonders.
Walcher nutzte die Halte an den Raststätten jeweils für einen Espresso und kurze Sprachübungen. Auch füllte er den Tank auf. Dank Euro brauchte er nicht mehr zu befürchten beim Wechselgeld beschummelt zu werden, wie das früher mit der Lira häufig praktiziert worden war.

Italien, er liebte dieses Land und die Lebensfreude der Italiener, auch wenn sie allzu viel davon auf den Straßen austobten.
Walcher hatte die Italiener immer um ihr Klima, ihre Historie, Kultur und um ihre Oberflächlichkeit beneidet. Davon hätten die ernsthaften und schwerblütigen Nachbarn oberhalb der Alpen einiges vertragen können.
Warum zum Beispiel musste er immer wieder an seine Recherche denken und hatte ein ungutes Gefühl dabei, sie zu unterbrechen und zwischendrin einfach Ferien zu machen? Typisch alemannische Gründlichkeit, schüttelte er den Kopf und befreite sich mit einem tiefen Atemzug voll würzig warmer Ferienluft von derartigen Zweifeln.
Er hatte sich Ferien nicht nur verdient, sie gehörten zu seinen Pflichten, Irmi gegenüber. Und außerdem war es eine Freude, an ihrer Begeisterung teilhaben zu können. Trotz ihres fahrempfindlichen Magens wurde sie nicht müde, alles um sich herum ausgiebig zu bewundern, und jauchzte auf, als sie bei Genua zum ersten Mal das Meer sehen konnte.
Dank Hintereggers detaillierter Wegbeschreibung fanden sie die Nebenstraße, auf der sie um die kleine Ortschaft Riva Trigoso herumfuhren und sich durch unbeleuchtete Tunnels der Küste näherten. Wäre Irmi nicht so aufmerksam gewesen, Walcher hätte den kleinen Feldweg übersehen, auf den sie von der Teerstraße abbiegen sollten. Nach einer kurzen Strecke auf staubiger Piste durch ein Pinienwäldchen endete der Weg auf einem kleinen Parkplatz, auf dem Hintereggers Leihwagen stand.
Sie waren angekommen.

Susanna Reif

Susanna hörte den Mitschnitt ihres ersten Konzerts und hing in Gedanken den Tagen mit Walcher nach. Sie versuchte sich zu erinnern, in welche Männer sie in ihrem Leben ähnlich verliebt gewesen war. Nur zwei fielen ihr ein, bei den meisten anderen waren es nur Annäherungsversuche geblieben, denn Susanna war nie die Frau für einen kurzen Spaß gewesen.
Die beiden Beziehungen aber, die waren ihr unter die Haut gegangen, und unter der letzten Trennung hatte sie furchtbar gelitten. Es war der Kampf von Bauch und Gefühl gegen den Kopf und für Autonomie gewesen.
Partnerschaft ja, war immer schon ihr Credo, aber ohne Verlust der wirtschaftlichen und persönlichen Autonomie.
Seit sie sich in Walcher verliebt hatte, und das war spätestens geschehen, als sie ihn auf seinem Hof besucht hatte, war sie der Meinung, in ihm den Mann gefunden zu haben, der ihrer Vorstellung von Liebe und Partnerschaft bisher am nächsten kam. Ein verdammt gutes Gefühl, für das ihr auf der Flöte eine Menge Tremoli eingefallen wären.
Sie musste sich zusammenreißen, um nicht wie ein Teenager zu schmachten und sich ausschließlich das Wiedersehen nach seinem Italienurlaub auszumalen.
Mitten hinein in den Mitschnitt eines ihrer Konzertsoli klingelte das Telefon. Walcher? Dachte er im selben Moment auch an sie?
Sie sprang auf und wühlte in ihrer Tasche nach dem Handy. Aber er war es nicht. Stattdessen fragte irgendein Fremder, ob sie Susanna Reif wäre.
Susanna holte tief Luft und antwortete mit der Gegenfrage, ob er denn nicht wüsste, welche Telefonnummer er gewählt hätte und legte dann auf. Sie hasste solche Anrufe, besonders wenn sie einen anderen erwartet hatte.

Wenig später klingelte es erneut und der Anrufer erklärte hastig, er wäre Professor Bruné, und bat sie dringend, ihn anzuhören. Nach den ersten Sätzen des Professors war Susanna klar, dass sie soeben von ihrer eigenen Vergangenheit eingeholt wurde.
Wenn sie diesen französischen Professor Bruné mit seinem schlechten Deutsch richtig verstand, so sollte sie wieder Kindermädchen spielen. Damals hatte sie zwei Jahre lang zusammen mit einer Sozialpädagogin und einem Arzt sieben Kinder betreut. Sie hatte diesen Job als Betreuerin angenommen, nicht weil sie sich dazu berufen gefühlt, sondern weil sie nach ihrem Musikstudium einfach kein Engagement gefunden hatte.
Sie hatte die Kinder ins Herz geschlossen, ja, aber das war inzwischen Vergangenheit. Sie war sich auch von Anfang an im Klaren darüber gewesen, dass sie eine illegale Sache unterstützte, denn dass die sieben Kinder das Ergebnis illegaler Klonversuche waren, hatte sie gleich beim ersten Kontakt vermutet.
Wir gebraucht viel Zeit, um zu finden Sie, hörte Susanna den Professor und es klang wie ein Vorwurf. *Sie erinnern, dass wir Ihre Kinder in Obhut genommen?*
Natürlich erinnere ich mich, fauchte Susanna zurück, *aber warum sprechen Sie von meinen Kindern, was soll das? Es sind nicht meine Kinder. Ich habe sie betreut, nichts weiter.*
Oui, oui, versuchte die Stimme sie zu beruhigen. *Ich habe falsch mich ausgedrückt, entschuldigen Sie bitte. Die Kinder sind, nun, wie ich soll sagen, sehr empfindsam. Und seit von Trennung Ihnen sprechen sie täglich, dass sie ihre Susanna haben wieder wollen ... hallo, hallo, hören Sie noch mich?,* fragte die Stimme, weil Susanna die Pause, die der Professor geschickt einlegte, nicht nutzte.
Ja, ich höre Sie und ich sage Ihnen klipp und klar: NEIN. Ich mochte die Kinder und fand es unglaublich interessant, ihre außergewöhnlichen Fähigkeiten zu entdecken. Aber ich bin keine

Wissenschaftlerin, sondern Musikerin und mein Bedürfnis nach Sozialarbeit bewegt sich in den üblichen Grenzen, zumal mir die vermeintlichen Fähigkeiten der Kinder eher bedrohlich erschienen. Verstehen Sie mich?
Prompt tönte es aus dem Hörer und zwar nun fehlerfrei: *Natürlich verstehe ich Sie, aber Sie hätten die Chance, an einem einmaligen Projekt teilzunehmen, und dass die Kinder Sie so mögen, beweist uns, dass Sie ein herausragendes pädagogisches Geschick besitzen. Es wäre doch höchst bedauerlich, wenn Sie dieses besondere Talent nicht nutzen würden. Außerdem kann ich Ihnen eine lukrative Position anbieten, die weit über die einer Betreu...*
Susanna legte den Hörer auf. Sie spürte, dass sie sich schützen musste, vor falschen Komplimenten ebenso wie vor falschen Gefühlen. Gut, sie hatte die Kinder gern gehabt. Aber es war und blieb ein Job, nicht mehr, und der Job war beendet. Bewusst stellte sie das Konzert lauter und trug das Handy hinaus in die Küche, um nicht erneut mit dem Professor sprechen zu müssen.
Auch was der Franzose alles auf den Speicher gesprochen hatte, hörte sie sich später nicht an, sondern löschte es.

Was sie allerdings bedauerte, war, dass sie den zweiten, ebenfalls gespeicherten Anrufer nicht angenommen hatte: *Schade, hätte gerne deine Stimme gehört. Wir sind gut angekommen, aber du fehlst hier. Werde es später noch einmal versuchen, ciào Susanna.* Im Hintergrund konnte sie Irmi hören, die sich an einem Song von Morrisette versuchte, in dem es um Liebe ging. Susanne seufzte und flüsterte in den Hörer: *Du fehlst mir auch.*

Adam II

Es war wieder Donnerstag, Adams Tag. Wie an jedem Donnerstagabend fuhr er in den Stadtteil Eichenhof, stieg in der Eichenstraße 24 in den vierten Stock, um sich dann in die darunter liegende Etage zu schleichen.
Warum er nach diesem immer gleichen Schema vorging, erst rauf, dann ein Stockwerk wieder hinunter, darüber hatte er noch nicht nachgedacht. Vielleicht, weil er einem möglichen Beobachter vortäuschen wollte, nicht das Puff, sondern die Wohnung darüber wäre sein Ziel. Wie auch immer. An diesem Donnerstag wurde ihm weder auf sein Klingeln noch auf sein zaghaftes Klopfen hin geöffnet und auch nicht, als er mit der Faust gegen die Tür hämmerte. Zwei Stockwerke über ihm schrillte eine keifige Stimme: *Dorte nix meh fickfick. Du gehe, sonste rufe Polizei.*
Adam fluchte, trat den Rückzug an und machte sich auf den Weg in seine Stammkneipe an der Markthalle.
Dort fand er nach vier Bieren und zwei Schnäpsen endlich den Mut, den Wirt nach einer neuen Adresse zu fragen, und bekam auch eine, noch dazu ganz in der Nähe.
Es war inzwischen kurz nach 23 Uhr, aber einen Versuch war es doch wert, dachte Adam, zahlte und brach auf.
Eine Stunde später war seine Welt wieder in Ordnung, jedenfalls bis er in der Diele der geräumigen Wohnung dem schmächtigen Russen hinter der Theke den Hurenlohn für das etwa 16 Jahre alte, mandeläugige Mädchen aus Asien hätte hinblättern sollen. 280 Euro!
Das war einiges mehr als doppelt soviel, wie er bisher immer hatte bezahlen müssen. Und mit dem Argument des Russen, dass die Nachfrage den Preis diktiere, konnte Adam wenig anfangen.
Er weigerte sich, mehr als 80 Euro zu bezahlen, und drohte, ordentlich Rabatz zu machen, wenn das nicht in Ordnung ginge.

Der Russe blieb beherrscht, fragte, ob das Adams letztes Wort sei, nickte ein trauriges Lächeln, als Adam ihm dies bestätigte, und kam langsam hinter der Theke hervor auf Adam zu.
Vor Adam stehend, der ihn um gut einen halben Meter überragte und sicher doppelt so viel wog, lächelte er und meinte in einem überraschend guten Deutsch: *Entweder du zahlsch jetzt oder später, entscheid dich für später, liegt Tal voll Schmerze zwischen.*
Adam glotzte den kleinen Russen sekundenlang an, so lange brauchte sein Hirn, um zu verstehen, dass dieser Winzling ihm Schmerzen androhte, ihm, dem starken Adam Karowitz. Da brannte bei Adam eine Sicherung durch, genau gesagt schmorte sie langsam, denn bis sie endgültig durchbrannte, dauerte es noch etwas.
Aber dann straffte er sich, ballte seine riesigen Fäuste und holte mit der Rechten aus. Bevor jedoch Adams Faust wie geplant im Gesicht des Russen landete, hatte der bereits zugeschlagen und Adams Kiefer gebrochen.
Der Schlagring in der Faust des Russen traf Adam blitzschnell ein zweites Mal, die Lippen platzten auf und zwei Schneidezähne brachen in der Mitte ab. Gleichzeitig rammte ihm der Russe ein Knie zwischen die Beine, dass Adam vor Schmerz und Übelkeit kurz die Augen schloss und ihm schwindlig wurde.
Die Pistolenmündung, in die er blickte als er die Augen wieder öffnete, brach Adams letzten Kampfeswillen, wenn er denn überhaupt noch einen verspürte.
Er zahlte hektisch die geforderte Summe und verließ fluchtartig das ungastliche Etablissement, so schnell es ihm der höllische Schmerz im Schritt erlaubte.
Mühsam schleppte er sich nach Hause und stellte, dort endlich angekommen, fest, dass seine Hoden bereits auf die Größe von Straußeneiern angeschwollen waren.
Am nächsten Morgen meldete sich Adam krank.

Zusammen mit dem Eisbeutel hätte er in keine Hose gepasst. Aber das war nicht das Schlimmste.
Sein Gesicht war unförmig angeschwollen. In den offenen Lippen, der Platzwunde am Kinn und im gebrochenen Kiefer pochten höllische Schmerzen, die Adam mit unmengen Schnaps zu betäuben versuchte. Den Fusel, mit dem ihn seine Mitbewohner versorgten, musste er allerdings durch einen Strohhalm einziehen, weiter bekam er den Mund nicht auf.
Der große starke Hengst Adam, der es den Hurenweibern so kraftvoll besorgen konnte, war ein großer Haufen jammerndes Elend. Von seinen Schmerzen und dem Hass auf diese Zuhälterratte konnte ihn nicht einmal seine Pornosammlung ablenken, denn allein schon der Gedanke daran aktivierte das untere Zentrum seiner Qualen.

Italien II

Nahtlos schienen die blauen glatten Flächen von Meer und Himmel am Horizont ineinander überzugehen.
Trieb der Wind am Himmel einige Wolken vor sich her, so waren es auf dem Meer die weißen Segel, die zwischen Motorbooten und den großen Schiffen weiter draußen wie ein Schwarm pausierender Schmetterlinge anmuteten.
Sie standen auf der Terrasse und bewunderten still das Panorama, das sich ihnen bot. Links und rechts von steil abfallenden Felswänden gerahmt, lag vor ihnen eine endlose Wasserfläche wie ein fester Körper.
Erst zehn Meter unter ihnen wurde das Meer lebendig und rollte in weichen Wellen gegen den Fels.
Hinteregger hatte nicht zuviel versprochen, die Lage des Hauses war ein Traum. Seitlich und im Rücken von Felsen

beschützt, öffnete es sich nur zur Seeseite und war auch nur von dort aus sichtbar. Der Zugang von der Landseite war allerdings etwas beschwerlich, nur eine steile Treppe führte von dem versteckten Parkplatz hinunter.
Ich erledige fast alle Einkäufe mit dem Boot, erklärte Hinteregger auf Walchers Andeutung, dass die Lebenshaltung ziemlich beschwerlich sei. Auch würde alles, was man telefonisch bestellte, über das Wasser angeliefert, sogar ein Händler käme mit seinem Ladenboot vorbei, wenn man ihn anfordere.
Das Haus war einstöckig, dafür aber langgestreckt, denn alle Zimmer und die Küche lagen nebeneinander, zum Meer ausgerichtet. Nur die Badezimmer und Toiletten, die Räume für Vorräte und eine kleine Werkstatt lagen nach hinten zu den Felsen, allerdings fensterlos, bis auf winzige Luftschächte. Das großzügige Wohnzimmer mit Kaminecke und offener Küche befand sich in der Mitte des Hauses, links und rechts davon jeweils zwei Zimmer, alle mit großen Türen zur Terrasse. Die Zimmer waren zwar nicht besonders geräumig, hatten aber eigene Bäder und Toiletten. Auf der Terrasse standen Liegen, eine Tischtennisplatte und große Pflanzenkübel mit Palmen. Von der Terrasse aus führten betonierte Stufen hinunter zu der halbrunden Hafenmole, hinter deren Schutz ein kleines Fischerboot vertäut auf dem Wasser dümpelte.
Wenn ihr jetzt schon begeistert seid, was werdet ihr dann erst sagen, wenn ihr den Sonnenuntergang zu sehen bekommt?, konstatierte Hinteregger erfreut die Begeisterung seiner Gäste über sein Feriendomizil. *Und jetzt meine Dame, mein Herr, vielleicht wollen Sie sich nach der langen Fahrt erfrischen. Die Wassertemperatur bewegt sich bei halbwegs akzeptablen 21 Grad, Haie und sonstige Meeresungeheuer gibt es hier nicht. Noch könnt ihr euch danach in der Sonne aufwärmen. Handtücher, Bademäntel, alles findet ihr in euren Zimmern. Ich richte uns inzwischen Begrüßungscocktails und einen kleinen Imbiss.*

Am Abend saßen sie auf der Terrasse und erlebten den, wie versprochen, beeindruckenden Sonnenuntergang.
Man muss sicher ziemlich reich sein, um sich ein Haus an solch einem Platz bauen zu können, meinte Irmi zu Hinteregger.
Hinteregger lächelte: *Ja, da hast du Recht, aber das ist nicht mein Haus. Es gehört mir nur ein bisschen davon und auch nur, solange ich lebe.*
Das verstehe ich nicht. Irmi wollte es genau wissen. Walcher warf zwar einen entschuldigenden Blick zu Hinteregger, war aber genauso neugierig wie Irmi.
Hinteregger zuckte gespielt resigniert mit den Schultern.
Ich vergaß, dass ich's ja mit einem Journalisten und mit einer Person zu tun habe, die bestimmt infiziert ist von der Arbeitsweise eines Journalisten. Er legte eine ausgedehnte Pause ein, in der er für Irmi Fruchtsaft aus der Küche holte und für Walcher und sich selbst ein Glas Wein einschenkte.
Dann zündete er sich genussvoll die ebenfalls mitgebrachte Zigarre an und meinte: *Die ist erst vor wenigen Tagen gedreht worden, mein Chef hat sie mir mitgebracht.*
Sie stammt aus einer Behinderten-Kooperative in Brasilien, die wir unterstützen. Er lehnte sich in seinem Stuhl zurück und inhalierte vorsichtig den dicken Rauch: *Aber, zurück zu deiner Frage, Irmi. Es ist so, dass ich mit der Saveliving Company, das ist das Unternehmen, in dem ich arbeite, eine Art Vertrag auf Lebenszeit habe, nur kündbar, wenn ich mich auf welche Weise auch immer gesetzeswidrig verhalte oder die Arbeit verweigere.*
Sonst kann ich selbst bestimmen, wie lange ich arbeiten will. Was ich für meinen Lebensunterhalt brauche, bezahle ich von meinem Gehaltskonto, von dem, was ich übrig behalte, erwerbe ich Anteile der Company. Mit meinen bisher erwirtschafteten Anteilen wäre ich vielleicht schon ausreichend versorgt.
Aber das will ich nicht und das gilt auch für die meisten unserer Mitarbeiter. Ich will was tun, statt Däumchen zu drehen, und habe vor, so lange weiterzumachen, wie ich gesundheitlich dazu

in der Lage bin und leisten kann, was der Job mir abverlangt. Vielleicht werde ich irgendwann auch in einen anderen Bereich wechseln, mich um die Ausbildung von Nachwuchskräften zum Beispiel kümmern oder das Archiv betreuen, von mir aus auch als Betreuer in einem unserer Betriebskindergärten arbeiten.
Ich finde unser Betriebsmodell hervorragend. Wer sich einmal für eine Laufbahn in der Company entscheidet, der kann bleiben, bis er nicht mehr will oder kann. Es geht natürlich nicht alles so reibungslos, wie es sich anhört, aber es ist ein Modell und wie ich finde, ein Modell für die Zukunft.
Der Company haben wir es auch zu verdanken, dass wir hier auf der Terrasse sitzen können. Dieses Haus ist eines von vielen, die der Company gehören, und es steht den Mitarbeitern zur Verfügung. Ein firmeneigenes Reisebüro kümmert sich ausschließlich um die Organisation der Häuser. Wir bezahlen den Aufenthalt in so einem Haus entweder in bar oder in Form von Arbeitszeit, durch Überstunden zum Beispiel.
Walcher nahm sein Glas und prostete Hinteregger zu: *Hört sich nach gelungenem Sozialismus an.*
Wie gesagt, mir gefällt das Modell. Vor allem aber kommt es eben ohne besserwisserische Ideologie aus, nahm auch Hinteregger sein Glas.
Gehört dir auch ein Stückchen von dem Boot, fragte Irmi und schlug, als Hinteregger genickt hatte, vor: *Was haltet ihr davon, wenn wir morgen mit dem Boot rausfahren? Von mir aus mit oder ohne Ideologie an Bord.*
Hinteregger deutete lachend auf Irmi und bekam zu viel Zigarrenrauch in die Lunge. Hustend nickte er zu Walcher: *Machen wir, oder?*
Walcher stimmte schmunzelnd zu: *In diesem Fall ohne Ideologie.*

Sie hatte sich duschen und unter Aufsicht sorgfältig schminken müssen. *Sondereinsatz*, grinste Andreij, dessen Gesicht aussah wie ein zu lange gebackener Leberkäse. Andreij war schon nüchtern ein obszönes Schwein, in betrunkenem Zustand entwickelte er sich zu einem sadistischen Folterknecht – und er soff praktisch ununterbrochen.

Jeswita musste eines der Arbeitskleider anziehen, die für so genannte Sondereinsätze angeschafft worden waren. Dann nahm Andreij ihre Hand, drückte sie so fest, bis ihr vor Schmerzen Tränen aus den Augen rannen, und sagte: *Wenn du Ärger machst, gibt's 'ne Spezialbehandlung von mir, ist das klar?*

Jeswita nickte nur. Dann gingen sie hinunter zum Auto, wo Andreij sie auf den Rücksitz stieß und den Hebel für die Kindersicherung umlegte, bevor er die Tür zuschlug. Andreij fuhr zügig, soweit der Verkehr es zuließ.

Auf einer breiten Allee, als sich der Strom der Autos zu einem Stau verdichtet hatte, warf sich Jeswita hinüber zur linken Wagentür – in der Hoffnung, dass diese nicht gesichert sei. Sie war tatsächlich nicht verriegelt, aber Andreij reagierte wie ein Profi. Er riss sofort das Steuer nach links, raste über den Mittelstreifen auf die Fahrbahn für den entgegenkommenden Verkehr und schaffte es in einer wilden Zickzackfahrt, die drei Spuren ohne Zusammenstoß fast diagonal zu queren. Mit quietschenden Reifen hielt er auf der freien Bushaltestelle.

Jeswita war durch das Manöver zurück auf die rechte Seite geschleudert worden, während die linke Tür wieder zuschlug. Kaum stand der Wagen, schlug Andreij ebenfalls zu und zielte mit der Faust auf ihren Hinterkopf, damit eventuell sich bildende Blutergüsse durch ihre Haare verdeckt würden.

Das Einzige, was Jeswita noch denken konnte, war: Wann hört dieser Wahnsinn endlich auf? Sie nahm sich vor, bei der nächsten Gelegenheit erneut zu fliehen, egal wie und wohin. Aber erst einmal gab es keine Gelegenheit.
Andreij zwang sie, aus der Flasche zu trinken, die er immer griffbereit im Handschuhfach liegen hatte.
Einige wenige Schlucke davon genügten und Jeswita entschwebte in eine andere Welt, aus der sie erst wieder in einem Bett aufwachte, das in einem mit Nippes überfüllten Schlafzimmer aus Schleiflackmöbeln stand.
Die dunkelblauen Vorhänge waren zugezogen. Dutzende Kerzen brannten. Eine piepsige Frauenstimme sang lautstark irgendeine Opernarie.
Jeswita entdeckte sich in dem riesigen Spiegel an der Decke über dem Bett. Sie war nackt und an das Metallgestänge des Bettes gefesselt.
Der Mann und die Frau, die lächelnd auf sie herabsahen, waren ebenfalls nackt, aber ohne Fesseln.

Italien III

Nach der ersten Nacht, vom ungewohnten steten Rhythmus der Brandung im Schlaf begleitet, waren sie schon beim ersten Sonnenstrahl aufgewacht.
Walcher und Irmi fühlten sich erholt, obwohl sie einige Male aufgewacht waren, wie sie Hinteregger gestehen mussten. Schließlich waren sie aus dem Allgäu andere Nachtgeräusche gewohnt.
Die Wachphasen waren allerdings nur kurz gewesen, die hypnotische Kraft der rauschenden Brandung hatte sie unwiderstehlich zurück in Morpheus' Arme geführt.
Walcher verweigerte ein derart frühes Badevergnügen, weshalb Irmi allein ins Meer hüpfte und dabei vermutlich

die Küstenbewohner von Genua bis La Spezia in Aufruhr versetzte, so laut schrillten ihre Jauchzer.
Hinteregger schickte Walcher, gewissermaßen als Ersatz für einen Morgenlauf, die Treppen hinauf zum Parkplatz, wo auf seinem Autodach Tageszeitungen und frische Brötchen deponiert lagen, die vom Dorfbäcker im östlichen Stadtteil von *Riva Trigoso* stammten, der so freundlich war, auch die bei einem Kiosk bestellten Zeitungen mitzubringen.
Nach rauf und runter 160 unregelmäßigen Stufen war Walcher froh, sich an einen gedeckten Frühstückstisch setzen zu können. Hinteregger hatte ohne großes Aufheben auf den Tisch gestellt, was die Küche hergab, frischen Orangensaft gepresst und die Kaffeemaschine angestellt, an der sich jeder nach Belieben mit Tee, Cappuccino, Espresso oder Kaffee bedienen konnte.
Frühstücken, dabei Zeitung lesen und am straff gehaltenen Zeitungsblatt die Erdkrümmung am Horizont feststellen – konnte es noch etwas Wundervolleres geben, fragte Walcher und erhielt von Irmi prompt die Antwort: *Bootfahren.*
Hinteregger meldete sich zu Wort, als wäre er Reisebegleiter eines Ausflugsbusses: *Meine Dame, mein Herr, Individualreisen heißt Sie herzlich willkommen. Heute Vormittag ist in Sestri Levante Markt, anschließend wäre eine kurze Siesta nicht schlecht und danach schlage ich vor, dass wir mit dem Boot an der Küste entlang schippern. Das hätte den Vorteil, wir könnten vom Boot aus baden oder an Land gehen und Eis essen, Campari trinken, uns Land und Leute zu Gemüte führen.*
Was haltet ihr davon? Hört sich doch nach einem idealen Programm zum Entspannen an, oder? Genau richtig für den ersten Urlaubstag. Kultur gibt's danach, und zwar nicht zu knapp.
Irmi streckte den rechten Daumen in die Höhe: *Gebongt, Hauptsache, ich darf mal die Yacht steuern.*
Eine „Yacht" zu steuern, die in Wirklichkeit ein einfaches

Fischerboot mit einem stinkenden Diesel war, stellte sich dann recht schnell als wenig aufregend heraus. Allein schon das Geräusch und Tempo, mit dem das Boot das türkisblaue Meer pflügte, erinnerten stark an einen Traktor und den steuern zu dürfen, war eher Jungensache. Irmi gab dann auch bald das kleine Steuerrad wieder an Hinteregger ab und beschränkte sich auf das Betrachten der Landschaft, an der sie gemütlich vorbeituckerten.
Steil aus dem Wasser ragten streckenweise die Ausläufer des Apennin, um dann abrupt flachen Buchten Platz zu machen.
In der ersten Bucht, die sich nach dem steilen Felsufer auftat, stand eine der größeren Werften Italiens. Hinteregger erklärte, dass bis zu seinem Ferienhaus das Gelände militärischer Sperrbezirk sei, weil auf der Werft auch Schiffe für die Regierung gebaut würden. *Dafür muss man direkt dankbar sein, sonst gäbe es hier vermutlich viel mehr Häuser und viel mehr Leute.*
Walcher nickte nur, er war gefesselt von den Bildern: Wasser, Erde, Luft und zwar in einem derart ausgeprägten Wechselspiel der Farben und Formen, dass es sprachlos machte.
Nach der Bucht stiegen wieder steile Berge auf, teils blanker Fels, teils mit Pinien und Kiefern bewachsen, dazwischen Terrassen mit Ölbäumen.
Ein steil abfallender Felsrücken reichte weit ins Meer hinein, gekrönt von einer Burgruine, die sich im ruhigen Wasser spiegelte. Im Wasser schien alles vereint, die Erde und der Himmel.
Eine halbe Stunde später schlenderten sie durch Sestri Levantes Altstadt und genossen das typisch italienische Markttreiben. Alle Plätze, Gassen und Winkel waren dicht besetzt mit Händlern, an deren Ständen sich Einheimische und Touristen gleichermaßen vorbeidrängelten. Augen, Nase, Zunge, Ohren, die meisten Sinne wurden

erbarmungslos attackiert und wer Wert auf Hautkontakt legte, kam auch nicht zu kurz.
Von Walcher hatte Irmi ihr Taschengeld für die Ferien mit dem Hinweis erhalten, dass dies für persönliche Dinge sei, denn Ernährung und Kultur gingen auf seine Rechnung. Hinteregger steckte Irmi fünfzig Euro zu und meinte: *Bitte schön, habe ich von meinen Anteilen abgeknappst.*
Irmi strahlte, denn so viel Geld auf einmal gab's sonst nur zum Geburtstag oder an Weihnachten.
In Ferienstimmung über einen Markt zu bummeln, macht Kauflust auf Dinge, die ansonsten für überflüssig erachtet werden. Für ihre beiden Großväter erstand Irmi aus Holz geschnitzte Rückenkratzer, für ihre Großmütter Lavendelkissen, für ihren Freund entdeckte sie das ultimative Feuerzeug mit Sirenengeheul, für ihre beste Freundin feilschte sie um einen mit Glasdiamanten besetzten Ring. Irmi erklärte den beiden: *Damit hab ich die Mitbringsel-Arie aus dem Kopf. Jetzt können wir uns auf Land, Leute und Gelato konzentrieren.*
Walcher machte Hinteregger auf einen Mann aufmerksam, der ihnen folgte, seit sie im Hafen an Land gegangen waren. Der war ihm vor allem deshalb aufgefallen, weil er eine schwarze Lederjacke trug, bei dreißig Grad Lufttemperatur etwas ungewöhnlich. Hinteregger meinte dazu bloß lapidar, wenn das so auffallend wäre, müsste er sich wohl Gedanken wegen der Bekleidung seiner Mitarbeiter machen, denn auch der zweite Mann, der irgendwo in der Nähe sein müsste, trug solch eine Lederjacke.
Dienstvorschrift, zuckte Hinteregger mit den Schultern. *In den Jacken steckt praktisch ein komplettes Kommunikationssystem samt Energieversorgung.* Entschuldigend hob er die Schultern und meinte: *Ich bin halt irgendwie immer bei der Arbeit. Aber ich hätte dich informieren und dir die beiden vorstellen sollen. Sie wohnen in unmittelbarer Nachbarschaft vom Haus und werden uns praktisch überall begleiten. Ich dachte,*

dass wir uns da besser bedeckt halten sollten, wegen Irmi. Oder was meinst du?
Walcher schluckte erst einmal und nickte dann rasch, denn Irmi kam gerade, zog die beiden zu einem Kunststand und zeigte dort auf einen riesigen Sonnenuntergang in Öl. *Hey, der wär' spitzenmäßig in meinem Zimmer,* rief sie und war kaum zu bremsen. Hinteregger schmunzelte, während Walcher sie auf den Preis aufmerksam machte, der ihr komplettes Feriengeld verschlungen hätte.
Irmi forderte ihn flüsternd auf, doch den Preis herunter zu handeln, aber Walcher schüttelte nur den Kopf, denn selbst der halbe Preis wäre immer noch weit zuviel gewesen. Da griff Hinteregger ein und schlug vor, den nächsten Sonnenuntergang direkt und eigenhändig von der Terrasse aus abzumalen. *Im Haus stehen Leinwand, Pinsel, Farben und eine Staffelei, wollte nämlich selber malen, wenn ich dazu komme. Also da kannst du dich als Artista versuchen.*
Irmi fand die Idee superspitze.

Am Chiemsee

Regen prasselte gegen die Fenster. Es schüttete wie aus Kübeln und bald flossen die Pfützen auf dem Hofplatz ineinander und bildeten einen einzigen See.
Isolde und Danila standen am Fenster der geräumigen Wohnküche und trockneten sich die Haare. Gerade noch rechtzeitig hatten sie es geschafft, die Wäsche ins Haus zu bringen, bevor der von heftigen Böen gepeitschte Wolkenbruch für Weltuntergangsstimmung sorgte.
Isolde dachte an Hubert, ihren Mann, der mit den beiden Pflegekindern unterwegs war, um den Bauernschrank abzuliefern, den sie während der vergangenen Wochen in gemeinsamer Arbeit restauriert hatten.

Hoffentlich erwischt sie der Regen nicht gerade beim Ausladen, meinte sie und sprach betont langsam und akzentuiert. Danila nickte: *Werden schon warten, sind nicht dumm.*
Auch Danila sprach langsam und konzentriert. Ihre Fortschritte in Deutsch waren beachtlich. Seit ihrer Ankunft auf dem Hof unterrichtete Isolde sie in einer Art Dauerkurs. Mit viel Geduld erklärte Isolde jeden Handgriff in Haus und Garten. Danila notierte sich alle neuen Wörter in einem Taschenkalender, den sie immer bei sich trug. Zwischendurch diktierte Isolde kurze einfache Sätze, machte Danila auf Grammatikfehler aufmerksam und ließ sich von ihr immer wieder deren Vokabelsammlung vorlesen.
Als Danila angekommen war, hatte sie nur eine Handvoll Wörter beherrscht, die allerdings jedem halbwegs zivilisierten Menschen die Schamesröte ins Gesicht trieben, aber Isolde war das von ihren Zöglingen gewöhnt.
Vor nunmehr fünf Jahren hatten sich Isolde und Hubert Kammerer, sie Sozialarbeiterin, er Möbelschreiner, zur Aufnahme von Kindern mit problematischem Hintergrund entschlossen und führten seither das Leben einer Großfamilie, in der allerdings die Besetzung wechselte. Mit Danila war, vermittelt durch SOWID, zum ersten Mal eine schon etwas ältere Jugendliche in die Familie aufgenommen worden.
Die beiden Kammerers galten im nahen Rottau, einem kleinen Dorf am Chiemsee und an der Autobahn München–Salzburg gelegen, als Aussteiger, obwohl sich die Möbelschreinerei und die Nebenerwerbslandwirtschaft, die sie betrieben, seit Generationen im Besitz von Huberts Familie befanden. Nach einem kurzen Intermezzo in der Möbelindustrie hatte sich Hubert auf das Restaurieren alter Möbel spezialisiert, und weil auch Isolde mit ihrer Beamtentätigkeit in der Jugendfürsorge nicht die Erfüllung ihrer beruflichen Vorstellung fand, hatten sie in dem

elterlichen Hof mehrere Zimmer ausgebaut, um Pflegekinder aufzunehmen. Eigene Kinder wollten sie nicht mehr, sie fanden sich mit ihren 40 Jahren dafür zu alt. Also hatten sie sich für fremde Kinder entschieden und denen versuchten sie ein liebevolles und verlässliches Zuhause zu geben.
Isolde deutete auf die Kaffeemaschine: *Wie wär's mit einem Kaffee, bis das Sauwetter vorbei ist?*
Eine gut Idee, bestätigte Danila und lächelte.
Eine gute Idee, korrigierte Isolde sie, *eine Idee ist gut, aber wenn du es andersherum sagst, wird hinten ein e angehängt.*
Die beiden sollten jedoch nicht zu ihrer Kaffeepause kommen, denn im selben Moment, als Isolde den Wasserhahn aufdrehen wollte, sah sie, wie ein schwarzer Mercedes auf den Hof fuhr, drei Männer ausstiegen und gebückt durch den strömenden Regen auf das Haus zu rannten.
Was dann geschah, war so ungeheuerlich, dass sich Isolde auch Stunden später noch nicht beruhigt hatte, sondern wie eine Furie aus der dunklen Speisekammer stürmte, als Hubert den Stuhl wegzog, mit dessen Lehne die Türklinke blockiert war.
Dass Isolde dabei einen Wetzstahl wie einen Dolch in Händen hielt, fanden Hubert und die beiden Jungen eher komisch. Erst nachdem Hubert ihr ein Glas Enzian eingeflößt hatte, beruhigte sich seine Frau und war in der Lage zu erzählen, was geschehen war.
Isolde deutete auf die Kaffeedose, deren Inhalt auf dem Küchenboden verstreut lag. *Wir wollten uns grad einen Kaffee machen, als ein Auto auf den Hof fuhr, so eines mit schwarzen Folien an den Scheiben. Es goss in Strömen und darum waren die drei Gestalten gar nicht richtig zu erkennen, wie sie aufs Haus zu rannten. Dann ging alles furchtbar schnell.*
Ich sagte noch zu Danila, die werden aber ganz schön nass, da stürmten sie auch schon in die Küche. Was sie brüllten, konnte ich nicht versteh'n, es war Polnisch. Danila verstand es, also

muss es Polnisch gewesen sein, sie kreischte wie verrückt und haute dem ersten die Kaffeedose auf den Kopf. Dieser Kerl schlug ihr ein paar Mal ins Gesicht und schrie sie dabei an wie ein Wahnsinniger. Er hatte von der Kaffeedose eine Schramme an der Stirn abbekommen und Kaffeepulver in die Augen gekriegt.
Isolde nahm noch einen Schluck von dem Enzian. *Grauslich das Zeug,* schüttelte sie sich, erzählte aber sofort weiter. *Ich schrie auch, glaub' ich, nach der Polizei und was sie hier verloren hätten, aber zwei von den Gangstern packten mich und stießen mich in die Speisekammer. Dann hörte ich nur noch, wie Danilas Schreie plötzlich verstummten, Autotüren schlugen und der Wagen vom Hof raste. Ich versuchte die Tür zu öffnen, aber es war nichts zu machen. Ich hab' dann im Dunkeln so lange herumgetastet, bis ich das Werkzeug hier fand. Ich hatte eine schreckliche Angst, dass sie noch mal zurückkommen, weil ich sie ja gesehen habe. Danila ... vielleicht hat sie sich ja irgendwie losreißen und verstecken ... ?*
Die Jungs rannten aus der Küche, kamen aber nach kurzer Suche zurück. Im Haus war Danila nicht mehr.
Hubert rief ihre Betreuerin im Münchener Jugendamt an und schilderte die Verschleppung Danilas. *Sie kümmert sich drum,* meinte er nach dem Anruf, *die Polizei brauchen wir auch nicht anzurufen, das machen die von München aus.*

Lederjacke

Nachdem auch Irmi der Mann in der schwarzen Lederjacke aufgefallen war, telefonierte Hinteregger, während er auf einen Tisch deutete, der gerade in dem Café vor ihnen frei wurde. Als Eis und Espressi bestellt waren, meinte Hinteregger: *Jetzt muss ich euch doch meine Mitarbeiter vorstellen. Dachte, ich könnte sie im Hintergrund halten,*

weil ich euch nicht die Ferienlaune verderben wollte. Während er das sagte, hatten sich zwei junge Männer, beide in schwarzen Lederjacken, an den Tisch gestellt. *Martin und Lorenz,* stellte Hinteregger sie als seine Mitarbeiter vor. Irmi staunte nicht schlecht, vor allem Martin schien ihr sehr zu gefallen.
Wir haben zurzeit einige Probleme in der Company, deshalb hat sie mir mein Chef geschickt, damit ich überall erreichbar bin, erklärte Hinteregger und Walcher fand, dass es nicht einmal schlecht gelogen war.
Martin und Lorenz zogen ihre Jacken aus und setzten sich. Hinteregger deutete auf eine der Jacken und zeigte Irmi, was alles in ihr steckte. *Mit diesem kleinen Laptop können wir uns in den Firmencomputer einloggen und arbeiten und kommunizieren, als säßen wir in unserem Büro. Sind halt etwas unbequem die Jacken, bei diesem Wetter besonders und schwer auch noch, weil da einige Batterien eingearbeitet sind.*
Wow, machte Irmi und fragte: *Warum die Heimlichtuerei?*
Wir gehören zur Sicherheitsabteilung unserer Company, erklärte Hinteregger, *so ein bisschen kannst du uns mit einem Geheimdienst vergleichen.*
Wieder machte Irmi: *Wow.* Überlegte eine Weile und wollte es dann genau wissen. *Gesetzlich oder ungesetzlich?*
Die Antwort gab nicht Hinteregger, sondern Martin.
Er lächelte dabei. *Natürlich ist alles gesetzlich, was wir tun, oder sehen wir aus wie Kriminelle?*
Martin sah blendend aus, hatte himmelblaue Augen und sprach ein Deutsch mit leichtem amerikanischen Akzent. Braun gebrannt, kurze blonde Haare, ein Typ, der von Irmis Altersgruppe angehimmelt wurde. Auch Irmi schien damit Probleme zu haben, sie schüttelte nämlich nur den Kopf, ihre Wangen färbten sich leicht rosa und dann widmete sie sich auffällig konzentriert ihrem Eis.
Walcher beobachtete Irmis Reaktion mit Verwunderung, war aber in Gedanken bei Hinteregger und dessen Leuten.

Geheimdienst, das war vermutlich der richtige Begriff für Hintereggers Sicherheitsabteilung. Ein firmeneigener Geheimdienst, warum war er da nicht selbst draufgekommen?

Lorenz verabschiedete sich und Hinteregger erklärte, dass Lorenz heute eine Art Postbote war und einige wichtige Papiere in die Firmenzentrale bringen musste, an denen er bis gestern gearbeitet hatte. Ab jetzt werde auch sein Urlaub so richtig beginnen, strahlte Hinteregger.

Für Irmi schien das ebenfalls zuzutreffen. Vor allem dass Martin die nächste Zeit häufig mit ihnen zusammen sein würde, fand sie auch wieder spitzenmäßig. Als oberspitzenmäßig bezeichnete sie dann, was auf der Heimfahrt auf dem Boot geschah. Martin stieß sie plötzlich hinter das Ruderhäuschen und rief Walcher und Hinteregger zu, hinter der Bordwand in Deckung zu gehen. Er hatte Mündungsfeuer oben auf den Küstenfelsen aufblitzen sehen und reagierte, noch bevor der Schall zu ihnen drang.

Nach dem Schrecken klärte Hinteregger sie allerdings auf, dass dort oben in beinahe jedem Baum ein Ansitz sei, von denen aus die Jäger auf Wildtauben schossen.

Im Herbst würde es sich manchmal fast anhören, als wäre ein Krieg ausgebrochen. Eigens abgerichtete Wildtauben, die *Bastarde* genannt wurden, hatten die Aufgabe, ihre Verwandtschaft näher zu den Ansitzen zu locken. Manchmal würden die Bastarde auch selber zu Opfern.

Während Irmi für ihren Retter glühte, sah sich Walcher bestätigt, der in Martin den Bodyguard Hintereggers vermutete.

Der Rest des Tages verlief ruhig, mit Schwimmen, Essen, Trinken, Lesen und Gesprächen. Nur Martin schien nicht besonders glücklich und das, obwohl Irmi ausgesucht nett zu ihm war. Manchmal sandte er einen stummen Hilferuf zu Walcher und Hinteregger, den aber beide schmunzelnd ignorierten.

Es folgten unbeschwerte Tage, ausgefüllt mit einer herrlichen Ferienmischung aus Unterhaltung, Sport, Kultur und Faulenzen.
Natürlich trug zum leiblichen Wohlbefinden besonders bei, was es rundherum in Osteria, Trattoria und Ristorante an Speisen und Getränken gab. Kein Tag verging, ohne dass nicht eines der typisch regionalen Gerichte ausprobiert wurde. Sardinen, Stockfisch, Meerbarben, Goldbrassen, Muscheln, Tintenfische, gegrillt, als Eintopf, mariniert, in Teigtaschen oder zur Spaghetti-Sauce verarbeitet, Pesto, Pilze, Oliven, Wein, Zucchini, Pinienkerne, Käse, Fleisch, Teigwaren ... *wenn Meer und Land sich treffen,* dichtete Irmi, *wird ein Schlaraffenland daraus.*
Und vergesst mir den Wein nicht, fügte Hinteregger hinzu und füllte die Gläser mit einem *Nostralini,* einem *Unsrigen,* wie die Leute der ligurischen Küste den Wein für den Eigenbedarf nennen.
Wie Entdecker kamen sie sich vor, die mit ihrem Boot neue Häfen ansteuerten und Dörfer eroberten. Bis hinunter nach La Spezia tuckerten sie. Monéglia, Lévanto, Monterosso al mare, Vernazza, Corniglia, Manarola, Riomaggiore, alle mussten sie sich den Eroberern unterwerfen.
Erst an einem der letzten Abende fand Walcher endlich die Zeit, Hinteregger über seine Recherche zu informieren und darüber, dass er als nächsten Schritt vorhatte, über den italienischen Händler an dieselbe oder eine neue Organisation heranzukommen. In Frankreich hatte sich diese Möglichkeit gut entwickelt, erzählte Walcher, aber seit dem Polizeieingriff gab es plötzlich keinen Ansprechpartner mehr. Und ob die Polizei dort etwas über die Organisation herausbringen würde, war ihm zu unsicher.
Hinteregger versprach, nach Unternehmen suchen zu lassen, die in mehreren Ländern über Stützpunkte verfügten und in irgendeiner Form etwas mit Warentransfer zu tun hatten, denn immerhin wurden Kinder transportiert, und

da einige davon wohl aus Ländern der ehemaligen UdSSR stammten, lag die Vermutung nahe, dass es sich dabei um eine russische Organisation handelte. *Fluggesellschaften, Handelshäuser, Reiseunternehmen, Speditionen, Autovermietungen,* zählte Hinteregger auf, *solche Unternehmen sind prädestiniert für illegale Geschäfte. Wir werden uns darum kümmern,* versprach er nochmals. *An den Namen auf der Kundenliste des Comte sind meine Mitarbeiter bereits dran. Auch versuchen wir, an alte Telefonkontakte zu kommen, wir brauchen aber noch etwas Zeit, da unsere Informationskanäle so manchen Umweg benötigen,* bat er lächelnd um Verständnis.

Als Irmi und Walcher braun gebrannt, erholt und etwas traurig die Heimreise antraten, war vermutlich nur einer froh darüber: Martin.
Eine Klette mit Irmi zu vergleichen, die unentwegt an Martin gehangen war, wäre sicher nicht übertrieben gewesen. Zum Abschied hatte sie dem überraschten Martin einen hektischen Kuss auf die Lippen gedrückt und auf der Rückfahrt seufzte sie in regelmäßigen Abständen: *Sag, ist er nicht total süß?*

Allgäu

Ein gutes Gefühl heimzukommen, dachte Walcher, als er gegen 15 Uhr auf dem ausgebesserten Feldweg hinauf zum Hof fuhr.
Tatsächlich hatte der alte Armbruster seine Ankündigung wahr gemacht und die Schlaglöcher aufgeschüttet, sicher eine Knochenarbeit. Und da saßen die beiden Omas und Opas Brettschneider und Armbruster auf der Bank neben der Haustür und erwarteten sie. Rolli hetzte dem Wagen

entgegen und sprang mit einem Satz durchs offene Fenster, um Walcher und Irmi stürmisch zu begrüßen, während Bärendreck die Ankömmlinge mit Missachtung strafte und erhobenen Hauptes davon stolzierte. Es würde ein paar Tage dauern, bis er ihnen ihre Abwesenheit verziehen hatte.

Walcher wusste, was von ihm erwartet wurde, und brüllte schon beim Aussteigen: *Kompliment, Herr Oberstraßenbaumeister, so einen Weg hat's hier rauf noch nie gegeben. Aber sag, hast du dir da nicht zuviel zugemutet?*

Armbruster nickte nur und polterte in breitem Dialekt: *Ja moinsch, i g'her scho zum alta Eisa?*

Gib it so a, mischte sich da seine Frau ein, *rumkommandiert hot er, dass ma's bis do rauf g'hert hot. Koin Finger hot er krumm g'macht.*

Wen rumkommandiert?, hakte Walcher nach.

Was mischst du dich do ei, raunzte Armbruster erst seine Frau an, grinste dann zu Walcher und erklärte, wieder in dem Allgäuer Hochdeutsch, in dem die Großeltern mit ihm sprachen: *Weißt', der Andi, unser Nachbar, war mir noch einen Gefallen schuldig und es hat ihm eine riesige Freud' g'macht, mit seinem neuen Frontlader ...*

Schlitzohr, lachte Walcher, *und ich hätte um ein Haar für den Rest meines Lebens ein schlechtes Gewissen gehabt.*

Da siehst', jetzt hast mir den ganzen Spaß verdorben, stupste Armbruster seine Frau an, *hätt' ihn ein Jahr lang zu einigen Partien Schach erpressen können.*

Dankbar grinste Walcher Oma Armbruster zu: *Dafür seid ihr jetzt gleich zu einer echt italienischen Brotzeit eingeladen, wir haben alles mitgebracht, frischer geht's nicht.*

Oje, meldete sich da Oma Brettschneider, *ich hab' extra einen Gugelhupf gebacken.*

Und ich hab' ein Blech Pizza im Rohr, kam es von Oma Armbruster. Irmi stieß Walcher in die Seite: *Wir sind wieder daheim.*

Der erste Abend zu Hause gehörte bereits wieder dem realen Leben. Bis zum Anschlag schien der Mailordner zugemüllt zu sein, wohl hauptsächlich mit Werbeschrott. Die guten ins Töpfchen, die schlechten ins Kröpfchen, Walcher musste an Aschenputtel denken, als er missmutig die unerwünschten Mails der Reihe nach löschte. Bei jeder vierten oder fünften Mail, meist handelte es sich um dieselben Absender, piepste der Virenschützer empört auf und empfahl die Datei zu löschen, was Walcher ohnehin tat. Übrig blieben Mails von Verlagen, von Günther Auenheim, Johannes, dem italienischen Händler, Brunner und von Hinteregger. Die letzte interessierte ihn erst mal am meisten.

Lieber Freund, kaum bist du weg, kommt herein, was meine Mitarbeiter zusammengetragen haben. Denke, da sind einige Ansätze dabei, die du auch deinem Kommissar weitergeben kannst. Herzlichen Dank nochmals für euren Besuch. Habt Dank für eure Begeisterung und euren Humor – ich habe viel lachen dürfen und festgestellt, wie sehr ich es vermisst habe.

Die Tage mit euch habe ich sehr genossen und auch endlich die Dörfer in der Nachbarschaft entdeckt, zu denen ich bei meinen bisherigen Urlauben noch nicht vorgedrungen war. Auch von Martin soll ich herzlich grüßen, speziell einen Gruß an Irmi, die er sehr lieb findet. Bei dieser Gelegenheit, falls es dir nicht aufgefallen ist, Martin zieht sein eigenes Geschlecht dem weiblichen vor. Mit dieser Tatsache könntest du Irmi trösten, sollte sie sich in Martin verguckt haben. Herzlich Eberhard.

In der beigefügten Liste waren Unternehmen aufgeführt, die von Russland aus Filialen und Tochterfirmen in europäischen Ländern gegründet hatten. Unterstrichen waren einige Unternehmen, besonders herausgestellt war aber nur die als Immobilienfirma eingetragene IMMODARG mit ihrem Stammsitz in der Majakowskaja in Moskau.

Sie wies Merkmale auf, die Anlass zu näherer Untersuchung gäben, empfahl Hintereggers Mitarbeiter.

So existierte in Deutschland eine Tochtergesellschaft gleichen Namens in Berlin, nur einen Steinwurf weit von der russischen Botschaft entfernt. Fünf weitere Filialen in den deutschen Städten München, Hamburg, Bremen, Frankfurt und Karlsruhe belegten eindrucksvoll die Aktivität der Firma. IMMODARG war zudem in Italien, Frankreich, Spanien, Tschechien, England, Holland, Polen, Österreich, in allen GUS-Staaten, in Litauen und der Schweiz vertreten. Dort, wie auch in fast allen Niederlassungen, war ein Ilija Dargilew als alleiniger Gesellschafter eingetragen.
Hintereggers Mitarbeiter schrieb, dass er das Immobilienunternehmen aufgrund dieser Vielzahl an Ablegern genauer unter die Lupe genommen habe. Ein besonderes Augenmerk habe er dabei auf Ilija Dargilew gelegt und festgestellt, dass ein Auslieferungsantrag der USA für Dargilew existiere, und zwar wegen des Verdachts auf Totschlag. Allerdings lag die Sache schon 30 Jahre zurück und sei nie ernsthaft betrieben worden.
Es gab ferner eine enge Verbindung zum russischen Präsidenten. Dargilew gelte als „Graue Eminenz", weshalb eine gewisse Zurückhaltung empfehlenswert sein könne.
Bei Faktensammlung Schlossgut Comte de Loupin, folgende Ergebnisse, schrieb der Mitarbeiter weiter: *Grundbucheintrag weist als Besitzer die Immobiliengesellschaft IMMODARG aus. Comte de Loupin: unbekannt. Recherchiertes Ergebnis nach Anna: Loupin.*
Wer mochte *Anna* sein, überlegte Walcher, bevor er weiter las. *Ludowig Pinquet verbirgt sich mit hoher Wahrscheinlichkeit hinter Loupin. Ein Ludowig Pinquet war Leiter eines Waisenhauses in Paris. 1979, Zeitungsartikel berichten über Orgien mit Minderjährigen in Zusammenhang mit Pinquet. Darüber keine Polizeiakten auffindbar. 1984 erfolgt in Orléans Anklage wegen Kindesmissbrauchs gegen Pinquet, Freispruch. Danach keine Informationen über Ludowig Pinquet.*

Na, das passt doch wunderbar zusammen dachte Walcher und bekam auch die Auflösung für *Anna.*
Hinteregger hatte an die Zeilen seines Mitarbeiters gehängt: *So wie ich dich kenne, wirst du fragen, wer verdammt noch mal ist Anna? Sie ist ein sehr intelligentes Programm, das Namen analysiert, nach psychologischen Analogien sucht und Neuschöpfungen anbietet. Meistens kreieren Leute ihren neuen Namen unbewusst aus den Buchstaben des alten. Wenn, wie in diesem Fall, der Name zum Verhaltensraster des Betreffenden passt, hat man einen guten Ansatz für weitere Recherchen. Meist tauchen noch weitere Namen auf, die ebenfalls zu dem Gesuchten gehören. Vielleicht werden das deine Freunde von der Kripo früher oder später auch herausfinden! E.H.*
Unglaublich, dieser Hinteregger, dachte Walcher und ging hinunter, um ein Glas Wein zu holen, obwohl er sich nach den konsumierten Mengen in Italien erst einmal eine Pause verordnet hatte. Aber mit einer Tasse Tee auf die neuen Rechercheansätze zu trinken, fand er dann doch höchst albern.
Mit dem Glas in der Hand saß er dann vor der separaten Datei, die ebenfalls Hintereggers Mail beigepackt war.
Eine Aufstellung von Immobilien, die auf IMMODARG in Berlin eingetragen waren, mit Adressen und Vorbesitzer.
Im Stillen prostete Walcher seinem Freund zu.
Ein vielversprechender Ansatz für Polizei und Staatsanwaltschaft, freute er sich. Wenn sich nach dem Schlossgut in Burgund ähnliches in Berlin auftat, konnte davon ausgegangen werden, dass IMMODARG etwas mit Menschenhandel zu tun hatte.
Walcher kopierte die Immobilienliste und auch die Liste mit den Niederlassungen der IMMODARG, schrieb dazu in eigenen Worten die Hinweise von Hinteregger und dessen Mitarbeiter und schickte das Ganze an Brunner, mit der Bemerkung, dass er sich hiermit zurückmelde und am nächsten Morgen anrufen würde. Dann schrieb er

an Hinteregger eine Mail, in der er sich herzlich für die wunderbaren Ferien und ebenso wunderbaren Informationen bedankte, trank sein Glas leer, ließ Rolli noch kurz auf die Wiese und legte sich mit einem außerordentlich guten Gefühl schlafen.

Zu Hause

Die vertrauten Kuhglocken und das Gezwitscher der Vögel hatten Walcher schon bei Sonnenaufgang geweckt, aber dann war er noch einmal eingenickt. Irmi hatte Ferien und warum sollte er sich nicht auch noch etwas *Dolcefarniente* gönnen, hatte er sich gedacht, schließlich kam er gerade aus Italien. Aber damit machte das penetrante Läuten des Telefons ein Ende.

Kaum sind Sie wieder in der Nähe, vertrieb die Stimme von Kommissar Brunner die letzte Müdigkeit aus Walcher, *machen Sie einem schon wieder Arbeit. Wo haben Sie denn das wieder alles her?*

Walcher wollte schon das Internet als Informationsquelle nennen, aber Brunner zog die Frage zurück. *Nein, sagen Sie lieber nichts, so früh am Tag sollte eigentlich noch nicht gelogen werden. Aber schön, dass Sie wieder heil zurück sind. War richtig langweilig ohne Sie.*

Sie mich auch, schob Walcher dazwischen und hörte Brunners kurzen Lacher.

Ich habe Ihre Infos sofort an die Kollegen weitergereicht, Sie hören von mir, sobald ich etwas erfahre. Ansonsten haben auch wir nicht geschlafen. Ach, haben Sie überhaupt gerade Zeit für mich?, überraschte Brunner mit ungeahnter Höflichkeit und fuhr fort, als Walcher ihm versicherte, dass er sich für ihn immer und überall Zeit nehmen würde.

Die Kollegen in Burgund haben die Frachtpapiere des Comte, pardon, dieses Pinquets, kontrolliert. Alles sieht auf den ersten Blick sehr normal aus, leere Flaschen, Korken, Korkenzieher als Werbegeschenke, Dekantiergefäße und was sonst so in einer Kellerei alles gebraucht wird. Außerdem in erheblicher Menge Spritzmittel für den Weinanbau. Am Rande bemerkt lässt dies starke Zweifel am ökologischen Bewusstsein des Comte aufkommen. Da ist mir ein ehrlicher Williams aus alten Hochstämmen vom See lieber. Brunner legte eine Pause ein und es hörte sich an, als würde er heißen Kaffee schlürfen. *Die Lieferung solcher Waren ist für ein Weingut natürlich nichts Ungewöhnliches,* fuhr Brunner fort. *Auffallend ist allerdings, in welchen Mengen und wie häufig da angeblich Korken und so fort geliefert wurden. Aus Mailand und Berlin kamen fast wöchentlich kleinere Mengen davon an. Wer auch nur halbwegs kaufmännisch denkt, ordert niemals so kleine Chargen und man fragt sich natürlich, ob der Comte noch alle Tassen im Schrank hatte. Fünf, zehn, gelegentlich mal zwanzig Kisten mit leeren Flaschen hat er herkutschieren lassen, dazu Korken und Chemikalien immer nur paketweise.*

Wieder folgte eine längere Pause, ehe Brunner weitersprach. *Und die Korken bezog er dann auch noch von Lieferanten aus Moskau. Als ob es dort Korkeichen gäbe! Zu allem Überfluss gelangten sie dann auch noch über Berlin und Hamburg ins Burgund. Da wird ja sogar die Kripo misstrauisch, was,* lachte Brunner zufrieden ins Telefon.

Walcher wollte Brunner gerade zu dessen Schlussfolgerungen gratulieren, aber Brunner war schneller.

Oha! Da kommt gerade eine äußerst interessante Mail herein. Wie sieht's denn bei Ihnen mit einem kleinen Ausflug nach Berlin aus? Die Kollegen sind an einer Sache dran, die uns weiterhelfen könnte. Kommen Sie doch mit, allerdings geht's nicht auf Staatskosten. Sie müssten den Flug selber zahlen, ich meine, schließlich verdienen Sie ja an der Story. Ich lasse für Sie buchen, wir würden morgen starten. Also, wie sieht's aus?

Walcher wollte wissen was in Berlin entdeckt worden war.

Das erzähle ich Ihnen im Flieger, dann haben wir wenigstens Gesprächsstoff. Sie können aber sicher sein, dass ich nicht ohne triftigen Grund nach Berlin fliege, noch dazu mit Ihnen. Ich geb' Ihnen noch durch, wann's losgeht.
Dann legte Brunner auf. Walcher hörte Irmi in der Küche werkeln. Bei der italienischen Brotzeit gestern war ihr die Idee gekommen, die Großeltern zu einem italienischen Abend einzuladen und dabei dann ihre Mitbringsel zu überreichen. Sie hatte sich Rezepte herausgesucht, die ihr besonders gut geschmeckt hatten, und stellte in der Küche und im Vorratskeller fest, was an Gewürzen im Haus war und was fehlte.
Als Walcher in die Küche kam, stieg Irmi gerade aus dem Vorratskeller unter der Küche und schüttelte, als sie Walcher sah, den Kopf. *Du bist wirklich ein Hamster, außer Fleisch und frischen Früchten ist das meiste da.*
Walcher fasste es als Kompliment für seine Vorratshaltung auf, er hatte sich längst abgewöhnt, sich für seinen Spleen ständig verteidigen zu müssen. Außerdem sah er in seinem Hang zu überbordender Lagerhaltung nichts weiter als ein völlig normal ausgelebtes Trauma der Nachkriegsgeneration. Erinnern konnte er sich ja nicht mehr, aber erzählt hatten es alle, dass es damals nichts gab, und als es dann alles gab, konnte man sich das Horten so schnell nicht abgewöhnen – ohnehin ein typisches Merkmal der Menschen in winterkalten Ländern.

Mit ihrem italienischen Speiseplan hatte sich Irmi einiges vorgenommen, aber Walcher sah keinen Grund, ihr einfachere Gerichte zu empfehlen. Immerhin stand in ihrem Zeugnis hinter Hauswirtschaft eine saubere Eins.
Das Einzige, worum Irmi ihn bat, waren Einkaufsgeld und die Fahrt zum Metzger, Gemüsehändler und Bäcker, mit dem Bus hätte sie nämlich zu viel Zeit verplempert. Gegessen würde abends, Punkt sechs Uhr, weil die alten

Leutchen das so gewohnt waren. Opa Armbruster hatte auch extra darauf hingewiesen, dass er nach dem letzten Linsenessen eines gewissen Herrn Walcher die Nacht im Wohnzimmer hatte verbringen müssen, um dort in aller Einsamkeit seine gewaltigen Gasblasen abzulassen, nachdem er von seiner Frau des gemeinsamen Schlafzimmers verwiesen worden sei. Irmi machte es sichtlich Spaß die Geschichte von Armbrusters Blähungen auszubauen.
Allerdings scheint er dir dankbar zu sein, meinte sie scheinheilig. *Er erzählte mir gestern nämlich, dass er noch nie in seinem Leben das Gefühl erlebt hätte, wie ein Luftballon durch die Wohnung zu schweben.*

Nach der Einkaufstour ging Walcher in sein Zimmerbüro und überließ Irmi die Küche. Mittagessen, so hatten sie vereinbart, fiel aus. Wenn sie bei ihrer Vorbereitung je Hilfe bräuchte, für niedere Dienste, wie zum Beispiel das Schälen der Kartoffeln, Putzen der Artischocken und dergleichen, dann könnte sie sich ja melden, hatte Walcher angeboten.
Walcher ging erst einmal die Mails durch, zu denen er am Vorabend keine Lust mehr gehabt hatte. Auenheim erkundigte sich überaus höflich nach dem aktuellen Stand seiner Recherchen.
Wie ich von Herrn Inning erfuhr und wie ich es französischen Zeitungen entnahm, wurde ein großer Schlag gegen Menschenhändler im Burgund geführt. Gibt es bereits nähere Einzelheiten über die Organisation, über Helfershelfer und vor allem natürlich auch über die Kunden? Wie ich Ihnen ja bereits darlegte – oder vergaß ich es zu erwähnen? –, plane ich zeitgleich mit der Veröffentlichung Ihres Dossiers, im Internet eine Prangerseite einzurichten, auf der die Namen, weltweit nach Nationen, aller angeklagten und verurteilten Kinderschänder aufgeführt werden, ebenso User von Kinderpornos und Menschenhändler.
Lieber Herr Walcher, mir liegt das Dossier sehr am Herzen,

zögern Sie deshalb nicht, mir, wenn sie Ihnen wichtig erscheint, jedwede neue Information zukommen zu lassen.
Glauben Sie mir, es geht nicht in erster Linie darum, meiner Zeitung zu höheren Auflagen zu verhelfen, es geht um Ethos und um gesellschaftspolitische Verantwortung. In Erwartung Ihrer Antwort verbleibe ich mit freundlichen Grüßen, Günther Auenheim.
Warum reagiere ich auf diesen Mann ablehnend?, fragte sich Walcher. Klang immer noch sein erster Eindruck bei dem Auftragsgespräch mit Auenheim nach? Damals hatte der Verleger auf ihn wie der typische Unternehmererbe gewirkt: eitel, arrogant und rechthaberisch.
Hatte ihn Auenheim zu sehr spüren lassen, dass er der Boss und Walcher der Lieferant, der Wasserträger war, ein beliebig austauschbarer noch dazu?
War es das?
Oder hatte ihn Auenheims Selbstverständnis gestört, mit dem dieser sich als der legitime Hüter und Motor für kulturelle und gesellschaftspolitische Veränderungen sah?
Von *Ethos und gesellschaftspolitischer Verantwortung* schrieb er in der Mail und eine Prangerseite wollte er einrichten, der Verlagserbe. Endlich etwas unternehmen gegen den Sumpf in der Gesellschaft.
Walcher nickte sich selbst zu, er glaubte, sich dem Zentrum seiner Antipathie zu nähern. Platzhirsch! Genetisch angelegter Konkurrenzkampf um die Führungsrolle. Männer brauchen Beweise, sonst erkennen sie die Überlegenheit des anderen nicht an. Nur weil einer einen Verlag geerbt hatte, war er noch lange nicht der Boss.
Trotzdem schrieb er an Auenheim eine ebenso höfliche Antwort, vermutlich gab es auch ein Ur-Gen, das wirtschaftliche Abhängigkeiten regelte. Bei diesem Gedanken musste er lächeln.
Sehr geehrter Herr Auenheim, die Aktion im Burgund kann keineswegs als erfolgreich bezeichnet werden, sie hat wohl, so

befürchte ich, der Organisation bestenfalls eigene Sicherheitslücken aufgezeigt.
Auf meine Recherchen bezogen war sie eher kontraproduktiv, denn die Verantwortlichen der „Niederlassung" im Burgund sind nicht mehr am Leben. Derzeit arbeitet die Polizei die ganze Hinterlassenschaft auf, in der Hoffnung, neue Ermittlungsansätze zu finden.
Dennoch bin ich sehr positiv gestimmt. Wie häufig bei meinen bisherigen Recherchen, öffneten sich überraschende Informationsquellen und zeichneten neue Möglichkeiten auf, darüber zu berichten, wäre allerdings verfrüht.
Was die Idee Ihrer Prangerseite betrifft, wie sie ja in manchen amerikanischen Kleinstädten bereits praktiziert wird, so bin ich klar dagegen. Die Geschichte lehrt uns, dass Gewalt, und um nichts anderes handelt es sich bei einem Pranger, nicht zu Verhaltensänderungen der Täter führt.
Außerdem empfinde ich den Verzicht auf diese Form der Lynchjustiz als eine der wesentlichen Entwicklungen unserer Zivilisation und Rechtsprechung. Vor allem, wenn es um Kindesmissbrauch geht, sind wir schnell dabei mit dem Ruf: An den Pranger mit ihm – sperrt ihn weg – entmannt ihn – hängt ihn auf! Auch ich fühle mich nicht frei davon.
Aber bringt uns das weiter? Unsere Gesetze sind eindeutig, härtere brauchen wir nicht.
Die Frage ist eher, wendet unsere Justiz sie wirkungsvoll an? Solange ein Steuervergehen härter bestraft wird als der Missbrauch von Kindern, wird sich auch die abschreckende Wirkung in Grenzen halten, vermute ich.
Bevor wieder ein Pranger auf dem Marktplatz aufgestellt wird und wir uns damit direkt auf den Weg ins Mittelalter begeben, setze ich auf Therapie, Aufklärung und die konsequente Verfolgung und Verurteilung pädophiler Täter im Rahmen unserer Gesetze.
Mit freundlichen Grüßen, R. Walcher. cc Rolf Inning

Inzwischen begann es verlockend aus der Küche zu duften und Walcher konnte sich nicht zurückhalten, hinunterzuschleichen, um einen Blick in Irmis Töpfe zu wagen.
Das bleibt eine Überraschung, verweigerte sie ihm allerdings den Zugang. Nein, auch Hilfe bräuchte sie keine.
Da kehrte Walcher wieder in sein Arbeitszimmer zurück. Nicht einmal Rolli begleitete ihn wie sonst wenigstens bis an die Treppe. Dieser Verräter hoffte sehnsüchtig auf Leckerbissen, denn es gab auch ein Fleischgericht und das hatte ihm seine feine Nase wohl längst verraten.
Quasi zwangskaserniert, heftete Walcher Belege für die Quartalsabrechnung ab, bezahlte zwei Rechnungen, für den Leihwagen, den er für die Fahrt ins Burgund gemietet hatte, und für den Kundendienst am eigenen Wagen im vergangenen Monat. Dann schrieb er Johannes eine Mail und meldete sich damit auch bei ihm wieder aus dem Urlaub zurück.
Eine andere Mail sandte er an den italienischen Händler und fragte an, ob er Ware anzubieten hätte. In der Woche vom 20. bis 25. August würde es ihm sehr passen, da müsse er in Deutschland einen Kunden beliefern, schrieb er und schickte die Mail als Signore Hoffmann wieder über die italienische Mailadresse ab.
Er musste seine Recherchen wieder in Gang bringen. Noch nie hatte er während eines Auftrags Urlaub gemacht und so kamen ihm die Tage in Italien wie eine unerlaubte Zeit des Müßiggangs vor.
Der Duft aus der Küche weckte seinen Hunger, es war kurz nach zwölf Uhr und eigentlich Zeit fürs Mittagessen. Irmi lehnte erneut sein hinuntergebrülltes Hilfsangebot – die Nachwuchsköchin ließ sich bei ihrer Arbeit lautstark von Adriano Celentano begleiten – kategorisch ab.
Nach wie vor gab es für Rolli heute Wichtigeres, er war nur kurz aus der Küche getrippelt gekommen, hatte vor der Treppe zu ihm hinaufgeschaut, mit dem Schwanz

gewedelt und war wieder zurückgehetzt. Nach derart geballtem Desinteresse konnte er sich ebensogut einen Mittagsschlaf gönnen, entschied Walcher und legte sich hin. Trotz verlockender Gerüche war er wenige Minuten später eingeschlafen.

Lista delle vivande stand in großen Buchstaben als Überschrift auf der Menükarte. Etwas kleiner folgten darunter
Antipasto: Frittata di carciofi
Secundo: Vitello all'uccelletto
Contorni: Scorzonera fritta, Risotto Formaggio
Dolce: Panna cotta Vini della casa
Gemeinsam mit den Großeltern bewunderte Walcher die Karte, die an der Haustür hing.
Oma Brettschneider, die seit Jahren Italienischkurse an der Volkshochschule besuchte, übersetzte die Speisenfolge unter den As und Os ihres Mannes den Armbrusters und Walchers. Dann ging es ums Haus herum auf die Terrasse, denn der Weg durch die Küche war ihnen versperrt. Dort erst begrüßte sie Irmi, die gerade die Kerzen auf der kunstvoll gedeckten Tafel anzündete, in die sie den großen Terrassentisch verwandelt hatte.
Alles schien eingesetzt, was im Haus an Damast, Geschirr, Gläsern, Besteck und Leuchtern zu finden gewesen war. Zwischen den Gedecken hatte sie Blüten, Blätter und Früchte dekoriert, insgesamt ein absolut überzeugendes Gesamtkunstwerk.
Die Omas und Opas waren zu Tränen gerührt, erst recht, als Walcher darauf hinwies, dass er lediglich jetzt den Wein aus dem Keller holen würde, ansonsten keinen Handschlag hatte helfen dürfen, ergo alles das Werk Irmis sei.
Eine Stunde später war alles vorbei und Irmi völlig fertig, aber glücklich und stolz. Von Gang zu Gang hatten sich alle mit Lobesreden auf ihre Kochkünste übertroffen und

zwar nicht nur, weil Großeltern und Ziehväter bei solchen Gelegenheiten selten Kritik übten, sondern weil Irmis Gerichte wirklich vorzüglich geschmeckt hatten.
Aber auch der Arbeitsaufwand und die dafür notwendige Küchenlogistik wurden gewürdigt, umso mehr, als die Omas beim Abräumen halfen und die Küche in einem sehr passablen Zustand vorfanden.
Während des Essens und Lobens wurde von Italien erzählt, nicht nur von Irmi und Walcher, auch die Großeltern wussten Geschichten von ihren Italienfahrten, die sie allerdings selten über Südtirol hinaus geführt hatten – mit Ausnahme der Busfahrt mit dem Landfrauenbund zum Papst, an der Oma Brettschneider als Dreißigjährige teilgenommen hatte und seit der sie italienisch lernte.
Auf den Nachtisch folgte Irmis Geschenkübergabe und nach dieser Liebesbekundung schwebten ihre Großeltern endgültig und überglücklich im Großelternhimmel.
Zum Abschied gab's dann noch von Walcher Olivenöl und Grappa, die er jedem Paar *fürs Hund-und-Haus-Hüten* überreichte.
Während sich die Omas über das Olivenöl herzlich freuten, sie benutzten es nicht zum Kochen, sondern ölten damit Haut und Haare ein, gaben sich die Opas eher verhalten erfreut. Armbruster meinte, dass man das Zeugs nur im Kaffee trinken könne, während Brettschneider erklärte, dass er Grappa immer dann gern trank, wenn sonst nur noch Franzbranntwein im Haus wäre.

Berlin

Zwei Berliner Kollegen holten Brunner und Walcher am Flughafen Berlin-Schönefeld ab.
Auf dem Flug hatte der Kommissar Walcher ausführlich über den derzeitigen Stand der Ermittlungen informiert. Kaum hatte Brunner die Hinweise Walchers auf IMMODARG und deren Immobilien nach Berlin weitergegeben, war sofort die Antwort gekommen, dass Experten der Finanzbehörde seit gut drei Wochen IMMODARG überprüften. Auslöser dafür waren anonyme Informationen über fragwürdige Immobiliengeschäfte gewesen, bei denen Einnahmen als Provisionszahlungen an der Steuer vorbei ins Ausland transferiert worden seien.
Dieses Mal waren allerdings die Steuerfahnder nicht wie sonst so oft die Ersten, die eine Ermittlung begannen. Dem Koordinationsteam des LKA Berlin fiel auf, dass einige der IMMODARG-Immobilien von unterschiedlichen Behörden und Dezernaten observiert wurden. So waren der Wirtschaftskontrolldienst, das Einwohneramt, die Einwanderungsbehörde, die Sitte und die Mordkommission aktiv. Grund genug, eine Sonderkommission zu installieren.
Im Besprechungszimmer des Berliner Landeskriminalamts am Tempelhofer Damm traf sich die erst Tage zuvor gebildete SOKO.
Im Gegensatz zu anderen Landeskriminalämtern, die eher administrative Aufgaben wahrnahmen, war das Berliner LKA immer schon ein Ermittlungs-LKA gewesen, das besonders in Fällen von Schwerstkriminalität durch überregionale Tätergruppen aktiv wurde, erklärte der Leiter der Sonderkommission seinen Gästen aus dem Allgäu. Dann blieb ihm kurz der Mund offen stehen, weil der Polizeipräsident von Berlin, Herr über etwa 26 000 Mitarbeiterinnen und Mitarbeiter, höchstpersönlich den Raum

betrat und sich mit einer Verbeugung zu den Versammelten an den Konferenztisch setzte.
Seine Handbewegung gab dem Leiter der Soko zu verstehen: Weitermachen!
Das gelang diesem zunächst nicht ohne Stottern, denn wie er später erzählte, hatte es sich um den ersten unangemeldeten Besuch des Polizeipräsidenten bei einer Einsatzbesprechung gehandelt.

Zugriff

Teile der Fassadenverkleidung waren herausgebrochen, die Fensterscheiben blind geworden. Neben dem Eingang war der halbe Bürgersteig vollgekotzt. Die Häuser links und rechts der Pension machten keinen besseren Eindruck.
Der Hauseingang zur Pension in der Merdowstraße im Stadtteil Marzahn sah aus wie der von vielen anderen Stundenhotels auch. Verdreckt und vergammelt.
In der Eingangstür hing eine Spanplatte anstelle der Glasscheibe, auch die Deckenlampe zerschlagen und ohne Birne. Klingelknöpfen, Namensschildern und Briefkästen war die Zerstörungswut der Menschen anzusehen, die in der Pension verkehrten oder in den Wohnungen lebten. Die wenigen lesbaren Namen, meist nur auf Klebestreifen gekritzelt, ließen auf eine multikulturelle Mieterschaft schließen. Lediglich der Computerausdruck auf postkartengroßem roten Papier, gegen Feuchtigkeit durch eine Folie geschützt, deutete auf eine andere Form der Wohnungsnutzung hin: *Wellness 24 Stunden.*
Die eine Hälfte des Räumungskommandos hatte Anweisung, von hinten über den Innenhof in das Gebäude einzudringen und dann gemeinsam mit dem Trupp des

Haupteingangs das ganze Haus vom Keller bis zum Dachboden zu durchsuchen und jede Person, die sich darin befand, zu kontrollieren und gegebenenfalls festzunehmen.

Die stürmenden Frontpolizisten waren ausgestattet wie Krieger – mit Schutzanzug, kugelsicherer Weste, Helm mit Sprechfunkgerät, Maschinenpistole. Ihnen folgten die Beamten der etwas weniger martialisch ausgerüsteten zweiten Welle, um die Festgenommenen zu fesseln und abzutransportieren.

Zwei junge Männer, die in Verkennung der Situation im Treppenhaus mit Pistolen auf die Polizisten geschossen hatten, starben im Kugelhagel der Angreifer.

Die Polizisten handelten nach eindeutigen Anweisungen für derartige Razzien: Wer auf uns schießt, wird ausgeschaltet. Nach dem kurzen Feuergefecht ließen sich drei weitere Männer, sogar mit Maschinenpistolen bewaffnet, ohne Gegenwehr festnehmen.

Zwei der Stockwerke belegte das Wellness-Unternehmen. Davon diente eine Etage als Wohnung, die allerdings mehr an ein Obdachlosenasyl erinnerte. Im Stockwerk darüber befand sich die dazugehörende Pension.

In den Wohnungen der restlichen zwei Stockwerke schienen Wanderarbeiter zu hausen. Sie waren alle leer, bis auf einen Mann, der offensichtlich krank in einem der Stockbetten lag und sich unter Decken versteckt hielt.

Trotz der Mittagsstunde herrschte in der Wellness-Wohnung reger Verkehr.

Die Polizisten nahmen acht Frauen in ihre Obhut, die zusammen mit den Frauen aus den Schlafräumen in die Klinik gebracht wurden, um sie dort medizinisch zu versorgen, zu untersuchen und danach erkennungsdienstlich zu behandeln. Unter den Frauen befanden sich vier Mädchen, höchstens sechzehn Jahre alt, und drei noch jüngere Kinder.

Sechs Männer, offensichtliche Wellness-Kunden, durften sich anziehen und wurden zur Aufnahme ihrer Personalien in die Zentrale transportiert. Zwei der Männer mussten mit einer Anzeige wegen Missbrauchs von Minderjährigen rechnen. Die anderen, bei volljährigen Frauen angetroffenen Männern, würden nach Aufnahme ihrer Personalien entlassen werden, denn der Besuch eines Bordells, auch eines illegalen, stellte kein strafrechtlich relevantes Vergehen dar.
In einem der Zimmer stießen zwei Polizisten auf eine besonders makabre Szene. Mit Ketten an Hand- und Fußgelenken an die Bettpfosten gefesselt, lag ein Mann nackt bäuchlings auf dem Gitterbett, das in der Mitte des Zimmers stand. Der Kopf des Mannes steckte in einem schwarzen Stoffbeutel. Auf seinem Rücken saß ein ebenfalls nackter Junge, vielleicht neun, zehn Jahre alt, und schlug dem Mann mit einer Reitgerte aufs Gesäß.
Der Junge ließ sich auch nicht durch die hereinstürmenden Polizisten unterbrechen, sondern schlug im gleichmäßigen Takt weiter und weiter, den Blick starr in die Ferne gerichtet.
Die Polizisten blieben fassungslos in der Tür stehen. Einer der beiden reichte dem Kollegen die Maschinenpistole, zog eine Digitalkamera aus der Tasche und fotografierte die groteske Szene. Dann nahm er dem Jungen die Gerte aus der Hand und ließ sie einige Male auf den Mann herabsausen. Beim ersten Hieb stöhnte der Nackte noch, beim zweiten und dritten brüllte er: *Nich so feste, du Mistkerl, ich brech' dir gleich alle Knochen!*
Der Polizist warf die Gerte in die Zimmerecke und bedeutete dem Jungen, vom Rücken des Mannes herunterzusteigen und sich anzuziehen.
Polizei, Ausweiskontrolle!, rief er dem Mann ins Ohr, als er ihm den Stoffbeutel vom Kopf zog und dann weitere Fotos von ihm machte. Erst als er die Bilder kontrolliert hatte,

löste er die Fesseln und verlangte den Ausweis des Mannes. Nackte Menschen verhielten sich in derartigen Situationen meist eher beschämt, nicht so dieser Mann.
Er beschimpfte die Polizisten, reklamierte seine Bürgerrechte und weigerte sich, Ausweispapiere aus seinem Kleiderbündel zu holen. Deshalb bediente sich der Polizist selbst, fand aber nur Visitenkarten in der Brieftasche des Mannes, die ihn als emeritierten Professor der Philologie auswiesen.
Nachdem sie ihn auf seine Rechte hingewiesen hatten, legten sie ihm Handschellen an und verhafteten ihn mit dem Hinweis, dass sie ihn wegen Unzuchts an Minderjährigen anzeigen würden. Dann reichten sie dem nackten Mann seine Kleidungsstücke und forderten ihn auf, sich wenigstens die Hosen anzuziehen, da sie ihn sonst auch noch wegen Erregung öffentlichen Ärgernisses anzeigen müssten. Der Professor schien die Situation, in der er sich befand, nicht zu umreißen.
Ich protestiere in aller Schärfe gegen diese unwürdige Behandlung, brüllte er und drohte: *Das wird ein Nachspiel haben!* Währenddessen saß der Junge auf dem Bett, teilnahmslos vor sich hin stierend, als stünde er unter Drogen.
Gegen seinen lauten Protest wurde der Professor abgeführt. Danach drängten zwei Sanitäter in den Raum und kümmerten sich um den Jungen.
Dann wurde es ruhig in dem Haus in der Merdowstraße. Brunner und Walcher, die nur im Wagen der Einsatzzentrale die Aktion hatten miterleben dürfen, erhielten grünes Licht für einen Rundgang. Das war auch höchste Zeit, denn Brunner war in dem engen Wagen zunehmend unruhig geworden.
Walcher vermutete, dass Brunners Polizistenseele bei dem Einsatz aktiv hätte dabei sein wollen, anstatt über den Funkverkehr nur aus der Distanz daran teilzuhaben. Aber auch Walcher ging es nicht viel besser, allerdings nicht

aus verhindertem Aktionismus, sondern weil er sich über den Sinn seiner Anwesenheit in einem nach Schweiß und kaltem Rauch stinkenden, engen, mit Technik vollgestopften Kleinbus, Gedanken machte und dabei einem nicht gerade aufschlussreichen Funkverkehr zuhörte. *Alpha eins – erste Wohnung, erster Stock, sauber – öffnen die zweite ...* und so weiter.

Wie ein Reporter fühlte er sich, fehlten nur noch das Tonband und die Kamera, mit denen er gleich den Tätern, Opfern, Nachbarn, Polizisten, Politikern und dem einfachen Mann oder Frau auf der Straße Fragen stellte, die niemand beantworten konnte und die auch niemanden wirklich interessierten, aber ungemein wichtig klangen.

Als sie das Haus betraten, kam die Meldung durch die Kopfhörer, dass in einer Tiefkühltruhe im Keller die Leiche eines entstellten Mannes entdeckt worden sei.

Die beiden „Kollegen" aus dem Allgäu, so waren sie den Polizeibeamten vorgestellt worden, sahen sich kurz das Narbengesicht des Toten an, dessen vereister Kopf aus dem Durcheinander unterschiedlichster Tiefkühlkost herausragte, als handle es sich um eine englische Satire über Vorratshaltung.

Als die Kriminaltechniker begannen, die Truhe zu kippen, um das gesamte Gefriergut einfach auszuleeren, zog der Einsatzleiter die beiden Allgäuer aus dem Keller und führte sie durch die Stockwerke, in denen inzwischen ein Tross von Kriminaltechnikern arbeitete.

Auf dem Tisch in einem der Flure hatten sie eine beachtliche Strecke von Medikamenten, Drogen, Geld, Waffen, Munition, unversteuerten Zigaretten, Schmuckstücken, Alkohol und Kaviar, Pässen und Ausweispapieren aufgereiht. Ein Beamter der Hundestaffel führte seinen Schäferhund durchs Haus auf der Suche nach weitere Drogen und versteckten Menschen.

Der Einsatzleiter zeigte sich hochzufrieden, keiner der

Polizisten war verletzt und in Berlin würde es ein illegales Bordell weniger geben, in dem vermutlich keine der Frauen und Mädchen freiwillig ihre Liebesdienste angeboten hatte. Dabei bezeichnete der Einsatzleiter die Anwesenheit der Jugendlichen und Kinder als besonders erschreckend.
Nach einem Blick auf die Uhr drängte er zum Aufbruch, denn in etwa einer halben Stunde sollte die gleiche Aktion in einem Wohnblock in der Richard-Sorge-Straße, im Zentrum stattfinden.
Dort besaß die IMMODARG drei Wohnungen im dritten Stock, in denen ebenfalls ein illegales Bordell betrieben wurde, jedenfalls gingen die observierenden Beamten mit hoher Wahrscheinlichkeit davon aus.
Auch diese Razzia schien perfekt vorbereitet zu sein. Kaum war die Einsatzleitung eingetroffen, ging es los. Mit einem Möbelwagen als Möbelpacker getarnt, fuhr der Einsatztrupp vor und besetzte das observierte Stockwerk, als handle es sich um eine völlig normale Angelegenheit. Die Beamten brachen zeitgleich die drei Wohnungstüren auf. Zwei von den Bewachern der Frauen saßen in der Küche, sie spielten gerade Karten und tranken Schnaps. Sie glotzten die bewaffneten Möbelpacker nur groß an und kamen nicht auf die Idee, nach ihren eigenen Pistolen zu greifen. Auch der dritte Aufpasser, ein junger, extrem fettleibiger Mann, wehrte sich nicht gegen seine Festnahme. Er saß mit herunter gelassenen Hosen auf der Bettkante in einem der Zimmer und hielt ein nacktes Mädchen auf seinem Schoß.
Ein Polizist legte dem Dicken Handschellen an und zog das Mädchen weg. Sein Kollege, der diese Aktion mit der Waffe gesichert hatte, forderte den Halbnackten mit einer Handbewegung auf sich hinzustellen. Vielleicht mochte der Dicke das auch vorgehabt haben, aber er beugte sich dabei vor und versuchte in die Hosentasche zu greifen.

Mit einem blitzschnellen, akrobatischen Ausfallschritt wie ein Karatekämpfer knallte der Polizist seinen Stiefel an die Schläfe des Dicken, der in sich zusammensank und langsam von der Bettkante auf den Fußboden rutschte.

Es dauerte keine zehn Minuten, bis Brunner und Walcher ins Haus durften. Auf dem zweiten Treppenabsatz kamen ihnen bereits die von Polizistinnen geführten, befreiten Frauen und Mädchen des Bordells entgegen.
Eine von ihnen blieb stehen, starrte Walcher an, klatschte in die Hände und stieß einen gellenden Freudenschrei aus. Walcher erkannte sie sofort wieder, obwohl sie damals in Zürich eine andere Frisur getragen und noch nicht diese üblen Verletzungen im Gesicht gehabt hatte, Jeswita Drugajew.
Jeswita fiel ihm um den Hals und fing hemmungslos an zu weinen. Walcher blieb nicht die Zeit, über Zufälle im Leben zu reflektieren, denn eine Polizistin zupfte ihn am Ärmel.
Ich besuche Sie später, Sie sind in Sicherheit, sagte er noch zu Jeswita Drugajew, bevor die Beamtin sie bei den Schultern nahm und sie zu den anderen Frauen schob, freundlich, aber bestimmt. Weil Brunner süffisant meinte: *Also wo Sie überall Bekanntschaften haben!,* klärte ihn Walcher auf.
Oben in der Diele der mittleren Wohnung trafen sie auf die zweite Gruppe Frauen und Mädchen, denen zwei Dolmetscher die Situation erklärten. In welchen Sprachen das geschah, war in dem hektischen Stimmgemeng nicht herauszuhören, nur so viel, dass es sich dabei um östliche Sprachen handelte, Russisch, Polnisch, Rumänisch vielleicht.
Aus den Gesichtern und Augen waren ängstliche Anspannung und gleichzeitig Erleichterung ablesbar. Dann wurde auch diese Gruppe von Polizistinnen nach unten geführt. Die männlichen Kollegen waren zuständig für

die Wächter des Etablissements, die sich jedoch widerstandslos hinunter in den Transporter bringen ließen.
Als letzte Gruppe wurden fünf Kunden abgeführt, die nicht nur wie führende Geschäftsleute gekleidet waren, sondern sich auch wie solche aufführten. Von drohenden Klagen über gigantische Summen an Haftungsschäden für entgangene Geschäfte bis hin zu Freiheitsberaubung mussten die Polizisten sich einiges anhören, obwohl den Gentlemen gesagt worden war, dass sie nach erkennungsdienstlicher Aufnahme ihrer Person frei gelassen würden, es sei denn, es würden sich Verdachtsmomente ergeben, dass sie etwas mit diesem Menschenhändlerring und den Betreibern des illegalen Bordells zu tun hätten.
Erst als der Einsatzleiter sich einmischte und ihnen zu verstehen gab, dass sie froh sein könnten, wenn sie nicht wegen sexuellen Missbrauchs Minderjähriger oder wegen der Vergewaltigung von Frauen angezeigt würden, denn darum handle es sich letztlich bei nicht freiwillig angebotenen Liebesdiensten, verstummten die Herren im edlen Zwirn und ließen sich abführen. Der Einsatzleiter nickte, wandte sich Brunner und Walcher zu und meinte: *Schnell mal in der Mittagspause auf Betriebskosten Mädchen ficken, das verbindet und erleichtert so manches Geschäft. Jeder von denen weiß genau, dass es sich hier um Zwangsprostitution handelt, jeder! Aber sich herausnehmen uns als Bullen zu beschimpfen, die nur neidisch seien, dass sie nicht auch mal ... und so weiter. Die werden sich noch wundern.* Dabei lächelte er müde Walcher an und reichte ihm die Hand. *Habe ich mich eigentlich schon vorgestellt ...?*
Vorhin im Einsatzwagen, nickte Walcher.
Oberkommissar Moosmann, fügte Brunner an, *ich bin ...*
Moosmann nickte: *Danke, ich weiß, Herr Kollege Brunner und der Journalist Herr Walcher. Kommen Sie,* lud Moosmann sie zu einem Rundgang ein. *Eigentlich eine schöne Stadtwohnung, drei Wohnungen zu einer zusammengelegt,*

wenn man da etwas reinsteckt. Nach hinten ruhige Lage, hier kümmert sich niemand um den anderen. Trotzdem sind diese Leute sind ständig auf der Wanderschaft. Wenn sich herumgesprochen hat, dass es hier ein Bordell gibt, ziehen die um und vermieten an jemand anderen.

In einem Raum, der wohl einmal eine Küche gewesen und nun als Aufenthaltsraum genutzt worden war, deutete Moosmann auf den offenen Schrank. *Von den Drogen da könnte man sich ein hübsches Häuschen auf dem Land kaufen. Alles, was so zur Zeit geschluckt wird, und alles stammt aus dem Osten.* Moosmann drehte sich um und ging voraus in eines der nächsten Zimmer. Parkettboden, Schrank, Bett, Sessel, Tischchen, gerahmtes Pornoposter an der Wand, alles einfach, aber sauber. *Eines der besseren Zimmer,* deutete Moosmann in die Runde. *Wenn sie brav mitspielen, bekommen die armen Dinger ein paar Euro in der Woche zugesteckt, die schicken sie dann meist ihren Eltern nach Hause. Dort, wo die meisten herkommen, sind zehn Euro viel Geld. Wenn sie nicht mitspielen, werden sie geprügelt oder unter Drogen gesetzt. Wir wissen nicht, was die mit den Frauen machen, wenn sie zu einem Wrack geworden sind, und das sind sie nach spätestens einem Jahr. Wir stoßen hier immer nur auf junge Frauen und zunehmend auf Jugendliche und Kinder.*
Moosmanns Stimme klang emotionslos, sachlich und wirkte dabei ebenso irreal wie das, was er beschrieb.
Diese Frauen und Mädchen werden meist gehalten wie Sklaven. Ich frage mich nach einem solchen Tag immer, in welchem Jahrhundert ich lebe und was das für Menschen sind, die bei Derartigem keinerlei Gewissensbisse plagen.
Im nächsten Zimmer zog Walcher unter der Decke auf dem Bett einen kleinen Teddy hervor. Er dachte an Aischa und Lavra und an die beiden Bären, die Irmis Großeltern ihnen zum Abschied geschenkt hatten. *Seien Sie doch bitte so gut und finden Sie das Kind, dem dieser Teddybär gehört,*

drückte er Moosmann den Stoffbären in die Hand.
Der nahm ihn vorsichtig, als wäre der Teddy zerbrechlich und nickte. *Meine Tochter hatte auch so einen.* Moosmanns Stimme klang nun nicht mehr emotionslos.
Obwohl auch dieser zweite Zugriff ohne Probleme abgelaufen war, herrschte in der anschließenden Besprechung im LKA keine Freude. Zwar hatten sie an einem Tag gleich zwei dieser Bordellhöllen auffliegen lassen, aber allein in Berlin ging man von Hunderten solcher illegal betriebenen Bordelle aus.
Walcher überkam inmitten dieser scheußlichen Szenerie eine starke Sehnsucht nach seinem Zuhause. Auch Brunner sah nicht drein, als würde er sich gern in die Großstadt versetzen lassen.
Moosmann las eine Botschaft vom Polizeipräsidenten vor: *Herzlichen Dank allen an dieser Operation Beteiligten, die erfolgreich abgeschlossen werden konnte. Es wird jedoch noch vieler solcher Einsätze bedürfen, um diesen unsäglichen Menschenhändlern das Handwerk zu legen.*
Auf eine weiterhin erfolgreiche Arbeit.
Anschließend wurde Manöverkritik betrieben. So reibungslos die Einsätze dem Anschein nach auch verlaufen waren, bei größerer Gegenwehr hätte es anders ausgehen können.
Walcher war überrascht, mit welch sachlicher Offenheit die Beamten der Einsatzteams über Pannen und Probleme sprachen. Am Ende der Sitzung nahm der Einsatzleiter Walcher und Brunner beiseite. *Sie können mich jetzt gerne zum Krankenhaus begleiten, ich möchte den Teddybären abgeben, und Sie können noch diese Frau sprechen, die Sie kennen. Später bekommen alle Betroffenen erst mal 'ne Schlaftablette.*

Alle drei Männer konnten nur mit Mühe ihre Rührung verbergen, als die kleine Rodica ihren Teddy bekam.
Sie drückte ihren verloren geglaubten Freund an die

Wange und kurz huschte ein Lächeln über ihr blasses Gesicht. Dann bekam sie eine Schlaftablette, um seit langem wieder eine Nacht lang durchzuschlafen.
Walcher klärte auch Moosmann auf, woher er Jeswita Drugajew kannte und was sie durchgemacht hatte. Vor allem aber legte er ihm ans Herz, sich Jeswitas exzellentes Gedächtnis zunutze zu machen.
Ein Zimmer weiter wurde Walcher von Jeswita angestrahlt, als wäre er der Initiator dieser Befreiungsaktion. Walcher stellte die beiden Kommissare vor und bat den Übersetzer, diesen Irrtum aus der Welt zu schaffen.
Jeswita nickte zwar, aber Walcher würde vermutlich ihr Held bleiben.
Ohne aufgefordert zu werden, bot sie sich dem Kommissar als Zeugin an. *Ich war in Zürich kurz im Himmel und bin wieder in der Hölle gelandet. Geschworen habe ich mir, dass ich alles tun will, damit alle diese Schweine ins Gefängnis kommen.*
Resolut trieb eine Schwester sie aus dem Zimmer, denn auch hier sollten die Patienten in den Schlaf versetzt werden. Walcher erkundigte sich bei Moosmann nach dem Grund der erstaunlich hohen Polizeipräsenz, die ihm schon bei der Ankunft im Krankenhaus aufgefallen war. Eingang und Stockwerk waren geschützt wie der Hochsicherheitstrakt in einem Gefängnis.
Vor einem halben Jahr konnten wir in einer ähnlichen Aktion auch Frauen befreien – für genau fünf Stunden. Dann stürmte eine kleine Armee ins Krankenhaus und holte die Frauen wieder heraus. Nach Zeugenaussagen sahen die Leute wie Russen aus und waren mit russischen Maschinenpistolen bewaffnet, wie die spätere Auswertung eines Videos ergab. Moosmann lächelte Walcher an, als er weitersprach. *Wir haben alles drangesetzt, damit die Presse den Vorfall nicht aufbauschte. Bitte wärmen Sie deshalb diese Sache nicht auf.*
Walcher nickte und das schien Moosmann zu genügen, denn er ging nicht weiter darauf ein.

Diese russischen Mafiosi leben hier nach ihren eigenen Gesetzen. Sie bewegen sich wie Wölfe in einer Schafherde. Dagegen sind unsere einheimischen Ganoven geradezu liebenswert.
Moosmann schüttelte den Kopf, so als würde er nicht glauben wollen, was er erzählte. *Die russischen Banden verhalten sich, als gäbe es keine Polizei, kein Recht und keine Ordnung. Als stünden sie im Krieg gegen uns, gehen sie mit unglaublicher Brutalität vor. Und sie tun das mit einem Selbstverständnis, als wären sie im Recht. Schutzgelderpressung, Glücksspiel, Drogen, Prostitution, Menschenraub, Autohandel, Auftragsmord ... was darf's sein? Wir haben inzwischen drei ständige Sonderkommissionen eingerichtet, die sich ausschließlich mit den Russen beschäftigen. Nur zwei Sokos kümmern sich um den Mittelmeerraum und Vorderasien. Und für das übrige Europa zusammengenommen kommen wir mit einer Soko aus. Daran sehen Sie, wie sich die Gewichte verschoben haben. Was die Brutalität betrifft, werden die Russen nur noch von den Triaden getoppt, die sich längst bei uns breit gemacht haben. Allerdings treten die Asiaten nicht so selbstbewusst auf, sie bewegen sich eher leise und im Untergrund.*
Moosmann holte tief Luft und fuhr mit beiden Armen durch die Luft, als wolle er sich von allen Problemen frei schwimmen.
So, wenn die Herren aus dem Allgäu auch noch den Rest eines ganz normalen Arbeitstages eines Berliner Kommissars erleben wollen, dann kommen Sie jetzt mit. Meine Männer sind bereits vor Ort. Eine Spedition. Sitzt in einem Gebäude, das ebenfalls dieser IMMODARG gehört. Ja?
Brunner und Walcher nickten.
Na dann, meine Herrn!

Die Spedition

Walcher fühlte sich hundemüde. Er war seit vier Uhr morgens auf den Beinen und jetzt zeigte die Uhr bereits eine Stunde nach Mitternacht. Brunner und Moosmann war keine Müdigkeit anzumerken, sie schienen solch einen überlangen Arbeitstag besser wegzustecken, oder wollten sie vor dem Journalisten die Ironmen spielen?
Das Gewerbegebiet im ehemaligen Osten Berlins wartete noch auf den Aufschwung. Selbst im spärlichen Licht der Laternen wirkte jedes zweite Gebäude abbruchreif.
Auch das Speditionsgebäude hatte seine besten Zeiten schon lange hinter sich, nur gab es hier eine ordentliche Beleuchtung. Die kam allerdings von der Polizei, die mit Flutlicht die Nacht aus dem letzten Winkel des Hofes vertrieben hatte.
Der Einsatzleiter informierte Moosmann, dass es keinen Widerstand gegeben habe und die Mitarbeiter bereits verhört würden. Der Geschäftsführer, ein gewisser Nikolas Bromadin, habe sich sehr kooperativ verhalten, auch er werde derzeit verhört. Im Moment würden die Lagerbereiche und lagernde Waren kontrolliert und die Finanzfahnder packten gerade die Geschäftsunterlagen zusammen ... Hier unterbrach den Lagebericht der Ruf eines Kriminaltechnikers, der bei dem Truck an der Laderampe stand. Er hatte, ein Maßband in der Hand, an dem Auflieger des Trucks, zirka einen Meter nach der Vorderkante, mit einem dicken Filzstift senkrecht einen Strich gezogen.
Sehen Sie, Chef, der Beamte war hörbar erregt, *die Ladefläche innen reicht nur bis zum Strich hier. Bis zur Vorderfront ist es aber gut noch einen Meter. Das sieht nach 'nem Stauraum aus. Hab' mir's von unten, oben, vorn und seitlich angesehen, kann aber keinen Einstieg finden. Sieht ziemlich perfekt aus.*
Der Einsatzleiter und Moosmann nickten anerkennend.
Dann schlitzen Sie die Kiste auf, befahl Moosmann. *Geben*

wir aber dem Geschäftsführer die Chance, uns das zu erklären. Das könnte auch Zeit und Mühe sparen.
Der Geschäftsführer schüttelte aber nur den Kopf und brabbelte ohne Punkt und Komma in einem russisch-deutschen Slang vor sich hin. Dass er sich nicht vorstellen könne – dass es ein Versteck in dem Truck geben sollte – wäre ja wohl das Allerneueste – er wüsste davon nichts – sonst hätte er ja schon davon gehört und wenn es doch stimmte – dann könnte es höchstens ohne sein Wissen die Zentrale in Moskau fabriziert haben – und was überhaupt die Razzia sollte – er würde seine Geschäfte seriös betreiben – mit seinen Papieren wäre alles in bester Ordnung und dass er sich beim Botschafter beschweren würde – das wären ja üble Handelsrepressalien ...
Moosmann winkte ab: *Den Fahrer, bitte.* Als aber auch der Fahrer vorgab, nichts von einem Versteck zu wissen, gab Moosmann den Befehl: *Knacken Sie die Dose. Und die beiden Ignoranten sollen zuschauen, wie wir maken ihr gut Maschin kapuut.*
Fünf Minuten lang ließen die Techniker den Trennschneider kreischen, dann riefen die Männer aufgeregt nach dem Notarzt.
Im grellen Licht der Scheinwerfer trug einer von ihnen durch das wie eine Tür aufgetrennte und dann aufgebogene Blech ein Mädchen heraus. Der Sanitätswagen war nah an den Aufleger herangefahren. Arzt und Sanitäter nahmen das Menschenbündel entgegen und trugen es in den Notfallwagen.
Das Herz des Mädchens schlug noch und nach einer schnellen Untersuchung zeigte der Arzt mit erhobenem Daumen an, dass bei dem Mädchen das Leben weitergehen würde.
Die anderen vier Mädchen dagegen lebten nicht mehr.
Die Polizisten hatten sie aus dem engen Versteck getragen und nebeneinander auf die Ladefläche gelegt. Moosmann,

der Einsatzleiter, Brunner und Walcher stiegen hinauf und standen vor vier toten Kindern. Die kleinen Körper zusammengekrümmt, wie es der Platz auf den Pritschen in dem winzigen Verschlag zugelassen hatte. Alle vier hatten erbrochen.
Selbst die Kriminalbeamten, die schon viele Leichen in ihrem Berufsleben hatten ansehen müssen, wandten sich ab und kämpften um ihre Fassung. Kinderleichen rührten an Empfindungen, die das Maß des Fassbaren weit überschritten.
Walcher wusste im selben Moment, in dem er auf die toten Körper sah, dass ihn dieses Bild verfolgen würde wie eine Anklage. Und auch die Leichen in dem Weinfass in Burgund sah er plötzlich vor sich, obwohl man ihm davon nur erzählt hatte. Am liebsten hätte er sich still davongestohlen, aber er hatte das Gefühl, hier noch nicht fertig zu sein.
Zwei, drei Schritte, unendlich schienen sie ihm, dann stand er vor der aufgetrennten Blechwand. Er sah Holzverschläge wie in den Konzentrationslagern. Es roch nach Erbrochenem und Urin, aber das war es nicht, was Walcher zurücktaumeln ließ. Die Angst war es, die aus dem Verschlag strömte und ihn wie ein gewaltiges Monster ansprang.
Wie konnten Menschen, die für Reichtum oder Sex den Tod und die unsägliche Qual von Kindern billigend in Kauf nahmen, mit einer solchen Schuld leben, ohne in den Wahnsinn getrieben zu werden? Und auch diejenigen, die ihre Augen und Ohren verschlossen, damit sie das Leid der Kinder nicht sahen und deren verzweifelte Schreie nicht hörten. Was musste noch alles geschehen, damit sie ihre Scheuklappen ablegten?

Auf der Krim

Die Sonne verwandelte das Meer in rot glühende Lava, die ihre Farbe nur langsam verlor, als die feurige Kugel am Horizont darin eintauchte und mit ihr verschmolz.
Ilija Dargilew hielt ein unverschämt wertvolles Glas aus dem Familienbesitz seiner Frau in der Hand, gefertigt gegen Ende des zweiten Jahrhunderts nach Christus in Tyros, dem syrischen Glasbläserzentrum, und nun gefüllt mit rotem Krimskoje.
Er liebte diesen wuchtig-süßen Sekt, den Champagner der Krim. Genießerisch lehnte er sich zurück und nahm sein Buch wieder auf. Geschichtsbücher betrachtete er als unerschöpfliche Ratgeber. Über Hitler las er gerade.
Der Wahnsinnige hatte doch tatsächlich geplant, eine Autobahn an die Krim bauen zu lassen. Was wäre dann wohl aus der göttlichen Ruhe hier geworden?, dachte Ilija. Obwohl, eine Autobahn würde die Grundstückspreise ... nein, die Ruhe war unbezahlbar.
In den vergangenen Tagen war es ohnehin alles andere als ruhig gewesen. In der Hälfte der Zimmer rumorten bis in die Abendstunden hinein Bauarbeiter, denn Ilija organisierte gerade in Rekordzeit die Renovierung seines zukünftigen Wohnsitzes.
Gut, dass er die Villa schon vor einiger Zeit gekauft hatte. Moskau wäre zurzeit ein zu heißes Pflaster für ihn gewesen, sagte er sich. Denn es zeichnete sich mehr und mehr ab, dass nicht nur seine Immobiliengesellschaften zerschlagen werden sollten, sondern auch seine Schattenwirtschaft, sein Syndikat.
Die Konkurrenten, mit denen er bislang in einer quasi friedlichen Koexistenz gelebt hatte, traten in der letzten Zeit zunehmend aggressiv auf, in beinahe allen Geschäftsfeldern, wie er seine Einnahmequellen im Fachjargon nannte. Da wurden bis dato geheime Lagerplätze und

Lieferungen seiner Drogenorganisation überfallen und geplündert. Mitarbeiter wurden abgeworben oder sie verschwanden einfach spurlos. Das Gleiche geschah im Handel mit „frischen Hühnchen“, wie auch Ilija das Geschäftsfeld Menschenhandel und Prostitution nannte. Alkohol Schutzgelderpressung, Waffenhandel, Diamanten, Autos oder Zigaretten – in allen Bereichen meldeten seine Leute, wenn sie sich überhaupt noch meldeten: Krieg!

Es herrschte Krieg in der Schattenwelt. Und zwar an mehreren Fronten gleichzeitig. Und ihm war klar, dass er diesen Krieg nicht gewinnen konnte. Nicht gegen einen so mächtigen Mann wie den Präsidenten Russlands, unter dessen Protektion sich andere Syndikate ermuntert sahen, Ilija herauszufordern. Ja, vermutlich waren sie sogar von staatlichen Stellen dazu aufgefordert worden, ihm den Kampf anzusagen, selbstverständlich inoffiziell.

Deshalb war Ilija auf die Krim geflüchtet. Hier fühlte er sich in Sicherheit, weil niemand von diesem Anwesen wusste.

Die Verhandlungen über den Kauf, den notariellen Eintrag in das Grundbuch, die Bezahlung, alles hatte er allein erledigt. Weder seine Frau noch seinen einstigen Freund, den Präsidenten, noch irgendeinen Mitarbeiter hatte er in seine Pläne eingeweiht, in kluger Voraussicht, wie er sich nun bitter eingestehen musste.

So fuhr er denn auch nur mit seiner Frau, ohne Begleitung der sonst üblichen Leibwächter, auf die Krim, wie ein normales Ehepaar auf Urlaubsreise.

Reja-Mira war überrascht und begeistert von der Idee gewesen, sich auf der Krim niederzulassen. Sie genoss das Ambiente der stattlichen Villa, auch wenn sie mit dem ersten Empfang dort, den sie sofort zu planen begann, noch einige Monate würde warten müssen, so lange eben, bis die aufwändigen Renovierungsarbeiten abgeschlossen waren. Sie träumte von rauschenden Bällen, angeregten

Salongesprächen, Ausflügen mit der Segelyacht, die im Trockendock generalüberholt wurde. Sie würde Soirees abhalten mit Literaten, Musikern und Malern und das Haus zu einem neuen kulturellen Zentrum des Landes machen.
Sie stieß mit ihrem Glas auffordernd an Ilijas Glas und strahlte ihn an. Voller Freude über seine Frau, die seit Tagen wie umgewandelt schien, prostete er ihr zu.
Sie träumte von einer russlandweiten Renaissance ihres Bojaren-Geschlechts, er von blutiger Rache an seinem Jugendfreund, dem Präsidenten. Einen Ilija Dargilew servierte auch nicht der russische Präsident so einfach ab, wütete es in seinem Kopf.
Einem nach dem anderen würde er seinen Konkurrenten den Garaus machen und deren Syndikate übernehmen ... weiter kamen Ilija und Reja-Mira in ihren Gedanken nicht. Sie wurden samt den unersetzbaren antiken Gläsern, samt Geschichtsbuch und der halben Villa, durch eine gewaltige Explosion in Stücke gerissen und von der Terrasse weit hinaus aufs Meer in den Sonnenuntergang geschleudert.

Berlin – Allgäu

Von einer schwarzen Traurigkeit überfallen zu werden, dazu musste man sicher nicht erst vor vier Kinderleichen gestanden haben oder dabei gewesen sein, wie illegale Bordelle ausgehoben wurden – dazu genügte an sich schon die Übernachtung in einem Hotel der unteren Mittelklasse.
Brunners Mitarbeiterin hatte die Zimmer gebucht, sicher nicht in böser Absicht, eher schon aus Sparsamkeit. Nachts in ein ausgestorben wirkendes Hotel zu kommen, einen schnarchenden Portier wecken zu müssen, der keine

Reservierung auf den Namen Brunner fand, aber dennoch mit großzügiger Geste die letzten beiden Zimmer zuteilte, bezeichnete Walcher ja noch als vertretbar, aber als er dann in seinem Zimmer stand, sehnte er sich nur noch danach, daheim zu sein.
Schon der Geruch, irgendwo zwischen alten Socken und Zitronenfrische. Immerhin hing eine gerahmte Reproduktion von Klee auf der Streifentapete. Die nachträglich eingebaute Duschtoilette war winzig, deshalb hing das Waschbecken außerhalb, an der Wand neben dem Bett.
Walcher suchte vergeblich nach einer Minibar, er hätte jetzt einen ordentlichen Schluck vertragen. Dafür öffnete er das Fenster, um wenigstens frische Luft herein zu lassen, aber was da aus dem Innenhof hereinwehte, erzählte von altem Fett, China und den Socken. Vermutlich wurden in der Schnellküche die Socken frittiert, die Hotelgäste unter den Betten zurückgelassen hatten.
Walcher setzte sich aufs Bett, nur um bestätigt zu finden, dass es fürchterlich knarrte und die Matratze durchhing. Flüchtig nur dachte er an Susanna, aber der Tag und diese Umgebung ließen außer Traurigkeit keine Gefühle zu.
Auf dem Tisch stand eine Nachttischlampe, Gelsenkirchner Barock, eine Bibel lag daneben und die Werbemappe des Hotels, für mehr war kein Platz. Davor stand ein Stuhl, auch aus Gelsenkirchen, an dem man aber nur schwer vorbei kam. Er passte nicht unter den Tisch und stieß mit der Lehne fast ans Bett. Um ans Fenster zu kommen, hatte Walcher über den Stuhl steigen müssen.
Im Schrank stank es nach Mottenkugeln, aber vielleicht war es auch nur der Duft einer neuen Parfümkreation. Gut, dass er nichts dabei hatte, was er in den Schrank hätte hängen müssen. Das Zimmer war auch zu hoch, gut vier Meter. In kleinen, zu hohen Zimmern wirkte man noch verlorener, fand Walcher und beschloss, sich einfach ins Bett zu legen, das Bettzeug schien wenigstens frisch.

Seine Socken würde er nicht ausziehen. Nicht, dass er fürchtete sie zu vergessen, er ekelte sich nur vor dem Fußboden. Grauer, versiffter Nadelfilz, einfach grässlich die Vorstellung, darauf barfuß zu gehen.
Er begann sich auszuziehen, als leise an die Tür geklopft wurde. Brunner, niemand sonst würde in Berlin nachts um zwei Uhr an seine Tür klopfen. Oder?
Kurz flammte der Gedanke an den Anrufer auf. Aus der Charité war der Anruf gekommen. Konnte es sein, dass dieser jemand wusste, dass er in Berlin war, nein, das war zu unwahrscheinlich. Blödsinnige Verschwörungstheorien. Und wenn doch, wenn es eine Schwachstelle gab, einen Informanten? Aber es war Brunner und er hatte eine Halbliterflasche Schnaps in der Hand und zwischen zwei Fingern einen Zahnputzbecher.
Hab' ich unten besorgt, kann nicht schlafen, auch einen?
Walcher nickte, nahm den eingepackten Zahnputzbecher vom Waschbecken, pellte ihn aus der Hygienefolie und hielt ihn Brunner hin.
Sie tranken schweigend und im Stehen, wie Raucher auf dem Gang in einer Besprechungspause. Jeder hing seinen Gedanken nach, nur das Ritual des gemeinsam eingenommenen Alkohols verband sie in diesem Augenblick.
Noch einen? Brunner hob nach der ersten Füllung auffordernd die Flasche hoch und füllte die Zahnputzbecher erneut, als Walcher genickt hatte. Verbissen schluckten sie den Schnaps, wie ein Betäubungsmittel. Dann war die Flasche leer und Brunner nickte, als hätten sie etwas Wichtiges erledigt. *Neun Uhr Frühstück, zehn Uhr Fahrdienst,* Brunner war der Alkohol anzuhören, *11 Uhr 45 Abflug Tegel, Zwischenlandung Frankfurt, Friedrichshafen an 16 Uhr, noch was, schlafen Sie gut.*
Auch so ... und danke.

23 Uhr war es, Walcher saß am PC und machte sich Notizen über Berlin. Auf dem Heimweg nach der Ankunft in Friedrichshafen hatte er kurz bei den Armbrusters Halt gemacht, um nach Irmi zu sehen, die sich bei ihren Großeltern einquartiert hatte. Von dort war nämlich der Weg zur Käserei, in der sie bis zum Schulanfang einen Ferienjob gefunden hatte, um einiges näher als von Walchers Hof. Aber Irmi war noch mit einer Freundin unterwegs, wie Armbruster augenzwinkernd erklärte, deshalb hatte er nur Rolli eingeladen und war nach Hause gefahren.
Nach Hause! Das besaß nach den Erlebnissen in Berlin einen besonderen Klang. Und als er nach einem kurzen Waldlauf unter der Dusche stand, fühlte sich Walcher wieder lebendig. Allein schon seiner Waldsucht wegen würde er niemals in einer Großstadt leben können, der Hund vermutlich auch nicht.
Die Wälder im Allgäu waren etwas Besonderes. Seit ihn der Revierleiter von Lindenberg über die speziell hier praktizierte Förderung natürlicher Ökosysteme aufgeklärt hatte, war ihm das noch deutlicher bewusst geworden. Aber vielleicht tat er Berlin Unrecht, immerhin war es eine recht grüne Stadt, umgeben auch von ausgedehnten Waldzonen, Flüssen und Seen.
Seine Notizsammlung für das Dossier wuchs um einige Fakten, die noch dazu aus Deutschland stammten und die Brisanz des Themas unterstrichen.
Als er an die toten Kinder dachte, hasste er sich für seinen Beruf. Das geschah ihm in letzter Zeit häufiger, stellte er fest. In seinen Gedanken wurde er durch Irmis Anruf unterbrochen. Sie meldete sich erst fürs Wochenende zurück, weil die Nähe des Großelternhauses zur Käserei ihr morgens eine halbe Stunde mehr Schlaf brachte. Ansonsten sei Käse machen käse, weil man dafür Kälber

schlachten müsse, und das sei eine Sauerei, auch wenn Kässpatzen so gut schmecken würden. Dann musste Walcher den Hörer an Rollis Ohr halten und dass der Hund sie hörte, bewies dessen heftiges Schwanzwedeln.

Als Walcher sich wieder in das Gespräch einmischte, hörte er, wie Irmi dem Hund sagte: *Und pass schön auf, das Herrchen nix anstellt.*

Da machte Walcher *wuff wuff* und hechelte in den Hörer: *Und du stellst nix mit deinen Freundinnen an.*

Lachend vermutete Irmi: *Das hat dir sicher Großvater gesteckt.*

Hat er nicht, widersprach Walcher, *er kann nur nicht so gut schwindeln wie du. Aber grüß ihn und auch Oma und jetzt tschüs, schlaf gut.*

Eine halbe Stunde später, es war inzwischen 23 Uhr, rief Dr. Lena Hein an. Sie klang, als wäre sie selbst um diese Uhrzeit noch in höchster Eile, und kündigte ihren Kurzbesuch für den nächsten Tag an.

Auch Brunner, bat sie Walcher, sollte gegen neun Uhr bei ihm auf dem Hof sein. Denn sie hätte nur wenig Zeit, aber da sie bei ihrer Fahrt in den längst überfälligen Kurzurlaub an Weiler praktisch vorbei kam, wollte sie zu einem kurzen Gespräch Halt machen. Worum es sich dabei handelte, wollte sie nicht sagen.

Seien Sie mir nicht böse, aber es gibt Dinge, die man besser persönlich übermittelt. Außerdem brummt mir heute der Schädel, denn ich komme gerade eben erst von einem fürchterlichen Gespräch zurück, habe obendrein einen tierischen Hunger und Koffer packen muss ich auch noch. Noch ehe Walcher etwas Bedauerndes sagen konnte, hatte sie bereits aufgelegt.

Er vermied es, sich darüber Gedanken zu machen, was Frau Dr. Hein wohl Wichtiges mitzuteilen hätte. Da auch Brunner dabei sein sollte, würde es wohl nichts Privates sein. Ihr Interesse an seiner Genesung nach dem Grillunfall war ihm nämlich ein Tick zu vertraut, geradezu auf-

dringlich vorgekommen. Und deshalb hatte er schon ernsthaft befürchtet, dass ihre Anrufe nicht nur der Form halber so häufig waren. Als sie sich dann nicht mehr meldete, hatte er sich geradezu befreit gefühlt.
Brunner konnte er um diese Uhrzeit ungestraft anrufen, der ging selten vor Mitternacht zu Bett, hatte er wiederholt verkündet und außerdem glaubte Walcher, dass es Brunners Selbstbewusstsein gut tat, gebraucht zu werden. Also rief er ihn an. Brunner war sofort am Apparat, er schien das Handy wirklich ständig in der Hand zu halten. Allerdings klang er, als hätte er schon einige Williams intus. Er sagte sofort zu, am nächsten Morgen pünktlich um neun Uhr auf dem Hof zu sein.
Walcher ging hinunter, um sich ebenfalls etwas zu trinken zu holen, heute allerdings einen Kräutertee. Schon beim Frühstück hatte er ein Kratzen im Hals gespürt, es allerdings als Folge des Schlaftrunks abgetan. Im Laufe des Tages hatte sich das Kratzen jedoch zu schmerzhaften Schluckbeschwerden entwickelt. Mit einer großen Tasse stieg er wieder hinauf – mit dem Vorsatz, weiter an seinen Notizen zu arbeiten. Aber davon hielt ihn erst einmal das blinkende Signal für eine eingegangene Mail ab: Auenheim. Will mich sicher von seiner Internet-Schandsäule überzeugen, dachte Walcher und sollte mit seiner Vermutung richtig liegen.
Sehr geehrter Herr Walcher, herzlichen Dank für Ihre Mail, über die ich mir lange Gedanken gemacht habe, vor allem was Ihre Bedenken gegen meine Pranger-Seiten betrifft. Sie können allerdings versichert sein, dass ich in einem langen Prozess, auch zusammen mit Juristen, Pro und Contra dieser Vorgehensweise diskutiert habe. Letztlich bin ich zu dem Schluss gelangt, dass es in jedem Fall einen Versuch wert ist, der außer den Tätern selbst niemandem schaden wird. Wer wissentlich illegal betriebene Bordelle aufsucht, wer Kinder nachweislich sexuell missbraucht, der kommt an den Pranger. Vielleicht liegt

eben in dieser archaischen Vorgehensweise ein Abschreckungsmoment, das weit über die Angst vor Gesetzen hinausgeht.
Gesellschaftliche Ächtung trifft härter, als anonym für zwei Jahre auf Bewährung verurteilt zu werden, da die meisten dieser Verhandlungen unter Ausschluss der Öffentlichkeit stattfinden.
Ich werde also auch weiterhin an meiner Idee festhalten und möchte Sie daher nochmals eindringlich bitten, mir alle Informationen über den Zugriff in Burgund zukommen zu lassen.
Von besonderem Interesse für die Internet-Seite sind in diesem Zusammenhang etwaige Namenslisten, wobei ich Ihnen nochmals ausdrücklich versichere, dass ich Namen erst dann ins Netz stellen werde, wenn eine Person zweifelsfrei als Täter überführt wurde.
Gespannt auf Ihre Recherchen, verbleibe ich mit freundlichen Grüßen Günther Auenheim.
Nein, mein lieber Herr Auenheim, dachte Walcher, ich werde Sie bei Ihrer Prangerseite nicht unterstützen.
Öffentlicher Druck auf Exekutive und Judikative zur Verfolgung und Ausschöpfung aller bestehenden gesetzlichen Möglichkeiten: Ja. Ja auch zu mehr Prävention, Aufklärung, Information, aber zurück ins Mittelalter, Pranger, Schandpfahl, Steinigung? Was ist der nächste Schritt? Die Aufforderung zur Selbstjustiz, die Überlassung niederer Gerichtsbarkeit dem Polizisten, Bürgermeister oder gar dem Postler?
Mit diesem Gedanken schaltete er den PC aus, trank artig seinen Tee und legte sich schlafen. Im Bett las er noch über die Pflege von Apfelbäumen und malte sich dann im Halbschlaf aus, seinen ersten Obstler schwarz zu brennen, im Eichenfass reifen zu lassen und mit Allgäu-Calvados ein neues Standbein aufzubauen. Adieu Zeitungsverleger, adieu Schreibsklaverei, adieu Jagd nach Schlagzeilen ... dann war Walcher eingeschlafen und merkte nicht mehr, wie Rolli ins Zimmer geschlichen kam und mit einem zufriedenen Seufzer neben dem Bett auf den Boden plumpste.

Am nächsten Tag pünktlich um neun Uhr fuhr Dr. Hein auf den Hof. Sie strahlte in Urlaubslaune, unterstützt von einem luftigen Sommerkleid.
Noch bei der Begrüßung bestand sie darauf, Walchers Brandnarben zu sehen. Er hatte das befürchtet, zierte sich aber nicht lange, sondern ergab sich dem Unvermeidlichen und zog sein Hemd über die Schulter. Im selben Moment fuhr Brunner auf den Hof.
Störe ich?, brüllte Brunner schon vom Auto aus und schien es witzig zu finden, denn als er ausgestiegen war, setzte er noch einen drauf und grüßte mit einem lässigen: *Hi Grillfans.*
Frau Dr. Hein sah sich die Narben an, berührte sie kurz, zog dann das Hemd herunter und sagte laut und deutlich, damit auch Brunner es hörte: *Für mich sind Sie mein Held. Ich habe noch nie einen Mann in meiner Nähe gehabt, dessen Rücken meinetwegen eine solche Brandnarbe ziert.*
Dann setzte sie sich auf die Bank neben der Haustür und wedelte mit einer Sichthülle, in der einige Blätter steckten. *Meine Herren, hier habe ich etwas ganz Besonderes und vor allem ganz besonders Eiliges.*
Brunner und Walcher setzten sich links und rechts neben sie, während sie bereits erzählte. *Vorgestern Abend – ich war gerade im Begriff, mein Büro zu verlassen – stand eine Frau vor der Tür und bat mich um ein Gespräch und um Hilfe. Sie wäre durch die Hölle gegangen, berichtete sie. Eine bildschöne Frau übrigens, was ihre Geschichte glaubwürdig macht. Sie wurde nämlich von dem so genannten Landesleiter abgezogen, also aus dem normalen Bordelldienst genommen, und war seitdem ausschließlich bei ihm.* Dr. Hein sprang hektisch auf, lief zu ihrem Wagen und holte sich Zigaretten und Feuerzeug. Als sie sich wieder auf die Bank setzte, inhalierte sie bereits den Rauch der brennenden Zigarette. *Bin wieder mal rückfällig geworden,* meinte sie, *ich vertrage einfach keinen Stress mehr. Also, diese Frau beschrieb ihr Leben und nebenbei*

erklärte sie mir die Organisation, von der sie in den Westen gelockt und in die Prostitution gezwungen worden war, aber davon später. Sie interessiert ja wohl erst einmal die Organisation. Ja, du bist ein feines Kerlchen, tätschelte Dr. Hein abwesend Rolli, der sich seine Streicheleinheiten abholte und dabei neugierig der Rauchfahne hinterher schnupperte, die dieses ohnehin außerordentlich interessant duftende Frauchen auch noch absonderte. *Ein Bereichsleiter steuert bis zu drei Städte, je nachdem wie groß sie sind. Die Bereichsleiter unterstehen den Chefs der Bundesländer und darüber steht der Landesleiter, in diesem Fall ein widerlicher Sadist, der sie als seine persönliche Sklavin hielt.*
Dr. Hein trat die halb gerauchte Zigarette aus, was den Hund geradezu in Verzückung versetzte, vermutete er doch ein neues, aufregendes Spielchen. Walcher deutete auf den Boden neben sich, zischte *Platz* und war selbst erstaunt, dass Rolli sich neben ihm niederließ, als sei dies die selbstverständlichste Sache der Welt.
Kurz zusammengefasst, hier – Dr. Hein wedelte mit der Sichthülle triumphierend durch die Luft – *sind die Kopien der Listen, in denen alle illegalen Bordelle aufgeführt sind, mit Adressen, Telefonnummern, Namen der Geschäftsführer, Bereichsleiter, Landesfürsten und was weiß ich sonst noch alles. Und weil diese Frau so clever war, das Original der Liste wieder an seinen Platz zurückzulegen, nämlich auf den Schreibtisch des Deutschlandchefs, bevor sie die Chance zur Flucht nutzte, wird niemand vermuten, dass dies hiermit die Polizei besitzt,* hielt sie Brunner die Sichthülle hin, der sie nahm, als würde ihm eine Speisekarte weitergereicht.
Als einige Sekunden ohne eine Reaktion verstrichen waren, stieß Dr. Hein ihren Ellenbogen in Walchers Hüfte und meinte laut vernehmlich: *Also irgendwie habe ich mir die Übergabe dieses wohl einmaligen Organigramms einer deutschlandweit operierenden illegalen Bordellkette, hinter der vermutlich auch noch ein europaweit agierendes Menschen-*

händlernetz steht und was weiß ich sonst noch alles, anders vorgestellt. In München würden jetzt die Sirenen heulen, aber hier tickt die Uhr vielleicht wirklich etwas langsamer.
Aber Brunner nahm es nicht persönlich. *Wie glaubwürdig schätzen Sie die Quelle ein?*, fragte er, während er die erste Seite überflog.
Ich glaube der Frau. Frau Dr. Hein stand auf und zündete sich eine Zigarette an, während sie weiter sprach. *Es macht keinen Sinn für eine solche Organisation, mir ... uns ... Ihnen ... also der Polizei, über diese Frau eine Liste mit Fantasieadressen und gefälschten Namen zukommen zu lassen – oder? Was hätten sie denn davon?*
Uns ablenken, irreführen, Konkurrenten aus dem Verkehr ziehen, was weiß ich, Brunner war anzusehen, wie es in ihm arbeitete. Auch er war aufgestanden und wanderte im Zickzack zwischen Dr. Hein und Walcher hin und her.
Wo ist die Frau?, blieb er vor Dr. Hein stehen.
Ich habe sie an einen Platz gebracht, den ich nicht mal meiner Mutter verraten würde und den auch niemand bei uns kennt. Wir übernehmen ... für solche ... besonderen Fälle ... eine Art persönliche Verantwortung, Patenschaft, oder wie Sie es nennen wollen ... ich kann ... Dr. Hein brach ab, weil Brunner ihr nicht mehr zuhörte.
Das Handy am Ohr, die Liste in der anderen Hand, war er mitten in seinem Zickzack stehen geblieben und schien in eine andere Welt entrückt, von der Dr. Hein, Walcher und Rolli nur noch Bruchstücke verstanden, wie: *BKA – Telefonkonferenz – LKA – Hubschrauber – verdammt noch mal – Stuttgart – allerhöchste Priorität – Minister – dann weck den Arsch – halbe Stunde.*
Brunner hielt plötzlich inne, steckte rechts das Handy in die Hosentasche und rollte dann mit beiden Händen die Sichthülle zusammen. Wie einen Taktstock fuhr er damit durch die Allgäuer Luft auf Dr. Hein zu und flüsterte: *Entweder ist das ein Jahrhundertclou oder ich muss ihn bitten,*

dabei deutete er auf Walcher, *mich als Gärtner anzustellen.* Rolli sprang hoch, um nach der zusammengerollten Sichthülle zu schnappen, aber Walchers Pfiff hielt ihn zurück, außerdem hatte sich Brunner längst abgewandt und telefonierte wieder.
Frau Dr. Hein drückte auch ihre zweite Zigarette wieder halb geraucht in den Hofkies, zuckte mit ihren Schultern und meinte, dass alles gesagt sei und sie weiterfahren würde. *Zur Not haben Sie ja meine Handynummer, aber bitte wirklich nur zur Not.*
Walcher wünschte ihr erholsame Tage, dankte für ihren Kurzbesuch, für ihr Vertrauen, für Listen und Information, obwohl genau genommen Brunner der Empfänger war.
Nicht der Rede wert, wehrte sie ab, umarmte ihn flüchtig, tätschelte Rolli mit einem: *Pass gut auf dein Herrchen auf,* winkte Brunner zu – der heftig zurückwedelte und an sein freies Ohr deutete – und hetzte mit wehendem Kleid zu ihrem Auto. Die Staubfahne, die sie hinterließ, hatte sich noch nicht gesenkt, als auch Brunner zu seinem Wagen rannte. *Wenn die getürkt ist,* hielt er die wieder entrollte Sichthülle hoch, *dann kann ich mich wirklich auf was gefasst machen. Das wird ein Riesenspektakel,* brüllte er, *ich melde mich wieder.*
Walcher nickte und rief zurück: *Der Gärtnerjob ist immer drin, aber nur, wenn Sie mir eine Kopie der Liste geben, immerhin fand die Übergabe auf meinem Hof statt und Dr. Hein ist mein Kontakt!*
Brunner nickte, dann war auch er fort. Walcher blieb auf der Bank sitzen und überlegte, warum Frau Dr. Hein ihnen diese brisante Liste übergeben hatte und nicht der Münchener Polizei, zu der sie sicher seit langem Kontakt hatte. Er konnte es sich nicht erklären, höchstens mit ihrer Sympathie für Brunner und ihn.
Dann haderte er mit sich, weil er nicht gleich die Liste kopiert hatte. Sein Vertrauen zum Kommissar war zwar

groß, aber er war Journalist und solche Informationen waren sein Kapital. Solche Fehler ärgerten ihn. Missmutig ging er in sein Arbeitszimmer und startete, um sich abzulenken, den Computer. „Kindesmissbrauch" tippte er als Suchbegriff in das News-Portal und überflog die aktuellen Tagesmeldungen.
Es hatte europaweit sechs rechtskräftige Gerichtsurteile und Ermittlungen gegen Pädophile und Pornohändler gegeben. Er druckte die Artikel aus und heftete sie in seinem nunmehr dritten Ordner ab, in dem er Mitteilungen sammelte, die mit diesem Thema zu tun hatten. Die ersten zwei Ordner waren erschreckend rasch voll gewesen, obwohl er erst vor kurzem mit der Artikelsammlung begonnen hatte.
Stiefvater missbrauchte vierjährige Tochter seiner zweiten Ehefrau.
17 Pädophile tappten in Lockvogel-Falle der Polizei.
Rentner missbrauchte Kinder aus der Nachbarschaft, die ihm die Eltern arglos anvertrauten.
Einschlägig Vorbestrafter gestand „Sexspiele" mit Minderjährigen ...
Jedes Mal las er fassungslos die Flut täglicher Horrormeldungen und dabei handelte es sich nur um die Spitze eines riesigen Eisbergs, dessen eigentliche Masse unter der Decke einer heilen Welt versteckt lag.
Walcher nannte die tägliche Sammlung seine *Schmerzstunde*, es gelang ihm nämlich nicht, dabei seine Emotionen zu unterdrücken. Immer wieder sah er Kinder vor sich, die sich voller Vertrauen in die Hände Erwachsener gaben. Seine Stimmung hellte sich an diesem Tag erst wieder auf, als das Fax ansprang und er auf der ersten Seite in einer ihm bekannten krakeligen Handschrift las: *Hier die Kopien. Läuft alles gut an, wird vermutlich eine deutschlandweite Aktion. Melde mich, sobald ich genauere Info habe. Brunner.*

Sie hatten mehr getrunken, als die Polizei erlaubte, wie Brunner zutreffend bemerkte.
Er war vier Tage nach ihrem Treffen mit Frau Dr. Hein unangemeldet am späten Nachmittag vor Walchers Tür gestanden, eine Magnum *Deutz & Geldermann Brut* in der Hand, und hatte gesagt: *Jetzt wird gefeiert.*
Beim ersten Glas begann er mit sichtbar stolz geschwellter Brust von der größten Blitzaktion zu berichten, die jemals in Deutschland gegen illegale Bordelle, Zuhälter und Menschenhändler durchgeführt worden war – und zwar zeitgleich in 64 Städten, mit einem Polizeiaufgebot von insgesamt über 4 000 Einsatzkräften.
Walcher tat so, als wäre über diese Aktion nicht in allen Medien ausführlich berichtet worden.
Hätte nie geglaubt, dass wir Derartiges nach nur zwei Tagen Vorbereitungszeit durchziehen können. Fast alles was auf der Liste stand, haben wir ausgehoben, strahlte Brunner.
Insgesamt 232 Männer wurden verhaftet, die meisten davon aus östlichen Ländern. Befreit werden konnten 146 Frauen im Alter knapp über achtzehn Jahre, 377 Frauen knapp unter achtzehn und 78 Mädchen unter sechzehn Jahren. Dazu kamen noch 12 Jungen unter sechzehn Jahren.
Man muss sich das mal vorstellen, über 600 Menschen wurden in schäbigen Absteigen versteckt gehalten und zur Prostitution gezwungen, mitten unter uns, in der Nachbarschaft. Brunner schüttelte den Kopf. *Nur wenige der Frauen machten das freiwillig, die meisten wurden mit den übelsten Methoden gezwungen, soviel ergaben bereits erste Verhöre. Viele wurden mit Versprechungen angelockt, Ausbildung, Jobs, Luxus und dergleichen, also erst einmal kamen sie freiwillig, aber dann wurden sie genauso behandelt wie die Entführten. Einige von ihnen wurden den Eltern abgekauft. Abgekauft! Eltern verkaufen ihre Kinder! Gekauft, verschleppt, versklavt, wir leben doch*

nicht etwa im Mittelalter? Brunner trank in einem Zug das Glas leer. *600 junge Menschen, deren Leben versaut wurde. Und was mich schier zerreißt, es gibt noch tausende andere. Und selbst wenn wir alle aus diesem Dreck herausholen könnten, spätestens in einem halben Jahr wäre Nachschub da und alles wieder beim Alten. Da komme ich mir vor wie einer von der Feuerwehr, dem sie eine Wasserpistole in die Hand drücken und zum nächsten Waldbrand schicken.*
Solange es Männer gibt, warf Walcher ein, *die ...*
Brunner unterbrach ihn. *Ja ja ja, das brauchen wir nicht schon wieder durchzukauen. Es hat sich ja auch schon einiges getan, nur dauert das alles so verdammt lange.*
Walcher nickte: *Ja das tut's.*
Brunner musterte ihn misstrauisch, sagte aber nichts, sondern schenkte beide Gläser voll und zog dann Rolli, dessen Unterkiefer auf Brunners Oberschenkel lag, abwechselnd an den Ohren.
Was halten Sie denn von einem Pranger im Internet?, wollte Walcher wissen und erklärte, als er Brunners fragenden Blick sah, für wen der Pranger gedacht war.
Mittelalter, fällt mir dazu wieder ein, aber vielleicht sind wir da ja noch mitten drin. Brunner stieß einen tiefen Seufzer aus. *Die Amis machen das ja seit einiger Zeit in einigen Städten. Wir sollten das beobachten. Ich fürchte allerdings, dass damit eine neue Ära des Sextourismus angekurbelt wird. Pranger, irgendwie passt das einfach nicht mehr in unsere Zeit, aber Missbrauch von Frauen und Kindern passt ja auch nicht hinein ... ach, ich weiß nicht. Warum fragen Sie?*
Walcher erzählte von Auenheims Plänen. Brunner hörte aufmerksam zu und streichelte dabei Rollis Fell.
Als Walcher geendet hatte, meinte der Kommissar: *Strafen ist eine Sache, aber dafür haben wir genügend Gesetze, denke ich. Ich glaube, wir müssen früher anfangen. In der Erziehung der kommenden Generationen zum Beispiel. Werte, Tabus, da müsste einiges neu justiert werden.*

Sehen Sie da Ansätze?, fasste Walcher nach. Brunner schüttelte den Kopf: *Im Gegenteil, ich sehe nur, dass wir spaßorientierte Konsumenten heranziehen. Aber mir ist das alles zu philosophisch und vor allem sind mir die Zeiträume zu lang, die Veränderungen in Denkweisen benötigen. Bis sich vielleicht in den nächsten Generationen etwas tut, sind mir Gesetze lieber. Ein Täter wird von der Polizei festgenommen, von der Justiz verurteilt und wandert ins Gefängnis. So einfach ist meine Welt. So wie jetzt 232 Männer festgenommen wurden und verurteilt werden, hoffe ich jedenfalls.*
Und die Köpfe der Organisation, die Hintermänner, die Kunden, die erzwungenen Sex einkauften, noch dazu mit Minderjährigen, was geschieht mit denen?, warf Walcher ein.
Brunner zuckte mit den Schultern: *Auch die werden wir noch erwischen, vielleicht. Die Vernehmungen haben erst begonnen. An die Köpfe kommen wir meist ohnehin nicht heran, und in diesen Fall sitzen die vermutlich auch noch irgendwo in Russland.*
Wird wohl so sein, nickte Walcher und dachte, dass es kein guter Zeitpunkt wäre, von Hintereggers E-Mail zu berichten. Der hatte vor zwei Tagen geschrieben, dass der vermutliche Mann an der Spitze der IMMODARG, Ilija Dargilew, bei einem Unfall ums Leben gekommen war. Die Information kam von einem Immobilienmakler, der mit Hintereggers Company zusammenarbeitete. Auf der Krim war die Villa Dargilews samt ihm und seiner Frau in die Luft geflogen. Eine gewaltige Gasexplosion und das, obwohl es in der Villa gar kein Gas gab. Da war dann wohl die Freundschaft mit dem russischen Präsidenten, die sich laut Hinteregger bestätigt hatte, auch keine echte Lebensversicherung.
Walcher stand auf, um die Gläser nachzufüllen, denn mit einer Magnum ging das nicht so ohne weiteres einhändig, aber Brunner winkte ab. *Das Zeug treibt mich zu sehr auf, haben Sie vielleicht einen Williams oder so was, zum Abschluss?*

Ist sowieso fast leer, bemerkte Walcher, stellte die Flasche ab und machte zwei Schritte zur Küchenmitte, wo er sich langsam bückte und umständlich den Teppich zur Seite zog. *Ich merke den Sekt,* stöhnte er mehr zu sich als zu Brunner und zog die Bodenklappe zum Vorratskeller auf. Dann nahm er eine Glaskaraffe aus dem Küchenschrank und wollte hinuntersteigen, als Brunner fragte: *Darf ich mitkommen?*

Kommen Sie, aber passen Sie auf Ihren Kopf auf, lud Walcher ihn ein und nahm sich noch zwei kleine Probiergläser aus dem Schrank.

Im Gewölbe füllte Walcher aus dem Fässchen Calvados die Karaffe auf, während Brunner voller Bewunderung stöhnte: *Mannomann, ist ja wie im Paradies. Statt mich als Gärtner anzustellen, wäre ich gern Ihr Kellermeister.*

Er pfiff leise durch die Zähne, drehte sich um und zählte flüsternd auf, was er sah. *Wein, Destillate, Wurst, Schinken, Gewürze, Konserven, Körner, Kartoffeln ... Glauben Sie an die Wiederkehr des Jüngsten Tages?*

Irmi vermutet einen Hamster unter meinen Vorfahren, lächelte Walcher, *ich vermute, hinter meiner Vorratshaltung steckt eher ein untherapiertes Nachkriegsmangeltrauma, dem Sie allerdings diesen außerordentlichen Calvados zu verdanken haben. 80 Jahre alt, ein Geburtstagsfässchen, habe es auf einer Hofversteigerung in der Normandie kaufen können.* Er reichte dem Kommissar das Glas.

Brunner inhalierte den Duft des Destillats, das von der Farbe eines dunklen Bernsteins war, erst durch die Nase, bevor er mit spitzen Lippen einen kleinen Schluck einsaugte und verzückt die Augen schloss.

Diesen Vorgang wiederholte er noch zwei Mal, dann hielt er Walcher sein leeres Glas hin und flüsterte: *Köstlich, einfach köstlich. Dafür verzeihe ich Ihnen alle Gemeinheiten der letzten Zeit.*

Walcher verkniff sich die Frage, welche Gemeinheiten er

begangen haben sollte, füllte Brunners Glas und nahm selbst auch einen Schluck.
Kommissar Brunner hatte absolut Recht, der Calvados glich einer Offenbarung. In der ausgewogen samtigen Milde seiner Jahre erzählte er von den kleinen würzigsauren Äpfeln und dem Atlantiknebel, der in den frühen Herbstnächten ihr Aroma konzentrieren half. Und die Eichendauben legten Wert darauf, für den rauchigen Geschmack und die Farbe verantwortlich zu sein.
Dieser edle Tropfen und dieses alte Gewölbe wären doch ein trefflicher Anlass für das freundschaftliche „Du", was meinen Sie? Brunners Frage riss Walcher aus seiner druckreifen Calvadoswerbung. Etwas dümmlich meinte er, auch um Zeit zu gewinnen: *Wie du?*
Na eben nicht mehr Sie, stellte Brunner klar.
Hab' ich mir auch schon überlegt, meinte Walcher und hoffte auf eine Eingebung, mit der er den Kommissar nicht kränken würde. *Wir haben ja wirklich schon einige ... Fälle ... gemeinsam durchgestanden. Und ich empfinde für Sie große freundschaftliche Sympathie ...*
Brunner unterbrach ihn etwas säuerlich: *Hab' schon verstanden, sparen Sie sich die Eierei.*
Walcher schüttelte den Kopf: *Lassen Sie mich doch ausreden. Ich bin ja im Prinzip überhaupt nicht gegen ein Du, ich duze Sie in Gedanken ja ohnehin schon seit langem. Aber Sie sind der Kommissar, der Vertreter der Staatsmacht, und ich bin der Journalist. Zwar nicht grundsätzlich Ihr Gegner, aber dennoch auch nicht unbedingt der Freund, eher eine Art ... Kritiker ... so wie Kasperle und Gendarm, verstehen Sie das? Vielleicht muss ich mal gegen Sie arbeiten oder mich strafbar machen.*
Sie haben vermutlich Recht, nickte Brunner, *vergessen Sie's, war eine Schnapsidee.* Er hob sein Glas und Walcher stieß erleichtert an und schenkte dann noch einmal großzügig von seinem heiligen Calvados ein. Brunner hob sofort wieder sein Glas und meinte: *Lassen Sie uns gemeinsam noch*

viele Augurenställe ausmisten, sehr geehrter Herr Walcher, wobei er die „r" von Herr rollen ließ wie Donnergrollen.
Jawohl, Herr Kommissar, grinste Walcher, nicht so sehr über Brunners Verwechslung, sondern weil er sich an den höhnischen Kommentar seines Lateinlehrers erinnerte. Walcher hatte bei einer Extemporale übersetzt, dass Herakles die Rinder aus dem *Stabulum,* dem Stall des Königs Augias schwemmte, nicht den Mist. Aber es war dennoch ein passendes Bild, das Brunner gezeichnet hatte.
Wenn ich mir vorstelle, dass der Kommissar aus Lindau deutschlandweit die Russenmafia aufrollt, also das kann man sich getrost auf der Zunge zergehen lassen, prostete er Brunner zu und war sich durchaus bewusst, ziemlich albern zu sein, aber das fand er in diesem Augenblick in Ordnung. Zumal auch Brunner einen in der Krone hatte, was ihn allerdings nicht von einer zynischen Retoure abhielt.
Dafür schreiben Sie dann den Leitartikel im Weiler Wochenblatt.
Das gab wiederum Anlass, sich erneut zu versöhnen und noch einige Calvados zu trinken, bis Rolli in den Keller bellte, weil das bestellte Taxi auf dem Hof hupte.
Gemeinsam machten sie sich an den Aufstieg, der die gefährlichen Folgen eines ungezügelten Alkoholkonsums deutlich aufzeigte. Dagegen war die Erstbesteigung des Nebelhorns ein Kinderspiel und beide freuten sich, als die Bodenklappe mit einem gewaltigen Rumms das tückische Kellerloch verschloss.
Walcher brachte Brunner zum Taxi, weil er das Gefühl hatte, dass der Kommissar etwas unsicher auf den Beinen sei und verabschiedete sich mit dem Hinweis: *Morgen rollen wir Italien auf.*
Von Brunner kam widerborstig zurück: *Schuppenflechte.*
Hä?, machte Walcher.
Sie, lieber Herr Walcher, Brunner bemühte sich um eine akzentuierte Modulation, *sind wie Schuppenflechte.*

Ihre Kritik trifft mich, Herr Kommissar.
Könnte einer der Herren mir verraten, wohin es geht?, mischte sich der Taxifahrer ein.
Es geht um Schuppenflechte, klärte ihn Walcher auf, *ebenso wie das Haar den Zustand der Seele verrät,* deutete er auf Brunners Halbglatze.
Man wird sie nicht los, meinte Brunner.
Wen?
Schuppenflechte, aber jetzt fahren Sie mich nach Hause, bat Brunner den Taxifahrer.

Vorbereitungen

Sie haben also wirklich vor, noch eine Einkaufstour zu unternehmen, stöhnte Brunner, als Walcher ihn am Morgen nach ihrer kleinen Feier anrief.
Unbedingt, bestätigte Walcher.
Wir haben Frankreich aufgeschreckt, wir haben die Berliner aufgeweckt, wir haben die größte jemals durchgezogene Razzia in der Bundesrepublik in Gang gebracht ... glauben Sie mir, die Italiener brauchen Sie nicht auch noch, oder fehlt Ihnen noch Material für Ihre Reportage, hängte Brunner boshaft an, wie Walcher empfand. Er blieb aber in seiner Antwort betont sachlich. *Das ist nicht der Grund, ich könnte mehrere Reportagen schreiben, aber mein Gefühl sagt mir, dass ich noch nicht fertig bin, können Sie das nicht verstehen?*
Mann, sind Sie ein zäher Hund ... also, kommen Sie nachmittags vorbei, dann sprechen wir die Sache durch. Aber eines sage ich Ihnen schon jetzt. Das ist das letzte Mal, haben Sie verstanden! Das letzte Mal, zischte Brunner.
In Ordnung, Herr Hauptkommissar, das letzte Mal, meinte Walcher.
Walcher hatte am Vormittag dem Händler in Italien eine

E-Mail geschickt, sein Kommen für den nächsten Tag angekündigt und um eine Anfahrtskizze sowie um Angaben über die finanzielle Vorstellung gebeten. Die Anwort war umgehend bei seiner Mailadresse Wolfgang Hoffmann eingegangen. Er würde gegen 16 Uhr erwartet, die Verhandlungsbasis läge bei circa 15 000 Euro in bar und er habe allein, ohne eine Begleitperson zu erscheinen.
Er käme ohne Begleitung, aber mit seinem Chauffeur, schrieb Walcher dem Händler an dessen E-Mail-Adresse, belli@uccelli.com.
Die Antwort kam wieder umgehend und in fehlerfreiem Deutsch. *Chauffeur in Ordnung, Anfahrtskizze gibt es keine. Sie fahren bis Sarezzo, am unteren Iseo-See gelegen. Mailen Sie Ihre Handynummer, Sie werden morgen 15 Uhr angerufen und zu unserem Treffpunkt gelotst. Gute Fahrt!*
Ist Ihnen klar, schnauzte Brunner, als Walcher ihm die Vorgaben des Italieners nannte, *dass ich bei derart vagen Angaben keinerlei Vorbereitungen mit den italienischen Kollegen vereinbaren kann? Sarezzo, Iseo-See, da geht mir doch der Gaul durch. Blanker Irrsinn! Da können Sie ja gleich als Treffpunkt Norditalien vereinbaren, links am Pinienwäldchen. Ich mach' mich bei den Kollegen doch nicht lächerlich. Selbst wenn ich Ihnen einen Sender mitgebe, man kann nicht ganz Norditalien in Alarmbereitschaft versetzen. Außerdem ist das bei einem Fahrzeugwechsel ohnehin für die Katz.*
Was soll schon passieren?, versuchte Walcher zu beruhigen, *wir fahren hin, kaufen ein Mädchen und bauen so eine vertrauensvolle Basis für eine künftige Zusammenarbeit auf. Sie wissen doch: Geld schafft Vertrauen. Beim nächsten Mal wird er nicht mehr so vorsichtig sein, dann können Sie Ihre Kollegen vor Ort einschalten, mich über GPS orten, zuschlagen und ihn festnehmen.*
„Festnehmen“ war eines der Schlüsselworte, bei denen Brunner immer weich wurde, glaubte Walcher herausgefunden zu haben. Deshalb schob er nach: *Oder wollen sie*

etwa nicht, dass diese erbärmlichen Menschenhändler hinter Schloss und Riegel kommen?
Brunner stöhnte: *Haben Sie vergessen, was ich sagte, nur noch ein Mal sagte ich. Ein Mal, und Sie planen schon wieder den übernächsten Kontakt.*
Gut, lenkte Walcher ein, *das übernächste Treffen dient nur noch der Festnahme dieser Verbrecher.* Festnahme, Verbrecher, also das müsste wirklich genügen, dachte Walcher und hatte Recht.
Unterschätzen Sie die Brutalität dieser Händler nicht, warnte Brunner, wieder in normalem Ton. *Ich habe in Italien nur drei persönliche Kontakte zu Kollegen und die sitzen in Rom, Mailand und Venedig. Hilfeersuchen im Rest Italiens gehen den normalen Weg über eine Zentralstelle und bis die reagiert, könnten Sie längst im Schreiberhimmel Ihre Bleistifte spitzen. Ich sollte Sie in Schutzhaft nehmen, ja genau, das ist die Lösung. Lebenslange Schutzhaft.*
Walcher ging nicht weiter auf Brunner ein: *Schaffen Sie das überhaupt noch bis heute Nachmittag? Geld, Nummernschilder, Handy, dieser Händler verlangt eine Handynummer. Halt das gleiche Zeug wie das vergangene Mal.*
Bekommen Sie, brummte Brunner, *wenn Sie versprechen, sich morgen im Abstand von zehn Minuten bei mir zu melden und außerdem einen Peilsender zu tragen.*

Am Nachmittag traf Walcher auf einen besorgten, aber freundlichen Brunner, der ihn zu einem Spaziergang einlud, weil das angeforderte, speziell markierte Geld noch nicht eingetroffen war.
Durch wenig befahrene Seitenstraßen, vorbei an hinter Grün versteckten alten Villen schlenderten sie von der Polizeidienststelle aus zum Alten Friedhof. *Hier kann man sich ungestört unterhalten und angenehm schattig ist es auch,* meinte Brunner, als er sich auf eine Bank setzte. *Außerdem stand hier oder in der Nähe früher eine römische Villa und diese*

Ädikulen haben ja auch was Italienisches. Da können Sie sich schon mal auf morgen einstimmen, lächelte Brunner.
Walcher tat ihm den Gefallen und fragte nach, was in Gottes Namen Ädikulen wären.
Grabhäuschen, klassischen Tempeln nachempfunden. Ich bin im Förderverein Alter Friedhof e. V., sonst wüsste ich das auch nicht. Wenn Sie morgen leichtsinnig sind, werden Sie auch bald in so einem Häuschen wohnen.
Hören Sie doch auf, ständig solche Szenarien zu zeichnen, diese Leute wollen unser Geld, nicht unsere Köpfe. Da halte ich die Autofahrt auf italienischen Straßen für ungleich gefährlicher. Aber dass Sie sich in solch einem Förderverein engagieren, überrascht mich, lenkte Walcher ab.
Na ja, engagieren ist ein bisschen hoch gegriffen, gab Brunner zu, *ich sitze hier oft, wenn ich nachdenken will, und spende deswegen hie und da ein paar Euro. Dieser Ort wirkt auf mich sehr beruhigend, außerdem halte ich ihn für ein außergewöhnliches Kulturdenkmal. Hier liegen Lindaus Wurzeln. Aber zurück zu Ihrer Einkaufsfahrt.* Brunner wiederholte seine Anordnungen, Empfehlungen und Bitten, wie er sie Walcher vor den Fahrten ins Burgund ans Herz gelegt hatte. Es wurde beinahe zu einem Grundkurs über Verhaltensweisen im Umgang mit Kriminellen. Aber Walcher ließ Brunners Schulstunde geduldig über sich ergehen.
Als der Kommissar eine längere Pause machte, lud ihn Walcher zu einem Kaffe ein. Auf dem Weg über die Hauptverkehrsadern Lindaus, hinunter an den See, unterhielten sich die beiden über Puccinis Tosca, die Brunner diesen Sommer auf der Bregenzer Seebühne gesehen hatte und kurz vor Ende von einem Regenguss durchnässt worden war. Er schwärmte trotzdem von der Seebühne: *Das ist wie in einem Theater der Antike. Über dir der Himmel und wenn vorne gerade nichts Vernünftiges läuft, dann sehe ich an der Bühne vorbei nach Lindau hinüber oder hinaus auf den See und träume.*

Weil weder Walcher noch Brunner große Lust hatten, auf die Insel zu wandern, überquerten sie den Europaplatz und suchten den Schatten im Park vor der Brücke.
Dort gab es auch einen Kiosk und Walcher konnte seine Einladung wahr machen. Sie beschränkten sich allerdings beide auf ein Wasser, um die Entgiftung vom gestrigen Calvados zu beschleunigen, wie Brunner meinte.
Eine gute halbe Stunde saßen sie auf der Seemauer und ließen sich von Sonnenreflexen auf dem Wasser blenden. Ihre Unterhaltung tröpfelte mit langen Unterbrechungen, Belangloses war dabei wie die Frage von Walcher, ob Brunner schon mal in der Spielbank sein sauer verdientes Geld verspielt habe, deren Neubau direkt vor ihnen lag.
Beamten ist generell Glücksspiel verboten, aber ich war schon mal mit einem Ministerialen da drin und hab' ihm zugeschaut, wie er drei Monatsgehälter los geworden ist. Ich hab' dafür nichts übrig, dafür verdiene ich mein Geld wirklich zu hart. Waren Sie schon mal?
Ich habe mal für einen Bericht über die Veredelung von Schwarzgeldern in Spielbanken recherchiert, nickte Walcher, *da musste ich auch rein, machte mich aber auch nicht sonderlich an. Aber den Leuten zuzuschauen, das gefällt mir.*
Brunner sah auf die Uhr: *Wir sollten,* meinte er und stand auf.
Eine Stunde später hatte Walcher alles für die Fahrt nach Italien erhalten, inklusive des letzten Ratschlags von Brunner, nämlich in Clusane, im Restaurant *Punta dell' Est,* einen Kaffee zu trinken. Dort hätte er nämlich mal vor zehn Jahren übernachtet und den Blick auf den See genossen, der direkt am Hotel begann. Clusane läge nicht weit von Sarezzo, meinte der Kommissar und hätte vermutlich gerne noch mehr von seinem wunderbaren Urlaub erzählt, aber Walcher hatte nur genickt und war aufgestanden.
Etwas unhöflich zwar, aber wenn er etwas hasste, dann

waren es Urlaubsempfehlungen, die auch noch Jahre zurücklagen. Außerdem hatte er alles, was er brauchte, und musste auch noch bei dem Autoverleiher vorbei, bei dem er einen Wagen bestellt hatte.

Er bekam denselben Wagen, den er für die Fahrten ins Burgund gemietet hatte. Ein gutes Omen, dachte Walcher, obwohl er sich nicht für abergläubisch hielt.
Wieder zu Hause, mailte er dem Italiener die Handynummer und rief Johannes an, um abzusprechen, wann er ihn in Zürich abholen würde. Dann schrieb er auch noch einige Zeilen an Hinteregger und war überrascht, Minuten später eine Antwort von ihm zu erhalten. *Ich halte dein Vorgehen für ausgesprochen leichtsinnig, aber das weißt du selbst. Gib mir alles durch, was du bereits über diesen Händler weißt. Die anderen Recherchen laufen noch.*
Eure (ich gehe davon aus, dass du und dein Kommissar dahinter stecken) konzertierte Aktion in Deutschland macht viel Wirbel hinter den politischen Kulissen. In einigen Ländern werden Stimmen laut, die ein ähnlich rigoroses Durchgreifen fordern. Da habt ihr schon mal einiges bewirkt. Kompliment! Habe auch gehört, dass eine europäische Sonderkommission speziell gegen Menschenhandel gegründet werden soll. Das wäre doch ein wunderbarer Erfolg. Herzlichen Glückwunsch und viel Glück für Italien. E. H.
Walcher gestand sich zu, dass ihn der Glückwunsch von Hinteregger freute, auch wenn er nicht der Initiator dieser Aktion war. Nachdem er Hinteregger gemailt hatte, was er über den italienischen Händler wusste – außer der E-Mail Adresse, dem Namen und etwa der Gegend, in der das Treffen stattfinden sollte, war das nicht viel –, ging er aus dem Haus, um mit dem Hund eine Runde um den Hof zu drehen. Aber es war nicht wie sonst, wenn er auf dem Bergrücken spazieren ging und gefesselt wurde von dem Zauber, der ihn umgab.

An diesem Abend verbauten ihm seine Gedanken nicht nur die Sicht auf den grandiosen Sonnenuntergang, sie machten ihn nahezu auch taub für das Vogelgezwitscher, das Glockenkonzert der weidenden Kühe, und sie verschlossen seine Nase für die unverkennbare Allgäuer Duftmischung des August, nach blumenreichem Heu, Harz, Grillfeuer, Bier und Käse.
Erst als Walcher eine halbe Stunde später Susanna anrief, verloren seine Gedanken über das Treffen in Italien an Gewicht und wurden von weit positiveren Aspekten des Lebens verdrängt.

Am nächsten Morgen setzte er Rolli bei den Armbrusters ab, die ihm erstaunt zu seinem neuen Wagen gratulieren wollten. Aber Irmi, die nur auf ihn gewartet hatte und schon halb auf dem Fahrrad saß, um zur Arbeit in die Käserei zu fahren, wiegelte ab: *Der Schlitten ist nur gemietet, keine Sorge, er ist nicht etwa größenwahnsinnig geworden. Nur hie und da braucht er das einfach.*
Sie wünschte Walcher eine gute Fahrt und radelte lachend davon, verfolgt von Rolli, der ihr nachjagte, bis ihn Armbrusters Pfiff zurückhetzen ließ. Walcher stellte wieder einmal überrascht fest, dass der Hund dem Alten besser folgte als ihm selbst.
Nachdem er den Armbrusters erklärt hatte, dass der Wagen nur gemietet war, um bei seinem italienischen Interviewpartner Eindruck zu schinden, fuhr auch er vom Hof. Dieses Mal hatte er sowohl Irmi als auch den Großeltern nur die halbe Wahrheit über seine Italienfahrt erzählt.
Das gekaufte Kind würde er nach Mailand bringen, in das Commissariato sez. le Fiera, in der Via Spinola 12, zu Commissario Bruno Polvere. Der Commissario war von Brunner informiert worden, die beiden kannten sich von einem Austauschprogramm zwischen Deutschland und

Italien, aus einer Zeit, als es noch keine Europol gab. Commissario Polvere war, wie Brunner, bei der Mordkommission, würde aber die notwendigen Kommissariate informieren und Kontakte herstellen. Das gekaufte Kind sollte, so war es mit Brunner und Polvere abgesprochen, den italienischen Behörden übergeben werden.
Während der Fahrt nach Zürich ging ihm nicht nur das bevorstehende Treffen durch den Kopf, sondern auch die Mail, die von der Auslandsredaktion des Spiegels gekommen war. Sie boten ihm einen ebenso interessanten wie lukrativen Auftrag an, nämlich eine Reportage über die Rolle der Bundeswehr in der Internationalen Sicherheitsunterstützungstruppe, ISAF, zu schreiben.
In einem ausführlichen dreiseitigen Briefing führte die Redaktion auf, welche Inhalte sie sich in der Reportage vorstellte. Das Angebot umfasste ein Pauschalhonorar von 25 000 Euro zuzüglich Reisekosten und Spesen, die Rückführungskosten im Fall des Todes eingeschlossen, wie der zuständige Redakteur nicht ohne Sinn für düsteren Humor anmerkte.
Walcher schmunzelte, als er an Holger Solinger, den Redakteur dachte, der ihn immer wieder einmal, etwa seit zehn Jahren, mit meist interessanten Reportagethemen beauftragt hatte. Terminiert war der Artikel für die Ausgabe in der letzten Novemberwoche.
Er würde also spätestens im Oktober die Reise nach Kabul antreten müssen, wo dann sicher alles in allem 14 Tage bis drei Wochen einzuplanen wären.
Walcher nahm sich vor, nach der Italienfahrt mit Irmi und den Armbrusters zu sprechen und sich erst dann bei Solinger zu melden. Der aktuelle Stand seines Kontos sprach für eine Annahme des Angebots.
Eine Stunde später begrüßten sich Walcher und Johannes. *Also, auf ein Neues,* meinte Johannes und bestand darauf zu fahren: *Das ist mein Part. Marianne hätte dich auch gern*

gesehen, aber sie hat gerade eine Konferenz, ich soll dir einen Gruß ausrichten.

Johannes gab sich locker, wie jemand, der sich über einen kleinen Ausflug freute. Schweigend konzentrierte er sich auf den dichten Züricher Stadtverkehr und begann erst zu sprechen, als sich auf der Autobahn Richtung Chur die Verkehrslage beruhigte. *Ich muss etwas weiter ausholen,* begann Johannes. *Bin da auf einen Verein gestoßen, der schwer erziehbaren und verhaltensauffälligen Kindern Auslandsaufenthalte ermöglicht. „Pfad der Hoffnung" nennt er sich. Jugendämter beauftragen karitative oder kirchliche Organisationen, die sich in der Kinder- und Jugendfürsorge engagieren, mit der Betreuung solcher Kinder und Jugendlichen. „Pfad der Hoffnung" arbeitet mit diesen Organisationen zusammen und bietet in ganz Europa Plätze in Pflegefamilien an. Sie werben mit ihrer sozialpädagogischen Kompetenz, dem Trainieren von Tagesstrukturen und dem Erlernen von Selbstverantwortung und so weiter. Diese Pflegefamilien ...* Johannes lächelte kurz zu Walcher hinüber, *verdienen sich damit ein ordentliches Zubrot, manche leben sogar ausschließlich davon.*

Habe mir einige der Gastfamilien auf der Homepage des Vereins angesehen, wo sie ganz offen für sich werben. Dachte, mich trifft der Schlag, als ich da auf zwei mir bekannte Pädagogen stieß. Hatte sie vor etwa fünf Jahren interviewt, als sie wegen sexuellen Missbrauchs der eigenen Kinder angezeigt worden waren.

Beide Fälle wurden nie verhandelt, weil die Staatsanwaltschaft es ablehnte, Anklage zu erheben. False memory Syndrom. Hast du etwas dagegen, wenn ich eine rauche?, unterbrach Johannes.

Seit wann denn das?, stutzte Walcher, *ich dachte, du hättest damit aufgehört.*

Dachte ich auch, also, stört's dich? Ich mach' auch das Fenster auf.

Walcher zuckte nur mit den Schultern. Johannes zündete sich eine an und erzählte weiter. *Damals bei den Interviews,*

bei denen ich auch mit den betroffenen Kindern gesprochen habe, war ich mir absolut sicher, dass die Vorwürfe des Missbrauchs zutrafen. Wurden aber, wie gesagt, nicht mal angeklagt.
Und jetzt bieten diese beiden „Pädagogen" Plätze in ihren heilen Familien an. Ist das nicht geradezu ungeheuerlich? Wer glaubt denn schon einem verhaltensauffälligen Kind, wenn es sich darüber beschwert, dass es vom Pflegevater täglich eingeseift und abgeschrubbt wird, wo dies doch nur der Hygiene dient.
Außerdem, bei wem sollen sich die Kids beschweren? Johannes drückte vehement die Zigarette im Aschenbecher aus und meinte: *Das nur zur Info, ich bleib' da dran. Jetzt erzähl du, was gibt es bei dir Neues?*
Also, dass ich Jeswita Drugajew in Berlin bei der Bordell-Razzia wiedergetroffen habe, weißt du ja schon, begann Walcher.
Hast du mir gemailt, nickte Johannes.
Viel war es nicht gewesen, was Walcher ihm geschrieben hatte, deshalb berichtete er ihm ausführlich über Berlin, über die Adressenliste von Dr. Hein und von der bundesweiten Razzia. An die genauen Zahlen der verhafteten Zuhälter und Menschenhändler, der befreiten Frauen und Jugendlichen konnte sich Walcher nicht mehr erinnern, aber die Tendenz stimmte.
Und jetzt also ein Ring in Italien, sagte Johannes nur.
Lange Zeit schwiegen sie, und so grau wie ihre Gedanken war auch das Wetter geworden.
Später wiederholte Walcher die wichtigsten Ermahnungen Brunners und gab Johannes die Armbanduhr mit dem Peilsender.
Obwohl noch viel Zeit war, sah Walcher öfter auf das Kripohandy, ob er vielleicht einen Anruf überhört hätte.

Als hätten sie das Tor in eine andere Welt durchfahren, blendete sie beim Verlassen des San-Bernardino-Tunnels strahlender Sonnenschein und verscheuchte ihre trübe Stimmung.
Daran änderten auch die vielen Baustellen nichts, die auf der Talfahrt nach Bellinzona dafür sorgten, dass sie in aller Ruhe die Landschaft bewundern konnten und deshalb auch die bekannt tückisch positionierten Geschwindigkeitskontrollen im erlaubten Tempo passierten.
Bei Chiasso, nach dem Grenzübergang zu Italien, tranken sie Espresso, kauften ein 50-Euro-Mautticket für die Autobahn und gingen pinkeln. Dann ging die Fahrt weiter, sie lagen gut in der Zeit. Vorbei an Mailand und Bergamo verließen sie eine Stunde später bei Rovato die Autobahn und fuhren auf Landstraßen in Richtung Sarezzo.
Am Ortseingang von Sarezzo hielten sie bei einem Café, suchten sich einen schattigen Platz und bestellten Cappuccino und Mineralwasser.
Bis zum Anruf des Händlers blieb ihnen noch eine gute halbe Stunde. Mit jedem Kilometer, den sie sich dem vereinbarten Treffpunkt näherten, hatte sich eine zunehmende Anspannung in ihnen aufgebaut, wie bei Jägern auf der Pirsch. Welches Wild mochte diesmal wohl auf sie warten?
Sarezzo ist der Geburtsort von Papst Paul VI., glaubte Walcher seinen Freund aufzuklären.
Der Pillenpapst, Enzyklika Humanae Vitae, hab' auch ins Internet gesehen, konterte Johannes und beide schmunzelten.
Der Cappuccino schmeckte, ganz untypisch für Italien, nach einer Mischung aus saurer Milch und deutschem Bohnenkaffee, aber das war ihnen egal.
Fünf Minuten vor drei klingelte das Handy. Aber es war nicht der Händler, sondern Brunner.

Was ist los, warum melden Sie sich nicht wie vereinbart, maulte er, und es hörte sich so nah an, als säße er mit am Tisch.
Wir sind gerade in Sarezzo angekommen und warten auf den vereinbarten Anruf, also ciao commissario, fertigte ihn Walcher ab. Das war gut so, denn Sekunden später rief der Italiener an.
Wo sind Sie?, fragte er ohne Begrüßung. Walcher las Straße und Name des Cafés von der Getränkekarte ab.
Okay, fahren Sie von der Via Republicca auf die Via Antonini in Richtung Lumezzane. Sie folgen dieser Straße, die bald Via Brescia heißt. In Lumezzane biegen sie die fünfte Straße nach dem Ortsschild rechts in die Via Consorziale ab. Dort warten sie. Was für einen Wagen fahren Sie und wie lautet Ihr Kennzeichen?
Walcher sagte es ihm.
Ein Motorradfahrer wird vorbeikommen und auf Ihr Wagendach klopfen. Folgen Sie ihm. Ciao, bis später.
Johannes zahlte und sie machten sich auf den Weg nach Lumezzane. Dort kamen sie schon zehn Minuten später an, bogen wie beschrieben in die Via Consorziale ein, hielten dort und warteten.
Johannes hatte sich gerade eine Zigarette angezündet und den Rauch genussvoll aus dem offenen Fenster geblasen, als hinter ihnen ein junger Mann auf einer knatternden Geländemaschine auftauchte, kurz hielt, auf ihr Wagendach klopfte und dann langsam weiterfuhr.
Johannes ließ den Motor an und fuhr hinterher. *Jetzt wird's ernst,* meinte er.
Wir schaffen es auch diesmal wieder, beruhigte ihn Walcher, *aller guten Dinge sind drei.*
Klar doch, grinste Johannes, *in meinem Horoskop für diese Woche stand: Nutzen Sie die Gunst der Stunde, eine unvergessliche Bekanntschaft steht Ihnen bevor.*
Walcher lächelte etwas mühsam, sein Adrenalinpegel war angestiegen. Zudem hätte er nach dem Cappuccino und

dem Wasser doch noch die Toilette aufsuchen sollen, wie er es eigentlich vorgehabt hätte. Nun war es zu spät, denn sie ließen die letzten Häuser von Lumezzane hinter sich und fuhren zwischen Rebhängen auf einem engen Sträßchen, dem Motorrad hinterher. Walcher versuchte sich mit Gedanken an den köstlichen Wein dieser Gegend abzulenken. Bald würde die Lese beginnen, die Weinstöcke hingen voller prächtiger Trauben.

Ohne Vorwarnung bremste Johannes heftig ab, ihr Führer war in ein Wäldchen abgebogen, wartete dort aber, bis er sah, dass sie den Richtungswechsel mitbekommen hatten. Dann fuhr er langsam weiter und bog kurz nach dem Wäldchen in die Einfahrt eines von dichten Hecken gesäumtes Grundstücks.

Eine Art Wochenendgrundstück, mit einem Caravan darauf, vor dem Johannes hielt. Der Motorradfahrer führte noch vor, was er an Fahrkünsten drauf hatte, pflügte die staubige Wiese mit hochgezogener Maschine auf dem Hinterrad und raste davon.

Walcher stieg aus und ging auf das Wohnmobil zu, vor dem sich ein Mann von einer Liege erhoben hatte.

Buon giorno, Signore Hoffmann, Sie haben hergefunden, wie ich sehe, begrüßte er Walcher, *ich bin Luigi Campagnone.*

Walcher gab sich lässig und kühl, obwohl er in diesem Moment einen beunruhigend hohen Blutdruck spürte: *Lassen Sie uns gleich zur Sache kommen, wir haben noch einen weiten Heimweg vor uns, Signore Campagnone.*

Der Italiener hatte Ähnlichkeit mit Luis de Funes und entsprach überhaupt nicht Walchers Vorstellung, die er sich bei dem Telefonat von ihm gemacht hatte. Luigi Campagnone nickte, drehte sich um und öffnete die Tür des Wohnmobils. Walcher stieg die beiden Stufen hinauf und ging hinein.

Auf dem Foto der E-Mail hatte Campagnone ein bildhübsches Mädchen präsentiert, was der Wahrheit entsprach,

nur hatten ihre Augen nicht mehr jenes hoffnungsvolle Strahlen, nun lagen Angst und Verzweiflung in ihnen. Walcher lächelte sie an, aber das Mädchen verzog keine Miene. Obwohl es in dem Wohnmobil heiß wie in einem Backofen war, zitterte sie leicht.
Steh auf und zieh den Mantel aus, befahl ihr Campagnone und unterstrich seinen Befehl mit einer deutlichen Handbewegung.
Das Mädchen stand auf, sah ihn jedoch fragend an und hielt krampfhaft den Kragen des Bademantels umklammert. Campagnone versuchte ihr den Bademantel auszuziehen, aber sie wehrte sich mit aller Kraft und stieß einen lang gezogenen, gellenden Schrei aus.
Lassen Sie's gut sein, Signore, es geht in Ordnung, mir genügt, was ich sehe. Walcher hielt damit Campagnone, der die Hand erhoben hatte davon ab, das Mädchen zu schlagen.
Ist etwas aufsässig, das kleine Biest, braucht eine harte Hand, grinste Campagnone.
Hat sie hier auch was Normales zum Anziehen?, fragte Walcher.
Natürlich, Campagnone deutete auf ein Bündel Kleidungsstücke. *Zieh dich an, aber subito!*, fauchte er das Mädchen an.
Kommen Sie, wir erledigen das Finanzielle inzwischen draußen, drehte sich Walcher um und stieg aus dem Wohnwagen. Campagnone folgte ihm.
Also, mit der werde ich viel Ärger haben, begann Walcher die Verhandlung, *und sie ist gut zwei Jahre älter, als Sie mir angeboten haben.*
Das können Sie so nicht sagen, geben Sie ihr ein paar Ohrfeigen und Sie haben ein schnurrendes Kätzchen, glauben Sie mir. Und mit dem Alter, also sie sieht wirklich älter aus, als sie ist. Hier sehen Sie, die Papiere. Er reichte Walcher ein gefaltetes Blatt mit arabischen Schriftzeichen und vielen Stempeln darauf, das eine Geburtsurkunde sein sollte.

Auf Walchers fragenden Blick hin reichte ihm der Italiener ein weiteres Blatt, eine Übersetzung in Englisch, bestätigt von der Italienischen Einwanderungsbehörde.
Einwandfreie Papiere, betonte Luigi Campagnone theatralisch wie ein Schmierenkomödiant und übergab Walcher noch einen Ausweis. Ausgestellt in Teheran waren nur ihr Vor- und Zuname auch in lateinischen Buchstaben geschrieben: Katajun Soluschur. Der Rest, in arabischen Schriftzeichen, war für Walcher nicht lesbar.
Walcher gab ihm den Ausweis und die Papiere zurück: *Ich denke, 6 000 sind mehr als nur ein guter Preis. 2 000 kostet es mich noch, bessere Papiere zu beschaffen.* Es war ihm zuwider, aber er zwang sich dennoch zum Schein zu dieser Feilscherei.
Luigi Campagnone gestikulierte wild, plapperte in schnellem Italienisch etwas von hohen Transportkosten, Risiko und Armut daher, so als würde er um den Preis für einen Gebrauchtwagen feilschen.
Wenn er auch noch von seinen eigenen Bambini anfängt, die ihm die Haare vom Kopf essen, dachte Walcher, sollte ich ihm Prügel androhen. Aber Campagnone beruhigte sich und nannte 10 000 Euro als unterstes Limit, auf das er sich einlassen würde.
Okay, meinte Walcher, *ich habe zu wenig Zeit,* zog das Bündel Scheine aus der Hosentasche, zählte zwanzig Fünfhunderter ab, gab sie ihm und erhielt dafür den Ausweis und die beiden Blätter.
Luigi Campagnone streckte ihm strahlend die Hand entgegen, die Walcher trotz seines Widerwillens kräftig drückte und dabei lächelte. Es gehörte zum Spiel. Schließlich wollte er Campagnones Vertrauen gewinnen.
Es freut mich, dass wir uns so schnell einigen konnten, ich denke, meinte Walcher, *wir können noch viele gute Geschäfte miteinander machen. Was meinen Sie Signore Campagnone, sollten wir darauf nicht anstoßen?*

Bedauernd hob Campagnone beide Hände: *Schade, aber ich habe hier leider nichts, was ich Ihnen anbieten könnte. Ihr Deutschen seid sonst immer so schnell, habt nie Zeit für ein Gläschen und so. Aber das nächste Mal machen wir ein kleines Fest, was halten Sie davon?*
Das Mädchen hatte normale Sachen angezogen, stand im Türrahmen des Wohnmobils und sah zu ihnen hinunter. Sie wirkte auf Walcher nicht mehr verängstigt, eher neugierig. Er winkte ihr, zu ihm zu kommen und bemerkte beiläufig zu Luigi Campagnone: *Wir hören wieder voneinander, ich habe einige interessierte Kunden.* Dann ging er zum Auto in der Annahme, dass Campagnone das Mädchen zum Wagen bringen würde.
Das tat er auch, allerdings musste er sie mit Gewalt hinter sich her zerren. Fluchend riss Campagnone die hintere Tür auf der Beifahrerseite auf und stieß das sich widerstrebende Mädchen auf die Rücksitze.
Johannes saß scheinbar desinteressiert und mit versteinerter Miene am Steuer, er sah nicht mal nach rechts. Walcher stieg ein und verabschiedete sich mit einer lässigen Handbewegung. *Ciao, Signore Campagnone, auf bald.*
Campagnone winkte in gebückter Haltung, um ins Wageninnere sehen zu können, und rief mehrere Male: *Ciao, Signore Hoffmann, ciao, ciao und gute Heimreise, buona ventura, buona ventura.* Dann drehte er sich um und ging zum Wohnmobil zurück.
Johannes ließ den Motor an und fuhr im Rückwärtsgang langsam zur Einfahrt. Luigi Campagnone stand immer noch winkend vor dem Wohnmobil.
Walcher wedelte auch nochmal lässig zurück und zischte leise: *Dreckschwein,* auch wenn er es am liebsten laut hinausgebrüllt hätte, aber die Seitenfenster waren offen.
Dafür fluchte Johannes laut und ungehemmt: *Verdammte Scheiße,* und trat heftig aufs Bremspedal.

Rodica VII

Mit einem gellenden Schrei schreckte Rodica aus ihrem Albtraum auf. Sie zitterte am ganzen Körper, schweißverklebt waren ihre Haare. Hektisch tastete sie nach dem Teddy, fand ihn und drückte ihn an sich.

Erst als die Nachtschwester sie in den Arm nahm und ihr auf Rumänisch zuflüsterte: *Alles gut, alles gut,* löste sich langsam Rodicas Angst.

Der weiße Kittel der Schwester duftete nach frischer Wäsche, wie zu Hause. Mit einem Stück harter Seife hatte sie immer die besonders schmutzigen Stellen der Wäschestücke einreiben müssen, bevor sie in den Kessel kamen, in dem sonst die Kartoffeln für die Schweine gekocht wurden. Zu Hause! Wann würde sie endlich wieder in dem kleinen Haus sein, bei Ewa, Mutter und Vater und ihren Brüdern?

In Rodicas Erinnerung hatten sich das Elternhaus, die Straße, an der es stand, und das Heimatdorf in ein goldenes Paradies verwandelt, wie in einem Märchen. Vielleicht waren auch die ewigen Fragen der Therapeutin schuld daran, dass sie in den vergangenen Tagen oft an zu Hause gedacht hatte.

Nach dem zuhause, nach den Eltern, nach den Geschwistern – seit sie in diesem Krankenhaus lag, hatte sie die Therapeutin wieder und immer wieder danach gefragt. Nach den Freunden, nach ihrem Zimmer, nach dem Garten, was die Mutter gekocht hatte, was der Vater machte, alles wollte sie wissen.

Rodica mochte die Therapeutin, auch wenn sie sich nicht direkt mit ihr unterhalten konnte. Hedwig Emrich sprach kein Rumänisch, deshalb war immer eine Dolmetscherin dabei. Aber auch das machte die Verständigung nicht einfacher, denn Rodica mochte die Dolmetscherin nicht, wegen ihrer furchtbar schrillen Stimme, mit der sie jedes

Wort übersetzte und dabei ständig Speichel versprühte, wie der Wassersprüher auf der Wiese vor dem Fenster. Außerdem lachte sie häufig, auch wenn es gar nichts zum Lachen gab, und drückte Rodica bei jeder Gelegenheit an ihre mächtigen Brüste, die sich aber gar nicht weich anfühlten, sondern harte Kanten hatten.

Von ihrem Heimatdorf musste Rodica erzählen und von dem Mann, der sie dort abgeholt hatte, und ob sie noch die Stadt wusste, wohin er sie gebracht hatte, oder vielleicht sogar den Namen der Straße. Auch wollte Hedwig wissen, was die Männer in Rumänien alles mit ihr gemacht hatten. Es ist wichtig, hatte Hedwig erklärt, dass du mir alles erzählst, immer wieder, bis du selbst weißt, dass es kein böser Traum war. Aber zum Erzählen kam Rodica erst, als Hedwig eine andere Dolmetscherin mitbrachte, eine, die sie nicht immer an ihren Busen drücken wollte und nicht bei manchen Fragen vor Entsetzen die Hände vors Gesicht schlug und aufschrie, als wäre eine Maus durchs Zimmer gehuscht.

Die neue Dolmetscherin war ruhig und leise, hatte braune Augen und ein scheues Lächeln. Nur manchmal, wenn Rodica etwas Schlimmes erzählte, nickte sie und sah dann aus dem Fenster.

Hedwig hatte immer ein kleines Gerät dabei, nicht größer als ein Handy, mit dem sie alles aufzeichnete, worüber sie sich unterhielten. Beim ersten Mal wollte Rodica gar nicht glauben, dass es ihre Stimme war, die aus dem kleinen Ding kam, laut und deutlich. Alle deutschen Worte, die sie bisher gelernt hatte, klangen daraus, als wären sie nicht von ihr. Fotze, Schwanz, Arsch, ficken, blasen, lecken, Titten, danke und: *Ich Name Rodica.*

Die Stimme erzählte von der endlos langen Fahrt in einem Lastwagen, von ihrer furchtbaren Angst, die sie in der Enge und Dunkelheit empfunden hatte. Von dem Fetten, der beinahe täglich über sie hergefallen war.

Rodica beschrieb auch, wie sie Valeska in der Badewanne entdeckt, sich über deren Lächeln gewundert und sich überlegte hatte, ob sie auch lächeln würde, wenn sie aus dem Fenster spränge. Aber sie hatte sich nicht getraut, weil sie sich an die Worte des Pfarrers im Dorf erinnerte, der gesagt hatte, es wäre die allergrößte Sünde, sich das Leben zu nehmen, das Gott einem geschenkt hat.
Für die Zeit zwischen den Therapiesitzungen gab ihr Hedwig Papier und Buntstifte. *Ich möchte von dir viele Bilder haben,* bat Hedwig und ließ sich beim nächsten Treffen erklären, was die Bilder bedeuteten, woran sie beim Malen gedacht hatte, wer die Figuren waren und warum sie den Vater von Kopf bis Fuß in Schwarz malte und um so viel größer als die Mutter in ihren bunten Kleidern.
Hedwig hörte immer geduldig zu, was Rodica erzählte, und stellte immer wieder Fragen, Fragen, Fragen: Nach den anderen Mädchen, ob sie sich an die Wohnungen erinnern konnte, in denen sie eingesperrt waren, was die Männer alles mit ihr gemacht hatten, was sie zu essen bekommen hatte, wovon sie träumte.
Hedwig war sehr neugierig, fand Rodica.

Hinter Gittern

In der Einfahrt zum Grundstück versperrte ihnen ein blauer Kombi, der aus dem Nichts aufgetaucht schien, den Weg und auch um ihr Auto herum wimmelten von einer Sekunde zur anderen blaue Uniformen.
Rund herum aus den Büschen, hinter dem Wohnmobil, von überall her quollen sie hervor, Furcht einflößend der Anzahl wegen, wie Invasoren aus einer Fantasiewelt.
Dazu schallte in der Lautstärke und im Tonfall eines Stadionsprechers, allerdings mit italienischem Akzent, die

Aufforderung: *Polizei, hier spricht die Polizei. Falls Sie Widerstand leisten oder dem Kind etwas antun, werden wir von unseren Schusswaffen Gebrauch machen.*
Walcher zischte Johannes zu: *Lass ja die Hände am Lenkrad, wir sind blind in eine Falle getappt. Das glaubt uns nicht mal Brunner.* Auch Walcher hielt die Hände deutlich sichtbar auf der Ablage.
Hoffentlich waren sie nicht nervös, die Polizisten, die ihre Maschinenpistolen durch die offenen Fenster von beiden Seiten auf sie richteten, dachte er. Das Mädchen hinter ihnen war in den Fußraum abgetaucht.
Steigen Sie jetzt mit erhobenen Händen aus dem Wagen, ganz langsam. Haben Sie verstanden? Die Hände hoch!, dröhnte es aus dem Lautsprecher.
Johannes und Walcher nickten zum Zeichen, dass sie verstanden hatten. Die Wagentüren wurden aufgerissen, Hände packten sie und zerrten sie heraus. Handschellen klickten um ihre Gelenke. Hände tasteten sie ab und zogen alles aus ihren Taschen, was sie bei sich trugen.
Campagnone half dem Mädchen aus dem Wagen und drückte es liebevoll an sich. Es wirkte überhaupt nicht mehr verängstigt, sondern sah Walcher hasserfüllt an und zeigte ihm den ausgestreckten Mittelfinger.
Bringt diesen Abschaum hier weg, befahl Campagnone den Polizisten. Das traf hart. *Wir sind ...* weiter kam Walcher nicht. Auch Johannes' Versuch: *Hören Sie uns doch wenigstens an, wir sind Journalisten ...,* ging in lauten *Avanti-, Avanti*-Rufen und der dröhnend lauten Stimme aus dem Lautsprecher unter, die in einem ausbaufähigen Deutsch befahl, keinen Widerstand zu leisten und jeden Versuch zur Flucht zu unterlassen. *Wir sind in der Mehrwert, also befolgen Sie unserem Anweisung.*
Sie wurden nicht eben sanft zu den Polizeiautos gezerrt und geschoben. Auf der Straße vor der Einfahrt standen an die zehn Fahrzeuge, Motorradstreifen und ein Sanka.

Johannes und Walcher wurden jeder in einen Transporter genötigt. Wie in einem Hundezwinger – eine treffendere Bezeichnung fiel Walcher für den vergitterten Innenraum nicht ein.
Die Polizisten drückten ihn auf eine der beiden Sitzbänke und schlossen ihn mit einer weiteren Handschelle an das Gitter. Links und rechts von ihm setzte sich je ein Polizist, zwei weitere bezogen auf der Bank gegenüber Stellung.
Ein etwas überzogener Kräfteeinsatz für einen einzelnen Mann, fand Walcher und musste lächeln. Überhaupt war er, nachdem keine Waffe mehr auf ihn gerichtet war, ziemlich locker und betrachtete das Ganze als eine Erfahrung, die er sich künftig nicht mehr ausdenken musste, sondern als authentisches Erlebnis würde beschreiben können.
Johannes wurde in der zweiten „Grünen Minna", wie Gefangenentransporter in Berlin genannt wurden, vergleichbar behandelt, nur dass die Transporter der italienischen Polizei eben blau waren.
Dann setzte sich der Konvoi in Bewegung, angeführt und abgeschlossen von jeweils zwei Motorradstreifen, und raste in einer Geschwindigkeit, weit über dem erlaubten Limit, mit Blaulicht und Sirenen über die Straßen, egal ob es durch unbewohntes Gebiet oder durch Dörfer ging, hinein nach Brescia, wie Walcher auf dem vorbeifliegenden Straßenschild lesen konnte.
Er war froh, als die unbequeme Fahrt endete. Der Konvoi hielt im Innenhof einer ziemlich heruntergekommenen Kaserne. Das Tor zur Außenwelt schloss sich hinter ihnen, erst dann wurden die Handschellen von den Gittern aufgeschlossen und die beiden aus den Transportern gezogen. Nur kurz hatten sie miteinander Blickkontakt.
Johannes streckte beide Daumen seiner gefesselten Hände nach oben und lächelte dünn. Walcher nickte ihm aufmunternd zu und vermutete, dass Johannes liebend gern

eine Zigarette geraucht hätte. Ihm selbst schwebte mehr ein trockener Sherry vor Augen, aber erst einmal wurden sie durch verschiedene Eingänge in den Bau geführt.
Die kühl-feuchte Luft in dem Gebäude erinnerte Walcher an einen schlecht gelüfteten Keller, und tatsächlich ging es ein Stockwerk hinunter.
Ohne ihn von den Handschellen zu befreien, ließ man ihn einfach in einer winzigen Zelle stehen. Zwei Meter breit, vier Meter lang. Die Einrichtung entsprach vermutlich dem eher unteren Standard derartiger Unterkünfte.
Ein schmaler Lattenrost auf vier wackeligen Füßen, ein Zehnlitereimer samt Drahtbügel mit Holzgriff und einem Kochtopfdeckel, dessen abgeschlagenes Email auf langjährigen Gebrauch schließen ließ.
In unerreichbarer Höhe an der Decke über der Zellentür hing eine Lampe, deren gittergeschützte Glühbirne allerdings nicht brannte. Das spärliche Licht der Zelle kam durch das Gitterfenster, dessen Höhenlage, Walcher schätzte sechs Meter, vermutlich selbst einen Stabhochspringer überfordert hätte. Sonst gab es nichts außer Salpeterstaub und abgebröckeltem Putz auf dem Boden, in einem Streifen von zehn Zentimeter Breite entlang der Wände.
Nach der Hitze draußen war es in dem Loch saukalt und Walcher hoffte, möglichst bald verhört zu werden. Aber es dauerte.
Es wurde Abend und nichts geschah. Er trommelte gegen die Eisentür, nichts, keine Reaktion. Die wollen uns mürbe machen, dachte er und erinnerte sich an den Fall in einer österreichischen Polizeistation, in der ein Inhaftierter in der Zelle vergessen wurde und deshalb jämmerlich verdurstet war.

Rodica VIII

Dr. Hedwig Emrich kümmerte sich weit mehr um Rodica, als es ihr Therapieauftrag verlangte.
Sie war eine gründliche Psychotherapeutin mit einer ebenso gründlichen Ausbildung. Nach ihrem Medizinstudium, Approbation und Promotion hatte sie den Facharzt für Psychiatrie und Psychotherapie gemacht und sich auf Kinder spezialisiert. Zuletzt hatte sie drei Jahre lang in der Charité als Oberärztin einer apparativen Diagnostikwerkstatt, wie sie ihre Station nannte, gearbeitet und sich danach selbständig gemacht.
Bis jetzt war es ihr immer gelungen, sich an das oberste Gesetz ihres Berufes zu halten, nämlich Distanz zu ihren Patienten zu wahren. Bei Rodica fiel ihr die Einhaltung dieses durchaus sinnvollen Dogmas von Sitzung zu Sitzung schwerer. Anfangs tat sie ihre wachsende Anteilnahme als Mitleid, dann als unerfüllte Muttergefühle ab, aber das half ihr nicht weiter.
Nach einem Gespräch mit ihrer Freundin, ebenfalls einer Psychotherapeutin, beschloss sie, Rodica als eine Ausnahme zuzulassen und sie ein Stück weit auf ihrem Weg in ein normales Leben zu begleiten. Mit dem Jugendamt vereinbarte sie, Rodica nach Therapie und Aufenthalt in einem Ferienheim zurück nach Rumänien zu bringen.
Hedwig zeigte Rodica Schritt für Schritt, dass es eine Welt außerhalb jener gab, in die sie entführt worden war.
Erst gingen sie im Park des Krankenhauses spazieren, dann erweiterten sie den Radius bis hinein in den Zoologischen Garten. Ein Deutsch-Rumänisches Wörterbuch diente ihnen als Verständigungshilfe, erleichternd kam hinzu, dass Hedwig recht gut Italienisch sprach und dank der Ähnlichkeit mit dem Rumänischen viele Brücken schlagen konnte.
Der Zoo war für Rodica eine Wunderwelt voller Tiere, die

sie nicht einmal aus Büchern kannte. Dort verschwand für kurze Zeit die große Traurigkeit aus ihren Augen und wich einem neugierigen und begeisterten Strahlen.
Tagsüber war auch sonst meist für Ablenkung gesorgt. Ermittlungsbeamte zeigten Rodica immer wieder Fahndungsfotos, darunter auch Fotos von den Männern, die bei der bundesweiten Razzia festgenommen worden waren. Rodica erkannte den Fetten, einen der Lkw-Fahrer und aus der letzten Wohnung die beiden Wächter, die immer so viel getrunken hatten.
Dass sie nur die wenigen erkannte, lag daran, wie sie Hedwig erklärte, dass sie immer die Augen fest zugedrückt hatte, wenn Männer bei ihr waren.
Die Tage vergingen schnell, denn auch die Stationsschwestern kümmerten sich um Rodica. Bastelten mit ihr Wandschmuck und Mobiles, zeigten ihr, wie Armbänder aus farbigen Bändern geknüpft wurden, oder spielten Mensch ärgere dich nicht und Memory. Aber so ausgefüllt die Tage auch waren, nachts kam die Angst.
Dann verfolgten sie das fette Schwein und Männer, die stanken, verlangten furchtbare Sachen von ihr, und dann fuhr sie in dem schwarzen Kasten, Nacht für Nacht.

Der Abschied von den Schwestern und den Frauen und Mädchen, die noch auf der Station lagen, war traurig, aber gleichzeitig ein Schritt in Richtung Heimat.
Mit dem Auto fuhren Hedwig und die Dolmetscherin mit Rodica aus der Stadt. *Wir bringen dich in ein Ferienheim, damit du wieder richtig zu Kräften kommst,* hatte Hedwig ihr erklärt. *In der Zwischenzeit werde ich deinen Eltern schreiben.*
Nach Hause – wie sich Rodica danach sehnte. Aber sie sah ein, dass das nicht so einfach ging, immerhin waren sie damals tagelang unterwegs gewesen, also musste es weit sein nach Rumänien.
Die Fahrt ins Ferienheim dauerte nicht so lange, eine

Stunde nur, dann hielten sie auf einem Bauernhof, der inmitten von Feldern und Wiesen stand. Einen kleinen Weiher mit Enten darauf gab es auch und dahinter ein Wäldchen.
Du bist also Rodica, wurde sie von einer jungen Frau begrüßt, die mit einem freundlichen Lächeln auf sie zukam. *Herzlich willkommen, wir haben dich schon erwartet,* sagte sie fröhlich. Hinter der Frau kam eine kleine, aber ungewöhnlich dicke Ziege hergetrippelt, stupste Rodica an den Beinen und knabberte an ihrem Ärmel.
Das ist unsere Meckersusi und ich heiße Hanna, stellte die Frau sich mitsamt der Ziege vor. Rodica kniete auf den Boden und streichelte Meckersusi.
Ich glaube, so was nennt man Liebe auf den ersten Blick, meinte Hanna. Hedwig nickte erleichtert.
Dann stürmten vier Mädchen aus dem Haus, alle in Rodicas Alter, begrüßten aufgeregt die Neue und nahmen sie mit. *Komm, wir zeigen dir dein Zimmer.* Rodica verstand, was sie sagten, sie redeten in ihrer Muttersprache.

Kerker

Ohne ein Handy, ohne jede Chance, mit der Welt draußen Kontakt aufzunehmen, fühlte sich Walcher vier Stunden später doch nicht mehr so gut wie noch bei seiner Festnahme.
Ausgeliefert fühlte er sich. Ausgeliefert einer staatlichen Instanz, die berüchtigt dafür war, dass sie mit Inhaftierten nicht gerade zimperlich umging. Er dachte an Susanna, ihr gegenüber hatte er seine Italien-Tour nur beiläufig erwähnt, als so etwas wie eine kurze Informationsfahrt. Irmi ging ihm durch den Kopf, bei ihr konnten die alten Traumen aufbrechen, wenn er sich länger als ein, zwei

Tage nicht meldete. Selbst an Kater Bärendreck dachte er und daran, dass er jetzt gerne zu Hause in der Küche sitzen würde, bei einem Glas Wein.
Ob Brunner versuchen würde, Kontakt mit den Italienern aufzunehmen? Immerhin wusste er, wo in etwa sie sich mit dem Menschenhändler treffen wollten.
Walcher lag zusammengekauert auf der harten Pritsche und verfluchte diese unwürdige Behandlung, wenngleich er durchaus Verständnis dafür hatte, immerhin war er in den Augen der Polizei einer von diesen Menschenhändlern. Abschaum, Kinderschänder.
Johannes war vermutlich stocksauer auf ihn, der hatte sich nun auch noch Nikotinentzug eingehandelt.
Bei diesem Gedanken musste Walcher allerdings schmunzeln, er würde sicher noch einiges von Johannes zu hören bekommen.
Trotz der feuchten Kühle wuchs Walchers Verlangen nach einem Glas Wasser. Was, wenn man sich einfach nicht mehr um sie kümmerte, so wie bei den Österreichern, sie einfach verdursten ließ? Durst. Bewusst konzentrierte sich Walcher auf angenehmere Dinge. An Susanna dachte er. Von Freitagabend bis Montagvormittag, dann musste sie wieder nach Basel zurück, weil sie abends einen Auftritt hatte. Er würde vielleicht irgendein Gericht aus Norditalien kochen, so als Mitbringsel von seinem Kurzbesuch. *Polenta smalzade trentina* oder *Strangolapreti,* sie bevorzugte eher fleischlose Küche, lieber etwas mehr Nachtisch, *Cappuccini affogati* oder eine *Zabaione* mit Waldfrüchten und dazu einen trockenen Chardonnay aus der Farnciacorta. Walcher seufzte, das waren nicht unbedingt die Themen, die von seinem Durst ablenkten. Er konzentrierte sich darauf zu schlafen, was ihm auch gelang, denn irgendwann wurde er unsanft aus dem Schlaf gerissen.
Kurze Zeit später saß er an einem langen, durch unendlich viele Schnitzereien verunstalteten Holztisch in einem

nur spärlich beleuchteten Raum drei Männern gegenüber. Luigi Campagnone stellte sich ihm nochmals vor, dieses Mal als Oberkommissar der italienischen „Sonderkommission Menschenhandel". *Dies ist mein Kollege, Commissario Stuzzi,* machte er eine Geste zu seiner linken Seite, *und hier haben wir Signore Dr. Angnelli, Staatsanwalt, beide sprechen fließend Deutsch, wir können uns deshalb in Ihrer Landessprache unterhalten.*
Der Staatsanwalt schaute wie ein Scharfrichter drein und Commissario Stuzzi zeichnete Strichmännchen auf das Blatt Papier vor sich. Walcher war jetzt hellwach.
Sehr erfreut, auch ich darf mich Ihnen vorstellen, mein Ausweis, der Ihnen ja vorliegt, wurde von der deutschen Polizei angefertigt und entspricht nicht meiner wahren Identität. Mein richtiger Name ist Walcher, Robert Walcher, und von Beruf bin ich Journalist, so wie auch mein Freund, Johannes Feinschmied. Um es kurz zu machen, rufen Sie doch bitte Kommissar Brunner vom Morddezernat in Lindau an. Seine Nummer finden Sie auf meinem Handy gespeichert, auch das ist übrigens von der Polizei zur Verfügung gestellt. Johannes Feinschmied und ich sind keine Menschenhändler, im Gegenteil, wir versuchen in eine solche Organisation einzudringen. Darum hatten wir Kontakt zu einem Menschenhändler hergestellt. Dass sich dieser Kontakt als eine Polizeifalle herausgestellt hat, kann ich bei allem Bedauern für meine Ziele durchaus begrüßen. Sie können aber auch den Commissario Bruno Polvere in Mailand anrufen, bei dem hätten wir nämlich das Mädchen abgeliefert, wenn Sie uns nicht dazwischen gekommen wären.
Sie können uns viel erzählen, kam es prompt von Kommissar Stuzzi, der seinem Akzent nach vermutlich aus Südtirol stammte.
Nein, schüttelte Walcher den Kopf, *das werde ich nicht tun, jedenfalls nicht, bevor Sie mit Kommissar Brunner oder Ihrem Mailänder Kollegen Polvere gesprochen haben. Verstehen Sie? Und bis das geschehen ist, bitte ich Sie in aller Höflichkeit um*

ein Glas Wasser, Herrn Feinschmied würden Sie mit einer Zigarette sicher sehr entgegenkommen, setzte er freundlich lächelnd hinzu. *Und darf ich Sie dann noch bitten, mir diese verdammten Handschellen abzunehmen.*
Sie geben sich sehr selbstbewusst, Herr Hoffmann, machte Kommissar Stuzzi weiter.
Walcher, haben Sie verstanden, mein Name ist Walcher und jetzt rufen Sie einen der genannten Kommissare an, sonst drehen wir uns im Kreis und dafür ist, denke ich, Ihre Zeit ebenso zu schade wie meine.
Walcher hatte sich dabei auf den Tisch gestützt und zu Stuzzi hinüber gebeugt, der etwas zurückgewichen war.
Oberkommissar Luigi Campagnone wandte sich dem Staatsanwalt zu: *Ich denke, wir legen eine kurze Pause ein.*
Dr. Angnelli nickte nur und stand auf. Campagnone und Stuzzi folgten ihm. Zurück blieben Walcher und die beiden Polizisten, die ihn aus der Zelle geholt, hierher gebracht und dann zu beiden Seiten der Tür Posten bezogen hatten, wo sie auch jetzt noch wie Statuen standen.
Zehn Minuten später kam Campagnone allein zurück, ließ Walcher die Handschellen abnehmen und reichte ihm das Handy, das eine Verbindung anzeigte.
Walcher nahm es, meldete sich und hörte Brunners vertraute Stimme brüllen: *Herrlich, endlich sind Sie dort, wo Sie hingehören. Schade nur, dass nun Ihre Kerkerhaft vorbei ist. Wegen Ihnen habe ich die halbe italienische Polizei verrückt gemacht.*
Dann sprach er in einem ruhigeren Ton weiter. *Gute Heimfahrt, ich freue mich, dass Ihnen beiden nichts geschehen ist, aber jetzt ist ein für alle Mal Schluss mit dem Blödsinn.*
Während sich Walcher diese Predigt anhören musste, wurde Johannes ins Zimmer geführt, bereits ohne Handschellen, dafür mit einer Zigarette zwischen den Fingern. Johannes' einziger Kommentar: *Hab' das erste Mal in meinem Leben in einen Eimer geschissen, ohne mir danach den Hintern*

abputzen zu können. Jetzt weiß ich endlich, was Luxus bedeutet. Campagnone gab erst Walcher, dann Johannes die Hand: *Verzeihen Sie bitte, aber das konnten wir natürlich nicht ahnen. Andererseits sehe ich keinen Grund, mich zu entschuldigen, im Gegenteil, Sie haben uns überflüssige Arbeit gemacht und allein schon dafür sollten wir Sie wieder in die Zellen stecken, meinte jedenfalls Ihr Commissario Brunner,* lächelte Campagnone verschmitzt.
Geht in Ordnung, meinte Walcher, *aber dann sollten Sie auch eine Zelle bekommen, wegen Fahrlässigkeit. Dass Sie dieses Mädchen einer derartigen Gefahr ausgesetzt haben, halte ich für unverantwortlich. Ich wage mir gar nicht vorzustellen, was hätte geschehen können, wenn einer Ihrer Polizisten durchgedreht hätte – oder wenn wir richtige Menschenhändler gewesen wären.*
Oder ich von der Bremse aufs Gas gerutscht wäre, konnte sich auch Johannes nicht zurückhalten, *Wahnsinn ist das.*
Hätten Ihre Leute dann geschossen?, wollte Walcher wissen.
Ja, nickte Campagnone, *es sind alles Spezialisten. Wir hätten Sie nicht mehr fahren lassen, wie auch immer.*
Walcher und Johannes schüttelten ihre Köpfe und sahen Campagnone mit einer Mischung aus Entsetzen, Unverständnis und Missbilligung an.
Es gehört wohl nicht viel Fantasie dazu sich vorzustellen, dass echte Kriminelle das Kind als Geisel hätten nehmen können, fauchte Walcher.
Wir haben auch das im Vorfeld lange abgewogen und unsere Strategie danach ausgerichtet, glauben Sie mir, erwiderte Luigi Campagnone zögernd, *wir ...* Campagnone stockte.
Als ob das Verhalten von Schwerkriminellen abzuwägen und planbar wäre, kam Walcher erst so richtig in Rage und schüttelte wieder ungläubig den Kopf. Allerdings nicht allein über die Antwort des Commissarios, mehr über sich selbst und über seine Aggression, mit der er plötzlich den Commissario anging. Regte ihn dessen Naivität auf oder

war er nur sauer, dass diese ganze Aktion ein derartiger Schlag ins Wasser war?
Campagnone erwiderte ruhig und sachlich, vielleicht war er doch nicht so naiv, wie Walcher meinte: *Meine Tochter wollte es so, es war ... eine Art von Therapie. Aber Sie können selbst mit ihr sprechen. Kommen Sie.*

Mercedes

Ihr Auto wird zu meinem Haus gebracht, hatte der Commissario erklärt. Diesmal verließen sie die düstere Polizeikaserne im Wagen Campagnones, ohne Blaulicht und heulende Sirenen. Aus der schlafenden Stadt fuhren sie und durch die Ebene, hinauf auf einen Bergrücken und hielten nach einer halben Stunde vor einer langgezogenen Scheune, die zu einem Wohnhaus umgebaut war.
Der Mond stand nur als halbe Scheibe am Himmel und beleuchtete die Weinberge auf den Hängen rund herum. Ein herrlicher Platz für ein Haus, dachte Walcher. Am Fuße der Hügel, weit entfernt, zog sich das Band der Autobahn, beleuchtet von dem trotz der Nachtzeit dicht fließenden Verkehr, der jedoch hier oben nicht zu hören war, dafür aber ein millionenfaches Konzert von Zikaden und Grillen.
Campagnone bat sie auf die Terrasse, machte ihnen Espresso und stellte eine Flasche Wasser und Gläser auf den Tisch. Dann entschuldigte er sich, um nach seiner Tochter zu sehen. Kurze Zeit später kam er wieder und setzte sich zu ihnen.
Seit etwa einem Jahr ziehen wir unser Programm durch. Locken Päderasten, Zuhälter, Perverse, Vergewaltiger, Sadisten aus ihren Löchern, nehmen sie fest und führen sie einem ordentlichen Gericht zu.
Erfolgreich?, fragte Johannes.

Durchaus, wenn Sie etwa 60 Verhaftungen allein in unserem Gebiet als Erfolg bezeichnen wollen. In ganz Italien gibt es acht Sonderkommissionen, die vergleichbare Ergebnisse vorweisen können. Parallel dazu überwachen wir das Internet und den Anzeigenmarkt in Printmedien.
Wir wollen, dass Italien wieder ein Land wird, in dem Kinder unter dem Schutz der Erwachsenen aufwachsen können und sich nicht vor ihnen fürchten müssen. Campagnone brach ab und stellte seine Tochter vor, die auf die Terrasse gekommen war.
Meine Tochter Mercedes. Ich habe sie gebeten, Ihnen ihre Geschichte zu erzählen, und sie hat zugestimmt. Mercedes spricht allerdings kein Deutsch, deswegen werde ich übersetzen. Sie weiß von mir, dass Sie in Wirklichkeit Journalisten sind und keine Menschenhändler.
Mercedes lächelte und begrüßte Walcher und Johannes mit einem kurzen Kopfnicken. Dann setzte sie sich und begann mit einer für ihr Alter ungewöhnlich tiefen Stimme zu erzählen, ihr Vater übersetzte.
Vor drei Jahren ging ich abends von meiner Ballettstunde nach Hause. Wir wohnten damals noch mitten in Mailand. Zwei Kerle überfielen mich, drückten mir einen mit Äther getränkten Stofffetzen auf Mund und Nase. Als ich aufwachte, lag ein Mann auf mir. Ein halbes Jahr lang ging das so. Fünf Männer wechselten einander ab. Jede Nacht kam ein anderer und vergewaltigte mich. Dann stand plötzlich Papa im Zimmer und brachte mich nach Hause. Meiner Therapeutin verdanke ich es inzwischen, dass ich mich und auch alle Männer dieser Welt, außer Papa natürlich, nicht mehr umbringen will, lächelte sie ihm zu.
Mercedes erzählte mit einer Selbstverständlichkeit, als würde sie aus einem Buch vorlesen, und es schien, als habe sie erraten, was Walcher und Johannes dachten.
Vielleicht werden Sie sich wundern, dass ich so offen darüber sprechen kann, aber das ist ein wichtiger Teil meiner Therapie,

Offenheit, auch mir selbst gegenüber. Ich weiß nicht mehr, wie oft oder von wem ich gequält und missbraucht wurde, aber das ist auch nicht so wichtig, schon ein einziges Mal wäre zuviel gewesen. Am Tag habe ich meine Erinnerung, meinen Ekel und meinen Hass im Griff, meine Therapeutin hat mir vieles beigebracht. Wie gesagt, tagsüber geht das, aber meine Träume kann ich nicht abschalten. Sie kommen immer wieder, dagegen bin ich machtlos und sie werden mich wohl mein ganzes Leben begleiten, die Träume. Die Abstände sind größer geworden, aber so einmal in der Woche kommen sie über mich und dann sehe und spüre ich sie wieder, die Schwänze dieser Dreckschweine ... und am Tag darauf hab' ich dann einen unbeschreiblichen Hass. Wenn es nach mir ginge, ich würde sie ihnen abschneiden ... Jedem, der sich an Kindern vergreift, jedem, der sich eine Frau kauft, jedem. Nur ohne Schwanz verlieren sie ihren Trieb.
Mercedes lächelte. *Das gehört zu meinem Therapieprogramm, auch die Wut und den Hass zuzulassen.*
Das konnte ich nicht immer. Ich musste erst wieder lernen, wie es ist, normal fremden Männern zu begegnen und nicht in jedem einen Triebtäter zu sehen.
Wir üben die Begegnungen mit Menschen, mit Jungs und Männern, das ist dann der Arbeitskreis Berührung und Kontakte. Es ist wichtig, dass ich meine Traumen nicht abspalte, also in einen Mülleimer stecke oder gar meine Persönlichkeit aufteile, sondern verstehen lerne, was bei mir abläuft.
Mir geht es inzwischen besser, ich glaube, dass ich auf einem guten Weg bin. Ich entdecke wieder meinen Körper und meine eigene Sexualität. Ich kann mich wieder im Spiegel ansehen und berühren, ohne dabei zu kotzen, wie das am Anfang der Fall war. Wir haben alle daran hart gearbeitet, Papa, unsere Freunde, meine Therapeutin. Meine Mama hat das alles nicht mehr erleben müssen, sie ist vor fünf Jahren an Krebs gestorben.
Ach, Papa hat mir vorhin erzählt, dass Sie ihm Verantwortungslosigkeit vorgeworfen haben. Was glauben Sie, wie lange ich ihn erpressen musste, damit er mich als Lockvogel einsetzte.

Das war nämlich meine Idee. Ich will auch Polizistin werden, wie Papa, lachte Mercedes verschmitzt und war einen kurzen Moment wieder ein 13-jähriges Kind. *Ja, das war's dann eigentlich schon.*
Walcher und Johannes saßen wie versteinert. Da half es ihnen auch wenig, dass sie sich viele Gedanken über Missbrauch gemacht hatten, einem Opfer, einem Kind gegenüber zu sitzen und von dessen Missbrauch erzählen zu hören, besaß noch einmal eine völlig andere Dimension.
Es dauerte lange, das Schweigen in jener Nacht, auf der Terrasse über den Weinbergen. Walcher brach es und lud die beiden zu sich ins Allgäu ein. Er erzählte von Irmi, von Rolli und Bärendreck und von der Aussicht auf ähnlich grüne Hügel, nur mit dem Unterschied, dass darauf kein Wein wuchs, sondern Kühe Milch produzierten.
Ohne auf Walchers Einladung zu antworten, sprang Campagnone auf und kam kurz darauf mit Gläsern und einer Flasche zurück, entkorkte, schenkte ein und hob ein Glas hoch. *Mit einem Champagner von diesen Weinbergen danke ich herzlich für Ihre Einladung, die ich mit Freuden annehmen werde. Zuerst aber bitte ich darum, dass wir Du zueinander sagen, das ist mir ein besonderes Bedürfnis.*
In diesem Augenblick verabschiedete sich die Nacht und der Morgen dämmerte. Sie tranken auf ihre Bekanntschaft, auf Mercedes und auf den jungen Tag.

Der Beobachter

Auch im Allgäu ging die Sonne auf. Missmutig faltete Toni die dunkelgrüne Plane zusammen, unter der er sich vor der Feuchtigkeit geschützt hatte. Wieder eine ungemütliche Nacht verbracht, wieder umsonst.

Toni dehnte die verspannten Rückenmuskeln und leerte dann seine Blase. Packte die Plane in den Rucksack und machte sich auf den Heimweg.

Als einen „knorrigen Typ" bezeichneten ihn Touristen, wenn er ihnen zufällig über den Weg lief. Für die Bewohner des Tals war er ein störrischer Eigenbrötler, was jedoch in der Gegend eher als normal galt.

Mit 18 hatte er den kleinen elterlichen Berghof, der im Oberallgäu *Alpe* hieß, verlassen, weil er es mit den Ziegen und Rindern zwar gut verstand, nicht aber mit dem Vater. Da konnte auch die Mutter nicht vermitteln, die noch stiller wurde, als ihr Anton gegangen war.

Nach erfolglosen Versuchen, irgendwo Arbeit zu finden, kam der Ruf der Bundeswehr gerade recht, denn außer Ziegen und Kühe zu hüten, zu melken und aus der Milch Käse zu machen, hatte Toni nichts gelernt.

Der Schulweg war weit gewesen und außerdem brauchte ein Bergbauer nicht viel mehr, als schreiben und lesen und ein bisschen rechnen zu können, hatte der Vater gemeint, denn für ihn war klar, dass der Sohn eines Tages die Alpe übernehmen würde, so klar, wie der Frühling auf den Schnee folgte. Dass der Toni einfach ging, konnte er nicht verstehen, schließlich hatte ihm an seinem Vater ja auch nicht alles gefallen und trotzdem war er nicht einfach davon gelaufen.

Es war eine harte Zeit für Anton gewesen, in der Kaserne mit all dem Drill und Geschrei und, dass er mit noch drei anderen in einem Zimmer schlafen musste. Ab der ersten Nacht hatte er sich nach seiner Kammer zurück gesehnt

und nach den Geräuschen der alten Holzbalken. Nach der besonderen Ruhe hatte er sich gesehnt, dem Rauschen aus dem Wald, wenn der Wind durch die Tannen fuhr, und nach dem Glucksen der Bäche, das nach jedem Regen zu einem gewaltigen Tosen anschwellen konnte.
Toni hatte sich nach dem Duft der Wiesen gesehnt und nach den Glocken, die ihm erzählten, ob die Tiere weideten oder faul herumlagen oder sich gar von der Herde entfernt und gefährlichem Terrain genähert hatten.
Übermächtig hatte er sich nach dem Bild der Gipfel gesehnt, die an klaren Tagen den blauen Himmel berührten oder in die Wolken stachen. Auch die Einsamkeit hatte ihm in der lauten Stadt gefehlt. Wie eine Befreiung war es ihm deshalb vorgekommen, als der Militärdienst vorüber war und er wieder in die Berge ziehen konnte.
In der Sennerei Egg, im Bregenzer Wald, hatte er Arbeit gefunden, aber wer zum selbständigen Bauern erzogen wurde, tut sich schwer, ein Knecht zu sein. Trotzdem war Toni zwei Jahre in der Sennerei geblieben und hatte alles über die Käsezubereitung gelernt, was ihm sein Vater noch nicht beigebracht hatte.
Dann der Anruf von der Mutter, dass der Vater beim Holzmachen verunglückt sei und es nicht gut um ihn stünde. Anton kam nicht mehr rechtzeitig, um sich von seinem Vater zu verabschieden. Der war auf dem Transport ins Krankenhaus gestorben.
Schon in der ersten Nacht wieder in seiner winzigen Kammer, wusste Toni, was er all die Jahre vermisst hatte.
Am nächsten Tag wanderte er die Weiden ab, die zur Alpe gehörten, sprach mit den Kühen, dem Jungvieh und den Ziegen.
Dann sah er auch bei der Berghütte vorbei, die schon seit Großvaters Zeiten verpachtet war. Immer noch galt die Vereinbarung, dass man nach dem Rechten sah und dafür jedes Jahr, zusätzlich zur Pacht, 150 Euro bekam.

So klein die Alpe auch war, sie forderte Tonis ganze Kraft und Zeit. Da mussten Heu und Holz für den Winter gemacht, Reparaturen am Hof ausgeführt, jeden Tag die Tiere gemolken und die Milch verarbeitet werden.
Einmal die Woche brachte er seine Käsesorten, die Familie hatte sich seit alters her auf Alpkäse spezialisiert, nach Oberstdorf zu einem Händler, der die gesamte Produktion abnahm und auf Märkten verkaufte.
Aus der Ziegenmilch machte die Mutter einen leichten, halbfesten Frischkäse, den regelmäßig ein Händler aus Oberstaufen abholte. Auf der Hochweide, oben am Piesenkopf, hielt Toni das Jungvieh und machte Heu. Früher hatten sie dort oben noch eine Alpe bewirtschaftet, aber das war nicht ohne Hilfskraft möglich.
Alle zwei Tage fuhr Toni mit seinem Motorrad hinauf und sah nach dem Rechten, auch bei der Pachthütte schaute er vorbei.

Heimfahrt

Der frühen Morgenstunde war zu verdanken, dass Walcher und Johannes zügig vorankamen und sie sich deshalb sogar trauten, bei Bergamo von der Autobahn auf die Landstraße zu wechseln. Bei Como würden sie dann wieder auf die Autobahn Mailand – Chiasso stoßen.
Gegen sieben Uhr rief Walcher die Armbrusters an, um Irmi ein Lebenszeichen von sich zu geben, aber sie war schon aus dem Haus. Opa Armbruster versprach, sie auf ihrem Handy anzurufen, denn Walcher kannte die Nummer nicht auswendig und auf dem Polizeihandy war sie natürlich nicht gespeichert.
Auch Johannes telefonierte, er rief Marianne an und meldete seine Ankunft für den späten Vormittag.

Eine Zeit lang schwiegen die beiden dann, bis Johannes meinte: *Das war's dann wohl, oder willst du etwa noch einen Versuch starten?*
Walcher schüttelte den Kopf: *Das nicht, aber irgendwie habe ich das Gefühl, dass mir für eine gute Geschichte noch der richtige Abschluss fehlt. Etwas Persönliches ... etwas, das einem Dossier den Charakter eines Aufrufes gibt, ein Fanal, verstehst du?*
Mmmhhh, mehr kam von Johannes nicht. Wieder schwiegen sie, dann stellte Johannes fest: *Dieses Thema kann man nicht wirklich abschließen. Mir geht zum Beispiel immer wieder eine Geschichte aus meiner Kindheit durch den Kopf.*
Johannes wartete nicht, bis ihn Walcher vielleicht dazu auffordern würde, er fing an zu erzählen. *In meiner Nachbarschaft gab's einen Jungen, der jüngste unserer kleinen Straßenbande. Meistens wurde er von uns gehänselt, nicht schlimm, aber keiner von uns nahm ihn so richtig für voll. Nicht dass wir ihn ausgrenzten, aber niemand aus der Gruppe suchte seine Freundschaft oder kümmerte sich um Klaus, so hieß er.*
Johannes zündete sich eine Zigarette an, bevor er weiter sprach. *Klaus hatte sehr security strenggläubige Eltern. Nach der Schule ging er direkt nach Hause und mit uns spielen durfte er nur selten. Die Clique badete den ganzen Sommer über im nahen Weiher, da war er nie dabei.*
Eines Nachts stand er vor meinem Fenster. Er hatte so lange Steine in mein Zimmer geworfen, bis ich aufwachte. Ich ließ ihn rein und sah, dass er völlig fertig war. Er weinte und zitterte und erzählte mir, dass ihn sein Vater seit Jahren missbrauchte. Natürlich sprach er damals nicht von Missbrauch, er nannte es anders, er sprach von Spielen in der Badewanne und dass der Vater ihn verprügelte, wenn er sich weigerte.
Wenn sein Vater mit ihm badete, schloss sich seine Mutter in ihrem Zimmer ein.
Ich war damals vierzehn und konnte mir nicht vorstellen, was das für Spiele sein sollten. Ich verstand nur die Blutergüsse, die

er mir zeigte, und mir wurde klar, warum er nie mit uns schwimmen ging.
Als ich meinen Eltern beim Frühstück von Klaus erzählte, er war bei mir geblieben und schlief noch in meinem Bett, stand mein Vater wortlos auf, ging in mein Zimmer, weckte Klaus und brachte ihn zu seinen Eltern.
Niemals hab' ich den enttäuschten Blick vergessen, mit dem mich Klaus damals ansah. Kurz danach zogen sie weg und ich hörte nie wieder etwas von Klaus.
Erst viel später, als in der Zeitung groß über einen jahrelang unentdeckt gebliebenen Kindesmissbrauch berichtet wurde, diskutierte ich mit meinemn Vater über das Thema und auch über sein Verhalten damals bei dem Nachbarjungen.
Mein Vater hatte Klaus abgeliefert, ohne ein Wort über den Missbrauch zu verlieren, wie er zugab.
Er wollte nicht die Familie zerstören, brachte er als Argument vor. Nicht die Familie zerstören. Unglaublich.
So unglaublich ist das gar nicht, schüttelte Walcher den Kopf. *Daran hat sich bis heute nicht viel geändert. Nicht umsonst spricht Unicef gegenüber dem angezeigten sexuellen Kindesmissbrauch von einer viermal so hohen Dunkelziffer. Und diese Anzeigen kommen nicht aus der Nachbarschaft, sondern von Kindergärtnerinnen, Lehrern und älteren Geschwistern. Und was das Ende meiner, unserer Recherche betrifft, so hast du wohl leider Recht, da wird es niemals ein Ende geben.*

Kurz nach der Grenze wechselten sie sich mit dem Fahren ab. Johannes drehte die Rückenlehne nach hinten, schloss die Augen und schlief sofort ein. Er wachte erst zwei Stunden später wieder auf, als Walcher vor Johannes' Haus in Zürich hielt.
Das ging ja hurtig, meinte Johannes, *magst' noch mit hereinkommen?* Aber Walcher zog es nach Hause und er fühlte sich auch noch frisch genug, um gleich weiterzufahren. Nur sein Handy und seine richtigen Ausweispapiere, die

er in Johannes' Wohnung deponiert hatte, ließ er sich von ihm bringen. Beim Abschied konnte sich Walcher nicht verkneifen, die Horoskopgläubigkeit von Johannes auf den Arm zu nehmen: *Du solltest häufiger deinem Horoskop folgen, das letzte stimmte jedenfalls, du hast doch wirklich eine unvergessliche Bekanntschaft gemacht.*
Johannes nickte und konterte: *Und diesmal bei körperlicher Unversehrtheit,* spielte er wieder einmal auf seine fehlende Niere an. Eigentor, dachte Walcher, zog eine Grimasse und fuhr davon.
Eine viertel Stunde später war er auf der Autobahn in Richtung Allgäu und in Gedanken gerade bei Susanna, als sein Handy klingelte, aber es war nicht Susanna, wie er als ein Zeichen von Gedankenübertragung gehofft hatte. Es war Kommissar Moosmann aus Berlin.
Ihr Schützling wollte Sie noch sprechen, bevor wir sie in die Sommerfrische schicken.
Also mit dem Schützling vermute ich Jeswita Drugajew, kombinierte Walcher, *aber bei Sommerfrische müssen Sie mir helfen.*
So nennen wir unser Zeugenschutzprogramm, erklärte der Kommissar und hatte den Hörer an Jeswita Drugajew weitergegeben, denn ihre Stimme klang aufgeregt aus dem Handy. *Ich in Schutz... niech wisse name ... morgen und niech wisse, wann mäglich is Telefon. Dank ich miet Herze. Dank, Dank, Dank.*
Dann brach die Verbindung ab. Schade, dachte er, denn er hätte an Moosmann noch einige Fragen zu den Verhafteten gehabt, auch wollte er wissen, wie es dem Kind aus dem Truckversteck ging und was mit den befreiten Frauen und Mädchen geschehen würde. Aber dazu war es sinnvoller, vom Festnetz aus mit Moosmann zu sprechen, günstiger war es allemal.
Walcher nahm sich vor, nun ohne weitere Recherchen das Dossier zu schreiben. Stoff gesammelt hatte er genug,

außerdem sollte er das Öffentlichkeitsinteresse nutzen, das die deutschlandweiten Polizeirazzien gegen die Bordellmafia geweckt hatten. Vielleicht kam ihm ja beim Schreiben die Erleuchtung für ein wirkungsvolles Fanal. Aber glaubte er wirklich, mit einem Artikel den großen Feldzug gegen Kindesmissbrauch oder Menschenhandel anzustoßen? Noch dazu in einem Magazin, das maximal eine verkaufte Auflage von 120 000 Exemplaren pro Ausgabe vorweisen konnte.
Walcher schob seinen zweiflerischen Gedanken ebenso schnell in den Kopfmülleimer, wie dieser aufgetaucht war. Er besaß darin Übung. Nicht zum ersten Mal stellte er sein Lebenskonzept in Frage, nämlich sein Geld mit Enthüllungen über ethische Fehlleistungen einzelner Vertreter oder ganzer Gruppen der Gesellschaft zu verdienen.
Auenheim und Rolf Inning würde er eine E-Mail schreiben und ihnen den Abschluss seiner Recherchen mitteilen, vielleicht auch kurz über das Ergebnis seiner Italienaktion berichten. Den Mercedes würde er gleich noch zum Autoverleiher zurückbringen und wieder auf seinen gewohnten Espace umsteigen. Campagnones Tochter kam ihm in den Sinn. War eine derartige Brachialtherapie geeignet, ihr Missbrauchstrauma zu überwinden?
Er nahm sich vor, darüber mit Irmis Therapeutin zu sprechen. Luigi Campagnone und dessen Tochter kennen gelernt zu haben, buchte Walcher auf die positive Seite seiner Italienfahrt. Auch die Tatsache, dass die Italiener aktiv auf der Jagd nach Kinderschändern waren. Über ein ähnliches Programm in der Schweiz hatte er gelesen. Dort wurden Pädophile von Minderjährigen angelockt und verhaftet, wenn es zu einem Treffen kam. Vielleicht gab es in Deutschland ähnliche Programme und er wusste nur nichts davon, er würde Brunner fragen.
Entführung, Verschleppung, Menschenhandel, Zwangsprostitution, Körperverletzung, Vergewaltigung, sexueller

Missbrauch von Minderjährigen – so ganz im Klaren war sich Walcher noch nicht, auf welches Thema er sich in dem Dossier konzentrieren würde. Über Menschenhandel und Pädophilie sollte er schreiben, so lautete jedenfalls sein Auftrag. Aber über all dem stand die hemmungslose Gier nach Reichtum, ebenso wie die hemmungslose Gier von Männern nach sexueller Befriedigung. Männer, die nicht davor zurückschreckten, für eine sekundenschnelle Ejakulation unsägliches Leid ihrer Opfer billigend in Kauf zu nehmen.
Der Drohanruf, der aus der Charité gekommen war, fiel Walcher ein. Vielleicht gehörte ja der Anrufer zu den festgenommenen Bewachern im Umfeld von Jeswita. Er hatte vergessen Jeswita zu fragen, ob ihr jemand seine Visitenkarte abgenommen hatte. Moosmann, er würde Moosmann darum bitten, das zu tun.
Charité! Das war's. Eine Erinnerung flackerte in Walchers Kopf auf. Warum war ihm das nicht schon früher eingefallen, vielleicht hatte das etwas mit dem Anrufer zu tun. Er erinnerte sich, von ein Forschungsprogramm in der Charité gehört zu haben, das sich um Pädophilie drehte. Irgendetwas mit *Prävention und sexueller Kindesmissbrauch,* oder so ähnlich.
Er würde im Forschungsreferat nachfassen, ob es ein derartiges Forschungsprogramm wirklich gab und wer dafür verantwortlich war, nahm er sich vor.
Susanna fiel ihm ein und dass er vergessen hatte, in der Franciacorta Wein einzukaufen. Das könnte er auch im Ravensburger *Weinhof Weiler* nachholen, die hatten sicher auch Weine aus der Franciacorta, vermutlich sogar günstiger als wenn er sie vor Ort gekauft hätte.
Walcher war schon seit vielen Jahren Weinkunde bei den Weilers. Anfangs der Namensübereinstimmung wegen, als er in Weiler den Hof kaufte, dann, weil er die ungewöhnlich fairen Preise und Beratung der Weilers schätzte.

Bevor Walcher in den Pfändertunnel fuhr, wählte er die Nummer Susannas. Auch wenn er sich nur zwei Tage in Italien aufgehalten hatte, ihm kam es wie eine kleine Ewigkeit vor. Er freute sich auf ihre Stimme, und war enttäuscht, sich nur mit der Ansage auf ihrem Anrufbeantworter begnügen zu müssen. Sein kleines Stimmungstief passte zu dem Tunnel, in den er kurz darauf einfuhr.

Anton Wimmer

Toni hatte sich früher oft in der Nähe der Jagdhütte aufgehalten und aus dem sicheren Versteck beobachtet, was der Pächter mit seinen Freunden so trieb.

Meistens verwirrte ihn, was er sah, aber er wusste niemanden, mit dem er hätte darüber sprechen können.

In seinen Tagträumen dachte er sich ähnliche Spiele aus, wie er sie bei dem Städter gesehen hatte, und fühlte sich dann ebenso erregt wie irritiert.

Mit Tonis Aufklärung war es nicht weit her. Der Vater hatte ihn zur Seite genommen, als er 14 war, und gefragt, ob er denn schon wüsste, wie Männer und Frauen zusammenkämen. Als Toni genickt hatte, war dem Vater anzusehen, dass er froh war, dieses Thema nicht weiter besprechen zu müssen.

Allerdings hatte Toni nur genickt, um nicht für dumm gehalten zu werden, in Wirklichkeit wusste er nur, was er bei den Ziegen und Rindern beobachtet hatte und bei den Fremden in der Berghütte. Später, erst bei der Bundeswehr, da klärten ihn der Unterricht über die Verhütung von Geschlechtskrankheiten auf und auch die Geschichten seiner Kameraden, denn alles, was mit Frauen zu tun hatte, war auf den Stuben das beliebteste Thema.

Machte Toni auf der Hochweide Heu oder sah er nach

dem Jungvieh, ging er auf dem Rückweg meistens an der Jagdhütte vorbei, auch wenn es ein ziemlich großer Umweg war. Aber schließlich gehörte es zur Abmachung mit dem Pächter, dass er nach dem Rechten sah.
Stand am Ende des Karrenweges ein Geländewagen, ging Toni auf seinen Beobachtungsplatz, von dem aus er durch die Fenster in die Hütte einsehen konnte, ohne selbst gesehen zu werden. Deshalb hatte er auch immer das starke Fernglas seines Vaters im Rucksack.
Meist verpasste er den Städter, obwohl der in diesem Sommer häufiger zu Besuch war, und nur einmal konnte er wieder die wilden Spiele beobachten, die ihn schon als Junge so erregt hatten. Er verfluchte sich dafür, dass sie ihn immer noch in höchste Erregung versetzten.
Toni mähte seit Tagen die oberen Weiden, das trockene Wetter hielt sich und er kam gut voran. Mit dem neuen Balkenmäher wagte er sich sogar in steile Hänge, die er früher nur mit der Hand gemäht hatte.
Mühsam war es allemal, denn die Wiesenflecken vor Scheuen- und Gauchenwänden, die wie Schutzwälle das Hochtal nach Nordosten abschlossen, waren meist nur kleine Flecken und steinig dazu.
Dafür waren sie aber gut bewässert, denn die vielen Rinnsale und Bäche am Nordosthang des Piesenkopfes füllten nicht nur das Ziebelmoos, sie sammelten sich auch zu dem oberen Scheuenbach, der als respektabler Wasserfall in der Lücke zwischen den Scheuen- und Gauchenwänden zu Tal stürzte.
Seit gestern Abend stand wieder ein Auto am Ende des alten Karrenweges. Ein seltsames Gefühl der Spannung baute sich bei ihm auf, je näher er seinem Beobachtungspunkt oberhalb der Jagdhütte kam.
25 Jahre war er und benahm sich wie ein kleiner Junge, dachte er kurz und verlangsamte das Tempo, aber nur kurz. Dann ging er wieder zügig weiter. Zu was war er so

alt geworden, wenn er doch nicht tat, was er wollte.
Aber dieses Mal kam es zu keiner Beobachtung, jedenfalls zu keiner, wie sie sich Toni erhofft hatte.
Beinahe wäre er dem Pächter über den Weg gelaufen, der mit einem offensichtlich schweren Rucksack, gebeugt und schwer atmend, bergab stieg. Gerade noch rechtzeitig zuckte Toni hinter den Stamm einer Tanne zurück und ließ den Hamburger vorbei, keine zehn Meter entfernt. Erst als etwa fünfzig Meter zwischen ihnen lagen, folgte ihm Toni, vorsichtig und immer bestrebt, wenigstens ein paar Büsche als Deckung vor sich zu haben.
Einige Male blieb der Pächter breitbeinig und nach vorne gebückt stehen, um nach kurzen Pausen wieder schwankend weiterzugehen. Wenn er seine Richtung nicht änderte, dachte Toni, müsste er direkt auf die kleine Spalte stoßen, die für jemanden, der die Gegend nicht kannte, durchaus gefährlich werden konnte. Aber der Pächter ging direkt auf die Spalte zu, kniete davor nieder und wurde zu Boden gezogen, als er den offensichtlich schweren Rucksack seitlich absetzen wollte.
So blieb er einige Minuten liegen und atmete stoßartig tief ein und aus. Schweiß tropfte von Nase und Kinn, Toni hatte sein Glas herausgeholt und konnte deshalb sehen, dass der Städter ziemlich erschöpft war.
Mit fahrigen Bewegungen öffnete er den Rucksack und schüttete den Inhalt in die Spalte. Dann hängte er sich den Rucksack über die Schulter und ging wieder den Weg zurück, den er gekommen war.
Natürlich ging Toni an die Spalte und sah hinunter, kaum dass der Pächter außer Sicht war, aber er konnte in dem Loch nur Steine erkennen. Diese Fremden, dachte Toni, die musste man erst einmal verstehen.
Eine weitere Rucksackfüllung, die der Hamburger aus dem Bachbett oberhalb herunterschleppte, beobachtete Toni noch, dann machte er sich auf den Nachhauseweg,

etwas enttäuscht und gleichzeitig aber auch ein wenig froh darüber, dass es keine Spiele zu beobachten gab, jedenfalls keine, die ihn aus dem Gleichgewicht gebracht hätten. Vielleicht sollte er dem Pächter vorschlagen, die Steine von den Mähweiden zu sammeln, das müsste schon längst wieder einmal gemacht werden.

Dorothea Huber

Doro unterbrach das Gespräch, legte den Hörer auf und setzte sich in den einzigen Sessel des kleinen Wohnzimmers, der dort in einem Erker stand.
Sie zitterte und Tränen flossen ihre Wangen hinunter.
Sie wehrte sich nicht dagegen.
Die Illusion, einen Mann gefunden zu haben, dem sie vertrauen, den sie lieben konnte, war dahin, zerbrochen wie ein Glas, das auf einem Steinboden zerschellte.
Hundeelend fühlte sie sich und viel zu kraftlos, um Wut zu empfinden. Enttäuschung und Leere, das ja, aber selbst diese Gefühle glichen einer schweren breiigen Masse, die sich in ihrem Kopf drehte und drehte, ohne Anfang und Ende.
Wie oft hatte sie nun schon dieses Wechselspiel aus Vertrauen und Enttäuschung ertragen. Alle ihre Beziehungen zu Männern waren belastet gewesen von dem Gespenst, das Missbrauch hieß. Immer waren die Momente der Zärtlichkeiten eine Art Überwindungsarbeit gewesen, geisterte der Vater durch ihre Gedanken und auch den Fluch der Mutter bekam sie nie wieder aus dem Kopf. *Hure, Geißel Jehovas,* hatte die getobt, als Doro sie um Hilfe gegen den Vater angefleht hatte.
Vertrauen, konnte man überhaupt jemandem vertrauen? Nach jeder Trennung hatte sie sich von der Illusion, einem

Mann vertrauen zu können, verabschiedet. Aber was vermochte der Kopf gegen Gefühle auszurichten? Und so hatte sich Doro wieder und wieder verliebt und zuletzt mit einer Heftigkeit wie nie zuvor. Aber das allein, der erneute Verlust einer Illusion, war es nicht, was sie dermaßen traf, sie förmlich niederschmetterte.
Dieses Mal war sie offensichtlich von Anfang an ausgenutzt worden, war die vermeintliche Liebe des Mannes zu ihr nur gespielt, nur ein Trick gewesen. Und sie war darauf hereingefallen wie eine pubertierende Pennälerin.
Alles hatte sie ihm gegeben und was daran das Schlimmste war, sogar das Vertrauen ihrer Schützlinge. Deshalb traf sie die Enttäuschung an ihrer empfindlichsten Stelle.
Nico war raffinierter und berechnender vorgegangen als alle anderen davor. Er hatte so getan, als liebte er sie vor allem auch deshalb, weil sie aufopfernd ihre Arbeit tat.
Sie hatte ihm vertraut und diesem Mann ihrer Träume alle möglichen Informationen, Namen, Telefonnummern, Adressen frei Haus geliefert.
Der Gedanke daran zerfetzte sie innerlich, durchbohrte ihren Magen und sie schaffte es gerade noch zur Toilette.
Ausgerechnet sie, die ihr Leben vollständig darauf ausgerichtet hatte, Menschen zu helfen, die ein ähnliches Schicksal wie sie ertragen mussten, ausgerechnet sie war zur Verräterin ihrer eigenen Sache geworden.
Doros Gedanken wirbelten wie lose Blätter auf einer Müllhalde umher, getrieben von Sturmböen. Wie sollte sie jemals wieder jenen Menschen gegenübertreten, die ihr vertrauten, angefangen bei Lena, ihren Kollegen im Jugendamt oder diesem Walcher, ganz zu schweigen von all den jungen Frauen, Mädchen und Jungen, den Pflegefamilien, in denen sie ihre Schützlinge untergebracht hatte.
Endgültig sah sie alles verloren, was ihren Lebensinhalt ausmachte, sie befand sich plötzlich im selben Boot mit den Verbrechern, die diese Kinder zu Grunde richteten.

Weil sie blind gewesen war, weil sie an die Illusion von der großen Liebe hatte glauben wollen. Abhängig war sie geworden von diesem Mann, bloß weil er ihr das Gefühl gegeben hatte, eine begehrenswerte Frau zu sein.
Sie hatte tatsächlich geglaubt, Nico würde sich allein für sie interessieren. Als zärtlicher und sensibler Mann hatte er sich gegeben, voller Bewunderung für ihr berufliches Engagement. Die Ungereimtheiten in seiner Biographie, die sie aus seinen Erzählungen hätte heraushören können, waren von ihr beiseite geschoben worden – bis ihr Leidensdruck über die immer seltener werdenden Treffen derart gewachsen war, dass sie ihm sehr gezielt Fragen gestellt hatte. Aber auch da hatte sie Nico noch geglaubt, weil sie ihm hatte glauben wollen. Allmählich jedoch dämmerte ihr, weshalb er die genauen Namen der Mädchen hatte wissen wollen, wo sie untergebracht waren, in welchen Orten, in welchen Straßen, bei welchen Familien. *Ich finde deine Arbeit so unglaublich und was du alles für deine Schützlinge tust – fantastisch,* hatte er ihr erklärt, *ich werde darüber ein Buch schreiben,* und sie war auf seine Schmeichelei hereingefallen. Ihr Freund, der Schriftsteller, noch so eine Illusion.
Ich bin vollkommen ratlos, hatte ihr Kollege Bernd Zettel gestöhnt, als er sie vor einer halben Stunde angerufen und von den ersten Verhören nach der Razzia berichtet hatte. *Wir haben bei den Verhören nun bereits drei Mädchen dabei, die aus ihren Pflegefamilien entführt wurden. Woher verdammt noch mal hatten die Entführer die Adressen? Hören die uns ab oder was? So können wir nicht weitermachen. Es muss irgendwo eine undichte Stelle geben.*
In Doros Kopf dröhnte es: *Undichte Stelle, undichte Stelle, undichte Stelle.* Sie war diese undichte Stelle! Sie, Dorothea Huber, von allen nur Doro genannt, eine Verräterin!
Mühsam stand Doro auf. Mechanisch, wie ein Roboter, holte sie vom winzigen Balkon an der Küche die grüne

Gießkanne, die sie vor zwei Jahren zur Einzugsparty von Lena geschenkt bekommen hatte. Im Badezimmer stellte sie die Kanne auf den schmalen Rand der Badewanne und nahm aus dem Spiegelschrank über dem Waschbecken die angebrochene Packung Schlaftabletten, die sie mühelos verschrieben bekommen hatte. Sie hatte sie gebraucht, um wenigstens einige Stunden schlafen zu können, wenn sie wieder einmal tagelang vergeblich auf einen Anruf von Nico gewartet hatte und voller Unruhe und Zweifel in der Wohnung auf- und abgetigert war.

Dieses Mal drückte sie fünf Tabletten aus der Folienverpackung und schluckte sie mit viel Wasser hinunter. Dann drehte sie beide Hähne an der Badewanne auf.

Im Wohnzimmer schrieb Doro auf die Rückseite eines ungeöffneten Briefumschlages des Ordnungsamtes der Stadt München die Worte: *Nicolas Valeskou, wohnhaft München-Grünwald, Chiemseestraße 24, Beruf: Menschenhändler, Kidnapper, Zuhälter. Verzeiht mir. Dorothea Huber.*

Müde, unsäglich müde fühlte sie sich. Als hätte sie zu viel getrunken, schwankte sie in die Küche und nahm den Toaster. Sie handelte, als hätte sie alles, was sie jetzt tat, schon ungezählte Male in Gedanken durchgespielt.

Die Wanne war inzwischen zur Hälfte voll. Doro stellte den Toaster auf den Boden, beugte sich über die Wanne, nahm den Brausekopf, schob ihn in die Gießkanne und ließ diese halb voll laufen. Dann drehte sie die Hähne wieder zu. Die Kanne stand schräg auf dem Wannenrand und wäre in die Wanne gekippt, weshalb Doro wieder etwas Wasser ausgießen musste, bis die Kanne stehenblieb. Dann stellte sie den Toaster vorsichtig auf die Gießkanne und wollte den Stecker gegenüber in die Steckdose über dem Waschbecken stecken. Das Kabel war aber zu kurz. Müdigkeit überfiel Doro wie ein Nebel, aber sie zwang sich, noch einmal ins Wohnzimmer zu gehen, um das Verlängerungskabel zu holen, das vom Fernseher.

Mühsam schleppte sie sich damit ins Bad zurück und überbrückte die Distanz zwischen Toasterkabel und der Steckdose am Waschbecken.
Doro stieg in die Badewanne, angekleidet, wie sie war. Einen winzigen Moment lang empfand sie Scham für das, was sie tat. Schreien wollte sie, brachte aber nur ein Stöhnen heraus. Sie weinte wieder. Das Gefühl einer nicht zu beschreibenden Trauer breitete sich in ihr aus und in der Herzgegend empfand sie heftigen Schmerz.
Mit Mühe beugte sie sich vor und drehte den Hahn der Brause auf, nur ein wenig. Dann ließ sie sich zurücksinken und schloss die Augen.
Die Gedanken waren weniger geworden und tröpfelten nur langsam. Ihr Vater flüsterte ihr zu: *Wenn du jemanden was erzählst, kommen Mammi und ich weg und du bist ganz allein und kommst ins Heim.* Lena winkte ihr zu, sie schien ihr nicht böse, denn sie lächelte. Auch die Kinder, die vorbeiliefen, lächelten, ja sogar der stinkende Kater auf dem Hof im Allgäu schien zu lächeln, dann war es mit einem Mal dunkel, so als würde ein Schalter umgelegt.

Rodica IX

Trotz der langen Fahrt war die Müdigkeit bei Hedwig und Rodica verschwunden, als sie vor dem kleinen Haus in Bilbor standen.
Hedwig hatte sich mit einem Brief, natürlich auf Rumänisch, bei den Eltern angekündigt. Das Reisedatum und die voraussichtliche Uhrzeit, wann sie in Bilbor ankommen würden, standen darin und dass sie ihnen ihre Tochter Rodica zurückbringen würde.
Alle nur möglichen Fäden hatte Hedwig gezogen, um die Familie wieder zusammenzubringen, denn das, so hatte

Rodica häufig betont, sei wirklich ihr allergrößter Wunsch. Ausweispapiere für Rodica hatte sie besorgt und den Kollegen aus der gemeinsamen Studienzeit kontaktiert, der seit dem Ende der Ceaucescu-Diktatur versuchte, in Rumänien zeitgemäße Strukturen in der Psychiatrie aufzubauen, gemeinsam mit dem zu diesem Zweck gegründeten Förderverein *Beclean*.

Mit seiner Hilfe war es Hedwig gelungen, für Rodica einen Ausbildungsplatz in der Kinderklinik des Kreiskrankenhauses von Cluj zu organisieren.

Auf die Frage, welchen Beruf sie gern erlernen würde, hatte Rodica immer wieder geantwortet: *Kinderschwester oder Kindergärtnerin*. Hedwig betrachtete es als ein großes Glück, überhaupt einen der wenigen Ausbildungsplätze zu bekommen, und freute sich für Rodica, dass die ersten Schritte so vielversprechend begannen, zumal Rodicas Schulabschluss sie nicht gerade für eine berufliche Karriere prädestinierte.

Rodica würde bei einer ehemaligen Lehrerin wohnen, die für den Förderverein als Dolmetscherin tätig war. Auch diesen Kontakt hatte der Kollege hergestellt und sogar die Zusage gegeben, dass der Förderverein die Kosten dafür tragen würde, wie Mietanteil, Haushaltsgeld und die Kosten für den Unterricht, damit Rodica bei der Lehrerin Deutsch und Englisch lernen konnte.

Nach dem Briefwechsel mit der Lehrerin war sich Hedwig sicher, dass Rodica bei ihr die notwendige Förderung und auch Fürsorge erhalten würde. Doch erst einmal standen die beiden auf der staubigen Straße vor Rodicas Elternhaus.

Für Rodica hatte sich nichts verändert, Hedwig allerdings kam sich vor, als hätte sie eine Zeitreise in ein vergangenes Jahrhundert unternommen. Während Rodica aufgeregt das Gartentor aufdrückte und zu dem Häuschen lief, war Hedwig von dem Anblick eines ausgeschlachteten

Schrottautos gefesselt, das vor ihr auf der Straße vorbei rollte. Ein älterer Mann saß in dem Gefährt, gezogen von einem zotteligen Pferd in gemütlichem Trab. Geladen war in der offenen Karosserie eine Ladung Heu. Der Treibstoff für das Pferd, dachte Hedwig schmunzelnd und erwiderte freundlich das breite Lächeln des zahnlosen Alten.
Die aufgeregten Rufe Rodicas rissen sie jedoch aus ihren Gedanken über vermeintliche Anspruchslosigkeit und westliche Romantik.
Rodica lief bereits die zweite Runde ums Haus, klopfte an die verschlossenen Türen vorn und hinten und an die Fenster, aber niemand sah heraus oder öffnete ihr.
Unter Tränen fragte sie die Nachbarin nach den Eltern und Geschwistern.
Die seien schon früh am Morgen in den ersten Bus gestiegen und würden erst in einigen Tagen wieder zurück sein, erklärte sie. Deswegen müsste sie auch den Garten gießen und die Hühner, Hasen und Gänse versorgen. Nein, sonst hätten ihr die Eltern nichts weiter gesagt, auch nicht, dass sie zu Besuch käme. *Aber die wussten doch, dass ich komme,* flüsterte Rodica verzweifelt.
Für Hedwig sah es nach einer Flucht vor der eigenen Tochter aus. *Vielleicht schämen sich deine Eltern dafür, dass sie dich einem falschen Freund anvertraut haben*, versuchte sie Rodica zu trösten.
Inzwischen hatte Hedwig etwas Rumänisch gelernt und war mit Hilfe des Wörterbuchs in der Lage, sich verständlich zu machen. *In Cluj bist du ja nicht weit von ihnen weg und kannst sie von dort aus mit dem Bus besuchen. Komm, wir fahren zu deinem neuen Zuhause,* schlug sie vor.
Rodica nickte. Sie war enttäuscht und traurig, auch dass sie ihre Geschenke nicht verteilen konnte. Voller Eifer hatte sie Geschenke gebastelt und von ihrem geringen Taschengeld Zigaretten für den Vater, eine duftende Seife für die Mutter, ein Parfüm für Ewa und Süßigkeiten für

die Brüder gekauft. Wie sehr hatte sie sich auf das Wiedersehen gefreut, ja ihm entgegen gefiebert und jetzt hatten sich die Eltern einfach auf und davon gemacht.
Bis zu diesem Moment war Rodica niemals auf die Idee gekommen, dass ihre Eltern damals sehr wohl geahnt hatten, was mit ihr geschehen würde. Diesen Vorwurf hätte sie ihnen niemals gemacht. Nun aber war es klar für sie, dass die Eltern nichts mehr mit ihr zu tun haben wollten, und das tat weh.
Rodica erinnerte sich auch an die Geschichte, die eines der Mädchen aus dem Ferienheim erzählt hatte. Ihr war es gelungen, in Bukarest den Menschenhändlern zu entfliehen und sich wieder nach Hause durchzuschlagen. Zwei Tage später war sie erneut abgeholt worden. Aus Angst vor Repressalien und auch weil das erhaltene Geld bereits ausgegeben war, hatten die Eltern die Händler über das Wiederauftauchen ihrer Tochter benachrichtigt.
In Rodica zerbrachen Hoffnung und Vertrauen und sie nahm sich vor, nie wieder die Mutter und den Vater zu besuchen, wenn, dann nur Ewa und die beiden Brüder.

Nicolas Valeskou

Hin- und hergerissen zwischen Rachegefühlen und Fluchtgedanken kämpfte er mit sich, als säße er in einer Schiffschaukel. Die Hoffnung, dass sie ihn nicht finden würden und er weitermachen könnte wie bisher, hatte er begraben und abgehakt.
Die Razzien an ihren sämtlichen Standorten in München waren ein koordinierter, geplanter Zugriff. Nur durch einen Zufall hatte er sich bei der Erstürmung nicht in der Wohnung in der Schwere-Reiter-Straße aufgehalten.
Nach wiederholten vergeblichen Versuchen gab er es auf,

den Landeschef erreichen zu wollen. Dessen Festnetzanschluss war tot, und auch das Handy klingelte ins Leere. Anrufe bei den wenigen Bereichsleitern, deren Nummern er kannte, endeten mit demselben Ergebnis. Nicolas schloss daraus, dass nicht nur die Münchner Bordelle von der Polizei gestürmt worden waren.
Es schien alles verloren, was er mühsam aufgebaut hatte. In seinem Haus fühlte er sich relativ sicher, keiner seiner Leute kannte die Adresse. Sie waren alle der Meinung, er würde im Stockwerk über dem ausgehobenen Puff in der Schwere-Reiter-Straße wohnen. Hätte Doro ihm nicht von dem Journalisten erzählt, seine Wut wäre ins Leere verpufft. Aber so baute sich in ihm ein Feindbild auf.
Schwelte Hass.
Sein Verstand riet ihm zur Flucht, doch sein Hass war inzwischen größer. Dieses Journalistenschwein zerstörte seine Existenz, einfach mal so.
Nicolas schleuderte voll grenzenloser Wut die halbleere Flasche gegen die Glasfüllung der Schiebetür zwischen Wohn- und Esszimmer. Sie durchschlug das wertvolle, handgefertigte alte Bleiglas, das eine mit reifen Früchten gefüllte Porzellanschale darstellte, und landete mit einem dumpfen Aufschlag im Esszimmer. Sein Entschluss stand fest: zuerst die Rache, dann die Flucht.
Er rief zwei seiner Helfer, die ebenfalls der Razzia entgangen waren, und machte sich eine Stunde später, gemeinsam mit ihnen, auf den Weg Richtung Allgäu.

Toni hatte bei seinen nächsten Besuchen ebenfalls keine erregenden Spiele beobachten können, sondern nur einen offensichtlich gestörten Menschen, der sich alle vierzehn Tage ein Wochenende lang abrackerte und einen Rucksack nach dem anderen mit Steinen aus dem Bachbett füllte, zur Spalte schleppte und sie dort hineinschüttete.
Dass sich der Pächter mit dieser Plackerei nicht nur fit halten wollte, war selbst Toni klar, obwohl er nicht zu den großen Denkern zählte. Allerdings kam er auf keinen Grund für diese sinnlose Steinschlepperei, bis er beobachtete, wie der Pächter eine verendete Ziege in die Spalte warf, um dann wieder Steine hinunter prasseln zu lassen. Die Ziege, ein verwildertes altes Tier, vermutlich durch den Schuss eines Jägers nur verletzt, war in der Nähe der Jagdhütte verblutet. Der Pächter hatte den Kadaver wohl entdeckt und sich als Seuchenpolizei betätigt.
Auch Toni wusste von dem Tier, weil er auf die Blutspur gestoßen war und befürchtet hatte, dass sie von einem seiner Rinder stammte. Aber es war nur die verwilderte alte Ziege gewesen. Toni hatte sie liegen gelassen, für die Aasfresser.
Dass Toni immer wieder um die Jagdhütte herumschlich, hatte inzwischen nichts mehr mit seiner Hoffnung auf erregende Spiele zu tun, sondern mit seiner Neugierde, den Grund für die zähe Schinderei des Pächters herauszufinden. Nächtelang grübelte Toni und egal was er tat, immer kreisten seine Gedanken auf der Suche nach einem plausiblen Grund. Klar war ihm nur, dass sich dahinter ein düsteres Geheimnis verbergen musste. Vermutlich hatte der Pächter irgendetwas in den Spalt geworfen, das nicht entdeckt werden sollte, aber das konnte vieles sein. Etwas Wertvolles schloss Toni aus, denn wer vergrub einen Schatz unter Tonnen von Steinen, noch dazu mit einem

Ziegenkadaver oben drauf? Nein, es musste etwas sein, vor dessen Entdeckung der Pächter Angst hatte.
Zum Beispiel eine Leiche oder er hatte irgendein Gift auf diesem Weg entsorgt oder den Beweis für eine schreckliche Tat. Er würde es herausbekommen, nahm sich Toni vor. Vielleicht konnte er sich damit ja einen Batzen Geld verdienen und bräuchte dann seine guten Käslaibe nicht mehr zu Schleuderpreisen an die Händler abgeben, sondern könnte sie selbst vermarkten oder sogar die Arbeit reduzieren und mehr zum Spaß auf dem Hof leben.
Je mehr er über derartige Möglichkeiten nachdachte, desto verrücktere Schlüsse zog Toni aus dem mysteriösen Verhalten des Pächters.
Er bedauerte es jetzt auch, dass er nie etwas mit dem Pächter hatte zu tun haben wollen und sich deshalb der Vater um alles kümmerte, was die Jagdhütte betraf.
Wie eine Sucht drehten sich seine Gedanken ständig um die Spalte und den Pächter. Kaum entdeckte Toni den Geländewagen, brach er seine Arbeit ab, packte eine Brotzeit in den Rucksack und machte sich auf den Weg.
Seine Mutter übernahm dann mit einem vielsagenden Lächeln bereitwillig seine Arbeit. Sie hoffte, dass Toni hinter einer Frau her wäre, und dieser Gedanke machte sie überglücklich. Höchste Zeit, dass eine junge Frau ins Haus kam und Kinder ... ganz warm wurde ihr dabei ums Herz, wenn sie sich doch endlich als Großmutter sehen dürfte. Jeden Sonntag betete sie in der Balderschwanger Dorfkirche Sankt Anton den heiligen Schutzpatron darum an. Der könnte sich ruhig etwas mehr um ihren Sohn kümmern, meinte sie, schließlich hatten sie ihm seinen Namen gegeben.
Sie konnte nicht ahnen, dass Toni nicht an der Erfüllung ihres Wunsches arbeitete, sondern nur noch ein Ziel vor Augen hatte, nämlich dem Geheimnis des Pächters auf die Spur zu kommen.

Rodica X

Zwei Stunden nach dem gescheiterten Versuch, Rodica wieder mit ihrer Familie zu vereinen, standen Hedwig und Rodica wieder vor einem Haus, im Zentrum von Cluj. Aber diesmal wurde ihnen die Tür geöffnet, als sie im dritten Stock an der Wohnungstür der Lehrerin Simone Nicholescou klingelten.
Frau Nicholescou schloss Rodica so herzlich und selbstverständlich in die Arme, als wäre ihre eigene Tochter heimgekehrt. Der Tisch im kleinen Wohnzimmer war gedeckt, ein Kuchen stand drauf und die Wohnung duftete nach Kaffee.
Die Lehrerin nahm Rodica bei der Hand und zog sie mit sich in eins der Zimmer. *Hier ist dein Reich, fühl dich wie zu Hause.*
Auf dem Bett saß ein großer Teddybär. Rodica sah die Lehrerin fragend an. Die nickte: *Der gehört dir, mit einem Gruß von meiner Tochter, sie schenkt ihn dir. Mein Mädchen lebt in Amerika, ich habe ihr von dir geschrieben und sie hat sofort geantwortet und freut sich sehr, dass du in ihrem Zimmer wohnen wirst. Auch ihre Kleider, wenn sie dir gefallen, kannst du anziehen, und ihre Bücher lesen, wenn du magst, und alles andere darfst du auch gern benutzen. Und wenn sie uns mal besuchen kommt, was sie schon seit drei Jahren verspricht, dann rücken wir einfach zusammen.*
Rodica hatte sich aufs Bett gesetzt und zeigte dem großen Teddybären ihren kleinen Bären. Wo es so große Bären gab, konnten keine schlechten Menschen wohnen, dachte sie und zaghaft wärmte ein Lichtstrahl ihre traurige Seele. *Uns,* hatte die Lehrerin betont, wenn *uns* die Tochter besuchen kommt.

Hedwig blieb noch einen Tag und eine Nacht bei Simone Nicholescou. Sie schlief auf dem Sofa im Wohnzimmer,

denn neben diesem, dem größten Raum in der Wohnung, gab er nur noch das kleine Kinderzimmer, das nun Rodicas Zimmer war, das Schlafzimmer der Lehrerin und eine winzige Küche.
Dass es nur eine Toilette pro Stockwerk draußen im Treppenhaus gab, kannte Hedwig von den wenigen, noch im Original erhaltenen alten Mietshäusern Berlins. Eigentlich hatte Hedwig in einem Hotel übernachten wollen, aber gegen den Widerstand von Frau Nicholescou kam sie nicht an. So saßen sie dann am ersten Abend um den Tisch im Wohnzimmer und unterhielten sich über alle möglichen Dinge und planten den folgenden Tag.
Den verbrachten sie dann zunächst damit, gemeinsam den Papierkram mit der Stadt- und Krankenhausverwaltung zu erledigen. Dass Hedwig mit ein paar Geldscheinen die ansonsten behäbige Bürokratie beschleunigen konnte, hatte ihr der rumänienerfahrene Kollege geraten.
Mit einem kleinen Imbiss feierten sie den vorläufigen Ausbildungsvertrag für Rodica, der allerdings erst nach Vorlage des ebenfalls an diesem Vormittag beantragten Ausweises gültig werden würde.
Danach zeigte Frau Nicholescou ihnen die Stadt und erwies sich als eine ebenso humorvolle wie belesene Führerin.
Nur gut, stöhnte Hedwig bald heimlich, dass die Stadtbesichtigung durch ihre Rückreise am nächsten Tag begrenzt wurde. Unermüdlich führte sie die Lehrerin nämlich durch die Sehenswürdigkeiten von Cluj-Napoca, wie Klausenburg, die Hauptstadt des Bezirks Cluj, in Siebenbürgen, offiziell hieß.
Die gotische Michaelskathedrale, das Kunsthistorische Museum im Stadtpalais der Adelsfamilie Bánffy, die Zitadelle, das Nationaltheater, den Opernbau, ja sogar auf den Zentralfriedhof, genannt das „Pantheon Siebenbürgens“, führte sie die Lehrerin, der mangelnde Liebe zu ihrer Heimatstadt ganz sicher nicht unterstellt werden konnte.

Kein Wunder, dass sie nach so viel Kultur am Abend mit geschwollenen Füßen am Tisch saßen und Rodica ihnen bald gute Nacht wünschte und in ihr Zimmer ging.
Bei einem Glas Wein saßen die beiden Frauen noch lange zusammen und Frau Nicholescou erzählte aus ihrem Leben, von ihrem Mann und über Rumänien. Dabei bekam die Stimme der sonst so lebensfrohen Lehrerin einen wehmütigen Unterton.
Es zerreißt mir das Herz mit anzusehen, wie unser Land wirtschaftlich und kulturell ausblutet. Erst hat Ceaucescu uns den Lebenssaft aus den Adern gesaugt, jetzt sind es seine gierigen Nachfolger, die Rumänien Stück für Stück an den Westen verkaufen. Holz, Gemüse, Obst, Schuhe, einfach alles karren sie Tag für Tag mit tausenden von Lastwagen aus dem Land.
Auf unseren Märkten liegt nur herum, was dem Westen nicht gut genug ist, und selbst dieses oft ungenießbare, verdorbene Zeug können wir uns kaum leisten. Und jetzt verkaufen wir auch noch unsere Kinder. Wir leben in einem fruchtbaren Land und sind dennoch zu Bettlern geworden.
Nichts zählt mehr, unsere Geschichte, unsere Kultur, alles verhökern sie, die Cleveren, die Händler, die Ausverkäufer, und fahren in dicken Autos durchs Land und führen sich auf wie die Fürsten, während die Bauern noch in Pferdewagen auf die Felder holpern. Touristenhotels bauen sie und Pisten für den Wintersport und McDonalds-Paläste und Einkaufstempel, aber das Geld, das sie verdienen, geht an Konzerne im Ausland.
Unsere Leute sind schon froh, wenn sie für einen Hungerlohn die Drecksarbeit machen dürfen.
Die Lehrerin seufzte tief und bot Hedwig noch ein Glas von dem köstlichen „Cotnari" an. *Selbst diesen feinen Tropfen karren sie außer Landes und machen billigen Weinessig daraus, während wir uns nur den billigen Fusel leisten können, ach, entschuldigen Sie bitte, dass ich Sie mit meinem Geschwätz belästige, aber ...* Ein gellender Schrei aus Rodicas Zimmer unterbrach sie. Sie sprangen auf und hetzten hinüber,

Frau Nicholescou voran. Rodica saß mit aufgerissenen Augen auf dem Boden, hineingezwängt in den Spalt zwischen Schrank und Wand und fuchtelte wild mit ihren Armen, so als wollte sie ein Gespenst abwehren.
Frau Nicholescou nahm den großen Teddybären vom Bett und drückte ihn Rodica vorsichtig in die Arme, dabei begann sie eine Melodie zu summen.
Rodica schloss die Augen und seufzte, den Teddybär fest ans Gesicht gepresst. Ohne Mühe hob die Lehrerin das Kind auf und legte es behutsam ins Bett zurück, deckte es zu, setzte sich auf die Bettkante und streichelte Rodicas schweißnasse Stirn.
Aus der gesummten Melodie wurde ein Lied, mit dem die Lehrerin Rodica wohl erreichte, denn deren Gesicht entspannte sich zu einem seligen Lächeln.
Später, bei einem letzten Gläschen „Cotnari" standen Frau Nicholescou wieder Tränen in den Augen, als sie sagte:
Schon unter Ceaucescu haben sie uns die Kinder genommen und in Heime gesteckt. Die Starken und Gesunden wurden für den Geheimdienst oder das Militär großgezogen, die Schwachen und Kranken sperrten sie „irecuperabili" in Todeslager.
Dort wurden sie gequält, missbraucht oder man ließ sie einfach verhungern. In manchen Heimen gab man ihnen sogar mit Aids verseuchte Blutkonserven.
Heute gibt es ungefähr 40 000 Kinder in unserem Land, die inzwischen zu Jugendlichen herangewachsen sind – genaue Zahlen gibt es nicht –, die selbst die eigenen Eltern nicht mehr haben wollen. Viele sind behindert, über 8 000 HIV-infiziert und drogenabhängig. Immer noch leben viele auf der Straße. Wenn sich nicht Hilfsvereine aus aller Welt um sie kümmern würden, wären die meisten längst gestorben.
Und das Schlimmste ist, dass in unseren Behörden meist noch dieselben Leute sitzen, die unter Ceaucescu den Müttern ihre Kinder weggenommen haben. Fünf Kinder musste jede Rumänin in die Welt dieses Wahnsinnigen setzen, obwohl die meisten

nicht einmal eines ernähren konnten. Erst nach dem fünften Kind wäre eine Unterbrechung der Schwangerschaft offiziell erlaubt gewesen. Mütterverdienstorden gab es, aber das kennen Sie ja noch von dem Hitler.
Meinen Mann sperrte die Securitate in die Psychiatrie, er ist dort verhungert oder von Mitinsassen zu Tode geprügelt worden, das war damals gängige Praxis, um Regimegegner zu liquidieren. Seitdem schlage ich mich als Dolmetscherin durch und gebe Nachhilfeunterricht.
Aus dem Schuldienst wurde ich damals entlassen und musste in einem Chemiewerk arbeiten. Meine Witwenrente existiert nur auf dem Papier, sie wurde mir bis heute noch in keinem einzigen Monat ausbezahlt. Ja, lächelte die Lehrerin ein trauriges Lächeln, *so war und ist das in unserem Rumänien.*

Hedwig schlief schlecht in jener Nacht und das lag nicht nur an der unbequemen, durchgelegenen Couch.
Der Abschied von Rodica am nächsten Morgen, Hedwig hatte Angst davor. Ihr war, als würde sie ihr eigenes Kind in einer fremden Welt aussetzen, und gegen dieses Gefühl half ihr weder ihre Ausbildung noch die Möglichkeit, Rodica jederzeit besuchen zu können.

Walcher

Nachdem er vergeblich sämtliche Schubladen im Haus durchsucht hatte, fluchte er auf seine verdammte Unordnung und versuchte es missgelaunt in der Garage.
Unglaublich, wie viel Zeit für derartigen Kleinkram draufgehen konnte, dachte er und stocherte mit dem Zeigefinger im Werkzeugkasten herum.
Beim Schreiben am Computer war vor gut einer halben Stunde sein Bürostuhl ohne Vorwarnung einen halben

Meter abgesackt, weil sich eine lächerlich kleine Schraube gelockert hatte. Walcher hatten seinen Schrecken mit einem herzhaften Fluch überwunden, während Rolli, der friedlich neben dem Stuhl gelegen und gedöst hatte, in wilder Flucht aus dem Zimmer gejagt war.

Nichts hasste Walcher so sehr, wie beim Schreiben aus seinen Gedanken gerissen zu werden, noch dazu in derart heftiger Form. Nachdem er die Ursache entdeckt hatte, machte er sich auf die Suche nach dem Inbusschlüssel für die gelockerte Schraube.

Die ersten Schubladen öffnete er in der Überzeugung, den Schlüssel kürzlich darin gesehen zu haben, er sah ihn gewissermaßen bereits in der Hand. Dass er kurz darauf einen Inbusschlüssel fand, ließ ihn wenigstens nicht an seiner Erinnerung zweifeln, brachte ihn aber nicht weiter, denn das Ding war zu groß.

Fluchend setzte er die Suche fort, bis er in der Garage landete. Rolli, mit seinem Hundesinn für kritische Stimmungslagen der Zweibeiner, hatte sich irgendwohin verzogen.

Walcher dachte an Susanna und an die Einkäufe, die er noch zu erledigen hatte. Er wollte alles beieinander haben, bevor sie ankam. Das Geräusch hinter sich schrieb er Rolli zu, weshalb er sich auch nicht umsah, sondern weiter suchte und nur meinte: *Schade, dass du mir nicht helfen kannst.*

Den völlig überraschenden Schlag auf seinen Kopf nahm Walcher wahr, als befände er sich im Zentrum einer heftigen Explosion. Der Werkzeugkasten verwandelte sich kurz in ein überbelichtetes Negativ und verschwand in einem gleißenden, grellen Licht. Damit endete Walchers Wahrnehmung seiner Welt erst einmal.

Als Irmi eine Stunde später, zusammen mit ihrem Freund Thomas, auf den Hof geradelt kam, rief sie nach einem kurzen Rundgang im Haus sofort Brunner an.

Die Haustür war offen gestanden und Rolli, anstatt ihr wie sonst entgegenzuspringen, war apathisch in der Küche geblieben und hatte nur leise gewinselt. In allen Räumen hatten offensichtlich Vandalen gehaust, alles durchwühlt, aus den Schränken gerissen und die Schubladen auf den Fußboden geleert. Selbst die Betten waren aufgeschlitzt. Besonders in der Küche musste sich jemand geradezu ausgetobt haben. Wie nach einem Polterabend türmte sich auf dem Boden ein riesiger Scherbenhaufen. Teller, Tassen, Gläser, Schüsseln, alles zerschlagen.
Nur in Walchers Arbeitszimmer war man anscheinend systematisch vorgegangen, hatte die Ordner durchgesehen und sogar in die Regale zurückgestellt. Allerdings fehlte der Computer.
Irmi hatte das Haus bereits zwei Mal zuvor in einem ähnlichen Chaos erlebt, darum befürchtete sie das Schlimmste, denn Walcher war nirgends zu finden. Sein Wagen stand im Hof und sein Schlüsselbund lag neben dem Telefon. Niemals hätte er ohne Schlüssel das Haus verlassen. Wegen Rolli rief Irmi Opa Armbruster an, der versprach, sofort mit dem Tierarzt zu ihr zu kommen, der in der Nachbarschaft der Armbrusters seine Praxis hatte.
Es dauerte bange fünfzehn Minuten, bis der Tierarzt eintraf, Rolli kurz untersuchte, ihn dann in sein Auto packte und wieder abfuhr.
Irmi wäre lieber mitgefahren, aber das durchwühlte Haus und die Frage, was mit Walcher geschehen war, gingen vor. Auch hatte sie der Arzt mit seiner ersten Diagnose etwas beruhigen können, dass nämlich Rolli vermutlich nur ein harmloses Betäubungsmittel verabreicht worden sei. Um allerdings ganz sicher zu gehen, wollte er einige Labortests machen, und die könne er nur in seiner Praxis durchführen, hatte er Irmi erklärt.
Dann standen Opa, Irmi und ihr Freund vor dem Haus und warteten auf die Polizei. Irgendwie fühlten sie sich in

dem Haus nicht so ganz wohl, als ob von den Einbrechern noch eine Bedrohung ausgehen würde.
Irmi lief hoffnungsfroh in den Hausflur, als das Telefon klingelte, aber es war weder Walcher noch der Tierarzt, der versprochen hatte anzurufen, es war Johannes. Und es tat ihr gut, ihm zu erzählen, was vorgefallen war.
Johannes übertrug auf Irmi selbst durch das Telefon seine scheinbar durch nichts zu beeinträchtigende Ruhe, denn nach dem Gespräch wirkte sie wesentlich ruhiger.
Johannes setzt sich ins Auto und kommt rüber, meinte sie, *wir sollen uns keine Sorgen machen, wäre ja nicht das erste Mal.* Trotz der unsicheren Situation musste sie lächeln und hatte Johannes' Deutsch-Schweizer Dialekt gekonnt nachgeahmt.
Es dauerte noch eine halbe Stunde, bis die Polizei auf den Hof gerast kam. Brunner vorneweg in seinem Privatwagen, gefolgt von zwei Einsatzfahrzeugen der Kripo und einem Streifenwagen der Polizei.
Nach einem kurzen Bericht von Irmi, was sie und Thomas vorgefunden hatten, begannen die Beamten mit der Spurensuche.

Brunner

Damit die Spurensicherung in Ruhe ihre Arbeit machen konnte, fuhr der Kommissar Irmi samt Freund und Opa auf dessen Hof. Irmi, die zwar unbedingt zu Hause bleiben wollte, hatte sich überzeugen lassen mitzufahren, vor allem, weil der Tierarzt seine Praxis in der Nähe von Opa Armbrusters Hof hatte.
Schon auf dem Rückweg zu Walchers Hof telefonierte Brunner unentwegt und kurbelte die Fahndung nach Walcher an.

Für den Kommissar gab eine Entführung keinen Sinn. Russische Menschenhändler entführten keinen Journalisten, sie legten ihn einfach um. Oder waren andere Recherchen Walchers der Grund für sein Verschwinden? Wer wusste schon, an welchen explosiven Themen er noch dran war.

Brunners Gedanken fuhren Achterbahn. Der Anruf aus Berlin, die Razzien, die Russin, Walchers Visitenkarte, irgendwie erschien dem Kommissar die Kette logisch.

Es musste sich um die gleiche Organisation handeln.

Der Anruf lag ja schon einige Zeit zurück, vielleicht handelte es sich um einen Killer, der nur seinen Auftrag noch abwickeln wollte, obwohl die Auftraggeber schon gefasst waren. Brunner dachte an die Razzien in Burgund, in Berlin und dann in ganz Deutschland und überall war man auf dieselbe Organisation gestoßen. Aber wenn diese Leute sich an Walcher rächen wollten, dann würden sie ihn nicht entführen, zu welchem Zweck denn auch?

Er hätte gerne herzhaft geflucht, der Kommissar, auf die Gangster, auf seinen Beruf und auch auf den verdammt leichtsinnigen Walcher, aber da war nur ein grässlich flaues Gefühl im Magen.

Noch wollte er sich nicht eingestehen, dass er Angst hatte. Angst um den Journalisten, dem er ständig zusätzliche Arbeit und jede Menge Ärger verdankte. Dann war er wieder auf Walchers Hof angekommen. Die Beamten der Spurensicherung arbeiteten zwar noch, sicherten routiniert Fingerabdrücke, steckten emsig Erdkrümel, Haare, Fasern oder Federn in Kunststoffbeutel, aber Hinweise, was geschehen war, konnten sie noch nicht geben.

Der leitende Kriminaltechniker fasste zusammen. *Außer in dem Arbeitszimmer haben die nach nichts gesucht. Das war reine Show oder Abreagieren. Vor allem in der Küche sieht man das deutlich. Sie können den Leuten sagen, dass sie wieder einräumen können. Wir hören erstmal auf, ohne Abdrücke zum*

Vergleich und so weiter, bringt das hier so gut wie gar nichts.
Brunner nickte, bedankte sich und verabschiedete die Techniker. Nur die beiden Polizisten und er blieben.
Eine Stunde würde es dauern, bis zwei Hundeführer mit ihren Suchhunden eintreffen würden. Gemeinsam mit einem Trupp Bereitschaftspolizei sollten dann der nahe Wald, das Umfeld um den Hof und auch die Scheune und die ehemaligen Ställe durchsucht werden.
Bis dahin telefonierte Brunner mit seinen Mitarbeitern, seinem Vorgesetzten, um sich grünes Licht auch für überregionale Aktionen zu holen, informierte den zuständigen Staatsanwalt, rief dazwischen Irmi und die Armbrusters an und erfuhr, dass es dem Hund wieder besser ging.
Wenigstens etwas, dachte Brunner und wählte weiter all die Kollegen an, die irgendetwas mit Walchers Recherchen zu tun hatten. Kommissar Moosmann in Berlin, Kommissar Neumann im Burgund, Lindau, München, Kempten. Nach einer Stunde war die Polizei von halb Süddeutschland aktiviert.
In einem um Weiler gezogenen Radius, der etwa einer Stunde Autofahrt entsprach, fanden Verkehrskontrollen statt. Krankenhäuser, Notärzte, Apotheken wurden nach Einlieferungen, Behandlungen und auffälligen Kontakten befragt, ebenso die Nachbarn in der näheren Umgebung des Hofes – bisher alles ohne Ergebnis. Nirgendwo war ein Mann eingeliefert worden oder aufgefallen, auf den Walchers Beschreibung passte. Auch die Suche der Bereitschaftspolizei, samt den Suchhunden, wurde zwei Stunden später erfolglos eingestellt.
Brunner hatte Walchers Wohnzimmer zu seiner Einsatzzentrale bestimmt. Sein Assistent Rudi Wehrle und ein Techniker hatten das Telefon angezapft, falls sich die Entführer melden sollten, was der Kommissar für unwahrscheinlich hielt. Die Kollegen der Ravensburger Polizei hatten in dem Gemeinschaftsbüro Stellung bezogen und

an den dortigen Telefonen Fangschaltungen installiert, denn auch diese Telefonnummer konnte den Entführern bekannt sein.
Barbara Müller, die Assistentin Brunners, richtete sich ebenfalls auf eine lange Nacht ein, sie würde die Stellung im Büro halten. Der gesamte Polizeiapparat glich einem Bienenstock, denn der Journalist Walcher galt als eine Art Kollege des Kommissars, wurde also beinahe als einer der ihren betrachtet und deshalb arbeiteten alle mit einem beeindruckenden Selbstverständnis weiter und keine Gedanken wurden an Dienstzeiten verschwendet.

Nur die Sonne ging auch an diesem Tag zur festgelegten Uhrzeit unter, wie immer an solch klaren Sommertagen mit einem furiosen Farbspiel. Aber dafür hatten die Akteure der „Sonderkommission Walcher" keinen Blick.
Auch Susanna, die zum Walcher-Wochenende gekommen war, und Johannes, der beinahe gleichzeitig auf den Hof fuhr, nahmen dieses Schauspiel nicht wahr. Sie begannen in der Küche damit, das Chaos im Haus zu beseitigen.
Als Irmi erfuhr, dass die beiden im Haus waren, ließ sie sich von Opa Armbruster nach Hause fahren, begleitet von der Oma, die nicht allein bleiben wollte. Sie hatten auch den Hund aus der Praxis geholt. Er machte wieder einen normalen Eindruck, auch wenn er häufig gähnte.
Jeder beschäftigte sich, nicht nur um das Haus wieder bewohnbar zu machen, sondern auch um sich abzulenken. Damit war es dann aber vorbei, als aufgeräumt war und sie im Wohnzimmer beieinander saßen.
Irmi war es, die aussprach, was alle dachten. *Wir müssen wohl mit was Schlimmem rechnen, oder?*
Was sie mit „schlimm" meinte, brauchte sie nicht zu erklären. Es klang auch nicht wie eine Frage, eher wie eine Feststellung, in der, wenn überhaupt, nur eine winzige Hoffnung mitschwang.

Brunner verstand Irmis Feststellung als Frage oder fühlte sich zu einer positiven Motivation aufgerufen, vermutlich lernte man das in der Polizeischule. Aber es tat allen gut, als er sagte: *Ganz so weit sind wir noch nicht. Der oder die Täter – unsere Kriminaltechniker sprachen von wenigstens zwei Tätern – haben Walcher mitgenommen, weil sie ihn gegen etwas austauschen wollen. Geld oder ihre Freiheit, vermutlich beides. Davon bin ich felsenfest überzeugt!*
Brunner sprach das mit großer Überzeugung aus und hieb bei jedem Wort mit dem Zeigefinger zur Bestätigung durch die Luft. *Sonst hätten sie Walcher nicht mitgenommen, sondern einfach liegen gelassen.*

Dunkelheit

In der Übergangsphase zwischen Traum und Wirklichkeit spielte die Regie seines Gehirns Bilder von blühenden Obstwiesen ein, als handle es sich um einen Werbeblock im Fernsehen. Vermutlich lag der Grund dafür darin, dass es intensiv nach Äpfeln duftete, dachte Walcher, als er in der Wirklichkeit angekommen war.
Sein Kopf schmerzte, besonders am Hinterkopf. Dort pochte der Schmerz im Takt seines Pulsschlags.
Sehen konnte Walcher nichts, konturlose Schwärze umgab ihn.
Es war kühl dort, wo er sich befand, und worauf er saß, fühlte sich verdammt hart an, ein Bett war es jedenfalls nicht. Er saß auch nicht, sondern lag mehr, halb angelehnt an einer Wand. Beide Arme waren zur linken Seite gestreckt, oder war es rechts?
Unbequem, hart, kalt und dann auch noch das Pochen im Kopf. Hatte er gesoffen und sich geprügelt?
Walcher versuchte, seine trägen Gedanken zu sortieren.

Die Garage, der Inbusschlüssel, fiel es ihm ein, und dann das grelle Licht. Danach kam nichts mehr, so sehr er sich auch anstrengte, es blieb schwarz, so wie die Dunkelheit jetzt um ihn herum.

Er wollte nach dem pochenden Hinterkopf tasten, aber seine Hände hingen fest.

Ein Rohr oder eine Stange, ertasteten seine Finger und eine Kette, eine Handschelle, wie neulich in Frankreich und Italien. *Häuft sich allmählich,* sprach er in Gedanken zu sich, *sieht nach Entführung aus. Verdammte Scheiße.*

Vorsichtig zog er die Beine an, drehte sich auf eine Seite und kniete sich hin. Tastend ließ er die Hände an dem Rohr auf und ab gleiten. Das Rohr führte in den Boden hinein. In einen Boden aus rauem Beton.

Der Apfelgeruch. Ein Vorratskeller, überlegte Walcher. Dann streckte er seine Hände so weit nach oben, wie er konnte, und hielt sich an dem Rohr fest. Langsam, erst mit dem einen Bein, dann mit dem anderen, stand er auf, reckte sich hoch, kam aber nicht an das Ende des Rohrs heran oder an die Decke, weil ihn die Rohrschelle in der Mauer daran hinderte.

Abwechselnd tastete er, so weit er konnte, mit den Beinen im Raum umher. Leere, nichts. Walcher trippelte auf der Stelle, um seinen Kreislauf anzuregen, gab es wegen des pochenden Schädels aber sofort wieder auf. Er hatte einen Schlag auf die Rübe bekommen, so viel war ihm klar, dann war er anscheinend in diesen dunklen Keller verschleppt worden, in dem Äpfel lagerten.

Langsam ließ er sich wieder auf den Boden hinabgleiten und setzte sich hin. Irmi würde Brunner anrufen, dachte er, und der würde nach ihm suchen lassen. Aber wo sollte er suchen? Die Uhr mit dem Peilsender hatte er Brunner zurückgegeben. Seine Lage als kritisch zu bezeichnen, war sicher nicht übertrieben, stellte er fest.

Wer hatte ihn gekidnappt und warum? Bevor er das nicht

wusste, brauchte er nicht sein angeschlagenes Gehirn martern, da konnte er ebenso gut schlafen.
Obwohl es dunkel war, schloss er die Augen, im Schlaf verbrauchte er wenig Kalorien, vielleicht musste er hier ausharren, bis er durch Zufall gefunden wurde.
Einige Fälle von Entführungen fielen ihm ein, allerdings nur diejenigen, bei denen die Retter einige Tage zu spät kamen.
Walcher spürte, wie ganz leicht der Boden vibrierte und dachte an Erdbeben, Straßenbahn, U-Bahn und Deutsche Bahn. Vielleicht lag er ja in der Nähe einer Bahnlinie.
Eigentlich wollte er sich überlegen, wo im Allgäu noch Züge fuhren, aber da war er schon eingeschlafen.

Dr. Lena Hein

Der Kurzurlaub hatte ihr nicht die erhoffte Erholung gebracht, im Gegenteil. Aus dem vereinbarten Treffen mit ihrem Freund war nichts geworden, stattdessen hatten sie sich am Telefon heftig gestritten, wie nie zuvor.
Lena Hein mochte ihren Freund sehr. Auf einer Skala hätte sie den Grad ihrer Zuneigung ziemlich weit oben eingestuft, kurz vor Liebe. Nicht ganz Liebe, aber doch ziemlich nahe dran.
Ernst Rotbauer, so hieß ihr Freund, lebte nach althumanistischen Werten, wie Ritterlichkeit gegenüber Frauen, Hilfsbereitschaft, Ehrlichkeit, Zuverlässigkeit, und vor allem verfügte er über eine umfassende Bildung, die nur noch mit dem Brockhaus vergleichbar war. Rotbauer war Historiker und Dozent für Frühgeschichte an der Universität München oder, wie Lena Hein ihren Freund auch gern vorstellte, *ein wandelndes Lexikon.*
Es hätte eine harmonische, ausgewogene Partnerschaft

sein können, wenn es da nicht Rotbauers Ehefrau gegeben hätte. Die beiden lebten zwar seit Jahren getrennt, aber Ernst konnte sich einfach nicht entscheiden, sich von seiner Frau scheiden zu lassen. Wenn sie seine Hilfe forderte, war Ernst sofort zur Stelle, egal ob es um die überfällige Rückgabe von Büchern an die Leihbibliothek, den fälligen Reifenwechsel oder die Renovierung ihrer Wohnung ging.

Diesmal ging es um den gemeinsamen Kurzurlaub.

Lena saß bereits in dem gebuchten Hotelzimmer, als er anrief und mit der Begründung absagte, dass er seine Frau versorgen müsse, die mit einer gefährlichen Erkältung im Bett lag. Enttäuscht und wütend warf Lena ihm vor: *Am liebsten wäre es dir wahrscheinlich, sie würde nicht mit einer Grippe, sondern mit dir im Bett liegen.*

Bitte mach mir nicht schon wieder den Vorwurf, dass es mir schwerfällt, mich dieser Verpflichtung zu entziehen, erwiderte Ernst Rotbauer. Er besaß die Fähigkeit der partiellen Wahrnehmung und die Gabe, derart niedere Unterstellungen in die von ihm gewünschte Richtung zu lenken.

Und wo bleibt dein Gefühl der Verpflichtung mir gegenüber? Ich sitze hier wie verabredet im Hotel herum und warte auf dich, klagte Lena.

Ich habe mich ja auch auf dich gefreut, aber schließlich bist du nicht krank, sie dagegen schon. Die Sachlichkeit, in der Ernst Rotbauer auch bei dieser gefühlsbetonten Auseinandersetzung argumentierte – sonst empfand Lena besonders diese Sachlichkeit als einen wohltuenden Beleg für seinen Reifegrad –, provozierte sie in diesem Fall zum Einsatz größerer Geschütze.

Dieses materialistische Weibsstück braucht bloß mit dem Finger zu schnippen und du springst, als wäre sie deine Mutter oder immer noch das Ziel deiner Träume, fauchte Lena und wusste im selben Moment, dass sie zu hart zugeschlagen hatte.

Ich glaube nicht, dass ich, noch dazu am Telefon, auf diesem

Niveau mit dir diskutieren möchte, bekam sie denn auch zur Antwort, bevor er auflegte.

Dr. Lena Heim beschloss deshalb nach Hause zu fahren. In ihrer Wohnung würde sie sich besser ärgern können als in diesem schwülstig eingerichteten und noch dazu sündhaft teuren Hotelzimmer. So kam es, dass Dr. Lena Hein nach zwei Tagen bereits wieder die Tür zu ihrer Wohnung aufschloss.

Das Telefon blinkte ihr entgegen und der kurze Ausflug aus ihrem Alltag war beendet, als sie die eingegangenen Anrufe durchging. Drei Mal hatte Doros Kollege Bernd Zettel angerufen. Die übrigen Anrufe waren alle privat, sie zu beantworten konnte warten.

Sie rief Zettel an. Zettel berichtete von den Razzien der Polizei und dass er bei den anschließenden Vernehmungen der Frauen und Mädchen hinzugezogen worden war.

Dabei habe er entsetzt feststellen müssen, dass drei der Mädchen aus Pflege- und Gastfamilien stammten, aus denen sie wieder entführt worden waren. Bei allen dreien handelte es sich um Vermittlungen, die SOWID organisiert hatte. Zettel zog daraus den Schluss, dass es entweder bei SOWID oder bei ihnen im Amt eine undichte Stelle gäbe. Um darüber zu sprechen und Maßnahmen zu erörtern, wollte er sich mit Dr. Hein treffen.

Sie vereinbarten einen Termin für den nächsten Tag.

Lena musste nach dem Gespräch erst einmal tief Luft holen, denn Zettels Vermutung kam einer Katastrophe gleich. Sowohl bei SOWID als auch beim Jugendamt wurden die Namen und neuen Adressen der Opfer ebenso strikt geheim gehalten wie die Namen und Adressen der Gastfamilien. Nicht einmal die Kollegen kamen so ohne weiteres an diese Informationen.

Die Vorstellung, dass es ausgerechnet in ihrer Organisation oder im Jugendamt einen Informanten geben sollte, der mit der Gegenseite, mit Zuhältern und Menschen-

händlern zusammenarbeiten könnte, versetzte sie geradezu in Panik.
Sie wählte die Nummer von Doro, die sie nicht nur als Ansprechpartnerin im Jugendamt betrachtete, sondern als Freundin. Doro konnte ihr vielleicht mehr berichten, als der spröde Zettel ihr erzählt hatte.
Lena wählte einige Male die Nummern von Doros Handy, privatem Festnetzanschluss und Büro, immer in derselben Reihenfolge und immer erfolglos.
Schon beim zweiten Versuch sprach sie auf alle Anrufbeantworter die Bitte um sofortigen Rückruf. Aber Doro rief nicht zurück und das war absolut untypisch für sie. War es Doro einmal nicht möglich einen Anruf anzunehmen, so rief sie kurze Zeit darauf zurück.
Nach zwei Stunden begann sich Lena Sorgen um ihre Freundin zu machen. Vor allem, als sie bei ihren Versuchen, Doro im Büro zu erreichen, wieder Zettel an den Apparat bekam, der Doros Telefon umgestellt hatte. Auch er versuchte, Doro zu erreichen, die heute noch keiner der Kollegen im Büro gesehen hatte.
Das war nichts Ungewöhnliches, sagte sich Lena, weil sie wusste, dass Doro häufig Gespräche und Kontrollbesuche außerhalb des Büros durchführen musste. Vielleicht lag Doro ja auch nur mit einer Erkältung im Bett, wie die Frau von Ernst, dachte Lena wieder einmal an den Grund der Auseinandersetzung mit ihrem Freund.
Nach einem weiteren erfolglosen Telefonversuch beschloss Lena Hein, zu Doros Wohnung zu fahren.
Dorothea Huber wohnte in einem trostlosen Neubau, an der Berg am Laim Straße, im Osten Münchens. Als einfache Sozialarbeiterin im Münchner Jugendamt war sie froh gewesen, eine halbwegs bezahlbare Wohnung gefunden zu haben, ja, sie war sogar ein wenig stolz auf ihr kleines Reich, das sie sich ohne fremde Hilfe geschaffen hatte.
Doros VW-Bus stand vor dem Haus.

Das beruhigte Lena ein wenig, aber ihre Erleichterung schwand, als auf ihr stürmisches Klingeln und ihr lautes Klopfen an die Wohnungstür keine Reaktion kam.
Dr. Lena Hein war eine Frau der Tat und rief Zettel an, der, obwohl er bereits in seiner Stammkneipe vor Bier und Abendessen saß, versprach die Polizei zu verständigen und selbst auch zu kommen.
Die Münchner Polizei arbeitete eng mit dem Jugendamt zusammen und setzte für diesen Bereich speziell ausgebildete Polizisten ein. Zehn Minuten später stürmten zwei dieser Polizisten bereits die Treppe hoch. Sie waren von Zettel informiert und stemmten die Wohnungstür auf, routiniert und beinahe geräuschlos.
Die Wohnung wurde nur vom Licht der Straßenlaternen erhellt. Die Lampe im Flur ließ sich nicht anschalten.
Einer der Beamten tastete nach dem Sicherungskasten neben der Wohnungstür und fand ihn auch. Doch der Schalter der Hauptsicherung ließ sich nicht umlegen, er sprang immer wieder zurück.
Erst nachdem der zweite Polizist im Bad den Stecker des Toasters aus der Steckdose gezogen hatte, gingen die Lichter an. Nach einem kurzen Blick auf Doro taumelte Lena benommen ins Wohnzimmer. Sie musste sich setzen.
Zwar hatte sie sich in den zehn Minuten, die sie vor der Wohnungstür auf die Polizisten warten musste bereits das Schlimmste ausgemalt, aber nun hatte sie der Anblick, wie ihre Freundin im Wasser lag, tief getroffen.
Was mochte Doro dazu getrieben haben?
Sie war ja nie groß vom Schicksal verwöhnt worden, aber hatte dennoch immer viel Kraft und Zuversicht ausgestrahlt, jedenfalls hatte Lena das so empfunden. Und nun lag sie tot im Wasser.
Wie erstarrt saß Lena, den Blick weit in die Erinnerung gerichtet. Hatte sie irgendetwas in Doros Verhalten übersehen? Die letzte Zeit war furchtbar hektisch gewesen

und sie hatten selten Zeit füreinander gefunden und wenn, dann hatten sie über dienstliche Probleme gesprochen.
Lena stöhnte gequält auf und brach den Versuch ab, nach Gründen zu suchen. Erst einmal musste sie die Tatsache aufnehmen, dass ihre Freundin tot war. Unwiderruflich. Selbstmord. Ein furchtbares Wort.
Zettel kam hereingestürzt, setzte sich neben Dr. Hein auf den Boden und starrte vor sich hin. Lena wusste von Doro, dass Zettel sie immer wieder umworben hatte.
Eine ganze Weile saßen sie da, jeder mit sich beschäftigt. Dann weckte sie ein Kriminalbeamter auf, der inzwischen eingetroffen war. *Ist das ihre Handschrift?*, wollte er wissen und streckte ihnen einen Kunststoffbeutel hin, mit einem Kuvert darin. Dorothea Hubers dürre Abschiedszeilen. Lena und Zettel nickten gleichzeitig und sahen sich an. Unverständnis und Trauer lagen in ihren Blicken.
Doro, die Informantin! Ihre Bitte um Verzeihung, ihr Geständnis, ihr Selbstmord, wie sollte das alles so einfach verstanden werden?
Müde verließen sie Dorothea Hubers Wohnung, um sich wenig später wieder im Stadtcafé in Schwabing zu treffen, wie sie es vereinbart hatten. Ihnen beiden war die Vorstellung allein in ihren Wohnungen zu sitzen ein Graus. Sie brauchten lautes Leben und Hochprozentiges.

Später, Lena kam bei der wiederholt gestellten Frage nach den Folgen von Doros Geständnis auf Walcher und rief ihn an, um ihn von Doros Tod zu informieren.
Dass sich Kommissar Brunner am Telefon meldete, verstand sie erst nach dessen Erklärung. Da vergaß Lena kurzzeitig die vier Cuba Libres, die sie bereits intus hatte, und ging hinaus vor das Lokal, weil es dort ruhiger war. Wort für Wort gab sie dem Kommissar den Abschiedsbrief Doros wieder, den sie präzise gespeichert hatte.

Brunner wiederholte Name und Anschrift dieses Nicolas Valeskou, bedankte sich herzlich und versprach, sie auf dem Laufenden zu halten.

Im Apfelkeller

Ein Stoß gegen sein rechtes Bein weckte Walcher auf.
Das grelle Licht der nackten Birne an der Decke blendete ihn und sofort meldeten sich auch wieder die Schmerzen im Kopf. Vor ihm stand ein Mann, dessen Gesicht er nicht erkennen konnte. Der Mann stand zwar seitlich der Glühbirne, aber ihre Blendwirkung war derart stark, dass die obere Hälfte einem schwarzen Scherenschnitt gleichkam. Erst unterhalb der Hüfte bekam die finstere Gestalt zunehmend Binnenfläche und was Walcher da erkennen konnte, schien nicht sonderlich erbaulich.
Das Schattenwesen hielt nämlich einen Lötkolben samt Verlängerungskabel in der Hand. An den Kellerwänden standen Regale voll mit Weinkisten aus Holz oder Karton. In einem Regalbrett lagen Äpfel. Ansonsten war der Raum leer.
Da haben wir also den Journalisten, der seine Nase in Angelegenheiten stecken muss, die ihn nichts angehen. Die Stimme klang warm und freundlich, mit einem weichen Akzent, der Walcher auf einen Tschechen oder Jugoslawen schließen ließ.
Er hat viel Ärger gemacht, der Herr Zeitungsschreiber. Wie will er das jemals wieder gut machen?
Der überraschend heftige Tritt gegen seinen Fußknöchel ließ Walcher zusammenzucken und er begann zu ahnen, dass diese sanfte Stimme nicht unbedingt zu einem sanften Menschen gehörte.
Ah, wie ich sehe, besitzt der Herr Reflexe, das ist erfreulich, sehr

erfreulich. Dann werden wir beide viel Spaß miteinander haben. Wieder trat der Mann mit dem Absatz seines Schuhs gegen Walchers ungeschützten Knöchel und wieder zuckte Walcher vor Schmerzen zusammen.

Der Mann drehte sich seitwärts, damit Walcher sein Gesicht sehen konnte, er lächelte freundlich. Überhaupt hatte er ein freundliches Gesicht, fand Walcher.

Meine Freunde nennen mich Nico, ich möchte, dass du mich auch so nennst, Robert, mein Freund. Diesmal knallte er den Absatz auf Walchers rechte Kniescheibe.

Das letzte Mal, dass sich Walcher an derartige Schmerzen erinnerte, war der Zusammenprall als Motorradfahrer mit einem Auto, das ihm die Vorfahrt genommen hatte, aber damit konnte er im Moment wenig anfangen. Rede mit ihm, dachte er, stell ihm Fragen, häng ihm ein Geschwätz auf, dann ist er abgelenkt. *Bevor du, lieber Nik,* versuchte Walcher auf den Ton seines Peinigers einzugehen, *mit deiner Gymnastik weitermachst, klär mich doch bitte auf, warum du ausgerechnet mit mir Spaß haben willst.*

Erneut knallte Nicos Absatz gegen Walchers Knie, dem klar wurde, dass er nicht den richtigen Ton getroffen hatte.

Nico, Nico, Nico, Nico, nicht Nik und nicht Nikolaus, brüllte der Irre und trat bei jedem Nico gegen Walchers Bein.

In Ordnung, stöhnte Walcher, *hab's kapiert, Nico. Aber klär mich bitte auf, warum das Ganze? Ich versteh's nicht.*

Ach schau an, der Schreiberling hat keinen blassen Schimmer, was er angestellt hat, er spielt den Naiven, den Dummen vom Land. Ich will's dir sagen, mein Freund. Dieses Mal trat Nico gegen die Ferse. Walchers Fußgelenk explodierte regelrecht und er war sicher, dass alle Knochen im Fuß gebrochen waren.

Du hast mein Lebenswerk zerstört, hörst du, mein Lebenswerk, zischte Nico und trat mit voller Wucht nochmal gegen Walchers Fuß.

Viel länger würde er diese Schmerzen nicht aushalten, das

spürte er. Mit verzerrtem Gesicht fragte er: *Was ist denn ... dein Lebenswerk?*
Als Antwort trat ihm Nico gegen die rechte Schläfe.
Walcher verlor sofort das Bewusstsein, weshalb er nichts spürte, auch nicht den Schmerz an der linken Gesichtshälfte, mit der er an das Stahlrohr knallte, an das er gekettet war.
Wie lange die erlösende Ohnmacht gedauert hatte, konnte Walcher nicht einschätzen. Im ersten Moment konnte er an überhaupt nichts denken, sondern empfand sich nur als eine Hülle, in der überall gewaltige Schmerzen tobten. Sein Sehnerv schien beeinträchtigt, oder waren es die Tränen, die ihn den Folterknecht nur verschwommen wahrnehmen ließen. Aber er konnte ihn hören und an der Stimme erkannte Walcher, dass Nico wieder lächelte.
Als ob sie selbständig handelten und wieder einen Schlag erwarteten, verkrampften sich automatisch seine Muskeln, aber dieses Mal schlug Nico nicht zu.
Schön, dass du wieder bei mir bist. Weißt du, es macht keinen Spaß, mit einem Schlafenden zu spielen. Dir macht das Spiel doch Spaß, oder?
Walcher ließ sich nicht noch einmal auf Nicos Ton ein, er musste jede Form von Provokation vermeiden. Zeit gewinnen, dachte er, nur Zeit gewinnen. Irgendwie hatte er die Hoffnung, dass demnächst Polizisten den Keller stürmten und diesen Wahnsinnigen festnahmen.
Könntest du mir bitte einen Sherry oder, noch besser, einen Schnaps bringen? Vielleicht auch eine Zigarette. Hab' seit Jahren keine mehr geraucht. Vielleicht war das ja die bessere Strategie, hoffte Walcher.
Wünsche, der Herr Journalist äußert Wünsche. Schau an, schau an.
Walcher hatte nicht damit gerechnet, dass dieser Wahnsinnige tatsächlich auf seine Bitte eingehen würde, aber der verließ den Keller und kam Minuten später mit einem

Wasserglas in der Hand und einer brennenden Zigarette im Mund wieder zurück.
Beinahe zärtlich drückte Nico Walchers Kinn ein wenig in die Höhe, setzte ihm das Glas an die Lippen und flößte ihm die Hälfte des Inhalts ein. Walcher musste heftig schlucken, ohne probieren zu können, was er da zu trinken bekam. Wie flüssiges Feuer brannte das Zeug auf der Zunge und in der Kehle. Erst als er nicht mehr das Glas an den Lippen spürte, erkannte die Zunge, dass es sich um irgendeinen geschmacklosen Schnaps handelte. Wodka vielleicht, aber Walcher kam mit seiner Analyse nicht weiter, denn Nico drückte ihm bereits die Zigarette zwischen die Lippen und Walcher zog daran und inhalierte den Rauch mit einem tiefen Zug.
Na, tut das gut, mein Freund?
Walcher konnte nicht antworten, er horchte nach innen. Der Schnaps im Magen, der Rauch in der Lunge und dann explodierte in seinem Kopf eine ganz anders geartete Welle des Schmerzes ... das war keine Zigarette registrierte er, das war ein Joint und zwar in höchstmöglicher Konzentration.
Auch Nico zog daran, steckte Walcher dann den Joint wieder zwischen die Lippen, und tat so, nachdem Walcher artig inhaliert hatte, als wollte auch er nochmal einen Zug nehmen, änderte jedoch die Bewegung der Hand zum Mund und drückte stattdessen die brennende Zigarette in Walchers rechtes Ohr.
Nach einem Lidschlag des Begreifens versuchte Walcher sich den glühenden Stummel aus dem Ohr zu schütteln, aber der steckte fest und seine Hände waren an das Rohr gekettet. In Panik rieb er sein Ohr an der hochgezogenen Schulter, aber dadurch drückte er den Stummel nur noch tiefer ins Ohr. Der Gestank wie kokelnde Schafwolle überlagerte den Apfelduft im Keller. Walcher unterdrückte seinen Impuls, mit dem Fuß nach Nico zu stoßen, dafür

stieß er einen gellenden Schrei aus, mit dem Erfolg, dass sein Kopf zu explodieren schien.
Ein kleiner Ohrwurm, Nico lachte irre und schlug sich vor Heiterkeit auf die Schenkel. *Wie wär's mit einem Schluck zum Löschen?* Ohne eine Antwort abzuwarten, flößte er Walcher den Rest vom Schnaps ein.
Walcher verschluckte sich, würgte und hustete gequält. Und plötzlich presste etwas seinen Brustkorb zusammen und die Luft aus den Lungen – Angst.
Die Vision, diesen Keller nicht mehr lebend zu verlassen, war derart real, dass sie allen Schmerz, der in seinem Körper tobte, vergessen machte.
Nico zog den Zigarettenstummel aus Walchers Ohr. *Sie ist ausgegangen. Sicher möchtest du noch mal ziehen, mein Freund.*
Nur schemenhaft nahm Walcher wahr, dass sein Peiniger den Keller verließ. War das sein Ende, verdammte Scheiße, wer war der Kerl? Der Alkohol, oder war es der Joint, aktivierte seine Gehirnzellen, Walcher konnte klar denken, zumindest bildete er es sich ein. Zeit gewinnen ... Zeit gewinnen? Gab das einen Sinn? Hatte er überhaupt eine Chance, diese Tortur zu überleben? Irgendwie spürte er seinen Körper nicht mehr. Er dachte an die Opfer von Folterungen, die er vor Jahren in Serbien heimlich interviewt hatte. Jetzt war er das Opfer. Würde er in die Lage kommen, jemals darüber zu berichten?
Mit aller Kraft zerrte er an dem Stahlrohr, aber das hatte er ja schon versucht, als er aus seiner Betäubung aufgewacht war. Es war sinnlos, das Rohr saß fest. Er versuchte es trotzdem und gegen jede Vernunft. Aber was war in seiner Situation schon vernünftig?
Walcher zog sich an dem Rohr hoch, bückte sich, packte es unten, wo es aus dem Boden kam und zog daran, aber sein rechtes Bein knickte einfach weg, so, als gehörte es nicht zu ihm.

In welchen Horrorstreifen war er hier hineingeraten? Schweiß stand ihm auf der Stirn. In seinem Kopf hämmerte es wie in einer Schmiede. Der Alkohol wirkte, sein Körper wurde zunehmend taub und schlaff.
Die anregende Wirkung war verflogen, jetzt fühlte er sich nur noch besoffen und sank wieder auf den Boden zurück. In seinem Kopf wirbelten Fragmente herum, die er nicht mehr fassen, nicht mehr ordnen konnte, die keinen Sinn ergaben.

Formel-1

Mit Blaulicht auf dem Wagendach raste Brunner durch die Nacht.
Nach dem Anruf von Frau Dr. Hein und dem Gespräch mit dem Münchener Kollegen jagte er über Marktoberdorf, Schongau und Peißenberg Richtung Autobahn, die von Garmisch-Partenkirchen nach München führte.
Bei Starnberg würde er die Autobahn wieder verlassen, um von Süden her München-Grünwald anzusteuern, so war sein Plan.
Brunner empfand es selbst als blinden Aktionismus, was er da tat, aber er konnte einfach nicht dasitzen und aus der Ferne den Ausgang der Aktion abwarten. Telefonieren und organisieren, das konnte er auch von unterwegs, hatte er sich gedacht.
Auf der Fahrt wurde ihm klar, dass er die Recherchen dieses verdammten Journalisten längst auch zu seiner Sache gemacht hatte. Und dann sorgte er sich auch noch um Walcher, wie um einen guten Freund.
Im Formel-1-Tempo raste er weiter. Brunner hielt nur mit Mühe seine aufkeimende Panik im Zaum, die von der Vorstellung genährt wurde, zu spät zu kommen.

Auf der Autobahn Garmisch-Partenkirchen-München, rief er Walchers Nummer an, denn er war davongejagt, ohne dem versammelten Walcherkreis zu erklären, warum er nach München fuhr. Irmi war am Telefon. *Es sieht gut aus*, rief Brunner gegen das Fahrgeräusch ins Handy.
Dabei war es allein seine eigene Hoffnung, denn er hatte keinerlei Beweise für seine Annahme, dass dieser Nicolas Valeskou hinter der Entführung von Walcher steckte.
Er wollte es einfach selbst glauben und Irmi und den Leuten auf dem Hof ein wenig die Angst nehmen.
Wenn es nicht zutraf, würde man eben weiter sehen. *Muss mich auf den Verkehr konzentrieren, melde mich später wieder*, beendete er das Gespräch, das keines war, weil er überhaupt nicht verstand, was Irmi sagte.
Eine viertel Stunde später raste Brunner bei Neufahrn von der Autobahn und auf der Bundesstraße durch Baierbrunn, Buchenhain, Höllriegelskreuth weiter in Richtung Grünwald. In dieser Nacht lernte Brunner das Navigationssystem in seinem Wagen lieben.
Nur knapp zehn Minuten später hielt er hinter dem Streifenwagen, der an der Chiemseer Straße postiert stand, unauffällig, soweit das bei Streifenwagen überhaupt möglich ist.
Die Polizisten, bei denen er angekündigt war, führten ihn zur Einsatzleitung eine Straße weiter, wo ihn Kommissar Ulmann begrüßte, mit dem er seit dem Anruf von Dr. Hein die Aktion am Telefon durchgesprochen hatte.
Die beiden kannten sich seit Beginn ihrer Ausbildung, sie hatten zusammen die Polizeischule besucht.
Wir haben extra auf dich gewartet. Dann kam Ulmann schnell zur Sache. *Das Haus ist in zwei Kreisen umstellt, wir diskutieren gerade, wie wir reingehen.*
Ich gehe rein, stellte Brunner klar. *Ich werde klingeln. Zwei von euren Männern postieren sich links und rechts am Eingang und dann machen wir Tabula rasa, kurz und schmerzlos.*

Ulmann sah Brunner erstaunt an und einen Moment lang sah es aus, als würde sich der Münchener Kommissar nicht so einfach dem Kollegen aus Lindau unterordnen wollen, aber dann nickte er zustimmend: *Gut, machen wir es so.*

Er forderte Brunner auf, seine Jacke auszuziehen, und half ihm in eine kugelsichere Weste. Dann hielt er noch einen Pullover hin und als auch den Brunner ohne Widerrede übergestreift hatte, reichte Ulmann ihm die Jacke.

Danach klopfte er Brunner aufmunternd auf die Schultern. *Hätte nicht gedacht, dass ich dir mal in die Jacke helfen würde, wo du doch der Jüngere bist.*

Brunner ließ sich seine sulzigen Knie nicht anmerken, sondern ging auf das Haus zu, etwas steif allerdings, aber das kam wohl von der Autofahrt.

Es war eines jener Häuser aus der vorletzten Jahrhundertwende, die wohlhabende Münchner in dem Dorf Grünwald gebaut und damit den Grundstein für den Nobelvorort gelegt hatten.

Inmitten des gut viertausend Quadratmeter großen Gartenparks, der vor allem den gewünschten Abstand zur Nachbarschaft schuf, strahlte der ungeschnörkelte Jugendstilbau immer noch das Selbstbewusstsein des gehobenen Bürgertums jener Zeit aus. In der offenen Einfahrt, wo vielleicht früher einmal ein Landauer, dann ein Daimler für den Hausherrn bereit gestanden hatten, war heute ein dunkler, mit allerlei Zubehör aufgemotzter BMW geparkt. Die Vorhänge in den Zimmern des Erdgeschosses waren zugezogen und ob in den Zimmern dahinter Licht brannte, war schwer zu beurteilen. Die Lampe über der Haustür brannte jedenfalls und beleuchtete den ganzen Eingangsbereich.

Drei Stufen hinauf und Brunner stand unter dem kupfernen Vordach vor der Haustür aus schwerem Eichenholz und fixierte das kleine Spionfenster auf Kopfhöhe.

Der Klingelknopf aus Messing war in die Türlaibung aus Sandstein eingelassen. Brunner atmete tief ein. Die rechte Hand steckte in der Manteltasche und hielt die Pistole vorschriftsmäßig, den Finger neben dem Abzug platziert. Wenn es die Situation erforderte, würde er einfach durch den Mantelstoff schießen, hatte er sich vorgenommen.
Rechts und links von ihm, dicht an der Hauswand, standen zwei Polizisten in Kampfanzügen, die Maschinenpistolen nach oben gerichtet.
Ein kurzes Nicken und Brunner drückte auf den Klingelknopf. Seine angespannte Miene verwandelte sich schlagartig in das freundliche Lächeln eines sympathischen Mannes in den besten Jahren. Als er hinter dem Riffelglas des Türfensters einen Schatten wahrnahm, intensivierte er sein Lächeln. Er wusste, dass man bei diesen Gläsern ungehindert von innen nach außen sehen konnte.
Die Tür wurde einen Spalt weit geöffnet und Brunner sagte laut und vernehmlich: *Guten Abend, Herr Nachbar.* Eine freundliche Begrüßung wirkte selbst auf Kriminelle erst einmal vertrauenerweckend, außerdem wollten sich auch Gangster mit den Nachbarn gut stellen. Tatsächlich erwiderte der Mann sein Lächeln, während er die Tür nun ganz öffnete. In der Hand hielt er eine frisch angezündete Zigarette.
Brunner lächelte ihn immer weiter an, während seine Nase den Geruch von Marihuana und Alkohol registrierte. Dann ging alles sehr schnell. Brunner machte einen Schritt auf den Mann zu und drückte ihm die Pistole in den Bauch. *Keinen Mucks oder du bist Hundefutter.*
Das war zwar nicht annähernd die offizielle polizeiliche Aufforderung sich zu ergeben und die Hände hoch zu strecken, dennoch zeigte sie Wirkung.
Der Mann hob beide Hände und wehrte sich nicht, als er von den beiden Polizisten, die Brunner einfach zur Seite geschoben hatten, mit wenigen Griffen auf den Solnhofener

Schiefer gezwungen wurde, mit dem die Eingangsdiele gefliest war.
Bevor Brunner auch in das Haus kam, wurde er nochmals zur Seite gedrängt, als nämlich die beiden Polizisten den Gefesselten aus dem Haus zogen und dafür zwei, vier, sechs Polizisten in kurzen Abständen ins Haus stürmten. Erst dann kam auch Brunner hinein.
Die Polizisten vor ihm sicherten Raum für Raum im Erdgeschoss, dann rückten weitere Kollegen in den ersten Stock und gleichzeitig in den Keller vor. Es dauerte nicht eine Minute, dann war das gesamte Haus unter Polizeikontrolle. Aber es war leer.
Außer dem bekifften und betrunkenen Russen, der sich mit gefälschten Papieren als Dominik Hofstätter auswies, war niemand im Haus. Keine Entführer, kein Entführter.
Irritiert, ja geradezu deprimiert, ließ sich Brunner in einen der Sessel im Wohnzimmer fallen und sah Ulmann fragend an, der sich ihm gegenüber gesetzt hatte.
Was sollen wir denn jetzt machen? Der Hinweis war absolut vertrauenswürdig.
Hat ja auch alles gestimmt, nickte Ulmann, *nur ist der Vogel ausgeflogen. Vielleicht hat er Lunte gerochen. Mach dir deswegen keinen Vorwurf.*
Darum geht's mir doch gar nicht, knurrte Brunner, der anscheinend wieder sehr schnell zu seiner alten Form gefunden hatte. *Ich hatte gehofft, Walcher hier zu finden.* Brunner fuchtelte mit den Händen in der Luft herum. *Außer diesem Hinweis hab' ich keine Ahnung, wo er stecken könnte.*
Ulmann bot seinem Kollegen eine Zigarette an, die Brunner annahm und ganz selbstverständlich rauchte.
In all dem Trubel um sie herum saßen sie wie in einem Club, still und nachdenklich.
Ein Mitarbeiter Ulmanns kam und schüttelte mit dem Kopf. *Keine versteckten Räume, Garage, Gartenhaus, Dachboden, auch keine Spuren, dass hier jemand festgehalten wurde.*

Das einzige, was irgendwie was bringen könnte, lag auf dem Schreibtisch, oben in dem Arbeitszimmer. Er hielt Ulmann eine Sichthülle hin, in der ein Brief steckte.
Immobilienbüro Kohler, las Ulmann laut vor, *Bregenz, Zahlungserinnerung von letzter Woche.*
Sehr geehrter Herr Valeskou, wir bedauern außerordentlich, Sie nochmals auf die überfällige Zahlung des vereinbarten zweiten Teils unseres Vermittlungshonorars aufmerksam machen zu müssen. Sicher ist Ihnen nur ... und so weiter und so weiter. Der Herr Kohler hat wohl dem Herrn Valeskou eine Immobilie vermittelt und hätte nun gerne sein Honorar.
Brunner hatte sich langsam aufgerichtet, während Ulmann die Zeilen vorlas, und lauerte wie ein Tiger vor dem Sprung. Wortlos streckte er die Hand aus und bekam den Brief. Gleichzeitig zog er sein Handy aus der Tasche und wählte. Brunner ließ es solange klingeln, bis der Ruf automatisch getrennt wurde. Dann wählte er wieder und meinte zu Ulmann: *Jetzt das Handy.*
Kurz danach lächelte Brunner. *Schön, dass ich Sie erreiche Herr Kohler. Mein Name ist Brunner,* stellte er sich vor und erklärte den Grund seines Anrufes und dass ihm die Uhrzeit scheißegal sei und dass er den Herrn Kohler eigenhändig über die Grenze nach Lindau schleppen würde, wenn der ihm nicht sofort die Adresse der Immobilie von Herrn Valeskou nennen würde, wünschte dann noch eine frohe Nacht und steckte das Handy weg.
Brunner strahlte in die Runde, verlangte Papier und Stift und notierte eine Adresse auf die Seite, die Ulmann aus seinem Notizbuch gerissen hatte.
Eine halbe Stunde später kletterte Brunner auf einem Feld vor Grünwald in den Polizeihubschrauber der Fliegerstaffel Süd, eine EC 155 – 324 Stundenkilometer schnell, 820 PS Dauerleistung, bei einer maximalen Reichweite von 800 Kilometern und bis zu 15 Sitzplätzen, einschließlich der Besatzung.

Wenn sich dieser Flug nach Lindau als grundlos herausstellen würde, dachte Brunner, wäre mit dem heutigen Polizeieinsatz in Grünwald und dem noch folgenden in Bregenz sein Kontingent für Flops bis zu seiner Pensionierung ausgeschöpft.
Um derartige Gedanken zu verscheuchen, hing er beinahe unentwegt am Handy, während die beiden Piloten den Hubschrauber mit seinem einzigen Fahrgast durch die Nacht steuerten.
Am längsten dauerten die Gespräche mit der Bregenzer Polizei. Es lief etwas zäh, bis die Kollegen jenseits der Grenze aufwachten, durchaus verständlich, denn immerhin war es inzwischen zwei Uhr geworden.
Brunners Mitarbeiter waren sofort am Telefon, in einer halben Stunde würden sich alle am alten Grenzübergang Lindau treffen, um gemeinsam mit den Bregenzer Kollegen das Häuschen des Herrn Valeskou zu besuchen.

Zigarettenpause

Schade, dass du ihn von hier unten nicht sehen kannst. Der See liegt direkt vor unserer Haustür. Kannst du schwimmen? Klar kannst du schwimmen, alle Deutschen können schwimmen. Ihr lernt so was ja schon in der Schule. Ich hab' auch schwimmen gelernt, heimlich, nachts, als ich schon zwanzig war. Da wo ich herkomme, schwimmt man nicht im Wasser, man ist froh, wenn genügend zum Trinken da ist. Aber so etwas können sich solche Scheißer wie du nicht vorstellen.
Walcher erwartete wieder einen Schlag oder Stoß, aber er bekam eine Zigarette zwischen die Lippen gedrückt und zog gierig daran, bis sich seine Lungen gefüllt hatten. Solange er konnte, hielt er den Atem an, denn der Stoff betäubte seine Schmerzen, bildete er sich jedenfalls ein.

Wieder spürte er etwas an seinen Lippen, das Glas. Der Fusel, den er schluckte, war warm. Nico hatte das Glas zu lang in der Hand gehalten.
Walcher wunderte sich, dass er solche Feinheiten überhaupt noch registrierte. Die Menge, die er inzwischen von diesem Sprit geschluckt hatte, müsste durchaus für eine mittlere Alkoholvergiftung ausreichen, aber sein umnebeltes Gehirn hielt sich an die neu entwickelte Strategie: trinken, trinken, trinken, so viel er bekam. Er war felsenfest davon überzeugt, dass Nico einen Betrunkenen weder freudvoll foltern noch ihn umlegen würde.
Sadisten haben keinen Spaß an der Folterung, wenn das Opfer nur trunken lallt. Deshalb schluckte und rauchte er willig, was er bekam. Er meinte, auch bei seinem Peiniger einen leichten Zungenschlag herausgehört zu haben, sicher war er aber nicht. Überhaupt fiel es Walcher zunehmend schwerer, seinen Gedanken nachzutorkeln.
Warum gibt ... es kein Wasser, wo du her ... kommst, versuchte er Nico wieder zum Erzählen zu bringen, aber es war die falsche Frage. Allerdings empfand er die Zigarette, die ihm sein Peiniger nun schon zum dritten Mal ins Ohr steckte, nicht mehr so schmerzhaft wie am Anfang.
Wahrscheinlich waren die Nerven bereits abgebrannt oder der Alkohol zeigte seine mildtätige Wirkung. Bei dem Gedanken, dass es aus seinem rechten Ohr qualmte, musste Walcher sogar grinsen, was ihm einen weiteren Schluck einbrachte.
Irgendwie hast du nicht alle Tassen beisammen, hörte er Nico sagen, *andere hätten mir schon längst ihr ganzes Vermögen angeboten.*
Hab' nix, hickste Walcher und schlief von einem Moment zum anderen ein.

Verkehrsnachrichten Radio Vorarlberg

... und hier die erfreuliche Meldung, keine Staus im Sendegebiet, sogar auf der Bundesstraße von Lindau nach Bregenz ist ausnahmsweise freie Fahrt möglich. Wir haben genau 2 Uhr 30, fahren Sie trotzdem vorsichtig, liebe Spätheimkehrer ...
Nachts, oder galt halb drei Uhr bereits als früher Morgen, bot die Uferstraße von Lindau nach Bregenz ein ungewohntes Bild, es gab keinen Stau.
Seine beiden Assistenten Aumiller und Wehrle hatten Brunner am Zollgelände an der Autobahn abgeholt, wo der Hubschrauber hatte landen können, ohne halb Lindau aufzuwecken, und waren dann zur alten Zollstation an der Leiblach Brücke gefahren.
Dort, so hatte es Brunner mit dem leitenden Inspektor der Kriminaldienststelle der Bundespolizei Bregenz vereinbart, würde sie ein Streifenwagen der Bregenzer Polizei erwarten und zur Einsatzleitung bringen.
Es stand zwar kein Streifenwagen am alten Zoll, aber dafür ein Kombi der Stadtwerke, aus dem ein Mann stieg, zu ihrem Wagen kam und sich als Inspektor Holzer vorstellte.
Kommen Sie, wir fahren am besten zusammen in dem Stadtwagen, da fallen wir nicht auf.
Holzer und Brunner kannten sich flüchtig, hatten aber bisher noch nie zusammengearbeitet. Brunner wusste über Holzer nur, dass er ein erfolgreicher Polizist war, der auch nicht davor zurückschreckte, ungewöhnliche Wege zu gehen, um seine Ziele zu erreichen.
Da liegen Kombis der Straßenreinigung und Kugelwesten, deutete Holzer auf den Stapel orangefarbener Overalls, *wenn Sie so gut sind, wir gehen heute als Straßenfeger. Die lagen noch von unserem letzten Einsatz herum,* zuckte er mit den Achseln. *Von hier sind es fünf Minuten bis zum Haus.*
Wir haben es umstellt, was relativ einfach ist, weil das Grundstück eingezäunt ist wie ein Gefängnis, aber das sind sie alle in

dieser Wohngegend. Seit einer halben Stunde hören wir das Haus ab und beobachten es. Wir haben von drei Seiten Hanglage und können einige Räume einsehen.
Drei Männer halten sich im Haus auf. Zwei schlafen, einer ist noch auf den Beinen. Sie wirken unverkrampft. Keine Vorhänge zugezogen, Fenster offen, Verandatüren zur Seeseite stehen ebenfalls offen. Denke, dass wir keine Probleme haben, da sehr schnell hineinzukommen. Das einzige Problem ist der steile Hang. Wir kommen nur von unten auf das Grundstück und dann geht's verdammt steil hinauf.
Prächtig, klatschte Brunner in die Hände, *offen gestanden Herr Kollege, das hatte ich mir nicht so einfach vorgestellt und auch nicht, dass Sie in der Kürze der Zeit Derartiges vorbereitet haben.*
Holzer winkte ab: *Keinen Vorschuss bitte. Von den Leuten, die ich zusammentrommeln konnte, sind nur vier Profis, die restlichen acht sind Streifenbeamten. Hiermit ernenne ich Sie deshalb kraft meines Amtes zu Hilfs-Bundespolizisten. Die Eidesformel und die Formalitäten erledigen wir später. Kommen Sie.*
Holzer setzte sich auf den Fahrersitz und startete den Kombi.
Das Haus war eine Betonburg, am obersten Ende des Grundstücks in den steilen Hang gebaut, am Ende der *Auf der Reute,* so hieß die Straße, erklärte Holzer, und er hatte nicht zuviel versprochen, der Hang war wirklich beinahe senkrecht abfallend, dafür war die Lage phänomenal, mit einem weiten Blick auf die Bregenzer Bucht und den Säntis, der sogar in dieser Nacht zu sehen war.
Holzer fuhr allerdings nicht oben zum Haus, sondern in die Straße an das untere Ende des Grundstücks, vor das Nachbarhaus, eine Art Eigentumswohnanlage, ebenfalls aus Beton.
Er hielt hinter einem Kombi, der auch von den Stadtwerken stammte. In ihm saßen zwei Männer in Overalls und sprachen über moderne Headsets mit ihren Kollegen, die,

wie Holzer erklärt hatte, an den vier Seiten des Grundstücks postiert auf den Einsatzbefehl warteten.
Holzer, die beiden Polizisten, Brunner und seine beiden Kollegen sollten über das untere Nachbargrundstück hinaufsteigen und durch die offenen Terrassentüren in das Haus eindringen, den Wächter überwältigen, ebenso die beiden Schlafenden, um dann den Entführten zu befreien – wenn er denn überhaupt im Haus war. Holzer stellte dies jedoch nicht in Frage.
Wir hatten keine Zeit, um großartige Pläne für alle Eventualitäten zu schmieden, entschuldigte sich Holzer. *Oben, kurz vor dem Haus, steht ein bestens ausgestatteter Notarztwagen, aber das wäre dann auch schon die einzige Vorsorge für einen Notfall. Also, meine Herren, gehen wir's einfach an.*
Es war eine gute Zeit für eine derartige Operation, die meisten Menschen hatten um drei Uhr nachts gerade ihre Tiefschlafphase, vielleicht auch die Männer im Haus.

So vorsichtig sich die Sturmmannschaft auch auf das Haus zu bewegte, so ganz geräuschlos klappte es dann doch nicht. Vor allem musste ihr Keuchen meterweit zu hören sein, denn nach den Treppen des Nachbargrundstücks ging es beinahe fünfzig Meter senkrecht den Hang hinauf. Deshalb nickten sich Holzer und Brunner erleichtert zu, als sie auf der Terrasse angekommen waren und durch die offene Tür Musik hörten.
Sie standen in zwei Gruppen zu je drei Mann, links und rechts neben der offenen zweiflügeligen Terrassentür, eng beieinander dicht an die Wand gedrückt und zur Tür hin auf beiden Seiten durch dichte Oleanderbüsche geschützt, die in riesigen Tontöpfen wuchsen.
Durch die Tür wehte Zigarettenrauch heraus, dessen Obernote Brunner in dieser Nacht schon einmal gerochen hatte. Marihuana. Das besagte zwar nichts, gab ihm aber irgendwie das Gefühl, vor dem richtigen Haus zu stehen.

Dann ging alles sehr schnell, als würde das Drehbuch eines Serienkrimis ablaufen, der auch im Kinderkanal gesendet werden durfte. Im Haus wurde die Musik lauter gestellt. Der Sklavenchor aus Verdis Nabucco. Sehr passend für einen Entführer und Menschenhändler, fand Brunner. Dazu erklang eine völlig unmusikalische Stimme, der man zudem einige Promille anhörte.
Holzer deutete mit flacher Hand an, es langsam angehen zu lassen. Brunner nickte zurück, dass er verstanden hatte, als sich auf dem Terrassenboden der Sänger in Form seines Schattenwurfs ankündigte.
Mit dem Glas in der linken und der Zigarette in der rechten Hand, die er gerade zum Mund führte, kam der reale Mensch auf die Terrasse geschlendert, blieb nach einigen Schritten stehen, prostete dem Bodensee zu seinen Füßen zu und trank einen Schluck, bevor er wieder an der Zigarette zog. So stand er, trank und rauchte, bis sich die Glut seinen Fingern genähert hatte und er den Stummel einfach auf den Steinboden fallen ließ. Auch sein Glas war leer getrunken. Vermutlich hatte er vorgehabt, ins Haus zu gehen, um es wieder zu füllen, aber als er sich umdrehte, ließ er auch das Glas einfach fallen und hob die Hände.
Sechs auf ihn gerichtete Pistolen von Männern in orangefarbenen Overalls, die sich urplötzlich aus dem Wandschatten lösten, und das mit Verdis Sklavenchor untermalt, waren selbst für den Sklavenhalter Valeskou zu viel. Denn dass er es war, lasen die Polizisten etwas später in seinen Papieren.
Valeskou ließ sich ohne Widerstand Handfesseln anlegen und abführen. Dabei summte er Verdi vor sich hin und machte ein Gesicht, als befände er sich in einem Konzert und hätte mit dieser Angelegenheit überhaupt nichts zu tun.
Auch seine beiden Helfer ließen sich ohne Gegenwehr

fesseln – sie wachten nämlich erst auf, als die Polizisten sie unsanft von den Matratzen rollten, auf denen sie im ersten Stock schliefen. Ihr Tiefschlaf wurde durch die zwei Promille Alkohol im Blut, wie die spätere Untersuchung ergab, hinreichend begründet.
Brunner hatte sich weder an der Festnahme des einen noch der beiden anderen beteiligt, sondern nach Walcher gesucht. Gelenkt von der offenen Tür des Salons in die Diele und davon weiter die Kellertreppe hinunter, eilte Brunner geradezu zielgerichtet in den Kellerraum – was er später mit seinem sicheren Instinkt erklärte – zu dem Entführten.
Walcher schien sich für eine Konfrontationsstrategie entschieden zu haben, denn als Brunner vorsichtig eins von Walchers Augenlidern anhob und dann den Puls an der Halsschlagader prüfte, lallte Walcher: *Wo bleibt die Zigarette, du Arsch!*
Brunner hätte ihn dafür am liebsten umarmt, diesen indolenten, verflucht zähen Typen. Stattdessen flüsterte er: *Seit wann rauchen wir denn wieder?*
Da öffnete Walcher seine schweren Augenlider, drehte langsam den Kopf zu Brunner, grinste blöde und meinte: *Neuer Job was, wurde ja auch Zeit.*
Ja, nickte Brunner und klopfte auf das Logo der Stadtwerke, das seine linke Brust zierte, *wurde auch Zeit.*

Brunner wich in jener Nacht nicht mehr von Walchers Seite, fuhr im Sanka mit in die Klinik, schob Walcher auf der Transportliege in die Röntgenabteilung, Computertomographie und Sonographie, in den OP und von da in die Intensivstation. Dazwischen rief er den Freundeskreis auf Walchers Hof an und gab Johannes, der die Nachtwache übernommen hatte, Entwarnung und eine kurze Zusammenfassung des nächtlichen Geschehens. Walchers Zustand beschrieb er als nicht besorgniserregend, was allerdings

nicht ganz den Tatsachen entsprach, denn die Summe der Verletzungen Walchers musste sehr wohl als besorgniserregend, wenn auch nicht als lebensbedrohlich bezeichnet werden.
Die Ärzte hatten ein Schädel-Hirn-Trauma diagnostiziert, Hämatome an Kopf, Brustkorb und Beinen, Platzwunden am Kopf, Brandwunde im rechten Ohr, Thorax-Fraktur der rechten, sechsten Rippe, Fraktur der rechten Kniescheibe, Bänderriss des mittleren Außenbandes im rechten Sprunggelenk und eine Blutalkoholkonzentration von erstaunlichen 1,9 Promille.

Der Morgen danach

Als Walcher die Augen aufschlug, blickte er in eine große Runde, die sich da um sein Bett versammelt hatte.
Susanna, Irmi, die Armbrusters, Johannes, eine Frau und ein Mann in weißer Arbeitskleidung und ein weiterer Mann, den Walcher nicht kannte und der sich später als Inspektor Holzer vorstellte, und natürlich Brunner.
Walcher wollte sich aufrichten, ließ es aber sofort bleiben.
Schön, dass ihr hier seid, das fühlt sich verdammt gut an.
Wobei offen blieb, ob er damit Susanna und Irmi meinte, die jede eine Hand von ihm streichelten.
Danke, sah er Brunner an, *ich wusste die ganze Zeit, dass Sie mich da rausholen würden. Wer war denn dieses durchgeknallte Arschloch? Hatte der was mit der Jeswita zu tun, meine Visitenkarte?*
Er weilt wieder unter uns, hörte er Brunner sagen, *er stellt wieder Fragen. Man sollte ihn …*
Man wird, unterbrach ihn die Krankenschwester, *ihn erst einmal wieder allein lassen,* und scheuchte alle, bis auf Irmi und Susanna, aus dem Zimmer. Nur die beiden durften

noch eine Weile an seinem Bett sitzen und mussten ihm erzählen, was sie von Brunner erfahren hatten. Aber schon nach wenigen Sätzen stellten Irmi und Susanna fest, dass Walcher wieder eingeschlafen war, und schlichen sich auf Zehenspitzen hinaus.
Susanna brachte Irmi nach Hause, trank mit Johannes eine Tasse Kaffee und fuhr wieder zurück in die Klinik, schließlich war sie gekommen, um mit Walcher zusammen zu sein.

Heimkehr

Rolli pinkelte vor Begeisterung in den Flur, als Walcher eine Woche später auf Krücken ins Haus humpelte.
Irmi und Opa Armbruster hatten darauf bestanden, ihn aus dem Krankenhaus in Bregenz abzuholen. Brunner hatte sich als Fahrer angeboten und von der Bereitschaft einen grünen VW-Kombi mit Hebebühne für Rollstuhltransporte ausgeliehen.
Nur mühsam beherrschte Walcher seinen Lachreiz, als er die vergitterte grüne Minna vor dem Krankenhausportal stehen sah. Seine Rippe schmerzte höllisch, vor allem wenn er lachen musste. Er fand den Aufwand zwar etwas übertrieben, der Espace hätte es auch getan, aber es wäre gelogen gewesen, wenn er die liebevolle Heimholung nicht genossen hätte.
Zu Hause ging es allerdings erst richtig los mit Zuneigung und Anteilnahme, dort erwarteten ihn Marianne und Johannes und führten ihn scheinheilig in das Wohnzimmer, wo ihn lauter Applaus empfing. Dicht gedrängt standen dort Lisas Geschwister mit Ehemännern und Kindern, Oma und Opa Brettschneider, Oma Armbruster, einige Nachbarn und sogar die Frau Zehner war gekommen.

Walcher war gerührt. Es fehlte nur noch Susanna, dachte er. Sie hatten während der vergangenen Woche mehrmals täglich telefoniert.
Unter dem stürmischen Beifall der *Wiederauferstehungs-Party*, wie Opa Armbruster die Veranstaltung bezeichnete, enthüllte Irmi den mit einem weißen Laken zugedeckten antiquierten hölzernen Rollstuhl, eine Leihgabe von Frau Zehner.
Das Gefährt stammte aus dem ersten Weltkrieg und war von Frau Zehners Großvater gebaut worden, als er schwer verwundet heimgekehrt war. Der Rollstuhl besaß sogar eine technisch ausgeklügelte höhen- und längenverstellbare Beinablage, die bereits auf Walchers Maße eingestellt war.
Nachdem sich Walcher schicksalsergeben in die kunstvolle, aber wurmstichige Tischlerarbeit gesetzt hatte, teilte sich die kleine Festgesellschaft und gab den Blick auf eine mit Kuchen überfüllte Kaffeetafel frei, zu deren Kopfende Walcher gerollt wurde. Die Kuchenmenge hätte vermutlich für zehn solcher Feste ausgereicht, aber nach den Ängsten, die sie ausgestanden hätten – erzählten die Omas –, wäre das Backen für sie ein Akt der Befreiung gewesen.
Immerhin drei Stunden hielt es Walcher aus, bis er sich traute in sein Bett zu humpeln. Drei Stunden, in denen Walcher nicht nur wiederholt aufgefordert wurde alles zu erzählen, was der Verbrecher ihm angetan hatte, auch die älteren Gäste der Runde steuerten Geschichten von eigenen Unfällen, Verletzungen und Ängsten bei.
Es war schon ein ziemlich groteskes Bild, wie Walcher da am Kopfende der Kuchentafel voller Leute in einem Rollstuhl saß und wie ein Kriegsheld gefeiert wurde.
Sein rechtes Bein steckte in einer Plastikschiene, die er, bis zur Ausheilung der gerissenen Bandstruktur im Sprunggelenk, gut sechs Wochen würde tragen müssen.

Bis dahin sollte auch die Fraktur der Kniescheibe verheilt sein. Sein rechtes Ohr zierte ein riesiges Pflaster, das am rundherum ausrasierten Kopf klebte und zusätzlich von einem über den Kopf gezogenen Netzstrumpf geschützt wurde. Die Blutergüsse an beiden Schläfen und am linken Ohr wiesen ein breites Farbenspektrum auf, von hellem Gelb über Violett bis Dunkelbraun. Um den Hals trug Walcher einen Stützkragen, alles in allem ausreichend, um nicht erlahmende Wellen des Mitleids zu erzeugen. Dabei konnte man den Stützverband über der gebrochenen Rippe gar nicht sehen, obwohl diese ihm die meisten Schmerzen bereitete.
Kommissar Brunner überreichte als besonderes Geschenk Walchers PC, der in dem Auto Valeskous gefunden worden war, und empfahl, künftig alle Daten automatisch auf einem versteckten Laufwerk zu sichern. Schließlich wäre das nun schon der dritte ungebetene Besuch in Walchers Haus.
Walcher spielte seine Freude über die Rückgabe, weil er schon in den ersten Tagen seines Klinikaufenthalts die frohe Botschaft erfahren hatte. *Jetzt kennen Sie vermutlich alle meine Geheimnisse,* grinste er den Kommissar an.

Dossier

Nach einer Woche Rekonvaleszenz war Walcher wieder so weit hergestellt, dass sich sein Alltag zu normalisieren begann. Er brauchte auch den Blutgerinnungshemmer nicht mehr zu spritzen, was er als große Erleichterung empfand. Sich die Kanüle in den Bauchspeck zu setzen, bedeutete für ihn eine hohe Überwindung, für die er sich jedes Mal mit einem Sherry belohnen musste.
Die Beinschiene behinderte zwar, zwang ihn jedoch zu

jener Langsamkeit, die er stets als eine besonders philosophische Attitüde der Allgäuer hochlobte. So bekam jeder, der sich nach seinem Zustand erkundigte, zu hören: *In der Ruhe liegt die Kraft.*

Johannes und Susanna hatten jeweils für zwei Tage seine Betreuung übernommen, danach traf es Irmi, die nun froh war, dass die Schule wieder begonnen hatte.

Walcher verbrachte die meiste Zeit im Rollstuhl, vor sich, auf einem Brett quer über die Armlehnen, seinen Laptop und schrieb an seinem Dossier.

Drei Dinge lernte er in dieser Woche besonders schätzen, den Rollstuhl, die Krücken und den Laptop. Natürlich auch sein Servicepersonal, bei dem er vor allem bedauerte, dass Susanna nur zwei Tage hatte bleiben können, obwohl er in diesen Tagen nicht zum Schreiben gekommen war. Erstaunlich fand er auch, dass ihn keine Alpträume verfolgten und er an sich keine Anzeichen eines Traumas feststellte. Immerhin erinnerte er sich sehr genau an die Angst, die er im Folterkeller empfunden hatte.

Vielleicht sollte er sich anstelle seiner Selbstindikation doch um ein Gespräch mit einem Therapeuten bemühen, überlegte er. Wer konnte schon voraussagen, was sein Unterbewusstsein ausbrütete. Als er mit Brunner, der ihn alle zwei Tage besuchte, darüber sprach, hatte der eine einfache Erklärung, die er mit breitem Grinsen von sich gab: *Besoffene leiden selten unter Traumata.*

Brunner informierte Walcher auch über die wesentlichen Ergebnisse der Verhöre, denen die bundesweit festgenommenen Zuhälter, Menschenhändler, Entführer, Vergewaltiger und Sexkunden unterzogen wurden. Stück für Stück wuchs das Bild einer unglaublichen Organisation, die sich seit drei Jahren in Deutschland aufgebaut hatte, unentdeckt und ungestört. Auch dass die Organisation zu einem der größten Syndikate Russlands gehörte, galt inzwischen als erwiesen, weshalb eine Arbeitsgruppe in

Planung war, die eng mit den russischen Behörden zusammenarbeiten sollte.
Walcher hatte Nicolas Valeskou und dessen Helfer wegen Freiheitsberaubung, Körperverletzung und versuchten Totschlags angezeigt, auch um als Nebenkläger zugelassen zu werden. Die Anklagepunkte gegen Valeskou galten allesamt als Offizialdelikte und waren somit automatisch Sache der Staatsanwaltschaft.
Walcher ging es nicht um Rache, aber zum einen wollte er an dem Prozess gegen seinen Folterknecht teilnehmen, zum anderen würden bei diesem Prozess auch die Münchener Verbrechen Valeskous verhandelt werden und darüber wollte er mehr erfahren.
Dorothea Hubers Selbstmord, an dem Valeskou vermutlich keine Schuld im juristischen Sinne traf, versetzte Walcher phasenweise in den Zustand einer seltsamen Verzagtheit. Die Vorstellung, dass der Missbrauch durch ihren Vater Doros Leben wie eine tickende Zeitbombe, wie ein Fluch begleitet hatte, der in einem Selbstmord endete, ging Walcher nicht aus dem Kopf.
Es gab keine Statistik, in der erfasst wurde, bei wie vielen Selbsttötungen ein psychischer oder physischer Missbrauch die treibende Kraft darstellte, zumal zwischen Ursache und Auswirkung oft ein halbes Leben lag.
Walcher dachte an die Kinder in Burgund und in Berlin, eine Hand voll nur von einer weltweit ungeheuren Zahl entwurzelter und missbrauchter Menschen. Menschen, die vielleicht auch irgendwann unter der Last ihrer grässlichen Erinnerung zusammenbrechen würden.
Bei diesen tiefschwarzen Gedanken verfluchte er die Beinschiene, die Krücken, seine Bewegungsunfähigkeit und überhaupt seinen Beruf. In solchen Situationen war er bisher durch den Wald gerannt.

Wenigstens einen kurzen Waldspaziergang konnte er mit den Krücken versuchen, ging ihm durch den Kopf.
Fünf Minuten später stand er am Waldrand, allerdings mit einem derart ermüdeten linken Bein und schmerzenden Brustkorb, dass er langsam wieder zurück hinkte.
Walchers Stimmung schlug sich in seinem Dossier nieder. Er schrieb nicht nur über Eltern, die ihre Kinder verkauften, über das Netz skrupelloser Entführer und Händler und über die Männer und Väter, die keine Skrupel hatten, Kinder zu missbrauchen. Walcher schrieb auch über die Gesellschaft, die sich über Kindesmissbrauch zwar kurzzeitig entrüstete, aber durch ihre Gleichgültigkeit Kinderschänder zu deren Tun ermunterte. Auch über die Richter schrieb er und deren oft unverständlich milde Strafen, hinter denen beinahe schon Kumpanei vermutet werden konnte.
Welcher Bürger verstand denn nicht die Botschaft, wenn ein Steuerhinterzieher ins Gefängnis gesteckt wurde, ein Kinderschänder aber nur zur Therapiebewährung verurteilt wurde. Und über Politiker zog er her, die bei publikumswirksamen Fällen ihre Fensterreden hielten und schärfere Gesetze forderten, obwohl sie die Gesetzgebung in der Hand hatten.
Vor allem aber schrieb er über die Psyche der Kinder, über ihre Seelen, über die ersten Jahre eines Lebens, das hoffnungsvoll begann und bereits nach den ersten Schritten auf einer der hässlichsten Müllhalden dieser Welt endete. Traumatisiert und meist auch noch mit dem Stigma belegt, sich nicht genügend dagegen gewehrt zu haben, stand ihnen ein Leben voll psychischer Qualen bevor. Qualen, die ihr Ego zerstörten und ihre Hoffnung auf erfüllte Beziehungen meist auch.
Welcher Hoffnung mochte Doro nachgejagt sein?

Toni

Die Mutter hatte ihm den Korb in die Hand gedrückt und gebeten: *Wenn du nach dem Jungvieh schaust, bringst' Schnittlauch mit.*
Rund um das Ziebelmoos wuchsen nämlich Unmengen wilden Schnittlauchs, den sie kleingehackt in den Ziegenfrischkäse rührte und damit sogar schon einen Innovationspreis der Oberallgäuer Milchwirtschaft gewonnen hatte.
Nun saß Toni mit dem Korb voll frischem Schnittlauch, der so intensiv duftete, dass ihm das Wasser im Mund zusammenlief, an der aufgefüllten Spalte, die keine mehr war. Ein Meter fehlte noch, aber dass es hier einmal eine tiefe Spalte gegeben hatte, war schon jetzt nicht mehr zu sehen.
Was verbarg sich unter den Steinen? Wie oft sich Toni in den zurück liegenden Wochen diese Frage gestellt hatte, wusste er nicht mehr, aber das interessierte ja ohnehin niemanden. Interessant war letztlich doch nur, wie er das Geheimnis lüften konnte. Denn dass sich nicht nur die armselige, verwilderte Ziege darunter verbarg, davon war er geradezu felsenfest überzeugt.
Vielleicht hatte der Pächter selbst auf die Ziege geschossen und den Wildfrevel verbergen wollen. Allerdings hatte Toni in der Hütte noch nie ein Gewehr gesehen, auch wenn man sie immer als Jagdhütte bezeichnete. Außerdem, warum sollte ein Städter auf eine Ziege schießen, vielleicht, weil er sie mit einer Gemse verwechselte, wie die Gämse vor der Rechtschreibreform einmal hieß? Und dass ein Wilderer eine erlegte Ziege verstecken hatte wollen, noch dazu eine, die ohnehin bald an Alterschwäche sterben würde, gab sogar einen Sinn, denn, wer würde sich gerne zum Gespött der Leute machen wollen?
Dann lag der Kadaver ja auch ganz in der Nähe der Hütte.

Aber ... aber warum hatte der Pächter dann schon vorher den Spalt aufgefüllt? Nein, da steckte noch etwas anderes darunter.
Wenn er die Spalte wieder freilegen würde, überlegte Toni weiter, dann müsste er das unter der Woche machen, wenn der Pächter weg war. Vielleicht würden zehn Tage genügen. Die ersten zwei Meter konnte er die Steine aus der Spalte einfach hochwerfen. Ab drei Meter würde er sie mühsam hoch tragen müssen, auf einer Leiter. Toni schüttelte den Kopf. Nicht nur weil er sich die Plackerei vorstellte, sondern weil er anderes zu tun hatte.
Das Heu musste eingebracht werden, der neue Stall für das Jungvieh war noch nicht fertig und dann die Tagesarbeit, melken und käsen. Nein, da sollte er sich etwas ausdenken, damit andere die Steine schleppen würden.

Rollstuhl

Maßlos und mit Kalkül übertrieb Walcher die Schwere seiner Verletzungen und die daraus resultierenden Handicaps seines täglichen Arbeitslebens.
Er hatte keinerlei schlechtes Gewissen, über diesen Weg den Abgabetermin seines Dossiers bei Rolf Inning noch um eine Woche hinauszuschieben, und das, obwohl er ihm den Text bereits am Wochenende hätte zuschicken können. Aber Walcher liebte es, seine Texte nach einigen Tagen Abstand noch einmal in aller Ruhe durchzulesen, nicht um sie zu überarbeiten oder zu korrigieren, das würden die Redakteure noch ausgiebig tun, sondern um den Gesamtkontext mit der ihm gestellten Aufgabe zu überprüfen.
Inning zeigte vollstes Verständnis, auch wenn er durchblicken ließ, dass *GAU*, wie er Günther Auenheim immer

wieder gern nannte, täglich nach dem Manuskript fragen würde. Entsetzt durch Walchers Schilderung der Entführung und der Folterungen, hätte er vermutlich sogar ein höheres Honorar zugestanden, quasi als Gefahrenzuschlag. Er schien auch zu erwarten, dass Walcher das Telefonat in diese Richtung steuern wollte, und schob eine Besprechung vor, in die er in der nächsten Minute gehen müsste.
Allerdings machte er noch den Vorschlag, Walcher könnte doch über seine Recherche eine Dokumentation schreiben, so unter der Headline: *Die Angst im Nacken.*
Walcher brauchte ihm seine mäßige Begeisterung nicht mehr zu erklären, Inning hatte seiner Anregung ein eiliges *Ciao und gute Besserung* angehängt und aufgelegt.
Als sich Walcher eine Stunde später den Mailordner auf seinem Laptop ansah – er hatte sich von Irmi ein Verlängerungskabel besorgen lassen, damit er in seinem mobilen Büro, wie er den Rollstuhl nannte, bis hinaus auf die Terrasse verkabelt war –, überraschte es ihn nicht, bereits eine E-Mail von Auenheim vorzufinden.
Der Verleger wünschte ihm ganz herzlich gute Besserung und meldete sich zu einem Krankenbesuch für den kommenden Freitag an, auch, um das Dossier abzuholen. Er hätte nämlich vor, das Wochenende in seiner Berghütte zu verbringen, und könne dabei etwas Lesestoff gebrauchen, schrieb er.
Walcher verfluchte den geschwätzigen Inning und sich selbst auch. Hatte er doch dank seiner übertriebenen Schilderung der Folterfolgen ein Eigentor geschossen. Nun bekam er nicht nur Auenheim an den Hals, sondern auch noch das Problem, dass bis zum Freitag von seinen Hämatomen nicht mehr viel zu sehen sein würde. Und sich an den Schläfen etwas gelbblaugrün zu schminken, allein schon dieser Gedanke entlockte Walcher einen kurzen Lacher, allerdings leise und zurückhaltend, denn seine Rippe strafte immer noch jede Form überbordender

Lustigkeit mit stechendem Schmerz. Vielleicht, so überlegte er grinsend, sollte er sich den Kopf einfach mit einem Verband umwickeln. Überhaupt könnte die Anteilnahme seiner Familie, Freunde und Nachbarn einen neuen Schub vertragen. Hatten sie anfangs noch selbstlos alle möglichen Hilfsdienste angeboten, lobten sie nun sein gesundes Aussehen, seine Mobilität und Selbständigkeit.
Walcher erkannte darin ihre hinterhältigen Absichten, sich vom Pflegedienst zurückziehen zu können, und das, obwohl er sich als einen ausgesprochen freundlichen und unkomplizierten Rekonvaleszenten sah.
Nur Rolli genoss die ungewohnt anhaltende Nähe zu Walcher und hatte sich sogar mit dem Rollstuhl angefreundet, den er anfangs ausdauernd verbellt hatte.
Nachts, wenn das grässlich quietschende Ding frei war, lag er im Rollstuhl auf dem weichen Kissen, das so herrlich intensiv nach dem Herrchen duftete.

Auenheim

Sportlich gekleidet, als habe er vor, an einem Überlebenstraining teilzunehmen, klingelte am Freitag Auenheim pünktlich an der Tür. Er sah trotz seiner Sonnenbräune ungesund aus, fand Walcher und konstatierte, dass *GAU* noch fahriger und nervöser wirkte, als er ihn vom Treffen in Frankfurt her in Erinnerung hatte.
Walcher hatte auf der Terrasse einen Kaffeetisch gedeckt, Kaffee und Teewasser in Thermoskannen bereit gestellt und von Opa Armbruster ein paar Kuchenstücke anliefern lassen, aber Auenheim bat nur um ein Glas Leitungswasser und bestand darauf, es selbst aus der Küche zu holen. Er könne sich unmöglich, meinte er, von einem Rollstuhlfahrer bedienen lassen.

Es dauerte einige Minuten, bis Walcher endlich auch auf den Grund für seine Irritation kam, was das Aussehen des Verlegers betraf – den Kinnbart. Der akkurat rasierte Kinnbart, der ihm damals als besonders lächerlich aufgefallen war, er fehlte im Gesicht Auenheims.
Auenheim musste Walchers grübelnden Blick bemerkt haben und lächelte. *Ich habe diesen Ziegenbart nur getragen, weil der Verlagsgründer auch so ein Ding im Gesicht stehen hatte. Aber erzählen Sie, wie geht es Ihnen und was ist vorgefallen? Inning hat mir nur in Bruchstücken von Ihrer Entführung berichtet.*

Walcher tat ihm den Gefallen, schließlich hatte er damit gerechnet, und hängte an eine recht sachlich gehaltene Beschreibung der Entführung und Folterung an, wie sich seine Recherche in den vergangenen Wochen geradezu verselbständigt hatte. Immerhin dauerte sein Vortrag eine halbe Stunde, erst dann schob er Auenheim die gehefteten Seiten seines Dossiers über den Tisch.
Auenheim hatte aufmerksam zugehört und Walcher nur einmal unterbrochen, als er um einen Kaffee bat. Das Dossier nahm er nur kurz in die Hand, wedelte damit durch die Luft und legte es auf den Gartentisch zurück. *Das werde ich heute Abend bei einem Glas Wein lesen,* lächelte er, *ich bin sehr gespannt darauf. Aber sagen Sie, hat sich Ihre Meinung inzwischen geändert?*
Walcher wusste, auf was Auenheim anspielte, und schüttelte nur den Kopf.
Nichts anderes habe ich erwartet, nickte Auenheim, *aber Sie werden mich doch durch Namen unterstützen?*
Ich habe keine Namenslisten, stellte Walcher fest. *Die Hand voll Namen, die ich kenne, sind unvollständig, ohne Adresse, manchmal nur den Vornamen, damit werden Sie wenig anfangen können.*
Burgund, Berlin, Großrazzia in beinahe sämtlichen größeren

Städten Deutschlands, kommen Sie Herr Walcher! Sie werden mir doch nicht erzählen, dass Sie mit der Polizei zusammenarbeiten, ohne dass Sie im Gegenzug Namenslisten, vermutlich sogar Verhörprotokolle bekommen haben. Dafür halte ich Sie für viel zu clever. Auenheim war aufgestanden und ging auf der Terrasse hin und her.
Verstehen Sie bitte, Walcher war bemüht, Auenheim nicht allzu hart vor den Kopf zu stoßen, immerhin hatte er ihn in dieser Sache als Auftraggeber akzeptiert, *ich will mich nicht an einer Form der Verbrecherjagd beteiligen, die zur Selbstjustiz geradezu auffordert und die ich nicht nur deshalb für einen gefährlichen Rückschritt halte. Aber da ich davon ausgehe, dass Sie, ebenso wie ich, dazu eine feste Meinung haben, bringt uns eine Diskussion wohl nicht weiter. Ich kann Ihnen allerdings Kontakte schaffen, zum Beispiel zu Kommissar Neumann im Burgund, oder zu Kommissar Brunner in Lindau. Oder zu Kommissar ...*
Wollen Sie über Ihr Honorar sprechen?, unterbrach ihn Auenheim.
Warum sprechen Sie darüber nicht mit den gerade genannten Kommissaren? Walcher gab Auenheim zu verstehen, dass er über dessen Frage sauer war.
Ich habe das doch nicht so gemeint, versuchte Auenheim zurückzurudern, *sondern Ihren Aufwand, der doch weit größer geworden ist, als wir uns das vorgestellt haben, ganz zu schweigen von Ihren Verletzungen. Ich ... ich brauche Namen und Fakten, verstehen Sie, ich will diese Prangerseite und habe schon alles in die Wege geleitet, um damit in Frankreich anzufangen. Machen Sie es mir doch nicht so schwer. Warum geben Sie mir nicht das Material aus Burgund? Da gab es doch einige Männer, die Kinder kauften, also wenn das nicht eindeutig eine Straftat sein soll, dann weiß ich auch nicht mehr,* Auenheim war nun richtig aufgebracht. *Ich kann Sie einfach nicht verstehen, Sie müssen doch durch Ihre Recherchen selbst erkannt haben, was das für Menschen sind, skrupellose Verbrecher, die*

auf keinerlei Schutz der Gesellschaft oder auf Gnade hoffen dürfen. Auenheim hatte seine Wanderung abgebrochen und war plötzlich kraftlos in seinen Stuhl gesunken. Wie er da saß und wie ein geprügelter Hund vor sich auf den Tisch starrte, tat er Walcher Leid.

Ich werde mit dem französischen Kommissar sprechen und ihn bitten, Ihnen die Namen und Adressen auszuhändigen, aber ich mache Ihnen keine großen Hoffnungen.

Auenheim schien sich wieder etwas erholt zu haben: *Wissen Sie, ich brauche Erfolge, unserem Verlag ... also wir hätten nichts gegen höhere Auflagen und parallel dazu eine aktuelle Themenseite im Internet. Vielleicht könnten Sie auch diesen Monsieur Aberde befragen, der wird Ihnen ... gegen ein gutes Honorar, doch sicher einige seiner Kunden herausrücken, was meinen Sie?*

In diesem Moment erklang in Walchers Kopf ein Ton, wie der Rundengong in einem Boxring. Woher kannte Auenheim den Namen Aberde? Kein einziges Mal hatte er ihm persönlich oder Inning gegenüber einen der Namen der beiden Herrenrunden im Burgunder Chateau erwähnt, da war er sich absolut sicher.

Wie im Zeitraffer ging er die Telefonate und Mails durch, die sie ausgetauscht hatten. Nein! Walcher blieb dabei, weder diesen noch einen der anderen Namen hatte er jemals erwähnt. Woher also kannte Günther Auenheim den Namen?

Sie kennen Monsieur Aberde?, fragte Walcher harmlos, als ob es ihn nur beiläufig interessieren würde. Auenheim stutzte kurz und fuhr dann fort: *Sie erwähnten ihn einmal ... nein, ich kenne einen Monsieur Aberde nicht.* Mit einem Blick auf die Armbanduhr stand Auenheim auf. *Höchste Zeit aufzubrechen, wir haben uns verplaudert.* Lächelnd winkte er Walcher zu, der sich mit Hilfe seiner Krücken aus dem Rollstuhl stemmte, machte ein paar Schritte, erinnerte sich, ging an den Tisch zurück und nahm das Dossier.

Hätte ich beinahe liegen gelassen. Also, Sie lassen sich das mit den Namenslisten noch mal durch den Kopf gehen, ja?
Im Flur nahm sich Auenheim seine Freizeitjacke vom Garderobenhaken, zog sie aber nicht an, sondern wollte sie sich nur schwungvoll über die Schultern werfen.
Zu schwungvoll, denn sie hielt nicht auf den Schultern, sondern rutschte ab und fiel auf den Boden.
Auenheim, der das nicht bemerkt hatte, sondern Walcher die Hand drückte und dabei erneut auf seine Uhr sah und mit zu lauter, theatralischer Stimme feststellte: *Was wird nur mein nächster Gesprächspartner von mir denken, ich komme über eine halbe Stunde zu spät,* stürmte mit einem Achselzucken zur Haustür hinaus.
Walcher nickte und winkte ihm freundlich nach, obwohl Auenheim mit seinem Geländewagen vom Hof preschte und eine gewaltige Staubwolke aufwirbelte.
Schnell drückte er die Tür zu, drehte sich auf seinen Krücken in Richtung Küche, blieb aber stehen, weil er Auenheims Jacke liegen sah. Geschickt fuhr er mit der Spitze einer Krücke darunter und hob sie hoch, um sie auf den Kleiderhaken zu hängen. Der Duft!
Walcher sog langsam den Duft in seine Nase, der von der Jacke kam. Er schloss die Augen und konzentrierte sich, schnupperte wie ein Hund daran. Woran erinnerte ihn dieser Duft? Es fiel ihm nicht ein, außerdem kam er sich lächerlich vor, wie er da im Flur stand und an der Jacke Auenheims schnüffelte. Zudem wirbelte ihm noch immer die Frage durch den Kopf: *Kannte Auenheim den Menschenhändler aus Paris?* Warum hatte Auenheim ihm vorgeschlagen, Aberde zu befragen, obwohl er ihn doch gar nicht kannte, wie er sagte? Warum hatte Auenheim von Anfang an so großes Interesse an seinen Recherchen an den Tag gelegt? Auenheim kümmerte sich doch sonst auch nur um abgeschlossene Artikel und nicht um die einzelnen Rechercheergebnisse, wie Inning verwundert

anmerkte, als Auenheim bereits anfangs gebeten hatte, über alle Entwicklungsschritte informiert zu werden.
Die Adressen! Natürlich, die Adressen der Händler, mit denen der Comte zusammenarbeitete. Einige davon standen in Auenheims Unterlagen, die Walcher bei dem ersten Gespräch in Frankfurt erhalten hatte. Warum sollte Auenheim nicht selbst Kontakt zu dem Comte und auch zu Monsieur Aberde gehabt haben? Woher sonst sollte Auenheim den Namen kennen. Aberde, der Sektenbeauftragte aus Paris, bei dem die Polizei einen Stapel Kinderausweise gefunden hatte.
Warum gab es aber in Auenheims Unterlagen keinen Hinweis auf Aberde, wo doch alle anderen Adressen und Hinweise akribisch gesammelt und abgeheftet waren? Konnte Auenheim ausgerechnet diesen einen Namen vergessen haben, wo er doch voller Stolz seine Recherchen präsentiert hatte? Hätte er ihm nicht gerade diesen Mann als besondere Großtat serviert? Sollte Günther Auenheim ihn etwa beauftragt haben, damit er herausfand, ob es eine *Aberde-Kundenliste* gab? Wollte Auenheim wissen, ob er selbst auf dieser Liste ..?
Walcher schüttelte den Kopf, hinkte ins Wohnzimmer an den Giftschrank, schenkte sich einen Calvados ein und schnüffelte das herrliche Apfelaroma in die Nase, bevor er den ersten Schluck über seine Zunge rinnen ließ.
Wie zur Bestätigung, dass durch Ablenkung Blockaden aufgelöst werden können, kam ihm dabei die Erinnerung an den Duft von Auenheims Sportjacke.
Der Duft im Büroflur in Ravensburg nach dem Einbruch, eine Mischung aus Lavendel und Mottenkugeln. Walcher hinkte schneller in den Flur zurück, als es seine Krückentechnik erlaubte, und wäre beinahe gestürzt.
Eindeutig, er schnupperte mehrmals den Flur auf und ab, weg von der hängenden Jacke und wieder hin.
Lavendel und Mottenkugeln! *Da passt einiges zusammen,*

mein lieber Herr Auenheim, dachte er mit einer Mischung aus Jagdfieber, aufkeimender Wut und dem ekelhaften Gefühl, von Auenheim verarscht worden zu sein.
Mit zwei Frischhaltebeuteln in der Hand hinkt er auf die Terrasse und verpackte das von Auenheim angefasste Glas und die Tasse. Vielleicht würde es einmal notwendig werden, dessen Fingerabdrücke vergleichen zu können.

Jagdhütte

In seinen Urlauben hatte der Großvater Ruhe und Abgeschiedenheit in der Bergwelt gesucht und sie oberhalb des damals wenig erschlossenen und schwer zugänglichen Balderschwanger Tals im Oberallgäu gefunden.
Über Jahre hinweg baute er auf den spärlichen Resten der versteckt liegenden und damals verfallenen Jagdhütte am Fuße des immerhin etwas über 1600 Meter hohen Piesenkopfs eine respektable neue Hütte auf, das *Rustico Auenheim,* wie er sie nannte.
Es war harte Arbeit gewesen, denn damals, um die vorletzte Jahrhundertwende, führten nur beschwerliche Karrenwege nach Rohrmoos oder zur Kindsbangetalpe und von dort aus waren es dann noch einmal eine halbe Stunde zügiger Fußmarsch bis zur Hütte am Piesenkopf.
Die heutigen komfortablen Teerstraßen durch das Rohrmoostal oder durch das Lochbachtal, wie damals das Gutswiesertal noch hieß, waren erst in den siebziger Jahren ausgebaut worden.
Von Rohrmoos aus oder von der Kindsbangetalpe schleppte der Großvater mit den einheimischen Handwerkern jeden Nagel, jeden Balken, jeden Sack Zement mit Pferden oder auf dem Buckel hinauf, nur Steine gab es dort oben genügend.

Des Großvaters Urlaube wurden dann, als die Hütte halbwegs bewohnbar war, zum Horror für seine Frau und die Kinder, ging doch allein schon die Anfahrt über die schlechten Straßen ab der Bahnstation an die Grenze heutiger Vorstellungen einer befahrbaren Straße.
Von Hamburg mit der Eisenbahn nach Oberstdorf, dann mit der Kraftpost nach Tiefenbach und von dort mit einem Fuhrwerk hinauf nach Rohrmoos oder durch das Lochbachtal zur Kindsbangetalpe.
Eine gute Stunde marschierte man dann, egal ob von Rohrmoos oder von der Kindsbangetalpe aus, hinauf zur Jagdhütte. Schwer beladen, weil man alles mitschleppen musste, was man zum Leben brauchte, und auch noch das eine oder andere Bauteil für die Hütte. Für untrainierte Städter musste eine solche Anreise einer Strafexpedition gleichgekommen sein. Deshalb wurde es nach dem Tod des Großvaters erst einmal ruhig um die Hütte. Die Familie, beziehungsweise der Weltchrist-Verlag, zahlte zwar regelmäßig die Pacht und den vereinbarten Betrag für kleinere Erhaltungsarbeiten an der Hütte und dafür, dass hie und da jemand von den Besitzern nach dem Rechten sah, aber genutzt wurde sie höchst selten.
Das änderte sich, als Claudius Auenheim, der Onkel Günther Auenheims, nach einem Herzinfarkt das gesunde Leben in den Bergen wieder entdeckte und deshalb die Verlagsführung schrittweise seinem Neffen übertrug.
Die Jagdhütte zu erreichen, war ihm zu beschwerlich, weshalb er in Rohrmoos das fürstliche Forsthaus der Grafen von Wolfegg und Waldburg mietete.
So kam es, dass Günther Auenheim die Jagdhütte seines Großvaters zu nutzen begann, da er seinen Onkel häufig besuchen musste, denn der war damals noch offiziell der Verlagsleiter.
Günther Auenheim kannte die Hütte noch von seiner Kindheit her, als ihn sein Vater mitgenommen hatte,

wenn er den Großvater besuchte, was allerdings höchst selten der Fall war. Sein Vater war nämlich in Ungnade gefallen, denn er hatte nicht das Verlagswesen studiert, sondern Chemie, und war mit seiner Frau nach Südamerika ausgewandert, als Günther gerade sein Volontariat im Weltchrist begonnen hatte.
Vielleicht stellte es ja so etwas wie einen familieninternen Ausgleich dar, dass Günther Auenheim in die Fußstapfen seines Großvaters trat, denn auch für ihn bedeuteten bald die Ruhe und das Gefühl von Freiheit, das er in den Bergen empfand, einen unverzichtbaren Ausgleich zu seiner Arbeit und ein wesentliches Lebensgefühl.
Seitdem der Onkel gestorben war und er den Verlag alleine steuerte, zog sich Günther Auenheim bei jeder sich ihm bietenden Gelegenheit auf die Hütte zurück.
Inzwischen war auch die Anfahrt nicht mehr ganz so beschwerlich wie seinerzeit beim Großvater.
Mit seinem Geländewagen konnte er bequem durch das Gutswiesertal bis hinter die Kindsbangetalpe fahren und von dort die letzten zehn Minuten zu Fuß bis zur Hütte gehen.
Nur wenig Menschen verirrten sich in die Nähe der Hütte, die markierten Wanderwege gingen weit entfernt daran vorbei, und außerdem konnte das Gebiet nicht unbedingt als überlaufen bezeichnet werden. Zwar galt das Ziebelmoos als eines der größten Hochmoore der Allgäuer Alpen, der Piesenkopf oder die Scheuenfälle als Geheimtipp, aber es lockte kein Sessellift die Massen.
Günther Auenheim hatte an diesen Tagen keinen Blick für die Harmonie von Moor, Wald, Wiesen und schroffen Bergspitzen mit Weiß und Blau darüber. Jene Harmonie, die er sonst so liebte und die es seiner Meinung nach in dieser Ausgewogenheit zueinander nur in diesem Teil des Allgäus gab. Nach dem Besuch bei diesem verfluchten Journalisten war er direkt zu seinem „Rifugio" gefahren,

wie er des Großvaters Rustico inzwischen umbenannt hatte. Seiner Frau brauchte Auenheim keinen Grund für seine Abwesenheit zu nennen, wie auch nicht für die unzähligen Wochenenden, die er schon seit Jahren nicht mehr zu Hause verbrachte. Seit die Kinder studierten und nur noch an den großen Feiertagen nach Hause kamen, lebten die beiden in parallelen Welten, zusammengehalten durch einen unverzichtbar hohen Lebensstandard und den Glauben, vor den Kindern und nach außen eine heile Welt präsentieren zu müssen.

Seit seiner Abfahrt von Walchers Hof beherrschte Auenheim ein einziger Gedanke. Wie in einer Endlosschleife hörte er immer wieder dieselbe Frage: *Sie kennen Monsieur Aberde? Sie kennen Monsieur Aberde? Monsieur Aberde? Aberde? Aberde?*
Wie hatte er nur so idiotisch sein können, diesen Namen Walcher gegenüber zu erwähnen. Und dann sein auffallend hektischer Aufbruch: *Wir haben uns verplaudert!*
Da hätte er gleich sagen können: *Ich habe mich verplappert.*
Der Blick, mit dem ihn dieser Walcher angesehen hatte – Auenheims Magen rebellierte und er würgte den Schnaps wieder hoch, mit dem er sich seit Freitagabend zu betäuben versuchte.
Von Anfang an war ihm Walcher unsympathisch gewesen. Inning, dieser Idiot, hatte ihn empfohlen, und er hatte zugestimmt zu, obwohl ihm einige andere Journalisten lieber gewesen wären.
Wie ein Geier hatte ihn Walcher angeglotzt und gefragt: *Sie kennen Monsieur Aberde?* Harmlos sollte es klingen, in Auenheims Kopf aber dröhnten Kesselpauken, und in der Herzgegend flatterten sämtliche Muskeln wie nach einem heftigen Stromstoß.
Er fühlte sich durchschaut, entlarvt. *Aberde, Aberde!*
Vermutlich stürzte sich Walcher sofort auf sein Vorleben.

Diese Typen hatten doch überall Informanten sitzen, und wenn er erst einmal einen Fuß in der Tür hatte ... zu viel war geschehen und auch aktenkundig. Alles Freisprüche zwar, aber alle nicht so ganz sauber. Auch die Therapie in der Charité würde sich nicht gut in seiner Vita machen. Vielleicht würde Walcher in Monsieur Aberdes Terminkalender Übereinstimmungen mit seinen Reisedaten entdecken. Wahrscheinlich stand in den nächsten Tagen die Polizei vor der Tür, um sein Rifugio zu durchsuchen. Vergeblich natürlich, längst hatte er alle Spuren beseitigt, und was er übersehen hatte, könnte auch von seinen eigenen Kindern stammen. Selbst wenn sie mit Hilfe von Suchhunden das Grab entdeckten, außer dem Kadaver einer Gämse würden sie nichts finden. Das Kind lag sehr viel tiefer in der Spalte, meterhoch mit Steinen darüber, die er bis zur Erschöpfung hingeschleppt hatte. Masha, die süße kleine Masha. Wie niedlich sie gekichert und wie viel Spaß sie gehabt hatte. Spaß, ja, sie hätten noch viel Spaß miteinander haben können. Ordentlich abgezockt hatte ihn der feine Monsieur Aberde. Dabei war es ein Unfall gewesen, schließlich hatte er die kleine Masha geliebt.
Es schüttelte Auenheim heftig bei der Flut seiner Erinnerungsfetzen und Gedanken, und dagegen half auch nicht der Rest Cognac, den er aus der Flasche saugte wie ein Verdurstender.
Torkelnd öffnete er die nächste Flasche.
Irgendwann hatte es angefangen, in Paris, ein Geschäftsessen, anschließend eine wilde Party. Er konnte sich daran erinnern, als wäre es gestern gewesen. Da war er schon verheiratet und hatte selbst Kinder gehabt.
Dagegen angekämpft hatte er, sich in die Arbeit gestürzt, Tennis, Laufen, Golf, Reiten, aber immer wieder flackerte diese übermächtige Lust auf.
Dann dieser Club, die Bekanntschaft mit Monsieur Aberde, und endlich hatte er seine Träume ausleben können.

Seine Erinnerungen daran waren wundervolle, zärtliche Bilder. Dann der Tod von Masha, durch den sich alles änderte. Seine Gier, seine Lust und auch seine Erinnerungen. In seinen Träumen sah er zwar immer noch Masha, aber nicht mehr ihr niedliches Gesichtchen und hörte auch nicht mehr ihr lustiges Kichern, auch mit den Händen klatschte sie nicht mehr vor Begeisterung.
Masha, die süße kleine Masha, veränderte sich von Traum zu Traum. Anfangs kehrten immer nur die Fliegen zurück, die er von ihrem zarten Gesichtchen verscheucht hatte, als er sie wecken wollte, damals, als sie im Liegestuhl eingeschlafen war.
Aber dann wurden es immer mehr und so sehr er auch mit den Händen wedelte, sie ließen sich nicht mehr verscheuchen. Bald war ihr Gesicht bedeckt von ihnen, eine schwarze, sich unruhig bewegende Masse schillernder Leiber. Und sie brummten einen Ton, der ihn ängstigte.
In den nächsten Träumen schlüpften die Larven aus den Fliegeneiern und so ging es weiter. Als wäre es eine Art der Strafe, zwang ihn sein Traumgenerator die Stadien eines Verwesungsprozesses zu beobachten. Masha.
Da half es auch nicht, dass er Schlaftabletten oder Alkohol nahm oder beides. Wie ein geplant ablaufendes Programm wurde dann die ausgefallene Folge des Prozesses in einer der nächsten Nächte wiederholt.
Auenheim empfand diese Träume als eine grauenhafte Strafe und dann kam auch noch die Angst hinzu, die Angst vor der Entdeckung. Er, der seriöse Verleger, treusorgende Vater und liebevolle Ehemann, ein pädophiler Mörder – er konnte die Schlagzeilen deutlich lesen.
Nach solchen Träumen raste Auenheim in die Berge zu seinem Rifugio und hinauf zu der Felsspalte. Jedes Mal warf er noch mehr Steine hinein.
Vor einem halben Jahr hatte er sich sogar einen Suchhund ausgeliehen und war mit ihm zu der Spalte gewandert.

Wie wild geworden hatte sich der Hund gebärdet und war nur mit Gewalt wegzubewegen. Auenheim kaufte danach kiloweise Kalk, Streusalz und Pfeffer, auch Rohöl, und streute, schüttete, goß das Zeug in die Spalte und warf wieder Steine, Erde und Holz darauf. Aber es nützte wenig, jedenfalls nicht in seinen Träumen.
Dass er immer fahriger wurde, erklärte er mit geschäftlichen Problemen, was auch plausibel war, sein Verlag stand wirtschaftlich nicht gut da.

Nach den kurzen Schlafphasen, die ihm der Alkohol aufgezwungen hatte, bewirkten die ersten Schlucke Cognac sofortiges Wohlbefinden. Auenheim fühlte sich stark und hielt vor imaginärem Publikum ein ausgefeiltes Plädoyer seiner Unschuld als Opfer einer fatalen Veranlagung. Dann schob er sich eine Scheibe Dauerwurst zwischen die Zähne und als der Höhenflug nachließ, begann er den Kreislauf aufs Neue, mit Cognac, bis ihm der Alkohol wieder ein Nickerchen aufzwang.
Noch bevor er bei seiner Ankunft die Hüttentür aufgeschlossen hatte, war er daran vorbei und zu der Spalte hinüber gerannt, um befriedigt festzustellen, dass sich nichts verändert hatte. Das war Grund genug gewesen, die erste Flasche zu öffnen. Die Ernüchterung trat am nächsten Nachmittag ein, als ihn das hartnäckige Klingeln seines Handys aufweckte.
Seit Sie bei mir waren, suche ich nach einer Erklärung, woher Sie Monsieur Aberde kennen, obwohl ich Ihnen nie von ihm erzählt habe. Herr Auenheim, helfen Sie mir bitte, vielleicht gibt es ja eine einfache Erklärung dafür. Walchers Stimme drang zwar an sein Ohr, erreichte aber nicht sein Bewusstsein. Er starrte auf die Berggipfel und sah sie nicht, auch die Wolken nicht, die wie aufgeblähte Bettbezüge an ihnen vorbei segelten.
Günther Auenheim nahm die Welt nicht mehr wahr, er

ließ das Handy einfach fallen, so als folge er einer anderen Macht. Auch dass sich sein Magen in heftigen Kontraktionen entleerte, registrierte er nicht. Tränen liefen ihm über die Backen und den Hals hinunter. Die Hand, mit der er den Flaschenhals umklammerte, begann zu zittern wie bei einem tatterigen Greis.

Wie lange er so saß, eine Stunde vielleicht oder mehr, dafür fehlte ihm das Zeitgefühl. Mit Mühe quälte er sich aus dem Liegestuhl. Die noch fast volle Flasche Cognac wie ein Werkzeug fest in der Hand, schlurfte er in Richtung der Felsspalte.

Als er eine Sandale verlor, ließ er auch die zweite zurück und ging barfuß weiter. Langsam, leicht schwankend, blieb er in unregelmäßigen Abständen stehen und trank aus der Flasche.

Vorbei an der Begräbnisstätte, der Felsspalte, die er fast bis zum Rand aufgefüllt hatte. Dieses Mal sah er nicht hinein wie sonst immer, er drehte nicht einmal den Kopf zur Seite. Weit nach vorn ging sein Blick in den Raum des Himmels. Er spürte nicht, dass die scharfkantigen Felsen seine Fußsohlen aufgeritzt hatten und Blut aus vielen Schnitten tropfte. Auch die angenehme Kühlung des Wassers drang nicht in sein Bewusstsein, als er in den oberen Scheuenbach stieg und in ihm weiterging, als wäre es ein normaler Weg. Ein Schlafwandler am hellen Tag, wäre er nicht einige Male stehen geblieben, um aus der Flasche zu trinken.

Das warme Licht der späten Sonne beleuchtete die Felswände links und rechts und steigerte den Kontrast zu dem Tannengrün, das in dem freien Raum der Scharte sichtbar war, so als würde man vor einem riesigen Tor stehen und in eine andere Welt dahinter sehen können.

Wie ein Seiltänzer balancierte er die letzten Meter auf den Felsdorn zu, der wie ein Finger waagerecht in die Luft stach und das Wasser teilte, bevor es hinunter strömte.

Zarathustras Finger, so hatte der Großvater die Felsspitze getauft, weil sie in die Leere hineinragte, als wollte sie einen Weg weisen.
Auenheim ging auf die Knie und rutschte rückwärts auf den Felsenfinger, bis er auf dessen Ende saß.
Er war nicht schwindelfrei und hätte sich sonst niemals derart weit vor getraut. Seine Beine baumelten seitlich herunter, wie bei jemanden, der rittlings auf einem Baumstamm sitzt.
Bedächtig, als zelebriere er einen kultischen Ritus, setzte er die Flasche an die Lippen und trank. Sein Magen reagierte, er musste gegen den Brechreiz ankämpfen und die Flasche absetzen. Tief atmete er ein, wischte sich Schweiß und Tränen aus den Augen und zwang sich dann, den restlichen Inhalt der Flasche in seine Kehle, den Kopf weit nach hinten gereckt, die Augen geschlossen.
Blind schleuderte er die leere Flasche hinter sich. Auch wenn er gewartet hätte, den Schall der 80 Meter unter ihm zersplitternden Flasche hätte er nicht hören können, dazu waren die fallenden Wasser zu laut.
Mit den Händen auf den Felsdorn gestützt, rutschte er noch ein paar Zentimeter nach hinten. Leicht vorgebeugt saß er, den Kopf seitlich nach oben gedreht, als ob er auf eine Botschaft hoffen würde. Aber sie kam nicht, dafür wirbelten in seinem Kopf Gedankenfetzen immer schneller durcheinander. Wie in Lichtgeschwindigkeit raste sein Leben vorbei, Bilder, Töne, Düfte, alles unglaublich detailliert. Großvater in seinem Büro, seine Frau, als er die wenigen Male mit ihr geschlafen hatte, um die Kinder zu zeugen, die man von ihm erwartete, das Schulzimmer, die Mutter, die Hütte, Masha, der Onkel, die Kinder, Kinder, Kinder, Masha ...
Die Augen immer noch geschlossen, wäre Auenheim langsam seitlich von *Zarathustras Finger* gekippt, aber so weit kam es nicht. Die Spitze des Felsens brach ab, ohne

Geräusch, einfach so, als gehöre sie zu den stürzenden Wassern. Auenheim nahm auch nicht den plötzlichen Ruck wahr, nicht die Geschwindigkeit, nicht das zersprühte Wasser, durch das er stürzte und auch nicht den Aufschlag. Sein wilder Gedankenwirbel im Kopf brach einfach ab.

Der Beobachter

Enttäuschung über die sinnlos vergeudete Zeit, Enttäuschung über seine nicht erfüllten Erwartungen schlichen sich in Tonis Gedanken und auch, dass er mit diesem Unsinn aufhören musste.
Wie ein kleiner Bub an einem Schlüsselloch kam er sich vor. Beobachtete seit Stunden einen Mann in der Hoffnung, dass er es wieder mal mit Kindern trieb, und der nun nichts anderes tat, als sich volllaufen zu lassen. Toni beschloss, sich wieder sinnvollen Dingen zuzuwenden, in einer Stunde mussten die Kühe gemolken werden.
Auch der Pächter war aufgestanden und marschierte direkt von der Veranda aus in Richtung der Spalte, allerdings ohne den üblichen Rucksack mit Steinen, nur mit einer Flasche in der Hand.
Toni folgte ihm, es war ohnehin in etwa seine Richtung. Zwischendurch machte der Pächter Pausen und trank aus der Flasche. Einen seiner Riemenpantoffel hatte er verloren, aber das schien ihn nicht zu stören, er streifte auch den zweiten ab und ging einfach weiter.
Kurz danach sah Toni bereits die ersten Blutspuren auf der Fährte des Städters, kein Wunder, woher sollte einem wie dem auch eine Hornhaut wachsen, dachte er.
Wohin wollte der Pächter? An der Spalte war er einfach vorbeigetorkelt. Wenn er die Richtung beibehielt, kam er

bestenfalls an den Wasserfall. Auch gut, was ging's ihn an, er musste nach rechts zu seinem Motorrad, das stand am Ende des neuen Fuhrwegs bei den Gauchenwänden. Der Pächter stapfte nun im Bachbett, vermutlich, um seine wunden Füße zu kühlen. Das war nicht das Dümmste, außerdem war ein Bachbett ein guter und direkter Weg und viel Wasser hatte der obere Scheuenbach in diesem Sommer nicht.

Toni hatte eigentlich keinen Grund, hinter dem Pächter herzulaufen, der sich vermutlich nur an denWasserfall setzen wollte, um die Aussicht ins Tal zu genießen und dabei dem Rauschen des Wassers zu lauschen, etwas anderes konnte man dort nicht machen.

Melkzeit, dachte Toni, er durfte die Mutter nicht schon wieder allein lassen – aber die Neugier.

Toni war schon oft am Wasserfall gesessen und hatte Steine in die Schlucht geworfen. Vom Wasserfall selbst konnte man nicht viel sehen, von oben. Nur wer sich auf den Felsdorn wagte, konnte das fallende Wasser sehen. Oder von den Seiten, von den Graten der Scheuen- und Gauchenwänden, konnte man auch sehen, wie das Wasser über die Kante floss und an den Stufen, Absätzen und Zacken der Felswand seinen Zusammenhang verlor, immer wieder zerteilt, auseinandergebrochen, zerschlagen in feinste Partikel, an manchen Tagen sogar durch die Luft schwebte und das Sonnenlicht zu einem Regenbogen einfing. Toni liebte das Spiel des Wassers, das in unendlichen Formen immer wieder andere Wege in die Tiefe suchte, um sich unten, in dem kleinen Gumpen am Fuße der Steilwand, wieder zu vereinen. Gut 80 Meter ging es tief.

Der Vater war mit ihm oft an den Wasserfall und auf den Piesenkopf gegangen, damals, da war Toni zehn Jahre alt gewesen, aber er konnte sich noch sehr genau daran erinnern, wie er sich über die seltene Vertrautheit zum Vater gefreut hatte. Dann der Blick auf die Gottesackerwände, den Hohen Ifen, den Widderstein, direkt vor ihnen. Begeistert hatte ihn auch das Wissen des Vaters, jeden Berg benannte er. Links von ihnen die hohen Spitzen der Allgäuer Alpen, Gaishorn, Großer Daumen, Nebelhorn, Hochvogel, Großer Krottenkopf, Hohes Licht, dahinter die Lechtaler Alpen mit ihrer mächtigen Parseierspitze. Er hatte sich die Namen nicht merken können, aber später mit der Karte gelernt, bis er sie alle aufsagen konnte.

Auf dem Rückweg waren sie dann meist am Wasserfall gewesen und Vater hatte auf die Felsnase gezeigt und erzählt, dass es immer wieder Idioten gab, die darauf herumgeturnt waren, um vor den Mädchen anzugeben, und dass einer abgestürzt wäre und dass niemand dem Herrgott mit solch dummen Versuchen auf der Nase herumtanzen durfte.

Wollte der Pächter gar dem Herrgott auf der Nase herumtanzen, barfuß und mit einer Schnapsflasche in der Hand? Plötzlich war Toni alles völlig klar. Natürlich, der Pächter hatte jemanden umgebracht, in der Spalte versenkt und mit Steinen begraben. Die Ziege als Täuscher obendrauf gepackt. Aber trotzdem wollte er sich jetzt umbringen. Vielleicht war man ihm auf die Schliche gekommen.

Toni beschleunigte seine Schritte, aber er war oberhalb des Bachtobels geblieben und musste, um an der Abbruchkante wieder auf den Pächter zu stoßen, nun außen herum einen Umweg machen. Immer schneller wurde er, viel zu schnell für das zerklüftete Gelände.

Außer Atem kam er von rechts an das Ende des Bachlaufs und sah den Pächter auf der Felsnase sitzen, mit dem Rücken zur Schlucht. Er hatte die Flasche angesetzt und trank. Toni überlegte. Sollte er rufen, sollte er einfach die letzten Meter hin, ihn packen und von der Felsnase ziehen?

Der Pächter hatte die Flasche über sich nach hinten in die Schlucht geworfen.
Toni machte einen Schritt vorwärts. Es war nicht ungefährlich, die Steine im Bach rutschig, aber vielleicht dankte es ihm der Pächter mit einer Belohnung? Toni schob solche Gedanken zur Seite, das war jetzt wirklich nicht der richtige Augenblick, er musste sich auf das Bachbett konzentrieren, auf den Pächter.
Hallo, Herr Nachbar, rief er, *hallo,* und winkte, aber dabei rutschte Toni mit dem linken Fuß von einem Stein und war kurz abgelenkt. Als er sich wieder zu dem Pächter wandte und erneut rufen wollte, brachte er nur noch ein *Ha...* heraus. Mit offenem Mund stand er und bekreuzigte sich.
Mitsamt der Felsnase, auf der er gesessen hatte, war der Pächter einfach abgesunken. Er hatte sich etwas zur Seite geneigt und dann, zack, einfach weg.
Geräuschlos.
Kein Schrei, kein Knall, keine Musik, nichts, wie im Stummfilm.
Dort, wo die Steinnase das Wasser wie ein Keil geteilt hatte, war nichts mehr. Das Wasser strömte nun in voller Breite über die Abbruchkante. Toni stieg langsam aus dem Bach, erstaunt und irgendwie gelähmt fühlte er sich. Es war das erst Mal, dass er so etwas erlebt hatte.
Dass der Pächter mit zerschlagenen Gliedern und tot nun da unten liegen würde, war ihm klar, 80 Meter.
Nur gut, dass er auf den Vater gehört hatte und nie auf der Felsnase herumgeturnt war. Eine richtige Gänsehaut am Rücken bekam er bei dieser Vorstellung.
Die Mutter und die Kühe fielen ihm wieder ein. Trotzdem würde er jetzt erst einmal um die Gauchenwände herum gehen, an das Ende des Wasserfalls hinuntersteigen und nach dem Toten sehen.
Toni brauchte nur fünfzehn Minuten zum Motorrad und

war in weiteren zehn Minuten hinunter zu seiner Alpe gerast. Um an den Grund des Wasserfalls zu kommen, musste er ohnehin fast daran vorbei, da konnte er von der Mutter auch gleich die Polizei und die Rettung alarmieren lassen. Vielleicht lebte der Pächter ja doch noch, vielleicht schwerverletzt, es gab ja manchmal solche Wunder, hatte er überlegt.

Aber als Toni dann bei dem Mann stand, sah er, dass nur noch die fallenden Wasser dessen Hemd und Hose bewegten, er aber tot war, mausetot. Der Kopf war in derselben unnatürlichen Haltung verdreht, wie ihn Toni schon einmal bei einem abgestürzten Rind gesehen hatte, Genickbruch. Wieder bekreuzigte sich Toni und machte sich auf den Weg zurück zur Alpe. Langsam, den Tote hatten viel Zeit.

Vier Stunden dauerte es, bis die Polizei auf der Alpe war. Wieder und wieder musste Toni von dem Pächter, von der Felsspalte, der Ziege und von seiner Vermutung berichten, erst am Telefon, dann einem Polizisten und dann noch einmal das Ganze einem Kommissar. Toni führte ihn zum Wasserfall hinauf, auch die Rettung war mit einer Trage dabei, obwohl es nichts mehr zu retten gab.

Auch am nächsten Vormittag machte Toni wieder den Führer, hinauf zur Jagdhütte brachte er den Kommissar und zwei Polizisten.

Am Montagvormittag dann wurde es richtig spannend. Aus der Bundeswehrschule in Sonthofen war ein Zug angehender Kompaniefeldwebel zum freiwilligen Arbeitsdienst angerückt und hatte neben der Spalte, unterhalb des Piesenkopfes, ein Zelt als Leitstand und Versorgungszentrum aufgebaut.

Wie in Schillers Glocke wanderten Eimer durch die Hände der Soldatenkette aus der Spalte heraus. Eine halbe Stunde dauerte es nur, bis die Ziege freigelegt war. Neben der

Spalte wuchs die Steinfüllung zu einem beachtlichen Berg an. Kaum vorstellbar, welche Masse von Steinen Auenheim bewegt hatte.
Seit der Durchsuchung der Jagdhütte hatte auch für Toni der „Pächter" endlich einen Namen erhalten.
Noch einmal hunderte von gefüllten Eimern dauerte es, bis laute Rufe aus der Spalte einen weiteren Fund signalisierten. Die Kette der Soldaten, die sich, auf zwei Leitern stehend, die Eimer nach oben zureichten, verharrte im Stillstand. Nachdem Polizisten hinuntergestiegen waren, zuckten Blitzlichter aus der Spalte, dann dauerte es eine Weile, bis eine Plane hinuntergereicht und an Seilen wieder nach oben gezogen wurde.
Als die Plane neben der Spalte aufgewickelt wurde, um den Inhalt in einen festen Transportbehälter zu legen, verstummten die Gespräche der Leute. Nur die Glocken der Rinder waren zu hören und die Kamerageräusche dreier Reporter, die im richtigen Moment am Ausgrabungsort eingetroffen waren.
Auf der blauen Plane lag der Körper eines schmächtigen Kindes, bekleidet mit einem rosafarbenen Morgenmantel, dessen unversehrt buschiger Federkragen aus Kunstfasern in einem grässlichen Kontrast zu den verfilzten Haarlocken und dem verwesten Gesicht stand.
Ein Kind, für das nicht einmal eine Vermisstenanzeige existierte.

Nachtrag

Der „Fette", mit richtigem Namen Georgij Patchkow, festgenommen bei der Bordell-Razzia in Berlin, wurde von der Strafkammer des Kriminalgerichts Berlin-Moabit wegen mehrfachen sexuellen Missbrauchs von Minderjährigen, in einem Fall mit Todesfolge, zu lebenslanger Haftstrafe verurteilt. Die russischen Behörden stellten einen Auslieferungsantrag an die Bundesrepublik Deutschland. Sollte Patchkow ausgeliefert werden, würde ihn in Russland lebenslange Haft oder die Todesstrafe erwarten.

Nikolas Bromadin, Geschäftsführer der Spedition in Berlin, wurde, ebenfalls von der Strafkammer des Kriminalgerichts Berlin-Moabit, wegen fahrlässiger Tötung in vier Fällen in Tateinheit mit Menschenhandel zu fünfzehn Jahren Gefängnis verurteilt. Auch für ihn liegt ein Auslieferungsantrag aus Russland vor.
Seiner Freundin konnte keine Mittäterschaft nachgewiesen werden. Sie wurde als unerwünschte Person nach Russland abgeschoben.

Gegen Nikolas' Bruder und Onkel wurde der Prozess in Gorki eröffnet. Die russische Staatsanwaltschaft erhob Anklage gegen die beiden wegen fortgesetzten Menschenhandels sowie fahrlässiger Tötung in vier Fällen. Ihnen drohen bei einer Verurteilung lebenslange Haftstrafen oder die Todesstrafe.

Gegen die Lkw-Fahrer der Spedition wurden Verfahren wegen Menschenhandels sowie der Mittäterschaft an der fahrlässigen Tötung in vier Fällen eingeleitet. Auch für sie wurden von den russischen Behörden Auslieferungsanträge gestellt.

Die bei der deutschlandweiten Razzia verhafteten 132 Männer wurden des gewerbsmäßigen Menschenhandels, der illegalen Zuhälterei, des Missbrauchs von Minderjährigen und der Vergewaltigung von Frauen angeklagt, außerdem wegen unerlaubten Waffenbesitzes, wegen Verstößen gegen die deutschen Meldegesetze und wegen Steuerhinterziehung. Für die 84 russischen Staatsbürger unter den Verhafteten stellte die russische Staatsanwaltschaft Auslieferungsanträge.

Nicolas Valeskou konnte bisher nicht vor Gericht gestellt werden. Bei seiner Übergabe an die deutschen Behörden entriss er, trotz Handfesseln, dem neben ihm stehenden Polizisten die Pistole. Bei dem anschließenden Handgemenge wurde Valeskou von mehreren Kugeln getroffen und schwer verletzt. Er wird voraussichtlich vom Hals abwärts gelähmt bleiben.

Gegen Monsieur Manbert, Leiter der Behörde „Entwicklung des Ländlichen Raums" in Paris, wurden die Ermittlungen eingestellt. Sein Besuch des Chateau, so konnte er glaubhaft machen, war berufsbedingt und hätte ausschließlich der Weinkellerei gegolten.

Patrik Moet wurde wegen fortgesetzten Kindesmissbrauchs zu drei Jahren Gefängnis verurteilt.

Gegen Monsieur Aberde, Sektenbeauftragter der „Freien Kirche", Paris, wurde das Ermittlungsverfahren eröffnet.

Die Ermittlungen gegen die Kriminalbeamten Messieurs Dephillip und Duvalle, Paris, wurden eingestellt. Ihnen drohen jedoch Disziplinarverfahren, da sie die Besuche des Chateaus als Dienstreisen abgerechnet hatten.

Gegen Monsieur Rübsamen, Autohändler aus Paris, wurde Anklage wegen Menschenhandels erhoben, die Verhandlung wurde jedoch kurz nach Auftakt des Prozesses auf unbestimmte Zeit ausgesetzt, da Monsieur Rübsamen aus gesundheitlichen Gründen für verhandlungsunfähig erklärt wurde.

Die Immunität der bei der Versteigerung der Kinder anwesenden Angehörigen des diplomatischen Dienstes aus Chile wurde zwar aufgehoben, aber Ermittlungen bisher noch nicht eingeleitet.

Gegen Samuel Reimann, Bauunternehmer, Paris, wurde Anklage wegen Menschenhandels erhoben. Reimann kam gegen Kaution frei, tauchte unter und ist bis heute auf freiem Fuß.

Gegen E. Winter, Dozent an der Akademie der Verwaltungswissenschaften, Paris, wurde Anklage wegen Menschenhandels und sexuellen Missbrauchs von Minderjährigen erhoben. Winter hat sich in eine Psychiatrische Klinik einweisen lassen. Ob er für schuldfähig begutachtet wird, ist derzeit ungeklärt.

René Schneider, Maskenbildner, Paris, wurde der Mittäterschaft an gemeinschaftlichem Menschenhandel, am Tod von drei Kindern sowie des fortgesetzten Missbrauchs von Minderjährigen angeklagt und zu 14 Jahren Gefängnis verurteilt. Der pädophile Maskenbildner wurde in der Haftanstalt von mehreren homosexuellen Gewalttätern vergewaltigt und kurz darauf, auf dem täglichen Rundgang im Gefängnishof, durch mehrere Messerstiche in Bauch und Unterleib lebensgefährlich verletzt. René Schneider erlag einen Tag danach seinen Verletzungen.

Der Hausgehilfe des vorgeblichen Comte de Loupin, Bertram Bollinger, und Charles Pipier, Kellermeister, wurden wegen der Mittäterschaft an gewerbsmäßigem Menschenhandel und der dreifachen fahrlässigen Tötung angeklagt. Sie wurden zu Gefängnisstrafen von jeweils fünf Jahren verurteilt.

Das Chateau der Immobiliengesellschaft IMMODARG wurde vom französischen Staat zwangsenteignet, da Ludowig Pinguet alias Comte de Loupin als Teilhaber der französischen Tochtergesellschaft IMMODARG eingetragen war. Gegen den als Hauptgesellschafter der IMMODARG eingetragenen Ilija Dargilew, wurde ein internationaler Haftbefehl ausgestellt. Konten und Geschäftsunterlagen der IMMODARG wurden gesperrt und beschlagnahmt, die Gesellschaft aus dem französischen Handelsregister getilgt.

Internationale Presseberichte über Kindesmissbrauch

Ursprünglich hatte der Autor geplant, auf den folgenden Seiten eine Sammlung internationaler Zeitungsberichte über den sexuellen, physischen und psychischen Missbrauch von Kindern abzudrucken.
Allein die erschreckend hohe Zahl während eines einzigen Monats hätte den Umfang dieses Buches gesprengt. Deshalb wird dem Leser die tägliche Lektüre eines internationalen Pressespiegels im Internet empfohlen.
Suchbegriff: *News/Sexueller Kindesmissbrauch.*

Nachwort

Die Handlung dieses Romans und alle darin vorkommenden Personen, Unternehmen, Beschreibungen von Örtlichkeiten, Kochrezepte, Reflexionen, Visionen, die Darstellung von Politikern, Ordnungshütern, Zeitungen und Sonstiges sind Fiktion.
Eine Namensgleichheit mit lebenden Personen wäre rein zufällig. Sollte es dennoch, was Personen und/oder den Inhalt anbetrifft, Übereinstimmungen mit der Realität geben, so wäre dies ebenfalls rein zufällig.
Weltweit schätzen Experten die Zahl der sexuell, physisch und psychisch misshandelten Kinder auf die schier unglaubliche Zahl von jährlich über 20 Millionen.

Joachim Rangnick

Die Lotto Company

Der Kriminalroman erzählt die unglaubliche Entstehungsgeschichte eines weltumspannenden Firmenimperiums und zeichnet den Machtkampf nach, der um die Führung entbrennt.
Als der Investigativ-Journalist Robert Walcher mit der Company in Berührung kommt, bricht im beschaulichen Allgäu der blanke Terror aus, in einem Ausmaß, wie es sich dort bisher niemand vorstellen konnte.
Eine Kriminalfiktion, spannend, atemberaubend und verblüffend.

Die Lotto Company
ISBN 398098890-2

Die Austräger

Walcher recherchiert in Sachen Organhandel und stößt auf geklonte Kinder, Organhändler und auf skrupellose Mediziner.
Wir werden Augenzeugen eines bedrückenden Szenarios. Das scheinbar erstrebenswerte Ziel der Erforschung lebensverlängernder Maßnahmen wird ad absurdum geführt und spaltet die Menschen in zwei Lager: in das der Organlieferanten und in das der kleinen Schicht der superreichen Nutznießer. Schließlich läuft Walcher selbst Gefahr, als Organspender missbraucht zu werden ...
Vor dem Hintergrund des beschaulichen Allgäus erleben wir eine Kriminalfiktion, die an Spannung, Grauen, ja Realitätsnähe kaum zu überbieten ist.
Sie führt uns, Brutalität und Menschenverachtung im Gepäck, um die halbe Welt und wieder zurück.

Die Austräger
ISBN 398098891-0

Viren-Mafia

Unsere computergesteuerte Welt ist weit anfälliger gegenüber kriminellen Missbrauchs, als die Software-Hersteller uns glauben machen wollen.
Wehe, wenn der dienstbare Geist in die falschen Hände gerät und zum skrupellos eingesetzten Instrument der Gier nach Macht und Reichtum missbraucht wird.
Durch einen mysteriösen Auftrag gerät der Investigativ-Journalist Robert Walcher zwischen die Fronten von italo-amerikanischen Mafia und den chinesischen Triaden. Beide Organisationen zeichnen sich nicht gerade durch übermäßigen Respekt vor dem menschlichen Leben und den Gesetzen unserer Zivilisationen aus.
Erschreckend real, fesselnd und spannend, erlebt der Leser, wie vom Allgäu aus ein packender Kampf gegen die Viren-Mafia geführt wird.

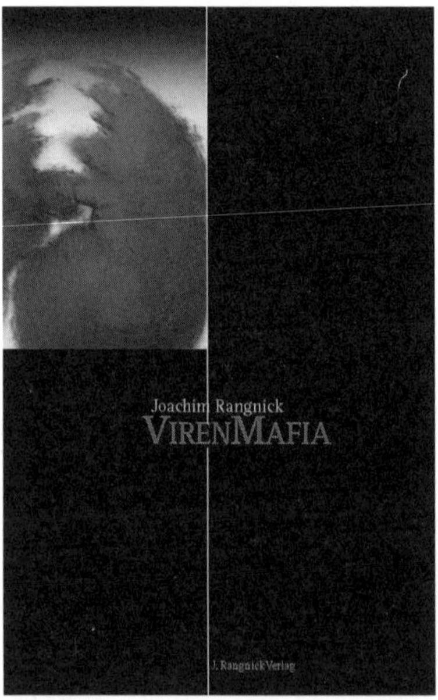

Viren-Mafia
ISBN 978-3-98098893-3

... und schauen Sie mal unter:
www.rangnick-verlag.de

J.RangnickVerlag